KB051834

열혈왕후 2

열혈왕후 2

불유체 장편소설

가하

열혈왕후 2

지은이 불유체
펴낸이 이형기
펴낸곳 도서출판 가하

초판인쇄 2014년 7월 4일
1판 2쇄 2014년 8월 27일
출판등록 2008년 10월 15일 제 318-2008-00100호

주소 서울 영등포구 양평로 67, 1209 (당산동5가, 한강포스빌)
전화 02-2631-2846 **팩스** 02-2631-1846

www.ixbook.co.kr

ISBN 979-11-5682-191-5 04810
979-11-5682-189-2 04810(set)

값 11,000원

제1장. 흉계(凶計)

의종 5년 무오년(戊午年), 입동(立冬)이 시작하나 싶더니 이미 계절은 대설(大雪)을 지나 동지(同志)에 접어든 참이었고 그로 인해 눈보라는 쉬지 않고 전국을 강타했다. 수원군수 김낙환의 관서(官署)에 하옥되어 있는 죄인들은 모두 몇 겹씩 솜저고리를 껴입은 채 추위에 대항하기 여념이 없었고, 그나마 돌봐줄 친인척도 없는 이들은 핏물이 밴 너덜너덜한 저고리를 꼭꼭 여미며 바닥에 깔린 지푸라기 한 올이라도 더 차지하기 위해 안간힘을 써야 했다.

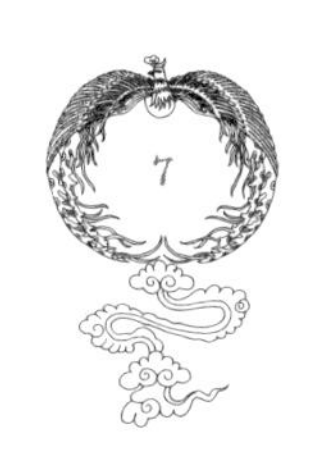

그중, 참수형(斬首刑)을 언도받은 중죄인 조창주는 살 날이 며칠 남지 않았다 하여 독방 차지에 뜨끈한 장국까지 매일 한 그릇씩 받아먹었는데, 이는 누이 별당 조씨가 어렵게 모색해준 덕에 받는 특별대우였다.

추위라는 것이 그렇다. 뜨거운 국물을 든든히 들이켠 후 땀까지 송알송알 맺힐 때는 이마 위를 넘나드는 한풍에도 더할 나위 없이 개운하다가, 잠시만 방치되면 그 땀마저 증발할 시간 없이 그대로 얼어버리고 마는 것.

조창주가 갇혀 있는 감방은 옥사 안쪽에 자리 잡은 독방이기에 오히려 다른 사람들과의 체온을 나눌 수 없어 추위가 더욱 모질 수밖에 없었다. 어디 나눌 수 없는 것이 체온뿐이던가, 너무 외지다 보니 외로움까지 커져가는 형편이었다.

'이제 며칠이 남은 것인가?'

그는 뻣뻣하게 얼어 터진 손을 들어 나무 벽 위에 한 줄을 더 새겨 넣었다. 얼추 계산해보아도 남은 시간이 고작 보름도 되지 않음을 알 수 있었다. 조창주는 씁쓸히 미소 지었다. 무엇 하나 이룬 것도 없이 남의 죄나 뒤집어쓰고 처형되는 억울함이 그의 마지막 한이었다.

그러나 뭐니 뭐니 해도 가슴에 가장 깊숙이 박혀 있는 증오는 역시 신씨 모녀를 향한 것이었으니, 고작 열 살배기 계집아이를 무시했다가 된통 당하고 만 것이 그렇게 원통할 수가 없었다. 만약 하늘이 기회를 준다면 기필코 가만두지 않겠다고, 조창주는 하루에도 몇 번을 곱씹곤 하였던 것이다. 또한 지금껏 살을 부대끼며 살아온 애첩과 그 혈육 되는 이에게까지 안면을 바꿔버린 윤돈경에 대한 복수심도 그를 괴롭히기는 마찬가지였다. 기회만 주어진다면, 기회만 주어진다면……, 조창주는 마치 누군가가 듣기라도 하듯 틈날 때마다 중얼거렸다.

그리고 어느 날, 그의 염이 하늘에 닿았는지 낯선 자가 거짓말처럼 앞에 나타났다.

"그대가 우찬성 조승해 대감의 서자, 조가 창주가 맞는가?"

조창주는 이제 모든 것이 다 귀찮아져 바리바리 엮은 짚이불 사이로 눈만 배꼼 내놓은 채 낯선 이를 살폈다. 또다시 쏟아지는 눈 때문에 발목까지 도롱이를 덮어쓴 커다란 몸집의 사내는 삿갓을 올리며 같은 질문을 반복하였다.

"그렇소만, 댁은 대체 누구인데 나를 찾아온 것이오?"

조창주가 뻣뻣한 몸을 겨우 일으키며 힘없이 물었다. 사내, 주위를 살피더니 곧 품에서 커다란 도끼 한 자루를 꺼내든다. 혹시 윤돈경이 보낸 자객인가 싶어 몸을 한껏 뒤로 사리는데 사내가 지체 없이 도끼를 휘두르니 두툼한 자물쇠가 단번에 쩍 갈라지고 말았다. 조창주는 증오와 체념이 섞인 채 그를 보다가 목을 그 앞으로 길게 드리웠다.

“망나니에게 죽나 네놈에게 죽나 며칠 덜 살고 더 살고의 차이일 뿐이니 무슨 상관이 있겠느냐. 차라리 네놈 도끼질이 더 편하게 보내줄 것 같으니 꾸물거리지 말고 내리쳐라.”

대뜸 자물쇠부터 부수는 행태로 보아 살려둘 요량은 아니라고 여긴 것이다. 조창주는 떨려오는 속을 달래며 감각 없는 손가락 끝을 서로 부여잡았다. 아무것도 남기지 않고 갈 수 있으니 그나마 안심은 되었다. 아무것도 남기지 않았다라. 조창주는 문득 길게 장탄식을 하며 눈을 감았다. 그를 기억해줄 이가 누이와 질녀 초영 외에 없다는 것이 떠오른 때문이다. 그리고 또 한 사람……. 그러나 그네는 자신을 기억해줄 리 만무할 테지.

그때였다. 낯선 사내가 조창주의 목에 차가운 도끼날을 가만히 가져다 댄 것은. 조창주가 분노에 찬 눈으로 올려다보자 사내가 감정 없이 말하였다.

“물어볼 것이 있다. 네놈의 말에 따라 죽이고 말고를 결정할 것이니 잘 듣고 대답하여라.”

도대체 무슨 수작인가 싶었지만 조창주는 가만히 그의 말을 기다렸다.

“네놈을 이곳에서 빼내고 싶어 하는 분이 계시다. 단, 목숨을 연장시켜주는 대신 필요 없다 여겨질 땐 즉각 처단할 것이니 지금 선택하여라. 네놈의 앞길이 어찌 되기를 원하느냐?”

조창주는 이해가 가지 않았다. 자신을 빼내고 싶어 하는 이가 있다니, 도대체 그자는 누구이며 무엇을 목적으로 한단 말인가? 갈피를 못 잡고 망설이며 물었다.

“혹 우찬성 대감마님이 보내신 것입니까?”

천것이라며 아들 보기를 개돼지 보듯 하던 조 대감이었다. 조창주가 시정잡배들과 어울리며 시간을 낭비할 때에는 더욱 그를 싫어하여 아

주 내치기까지 하였다. 그런 그가 새삼 아들이라고 정을 보일 것 같진 않았지만 마땅히 떠오르는 인물이 없다. 사내가 고개를 저었다.

"조 대감은 이 일과 아무런 관련이 없다. 그러나 너를 구하고자 하는 분께서 조 대감의 기분을 십분 살피시는 것 또한 사실이다. 어찌 되었든 너는 조 대감의 핏줄이니까."

조창주가 눈을 껌벅이다가 저도 모르게 실소를 하였다.

"그러니까 누군가가 대감에게 바라는 게 있어 이런 일을 꾸민다, 이 말입니까? 그렇다면 길을 한참 잘못 잡았소. 대감마님은 이미 나를 사람 취급 안 한 지 오래되었으니 지금 이 목숨 구해낸대도 하등 쓸모가 없을 것이요. 그러니 당신이야말로 사람 끌고 다니며 괜한 헛고생 시키지 말고 조용히 나가든가, 아니면 그 도끼로 모든 것을 끝내주든가 양자택일 하시오."

사내가 조창주를 물끄러미 내려다보며 말하였다.

"조 대감이 네놈의 목숨에 별다른 관심이 없다는 건 사실이다. 허나 우리가 필요한 것이 꼭 조 대감뿐인 것은 아니지."

다른 이유가 있단 말인가? 조창주가 올려다보자 사내가 대답하였다.

"네놈의 모사 실력이 경기 근방에서 따를 자가 없다고 들었다. 형조참판(刑曹參判) 신 영감과 호조판서(戸曹判書) 양 대감이 접한 우환이 실은 네놈의 술수였다는 것 또한 알고 있다. 나의 주군께선 네놈의 그 미천한 재주에 관심이 많으시다. 또한 경기관찰사 윤 영감에 의해 가문에 욕을 당한 조 대감의 분노 또한 유념하고 계시지. 하여 미리 조 대감의 기분도 맞춰줄 겸 네놈의 실력 또한 검증을 해보시길 원하시는데, 어쩌겠느냐? 주군께서 내리시는 기회를 잡아볼 텐가?"

조창주는 그제야 상대방의 의중을 파악하였다. 어떻게 자신의 행적을 파악했는지는 모르겠으나 당시 인성대비 민씨의 친족이 되는 영의

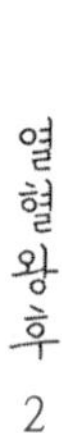

정(領議政) 민응원(閔膺元) 대감(훗날 자빈의 친정아버지)의 오른팔이라 불리던 우찬성 조 대감의 재력과 권력은 도성을 통틀어 따를 자가 몇 되지 않았다. 사내의 주군인지 뭔지 하는 자가 조 대감의 환심을 얻겠다는 걸 보면 작은 일은 아닐 터, 조창주는 그제야 실낱같은 서광이 비쳐오는 것을 깨달을 수 있었다.

"나를 데려가시오. 그대의 주군에게 조 대감의 마음을 얻을 방법을 알려주겠소이다."

사내는 코웃음을 쳤지만 조창주는 비장했다. 어차피 필요에 의해 죽고 사는 목숨이라면 제 값어치를 제대로 증명해볼 생각이었다. 인질이 아닌 수하로 곁에 두고 싶어질 때까지.

'그때로부터 벌써 8년이란 시간이 흘렀군.'

조창주는 당시의 상황이 떠올라 문득 미소를 지었다. 꽁꽁 언 다리를 절룩이며 밖으로 나왔을 때 다른 옥사에 있던 이들이 죽은 듯 꼼짝도 않는 것을 보았다.

"그저 정신을 잃은 것뿐이다. 가자."

그리고 삿갓의 일행 몇 명에 의해 밖으로 내어지던 포졸들의 시체 두어 구. 그는 낯선 산자락 어디선가 그 시체들을 태웠던 당시를 회상하며 부채를 살래살래 흔들었다. 그때만 떠올리면 매캐하게 살 타는 냄새가 코끝을 간질인다. 죽음에서 삶으로 넘어가던 고개 문턱에서 맡아야 했던 그 끔찍한 냄새.

"하지만 독을 쓰기로 한 것도 실패로 끝나지 않았니? 이제 주상의 의심만 더 부추기게 되었으니 이는 아니 함만 못한 꼴이 되었어."

조창주는 커다란 산수화에 시선을 준 채 등지고 선 사내를 향해 유들유들한 웃음을 지었다.

"물론 금상이 직접 독주를 마시느니만 못하게 되었지만 그렇다고 틀

어진 건 없습니다. 말씀드리지 않았습니까. 모 아니면 도, 독주를 마시든, 마시지 않든 대세에 차이는 없다고요."

"그러나 네 녀석은 아직 나에게 그 계획이 도대체 무엇을 도모하는지조차 제대로 말하지 않았다. 네놈 하나만 믿고 마음을 놓기에는 일이 너무 크게 벌어지고 말았단 말이다."

조창주가 부들부채를 흔들며 고개를 저었다. 사내는 이미 오랜 시간 조정의 녹을 먹느라 젊은 시절 넘치던 패기와 기백 대신 필요 이상 노회한 겁쟁이로 변모하는 중이었다. 거사의 초반 작업부터 시작된 염려가 점점 그 뿌리를 거하게 내리는 것이다.

"아시지 않습니까? 열 사람의 머리를 합하는 것보다 한 사람의 충심을 믿는 것이 안전하다는 것을 말입니다. 이제 시작에 불과합니다, 대감마님. 뭐가 그리 조급하십니까."

그의 말에 조승해 대감이 노한 표정으로 몸을 돌렸다.

"조급해하다니! 네놈이 지금 상황을 몰라 그런 말을 하는 것이냐? 예조에 영향력을 행사한 것이 나임을 밝히는 건 이제 시간문제이다! 영민한 주상이 언제 이 모든 것을 간파하고 이 몸의 목줄기를 물어뜯을지 누구도 짐작할 수 없단 말이다!"

"소인이 몇 번을 말씀드려야 합니까? 그 영민하시다는 임금이 모든 것을 간파하기 전에 이 일은 끝을 볼 거라 하지 않았습니까? 제발 고정하시고 조금만 더 기다리십시오."

조승해 대감은 언제부터인가 자신을 두려워하지 않게 된 조창주를 노려보며 콧김을 내뿜었다. 어쩌자고 저놈 술수에 휘말려 여기까지 온 것일까. 지금 받고 있는 주상의 신임만으로도 사실 나로선 더 바랄 것 없는 입장인데.

조승해 대감은 차라리 그때 저놈을 죽이고 윤돈경과의 관계를 돈독히 하는 게 더 낫지 않았을까, 종종 생각하곤 하였다. 중전의 자리에 윤돈경의 여식이 오를 줄 누가 짐작이나 하였던가 말이다. 이제 윤돈경과의 관계는 형식적으로만 유지하는 형편이었으니 지금에 와서는 그 점이 가장 안타까울 뿐이었다. 그렇다고 새삼 윤돈경에게 손을 내밀기엔 너무 늦어버렸다. 고양이에 불과하던 조창주에게 덜컥 호랑이 발톱을 달아주는 실수를 한 것이다.

같은 시각, 남장을 한 채 북악산을 오른 단영은 당황한 기색으로 홍 내관을 마주하고 서 있었다. 갑자기 하얀 보로 덮인 오동나무 함을 내민 때문이었다. 안에는 봉서(封書)[1], 유척(鍮尺)[2], 사목(事目)[3], 마지막으로 동그란 마패(馬牌)[4]가 놓여 있었다.

어안이 벙벙하여 다시 홍 내관에게로 시선을 돌리니 그 또한 넌지시 단영을 마주보다가 곧 아무것도 모른다는 것을 깨닫고 함께 당황하였다.

"전해들은 게 없는 것이오?"

무엇을 말인가. 단영은 고개를 저었다. 홍 내관이 더욱 작은 목소리로 말하였다.

"전하께서 그대를 종4품 안핵어사(按覈御史)[5]로 등용하셨소. 정녕 모르고 있었단 말이오?"

어사? 단영 또한 황당할 뿐이다. 아침나절 갑자기 교태전을 찾은 의종이 검은색 도포와 삿갓을 내어주며 입으라기에 받긴 하였지만 그게 어사를 만들어준다는 뜻은 아니지 않은가.

---

1) 밀봉된 서찰.
2) 놋쇠로 만든 자.
3) 규칙과 임무 수행 목적.
4) 역마를 이용할 수 있는 패.
5) 임금에 의해 비밀리에 파견되던 어사의 한 종류.

“잘 들으시오. 오늘 낮, 전하께선 그대 윤단성이를 비호단과 결부된 비리를 캐내기 위한 안핵어사로 임명하셨소. 본래는 승정원을 통해야 하나 이번의 경우 전하께서 모든 것을 주관하시고자 생략되었으며 이 일은 전하와 그대, 그리고 이 몸 외에는 아는 자가 없소이다.”

윤단성이는 또 뭐야. 가명인가? 떨떠름해하는데 홍 내관이 봉서를 가리키며 말했다.

“이것은 임명 취지와 임무가 자세히 적혀 있는 전하의 밀서요. 필히 혼자서만 열어보아야 하며 다른 이의 손에 들어가지 않도록 주의를 해 주어야겠소. 그리고 이것은…….”

그의 손이 두 번째, 유척을 가리켰다.

“보다시피 겉은 놋쇠로 만들어진 평범한 율척(律尺)[6]이오만, 전하께서 말씀하시길 그 외에 숨겨진 다른 쓰임이 있을 것이니 잘 살펴 사용 방법을 알아내라 하셨소이다. 이제 마지막으로 이것과 이것은……, 임무를 수행함에 있어 그 목적과 또한 이에 적용되는 규칙이 적혀 있는 사목, 그리고 역마를 이용할 수 있는 마패라는 것이오. 특히 사목을 여러 번 숙독하여 해야 할 일과 해선 안 될 일을 숙지하는 것은 중요한 책무이니 게을리 해선 안 될 것이오. 이제 이해가 되었소?”

단영은 껄끄러운 표정으로 고개를 끄덕였다. 이것이 족쇄이자 날개라던 그것? 마음에 들진 않았지만 일단 상자 속 내용물을 잘 갈무리하고는 엄숙히 정렬해 있는 흑의인들을 가리켰다.

“저들은 그럼 누구입니까? 저들 또한 제가 필요 시에 부릴 수 있는 자들이란 뜻입니까?”

홍 내관이 고개를 끄덕였다.

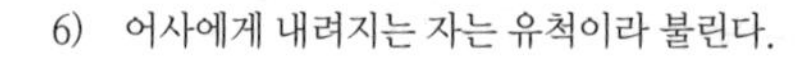

6) 어사에게 내려지는 자는 유척이라 불린다.

“저들은 비밀 지령에 의해 정전위(靜電衛)라는 이름으로 결성된 전하의 직속 친위대로서, 지금까지는 전하의 명에 의해서만 움직여온 자들이외다. 무슨 의도신지 모르겠으나 전하께서 말씀하시길 저들의 친권을 허용하리니 그대가 원하는 만큼 적절히 다스려보라 하였소이다.”

단영은 이마를 긁적거렸다. 이럴 필요까진 없었는데. 사실 이기와 둘이서만 움직이던 것이 버릇이 되어 무엇무엇의 수장, 이런 식의 호칭은 어색하기만 했던 것이다.

다음날, 의종은 지난밤의 일을 전해 들으며 가은당을 향해 걸음을 하였다.

“그래서, 자네가 내민 모든 것을 윤가가 수용했다는 말이지?”

커다란 슈룹[7]을 받쳐 든 나인 둘이 종종걸음으로 그런 의종을 따르고 있었다. 임우(霖雨)[8]가 시작된 것인지 새벽부터 추적추적 내리던 비는 끝날 줄을 몰랐다.

가은당에 이르러 섬돌을 오르던 의종이 문득 고개를 돌렸다. 난데없는 초영의 모습을 발견한 때문이었다. 의종이 가은당 지밀상궁을 향해 물었다.

“중전도 안에 들어 있는 것이냐?”

“아니옵니다, 전하.”

그런데 어째서 저 아이가 이곳에 있냐는 표정으로 쳐다보자 홍 내관이 난감해하며 자초지종을 일러주었다. 무표정하게 듣던 그가 훗, 웃

7) 우산.
8) 장마.

으며 발길을 돌려 안으로 들어섰다.

“전하, 무슨 근심이라도 있으신 것입니까?”

홍 내관의 물음에 문득 고개를 들었다. 서궤 앞에 앉자마자 열어놓은 창을 통해 빗줄기를 바라봤는데, 그만 공상으로 이어져 시간 가는 줄 몰랐던 것이다. 의종은 고개를 저으며 앞에 놓인 문서에 눈길을 주었다. 그러나 얼마 안가 고개가 또다시 창 밖으로 향하고 말았다.

그는 초영에 대한 중전의 처리를 생각하고 있었다. 정확히 말하면 어째서 그녀가 그런 결단을 내렸을까, 짐작 중이었다는 게 맞을 것이다. 갑자기 의종의 얼굴 위로 빙그레 미소가 걸렸다. 초영을 가은당으로 보낸 단영의 속내를 알 것 같아서였다. 겉으로는 무관심한 척해도 결국 그녀 또한 지아비에 관한 한 질시를 내보일 수 있는 여인이란 뜻인가.

“전하, 혹 어디가 미령하신 것이옵니까?”

좀처럼 볼 수 없는 무방비한 미소가 오히려 걱정되었던지 홍 내관이 또다시 그의 몽상을 방해했다. 의종은 귀찮은 듯 손을 내저어 그를 멀찍이 보낸 후 문서로 시선을 돌렸다. 그러나 여전히 다른 생각만 머릿속을 헤맬 뿐이다. 중전은 그 조그맣고 오만방자한 머리로 얼마나 많은 생각을 해내던가, 하는 그런 것들이. 단영의 일거수일투족을 지켜볼 당분간이 흥미로웠다.

그러나 이때, 단영은 의종이 어떤 식의 망상을 만들어내는지 꿈에도 모른 채 부지런히 영루관으로 향하는 중이었다. 경진의 연통이 도착하였던 것이다. 이제 단영이 훤한 대낮에 도성거리를 활보할 수 있는 것은 모두 의종 덕분이었다.

영루관에 도착하니 익숙한 하녀가 뒷문을 열어주며 반기었다.

“낮에 보니 그래도 인물이 좀 나아 보이우.”

실없는 농담을 던지며 뒤채로 안내한 그녀는 곧 술과 안주 몇 가지를 내어 왔다. 배가 고팠기에 상 위에 차려진 나물이며 전 등을 열심히 집어 먹는데 경진이 화사한 모습으로 들어섰다.

경진은 자리에 앉자 목소리를 낮추어 바로 본론으로 들어갔다.

"우선 지난번 의혹을 제기했던 상장군이란 자의 소문입니다. 한 1년 반 전까지는 한 가지 모습으로만 알려져온 것이 아니냐는 나리의 지적은 맞았습니다. 즉 전에는 그저 키가 크고 사내대장부답다는 말이 돌았다면 1년여 전부터는 작고 볼품없다는 식의 반대되는 소문이 갑자기 나돌게 되었다는 것이지요. 그러나 그것이 그 상장군이라는 자가 스스로 진면목을 가리기 위해 느닷없는 거짓 소문을 퍼트린 것인지, 혹은 다른 이유인지는 파악을 못하였습니다."

단영이 고개를 끄덕였다. 그 정도면 성과가 영 없는 것은 아니었다.

"다음은 마전이란 자의 근간 행적에 대한 보고입니다. 그자는 어찌 된 일인지 지난 단오를 전후하여 마구(馬具)를 대량으로 사들였는데, 한 가지 이상한 점은 소인이 그 사들인 종류가 무엇인지를 물었을 때, 마탁(馬鐸)[9]이나 마령(馬鈴) 등의 가슴걸이 하며 면식(面飾)[10], 마주(馬胄), 마갑(馬甲) 등의 장식용이라고 답하였다는 것입니다. 허나 아무리 전국적인 마구점을 운영한다 해도 제어용이나 안장용이 아닌 장식용을 사백여 상자나 들여놓는다는 것은 이해가 안 가는 행위 아닙니까?"

경진의 말에 단영이 또다시 고개를 끄덕였다. 특권층 외엔 잘 사지도 않는 장식용 마구만 사백여 상자라. 이는 무언가를 가리기 위한 눈속임일 가능성이 있었다. 다만 이상한 점은 말굴레(馬勒)니 등자(鐙子)니 하는 필수용품으로 가장하였으면 의심을 피하기 용이했을 것을,

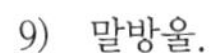

9) 말방울.
10) 굴레에서 재갈 쪽으로 늘어뜨리는 장식품.

왜 굳이 장식용을 선택하였는가 하는 점이었다.

"좀 더 자세히 말해보게. 그 물건을 다루면서 다른 이상한 말이나 행동은 없었는가?"

"음, 글쎄요. 중간에 의문이 생겼다가 그러려니 넘긴 것이 있긴 합니다만. 그 상자들을 나를 때 마전이 왠지 초조한 기색을 감추지 못하고 연신 조심히 다루어야 한다고 강조를 하였는데, 연유를 물으니 구슬 등이 깨지면 손해가 막심해 그런 것이라 하였습니다. 그때는 장식용 마구라는 핑계를 좀 더 그럴싸하게 하려는 거라 여겼는데, 어찌 생각하십니까?"

단영은 생각에 잠겼다. 경진의 말대로 자신의 핑계를 보충하는 말이라고도 할 수 있겠으나 그러느니 대충 다뤄도 괜찮을 필수용품으로 가장하는 편이 더 수월하고 의심도 덜 살 것이니, 그보다는 안에 든 물건이 정말로 조심히 다뤄야 할 물건이라고 보는 게 맞을 것 같았다.

단영은 한쪽 이마를 긁적였다. 깨질 수 있으니 소중히 다루어야 한다……. 그렇다면 사기 제품 같은 것을 말하는 건가? 그러나 사기 제품이면서 마전 같은 자가 사재기를 할 물건이라고는 쉽게 생각나지 않았다. 비호단이나 조창주와 연관을 시켜보아도 마찬가지다. 단영은 경진과 좀 더 이야기를 나누다가 마침내 그것을 직접 확인해보기로 마음을 먹었다.

"소인이 조만간 마전의 집 비우는 때를 알아내어 연통을 드리도록 하겠습니다."

방물장수를 만나러 가야 한다 핑계를 대었기에 오랜 시간 지체할 수 없었다. 경진은 다음을 기약하며 서둘러 나갔고 잠시 후 단영도 처음 들어왔던 뒷문을 통해 영루관을 빠져나왔다.

상장군과 마전, 그리고 그의 마구 상자라. 그것들이 가진 연관성을 찾아야 했다. 그래야 다음으로 진행할 수 있는 것이다.

단영은 서둘러 북악산으로 걸음을 옮겼다. 정전위의 집결지이며 훈련장이라는 거대한 토굴에서 의종을 만나기로 한 것이다.

꽤 늦은 시각이었음에도 의종은 먼저 도착해 있었다. 아침부터 종일 도성 내를 돌아다녔더니 이미 해시(亥時)가 가까워오고 있었다. 내내 전전긍긍하며 기다리고 있을 최 상궁에게 미안하기도 했고 또 곤하기도 했다. 보고를 모두 마친 후 서둘러 돌아가려는데 그런 그녀를 의종이 불렀다. 의자에 비스듬히 기대어 앉은 품이 무언가 못마땅한 모양이었다. 곁에 놓인 찬장을 열더니 술병과 술잔을 꺼낸다.

"한 잔 들겠나?"

단영이 고개를 끄덕였다. 의종이 경고하듯 말했다.

"청에서 들여 온 분주(汾酒)[11]라는 것이지. 평소 즐기던 것과 그 맛과 정도가 다를 게야."

그래봤자 술이지요. 단영은 별일을 다 걱정한다는 표정으로 앉았다가 그가 손수 따라 내어주자 일단 냄새부터 맡았다. 첫 향은 달콤한데 어쩐지 그 뒤가 쓰다. 그녀가 겁 없이 한 잔을 모두 마시자 의종이 빙그레 웃음을 지었다.

"그래서……, 그대가 내게 장담했던 기한은 잘 지켜질 것 같은가?"

단영은 그저 오리무중인 얼굴로 아랫입술을 비죽 내밀 뿐이었다. 의종의 웃음이 짙어졌다.

"그런데 오늘 보아하니 그대의 그 장담이 그다지 미덥지가 못하군."

"무슨 뜻입니까?"

단영의 날 선 질문에도 의종은 먼저 술잔을 천천히 비운 후에야 대답을 하였다.

---

11) 편주.

"가만히 들어보니 그대는 그 배후가 무령군일 수도 있고, 그렇지 않을 수도 있다, 그 가정에서 벗어나질 못하더군. 그건 즉 무령군 외의 다른 인물도 모두 용의선상에 남아 있다는 뜻이니 결국은 아무것도 모르는 것과 다름없다, 그런 결론이 아닌가?"

단영의 속내를 콕 집어 말함이었다.

"심중에 짚이는 자라고 무조건 표적화하는 것보단 신중한 처사였다고 생각합니다만."

영루관에서 의종이 대뜸 무령군을 지목했던 일을 말하는 것이었다. 솔직히 단영으로서는 의종의 그 지목이 너무 성급하다고 느꼈던 것이다. 의종이 말하였다.

"내가 그날, 누군가를 지목했다고 여기는 것인가?"

"그럼 아니었습니까?"

의종이 미소를 지으며 고개를 저었다. 어딘가 모르게 넌 그래서 안 되는 거야, 같은 표정이어서 단영의 기분이 급속도로 나빠졌다.

"나는 단지 그대에게 지름길을 알려주고 싶었을 뿐이다. 그러지 않았다면 그대는 가장 역모의 가능성이 많은 자를 가려내기 위해 모든 왕자군들의 지난 전적을 탐색하기 바빴겠지."

단영이 반문을 하려다 입을 다물었다. 그의 말이 옳다는 것을 깨달았기 때문이었다. 자신이 지금 제1왕자에 대한 새로운 인식을 가질 수 있는 것도 궐 안팎에서 공공연하게 주시의 대상이 되는 무령이라는 존재를 자각했기 때문이었다. 그것은 궐내 세력과 관련이 없는 일반 백성들로서는 알 수 없는 왕실만의 사정으로서, 의종은 단영에게 그 점을 일깨워주고자 했던 것이다.

의종이 그녀에게 무언가를 내밀었다. 얇은 서책이었다.

"이것이 무엇입니까?"

"지난 이태 동안 자경전을 들락거린 왕자군들의 기록이지. 그대에게 도움이 될 것 같아서."

자경전이라. 역모를 꾸미는 자라면 대비전과의 관계를 돈독히 해야 할 것은 당연한 순서였다. 음, 도움이 되겠어. 단영은 고개를 끄덕이며 그 서책을 잘 갈무리하였다.

"혹 이것이 전하께선 이미 누구의 소행인지 그 배후를 짐작하셨다는 뜻도 됩니까?"

"염두에 두는 인물은 있다. 아직 의심에 그칠 뿐이지만."

의종의 말에 단영이 혹시나 하는 기대를 품으며 물었다.

"그게 누구입니까?"

의종이 술잔을 탁자에 내려놓으며 차갑게 말하였다.

"그런 걸 일일이 알려주려고 달포라는 기한을 보장한 게 아닐 텐데? 그대는 거래를 늘 그런 식으로 하나?"

단영의 얼굴에 순간 붉은 기가 어렸으나 곧 사라졌다. 근 석 달을 궁에 살면서 의종이란 인물이 내뱉는 농이며 비아냥거림을 많이 들어봤지만 감정이 상해보기는 처음이었다.

"이런 일을 맡기기에 그대는 아무래도 미흡한 점이 많아 보이는군."

어쩐지 어투가 불안하다 싶어 단영은 고개를 들었다. 그러나 의종이 더 빨랐다.

"칠 일의 여유를 주지. 그 안에 내가 왜 이 달포의 거래를 지속해야 하는지 그 이유를 가지고 오면 나머지 시간도 돌려주도록 하겠다."

"그럼 저와의 약조는 어찌 되는 것입니까? 전하께선 늘 약속을 그런 식으로 하십니까?"

의종의 얼굴로 희미한 미소가 잡혔다. 그가 상체를 뒤로 기대며 단영을 유심히 바라보았다.

"그대는 순진한 건가, 아니면 그저 모르는 게 너무 많은 것인가?"

단영의 얼굴이 다시 붉어졌다. 그녀가 미처 대답을 못하자 의종이

말하였다.

“한 나라의 군주는 자신이 부려야 할 신하를 상대로 약속 같은 건 하지 않는다. 명령만이 존재할 뿐이지. 믿고 맡기되 전부를 주지 않으며, 그자로 인해 일을 망칠 기미가 보이면 가차 없이 잘라내는 것, 그것이 정치다.”

할 말이 없어 또다시 술 한 잔을 입에 털어 넣었다. 의종의 말은 틀리지 않았다. 아이들 주먹구구식 놀이도 아닌데 나라의 큰일을 두고 그녀와의 약조에만 매달릴 수 없는 것이다. 하지만 이해가 됨에도 기분은 나빴다.

단영은 술 주전자를 향해 거칠게 손을 뻗었다.

“독한 술이라고 이미 경고를 한 것 같은데, 잘못 전달되었나?”

그의 말에도 단영은 별다른 대답 없이 술만 마셨다. 처음엔 가슴속이 찌르르하며 머리까지 열이 오르는 것 같더니 지금은 그 은근한 열기가 나름대로 마음에 들었다.

“신첩을 놀리시려고 이리 준비를 하신 겁니까?”

술기운이 오르니 평소에 하지 않던 말도 술술 나온다. 단영은 느닷없이 터져 나온 투정 어린 말이 스스로도 못마땅했다. 그런데 생각과 다르게 시선은 의종의 눈을 당돌히 쳐다보고 있었다.

“그럴 리가. 그대 같은 여인을 잘못 놀렸다가는 본전도 못 찾을 것을 아는데 무엇 하러?”

의종은 단영이 내려놓은 주전자를 가져와 자신의 잔을 채웠다. 조르륵, 술 차는 소리가 왠지 모르게 초조하다. 그러나 무엇에 대한 초조함인지 의종은 알 길이 없다.

“흠, 신첩이 모른다 생각하시면 큰 오산이십니다. 말씀은 그리 하셔도 언제 이 몸을 내쳐야 할지 그 기회만 엿보고 계실 것 아닙니까.”

의종의 눈가가 일그러졌다. 그는 물끄러미 단영을 내려다보다가 앞에 놓인 술잔을 비웠다. 그런다고 답답한 속이 가라앉는 건 아니건만. 그러나 이 문제의 시발점은 자신이었다. 심하게 엉켜버린 실타래를 풀 장본인도 자신이었다.

문득 단영이 비틀비틀 자리에서 일어섰다. 그러고는 의종을 향해 눈을 부릅떴다. 딱히 대항하고픈 마음으로 그런 것은 아니다. 그저 점점 무거워지는 눈꺼풀을 힘껏 들어 올리다 보니 이런 형상이 된 것이다. 의종이 그런 그녀를 향해 말했다.

"그게 아니라고 한다면?"

"……."

"내가 잘못 생각했다고 말한다면, 그 일이 무마되겠는가?"

탁자를 짚은 채 꼿꼿이 내려다보던 단영의 고개가 슬그머니 주저앉았다. 그 무게에 끌려 어깨도 같이 수그러진다. 의종과의 거리가 점점 가까워졌다.

"그것은……."

단영의 입술이 무언가 말을 꺼낼 듯 달싹였다. 그런데 생각처럼 쉽지 않은 모양이다. 알 듯 모를 듯 모호한 미소가 지어졌다. 의종이 그 미묘한 웃음을 바라보는 동안 사이는 점점 좁혀졌다. 흉측하게 변모해 있는 얼굴, 그러나 실제로 흉하다 여겨지지는 않는다. 점점 더 가까워지는 단영, 의종의 한 손이 그런 그녀의 얼굴을 감쌀 듯 다가섰다.

"그러니까, 그것은……."

말을 하다 말고 갑자기 옆으로 쓰러져버리는 단영. 의종은 넘어지는 그녀를 재빨리 품으로 받았다. 어느새 단영의 눈은 꼭 감겨 있었다. 풀로 뒤범벅이 된 눈꺼풀은 그가 보기에도 무겁기 짝이 없다.

한동안 단영을 내려다보던 의종, 어느덧 실소가 터져 나온다. 표현할 수 없는 미진함을 달래던 그는 내키지 않는 듯 그녀를 근처의 돌침

상 위에 눕혔다.

경진에게서 연통이 온 것은 그로부터 며칠 뒤였다. 마전이 그 사백여 상자를 밖으로 이동시키려 한다는 내용과 함께 대략적인 일시를 보내왔다.

"해선 안 될 짓을 하진 않았지."

며칠 전, 독한 술을 이기지 못해 잠이 들었던 단영은 다음날 교태전에서 눈을 떴다. 최 상궁 말로는 의종이 직접 안고 왔다던데 통 기억이 나질 않았다. 하여 그 다음 의종과 마주쳤을 때 물어보았는데 묘한 표정을 지을 뿐 대답을 않는 것이다. 술에 취해 주정이라도 부렸나 싶어 추궁을 하니 이렇게 대답한다. 해선 안 될 짓을 하진 않았지.

그러나 궁금증이 풀리진 않았다. 요는 그 해선 안 될 짓이라는 게 무엇인가 하는 거다.

"이곳은 그 마전이란 자의 집이 아니오?"

흥인지문에서 만나 그때부터 뒤를 따르던 홍 내관이 나직이 물었다. 의종은 단영의 궁 밖 출입 시 꼭 홍 내관과 함께 다닐 것을 조건으로 내걸었다. 그런데 지난번 영루관을 혼자 다녀왔더니 그것을 가지고 홍 내관이 어찌나 꼬투리를 잡던지 성가셔서 꼭 데리고 다니마, 맹세하고 말았던 것이다. 그녀는 작은 소리로 불퉁거리다가 홍 내관이 주위를 살핀다고 딴 데 정신을 파는 동안 얼른 담을 넘어버렸다.

"어? 이자가 또 어디로 샜지?"

서둘러 뒤를 따라보지만 작정을 하고 숨었으니 쉽게 찾아질 리 없다. 홍 내관의 입에서 불퉁거림이 터져 나왔다.

단영은 마전이 상자들을 숨겨놓은 지하 창고 근처 화단에 숨어 주위를 살피고 있었다. 아직 인기척이 없는 것을 보니 이동 시각까지는 틈이 있는 모양이다. 그렇다면 일단 그것이 무엇인지부터 살펴보는 게 좋겠군. 그녀가 심호흡을 하는데, 누군가가 접근해 오는 기척이 들려왔다. 조용한 걸음이긴 하되 조심하는 기색이 없는 걸 보면 아까 떨친 홍 내관인 듯했다. 정말 귀찮군, 미간을 찌푸리며 뒤를 돌아보니 뜻밖에도 이기의 모습이 보였다.

"……어떻게 된 거야?"

여전히 누워 있을 거라고만 여겼기에 놀라움이 컸다.

"다 나은 거야? 할멈 말로는 장기가 많이 상했을 거라는데, 괜찮아?"

이기가 예, 짧게 대답하며 고개를 끄덕였다. 조용한 것이야 원래 그랬지만 어딘지 좀 냉기가 감도는 것 같아 의아했다. 그렇지만 지금은 사적인 생각을 할 때가 아니다.

"저곳을 들어가야 해. 문을 딸 수 있겠니?"

이기가 다시 고개를 끄덕이며 창고로 다가갔다. 수초 만에 커다란 자물쇠 두 개가 열렸다.

"그 재주, 여전하구나."

단영이 씩 웃으며 안으로 들어섰다. 천장이 매우 높은 곳이었다. 경진이 일러준 대로 깊숙한 모퉁이로 가보았다. 그러나 커다란 상자들이 무더기로 쌓여 있어 확인이 용이치 않았다.

"일단 위엣것부터 옮겨야 열어볼 수 있겠군."

그녀가 소매를 걷으며 말하던 그때였다. 외인의 기척이 창고를 향해 다가왔다. 단영은 천장으로 올라가 대들보를 잡고 매달렸다. 이기도 곧 옆에 자리를 잡았다.

"어떻게 자물쇠가 모두 열려 있지?"

"나리가 먼저 열어두신 게지, 뭐."

여섯 명의 건장한 사내들이 안으로 들어왔다. 언행으로 미루어 마전에게 고용된 일꾼 같았다. 그들은 부지런히 움직여 지상에 있는 커다

란 상자들을 옮긴 후 밑으로 나타난 나무문을 열었다. 그러고는 일정한 거리로 나열하여 서서 상자 나를 준비를 하였다.

"도대체 이 많은 걸 어떻게 오늘 안으로 하라는 거야?"

누군가의 투덜거리는 소리를 시작으로 곧 짐이 이동되었다.

"그런데 왜 이리 많은 거지? 게다가 이 시간에 옮기라니, 도대체 어디 두시려는 거래?"

한 명이 이마의 땀을 닦으며 묻자 다른 이가 그건 알아 뭐 하느냐며 핀잔을 준다. 그들에게서 얻을 게 없다고 판단한 단영은 어떡하지, 하는 눈빛으로 이기를 쳐다보았다. 이기가 주위를 둘러보다가 천장 중앙에 달린 창을 가리켰다. 유일하게 채광창 하나가 뚫려 있었다.

이기가 곧 나무와 나무 사이의 홈을 잡아 몸을 옮긴 후 위로 여닫게 되어 있는 창의 돌쩌귀를 살폈다. 자주 사용하는 듯 기름까지 쳐서 관리가 되어 있었다. 걸쇠를 푼 후 천천히 열어보았다. 다행히 소리 없이 창이 열렸다. 다음은 단영 차례였다. 그러나 창틀에 거의 다 이르렀을 때 그만 왼손이 미끄러지며 몸이 아래로 떨어질 것처럼 휘청거렸다. 이기가 얼른 거꾸로 매달리며 단영의 몸을 두 팔로 받쳤다. 그러고는 흔들리는 몸이 멈추기를 기다렸다.

"무슨 소리 못 들었어?"

일꾼들 중 한 명이 말했다. 천장이 높긴 했지만 고개만 들면 볼 수 있기에 단영은 저도 모르게 눈을 감았다. 그러나 아무런 소리도 들려오지 않는 걸 보면 다행히 발견되진 않은 모양이었다. 한숨을 내쉬다가 곧 자신이 이기에게 거의 안겨 있다시피 한 것을 깨달았다. 그 또한 긴장했는지 빠르게 뛰는 심장 고동이 단영의 어깨를 통해 전달되었다.

단영이 이기의 팔을 가볍게 두드렸다. 올라가겠으니 놔달라는 소리였다. 그런데 이해를 못했는지 이기에게선 별다른 움직임이 없었다.

고개를 아래로 향해봐도 이기의 턱 부분만 간신히 보일 뿐이다. 그녀가 다시 이기의 팔을 두드리는데 그때, 자신의 정수리 부분에 무언가 가만히 와 닿는 게 느껴졌다. 그와 함께 힘이 들어가는 이기의 팔. 단영이 고개를 트는데 그때까지 가만히 있던 이기가 허리를 최대한 구부려 그녀가 창틀을 잡을 수 있도록 올려주었다. 그러고는 먼저 틈새로 빠져나간 후 단영의 팔을 잡고 끌어올렸다.

"괜찮아?"

이기의 얼굴이 창백함을 깨닫고 너무 무리를 했나 걱정을 하는데 아래쪽에서 사람들의 웅성거림이 들려왔다. 이번에는 바깥쪽에서다. 처마에 매달려서 살펴보니 이미 밖으로 나온 상자들이 커다란 달구지에 차례로 쌓이고 있고 그 옆에선 마전이 각별히 조심해야 한다며 조바심을 치고 있었다. 놓쳐서도 안 된다, 마찰을 가해서도 안 된다, 집어던져도 안 된다, 지나치게 주의를 주는 모습이 경진이 말한 대로였다.

작은 마찰도 허용되지 않으며, 마전에게 저리 겁을 심어놓을 수 있는 물건이라…….

"무엇일 것 같니?"

단영이 작게 물었다. 이기가 "하는 양으로 보아선 화약이 아닐까 싶은데……." 하며 말을 흐린다. 쉽게 구할 수 있는 물건이 아니기 때문이었다. 단영도 고개를 끄덕였다. 물론 마전이란 장사치를 이용하였으니 먼 곳으로의 우송 정도야 가능했겠지만 문제는 어떤 경로로 손에 넣었을까, 하는 것이었다. 조선 내 어디에서든 화약고가 털렸다는 소문은 없었던 것이다. 그러니 만약 화약이 맞는다면 오랜 시간 준비를 했거나 혹은 밀수를 했다는 소리였다.

"일단 확인을 한 후 다시 생각해야겠다."

일각쯤 지났을 무렵, 채워진 달구지 하나가 움직이기 시작했다. 마전은 소를 다루는 이가 너무 경망되다 느꼈는지 잔소리를 하며 뒤를

따라 사라졌고 창고 앞에는 아직 실리지 않은 상자가 계속 쌓이고 있었다. 단영은 조용히 내려가 그중 하나를 열어보았다. 눈처럼 하얀 가루.

"백색…… 화약?"

단영이 미간을 찌푸리며 중얼거리자 이기도 처음 들었다는 듯 고개를 젓는다. 일단 향갑을 꺼내 조심스레 담은 후 다른 상자를 확인하려는데 누군가가 그런 그들을 향해 달려들었다.

창고로 돌아오던 마전이 벽에 비친 두 사람의 그림자를 발견하고 호위무사들을 불러온 것이다. 단영은 향갑을 일단 상자 위에 내려놓은 후 품에서 유척을 꺼냈다. 의종이 하사한 물건이었는데 이것은 지금까지 일반적으로 어사가 받았던 유척과는 그 모양과 쓰임새가 많이 다른 것이었다. 겉으로 보기엔 자가 맞았으나 양쪽 끝을 쥐고 당기면 두 개의 단도로 분리가 되는 것이다. 의종이 일전에 단영의 쌍도 중 하나를 가져간 대신 다른 쌍도를 건네준 셈이다.

단영의 쌍도가 손 안에서 춤을 추었다. 사태가 불안하다 여긴 마전이 또 다른 지원자를 부르러 달려갔다. 차라리 홍 내관을 데려올 것을, 후회가 되었다.

커다란 창을 가진 자를 넘기고 나니 이번엔 수염이 덥수룩하고 덩치가 큰 자가 공격해 왔다. 여태 뒷짐을 진 채 방관하던 자였다. 역시나 검을 다루는 재주가 여느 사내들과 달랐다. 초조해진 단영이 성급히 그의 손목을 향해 쌍도를 휘둘렀다. 그자가 노련하게 몸을 구부리더니 쌍도에 검을 걸어 앞으로 확 끌어당겼다. 단영의 몸이 무지막지한 힘에 쏠려 앞으로 당겨졌다.

"저 향갑을 들고 뛸 테니 나를 따라오너라."

그러고는 단영이 무언가 대답할 틈도 없이 향갑을 낚아채 들고 지붕 위로 올라서는 것이었다. 단영은 무언가 짚이는 바가 있어 털보의 뒤를 따랐다. 이기가 근심 어린 표정으로 그런 그녀를 따르려 하였으나 다른 이들에게 막혀 기회를 얻지 못했다. 그동안 단영은 안채 담장을 타고 행랑채 마당으로 내려섰다. 저만치 앞서 있던 털보 사내가 그녀를 향해 돌아섰다.

"……장씨?"

단영이 조심스럽게 그에게 다가갔다. 털보 사내, 아니 장씨가 낮은 소리로 웃더니 그녀의 손에 향갑을 돌려주었다. 단영이 얼떨결에 받고 나니 그가 그녀 뒤로 몸을 날리며 말하였다.

"살곶이다리에서 기다리면 저 녀석과 함께 가겠다."

단영은 갑자기 마주친 장씨도 그렇고 모든 게 놀라워 우두커니 서 있었다. 그러다가 어디선가 또 소란스러운 소리가 들려와 정신을 차렸다. 혹 도망갔던 마전이 다른 무리를 이끌고 오는 것인가 싶었으나 그것은 홍 내관과 그를 뒤쫓는 마전의 수하들이었다. 그가 단영을 발견하더니 마구 달려왔다. 그러고는 미처 말할 틈도 없이 그녀를 붙잡고 담을 뛰어넘었다.

"대체 어디서 뭘 한 것이오?"

홍 내관이 거친 숨을 몰아쉬며 물었다. 그러고는 단영이 자초지종을 간략히 설명하자 영 피곤하다는 표정으로 위를 올려다본 후 곧 그녀의 등을 떠밀었다.

"내가 그들을 데려갈 테니 가서 기다리시오. 화약인지 뭔지 잘못해서 터트리지나 말고."

그러고는 대답을 들을 새도 없이 담을 넘어 가버린다. 참으로 정신없는 밤이었지만 수확은 있었다. 홍 내관이 가세했으니 별일은 없을 것 같아 단영은 광희문(光熙門)으로 향하였다.

그런 단영의 뒤를 따르는 그림자가 하나 있었다. 건너편 지붕 위에 누워 눈을 감고 있던 그림자는 그녀가 담을 넘은 이후부터 눈치 채지 못하게 조심히 뒤를 따랐다. 그러고는 단영이 살곶이다리 난간에 걸터앉자 자신도 근처 상수리나무 위로 올라가 자리를 잡는 것이다.

그림자의 존재를 미처 눈치 채지 못한 단영은 우선 품 안에 넣어두었던 향갑을 꺼내 옆에 내려놓은 뒤 유척을 가지고 놀기 시작했다. 가볍고 얇은 것이 손에 착 달라붙어 무척 마음에 드는 모양이었다. 두 개로 분리해 손등과 손목 주위로 빙빙 돌리다가 문득 생각났는지 옆에 놓인 향갑을 저만치 더 밀어놓는다. 겁은 나는 모양이군. 그림자가 빙그레 미소를 지었다.

얼마나 지났을까, 약속대로 홍 내관이 이기를 데리고 나타났다. 장씨는, 싶어 쳐다보니 홍 내관이 일러주길 그는 근처에 일이 있어 잠시 후에 온다고 했단다. 그녀는 홍 내관이 무척 불편해 보임을 깨달았다. 진찬 사건 때문에 그러는구나 싶어 그녀는 그를 따로 불렀다. 그러고는 주상 전하께서도 이미 사정을 봐주기로 하신 일이니 이기에 대해 신경 쓰지 말 것을 당부했다. 그러나 홍 내관은 결코 그럴 수 없다는 표정이었다. 단영이 다시 말했다.

"제 수하입니다. 혹여 제가 저자를 통해 전하를 시해하려 했다고 생각하는 겁니까?"

물론 홍 내관도 이제는 알고 있었다. 또한 이기가 독주를 제 스스로 마셔버리는 모습도 보았으니 무언가 사정이 있구나 싶었고, 어쩌면 단영이 저자를 시켜 그 독주 사건을 미연에 방지한 것인지도 모르겠다는 생각도 있었다. 하지만 그는 의종의 내관이었다. 아직 주군에게서 아무런 하명도 받은 바가 없으니 오직 이기를 잡아 임금의 처분을 기다리는 것만이 자신의 본분이라 믿는 것이었다. 단영이 태산같이 고집을 부리는 홍 내관을 바라보다가 말하였다.

"데려가도 제가 데려갑니다. 알겠습니까?"

그러고는 저만치 앉아 있는 이기에게 다가갔다. 홍 내관은 그녀의 뒷모습을 보며 고개를 갸웃거렸다. 조금 전, 단영이 미처 신경을 쓰지 못해 자신의 본 목소리를 내었던 것이다. 홍 내관은 이미 단영에게서 여인의 칼칼한 음성이 나올 때도 있다는 걸 몇 번 느낀 적이 있었는데 그때마다 말은 안 해도 퍽 이상하다는 생각을 하곤 했었다. 게다가 어디서 들어본 것 같은데…….

그때 이기는 자신의 옷자락을 찢어 오른팔에 난 상처를 싸매는 중이었다. 단영이 장씨를 뒤따라갈 때 그 모습을 시선으로 좇느라 날아오는 검을 미처 막지 못한 것이다. 한쪽 끝을 이로 물어 매듭을 지으려 했지만 왼손만으로는 여의치 않아 보였다. 단영이 다가가 다시 매어주었다.

"……저자는 주상 전하를 보필하는 내관이다. 너를 잡아 제 주군 앞에 꿇려야겠다는구나."

이기는 묵묵히 땅만 내려다보았다. 단영은 이 아이의 생김이 이리도 고집스러웠던가 싶어 새삼 놀랐다. 무슨 일이니, 궁금도 하고 속도 아팠지만 오늘만큼은 내보이지 않을 작정이다.

"그리 되면 나는 너를 보호해줄 수가 없다. 그러니 나에게 말을 해다오. 어째서 조창주 그자에게 현혹되어 그런 일에까지 연루가 되었는지 말이다."

단영은 조창주라는 이름에 이기의 눈썹이 미세하게 움직거림을 놓치지 않았다. 그러나 입을 열려 하지는 않았다. 그저 상처를 모두 싸매어주자 고개를 한 번 끄덕하고는 다른 곳으로 시선을 돌릴 뿐이다. 단영은 그가 자신에게까지 차갑게 굴자 마음 한편이 싸해져 다시 입을 열기가 힘들었다. 혹 나와 관련이 있는 거니, 그래서 이러는 거니, 묻고 싶지만 그냥 두고 말았다.

"그 청옥패를 소인에게 준 자 말입니다."

이기가 조용히 입을 열었다. 시선은 여전히 다른 곳을 향한 채다.

"그 물건을 돌려주기 위해 그 댁에 들렀을 때 조가를 만났습니다."

그랬구나. 거기서부터 그자와 엮였구나. 그렇지만 이기에게선 다른 말이 나오질 않았다.

"그 청옥패의 원주인, 그자의 이름을 알고 있니?"

"무령군이라고 했습니다."

추측에 불과했던 이름이 수면 위로 떠오르는 순간, 단영과 홍 내관의 시선이 맞부딪쳤다.

그로부터 얼마 지나지 않아 장씨가 도착했다. 덥수룩한 수염에 머리까지 봉두난발이어서 천생 백정으로밖에 보이지 않는 그는 커다란 걸음으로 성큼성큼 다가오더니 먼저 이기를 덥석 안았다. 그러고는 어깨며 팔 등을 팡팡 두드리며 말하는 것이다.

"잘 컸구나. 아주 잘 컸어."

다시 단영을 돌아보며 머리를 긁적거렸다. 사가 시절, 요 꼬마 계집애를 어떻게 다뤄야 하나, 하는 얼굴로 쳐다보던 모습과 흡사하여 단영은 픽 웃고 말았다.

"저치는 누구입니까? 저 앞에서 마마라고 불러도 되는 겁니까?"

장씨가 멀찍이 서 있는 홍 내관을 가리키며 물었다. 마전의 집에서는 갑작스런 만남이 반가워 저도 모르게 하대를 하였는데 이제는 아무래도 안 되겠는지 말을 높이고 있었다. 그러나 그 능청스러운 표정만은 어떻게 할 수가 없는 모양이다. 단영이 웃으며 안 된다고 고개를 젓자 그런 자를 왜 달고 다니느냐는 표정이던 장씨는 다시 어이가 없는 듯 껄껄 웃으며 단영을 살펴보았다. 조그맣고 당돌하기만 하던 계집아이가 국모가 되었다니 믿기지 않는 모양이었다.

"그런데 아저씨는 어떻게 된 겁니까? 보아하니 우리에 대해 간간이 들으셨던 모양인데요."

"자세히 말하자면 밤을 지새워도 모자랄 테니 간략히만 말씀드리겠습니다."

장씨. 그의 본래 이름은 정석영으로 조창주를 따라 수원에 나타났을 때부터 실은 모종의 목적이 있던 상태였다. 신씨 부인의 혼례로 깊이 상심한 후 무예에만 전념하여 결국 무과를 치르게 된 그는 참하관(參下官) 종9품 장사랑(將仕郎)에 등용되어 함경도 병마절도사(兵馬節度使)[12] 휘하에 배속되었다가 참상관(參上官) 종6품 선무랑(宣務郎)에 이르렀는데 얼마 후 비밀리에 임무 하나를 부여받는다. 바로 당시의 형조참판(刑曹參判) 신영태와 호조판서(戶曹判書) 양은염 등의 필적을 모사하여 공문서를 위조하고 사사로운 재물 및 국고에까지도 손괴를 입힌 주범을 추적하는 일이었다. 얼마 지나지 않아 장씨는 한 인물에 혐의를 두고 그의 뒤를 캐기 시작했는데 이가 바로 조창주였다.

신씨 모녀가 광교산에 내몰린 후에도 장씨는 도주한 조창주의 뒤를 캤다. 그러나 근 3년 가까이 뒤져도 흔적을 발견할 수가 없어 결국 포기를 한 후 신유년(辛酉年)부터 새로운 임무를 부여받고 함경도 비호단 본원에 잠입하여 첩자 생활을 해왔는데, 눈에 띄지 않도록 각별히 조심한 탓에 느리게 직급을 올려 중간관리자급인 제수(制守)를 맡은 게 지난해 봄이었다.

하루는 비호단 수원 지부에 일이 있어 들렀다가 그곳에서 조창주와 맞닥뜨리게 되었다. 물론 장씨는 조창주의 매끈한 외모를 한눈에 알아보았지만 반대로 조가는 수염을 기르고 본 모습을 많이 감춘데다 여럿의 제수들 중에 섞여 있는 장씨를 알아보지 못하였다고 한다.

"그래서, 결국 그 할망구 하나 때문에 그냥 돌아왔다는 말이냐?"

그날 밤, 조창주의 침소에 접근한 장씨는 그가 광교산에 있는 신씨

12) 관찰사 겸임.

모녀의 거처에 침입을 하였다가 매당 할멈에 의해 제지되었음을 알게 되었다. 생각 같아서는 당장 잡아들이고 싶었으나 맡은 바 책무가 있어 모습을 쉬이 드러낼 수 없었던 그는 대신 수원 감영에 밀서를 넣어 도움을 청하였는데, 그 사이 조창주는 다시 사라져버려 어디에 속했는지조차 찾을 수 없게 되고 말았다. 그때는 조창주가 비호단과 연루된 지 오래되지도 않았을뿐더러 워낙 자신에 대해 쉬쉬하던 참이어서 아무도 그가 수훈장군임을 알지 못하였던 것이다.

장씨는 할 수 없이 광교산 와가에 서찰 한 통을 남겨 비호단과 연루되어 있는 조창주가 신씨 모녀 주위를 맴돌고 있다는 사실부터 알려주었다. 그가 또 무슨 짓을 할지 몰랐기 때문이었다. 그러나 차마 신씨 부인과 단영의 앞에 다시 모습을 나타낼 수가 없어 대신 서신으로만 간간이 도움을 주었으니, 이름을 알 수 없던 그 제보자가 바로 장씨였던 것이다.

그는 이번에 함경 지부에서 마전에게로 보내는 삼십여 개 상자의 호위를 맡아 도성까지 온 것이라 하였다. 마전의 상자들은 모두 이런 식으로 전역에서 조금씩 운반되어 온 것이다.

"그 많은 상자가 도성으로 반입되는데도 아무런 제재가 없었다니 이상하군요."

단영의 말에 장씨가 대답하였다.

"원래 마전이란 자의 업이 그런 것 아닙니까? 주기적으로 대량의 물건을 보내고 거둬들이는 상인인 만큼 별다른 의혹을 받지 못했을뿐더러, 또한 그의 집이 도성 근방이기는 하나 사대문(四大門) 안으로 들어서지는 않으니 엄중한 검문도 피할 수 있었던 게지요."

물론 단영도 짐작은 하였다. 그러나 아무리 그렇기로 사백여 상자가 집중적으로 움직이는데 누구의 눈길도 끌지 않았다니, 지역 경계가 이렇게까지 해이해도 되는 것인가.

"아까 그 상자들은 모두 어디로 운반되는 것입니까?"

단영이 물었다.

"우선 몇 개는 이곳 살곶이다리 지하 기지로 운반되는 걸 확인했습니다."

"상자들을 근처에서 나누기만 할 뿐, 도성으로 반입시키지는 않는다는 계획인 건가요?"

"정확한 것은 소인도 알지 못합니다. 이곳저곳으로 보낼 것임은 알겠는데 근처로 한정되어 있는지, 아니면 다른 위장술을 펴서 도성 안까지도 넘볼지 아직은 오리무중입니다."

단영이 고개를 끄덕였다. 그러고는 자신의 향갑을 열어 장씨에게 내밀었다.

"이것이 무엇입니까? 하는 행동을 봐서 화약이 아닐까 추론했는데 이는 백색입니다. 흑색화약(黑色火藥)에 대해서는 들어봤으나 이것은 그 빛깔부터 다르니 짐작을 할 수가 없군요."

단영이나 이기는 서책을 통해서만 화약을 알 뿐 실체를 본 적이 없었다. 당시 유통되던 것이 흑색화약뿐이라 했으니 이 흰빛의 가루는 무엇일지 짐작이 안 되었던 것이다.

장씨가 가까이 가져가 냄새를 맡았다. 그러나 무엇인지 알 수 없기는 마찬가지였다.

장씨는 이제 가봐야 한다며 자리에서 일어섰다. 너무 오래 자리를 비우면 의심을 사기 때문이었다. 그는 자신과의 연락 방법을 일러준 후, 왔던 것과 마찬가지로 불쑥 사라지고 말았다. 단영은 장씨와 다시 헤어지는 것이 서운해 이기를 돌아보다가 홍 내관에게로 다가갔다.

"이제 끝난 거요?"

굳이 오라 하지 않아 멀찌감치 떨어져 있긴 했지만 홍 내관의 기분은 썩 좋지 못했다. 사실 그는 윤단성으로 변장한 단영에게서 그리 좋

은 느낌을 받지 못했다. 전하의 명이라고는 하나 도대체 누구인지, 어디서 나타났는지 알 수가 없는데다가 며칠 전에는 이상한 장면까지 목도하게 된 때문이었다.

북악산 토굴에서의 일이었다. 전하를 모시기 위해 안으로 들던 홍 내관의 눈에 이 사내를 안아 올리는 의종의 모습이 들어왔다. 술에 취해 그랬는지 정신이 없는 이자를 근처 돌침상에 옮겨놓은 의종은 다시 탁자로 되돌아가려다 말고 그냥 곁에 앉아버렸다. 그러고는 설명할 수 없는 모호한 눈빛으로 그 잠든 얼굴을 내려다보며 손으로는 사내의 흐트러진 머리카락 몇 올을 쓸어주었던 것이다.

뭐랄까, 홍 내관은 그 모습을 보며 등줄기를 훑는 으스름한 느낌을 받아야 했다. 저 사내가 혹 변장을 모두 지우면 여인보다 더 곱상한 외모를 드러내는 건 아닐까, 하여 여복이 없으신 우리 전하께서……, 아, 안 되는데….

"안 들어오고 뭐 하느냐?"

홍 내관의 끝 간 데 없는 상상은 의종의 한 마디에 종결되었다. 그렇지만 그때의 감정은 여전히 남아 단영을 볼 때마다 오싹함을 지울 수 없었다. 특히 기묘한 음성을 들을 땐 더욱.

"왜 그렇게 보시오?"

단영이 홍 내관의 안색을 살피며 물었다. 굉장한 근심을 품은 것처럼 침울했기 때문이었다.

"아무것도 아니오. 다 되었으면 이제 들어가봐야겠소. 전하께는 언제 보고할 거요?"

"오늘 밤 이경(二更)에 뒤에서 뵙자고 좀 말씀드려주시오. 안 되면 내일이라도."

아무리 생각해도 임금에 대한 예의가 너무 없는 것 같다는 것도 단영에 대한 홍 내관의 못마땅함 중 하나였다. 뒤라니, 북악산 토굴을 말함인가. 그는 암울하게 달을 올려다보다가 다시 상수리나무를 쳐다보았다. 이미 그림자의 모습은 없어지고 난 다음이었다.

의종은 한 손으로 턱을 괸 채 단영이 내려놓은 향갑을 살펴보았다.

"초석(硝石)[13]이로군."

그의 말에 단영이 되물었다.

"무엇에 쓰이는 것입니까?"

의종이 그녀를 올려다보더니 품을 뒤져 세 개의 조그만 약통을 꺼내놓았다. 홍 내관이 얼른 뚜껑을 여는데 보니 첫 통에는 단영이 가져온 것과 같은 유백색의 초석이, 두 번째에는 목탄가루가, 그리고 나머지 하나는 그 입자가 다른 둘보다 훨씬 고운, 옅은 황색의 정체 모를 가루가 들어 있었다. 단영이 황색 물질이 가진 강한 냄새에 코를 찡긋거렸다.

"유황(硫黃)이다. 이 세 가지를 사용하면 화약을 만들 수 있지."

의종의 말에 단영이 물었다.

"이것을 어디서 가져오셨습니까?"

"그대가 초석을 구한 그곳에서."

그러나 단영은 이해가 가지 않았다. 언제 의종이 그곳에 왔었단 말인가. 단영은 홍 내관을 보며 이자가 기회를 틈타 빼낸 것인가, 싶었지만 과연 그럴 시간이 있었을지 의심이었다.

원래 의종은 흥인지문에 먼저 숨어 있다가 홍 내관과 단영을 미행하여 마전의 집까지 따라갔었다. 그러고는 단영과 이기가 통나무 창고 안으로 들어가 다시 천장의 창으로 빠져나오는 동안 밖에서 몇 개의

---

13) 질산칼륨.

상자를 확인해 세 가지 물질을 손에 넣은 것이다. 이후 단영이 마전의 집을 빠져나오자 그녀를 따라 살곶이다리까지 간 것인데, 그곳 상수리나무 위에 몸을 숨겼다가 우연찮게 장씨의 말까지 모두 듣게 된 그림자가 바로 의종이었다.

단영은 의구심을 접고 세 가지 물질을 유심히 살폈다. 그녀 또한 화약을 제조할 때 이 세 가지가 필요하다는 것을 알고 있었다. 물론 아직 제조되기 전이니 폭파 염려는 없었다. 그러나 이것이 화약의 구성 성분임을 알고 있던 마전은 지나치게 겁을 먹고 조심을 하여 오히려 눈에 띄는 결과를 초래하였던 것이다. 화약이라. 홍 내관이 근심 어린 표정으로 의종을 보았다. 그들이 과연 이것을 어디에 쓰려고 하는 것일까.

"지난 을묘년(乙卯年) 군기시(軍器寺) 화약고(火藥庫) 제약청(製藥廳) 별좌에게서, 화희(火戲)[14]가 있고 난 후론 꼭 유황의 양이 예년에 비해 대폭 감소하곤 하니 이를 철저히 단속하여 소비를 줄여야 한다는 상소가 올라왔었다. 하지만 그러기를 몇 번, 얼마 후 그 별좌가 급사를 하고 난 이후론 그런 예를 들어본 기억이 없어."

의종의 말에 홍 내관이 가물거리는 기억을 끌어올리며 그런 일이 있었지요, 하였다.

"또한 그로부터 4년 후인 기미년(己未年), 절도사(節度使)로 있던 이봉림이란 자가 자신이 맡고 있는 강화군영의 화약고가 비적단에 의해 약탈을 당했음에도 장계 올리기를 미룬 일이 있었다. 그 사건을 시작으로 매해 청주성과 쌍령, 그리고 그 외 대여섯 군데의 화약고가 차례로 털리는 사건이 연이어 발생하였음에도 그로 인해 입은 손해의 양이 미

---

14) 불꽃놀이.

비하다는 이유로 역시나 아무런 조치를 취하지 않았다가, 후에 치구청(治救廳)[15]에 의해 밝혀진 게 지난해의 일이지. 당시 주요 약탈 품목이 엄토[16]와 유회[17]였지만 지금까지는 어디에서도 이 물품들의 흔적을 잡아내지 못하였다. 마전이란 자가 쟁여놓은 양으로 보아 아직 밝혀지지 않은 비슷한 사건들이 많을 것이야."

의종이 한참을 생각에 잠겼다가 단영을 쳐다보았다.

"개국(開國) 이후, 화약에 관한 모든 것은 군사 기밀로 정해놓고 함부로 발설하거나 사적인 용도로 제작할 수 없게 금지하였다. 허니 그대라면 이 시점에서 무엇을 먼저 하겠는가?"

"군기시(軍器寺)와 병기고(兵器庫)의 모든 취토장(取土匠)[18] 및 화포장(火砲匠)[19]들을 조사하되, 사직이나 파직의 이유로 빠져나간 자들 중 살아있는 모두를 포함하여 실행하겠습니다. 또한……."

잠시 망설이던 단영이 덧붙여 말했다.

"조금 전에 말씀하신 을묘년(乙卯年)에 군기시의 화약고 제약청을 담당하였다던 그 별좌의 급사에 대한 배후도 조사를 해보는 것이 좋을 것 같습니다."

의종이 다시 생각에 잠겼다가 이윽고 고개를 끄덕이며 대답하였다.

"병조(兵曹)의 좌부승지(左副承旨)를 보내줄 테니 그대가 원하는 만큼 해보도록."

좌부승지를 통해 승정원에 보관되어 있는 그동안의 장계며 문서 기록 등의 검토를 허락한 것이다. 그녀가 알았노라 대답을 하자 의종이

15) 비호단 와해를 위해 세워진 임시 기관.
16) 초석을 정련해내기 위한 흙.
17) 버드나무 숯.
18) 화약 등을 만드는 사람.
19) 총, 포, 화약 등을 만드는 사람.

자리에서 일어섰다.

그는 아무 말 없이 토굴을 빠져나갔는데, 너무 갑작스러운 일이어서 홍 내관과 단영은 멍하니 바라볼 뿐이었다.

"그 많은 취토장이니 화포장이니 하는 이들을 어찌 다 조사할 것이오?"

홍 내관의 물음에 단영이 대답하였다.

"개국 시부터 엄중히 관리되어왔다면 분명 화약에 관한 제조 방법 중 중심되는 것은 중앙관부 밖으로 유출을 막아왔을 것입니다. 그러니 타 지역 기술자들에 대해선 우선 문서로만 파악을 하고 군기시를 중점적으로 파헤쳐볼 생각입니다."

그러나 대답은 그렇게 하면서도 단영은 은근히 걱정이 되었다. 화약 재료들을 도성 근처로 모아들인다는 건 그들의 계획이 코앞으로 다가왔음을 뜻하였다. 갈 길이 너무 먼 데 반해 시간은 턱없이 부족했다.

단영은 혼자 고개를 저어보다가 문득 이기의 대답을 떠올렸다.

"무령군이라고 했습니다."

청옥패의 주인을 물었을 때 분명 그리 대답한 것이다. 게다가 그곳에서 조창주 또한 만났다 하지 않던가. 차라리 무령군의 수족을 묶어놓은 후 증좌를 모으는 것은 어떨까. 그러나 아무런 대책 없이 왕족을 건드렸다간 오히려 종친(宗親)의 반발을 사 일을 더 크게 만들 수도 있었다. 어째서 이런 복잡한 일에까지 끼어들게 된 것일까, 단영은 투덜거리며 토굴을 나섰다.

"근심이 많아 보이는군."

몇 걸음이나 걸었을까. 이미 돌아간 줄 알았던 의종의 음성이 뒤에서 들려왔다. 단영은 캄캄한 속에서 의종의 모습을 가늠하느라 눈을 찌푸렸다. 곧 거무스름한 형체가 눈앞에 나타났다.

"가신 줄 알았습니다."

의종이 대답했다.

"그러려고 했었지."

단영은 묵묵히 어두운 산길만 살폈다. 바로 앞에 의종이 있다 생각하니 답답한 마음도 들었다. 나중에 나올걸, 괜한 후회를 해보다가 미처 말하지 못한 일을 기억해냈다.

"전하."

그녀의 부름에 의종이 돌아섰다.

"아직 아뢰지 못한 것이 있습니다."

"무엇인가?"

밤기운을 타고 들려오는 의종의 목소리는 내실에서 듣던 것과는 또 다른 느낌을 주었다.

"실은 제 수하가 어릴 적, 왕자군 중 한 명의 청옥패를 받은 일이 있었는데……."

또 이기가 누군가의 첩자라고 우기면 어쩌나 싶어 말을 하면서도 조심스러웠다.

"무령군의 것이란 말을 하려는 건가?"

어찌 알았지? 단영이 놀라 쳐다보다가 곧 그가 꺼내놓았던 세 개의 약통을 기억해냈다. 역시, 그 자리에 와 있었던 거군. 그러고 보니 번갈아 근처 상수리나무를 올려다보던 이기와 홍 내관의 모습도 기억이 났다. 두 사람은 의종의 기척을 감지했음이 틀림없다. 단영은 의종이 필경 장씨와의 대화도 모두 엿들었을 거라 생각하고 못마땅한 얼굴로 입을 다물었다.

"조창주란 자가 누구지?"

그래, 그날 우린 조창주에 대해서도 얘기를 나눴더랬지. 단영이 시큰둥하게 대답했다.

"제가 말씀드리지 않아도 신출귀몰하게 다 알아내실 거면서 뭘 묻고 그러십니까?”

낮은 웃음소리가 들려오더니 곧 의종의 손이 단영의 손목을 단단히 붙잡았다. 왜 그러느냐 물을 새도 없이 어둠 속에서도 날카롭게 빛나는 의종의 시선에 압도되어 입을 다물어야 했다.

“그자가 그리 걱정되던가?”

무슨 뜻인지 몰라 미처 대답을 못했다. 그자는 누구고 걱정이 되었다는 건 또 무슨 말인가.

“그대의 수하라던 자, 두릅이라는 그자 말이다.”

그 아이가 또 어쨌는데요? 되묻고 싶었지만 그랬다간 괜히 성질만 돋울 것 같아 다음 말을 기다렸다. 그러나 의종은 별말 없이 그녀를 바라보더니 잠시 후 잡았던 손을 풀었다.

의종은 이기를 바라보던 단영의 눈빛에 대해 말하는 거였다. 근심으로 가득 차다 못해 조심스럽던 표정과 말투까지. 하물며 자신의 앞에서도 그런 모습을 보인 적 없는 그녀가 아니던가. 하지만 불쾌한 마음과는 또 다르게 그런 스스로를 표현하는 건 내키지가 않았다. 하여 지금껏 참아왔다가 지금 한순간, 속을 드러내게 된 것이다. 물론 다시 한 옆으로 접고 말았지만.

의종이 찬바람이 불 것 같은 모습으로 내려가버리자 단영은 뭘 어찌해야 할지 몰라 또다시 그 뒷모습만 멍하니 바라보았다. 이기를 걱정하는 것이 저분의 마음을 해치는 일도 되는 건가. 알 것도 같고 모를 것도 같다. 어째서일까. 갑자기 냉정해진 이기와 또 갑자기 분노하는 의종을 놓고 단영은 자신의 마음도 함께 불편해짐을 느꼈다.

그 일이 있은 후, 단영은 의종의 모습을 며칠간 보지 못했다. 맡은 책무가 많기도 했지만 근래 들어 배로 많아진 상소문과 장계로 부쩍 바빠진 의종 때문이기도 했다. 간간이 들려오는 바로는 계속 무리를 하여 체력이 급격히 약화되지는 않을까 내의원에서 걱정이 많다 하였는데, 그 소식을 들으면서도 단영은 설마, 하였었다. 언제나 깐깐하고 드세 보이는 그가 약체가 되다니 어림없는 일이라고 생각했던 것이다.

하루는 이러저러한 문서들에 파묻혀 팍팍해진 눈을 좀 쉬려는 마음에 아미산 후원에 들렀다가 먼발치에서 의종을 발견하였다. 굴뚝에 기대앉아 눈을 감고 있었는데 대여섯 걸음쯤 떨어진 곳에서는 홍 내관이 걱정 어린 눈빛으로 그를 바라보고 있었다.

단영은 뒤늦게 자신을 발견한 홍 내관을 향해 아뢸 것 없다는 손짓을 해 보인 후 교태전 궁인들을 모두 밖으로 물리쳤다. 그러고는 의종에게로 조용히 다가가니 홍 내관이 눈치껏 자리를 비켜주었다.

의종은 따뜻한 볕 아래 잠시 졸기라도 하는지 그녀가 다가가는데도 아무런 움직임이 없었다. 하늘을 향해 비스듬히 들려 있는 얼굴 위로 햇빛이 눈부시게 쏟아지는데 그 아래 드러난 굴곡진 음영이 새로워 단영은 이름 모를 낯선 감정을 느끼기도 하였다.

얼마나 바라보고 있었을까. 문득 자신의 모습이 어쩐지 좋게 해석될 것 같지 않아 뒤로 물러서려는데 갑자기 의종이 그녀의 손목을 잡았다. 그러고는 눈도 뜨지 않은 채 말하였다.

"이제 손목을 잡는 일쯤은 그다지 어렵게 느껴지지가 않는군."

귀도 참 밝지, 싶어 단영은 대답 없이 그저 서 있었다. 그 와중에도 궁인들을 모두 내보낸 건 참 잘한 일이라는 생각도 맥없이 해보았다. 의종이 그녀를 가볍게 당기더니 곁에 앉혔다.

"매일 풀 한 사발씩은 바른다고 최 상궁 걱정이 대단하던데, 그대는 괜찮은 모양이야."

괜찮기는, 매일 발랐다 지웠다를 반복하는 통에 얼굴 피부가 녹아내릴 지경인데. 단영은 버릇처럼 슬쩍 흘겨보다가 곧 의종임을 깨닫고 얼른 눈길을 돌렸다. 그러나 그런다고 없어지는 행동이 아니다. 의종은 처음 겪는 일이라 할 말을 잊었다가 곧 훗, 웃어버렸다.

"이러고 계시면 지면의 찬 기로 성체가 상하신다고 내의원에서 또 말들이 많을 텐데요."

침묵 속에 앉아 있는 것이 불편해 단영이 한 마디 하였다.

"가끔은 아프기도 해야 그들에게도 할 일이 생기지."

그리고 또다시 침묵. 차라리 교태전으로 돌아가 남겨두고 온 문서나 보는 게 나을 성싶었다. 그러나 의종은 보낼 마음이 없는 모양이다. 가만히 그녀를 제지한다.

"조창주라는 자, 그대가 데리고 온 윤가 초영이란 나인의 외숙 되는 이더군."

단영의 얼굴이 슬며시 굳었다. 며칠 사이 조창주에 대해 조사를 마친 모양이었다. 허나 의종이 조가에 대해 많이 알아 좋을 것이 없다. 특히나 그가 역모에 가담되어 있는 지금은.

"혹 그 초영이란 아이를 은선당으로 보낸 이유가 그 때문이었나?"

하나를 알면 열 가지를 짐작해내는 약아빠진 의종이었으니 거짓말을 한다고 믿을 그가 아니다. 하여 단영은 고개를 끄덕여야 했다. 그렇군, 낮게 중얼거린 의종이 다시 말을 이었다.

"나는 말이지, 그대가 나로 인해 그런 일을 한 줄 알았어."

의종으로 인해 초영을 은선당으로 보낸다? 그로 인한 것이라면 첩지를 내려 후궁으로 앉혀야지 어째서 자빈에게 맡긴단 말인가. 어리둥절한 사이 의종은 일어서고 만다.

아미산을 빠져나가는 의종의 머릿속에는 어느새 조창주란 인물이 자리 잡고 있었다. 자세히 언급된 것은 아니지만 장씨라는 자에 의하면 조가는 비호단과 관련이 있다 하였다. 게다가 무슨 일인지 거창부부인(居昌府夫人)이 피접을 나가 있던 광교산에도 침입하려 했다는 것을 보니 개인적인 은원도 얽혀 있는 것 같았다. 윤돈경의 노비들을 사사로이 죽이고 참형을 언도받았다가 결국은 도주를 했다던 조창주란 자.

그들의 관계를 곰곰이 유추하며 교태전 안뜰을 가로지르던 의종은 양의문 근처에서 대기하던 홍 내관에게 말하였다.

"지금 곧 한성부서윤(漢城府庶尹) 김낙환을 불러들여라."

김낙환은 윤돈경이 경기관찰사로 수원에 머물던 때 그 지역 군수를 지낸 자로서, 조창주의 사건을 맡았었다 하였다. 그자라면 무언가 알고 있을지도 모른다.

하루 이틀 내리다 말 것처럼 잠깐 모습을 드러냈다가 숨어버린 비님이 어느 순간 세상을 삼킬 듯 쏟아지기 시작했다. 조창주는 특유의 웃음을 입가에 머금은 채 눈앞에 보이는 커다란 무령군의 사저로 들어섰다. 백발이 성성한 노인 한 명이 기다렸다는 듯 그에게로 다가왔다. 일전에 의종과 이기가 엿보았던 비호단 회합에서 그 자리를 주도하던 수효장군(數爻將軍)이라는 자였다. 조창주가 새로운 모사가 되기 전, 무령군을 보좌했었다.

"나리께선 어떠십니까?"

조창주가 흠뻑 젖은 도롱이를 벗으며 물었다. 수효장군이 풍성한 흰 수염을 손으로 쓸어내리며 대답하였다.

"무어라 말씀은 안 하시는데 염려가 많이 되시는 모양이네. 왜 아니 그러시겠나?"

조창주가 고개를 끄덕이며 말하였다.

"지금까지는 쥐불을 놓는 일에만 몰두를 하였으니 이제 기다리는 일만 남았습니다. 아마도 저쪽에선 무엇이 진짜고 무엇이 가짜인지 그 허와 실을 가려내기에도 골치깨나 아플 겁니다. 실로 나리의 재주는 신묘막측하지 않습니까."

조창주의 말대로였다. 단영은 아미산에서 의종과의 짧은 휴식을 끝내고 다시 교태전으로 돌아와 아침나절 챙겨 온 승정원 문서들에 몰두하고 있었다. 그러나 아무리 많은 정보를 검토하고 또 맞추어보아도 머릿속이 쉬이 정리가 되질 않았다.

두 시진쯤 지났을까, 방문이 열리더니 최 상궁과 윤 상궁이 부르지도 않았는데 미적미적 들어와 단영의 옆에 조심스레 앉았다. 무언가 꼭 할 말이 있는 듯 결연한 의지가 느껴지는 그들이었다.

"무슨 일이 있는 것인가?"

단영이 앞에 놓인 문서에 시선을 고정한 채 물었다. 최 상궁이 아닙니다, 하는데 윤 상궁이 그런 그녀를 쿡 찔렀다. 그제야 단영이 고개를 들었다.

"초영이는 은선당에서 잘 지내고 있던가?"

그들이 말하기 어려워할 일이라고 해야 그 정도밖엔 없다 생각했던 것이다. 또 의종과 무언가 일이 있는 것이라 미리 짐작을 해보는데 윤 상궁이 고개를 저으며 대답하였다.

"마마께서도 잘 아시지 않습니까. 은선당이 다른 건 몰라도 사람 잡는……, 아니, 궁녀들에게만은 엄격하다는 것을요. 오늘도 무수리들과 빨래터에 있는 것을 정 나인이 봤다 했습니다."

빨래터라. 고된 일을 해본 적 없는 초영이니 이 며칠 고생이 작심하였을 것은 보지 않아도 알 수 있었다. 어쨌든 두 사람의 모습으로 보아 그 아이와 연관된 일은 아닌 것 같고……. 어서 말해보라고 재촉하니 윤 상궁이 최 상궁을 또다시 쿡 찔렀다. 그러나 최 상궁은 어물어물 입술만 움직이다가 곧 말아버린다. 하여 답답해진 윤 상궁이 참지 못하고 먼저 말을 꺼냈다.

"마마, 오늘은 마마께서 불경죄로 소인을 다스리신다 해도 이 말씀은 꼭 드려야 하겠습니다."

"그래, 주저 말고 해보게."

"소인이 도무지 이해가 가지 않아 여쭙습니다. 도대체 전하께서 어렵게 납시실 때마다 왜 그 걸음을 반기시지는 못할망정 어서 가시라고 등을 떠미시는 것입니까?"

단영의 표정이 떨떠름하다. 등을 떠밀다니, 언제? 윤 상궁이 단호히 고개를 저었다.

"아니요, 그리 하셨습니다. 소인들 한두 번 느낀 것이 아니옵니다. 처음이야 수줍어 그러셨다지만 지금은 오히려 전하께서 기꺼워하시는 걸음을 막으시니 소인들 대책이 서질 않습니다. 안 오실까 걱정인 판에 오시는 걸 마다하시다니요. 전하의 무엇이 그리 마음에 걸리시어……."

윤 상궁의 말이 점점 격해진다 느꼈는지 최 상궁이 얼른 그녀를 제지하였다. 그러나 이미 단영도 그녀들이 무엇을 말하고자 하는지 이해를 한 참이었다.

"어떻게 말을 꺼내야 할지 모르겠네만 일단은 오해가 있으니 그것부터 풀어야겠군. 자네들은 전하께서 나로 인해 이곳에 납신다고 여기는 모양이네만 실은 그게 아니라네. 전하께선 그저 볼일이 좀 있으셨던 것뿐이야. 최 상궁 자네도 그 점은 잘 알고 있지 않은가?"

최 상궁이 긍정도 아니고 부정도 아닌 모호한 얼굴로 대답을 회피하였다. 하긴 첫날밤 무슨 일이 있었는지 모르는 이들로서는 단영의 행동이 이해하기 어려울 것이었다.

"솔직히 말하자면 나는 이미 전하에 대한 마음을 접은 지 오래네. 그분에게 조금의 무엇도 기대하는 것이 없으니 자네들도 괜한 마음 쓸 것 없이 그냥 편하게들 있었으면 좋겠어."

이런 화제를 아랫사람들과 계속 하는 것이 내키지도 않고 또 불편하기도 하여 단영은 그만 끝내려 하였다. 그러나 이번엔 최 상궁이 그런 단영을 붙잡았다.

"하오면 마마께선 근래 전하의 걸음이 잦으신 게 그저 볼일 때문이라 여기시는 겁니까?"

"그렇지 않은가? 자네도 알다시피 교태전에는 일절 상관 않으시던 전하이시니."

윤 상궁이 또다시 고개를 가로저었다.

"물론 그러시긴 하였습니다. 하오나 모름지기 사람의 관계라는 것이 늘 일정하지 않음을 마마께서도 아실 것인데, 하물며 하늘이 맺어준 부부 사이가 이와 다르겠습니까? 오히려 전하께서 마음을 바꾸셨다 믿어보시는 게 더 타당하지 않을는지요."

단영이 픽 웃으며 말하였다.

"자네는 부부 사이가 늘 일정치 않아 언젠가 없던 정도 생기기 마련이라 말하는 것인가?"

비슷한 뜻이라고 윤 상궁이 끄덕끄덕하였다. 그러나 단영은 반대로 고개를 젓고 만다.

"내가 아는 사내들의 속성은 그런 게 아니네. 사내들은 여인을 통해 그저 고움과 새로움만을 추구하니, 첫 만남에서는 시선을 휘어잡는 외모의 곱상함을 최고로 치지만 얼마 안 가 새로움이 고갈되었다 여겨지면 또 다른 고움과 새로움을 찾아 나서는 게 바로 그들 아닌가. 그러니 이쯤 되면 탐화봉접(探花蜂蝶)[20]이 아닌 탐화광접(探花狂蝶)[21]이라 해도 지나침이 없지 않겠나. 내 본래 곱지 않으니 눈길조차 끌 수 없는 형편

---

20) 꽃을 찾아다니는 벌과 나비.
21) 꽃을 찾아다니는 미친 나비.

인데 이제 와 그 새로움조차 남지 않은 이때 무엇을 믿고 무엇을 기대하겠는가."

단영의 경험으로만 기준한다면 그녀의 말은 모두 옳았다. 아버지 윤 대감은 어머니를 통해 아들 셋을 보고 자신까지 낳았지만 끝내 조강지처로서 정을 주지도, 아끼지도 않았으며 매번 그 사랑하는 여인이 바뀌니 아버지를 원망하는 마음이 이미 가득하였고, 또한 오라비들 중 이미 둘이나 젊어서부터 여색을 탐하고 가정을 등한시하니 그들로부터는 사내에 대해 경멸하는 마음을 은연중에 배운 것이다. 비록 나주 오라버니가 처를 아끼고 존중한다고는 하지만 늘 떨어져 사느라 그 모습을 확인한 바 적으니, 그저 듣기만 해선 아무것도 깨달아지는 것이 없었다.

단영을 안타까운 기색으로 바라보던 최 상궁이 물었다.

"마마, 기억하시옵니까? 지난날 마마께서 초영이를 빗대어 말씀하시길 '사람이 사람을 마음에 품는 것은 꼭 그 외모만이 아니라 감추어져 있는 속사람이 더 많은 자리를 차지하는 것'이라 하셨습니다. 또한 '겉모습을 통해 마음 한끝이 흔들릴 수는 있어도 온전히 속을 채울 수는 없다'고도 하였사온데 오늘의 말씀은 이와 다르시니 그 까닭이 무엇입니까?"

최 상궁과 윤 상궁은 단영의 어린 시절을 알지 못했다. 초영의 외모로 미루어 그 어미 되는 이로 인해 안 좋은 기억이 있는 모양이다, 짐작은 하면서도 단영이 가진 깊은 상처의 골까지는 볼 수 없었던 것이다.

"자네의 기억력이 좋다는 것은 인정하겠네만 경국지색(傾國之色)이란 말도 있듯이 아름다움에 한번 취한 이는 웬만한 고움을 보아도 마음이 움직이지 않는 법이네. 하물며 추한 것을 곁에 두고 어찌 견딜 수 있겠나?"

그랬다. 지금은 조씨의 나이가 많아 그 총애가 시들해졌지만 그녀가 젊었을 땐 윤 대감조차도 그녀를 상전 떠받들듯 하였던 것이다. 거느리던 종복들 중 사내라고 이름 붙은 종자들이라면 모조리 조씨의 미모에 홀려 곁눈질을 일삼다 경을 치기 일쑤였으니, 부덕하고 현숙한 여인상이 최고라고 떠들어대는 사내들의 심보는 사실 믿을 바가 못 된다는 게 단영의 생각이었다.

"마마, 귀찮으시겠지만 소인이 마지막으로 한 말씀 드리렵니다. 사내들이 어떠한가에 대한 것은 마마의 말씀이 다 옳을지도 모르겠습니다. 하오나 그런 것들을 일일이 마음에 품고 어찌 삶이 쉬울 수 있겠습니까? 곁가지가 있으면 있는 대로, 가로막이 있으면 있는 대로 마음 한구석에 접어두고 사실 줄도 알아야 덜 고단하지 않겠느냐, 이 말씀입니다."

윤 상궁의 말에 단영이 이제 그만하자 손을 저을 때였다. 퍼뜩 떠오르는 무언가가 있었다.

"자네 지금 뭐라고 했는가?"

갑작스런 반응에 당황한 것은 윤 상궁이었다. 뭘 깨달았기에 이러시나 싶으면서도 일단은 했던 말을 차근차근 반복하여 들려주었다. 단영이 그 말을 곱씹다가 씩 웃으며 말하였다.

"고맙네. 자네가 지금 내 번민 중 하나를 해결해준 것 같아. 곁가지든 가로막이든 생각지 말고 끝을 봤어야 하는데 걸리는 게 너무 많다 보니 혼란을 겪었지 뭔가. 정말 고맙네."

그러고는 벌떡 일어서는 단영을 보며 윤 상궁이 곁에 있는 최 상궁에게 눈짓을 하였다. 지금 마마께서 무슨 말씀을 하시는 겁니까. 그러나 최 상궁은 최 상궁대로 단영을 따라가기에 바빴다.

단영은 개인적으로 쓰는 전각으로 급히 걸음을 하였다. 이제는 밤뿐만 아니라 낮에도 변장을 해야 하니 아예 최 상궁을 시켜 그녀가 마음

놓고 쓸 수 있는 공간을 마련해놓은 것이다.

"오늘은 언제 들어오십니까?"

최 상궁이 걱정되어 물었지만 모른다는 대답뿐이었다. 단영은 얼굴부터 변장을 한 뒤 당하관 의관을 갖추고 궁을 빠져나갔다. 홍 내관에게 연통을 넣는 것도 잊지 않았다.

이경쯤에나 나타나리라 예상했던 의종은 생각보다 빨리 찾아왔다. 그럴 줄 모르고 단영은 쭉 편 팔에 얼굴을 얹고 깊은 단잠에 빠져 있었다. 의종, 저도 모르게 발소리가 신경 쓰였다.

번득번득 말라붙은 풀이 이제는 교묘하게 얼굴 위를 덮고 있어 처음의 괴리감이 많이 사라졌다. 거듭되는 변장에 익숙해진 것이다. 의종은 추하기 짝이 없는 단영을 내려다보다가 저도 모르게 웃음을 지었다. 손을 내밀어 볼 위를 슬쩍 건드려도 보았다.

귀밑머리까지 뒤로 넘겨주던 의종은 새삼 단영의 귀가 하얗고 조그맣다는 생각을 하였다. 더도 덜도 않고 그저 딱 제 곡선대로 자리 잡은 귓바퀴가 앙증맞았다. 귓바퀴를 따라 손가락을 움직이다가 문득 허리를 숙였다.

그의 입술이 단영의 귓불에 닿는가 싶은 순간이었다.

"저언하! 대령하였사옵니다!"

느닷없이 홍 내관이 끼어들며 오묘한 분위기에 찬물을 끼얹었다. 잠들었던 단영의 눈꺼풀이 열렸고 의종 또한 아무 일도 없는 척 몸을 돌려 세웠다.

"무슨 일인데 그리 급히 보자고 한 건가?"

의종이 상석에 앉으며 낮은 소리로 물었다. 졸음에 겨운 눈을 깜박이던 단영이 귀가 간지러운지 손등으로 두어 차례 문지르며 에, 멍하니 눈만 껌벅이다가 어색하게 말문을 열었다.

"전하께서 말씀하신 군기시(軍器寺) 화약고(火藥庫) 제약청(製藥廳) 별좌 구자승의 급사(急死)는 을묘년(乙卯年)에 일어난 일입니다. 그런데 비호단이 형성된 것은 그 다음해인 병진년(丙辰年)이었습니다. 즉 구자승 사건이 우리의 짐작대로 마전이란 자가 보관하는 그 화약 재료와 관련이 있는 거라면, 이 일을 준비한 자는 이미 비호단의 존재를 알기 전부터 거사를 계획했다는 뜻이 될 것입니다. 그에 맞춰 을묘년부터 조건을 따져보았을 때 당시 각 20세, 19세 되던 무령군과 방령군(芳怜君)이 가장 유력합니다. 그러나 이미 방령군은 경신의 난(庚申-亂)때 유배를 가 곧 병사하였으니 남은 이는 무령군뿐입니다."

밑의 왕자군들은 모두 14세 이하로 너무 어렸기에 일단 제외한 것이다. 의종이 말했다.

"무령군이라면 이미 요주의 인물로 주목받고 있는 바, 별반 새로울 것도 없을 텐데 그게 무에 그리 중하다고 급서까지 넣었단 말인가?"

"물론 그를 겨냥하는 심증들이야 지금까지도 넘쳐났으니 새로울 것은 없으며, 저 또한 그것을 다시 짚어드리기 위해 전하를 뵙고자 한 것은 아닙니다. 제가 말씀드리고 싶은 것은 이제 무령군의 상황이 오비이락(烏飛梨落)인지 아닌지를 판가름해야 할 때라는 것입니다."

"무령군을 잡아들이자는 말인가? 고작 이런 심증들만을 가지고?"

곁에 있던 홍 내관이 대신 대답하였다.

"오히려 마전을 잡아들여야 하지 않겠습니까? 이미 나라에서 금한 화약을 취급하고 있음이 드러났으니 엄중히 취조하여 막후 배경을 토설케 하면 그것만도 충분한 증좌가 될 것입니다."

의종이 말했다.

"물론 그렇게 하면 어느 정도의 성과는 기대할 수 있겠지. 일차적으로 지금 준비되고 있는 그들의 계책을 가로막는 데 무리는 없을 것이야. 그러나 과연 그게 끝이라 할 수 있을까?"

의종의 심중이 무엇인지 알 수 없는 홍 내관으로서는 그 대답이 이해가 가지 않았다. 그러나 애초에 단영의 생각은 홍 내관과 다른 것이었다. 마전을 잡아들이는 계획 따윈 없는 것이다.

"소인은 전하께서 무엇을 염두에 두고 계신지 알지 못합니다. 허나 만일 비호단 세력과 결탁한 또 다른 배후를 뿌리 뽑기 위함이라면 마전만으로는 일이 틀어질 우려가 있습니다. 저는 지금껏 이 사건에서 끝이 아닌 중간만을 살폈음을 깨달았습니다. 곁가지에 치중하여 목표하는 바를 잊었다는 뜻입니다. 또한 그들의 속셈이 이런 혼란을 야기하는 것이 아닌가 싶기도 했고요. 그러니 전하, 소인은 이제 뒤를 캐는 것에서 벗어나 미끼를 던져보는 것을 청할까 합니다."

전하께서 왕실 내부 사정을 모르던 저를 끌어당겨 무령군이란 존재가 가지는 영향력을 단 번에 파악하게 해주신 것과 같은 이치이지요. 의종이 오른손을 움직여 계속할 것을 지시했다. 무슨 미끼를 던질 참이냐 묻는 듯해 단영은 성심껏 답변했다.

생각에 잠겼던 의종은 말이 끝나자 품 안에서 세필(細筆) 한 자루를 꺼내 다스릴 약(略) 자를 적어주었다.

곰곰이 그 글자를 바라보던 단영이 물었다.

"이것이 전하께서 제게 주시고 싶은 점수입니까?"

간혹 조선의 왕들은 성균관을 방문하여 그 유생들에게 경서(經書)를 외우거나 논하게 한 후 점수를 주곤 하였는데 대통(大通)|순통(純通), 통(通), 약(略), 조(粗), 부|불(不), 이 5단계가 그것이었다. 즉 의종은 단영에게 중간 점수를 내린 것이다.

그래서 어떻게 할까요? 단영이 못마땅하여 쳐다보는데 의종은 별다른 고민 없이 진행해보라는 대답을 할 뿐이었다.

"소인의 생각이 마음에 안 드신다는 뜻 아니었습니까?"

"그건 아닌데."

단영은 기분이 상해 입을 비죽거렸다. 의종이 빙그레 웃더니 말하였

다.

"그대는 내가 꽤나 편한 모양이군. 그토록 방자한 모습을 워낙 자주 보게 되니 말이야."

곁에 섰던 홍 내관도 이리 무례한 자는 보다보다 처음이지요, 하는 빛으로 단영을 보았다. 그런데 이제야 버르장머리를 좀 가르칠 수 있겠다 싶던 그에게 뜻밖의 명이 떨어졌다.

"……지금 토끼를 잡아 오라 하셨습니까?"

담담한 표정으로 고개를 끄덕이는 의종. 홍 내관으로서는 기가 막힐 노릇이다. 이 어두운 산중 어디에서 토끼를 찾는단 말인가. 우물쭈물 망설이고만 있자 의종의 담담한 표정이 슬며시 굳었다. 어쩔 수 없다. 왕명이 떨어졌으니 물로 소금을 끌라 하여도 받들어야 하는 법, 홍 내관은 작게 한숨을 쉬며 토굴을 빠져나갔다.

홍 내관까지 물리치는 걸로 보아 무언가 할 말이 있을 듯해 단영은 가만히 자리에 앉았다.

"조창주란 자가 억울한 누명을 썼더군."

밑도 끝도 없는 말에 단영은 적이 놀랐다. 곧 그것이 8년 전, 깨적과 달근의 사건을 뜻하는 것임을 깨달았지만 딱히 뭐라 대답해야 할지 알 수가 없었다.

"……어째서 그렇게 생각하셨습니까?"

"그 사건을 맡았던 전 수원군수 김낙환을 불러 전후를 들어보니 몇 가지 사리에 안 맞는 부분이 있었다. 조창주란 자가 노비 둘을 죽인 시점이 우선 모호한데다 사체의 부패 상태와 방치되었다던 날 수조차 일치하지를 않더군. 영평부원군은 다른 건 곧잘 처리를 했으면서 어째서 그런 사소한 부분의 기재에서 실수를 한 것일까."

그러고는 단영의 눈을 유심히 들여다보며 말을 이었다.

"또한 어째서 거창부부인은 그 사건 직후 곧바로 광교산으로 피접을 떠나야 했을까."

단영 또한 그의 눈을 마주 바라보았다. 사건의 전부를 알진 못하겠지만 숨겨진 거짓은 대충 파악한 듯했다. 하긴 열 살짜리가 만들어낸 조작품이다. 지금의 의종이 속을 리 없었다.

"무엇을 의심하시는 것입니까?"

"살인 누명을 쓴 조창주란 자와 그대 사이에 어떤 은원이 얽혔는지, 언뜻 보아선 조가 쪽이 억울할 텐데 어째서 그대는 여태 그자를 뒤쫓고 있는지, 그런 것들이 의심스럽더군. 그대가 개인적인 용무로 쫓고 있다던 자, 그래서 비호단까지 기웃거려야 했던 연유가 된 자, 그가 바로 이 조창주인가?"

저도 모르게 주먹에 힘이 들어간다. 그러나 어떤 말을 꺼내야 할지 알 수 없었다.

"저는 그리 좋은 사람은 못 됩니다. 그러나 이 조가는 누구에게도 선할 수 없는 자입니다. 전하께 어떤 의심을 받는대도 감수하겠지만 그 자에게 못할 짓을 했다 후회하진 않습니다."

의종이 단영의 수그린 이마를 바라보며 말하였다.

"……그대를 의심하지는 않아."

그러고는 자리에서 일어나 작은 석실 안을 이곳저곳 서성였다. 다음 할 일이 딱히 생각나지 않아 무료하기라도 한 것처럼. 가만히 앉아 있던 단영이 몸을 일으켰다. 그러고는 의종에게 목례를 한 후 석실을 빠져나가려 하였다. 그런 그녀를 의종이 불렀다.

"그대는 스스로를 추하다 여기는가?"

이 또한 밑도 끝도 없는 질문이어서 단영은 어리둥절한 얼굴로 돌아보았다. 그러나 곧 교태전에서 두 명의 상궁과 나누던 대화 내용이 생각나 저도 모르게 얼굴을 찡그렸다. 설마 또 엿들었는가? 그녀의 생각을 짐작했는지 의종이 눈썹을 찌푸리며 고개를 가로저었다.

“내 명색이 일국의 왕으로 규방이나 기웃거릴 만큼 한가롭지만은 않다.”

그러나 규방을 기웃거리는 그의 모습은 이미 가례 전에도 경험했던 단영이었다. 신뢰할 수 없다는 표정으로 쳐다보자 의종이 기가 막힌지 낮게 웃어버리고 만다.

실은 교태전 윤 상궁이 터지는 속을 참지 못해 대전 양 상궁을 찾아와 미주알고주알 떠들어대는 것을 대전 안에서 우연히 듣게 된 것이다. 원래 귀가 밝기도 하였지만 점차 흥미로워지는 내용에 몰입하다 보니 결국 엿듣는 꼴이 되고 말았었다. 하니 단영의 짐작이 모두 틀렸다고만은 할 수 없었다. 단지 그 장소가 규방 근처만 아니었을 뿐.

의종이 흠, 입을 열었다.

“그대는 하나만 알 뿐 둘은 알지 못하더군.”

“그게 무엇입니까?”

“무릇 사내들이란 고운 것을 흠모하여 그 외형에 취하고 마음은 뒷전인 것이 사실이다. 그러나 이런 세간의 관점은 혼례를 올린 여인에게는 무관하니 그것을 모른다는 말이야.”

단영이 무슨 뜻인지 몰라 눈을 가늘게 떴다. 의종의 말이 이어졌다.

“천하에 내놓지 못할 박색이라도 그 지아비가 아름답다 여기면 그이는 아름다운 여인이 되고 세상에 둘도 없는 미색이라 할지라도 그 지아비가 추하다 하면 더 이상 꽃일 수 없는 법이니, 누구를 만나 누구의 지어미가 되느냐에 따라 여인의 가치가 달라진다는 뜻이지.”

이런 낯간지러운 이야기를 들려주면서도 의종의 얼굴은 어쩐지 굳어 있다.

“그대는 어떤 삶을 원하는가?”

단영의 얼굴이 조금 복잡해졌다. 그녀가 떠올리는 앞으로의 삶이란……. 언제고 폐서인 되어 궁 밖으로 나간다면 지금보다는 자유로

울지 모른다 짐작은 해봤지만 꽃이 어떻고, 아름다움이 어떻고 하는 것은 일절 생각해본 적도 없었다. 어떤 삶이라.

"원한다면 내가 그대를 최고의 여인으로 만들어줄 수도 있다."

단영은 퍼뜩 그를 마주보았다. 잠시 두 사람 사이에 어색한 기류가 흘렀다. 그럼에도 눈을 돌릴 수 없는 것은 의종의 시선이 그녀를 놓아주지 않았기 때문이다.

"……배우자로 인해 그 가치가 변하는 것이 어찌 비단 여인에게만 국한되겠습니까? 다른 일로도 충분히 골치가 아프니 객쩍은 농담은 그만하셨으면 합니다. 그럼 저는 이만……."

그러면서 걸음을 빨리하여 나가려 하였으나 이미 왼팔을 잡힌 이후였다. 의종은 어이가 없는지 비스듬히 돌아선 단영의 옆모습만 물끄러미 바라보다가 말하였다.

"지금 도망을 치겠다는 것인가?"

"……가봤자 제가 교태전이지 또 어디로 갈 수 있겠습니까?"

"잘 아는군."

그러고는 단영의 어깨를 돌려세워 얼굴을 내려다보았다. 눈을 밑으로 내리깐 채 입을 고집스럽게 다물고 있는 모습이 무척이나 불만스러워 보였다. 그러나 의종은 그 얼굴에 오히려 웃음이 나왔다. 그가 손을 들어 단영의 턱을 가볍게 짚었다.

"그대는 변장을 아주 교묘하게 하는 것 같아. 이처럼 추한 얼굴을 상대하다가 변장을 지운 맨 얼굴을 대하면 기이하게도 그런 그대의 본모습에 안도하게 되거든."

언제 어색했냐는 듯 의종의 얼굴에는 이제 장난기마저 흐르고 있었다. 애써 자리를 모면하려는 단영을 보니 그저 놀리고 싶어진 것인지도 모르겠다. 뿌리치려 해도 잘되지 않는다. 단영이 화난 표정으로 올려다보는데 문득 의종의 얼굴에서 장난기가 사라졌다.

속눈썹이 가볍게 떨린다 느낀 순간 단영은 고개를 가로저었다. 그러나 그 저항도 곧 의종의 다른 손에 의해 중단되었다. 어째서 이런 불편함을 고집하는가. 단영이 두 손으로 밀어보았지만 딱딱한 가슴은 흔들림이 없었다.

그리고…….

정체불명의 무언가가 그들 옆을 후다닥 달려 지나갔다. 놀란 의종이 돌아본 입구에는 턱을 한 자나 떨어트린 홍 내관이 넋을 잃은 채 서 있었고 석실 안으로는 토끼 두 마리가 달리거니 서거니, 난동을 부리는 중이었다. 단영이 얼른 몸을 돌이켜 그 자리를 벗어났고 이번에는 의종도 잡지 않았다. 아니, 잡을 정신이 없었을 것이다.

"……."

홍 내관은 말없이 바라보는 의종을 향해 불편하게 미소를 지었다. 하지만 애써 눈길을 피하지는 않았다. 의종은 그런 그를 뒤로한 채 탁자로 돌아가 종이 몇 장을 집어 내밀었다.

"모든 관계 사항을 낱낱이 조사하여 사흘 이내로 보고하게."

그것은 지금껏 단영이 머리 아프게 캐내던 대부분의 사건들이었다.

"이, 이것을 사흘 내로 조사하라는 말씀이십니까?"

의종이 냉랭하게 그를 바라보았다.

"왜, 시간이 너무 많은 것인가?"

"……저, 적당하다 사료되옵니다."

울고 싶은 홍 내관이었다.

며칠 뒤, 영의정 조승해 대감이 의금부에 하옥되었다. 무슨 일에 어떻게 연루되었는지 제대로 밝혀지지 않아 저항은 거세었으나 일단 떨어진 왕명이기에 끝내 잠긴 옥사 문을 열게 할 수는 없었다.

그로부터 십여 일 후 기녀 경진과 장씨에게 각각 서신이 한 통 전달되었다. 단단히 밀봉된 그 안에는 단영의 바르고 정갈한 필체가 빼곡히 담겨 있었다. '비호단의 정확한 거사 날짜와 화약의 용도, 그리고 설치 장소를 가능한 한 소상히 알아내어 보고할 것'이 가장 주된 임무였다.

그와 별도로 경진에게는 '조승해 대감이 모진 고문을 이기지 못해 이미 진찬과 관련된 대부분의 모의를 실토하였다는 것과 또한 그의 입에서 배후자에 관한 말도 나왔는데, 그것이 곧 왕자군들 중 하나를 가리키는 것 같더라는 뜬소문을 영루관 및 타 기루 기녀들의 입을 통해 빠르게 조성해줄 것'이 첨부되었다. 물론 이 일의 사실 여부에는 신경 쓰지 말라는 당부와 함께.

"그래서, 이것이 그대의 선택입니까?"

목소리의 주인공은 탁자 위에 놓인 하나의 마작 패를 가리키고 있었다. 뽀얀 상아 위로 붉게 새겨진 발(發)이라는 글자에는 '떠나다'는 뜻도 포함되어 있었다.

"이빨 빠진 늙은 호랑이는 적의 기선을 제압하는 것 외엔 해줄 일이 없습니다. 그마저 허세라는 것이 드러났으니 그야말로 무용지물이지요."

조창주가 부들부채를 흔들며 여유 있게 대답했다. 목소리가 답했다.

"그래도 일국의 재상인 자를 그리 다루어 쓰겠습니까? 게다가 그대의 친부가 아닙니까?"

조창주가 실소했다. 그는 재미있는 농이라도 들은 듯 고개를 살래살래 흔들며 대답했다.

"친부라. 낳아준 것으로만 따진다면 그리 부를 수도 있겠습니다. 허나 이미 아비이기를 스스로 포기한 이에게 무슨 도리로 효를 챙길 수 있겠습니까?"

앞에 놓인 찻잔을 들어 입술을 축인 후 다시 말을 잇는다.

"늙은 호랑이는 그나마 생채기가 많아 가죽조차도 쓰일 곳이 없지요."

목소리는 알겠다는 듯 고개를 끄덕였다.

"영상에 관한 한 그대가 잘 해결할 테니 믿고 맡기도록 하지요. 그건 그렇고, 요즘 들어 광인에 대한 보고가 뜸합니다. 어찌 되었습니까?"

"요 근래 아주 얌전해져서 무엇을 시키든 대체로 고분고분합니다. 간혹 사나워질 때도 있지만 갇혀 있으니 그 발발하는 현상이 눈에 띄게 적어진데다가 기억력도 감퇴하여 저대로라면 풀어준다 해도 예전으로 돌아가긴 어렵겠습니다."

"제대로 살펴야 합니다. 늙은 여우를 틀어쥐려면 그자가 꼭 필요하니."

조창주가 대답했다.

"걱정 마십시오. 방심은 금물이라는 것쯤 소인도 잘 알고 있는 일입니다."

불과 몇 해 전에도 그 방심이란 놈으로 인해 고작 열 살짜리 계집아이에게 목을 내어놓을 뻔했으니 말입니다. 그러나 조창주는 속으로 이 이야기를 삼키며 자리에서 물러나왔다.

어두운 밀실을 빠져나와 맞이하는 햇살은 마치 숙취가 덜 풀린 채 바라보는 천장만큼이나 아득하다. 조창주는 걸음을 빨리하여 근처의 또 다른 약속 장소로 향하였다. 대여섯 채의 상점을 지나 작은 규모의 객점 안으로 들어선 그는 2층으로 올라가며 점원에게 물었다.

"여기 날 찾아온 이가 있을 것인데?"

"아, 예. 안 그래도 송 나리를 찾으시는 부인 한 분이 따님과 함께 좀 전에 막 당도를 하셨습지요. 내실로 안내를 해드렸으니 이쪽으로 오십시오."

몇 개의 대나무 발을 지나 들어선 곳은 침상과 탁자, 의자가 놓인 아담한 객실이었다. 창을 반만 열어 거리를 내다보던 초영이 자리에서 일어섰다. 별당 조씨의 얼굴이 설핏 굳었다.

“뭐 좀 들겠느냐? 요기할 거라도…….”

조창주가 자리에 앉으며 물으니 초영이 고개를 가로저었다. 대신 조씨가 할 말이나 빨리 끝내라며 재촉을 하였다. 초영의 일로 그녀는 여태 아우에 대한 분을 풀지 않은 상태였다.

“누이도 알겠지만 우리를 낳아주신 그 높으신 대감께서 의금부에 하옥되어 계신답니다.”

안 그래도 조 대감이 하옥되었다는 말에 자신들 안위마저 걱정되어 두 번 다시 보기 싫은 아우지만 만나러 나온 참이었다. 하여 조씨가 쏘아붙였다.

“이것이 다 잘난 네놈 때문 아니냐? 입을 봉하면 누가 모를 줄 알고? 네놈의 수작이 필경 들통 난 게지. 그렇지 않고서야 정승 반열에 계신 아버님께서 어찌 그런 수모를 당하실까?”

조창주가 시시덕거렸다.

“누이는 참 밸도 좋소. 인정도 못 받는 그 아버님 소리가 여전히 입에 붙은 걸 보면. 허나.”

눈매가 일순 날카로워졌다.

“그 말대로라면 어째서 윤가 댁은 그리도 평온할 수 있단 말인지? 나와의 내통죄로 누이와 초영이 년은 진작부터 잡혀 갔을 테고 그 집도 쑥대밭이 되어 있을 것은 자명한 일인데?”

조씨의 안색이 파리해졌다. 조창주가 부들부채를 꺼떡이며 말했다.

“그러니까 그 입을 좀 조심해달라 이거요, 내 말은. 들통 나면 누이부터 사달이 날 테니.”

그러고는 곧 자애로운 외숙의 얼굴이 되어 초영을 바라보았다. 그녀가 슬며시 외면을 해도 모른 척 잔잔한 미소를 거두지 않는다.

“뭐라고요? 외할아버님을…… 만나러 가라고요?”

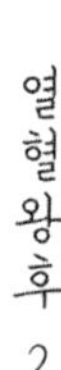

잠시 후 초영이 기겁을 하며 외쳤다. 금부옥(禁府獄)[22]으로 찾아가라니, 그곳이 어딘데 초영이 들락거릴 수 있단 말인가. 조창주가 혀를 차며 말했다.

"누가 너보고 그곳 담을 넘으라 하여 걱정이냐? 내 시키는 대로만 하면 문으로 들어갔다 고대로 되돌아 나올 수 있다 하는데도."

조씨가 그렇게 쉬우면 너나 가라고 한소리 하는 것을 막으며 조창주가 다시 말했다.

"초영아, 아무리 그래도 네 외조부인데 한 번 가 뵙는 것이 도리 아니겠느냐? 그저 물건 한 가지만 전해드리면 되는 것이야."

외조부인 조 대감을 꼭 한 번 만나보았으면 하는 생각을 가지고 있긴 했었다. 윤 대감의 지극한 사랑을 받고 자라서일까, 어쩐지 외조부 또한 살갑게 대해줄 거라는 기대감이 있었던 것이다. 날던 새도 떨어트린다던 그로 인해 자신의 운명이 바뀔지도 모른다고, 그런 생각 또한 아주 가끔은 들던 것이 사실이었다. 그러나 이런 상황에…….

망설이는 초영을 보며 조창주가 속달거렸다. 지금 그분에게 잘 보여둬서 너에게 무엇이 해가 되겠느냐고 말이다.

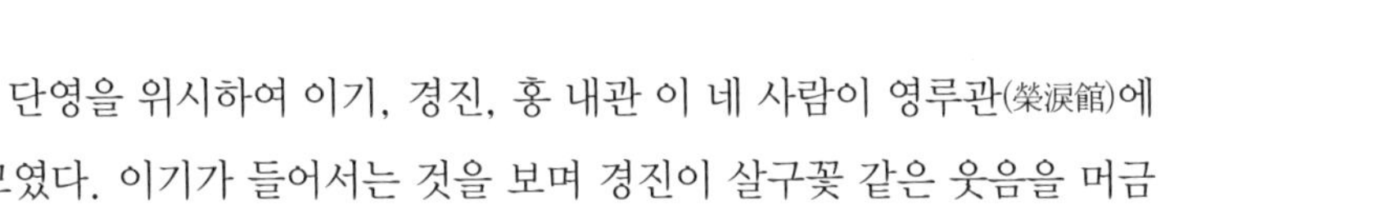

단영을 위시하여 이기, 경진, 홍 내관 이 네 사람이 영루관(榮淚館)에 모였다. 이기가 들어서는 것을 보며 경진이 살구꽃 같은 웃음을 머금었다. 그러나 이기는 화려하기가 비할 데 없는 영루관 뒤채에 앉아서도 별다른 감회가 없는지 앞에 놓인 술잔만 내려다보고 있었다.

냉랭한 분위기는 홍 내관 또한 마찬가지였다. 무슨 일이 있어도 이기에 대한 경계만큼은 늦추지 않을 참인지 동작 하나하나를 살피는 중

22) 의금부에 속한 감옥.

이었다. 그 각각의 분위기에 눌려 눈살을 찌푸리던 단영이 우선 앞에 놓인 술잔부터 비웠다. 홍 내관이 먼저 말했다.

“지난번 발견한 화약에 관한 건이오. 군기시를 위주로 조사하던 중 그곳 소속 화포장(火砲匠)의 말을 듣자하니 화약 제조하는 방법이 여간 까다로운 게 아니라고 하더이다. 하여 재료가 다 모인대도 그에 따르는 단계가 많고 복잡한데다가 도침의 과정 중에 사소한 충격에도 폭발의 위험이 높으니 단시일에 만들어낼 수 있는 것이 아니라 하였소.”

흑색화약을 만들기 위해선 취토(聚土)와 취회(取灰), 그리고 사수(死水), 예초(豫硝), 재련(再鍊), 도침(搗砧)이라는 여섯 가지 과정이 필요했다. 그중 초석을 정련하기 위한 작업이 취토, 목탄 등을 얻는 과정이 취회, 초석과 회(목탄)를 섞어 물에 녹인 후 정수를 뽑는 것이 사수였으며 그 뽑아낸 정수를 다시 끓여 모초덩어리를 얻는 것이 예초, 또 그 모초를 다시 끓여 아교와 섞은 후 수차례 반복하여 정초를 만드는 것이 재련이었다. 즉 저들은 현재 5단계까지 마친 것이다. 그런데 대부분의 준비를 끝낸 지금 왜 많은 시간이 필요한 것일까.

홍 내관의 설명은 이것이었다. 재련까지의 과정을 통해 뽑아낸 정초는 이제 마지막 단계인 도침으로 접어들어 화약으로 재탄생시키면 된다. 그러나 그 마지막 과정을 살펴보자면 먼저 유회와 유황을 정초에 섞고 쌀뜨물을 부어 많은 시간을 찧은 후 건조시켜야만 완성이 되는 것인데, 실은 그 과정이 결코 녹록지가 않았던 것이다.

화약의 재료 중 숯 종류 외엔 모두 전기가 통하지 않는 물질들이었다. 즉 정전기를 유발할 수 있다는 뜻이었다. 이것들은 따로 떼어놓으면 상관이 없으나 함께 섞어놓은 후 마찰이 가해지면 정전기로 인한 자체 점화로 폭발할 우려가 있었다. 하여 쌀뜨물 등을 이용해 지속적으로 건조하지 않게 방지를 해야 했는데 그나마 위험이 커서 한 번에 소량의 화약밖에 만들어내지 못하였으며, 도침 과정 중 일절 화기를 접근시켜서는 안 되는 각별한 주의도 필요했다. 그러니 사백여 상자의 물량을 단시간 내에 만들어낸다는 것은 불가능했다. 그것은 군기시의 모든 화포장이 나선다 해도 쉽게 끝낼 작업량이 아니었다.

굳은 표정으로 그 말을 듣던 단영이 말했다.

"그렇다면 무엇이오? 그들의 거사가 실은 아직 채 준비되지 않은 상태다, 이 뜻입니까?"

홍 내관이 대답했다.

"그럴 수도 있고 아닐 수도 있을 겁니다. 대규모 화약을 사용할 계획이 애초에 없다거나……."

그러나 그렇다면 어째서 이들은 화약을 준비시켜놓아야만 했던 것인가. 단영이 이해가 가지 않아 고개를 저었다. 무심히 아래를 내려다보던 이기가 중얼거렸다.

"마치 하나가 아닌 둘을 상대하는 것 같습니다."

이기의 말은 그것이 끝이었다. 그는 묵묵히 다른 이들의 말을 경청하다가 단영이 술잔을 집어들 때면 걱정 어린 눈빛으로 지켜볼 뿐 웬만해선 별다른 참견을 하지 않았다.

경진은 어려서부터 남정네들을 보아왔다. 하여 무엇보다 남녀 간의 사정에 눈치가 빨랐다. 그녀는 긴가민가했던 단영의 정체가 여자라는 것을 오늘 확신하였다. 이는 이기의 태도 때문인데, 아무리 봐도 눈빛이 예사롭지 않았기 때문이었다. 아하, 이이가 저이를 마음에 두고 있구나. 경진은 속으로 미소를 지었다. 어쩐지, 저 기이하게 생긴 이가 다쳤을 때 그 바라보던 눈빛이 그리 애잔할 수 없다 했더니만…….

딴 생각에 빠져든 경진을 단영이 불렀다.

"그대는 아무런 할 말이 없는 것이오?"

"뭐, 대단한 보고라고는 못하겠지만 조만간 마전을 잘 포섭하여 도움이 될 만한 몇 가지를 토해내게 할 수 있을 것 같습니다. 이 양반이

요즘 아주 심기가 불편해서 듣기로 잠자리에서조차 상투를 풀지 못할 지경이라니 뭐가 와도 오지 않겠습니까? 그보다 정확한 거사 날짜는 그렇다 쳐도 꼭 화약이 장치될 위치까지 알아내야 하는 겁니까? 그런 것은 웬만해선 엿듣기도 힘든데다가 아무나 붙잡고 물어볼 사항도 못 되니 말입니다."

그것은 사실이었다. 실제로 경진은 송 아무개로 신분을 속이고 있는 조창주에게 여러 차례 접근을 하였다가 하마터면 꼬리를 밟힐 뻔했던 것이다. 그런 마당에 화약에 관해 잘못 내뱉기라도 했다간 단박에 탄로가 날 것이 분명했다. 단영이 대답했다.

"그야 모르는 바는 아닙니다. 그러나 만일 그들이 그 화약의 십 분의 일이라도 도성 어딘가에 사용한다면 무고한 양민이 피해를 입을 거예요. 물론 그렇다고 위험을 자초하면서까지 이 일에 매달리라는 뜻은 아니었습니다. 안 될 것 같으면 다른 방법을 찾아야지요."

경진이 고개를 끄덕이는데 그때 홍 내관이 말했다.

"그나저나 조승해 대감을 어명 하나로 잡아넣은 후 여러 날이 지났습니다. 진찬 사건과 관련되었다 표명은 하였습니다만, 워낙 궁색한 변명이다 보니 문제가 적지 않게 일어나고 있어요. 매일 올라오는 상소문만 해도 그 양이……."

홍 내관은 곁에 있는 경진과 이기가 신경 쓰여 이렇게밖엔 얘기하지 못했다. 그러나 단영은 그 안에 숨어 있는 뜻을 정확히 알 수 있었다. 증좌가 없으니 물의가 이는 것도 당연했다.

요즘 들어 주춤하긴 하였으나 조 대감은 오랜 세월 권력의 중심부에 위치했던 인물이었다. 실권의 중추라 해도 과언이 아니었다. 그런 자가 단지 어명이라는 이유만으로 며칠째 의금부에 붙들려 있으니 사헌부(司憲府)와 사간원(司諫院) 양사가 들고일어남은 물론이요, 성균관을 위시하여 사학(四學)[23]의 선비들, 유생들의 반발이 산등성이를 따라 번지는 불길마냥 거세게 타오르기 시작한 것이다. 거기에 의종의 취약점까지 맞물려 그는 지금 집권 이래 최고의 난항에 접어들고 있었다.

의종의 취약점이란 바로 후사를 이을 왕자가 없다는 사실이었다. 약관을 넘기가 무섭게 의종과 정치색을 달리하는 이들 사이에서는 이러한 문제가 쉬지 않고 대두되어왔었다. 지금은 새로운 계비가 간택된 시점이라 잠잠하지만 이 상태로 몇 달만 더 지나면 꺼진 불씨는 다시 살아날 것이 분명했다.

의종을 끊임없이 곤경에 밀어 넣곤 하던 그 중심지에 지금껏 조 대감이 있어왔던 것이다. 그가 몇 년 전부터 급작스럽게 의종에게 척을 지기 시작했다는 것은 이제 와 새삼 조명할 필요도 없는 옛일이었다. 다만 의종의 이번 처사가 그간 그를 괴롭혀오던 조 대감과 그 일파에 대한 얄팍한 복수가 아니겠느냐는 심증들이 꼬리에 꼬리를 물어 조정 업무를 마비시킨다는 것만이 중요한 일이었다.

홍 내관은 그러한 우려를 말하고 싶었던 것이다. 계책이란 이름 하에 의종이 견뎌야 할 힘겨움을 항의하고 싶은 것인지도 모른다.

“원한다면 내가 그대를 최고의 여인으로 만들어줄 수도 있다.”

사실 단영은 토굴에서의 미묘한 감정 교류 이후로 의종을 애써 피해오는 중이었다. 그저 무안했고 그러다 보니 대면을 하기가 불편했다. 하지만 혼자 있을 때면 종종 떠오르는 그의 표정이며 말투 등을 쉬이 지울 수가 없었다.

우습다 생각했다. 장난질이나 할 만큼 이번 사태의 심각성을 모르는 그의 성격이 참 이상하다 생각했다. 하지만 그중에서도 가장 이상한

---

23) 나라에서 서울 네 곳에 세운 교육 기관.

것은 그날 일을 잊지 못하고 반복해서 떠올리는 스스로였다.

아무튼 그들의 짧은 모임은 그렇게 끝을 맺어 다시 며칠 뒤를 기약하게 되었다. 단영은 이기와 함께 돌아가겠노라며 홍 내관을 먼저 보냈다. 그러고는 경진에게 몸조심하라고 당부를 하는데, 그녀가 갑자기 단영을 저만치로 이끌더니 손에 서책 한 권을 쥐여주었다.

"이게 무엇이오?"

단영의 물음에 경진이 한쪽 눈을 찡긋하며 대답했다.

"이것이 나리껜 퍽 도움이 될 것입니다. 나중에 혼자 보시지요."

그러고는 곧 날아갈 듯 인사를 하고는 돌이켜 가버리는 것이었다. 이기를 지나치며 뜻이 담긴 눈짓을 하는 것도 잊지 않았으나 잘해보라는 무언의 응원임을 그는 알아채지 못했다.

"덥구나."

영루관을 빠져나오며 단영은 저도 모르게 중얼거렸다. 얼굴 위를 덮은 찐득한 풀로 인해 기분이 영 개운하지 않았다. 북악산 토굴 근처에 폭포수가 있었는데……. 그곳에 다다르면 얼추 해가 질 것이니 아예 냉수욕을 하는 건 어떨까, 단영은 생각했다.

경진은 저만치 두 사람의 모습이 사라지는 것을 오래도록 바라보았다. 단영은 앞에, 이기는 두어 걸음 뒤에 따르는 것이 상하의 관계가 확실히 느껴졌다. 그렇지만 남녀 관계에 상하가 언제까지 가능하려고, 경진은 또다시 미소를 지으며 생각했다. 몸종이 물었다.

"아씨, 아씨는 어찌 그리 즐거운 얼굴을 하신대요?"

"그럼 내가 즐겁지 않을 이유라도 있다는 거요?"

"에이, 다른 이는 속여도 나는 못 속이지. 척 봐도 아씨 마음이 저치에게 기우는 게 보이던데. 언제 만날지 모르면서 그렇게 넋 놓고 보내서 아깝지 않겠냐, 그 소리 아니오, 지금."

경진이 습관과도 같은 화사한 미소를 거두며 말했다.

"나는 이제야 고작 마음이 가는 정도인데 저이는 이미 다른 이를 담뿍 담고 있으니 어찌 상대가 되겠소? 두고 보시오. 저자는 그 묶인 마음에서 쉬이 벗어나지 못할 것이니."

단영을 바라보는 이기의 눈빛, 이는 경진이 누군가에게서든 꼭 한 번은 받고프다 바라오던 그것이었다. 남의 떡이 커 보인다던가. 아직 제 차례는 오지도 않았는데 다른 이를 시기하는 좁은 속이 우스워 경진은 씁쓸해졌다. 그녀는 붉은 노을빛 속으로 아즈라이 사라지는 두 사람의 그림자를 좀 더 지켜보다가 문을 닫았다.

같은 시각, 의종은 정전위 몇을 대동한 채 금부옥으로 들어서고 있었다. 걸음은 주저함 없이 조승해 대감이 갇혀 있는 곳으로 향하였다. 등을 꼿꼿이 세운 채 양반다리를 하고 있던 조 대감이 감은 눈을 떴다. 그러고는 육중한 몸을 느리게 움직여 무릎을 꿇고 절을 하였다.

"지낼 만은 하시오, 영상대감."

조 대감이 허허, 웃음을 터트리며 대답했다.

"조정의 녹을 받아온 그 긴 세월, 어찌 이런 환란이 처음이겠습니까. 소신은 잘 견디고 있사오니 그만 근심을 거두시옵소서, 전하."

의종이 웃을 차례였다. 그러나 그는 그러지 않았다. 대신 질문을 한 가지 하였다.

"이란격석(以卵擊石)[24]의 뜻을 아시오, 영상?"

어찌 글 읽는 선비가 고작 그 뜻을 모를 수 있단 말인가. 조 대감은 현재의 상황을 빗대어 하는 말임을 알고 그저 침묵할 뿐이었다.

의종의 말이 이어졌다.

---

24) 계란으로 바위를 친다.

"지난 단옷날 진찬에서의 그 독주 사건 말이오. 그 건에 대해 할 말이 없습니까?"

조 대감이 고개를 저었다. 지금껏 그래왔던 것처럼 본인은 아무것도 모른다는 뜻을 피력하고자 하는 것이다.

의종이 말했다.

"지금까지 밝혀진 내용에 의하면 그 진찬에 놀이패를 끌어들이는 데 결정적 역할을 한 이는 아무도 없다 하였소. 예조판서 손익중은 허가는 하였다 말하였으나 이는 예조참의 서석봉의 의견을 수렴한 것에 불과한 것이라 하고, 반대로 서석봉은 자신의 의견이 아니라 예판의 명을 따른 것이라 주장하지. 허나 둘 중 누구도 조 대감의 이름 석 자를 내뱉은 이는 없었소."

조 대감 또한 잘 아는 일이었다. 의종이 어디에서 심증을 얻었는지 모르겠지만 아직까지는 물증이 쉬이 찾아지지 않으리라는 것이 조 대감의 기대였다. 허나 그 말을 하려고 일부러 걸음을 한 것일까? 의종이 말했다.

"그런데 무언가 이상하지 않소? 예당 삼인 중 예조참판 허민구만 빠져 있는 것이 말이오. 원래대로라면 예조참의 서석봉은 예판에게 그 의견을 논하기 전 미리 예조참판의 심의를 거쳤어야 했소. 또한 예판 손익중이 예조참의의 의견을 수렴하는 과정에서도 예조참판을 거쳐 그 명을 전달하는 것이 올바른 순서였을 텐데 그들은 한결같이 이러한 순서를 무시했다는 거지. 어째서 그랬을까? 대감은 짚이는 바가 없습니까?"

조 대감의 낯빛이 어두워졌으나 해가 저문 뒤라 구분이 되진 않았다. 의종이 다시 말했다.

"이제 내일이면 예판과 예조참의를 불러들여 이 점을 다시 확인하게 될 거요. 사실 내가 궁금한 것은 이것이오. 그들은 과연 직접 대면을 하고 이러한 일을 진행했을까? 아니면 누군가의 간계에 의해 그리 되었다고 믿는 것인가?"

의종이 조용히 미소를 지으며 조 대감을 내려다보았다. 조승해 대감은 자신이 점점 사지로 몰린다는 느낌을 받았다. 어쩌면 주상은 더 많은 것을 알고 있을지도 모르겠다는 우려가 생긴 것이다. 그리고 그런 조 대감의 걱정을 확인시켜주듯 의종의 다음 말이 이어졌다.

"내 근자에 조가 창주라 하는 인물에 대한 외문(外聞)[25]을 자주 듣는 편이오. 중전의 사가 시절 영평부원군의 사노비 둘을 죽인 죄로 참형까지 언도받았다가 도주를 했다던가. 그런데 알고 보니 그자가 조 대감의 서자라 하더이다. 맞습니까?"

의종은 대답 없는 조승해 대감을 좀 더 내려다보다가 몸을 돌렸다. 흙빛이 되어 주상의 뒷모습을 바라보는 조 대감의 귀로 이런 말이 마지막으로 들려왔다.

"당시 수원군수였던 김낙환의 말에 의하면 조가 창주가 도주하기 며칠 전, 그가 갇혀 있던 부옥(府獄)[26]을 규찰(糾察) 명목으로 다녀간 이가 지금의 예조참판 허민구였다지. 고작 사헌부 감찰(監察)[27]의 자리에 있던 자가 이처럼 단기간에 종2품에까지 오를 수 있었던 것은 바로 조 대감의 천거에 의한 것이라던데, 참으로 기막힌 우연이 아니오?"

당시 사헌부 소속이었던 허민구는 조창주의 도주를 용이케 하기 위해 수원 관서 부옥을 정탐했었다. 후에 조 대감이 역모 세력과 손을 잡을 때 허민구의 공을 인정하여 품계를 올려주고 적시적소에서 이용을 해왔던 것이다. 임금이 수원에서 벌어졌던 사사로운 사건에까지 관심

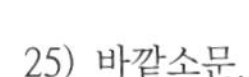

25) 바깥소문.
26) 관서옥.
27) 정6품.

을 두지는 않을 거라는 확신에서 행한 일이었다. 그가 하필이면 윤돈경의 여식 윤단영을 계비로 맞아들이던 상황에서도 조 대감의 걱정이 그다지 크지 않았던 것 또한 일개 살인 사건과 역모 사건이 맞물릴 가능성은 없을 거란 판단에서였다. 그가 어찌 의종과 단영 사이에 벌어졌던 수많은 일들을 짐작이나 할 수 있었겠는가?

조승해 대감은 의종의 멀어지는 뒷모습을 보며 두 눈을 부릅떴다. 어차피 의금부에 하옥되었으니 무언가 한둘은 걸릴 것이다, 각오는 한 참이었다. 그러나 이 정도로 확실하게 꼬리를 밟힐 줄은 몰랐기에 그 당혹감이 클 수밖에 없었다. 밀려오는 두통을 애써 참자니 금부옥을 지키는 관원 한 사람이 어슬렁어슬렁 다가왔다. 의금부도사(義禁府都事) 서병출이란 자였다.

"저, 영상대감."

누군가가 사가 심부름을 왔다며 안으로 들여도 될지 그 가부를 물어온다. 의금부에 하옥된 죄인인 만큼 철저히 금지될 사항이었지만 간혹 금부를 지키는 관원 중에는 이처럼 뒷돈을 받고 얼마간 사정을 보아주는 이들도 종종 있었다. 이 의금부도사도 별다른 죄목 없이 잡혀온 영상대감이니 수일 내로 풀려날 거란 계산에 그리 한 것이다. 조 대감의 승낙이 떨어지자 서병출은 밖으로 나가 쓰개치마를 두른 여인 한 명을 데리고 왔다.

"누구냐?"

처음 보는 낯선 계집을 향해 불편한 음성으로 물었다. 그녀가 먼저 다소곳이 절을 올린다.

"소녀는 윤가 초영이라 하오며 조가 명례가 이년의 어미 되옵니다."

명례란 이름에 미간을 찌푸렸다. 그녀는 조창주의 누이요, 자신의 서녀 되는 아이였다. 그들의 어미가 워낙 고와 어릴 때부터 이리저리 손을 타다가 결국 조 대감의 비첩이 되었던 것이다. 그러나 비천한 신분에 나이까지 들어 미색이 퇴색하니 모진 종살이 신세는 여전하였다.

"네가 그 아이로구나."

별다른 감흥은 없었으나 따지고 보면 손녀이니 다시 보게 되기는 하였다. 인물은 제 외조모를 닮았고 성품도 어미와 달리 반듯해 보였다. 그는 고개를 끄덕이다가 불쑥 말하였다.

"어째서 주상의 마음을 잡지 못했누?"

그 정도 외모를 가지고 어떻게 사내의 눈 밖에 날 수 있었냐는 뜻이었다. 실제로 앞에 놓고 보니 아쉬움이 생겼다. 이 아이가 주상을 휘어잡아 성총을 흐려주었더라면 좋았을 것을.

초영이 대답할 말을 찾지 못해 망설이다가 작은 꾸러미를 내놓았다. 호주머니에 담길 크기의 곰방대이다. 본래 담배를 즐겨 태우는 조 대감이었다. 무슨 일을 하든 담뱃대를 손에서 떼지 못했는데 의금부에 갇히다 보니 안 그래도 담배 생각이 간절해진 참이긴 했다.

조승해 대감이 곰방대와 잘게 썰린 담배를 내려다보다가 의심스런 눈초리로 물었다.

"이것을 전해주라 너에게 시킨 이가 누구냐?"

조창주가 거론된다면 당장 가져가라 할 참이었다. 그런데 다른 이름이 나왔다.

"어미가……, 이년의 어미가 대감마님께선 담배가 없으시면 한시도 참지 못하신다며……."

명례가? 조 대감은 초영을 내려다보며 생각했다. 참 성질머리 고약한 계집이 바로 조명례 그녀였다. 다른 서출들과 달리 꼬박꼬박 아버님이라 부르며 고집을 피워 집안에 난리가 난 적도 여러 번이었다. 그러나 바꿔 생각하면 제 아비에 대한 정이 깊어 그런 것이려니 싶어 크게 노엽거나 했던 적은 없었던 것도 같다. 부원군의 소실 정도면 금부옥을 출입시킬 뒷돈 정도야 충분히 댈 수 있을 터, 그는 남은 의심마저 거두기 위해 마지막 질문을 하였다.

"네 외숙 되는 조창주, 그 녀석과는 아무런 연관도 없다는 뜻이렷다?"

초영의 눈매가 약간 떨렸다. 마침 조창주의 당부를 생각하고 있었던 것이다.

"대감마님께선 서출을 사람 취급하지 않는 분이시다. 특히 나에 관해선 더 그렇지. 하지만 네 어미가 보냈다 하면 순순히 받아줄 것이니 너는 그리만 대답을 하거라."

"어째서 이런 것을 외할아버님께 드리려 하는 것입니까?"

실은 고작 담뱃대 하나 가지고 그런 곳에 들어가야 하느냐 묻고 싶었다.

"아무리 막돼먹은 종자라 하여도 제 아비가 옥사에 갇혔다는데 마음 편할 놈이 어디에 있겠느냐? 너는 가서 이것을 먼저 전해드려 마음을 조금이라도 편케 해드린 후에 무엇을 더 해드리면 좋을지 그것을 알아가지고 오너라. 네가 이번 일만 잘해준다면 내 장담하건대 대감마님께선 너를 다시 한 번 찾게 되실 게야. 그게 무엇을 뜻하는지 모르지는 않겠지?"

그래, 어쨌든 친부가 아닌가. 무슨 다른 까닭이야 있으려고.

"이년의 어미는 외숙과 만나려 하질 않으십니다. 왜냐하면…… 대감마님께 일어난 이번 일이 외숙의 탓이라고 믿고 계시기 때문입니다."

조 대감이 흥, 코웃음을 웃었다. 그렇지만 명례 그것이 아주 맹물은 아니었다고 다시 생각을 하는 것이었다. 그는 담배를 곰방대 안에 꾹꾹 눌러 채우며 말하였다.

"내 너에게 청을 하나 해야겠다. 들어줄 수 있겠니?"

청이라는 말에 초영이 얼른 고개를 숙였다. 조 대감의 말이 이어졌다.

"너는 이 길로 나가 네 어미를 만나거든 다른 감정 다 집어치우고 곧장 창주 그놈을 찾으라 하여라. 그리고 이렇게 전하라 이르거라. 예조참판 허민구를 버려야 한다고. 알겠느냐?"

물러나오는 길에 뒤를 돌아보니 곰방대에 불을 붙이는 조 대감의 모습이 눈에 들어왔다. 환한 빛이 어른거리는 옥사 안으로 그 그림자가 마치 불 가운데로 사려지듯 너울거리고 있었다.

어째서일까. 초영은 무거운 마음을 부여잡고 궐로 되돌아왔다. 외조부를 처음 만난 오늘, 그녀는 서글픈 마음을 가눌 길이 없었다. 만일 어미가 정실의 몸에서 났더라면, 그랬다면 자신도 당당히 외조부라 칭하며 아이 때부터 그의 관심을 받을 수 있었을까.

그녀가 막 은선당에 들어서려던 참이었다. 저만치 뒤에서 누군가의 발소리가 들려 돌아보니 뜻밖에도 자령군이 서 있었다. 초영은 걸음을 멈추었다. 그대가 어찌하여 이곳에 계십니까.

단영은 자경전(慈慶殿) 앞마당을 있는 힘껏 가로질러야 했다. 여러 차례 궁을 드나들다 보니 그만 방심하고 말았다. 교태전에 들기도 전에 금군들에게 쫓기게 된 것이다. 가뜩이나 멱을 감아 변장도 지운 상태니 지금 잡히면 변명의 여지가 없었다. 아무리 의종이라도 한밤중에 궐 담을 타넘다 금군에게 걸린 중전을 구제하긴 힘든 것이다. 그러니 달려야 했다.

교태전으로 방향을 잡을 순 없어서 먼저 비현각 쪽으로 달렸다. 다른 때는 허술하다고만 느껴지던 금군들이 오늘 따라 어찌 이리 방비가 철통같은지 얼마 달리지 못하고 앞을 가로막히고 말았다. 단영은 급한 김에 몸을 날려 강녕전(康寧殿)으로 넘어갔다. 일단 몸을 피한 것까진 좋은데, 산 너머 산이라고 이제부터는 잡히기만 하면 주상 전하를 노린 자객의 신분이 될 처지에 놓이고 말았다. 그러니 다른 곳으로 도망해야 했다. 벌써부터 강녕전 주위는 삼엄한 금군들의 발소리와 날카로운 호각 소리로 가득 찼다. 단영은 짜증스레 주위를 돌아보다가 다시 담을 넘어 사정전(思政殿) 안으로 내려섰다.

이미 업무가 끝나 모두가 출궁한 사정전 안은 어둠만 짙게 내리깔려 있었다. 사방이 조용해지면 다시 움직이는 게 좋겠다 판단하고 사정전에 이어진 만춘전(萬春殿)으로 숨어들었다. 봄을 맞아 임금이 정무를 보던 편전으로서 의종은 특히 이곳을 좋아하여 한쪽에 커다란 책장을 여럿 놔두고 자신의 개인 서재로도 사용한다 들었다.

그녀가 막 바닥에 내려선 참이었다. 누군가가 다가오는 소리가 들렸다. 할 수 없이 구석진 곳의 책장 위로 올라갔다. 장신의 사내도 훌쩍 넘기는 커다란 책장이어서 잘만 하면 안 들키고 넘어갈 수 있을 것 같았다. 곧 장지문이 열리며 두 사람이 들어왔다.

"그래서 잡지는 못하였고?"

의종의 목소리였다. 곁에서 임 내관이 그렇다고 대답하는 것으로 보아 궐내의 침입자에 대해 아뢰는 모양이었다. 그나마 의종이 나타났으니 다행이다 싶어 임 내관이 나가기만을 기다렸다. 그러나 이미 육순(六旬)을 넘어선 이 노내관은 탁자 앞에 앉아 구부정하게 책을 펼쳐 들 뿐 나갈 기미가 보이지 않았다.

그녀는 어쩔 수 없이 책장 위에 엎드려 고개를 두 팔 위에 파묻었다. 너무 뛰어다니느라 피곤했던 탓이다.

얼마나 지났을까. 누군가의 발소리가 책장을 향해 다가왔다. 이리저리 배회하는 것을 보니 찾는 서책이 있는 모양이었다. 혹 임 내관이면 어쩌나 싶어 숨소리를 죽인 채 몸을 사리다가 발자국 소리가 더 이상 들리지 않자 천천히 고개를 들어보았다.

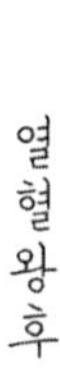

"……!"

의종의 커다래진 눈동자가 정면으로 내려다보였다. 실로 어이가 없는지 한동안 말도 못하던 그는 이내 임 내관에게 나가라 지시를 한다. 그러고는 다시 단영에게로 시선을 돌렸다.

의종은 정말 많이 놀랐었다. 책에 몰두하여 언뜻 걸음을 멈추었다가 이상한 느낌에 고개를 든 것인데 그만 산발한 여인과 눈이 마주치고 만 것이다. 책장 위에 엎드려 있는 단영의 모습이 어찌 보였을지는 의종만이 알 일이었다.

"그대는 참으로 많은 모습을 내게 보여주는군. 이젠 또 뭐가 남았지?"

단영은 할 말이 없어 눈만 깜박거렸다. 그녀 또한 놀란 터라 내려가야 한다는 것도 잊고 있었다. 그러다 겨우 정신을 차렸는데 그때 의종이 받침대를 발로 끌어 와 그 위로 올라섰다. 이제 두 사람의 거리는 좀 전보다 많이 가까워져 있었다.

불과 반(半) 자도 안 되는 거리에 의종의 시선이 머문다. 단영은 부담스러워 고개를 돌렸다. 그저 디디고 내려갈 곳을 찾는데 그때 의종의 왼손이 길게 늘어진 단영의 머리카락을 잡았다. 손바닥에 한 차례 감아쥔 채 물기가 느껴지는지 손가락 끝을 비벼보기도 한다.

"돌아오는 길에…… 날이 무더워서."

찬물에 멱을 감은 단영의 몸은 좀 전의 뜀박질로 인한 열기와 합쳐져서 기묘한 느낌을 주었다. 달아오른 뺨과 차갑게 젖은 머리카락, 이마 위로 솟은 자잘한 땀방울과 짙은 물내음.

단영이 중언부언 까닭을 말하는 동안 의종의 오른손이 문득 그녀의 뒷머리에 놓였다. 그러고는 살며시 끌어당기며 아직 말이 채 끝나지 않은 그 입술에 가볍게 입맞춤을 하였다. 단영의 몸이 경직되었다. 눈도 깜박이지 못한 채 바라보자 의종의 손이 그녀의 눈을 감겨주었다. 그리고 조금 더 긴 두 번째 입맞춤이 시작되었다.

따뜻하고 부드럽고 또 조심스럽게. 머릿속이 하얗게 변색되는 것을 느끼며 저도 모르게 그 흐름을 따라가던 단영이 뒤늦게 놀라며 머리를 들었다. 여전히 의종의 얼굴이 가까이에 내려다보였다. 목에 닿아 있는 의종의 손을 밀어내며 뭐라 중얼거리는데, 화가 난 듯했지만 제대로 들리지는 않았다. 대신 그녀의 품 안에서 무언가가 툭, 떨어졌다. 경진이 준 서책이었다.

단영이 경황없어하는 동안 의종이 먼저 그 서책을 집었다. 중간을 펼쳐들며 난해한 표정을 짓더니 곧 소리 내어 읽기 시작했다.

“여인의 아미(蛾眉)는 완곡히 굽어진 능선길이요, 또한 그 붉은 입술은 설산에 핀 한 떨기 주화더라. 여인의 흑단 같은 머리채가 솔기 사이로 드리워지니 움츠린 어깨가 더욱 희어 눈부심이 마치 달과 같구나.”

그들의 눈길이 허공에서 얽혔다. 책장을 내려오던 단영의 얼굴 위로 당혹감이 스치는데 이를 지켜보는 의종은 재미있다는 표정이다. 단영이 재빨리 서책으로 손을 뻗었다. 그러나 의종은 가볍게 몸을 틀어 이를 피하며 다음 구절을 읽어 내려갔다.

“자주 저고리 옥완(玉腕)[28]을 거둬낼 제, 뉘가 비단이요 뉘가 살갗이랴. 옥부(玉膚)[29] 위로 섣부른 손길 잔허리를 질러가니 여인의 능곡이 휘어진 활과 같더라.”

다름 아닌 남녀 간의 애정을 다룬 소설집 춘서(春書)였다. 기방이나 궁녀들 사이에 많이 읽히는 것이다. 경진의 짐작으로는 단영이 검이나 휘두르며 사내 행각을 하는 것으로 보아 필경 어린 시절부터 저리 길러진 모양이다, 싶었고 또한 그랬기에 누가 보아도 알 수 있는 이기

---

28) 미인의 팔.
29) 옥같이 아름답고 고운 살갗.

의 눈빛을 무심히 넘기는 것이라 싶었던 것이다. 하여 감춰진 여심을 꺼내보라는 의미로 한 권을 권해준 것인데 그만 의종의 손에 들어가고 만 것이다.

단영이 다시 책을 향해 손을 뻗었다. 이번에도 의종은 그것을 높이 쳐들며 단영의 공격을 피하였다. 저도 모르게 쿡쿡 웃음소리가 비어져 나오는데 이를 듣는 단영은 황망하기만 하다. 의종이 좌로 트는 것을 보며 단영은 곧 우로 달려들었다. 앞길을 차단하여 책부터 뺏고 보겠다는 의도였다. 그러나 채 당도하기도 전에 의종이 몸을 바로 세우며 달려드는 그녀를 품에 안았다. 이마가 그의 가슴에 부딪히며 마치 제 스스로 품안에 뛰어든 형국이 되고 말았다.

"놓아주십시오."

의종의 한 팔이 어깨를, 또 한 팔이 머리를 감쌌다. 단영이 몸을 빼려 하였으나 의종의 힘을 당해낼 수 없었다. 억지로 빼자면 못할 것도 없겠지만 일단은 다시 청을 하여보는데 의종은 그럴 마음이 없는지 오히려 힘을 더 가하였다. 그의 턱이 단영의 정수리를 간질였다.

"……제 것이 아닙니다."

어째서 이 말이 뒤미처 생각난 것일까. 창피함과 당혹감에 저도 모르게 한숨을 내쉬었다. 가만히 그녀의 체온을, 목소리를, 그리고 한숨을 느끼던 의종이 조용히 미소를 지었다.

"손만 작은 게 아니었군."

그러고는 갑자기 그녀를 안아 올려 탁자 위에 앉혔다.

그가 다가오는 것을 보며 단영은 좀 전에 배운 대로 얼른 눈부터 감았다. 그러나 이것은 받아들임의 의미이기보단 당황에서 기인한 본능에 더 가까웠다. 입술이, 그 속살이, 그리고 부드러운 혀가 닿아 간질이는 모든 촉감이 마치 꿈인 듯 생경하여 호흡을 막아왔다. 기운이란 기운이 모두 빠져나가는 듯했고 손가락마저 움직이지 못할 무력감이 단영을 휘어 감았다. 의종의 거친 숨소리가 간헐적으로 그녀의 귀를 울렸다. 하지만 사실은…… 그가 무엇을 하는지 생각할 여력이 단영에겐 없었다.

의종의 손이 먼저 자신의 야장의 앞섶을 풀었다. 그리고 곧 단영의 짧은 상의 옷고름을 풀어 그 안으로 미끄러져 들어갔다. 포근하고 풍만한 대신 가늘고 단단한 허리가 만져졌다. 단영의 곧은 허리뼈와 매끄러운 피부의 촉감이 손끝을 통해 전달되었다. 그가 그녀의 무릎을 살짝 벌리며 허리를 잡아 앞으로 바짝 끌어당겼다. 그들의 맨 살갗이 조용히 맞닿았다.

꿈결같이 야릇한 기분에 빠져 있던 단영이 퍼뜩 정신을 차렸다. 속살의 맞닿음에 이질감을 느낀 것이다. 순간 온갖 현실의 감정이 그녀를 휘어잡으며 거센 몸부림이 시작되었다. 그러나 이미 사내의 양팔에 단단히 잡힌 몸을 빼낸다는 것은 쉬운 일이 아니었다.

단영은 의종의 손이 위를 향해 이동하는 것을 느끼며 필사적으로 몸을 비틀었고 곧 가슴을 친친 동여맨 무명천을 풀기 위해 틈이 생겼을 때 힘껏 그를 밀어버렸다.

단영의 눈에 가장 먼저 띈 것은 풀어헤쳐진 의종의 야장 사이로 드러난 굴곡진 가슴이었다. 그리고 다시 그의 차갑게 굳은 얼굴이 시야에 잡혔다. 단영은 숨이 턱턱 막히는 것을 느끼며 자신을 내려다보았다. 풀어진 상의와 함께 양손에 들린 유척(鍮尺)이 보였다.

"실수였겠지."

의종의 조용한 음성이 들려왔다. 단영이 그에게로 시선을 돌렸다. 이번엔 아랫배에 길고 얇게 잡힌 붉은 혈흔을 발견했다. 유척을 빼어 들 때 베인 상처였다. 단영의 몸이 굳었다. 옥체에 상처를 낸 것이다. 의종이 다시 말했다.

"그 유척을 내려놓는다면 실수로 인정하고 넘어가주겠다."

그러나 단영은 여전히 망설였다. 그것은 이대로 그를 받아들임을 뜻하기 때문이었다. 남녀 간의 일엔 무지하였으나 그래도 본능적인 두려움은 있었다. 단영이 물었다.

"그리 한다면 이대로 신첩을 보내주시겠습니까?"

의종의 얼굴이 슬쩍 뒤틀렸다.

"지금 장난하나?"

단호한 그의 얼굴을 바라보며 단영은 깨달았다. 의종에겐 그녀를 그냥 보내줄 의향이 전무하다는 것을. 단영이 유척을 휘둘러 앞가슴을 보호하며 말하였다.

"정히 그러시다면 신첩도 물러서지 않겠습니다."

이제 당황한 쪽은 의종이었다. 그는 도무지 이해가 되지 않았다. 지금까지의 기묘한 감정들은 혼자만의 것이었단 말인가. 단영의 말은 계속되었다.

"이미 약조하지 않으셨습니까? 폐서인이 되기 전까지 신첩을 찾지 않으시겠다고 말입니다."

의종이 어이없다는 표정으로 바라보다가 대답했다.

"내가 그대를 폐하지 않는다면 그 약조도 없는 일이 되는 것이지. 아니 그런가?"

단영이 단호하게 대꾸했다.

"신첩이 냇가에 버려진 조약돌이라도 되는 것입니까? 전하의 마음대로 버렸다 거두어들였다 해도 되는 미물이었습니까?"

의종에게 얇은 냉기가 한 겹 더 둘러졌다. 단영의 얼굴을 뚫을 듯 쳐다보다가 말했다.

"다시 말하지. 그 유척을 내려놓는다면 이번 일은 조용히 덮겠다. 어찌하겠는가?"

그러나 단영은 여전히 단호하기만 했다.

"어차피 폐서인을 시키기 위해선 그에 합당한 흠을 찾으셔야 할 터이니, 이번 기회를 이용하시면 뜻을 이룰 수 있으실 테지요."

의종의 입이 굳게 다물렸다. 도무지 그녀의 속을 헤아릴 수가 없었다. 이미 한 번 내치겠다 했던 일이 마음에 걸려 그동안 조심스럽게 자제해왔다. 혹 성급하게 굴면 잃게 될까 봐 한걸음 물러나 지켜보는 것에 만족했다. 그런데 좀 가까워졌나 싶은 이참에 단영은 아직 아니라 한다. 누구에게도 이 같은 정성을 보인 적 없던 그이고 보면 단영의 행동이 이해가 안 되는 것도 당연한 일이었다.

의종의 눈이 단영의 몸을 훑다가 여전히 풀려 있는 상의 안에서 멈췄다. 둘둘 감긴 흰 무명천 아래로 군살 없는 탄탄한 배가 호흡에 따라 천천히 움직거렸다. 그는 좀 전의 감촉이 다시 떠올라 눈을 감았다. 그러고는 머릿속의 모든 미련을 떨치며 그곳을 빠져나갔다.

거칠게 닫히는 장지문 소리에 단영의 긴장이 함께 풀렸다. 천천히 양손에 들린 단도를 살폈다. 오른손에 쥔 단도 날에 검붉은 핏자국이 보였다. 손수건을 꺼내 그 피를 닦아냈다. 흰 천 위로 의종의 피가 소리 없이 스며들었다. 단영은 그 생기 없는 빛깔을 오랫동안 내려다보았다.

한참 뒤 정신을 차리고 옷깃을 여미는데 그때 최 상궁이 당도했다. 대전 양 상궁의 기별을 받고 왔다 했다. 중전이 그곳에 있으니 와서 모시라는 의종의 전갈이 있었다는 것이다. 씁쓸했다. 최 상궁이 준비한 의복을 입으면서도 저도 모를 한숨이 끊어질 듯 이어졌다.

다음날, 여느 때와 다름없는 아침이 은선당(殷璿堂)에도 찾아왔다. 분주히 움직이는 궁인들의 손 아래로 윤기가 반들반들한 대청마루가 닦이고 또 닦였다. 그 틈에 끼어 웃전의 소세 물을 옮기던 초영의 귀로 놀란 자빈의 목소리가 들려왔다.

"무어라? 영상대감께서?"

느닷없이 외조부가 거론되자 초영도 우뚝 멈추었다. 정 상궁의 나직한 목소리가 들려왔다.

"어제…… 누군지 알 수 없는 묘령의 여인이……, 아무래도 그 담뱃대로 인해 중독이 되어……, 누군가의 사주로 그리 된 듯하다고……."

손에 들린 놋대야가 대청바닥에 곤두박질치며 요란한 소리를 냈다. 곧 정 상궁이 뛰쳐나와 호되게 꾸짖었지만 초영에겐 아무것도 들리지 않았다. 그저 멍한 얼굴로 방 안의 자빈을 마주보다가 그곳을 뛰쳐나갔다. 정 상궁이 쫓으려 했지만 자빈이 붙잡았다.

"조승해 대감이라. 저 아이에겐 외조부가 되는 분이 아닌가?"

자빈의 중얼거림에 정 상궁이 그제야 사정을 알겠다는 듯 고개를 끄덕였다. 근처 나인들의 눈가에 측은한 빛이 자리 잡았다.

그 소식은 궁 밖의 사람들에게도 커다란 충격이었다. 아침 일찍 발견된 영의정 조승해 대감의 주검은 싸늘하게 굳은 채 얼굴 위로는 쌀알 같은 검은 반점이 가득 뒤덮었더라고 했다. 검안 결과 독살로 확정이 되었으며 그에 따른 살옥발미(殺獄跋尾)[30]가 의종에게 직접 전달되었다.

"묘령의 여인이라."

단영이 미간을 잔뜩 찌푸린 채 중얼거렸다. 본래 금부옥은 아무나 드나들 수 없는 곳이었으나 조 대감은 약간 달랐다. 그는 그저 임금의 명만으로 갇힌 죄인 아닌 죄인이었기에 방면되었을 때를 대비하여 의금부 관원들도 모두 예외를 둘 수밖에 없었던 것이다. 그러니 어린 여인의 사가 심부름을 눈여겨볼 사람 또한 아무도 없었을 것이다.

---

30) 검안 기록.

"설마 그자가 자신의 친부까지도 희생할 줄이야. 이 정도로 악랄할 줄 미처 몰랐구나."

그녀의 말에 최 상궁이 그자라니요, 하고 되물었다. 그러나 단영은 고개를 저으며 생각에 잠겼다. 생각의 끝은 곧 의종에게로 향하였다. 안 그래도 영의정 강제 감금 사건으로 입지가 좁아진 참이었다. 이제 금부옥 안에서 살해를 당하기까지 하였으니 그야말로 사면초가의 위기에 빠진 셈이다. 왕권의 실추, 그것은 결코 단순한 일이 아니었다.

이 모든 게 그대로 인해 자행된 것 아니오!

이렇게 따지고 드는 홍 내관의 목소리가 들리는 것 같아 단영은 마음이 무거웠다. 괜한 짓을 벌였나 싶었다. 그대는 순진한 건가, 아니면 그저 모르는 게 너무 많은 것인가? 의종 또한 아른거리긴 마찬가지였다. 생각에 잠겼던 단영이 흠칫, 몸을 떨었다. 의종을 떠올리기가 무섭게 전날의 일이 생각의 틈을 비집고 들어선 때문이었다. 그의 입술이, 그의 목울대가, 그의 단단한 쇄골이 눈앞을 스치고 지나갔다. 이마와 몸에 닿았던 탄탄한 가슴과 배의 촉감 또한 생생히 기억이 났다. 저도 모르게 으으, 신음을 흘리다가 최 상궁의 시선에 곧 상념에서 빠져나왔다.

최 상궁이 그녀의 손목을 가리키며 물었다.

"설마 추우신 겁니까?"

오소소 돋아난 소름 때문이었다.

예상대로 의종을 향한 지탄의 소리는 봇물 터지듯 밀려들었다. 옥당(玉堂)[31]과 양사(兩司)[32]에서의 상소가 며칠 새 더욱 빗발쳐 조정의 업무

---

31) 홍문관.
32) 사헌부와 사간원.

를 마비시켰다. 이제 정말 조 대감의 유죄를 입증하지 않는 한 사태를 수습하기는 어려울 듯 보였다.

이기는 누군가의 기척에 고개를 들었다. 맞은편으로 매당 할멈이 끄응, 무겁게 앉았다.

"도무지 어디에 감추었는지 알 수가 있나. 날은 더워 죽겠고, 원."

그녀는 이기를 위해 생모 오월의 행방을 찾고 있는 중이었다. 독주를 마셨다가 깨어난 후 이기는 다시는 단영을 속이지 않겠노라 스스로 다짐하였다. 그러나 그런 그를 바라보는 매당 할멈의 마음은 또 다른 것이어서 결국 스스로 오월을 찾아 나서게 된 것이다. 그런데 아무리 조창주의 뒤를 털어보아도 어디에 감춘 것인지 알아낼 수가 없었다.

"조가가 저기 보이는 객주로 들어섰다. 너도 보았느냐?"

이기가 고개를 끄덕이자 매당 할멈이 다시 말했다.

"그럼 그 별당 계집도 함께 보았겠구나."

별당 계집이란 초영을 이르는 소리다. 매당 할멈은 원래 초영을 그다지 좋아하지 않았다. 몇 해 전 광교산에 놀러 왔던 초영이 식모쯤 되는 줄 알고 할멈에게 대뜸 하대를 했다가 하마터면 지팡이로 두들겨 맞을 뻔한 일이 있었다. 매당 할멈이 단영의 하대를 참아내는 것은 그나마 지체 때문이었으니 초영의 반말지거리를 그냥 넘길 리 없었던 것이다. 이기가 막아주어 별 탈은 없었지만 그 뒤로 할멈은 초영을 거들떠보지도 않게 되었다.

"요기는 좀 하고 다니는 거냐?"

매당 할멈이 이기의 감정 없는 얼굴을 보며 혀를 찼다. 광교산에서부터 쓸데없는 망상은 버리라고 기회 있을 때마다 잔소리를 했었다. 비천한 종놈이 언감생심 아가씨를 마음에 품었으니 이는 집안이 기울어 인경 낭자와의 연정이 어긋나버린 장씨에 비할 바가 못 되었다. 애초에 불가능했던 것이다. 어째 거둬들이는 놈마다 이 모양인지, 매당 할멈은 카악 가래침을 뱉어낸 후 잔뜩 찌푸린 얼굴로 자리에서 일어섰다.

이기 또한 그녀의 힘겨워 보이는 뒷모습을 바라보다가 자리에서 일어섰다. 객점으로 들어서니 가장 안쪽의 객실 문 앞에 낯익은 덩치 큰 사내의 모습이 보였다. 이기는 아무 방에나 들어가 다시 창을 통해 빠져나온 후 난간을 따라 덩치가 지키던 객실 창까지 다가가 밑에 앉았다. 곧 초영의 울음 섞인 목소리가 들려왔다.

"어찌 이러실 수가 있습니까? 제 손으로 외할아버님을 해하였습니다. 어찌 저를 이렇게 대하십니까? 외숙께서 왜 이러시는지 도무지 그 이유를 모르겠습니다."

이기는 미간을 찌푸렸다. 초영의 짓이 아닐까, 짐작은 하던 참이었다. 조창주의 간계에 쉽게 놀아날 수 있으면서 또한 조 대감이 마음을 놓을 수 있는 묘령의 여인이라면 초영 정도가 가장 적합했던 것이다. 단영의 생각 또한 마찬가지여서, 이기가 조창주의 뒤를 밟는 것도 사실은 그 때문이었다. 그러나 직접 듣게 되니 마음이 아팠다. 조창주의 말이 이어서 들려왔다.

"시끄럽구나. 사람이 태어난 이상 한 번은 죽어야 한다는 이치를 몰라 그러는 것이냐? 그래도 이름만 알던 외손녀도 만나고 또 덤으로 그 즐기던 담뱃대까지 손에 쥐었으니 그만하면 괜찮은 마지막 아니었느냐. 그만하고 아까 했던 질문에나 답을 하여라. 할 수 있겠니?"

초영의 울음소리가 좀 더 커졌다. 그녀가 울부짖듯 말하였다.

"외숙께서 사람이십니까? 어찌 그런 일을 또 하라 하십니까. 더는, 더는 못합니다."

"흥, 네가 어미를 닮아 우둔하기 짝이 없더니 이제 상황마저 제대로 파악이 되지 않는 모양이구나. 보아라, 아가야. 이제 너는 더 이상 숨을 곳이 없게 되었다. 내가 아니면 넌 발붙일 곳도 없다 이 말이다. 이제 곧 이번 일이 너의 소행임이 밝혀질 텐데 그렇게 되면 네 어미라고 해서 무사할 것 같으냐? 이렇게 된 이상 단영이 년은 그 잘난 가문을 위해서라도 모든 걸 너와 네 어미 선에서 끝내려 갖은 수를 다 쓸 것이다. 결국 너는 입도 뻥긋 못 해보고 형장으로 끌려가는 게야. 그러니 아가야, 이제 눈물타령은 그만 거두고 이 외숙의 일을 돕는 쪽으로 머리를 굴려야지 않겠니. 내가 살아야 너도 살 수 있다는 걸 이제는 좀 알아야지."

이기의 눈이 감겼다. 그 세 치 혓바닥으로 인해 속절없이 끌려갔던 지난날이 떠올라 가슴 안쪽이 뻐근했다. 계속해서 이어지는 초영의 흐느낌, 그 위로 흐르는 조창주의 낮은 목소리.

"이제 시간이 되었으니 너는 그만 궁으로 돌아가거라. 그 은선당 여우 년은 내 알아서 처리를 해줄 것이니 너는 그냥 기다리기만 하면 될 것이다. 알았느냐?"

조창주는 두려움에 파들파들 떠는 초영을 억지로 일으켜 머리 위에 쓰개치마를 꼼꼼히 둘러준 후 어깨를 토닥이며 내보냈다. 같이 가지 않는 것을 보면 볼일이 남은 모양이다. 탁자 앞으로 되돌아와 앉은 조창주는 이마를 감싸 쥐더니 한숨을 훅, 하고 내뱉었다.

"그 정도면 살 만큼 살고 누릴 만큼 누렸으니 나를 너무 원망 마시오. 내가 죽기엔 아직 할 일이 많아 어쩔 수 없었던 것이니……. 젊은 아들 목숨값 했다 치고 편히 가시란 말이오. 죽기 전에 아비 노릇 한 번 해주는 게 그리 억울한 일은 아니지 않소."

느릿하게 쏟아내는 푸념이 이기의 귀에도 선명히 들려왔다. 그에게도 인간의 고뇌라는 게 있는 것인가. 고개를 돌려 저만치 작아지는 초영의 뒷모습을 바라보는데 객실 문이 열리더니 누군가가 안으로 들어왔다. 자칫 눈에 띌까 숨어야 했기에 생김은 확인하지 못했다.

"결국 결정이 난 것입니까?"

낯선 목소리가 안에서 들려왔다. 이기가 고개를 내밀어 안을 바라봤지만 새로 나타난 이는 창을 등지고 있어 뒷모습 외엔 볼 수가 없었다. 조창주가 대답했다.

"더 끌어봐야 괜한 의심만 살 테니 이제 슬슬 움직이는 게 어떨는지요."

목소리가 반문했다.

"괜한 의심이라……. 허나 그 괜한 의심이 우리 거사에 중심이 되는 계책임을 잊은 거요?"

조창주가 대답했다.

"그러나 이젠 충분치 않겠습니까? 과하면 모자람만 못하다 하였으니."

그러고는 조창주가 곧 밖에 섰던 자를 불러 무언가를 가지고 오라 시켰다. 잠시 후 허옇고 큼직한 꾸러미 같은 것이 밀리듯 들어서는데 가만히 보니 아래로 발이 달린 것이 사람에게 천을 한 장 뒤집어씌워 놓은 것이었다.

"누구입니까?"

목소리가 묻자 조창주가 대답했다.

"꽤나 예쁜 쥐 한 마리가 집 안에 들어왔기에 잡아 왔습니다. 어찌나 날랜지 하마터면 있는 줄도 모르고 지나칠 뻔했습지요."

천을 확 잡아당기는데 보니 웬 여인이 재갈을 물고 눈도 가린 채 나타났다. 어디 하나 구색이 맞지 않는 장식이 없을 정도로 화려한 차림의 여인은 바로 기녀 경진이었다. 이기는 깜짝 놀라 그녀를 살폈다. 다친 곳은 없어 보였으나 한쪽 옷고름이 뜯겨 있었다.

경진이 조창주의 목소리가 들린 쪽으로 매섭게 돌아섰다. 조창주가 그녀의 이마 위로 드러나는 희미한 실핏줄을 바라보며 입맛을 쭉 다셨다. 목소리가 말했다.

"그렇군요. 근래 잡아들인 쥐 중에서는 그 태가 가장 곱다는 것을 인정합니다. 헌데 어째서 처리하지 않고 이곳까지 데리고 온 것입니까?"

"그냥 버리기엔 아까운 물건이 아닙니까? 혹 우리 쪽에서 쓸 데가 있을지 알아본 후에 처단을 해도 늦지는 않을 테니 말입니다."

경진의 몸이 미세하게 흔들렸다. 뭐가 그리 흡족한지 조창주가 껄껄 웃는데 그때 목소리가 다시 말했다.

"고작 그 정도 이유로 내게 보인 것은 아닐 테고……, 속내가 무엇입니까?"

이기는 목소리의 분위기가 약간 바뀌었음을 느꼈다. 무심함에서 차가움으로의 변화라고 해야 할까. 조창주 또한 그것을 느꼈는지 얼굴 위로 곧 웃음이 지워졌다.

"값어치가 다했을 땐 미련 없이 버릴 것이니 너무 염려 마십시오."

그러고는 곧 목소리에게 다가가 무언가를 중얼중얼 설명하기 시작했다. 이기가 귀를 바싹 대어보았으나 속달거리는 소리를 이해하기는 힘들었다. 하여 이마를 찡그리는데 그때였다. 무언가가 창호지를 찢으며 그를 향해 날아온 것은.

"무엇입니까?"

조창주가 놀라 창가로 다가갔다. 목소리가 손을 탁탁 털며 물었다.

"아무것도 보이지 않는 것입니까?"

밖을 내다보던 조창주가 고개를 저었다. 창 밖으로 보이는 1층 기와지붕 위에는 목소리가 집어 던진 작은 찻잔이 깨져 찻물 위로 점점이 박혀 있을 뿐이었다.

"수상한 이는 보이지 않습니다."

"그래요?"

그때 이기는 1층 지붕 밑으로 간신히 몸을 숨긴 후였다. 조금만 늦었어도 조창주의 눈에 걸릴 뻔했다. 목에서 팔로 흐르는 찻물을 닦아 낸 후 객점 뒷문으로 다시 들어갔다. 창으로 되돌아가는 것은 위험하다 판단했기 때문이다. 그러나 위로 올라갔을 땐 이미 그들 모두 사라지고 난 다음이었다. 어디로 갔을까. 급한 마음에 지나가던 점원을 잡았다.

"글쎄요. 평소에도 워낙 소리 없이 출입을 하시는 분들이라서 어디로 가셨는지는……."

정문으로 나가보았다. 멀리 가지는 못했겠지만 인파에 가려 살피기 어려웠다. 이기는 다시 객실로 돌아왔다. 점원 한 사람이 안을 청소하다가 그를 보더니 무언가를 내밀었다.

"이걸 두고 가셔서 되돌아오신 것 아닙니까?"

이는 천 조각으로 둘둘 싸매어놓은 것으로 안에서 뒤꽂이 하나가 나왔다. 여인들의 장신구는 잘 알지 못했지만 경진의 것임은 짐작할 수 있었다. 목소리와 조창주가 창 밖의 기척을 살피는 동안 이처럼 천을 감아 소리가 나지 않게 발밑에 흘린 게 틀림없었다. 그렇지만 안에 담긴 뜻이 과연 무엇이란 말인가.

이기는 그것을 품에 넣고 다시 밖으로 나왔다.

같은 시각, 단영은 비밀 거처에서 의관을 갈아입고 있었다. 소록당(小祿堂)[33]이라 이름까지 붙여놓은 이곳에서 오수(午睡)를 즐긴다는 핑계하에 잠시 궁을 빠져나갔었다. 경진을 만나기 위함이었다. 꼭 만나야 한다는 서찰을 들고 은단이 궁까지 찾아왔기 때문이었다. 경진의 몸종이라는 웬 여인이 꼭 전해달라며 매당 할멈에게 신신당부하고 갔다

33) 작은 행복.

고 했었다. 그런데.

"아씨는 이곳에 안 계십니다."

낯익은 하녀가 근심이 역력한 얼굴로 이리 말하였다. 그러고는 무언가를 주는데 보니 뜯긴 옷고름 한쪽이었다. 경진의 몸종이 급히 돌아와서는 이것만 내놓고 제 방에 처박혀 나올 생각을 않는다는 것이었다. 단영은 하녀를 잘 구슬려 그 몸종을 나오게 하였다.

"아씨는…… 좀 이상하셨습니다. 송이란 성씨를 가진 어느 분이 데리고 가셨는데 그 전에 갑자기 옷고름을 뜯어 몰래 쥐여주시며 이걸 나리께 전해 달라고……."

분위기가 몹시 흉흉했다는 것이 몸종 되는 아이의 말이었다. 일이 생겼구나 싶었지만 당장 경진을 찾을 곳이 마땅치 않아 일단 궁으로 되돌아왔다. 의종과 상의해야겠다는 생각에서였다.

"전하께오선 미행(微行)을 나가셨사옵니다."

그러나 의종은 궐에 없었다. 대전을 지키던 임 내관의 말에 단영은 아차 싶었다. 신시(申時) 무렵에 행해질 의종의 미행을 알고 있었으면서 깜박 잊은 것이다. 달마다 이뤄지는 정기적인 미행이었다.

"어디로 가시는지, 또 언제 돌아오시는지 듣지 못하였는가?"

단영의 질문에 임 내관이 대답하였다.

"강구(江口)를 돌아보마 말씀은 하였사온데 환궁 일시까지는 짐작치 못하나이다."

단영은 난감한 얼굴로 교태전으로 돌아왔다. 홍 내관 또한 따라갔다니 경진의 일은 그녀 혼자 수습을 해야 할 것 같았다. 하지만 어디서부터 착수를 해야 한단 말인가.

잠시 고민을 하던 단영이 정전위를 불러들이기 위한 서신을 작성하는데 이기가 찾아왔다. 그가 창을 통해 넘어올 때 단영은 왠지 안심이 되는 것을 느꼈다.

"이것이 경진의 것이라고?"

단영의 물음에 이기가 고개를 끄덕였다. 그녀는 금실로 화려하게 수가 놓인 푸른 비단을 걷어 안에 든 뒤꽂이를 유심히 살펴보았다. 복숭아 여섯 알이 정교하게 새겨진 육도뒤꽂이로서 평소 경진이 애용하는 물건이었기에 단영도 보아 알고 있었다.

"이것을 왜 떨어트려놓고 갔을까?"

창 밖 기척에 다른 이가 경계를 하였으니 두 눈을 가렸던 경진 또한 누군가의 염탐 가능성에 대해 생각했을 터였다. 그 와중에 위험을 무릅쓰고 이런 것을 흘렸다는 것은 그 안에 꼭 전할 내용이 들었다는 뜻이다.

단영은 영루관에서 받아 온 다색(茶色) 옷고름과 육도뒤꽂이, 그리고 수가 놓인 푸른 비단을 앞에 놓고 이마를 짚었다. 무언가 있을 것이다. 분명 무언가가.

한참 그것들을 내려다보던 단영이 갑자기 뒤꽂이를 들어 그 세공된 복숭아를 유심히 살폈다. 세 번째 복숭아에 미세한 긁힘 자국이 있었다.

"자국이 생생한 것을 보니 생긴 지 얼마 안 된 것 같습니다."

이기의 말에 단영이 고개를 끄덕였다. 그녀가 말했다.

"이는 어쩌면 경진이 일부러 긁은 것일 수도 있다. 육도라 하면 무엇이 떠오르니?"

단영의 물음에 이기가 대답했다.

"동일음으로만 따진다면 병학(兵學) 중 하나인 육도삼략(六韜三略)과 불자들이 이르는 삼악도(三善道)와 삼선도(三善道)[34]가 생각납니다."

---

34) 삼악도와 삼선도, 이 여섯을 육도(六道)라 한다.

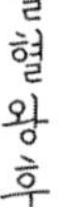

단영이 그의 말에 다시 뒤꽂이를 보았다.

"그래. 육도삼략의 세 번째는 용도(龍韜)이니 용을 뜻하는 것이며, 또 다른 육도(六道)에서의 세 번째는 축생도(畜生道)로서 이생에서의 죄업으로 인해 짐승으로 다시 태어나는 괴로움을 뜻한다. 헌데 이것들로 무엇을 뜻하고자 했는지 연관을 지을 수가 없구나."

다시 다색 옷고름을 바라보던 단영이 말했다.

"다색이라, 다색. 이는 갈색을 뜻하긴 하되 그 속뜻을 차마 알 수가 없구나."

단영은 물끄러미 옷고름을 내려다보며 의종을 생각했다. 이럴 때 그라면 어떻게 처리했을까. 그라면 방책을 쉽게 일러줄 것도 같아 잠행을 나가고 없는 지금이 왠지 아쉬웠다. 그렇다고 그 많은 나루터를 무턱대고 찾아 나설 수도 없는 일, 한숨을 쉬며 옷고름을 내려놓던 그녀가 갑자기 미간을 찌푸리며 다시 그것으로 시선을 돌렸다.

"이기야, 나루터 근처엔 으레 갈밭이 있지. 그렇지 않니?"

"그렇습니다."

갈대는 갯가나 습지 주위의 모래땅에 군락을 이루어 밭을 형성하곤 하였다. 나루터 근처엔 언제나 무성한 갈밭이 펼쳐져 있곤 했던 것이다. 단영은 퍼뜩 떠오른 갈색과 갈밭과의 상관관계가 너무 억지스러운가 싶어 다시 육도뒤꽂이를 살폈다. 그 안의 정밀하게 새겨져 있는 여섯 개의 복숭아 문양, 그리고 세 번째 것의 긁힌 상처를.

"광진(廣津), 송파진(松坡津), 한강진(漢江津), 노량진(鷺梁津), 양화진(楊花津), 그리고 공암진(孔巖津)."

이기가 어리둥절하여 쳐다보자 단영이 설명했다.

"이는 얼마 전 전달된 경진의 서신 속에 씌어 있던 나루터와 그 순서이다. 그녀는 이 여섯 곳 중 한 곳에 화약을 숨길 가능성이 있다고 적어놓았어. 만일 이것을 염두에 두고 뒤꽂이를 떨어트린 것이라면 그녀가 가리키고자 했던 장소는 이곳 한강진(漢江鎭)이 될 것이다."

이기가 조심스럽게 되물었다.

"그녀는 이미 결박된 상태였습니다. 이런 중요한 뜻을 알리고자 했다면 누가 집어 갈지 알 수 없는 객점 바닥이 아니라 이미 옷고름을 전할 때 함께 하지 않았겠습니까? '나루터'라는 암시는 잡혀 가기 전 옷고름에서 얻은 것이니 두 가지를 합쳐 생각해도 되는지 의심스럽습니다."

"아니다. 경진은 잡혀 가는 도중에 정확한 장소를 들었을 수도 있어. 그러니 그 와중에 미리 뒤꽂이를 준비하여 기회를 엿보다가 마지막 모험을 한 것일 수도 있지 않겠니. 처음엔 나루 중 한 곳임을 알리기 위해 급한 대로 옷고름을 떼어낸 거라면 두 번째는 정확한 장소를 표하기 위해 뒤꽂이를 이용한 것이지. 다행히 네가 집어 올 수 있었으니 이제 우리는 한강진으로 가서 그녀를 찾으면……."

단영은 불현듯 마지막의 '될 것 같구나'라는 말을 입 안으로 삼키며 이기를 빤히 바라보았다.

"이기야, 아까 내가 육도삼략의 세 번째는 용도(龍韜)라 하였던 것을 기억하니?"

이기가 그렇다고 대답했다. 단영의 얼굴 위로 느닷없이 근심이 한 꺼풀 덧입혀졌다.

"설마 그 용이…… 전하를 가리키는 것은 아니겠지?"

단영은 속으로 고개를 저었다. 한꺼번에 그렇게 많은 뜻이 담겨 있진 않을 거야. 그러나 임 내관은 분명 의종이 강구(江口)를 돌아볼 것이라 말하였었다. 그리고 한강진이 중요한 전략요지(戰略要地)인 점을 감안할 때 그가 그곳에 나가 있을 가능성은 꽤 높았다.

이기가 말했다.

"그러고 보면 경진이란 여인이 느닷없이 잡혀 간 것도 이상하긴 합

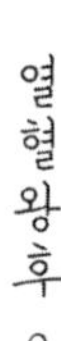

니다. 혹 상대편에 이미 눈치를 채였음에도 잘못된 정보를 흘리고자 역이용당하고 있었던 거라면…….”

단영이 눈을 감았다. 그렇구나. 어쩐지 시간이 지나도 이렇다 할 수확이 없다 하였는데 이미 그들은 눈치를 채고 있던 거였어.

“조 대감을 친 것은 단지 우리를 혼란에 빠트리려는 계책이 틀림없다. 그들은 오늘, 전하의 미행을 틈타 반역을 이루려는 속셈이었어. 왕실과 근접한 이라면 전하께서 언제 어떤 목적으로 미행을 감행하실지 어렵지 않게 알아낼 테니 말이다. 마침 장씨의 서찰에도 거사 전 대대적인 회합이 계획되었다고 적혀 있었지. 허나 그것은 준비가 아니었다. 실전인 것이야.”

단영이 굳은 얼굴로 자리에서 일어섰다. 이미 늦은 건 아닌가 싶어 그녀는 초조해졌다. 급히 겉옷을 벗어 던지며 의종에게서 받은 흑의를 찾아들었다. 이기가 당혹스런 얼굴로 뒤돌아섰지만 단영은 상관치 않는 표정이었다.

저만치 방 한구석을 내려다보는 이기의 표정이 침울하기 그지없었다. 그녀에게 자신은 사내도, 무엇도 아니라는 것을 이미 알고 있었음에도 말이다.

한강진(漢江津). 강변의 요충지에 진영을 설치하고 그 해당 나루터를 진(鎭)이라 칭하기도 했기에 한강진(漢江鎭)이라고도 불리던 이곳은 도성 경비의 5대 요지이기도 했으며 송파, 노량과 더불어 경도삼진(京都三津)의 하나로서 소금과 건어물, 세미(稅米) 등의 수송이 끊이지 않는 물류의 중심지이기도 하였다. 그리하여 뒤로 보이는 목멱산(木覓山)[35]

---

35) 남산의 옛 이름.

자락에는 어영청(御營廳)의 분영인 남소영(南小營)이 배치되어 수도 방위 임무를 담당하였고, 나루터에는 종9품의 도진별장(渡津別將)[36]이 파견되어 인마(人馬)의 왕래 또는 물자 운반을 위한 수상 교통과 안전을 살폈다.

한강진 나루는 석축으로 선창을 쌓아 웬만한 웅선(雄船)[37]들도 접안하기 용이하도록 설계되었으며, 운영 경비의 조달을 위해 나라에서는 진전(津田)을 배급하는 한편 나루에 배치된 진부(津夫)[38]들에게도 소정의 위전(位田)[39]을 지급하였다.

의종은 우선 지방에서 수송해 오는 세곡(稅穀)이며 공물이 저장되어 있는 경창(京倉)[40] 몇 곳을 둘러본 후 천천히 한강진으로 나갔다. 홍 내관이 곁을 따랐다.

"지금 이곳 한강진 나루에는 관선(官船)만 십여 척이 넘사오며 지난 시절 진부들의 위전을 점탈하던 패악도 사라져 그 운영이 여러 해 수월함을 보이고 있사옵니다. 다만 워낙 지나는 이들이 많다 보니 그 수효를 다 감당하지 못하여 무리하게 승선을 시행하다 자칫 전복의 위험까지 따르는 바, 세공선이 들고 낢으로 번잡해지는 시기가 오면 임의로 사선(私船)을 운행토록 허가를 내리고 관에서 정한 만큼의 용선료(傭船料)를 받도록 장려하고 있다 들었사옵니다."

의종은 고개를 끄덕이며 너른 강 푸르른 물을 둘러보았다. 아직 어린 원자 시절, 병환 중이시던 아바마마를 대신해 무령군과 능행(陵行)을 나선 적이 있었다. 그때 무령군은 선창을 건너지 못하고 무서워하

---

36) 나루터를 관리하는 직책.
37) 커다란 배.
38) 사공.
39) 토지.
40) 한강 가의 관곡(官穀) 창고.

던 의종을 가뿐히 안아 배에 올랐었다.

“형님. 어디를 이리 바삐 가시는 것입니까?”

아직 조막만 하던 의종의 손을 쥐고 선미(船尾)에 서서 뒤로 퍼져나가는 물결을 바라보던 무령군이 허리를 숙이며 무어라 대답했었다. 기억은 가물가물하지만 아마 그들의 할아버님 되시는 원종대왕마마의 능에 가는 길이었던 것 같다.

“전하, 다음 행선지로는 이곳에서 가까운 곳에 위치한…….”

홍 내관이 막 말문을 여는데 이때 좌측을 따르던 이가 한 걸음 나섰다. 좌참찬(左參贊) 송현덕이라는 자로서, 본래 의종은 매회 미행에 의정부 삼정승과 좌우찬성, 그리고 좌우참찬 중 한두 명은 꼭 거느리고 나서는 것을 원칙으로 하고 있었다. 송현덕이 말했다.

“마침 강구가 이곳이니 멀리 가실 것 없이 뱃길을 통하여 사평나루로 납시어보는 것이 어떠하실는지요.”

사평리는 현재의 신사동 일대를 말한다. 한남동에 위치한 한강진과 이어지는 교통의 요지로서 그 일대의 사평장은 미곡 등의 농산물과 농가부업으로 제조된 옷감들, 그리고 수산물에서 가내수공품까지 각지의 물품을 폭넓게 취급하였으며 또한 전국으로 풀려나가는 역할도 하였다. 다만 근간에 이르러 중도아(中徒兒)[41]들의 매점매석이 극에 달해 물품을 독점하다시피 하는 이들이 늘어나면서 사평장의 상행위에 심각한 타격을 주기까지 이르렀다는 보고를 전해 듣고, 의종은 이번 미행에 그 상황을 살필 수 있도록 계획했던 것이다.

“하오나 사평장까지 걸음을 하시기는 시각이 많이 지체되었으니 오늘은 남소영(南小營)에 들르신 후 그 길을 따라 환궁을 하시었다가 다른

---

41) 중개상인.

날 다시 납시는 것이 어떠실는지요.”

홍 내관이 만류를 하였으나 송현덕은 이의를 제기했다.

“오히려 지금은 남소영의 체제를 모두 살필 만한 여유가 되질 못하니 그곳을 위해서는 다른 적당한 날을 잡는 것이 낫지 않겠습니까? 이 맘쯤이면 상권이 가장 활기를 띠니 장터를 둘러보시기에 적당한 때이기도 할 것이고요.”

홍 내관이 절대 불가하다는 표정으로 고개를 저었다. 이번 미행은 정기적으로 행해지는 관습과 같으니만큼 임금의 행보를 능히 짐작하는 이들도 있을 터, 만일을 대비해 정해진 노선에 따라 안보와 검열을 철저히 시행하는 것이 상례였던 것이다. 그러니 갑자기 행선지가 바뀌어버리면 그에 따르는 혼란도 혼란이지만 만일의 사태에 대비가 어렵다는 위험성이 따랐다.

“관선이 발항(發航)한 지 일각도 되질 않으니 경의 말대로 한다면 다음 차까지 한참을 기다려야 하지 않겠는가?”

의종의 말에 송현덕이 대답했다.

“한강진이 주요 길목이기도 한 만큼 조운선(漕運船)들로 인해 한창 붐비는 시기이다 보니 지금 이곳에서는 여러 척의 사선들이 운행되고 있는 중이옵니다. 몸체가 커다란 관선에 비해 가볍고 빠르기 때문에 오히려 시간을 단축할 수 있는 장점이 있어 많은 이들이 이용한다 들었습니다. 그러니 이번 기회에 전하께서도 사선을 이용해보시는 것이 어떠실는지요?”

홍 내관이 고개를 저었다. 시기가 시기인 만큼 의종이 그런 위험을 자초할 리 없었다. 홍 내관의 짐작대로 의종은 다음 행선지를 목멱산 남소영으로 지정한 뒤 다시 한강 물줄기로 시선을 돌렸다. 일몰 전 수면 위로 낮게 퍼지는 햇살의 붉은 기운은 더없이 아름다웠다.

홍 내관이 다음 행선지로의 출발을 위해 무감(武監)들을 불러 무언가

지시를 할 때였다. 포구를 들고 나는 작고 큰 배들을 무심히 바라보던 의종의 시야에 어느 사내의 모습이 잡혔다. 그 사내는 배를 타려는지 선창을 가로지르고 있었는데 옥색의 도포에 그보다 더 파리한 낯빛, 그러나 강단 있어 보이는 옆얼굴을 지니고 있었다. 의종의 눈매가 가늘어졌다.

"성중아."

의종이 계속해서 그 사내에게 시선을 고정한 채 홍 내관을 불렀다.

"저기 보이는 사내가 혹 누구인지 알아보겠느냐?"

홍 내관이 그 시선을 좇아 옥색 도포의 사내를 살펴보았다. 그러나 이미 사내는 막 사선 하나를 잡아 승선을 한 참이어서 옆모습은커녕 뒷모습도 보기 힘든 실정이었다.

"누구를 보신 것이옵니까, 전하? 소인은 시야가 가려 미처 확인을 하지 못하였습니다."

조심스럽게 여쭙는데 갑자기 의종이 선창으로 걸음을 옮겼다. 다른 이들이 놀라 우왕좌왕 뒤를 따르니 의종은 선창 안에 정박해 있는 사선을 잡으라 명하였다. 그러나 이미 다른 이들과 선계약이 되어 있어 사공들은 손사래를 치며 그들을 거절했다.

"전하, 무슨 일이시옵니까? 어찌하여 이러시는 것이옵니까?"

홍 내관이 급히 물었으나 의종은 오로지 승선할 배를 찾는 것에만 관심이 있는 듯했다. 고개를 저어보지만 임금의 뜻이라면 어찌할 수 없는 일, 할 수 없이 사선 잡기에 골몰한다.

구석진 곳에서 낡고 조그만 배 한 척이 발견되었다. 사공은 때가 낀 얼굴에 남루하기 짝이 없는 협소한 몸집의 사내였는데, 그때까지도 고물에 걸터앉아 서녘에 걸린 해만 바라보더니 무감들이 연이어 재촉을 하자 귀찮은 듯 잔뜩 기지개를 켜며 노를 움켜잡았다. 언뜻 보기엔 돈을 벌고자 하는 욕심보다는 시간이나 때우고자 하는 것에 가까운 느낌이었다.

홍 내관은 어쩐지 불안한 마음을 가눌 길이 없었다. 누구를 보았는데 이리 서두르신단 말인가. 좁은 배의 익숙지 않은 흔들림에 몸을 사리며 의종의 뒤에 앉고 보니 의당 따라야 할 송현덕이 아직도 배 밖이었다. 조금 전까지만 해도 사평장에 가보아야 한다 열심히 품(稟)을 하던 그가 아니던가. 홍 내관이 손짓을 하는데도 못 들은 척 미동조차 없더니 대신 무감들의 등을 떠밀었다. 첫 번째 무감이 오르고 두 번째가 뒤를 이으려는데 그 모습을 물끄러미 지켜보던 사공이 이내 손을 내저었다. 더 이상 태울 공간이 없다는 뜻인 듯했다.

"전하, 차라리 좀 더 기다리셨다가 관선을 이용하심이……."

호위 무감들을 두고 간다는 것은 말이 안 되었기에 홍 내관이 작게 속삭였다. 그러나 이때 사공은 이미 기다란 대나무 막대를 선창가에 대고 힘껏 밀어 물 가운데로 나아가는 참이었다. 이젠 어쩔 수 없었다. 그저 주위를 연신 살피며 어서 사평나루에 닿기만을 바랄 뿐.

배는 늦지도 빠르지도 않게 물살을 갈랐다. 흐르는 물을 횡획(橫畫)으로 가로지르자니 더 이상의 속력은 힘들었다. 의종은 한참을 앞선 '그 사내'의 배에 시선을 고정한 채다.

"전하, 무언가 이상합니다."

강을 반쯤 건넜을 때였다. 홍 내관이 앞을 가리켰다. 마주 다가오는 관선 한 척이 보였다.

"소인이 알아본 바로는 관선의 발항은 반 시진당 한 척이며 그 수요가 증가하는 때라 하여도 두 척 이상이 운행되지는 않는다 하였는데, 그것이 맞는다면 저 관선은 너무 이른 출항을 한 것이 아닙니까. 게다가 다가오는 형상 또한 기이하게 빠르옵니다."

의종이 바라보니 과연 홍 내관이 말한 그대로였다. 관선 위로 웅크리고 앉아 있는 이들의 머리끝이 보였다. 헌데 그 모양이 양민치고는 지나치게 정렬이 잘 되어 있다.

"자네, 이 배를 다른 쪽으로 틀게나."

어쩌면 저 관선이 정면 충돌을 감행하고라도 전하를 해치고자 할지 모른다는 생각에 홍 내관이 사공을 불렀다. 작긴 하나 속도는 더 빠르니 여차하면 다른 나루로 방향을 틀 생각이었던 것이다. 그러나 사공은 귀머거리이기라도 한 양 노 젓기에만 골몰하고 있었다.

"이보게! 자네 내 말이 들리지 않는 것인가? 어서 배를 틀라니까."

그러나 역시 묵묵부답인 사공. 수상쩍어진 홍 내관이 품에서 장검을 꺼내는데 사공이 재빨리 노를 들어 그의 장검을 쳐냈다.

"자칫하면 배가 뒤집어집니다. 얌전히 앉아 계시지요."

말하는 품을 보니 역시 예사 인물은 아닌 모양이었다. 홍 내관이 다시 사공을 향해 검을 휘두르려는데 뒤에서 의종이 그를 불렀다. 어차피 작은 배 안에서 싸움이 가능하지도 않을뿐더러 사공의 말대로 배라도 뒤집히면 그때는 정말 방법이 없었던 것이다. 지시대로 한 걸음 물러서기는 했지만 홍 내관은 여전히 장검을 꼭 그러쥔 채 사공의 뒤쪽에 서 있었다.

"자네, 뭐 하는 것인가?"

잠시 후 홍 내관이 다시 소리 질렀다. 배가 관선을 향해 속력을 내기 시작한 때문이었다. 두 배의 사이는 그리 멀지 않았기에 몇 번의 노질로 단번에 지척까지 다가갈 수 있었다. 홍 내관이 제지하려 하였으나 사공은 여전히 노를 휘두르며 접근을 막았고 배는 마치 전복이라도 할 듯 위태롭게 흔들려 그나마 하나 있던 무관이 물에 빠져버렸다. 곧 사공이 긴 막대를 관선을 향해 내미니 상대편 진부 둘이 끝을 잡아 힘껏 당겨 곧 두 배를 딱 붙여버리고 말았다.

홍 내관은 큰일이구나, 싶었다. 이곳이 육지였다면 달아나기라도 하겠지만 사방이 물 천지이니 딱히 방법이 없었다. 일단 의종이 헤엄을 칠 수 있을지도 의심스러웠지만 가능하더라도 위에서 살이라도 쏘아대면 몸을 가릴 곳이 없는 것이다.

"우선 저 관선을 빼앗아야 할까 봅니다. 잠시만 이곳에 계시옵소서, 전하."

그러나 홍 내관 혼자 힘으로 관선 탈취는 어려웠다. 그가 미간을 찌푸리는데 그때 관선의 진부 중 한 사람이 너털웃음을 터트렸다. 봉두난발에 덥수룩한 수염, 커다란 덩치를 가진 그 진부는 갑작스런 웃음으로 사람들을 당황시키더니 다른 진부를 물속으로 집어던지고 곧 커다란 도끼를 휘두르기 시작했다.

어찌 된 영문인가. 홍 내관은 얼떨떨한 표정으로 관선에 올라 돕기 시작했다. 도무지 정체를 알 수 없었으나 일단은 반가운 일이었다. 관선 안의 무리들을 모두 처리한 후 여차하면 그때 이 진부를 상대하면 될 일, 신들린 듯 장검을 휘두르는데 뒤에서 이상한 기척이 느껴졌다. 돌아보니 어디서 나타났는지 모를 폐선(弊船) 하나가 빠른 속도로 다가오고 있었다.

"전하, 일단 그 배에서 벗어나시는 것이 좋겠습니다. 이쪽으로 오르십시오."

홍 내관이 급한 목소리로 부르는데 의종은 오히려 조용히 하라는 손짓을 한다. 그러고는 뒤에서 다가오는 폐선을 유심히 살피는 것이었다.

"전하, 저 배는 적선(敵船)이 분명합니다. 지금 그렇게 여유를 부리실 때가……."

속이 타는 것을 참으며 이리 간청을 해보던 홍 내관의 앞으로 누군가의 검 날이 매섭게 다가왔다. 홍 내관은 우선 그 밑동을 쳐내며 발로 가슴팍을 걷어차 앞을 확보했다. 검 자루를 바꿔 쥐고 아래쪽을 향해 휘두르니 다리를 베인 두 명의 사내가 중심을 못 잡고 휘청거리다가 물속으로 떨어졌다. 홍 내관은 계속해서 다른 이들을 상대하다가 폐선이 점차 가까워지자 더는 안 되겠다 여겼는지 의종이 있는 작은 배로 되돌아갔다.

"저것이 보이느냐?"

의종이 가리키는 곳은 폐선의 밑자락이었는데 자세히 보니 무언지 모를 검은 덩어리들이 주르륵 달려 있었다. 무엇이냐고 물으려는데 이때 선수(船首) 위로 낯익은 얼굴이 언뜻 스친다. 패거리들 사이에 몰래 끼어 있던 송현덕이었다. 본래 그는 내실에 숨어 있다가 배의 속도가 좀 줄자 어떻게 됐는지 내다보던 참이었는데 그만 홍 내관에게 딱 걸리고 만 것이다. 이때 의종도 그를 알아보았는지 흥, 소리를 내며 곧 까맣고 작은 피리 하나를 꺼냈다.

"물속에서도 이 소리가 들릴까?"

이때 배와 배의 간격은 한층 가까워져 있어 그 검은 덩어리가 사람의 머리임을 알아볼 수 있었다. 곧 가느다란 피리 소리가 수면 위로 울려 퍼졌다. 곧 배의 양옆으로 커다란 물보라가 일어나며 시커먼 인영들이 들이닥쳤다. 한강진 나루부터 폐선에 붙어 온 정전위 대원들이었다.

그들이 뛰어든 후 폐선의 스무 명 남짓 되는 장정들은 빠른 속도로 제거되어갔다. 홍 내관은 이제 됐구나 싶은 마음에 큰 한숨을 한 번 내쉬고는 발치에서 데굴거리는 사공의 노를 집어 들었다. 일단 뭍으로 벗어나기 위해서였다. 열심히 노를 젓는데 그때까지 관선에서 십여 명의 사내들을 혼자 상대하던 정체불명의 진부가 가볍게 몸을 날려 물로 뛰어들었다. 그러고는 의종이 타고 있는 배까지 헤엄을 쳐 위로 올라섰다. 이를 지켜보던 관선 쪽 무리들이 뒤를 쫓으려 하였으나 그때 정전위 대원 중 몇 명이 관선으로 옮겨 탔기에 여의치 않을 듯했다.

홍 내관이 힘을 잔뜩 주어 노를 젓는데 이때 진부가 다가와 어깨를 툭툭 쳤다.

“이리 내십시오. 그리 힘을 주다간 애꿎은 노만 부러지고 말 것입니다.”

안 그래도 아까부터 뒷모습이 줄곧 낯익다 생각하던 참이었다. 순순히 노를 내주며 이리저리 얼굴을 살피던 홍 내관은 곧 누구인지 깨닫고 크게 손뼉을 쳤다. 수염이 덥수룩하고 덩치가 큰 진부는 바로 비호단에 숨어들어 있는 장씨였던 것이다.

그는 아침부터 영문도 모른 채 뱃사공으로 차출되어 사평나루까지 나와야 했는데, 별일 아니라던 처음의 말과 달리 모여드는 자들의 면면들이 하나같이 의심스러울 뿐이어서 안 그래도 괴이쩍게 여기던 참이었다. 게다가 한강진으로부터 다가오는 배 하나를 점거하여 그 안의 사람들을 사로잡되, 사정이 여의치 않으면 죽여도 된다 하니 아무래도 큰일을 벌일 생각들임을 쉽게 눈치 챌 수 있었다.

물론 장씨는 그것이 현 임금을 시해하기 위한 모의임은 알지 못했다. 그러나 비호단의 제거 대상이라면 중요 인물일 거라는 생각에 일단 구하고 보기로 마음먹었다. 하여 패거리의 관심이 모두 그곳으로 쏠렸을 때 그들을 제지하여 도망갈 시간을 벌려 했던 것이다.

홍 내관이 말했다.

“뱃길을 돌리는 것이 어떻겠소? 만일을 위해 사평나루 근처에 매복을 했을지도 모를 터.”

“이 낡은 배로는 다음 나루까지 가기 어려울 것입니다.”

이미 낡은 틈새로 스며드는 물줄기가 보였다. 이대로라면 얼마 안 가 가라앉을 것이 뻔했다. 홍 내관은 근심이 잔뜩이었으나 할 수 없이 사평으로 길을 잡았다.

금세 나루에 닿았다. 해가 수면까지 내려앉으니 강물은 마치 핏물인 양 붉게 물들었고 주위엔 사람 그림자 하나 보이지 않았다. 의종이 뒤쫓던 '사내'도 한참 전에 도착해 이미 어디론가 가버린 후다. 복잡한 눈빛으로 주위를 둘러보는데 홍 내관이 근심 어린 낯으로 속삭였다.

"매복이 있습니다."

나루를 끼고 양옆으로 무성히 솟은 갈대밭 속에서 희미한 기척을 느낀 것이다. 그러자 장씨가 느닷없이 의종과 홍 내관을 물속으로 내려서게 하더니 아직 채 뭍에 닿지도 않은 배를 도끼로 내려치기 시작했다. 그러고는 커다랗게 잘린 판자들을 각각 하나씩 나누어주었다.

"소인이 매복을 명한 자라면 우선 활과 화살을 그들에게 들릴 것입니다."

넓은 판자를 방패 삼아 쏟아지는 화살을 막으라는 소리였다. 의종은 고개를 끄덕이며 뒤를 돌아보았다. 관선 한 척이 빠르게 다가오고 있었고 그 위에는 모든 사태를 정리한 정전위들이 일사불란하게 서 있었다. 그러나 그들을 기다릴 시간이 없었다. 상대의 공격이 시작된 것이다.

기다란 파공음 소리와 함께 수십 대의 화살이 활시위를 갈랐다. 장씨의 예상대로였다. 의종과 홍 내관이 판자로 머리를 가린 채 검을 들어 파고드는 화살들을 쳐냈으나 쉬지 않고 퍼붓는 그것들을 언제까지고 당할 수는 없었다.

이때 장씨는 다시 배에 달린 황포 돛대를 도끼질하여 부러트리고는 두 손에 단단히 움켜쥔 후 커다랗게 휘저으며 의종을 보호했다. 수많은 화살이 꽂히며 마치 고슴도치의 잔등처럼 부풀어 오르더니 이윽고 무게를 이기지 못한 황포 중간 부분이 푸욱 찢겨나가고 만다. 장씨는 돛대를 내려놓은 후 허리에 차고 있던 밧줄을 빼내 그 끄트머리에 도끼를 달았다. 그러고는 빙빙 돌려 한쪽 갈밭 속으로 매섭게 던져 넣는다. 곧 쿵쾅거리며 사람 넘어지는 소리가 들려왔고 동시에 장씨는 다시 회수한 도끼를 휘두르며 안으로 달려들었다. 그러고는 미처 활대를 제대로 잡지 못한 이들에게 공격을 퍼부었다.

"봉화가 오르고 있습니다!"

갑자기 홍 내관이 부르짖었다. 목멱산이었다. 그곳 다섯 개의 봉화에서만 일제히 연기가 솟고 있었다. 의종의 시선이 달래내 고개 천천현 봉수대로 옮겨갔다. 목멱산 봉화를 전달받기라도 하듯 가는 연기가 피어오르고 있었다.

한편, 한강의 관선에서 이 모습을 지켜보던 단영은 아, 탄성을 내뱉었다. 목멱산으로 보낸 이기가 해낸 것이다.

원래 단영은 아무리 생각해도 금군을 움직일 방안이 없었다. 아니, 금군은커녕 도성내 관군을 움직일 명분조차 없었다. 하여 이기와 정전위 단원 최락으로 하여금 각각 목멱산과 천림산 봉수대로 침입시켜 봉화를 피우도록 했다. 그리고 마지막으로 정전위 부수장 유무성을 친정아버지 윤돈경에게 보내 급서를 전하도록 한 것이다. 서찰에는 훈련도감(訓鍊都監) 대장 박이천으로 하여금 한강진과 사평나루를 일시에 공격하도록 독촉해달라고 씌어 있었고, 만일 듣지 않거든 양쪽 봉수대에서 솟구치는 연기를 증거로 삼으라고 덧붙였다. 의종의 발병부(發兵符)[42] 없이는 군대를 출동시키지 않을 것이기 때문이었다.

단영은 봉화대에서 다시 사평나루로 눈을 돌렸다. 곧 군사들이 도착할 테지만 그때까지 의종을 지켜낼 수 있을지 걱정이었다. 하여 숨을 들이마신 후 물속으로 뛰어들었다. 자칫 늦게 도착할까 염려되었기 때문이다. 그녀가 입수하자 정전위 단원들도 송현덕과 그 무리들을 지키는 몇 명을 빼고 모두 뛰어들어 가파른 물결을 가르며 송파나루를 향해 힘차게 헤엄쳤다.

42) 군대 동원 용 나무패.

단영은 어려서부터 광교산 폭포수 밑을 누벼 헤엄에 익숙했기에 가장 먼저 뭍에 다다를 수 있었다. 발이 땅에 닿자 곧 유척을 빼어들며 의종에게로 달렸다. 이미 상대도 화살이 동이 났는지 난투전이 벌어진 상황이었다. 장씨는 어깨와 옆구리에 활이 꽂힌 채 사력을 다해 도끼를 휘두르는 중이고 홍 내관도 그리 좋아 보이지는 않았다.

언제나 속을 알 수 없던 의종의 얼굴 위로도 근심이 엿보이는 것을 보며 단영은 의종의 뒤로 달려드는 자를 향해 단도를 날렸다.

뒤를 돌아보던 의종이 단영을 발견하였다. 놀라는 것도 잠시, 무슨 일인지 야릇한 표정을 짓더니 곧 성큼성큼 다가왔다. 허점을 보이자 홍 내관을 공격하려던 자가 방향을 바꿔 의종의 등덜미를 향해 돌진했다. 그러나 의종은 뒤로 검을 휘둘러 그자를 베어낼 뿐 걸음을 멈추지 않았다. 그러고는 자신의 도포 자락을 찢어 단영의 얼굴에 둘러주었다.

단영은 그제야 자신의 복면이 헤엄을 치면서 벗겨져나갔음을 깨달았다. 변장을 하긴 했지만 그 또한 계속되는 입수로 씻겨나가 본 얼굴이 거의 드러났던 것이다. 의종은 그녀의 얼굴을 꼼꼼히 가려준 후 나직이 중얼거렸다.

“여기서 걸리면 아무리 나라도 그대를 구면하진 못할 것이다.”

다가오는 관선 안에는 중전의 얼굴을 아는 좌참찬 송현덕이 잡혀 있었다. 그의 눈에 띈다는 것은 곧 추국장에서 그녀의 행태에 대해 모두 불어버리는 결과를 초래한다는 뜻이기도 했다. 남장을 한 채 바깥세상을 누비는 것도 모자라 칼까지 휘두르는 중전이라니, 그야말로 폐서인에 어쩌면 사사를 강요당할지도 모를 일이었다.

고마움의 표시로 목례를 하는데 그는 본 척 만 척 몸을 돌려 홍 내관쪽으로 되돌아가버린다. 이미 정전위 단원들도 모두 뭍에 올라 의종을 둘러싼 채 적들을 몰아대고 있었다. 이제 위험한 순간은 얼추 지나

쳤나 싶은 순간이었다.

어디선가 호각 소리가 날카롭게 들려왔다. 지원병의 도착인가 싶어 반갑게 고개를 들던 단영의 시야에 동에서 서에서 동시에 들이닥치는 비호단 수백의 모습이 잡혔다. 이런 상황에 대비하여 잠복했던 자들이 분명했다. 의종과 단영의 시선이 허공에서 맞부딪쳤다.

홍 내관이 정전위 몇 명과 함께 양재도 쪽으로 길을 트기 시작했다. 양쪽에서 적이 밀려왔고 한쪽은 강이었으니 퇴로는 이곳밖에 없었던 것이다. 삽시간에 몇 배로 불어난 적들의 공격은 거침이 없었다. 거사 전 대대적인 회합이 있다던 장씨의 보고는 이를 뜻했던 모양이다.

적들의 전진은 빨랐고 의종과 일행의 후퇴는 더뎠다. 앞을 가로막는 이들의 수는 갈수록 늘어났고 이쪽의 발길은 점점 묶이기만 했다. 단영은 간곡한 심정으로 목멱산 봉화 줄기를 다시 바라보았다. 그런 그녀의 바람이 통하기라도 한 듯 멀리서 거센 말발굽 소리가 들려오기 시작했다. 전 병조판서(兵曹判書)이며 돈녕부영사(敦寧府領事)인 윤돈경의 지시로 이루어진 군대가 드디어 도착을 한 것이다.

본래 이처럼 빠른 지원군의 도착은 적들의 계획에는 없었음이 분명했다. 비호단은 눈에 보이게 위열(威烈)을 무너트리며 사평나루를 향해 급격히 후퇴를 시작했다. 위풍당당하게 관군을 호령하던 훈련대장(訓鍊大將) 박이천이 적의 섬멸을 명한 후 곧 자신의 말을 끌고 의종에게 다가와 공손히 말고삐를 내밀었다.

사평나루로 후퇴하던 비호단 무리는 한강진으로부터 강을 건너온 금군들로 인해 아예 전투 의지를 상실해버리고야 말았다. 본래 가난한 농민에 천대받던 이들이 대부분이니 그 기세가 한번 꺾이자 다시금 불타오르기 힘들었던 것이다.

이처럼 후방을 친 금군 무리 앞에는 금군별장(禁軍別將) 조명락이 있었는데, 그는 봉화를 보자마자 금군을 이끌고 광희문을 빠져나왔었다. 그러고는 버티고개를 넘어 한강진으로 들어섰다가 마침 이쪽의 다급함을 알고 강을 건너 후퇴하는 적병을 친 것이다. 이는 박이천의 명에 의해 두 명의 중군(中軍)이 이끌던 한강진 쪽 군대의 도착을 앞지른 것으로, 적을 일망타진하는 데 크게 공헌을 하였다.

의종은 중경상을 입은 이들을 전의원(典醫院)과 혜민서(惠民署)에서 나누어 담당토록 하는 한편, 사로잡힌 자들은 모두 의금부로 끌고 갈 것을 지시하였다. 그러고는 한 옆에서 묵묵히 자신의 팔뚝을 천으로 감싸고 있는 단영에게 다가갔다.

"다쳤는가?"

감싼 천 위로 붉은 피가 배어나왔다. 단영은 묵묵히 천 끄트머리를 마무리하며 대답했다.

"별것 아닙니다."

얼굴을 덮은 황색 도포 자락에 음성이 뭉개진다. 잠시 머뭇거리던 단영이 다시 덧붙였다.

"봉수대를……, 목멱산 봉수대를 장악하여 봉화를 올렸습니다. 다른 건 생각나질 않아서."

봉수대는 본래 외적의 침입을 알리는 중요한 통신망이다. 그중 목멱산의 것은 제1봉부터 제5봉까지 그 지역이 정해져 있어 함경 · 강원, 경상, 평안 · 황해, 전라 · 충청 등 각각의 지역으로부터 모여드는 봉화의 최종 집결지였는데, 그것을 반대로 올려버렸으니 지금쯤 각 지역에서는 청군이 남하라도 하는 줄 알고 큰 혼란에 빠져 있을 것이었다. 그리고 이 혼란을 잠재우는 데만도 적지 않은 손실이 따를 것이기에 단영은 걱정이 되었다.

말을 채 맺지 못하는 그녀를 의종이 내려다보는데 그 눈길이 꽤나 무심했다. 역시 지금껏 화가 나 있는 것인가, 단영이 시무룩해서 다른 곳을 보는데 그런 그녀의 귀로 의종의 목소리가 들려왔다.

"아주 잘했다."

단영이 의아하여 의종을 올려다보았다. 여전히 무심했지만 어쩐지 눈 속에는 잔잔한 웃음이 일렁이는 듯도 했다. 괜히 무안해져 다시 고개를 돌리는데 입가에는 미소가 잡힌다.

그녀는 사실 칭찬받는 것에 익숙지 못했다. 어릴 적 부정을 느끼고자 노력했던 아버지에게선 대부분의 삶을 무시당했고, 딸아이의 특별한 총기로 인해 그 성장을 우려했던 신씨 부인에게선 거리를 둔 절제와 훈육이 더 두드러졌다. 둘째 오라비 학성의 따뜻함은 모든 이에게 공평하여 특별함이 없었고, 그나마 어릴 적 만난 장씨에게서 정을 느꼈으나 조창주의 흉계로 인해 곧 떠나버렸으니 결국 그녀에게 남은 이는 두릅과 매당 할멈밖에 없었던 것이다.

의종도 단영의 눈가로 전해지는 미소를 알아볼 수 있었다. 황포 자락에 가려 잘 보이지 않는 그 미소가 좋았다. 분명 그녀에게 화가 났었는데 상황이 이렇게 되니 오히려 그때의 감정이 잘 기억나지 않았다. 총명한 그녀가 자신을 위험에서 구하고자 이만큼 노력했다는 사실이 좋았고 또한 뿌듯했던 것이다. 물론 누구에게도 대놓고 자랑할 수는 없겠지만 말이다.

의종이 무언가 말하려는데 그때였다. 크고 걸걸한 음성이 들려와 돌아보니 웬 노파가 누워 있는 장씨를 지팡이로 후려치며 훈계를 하고 있었다. 단영이 재빨리 다가가 지팡이를 막았다.

"할멈, 장씨잖아. 왜 그러는 거야?"

매당 할멈이 투덜투덜 혼잣말을 하는데 들어보니 아무래도 단영과 이기 앞에는 나타났던 그가 자신만은 찾질 않았던 것이 불만인 모양이었다. 단영이 어쩔 수 없이 웃으며 장씨를 바라보니 그도 산발을 한 머리 틈새로 이마의 상처를 움켜잡고 껄껄, 특유의 웃음을 지었다.

"그나저나, 너 가볼 데가 좀 있다."

의종이 다가서다 말고 미간을 찌푸리며 매당 할멈을 보았다. 진찬에 뛰어들어 두릅을 구해 간 노파가 분명하다. 허니 단영의 신분을 잘 알 텐데 다짜고짜 하대를 하는 게 몹시 불쾌했던 것이다. 그러나 매당 할멈은 개의치 않는 표정이었다.

"두릅이 녀석이 잔당인지를 쫓는다고 양재도로 내려갔단다. 얼마 안 됐으니 지금 가면 따라잡을 수 있을 게야. 뭐라더라, 경진? 아무튼 네게 편지질하던 그 기생 아이를 구해야 한다던데."

단영이 아차 하는 표정을 지었다. 의종에게 닥친 위기만 생각하느라 경진을 잊은 것이다.

"그 아이가 어째서 양재도 길을 택했는지 할멈은 아는 바가 없는 거야?"

잠시 뜸을 들이던 매당 할멈이 어쩔 수 없겠는지 곧 털어놓았다.

"은단이가 봉화 오르는 것을 보고 집 밖으로 나오다가 조창주 그놈이랑 마주쳤단다. 가타부타 갇힌 계집을 구해야겠거든 서찰 하나를 두릅에게 전하라 하는 걸 듣고 은단이 년이 그만 네가 잡혀 있는 거라 짐작했다지 뭐냐. 하여 두릅에게 득달같이 전한 거고 그 녀석은 그 녀석대로 놀라서 양재도로 간다는 말만 남기고 떠났다는구나."

이기에겐 봉화를 올린 후 바로 윤 대감을 찾아가라 일렀었다. 혹 그가 단영의 서신을 흘려 읽을 수 있으니 정황을 살펴보라는 뜻에서였다. 그런데 그곳에서 먼저 은단을 만난 것이다.

비호단의 잔당이 모여 있다면 혼자 감당하기 어려울 것이다. 단영은 급한 대로 군마 한 마리를 잡아 타고 달렸다. 그 모습을 지켜보던 홍 내관이 혀를 끌끌 찼다.

"또 무슨 일 때문에 저러나?"

그리고 돌아서다가 의종을 보고 지레 놀랐다. 임금의 시선이 지금 막 말을 잡아타고 떠나는 윤 어사의 등에 머물러 있었는데 그 표정이 실로 무시무시했기 때문이었다. 홍 내관이 머뭇거리는 동안 의종은 박이천이 내어준 말에 오르며 군사를 보강하여 뒤따를 것을 지시하였다.

단영은 의종의 예상대로 양재도에 있던 예전 그 흉가를 찾아 달렸다. 마구상인 마전의 옛 가옥인 그곳은 그들이 처음으로 마주친 인연의 장소이기도 했다. 단영의 뒤를 바짝 따르던 의종은 그녀가 무턱대고 대문 안으로 뛰어들려 하자 얼른 말에서 내리며 팔을 붙잡았다.

"지금 제정신인가? 이런 곳에 혼자 들어가 무엇을 하겠다고?"

그러나 단영의 시선은 흉가 안으로만 향한 채 돌아설 줄을 몰랐다.

"놓아주십시오. 그자들이 그 아이에게 또 무슨 짓을 할지 모릅니다."

"그 아이? 경진을 말함인가, 아니면 그 두릅이란 자를 말함인가?"

의종의 음성에 분노가 담겼지만 단영은 알아차리지 못했다. 그들이 몸싸움을 하는 동안 조명락이 소수의 기마병을 끌고 먼저 도착하는 바람에 의종은 단영에게 시선을 고정한 채 말하였다.

"지금 당장 금군별장 조명락은 휘하의 군졸을 이끌고 이 흉가를 살피라."

그러나 결코 단영을 놓아주는 일은 없을 것임을 표명하듯 의종의 손힘은 더욱 단단해졌다. 단영은 이를 악문 채 흉가를 향해 돌아섰다. 그리고 동시에 안에서 눈부신 빛이 번쩍이더니 곧 커다란 굉음과 함께 불길이 치솟았다. 순간이나마 그 빛이 얼마나 찬란하던지 주위로는 마치 지던 해가 다시 뜨기라도 한 듯 사방 구석구석을 밝혔고, 안으로부터 밀려 나오는 뜨거운 기운은 저도 모르게 얼굴을 돌려야 할 만큼 강했다. 화약에 의한 폭발이 일어난 것이다.

의종은 품안의 단영을 내려다보았다. 폭발과 동시에 끌어안은 것은 기억이 난다. 그러나 그때의 애틋했던 걱정은 단영의 얼굴 위로 흐르는 경악과 충격을 보는 순간 모두 잊히고 말았다.

"놓아주십시오."

가라앉은 단영의 음성에 의종은 저도 모르게 손을 풀었다. 그리고 곧장 안으로 뛰어들려는 그녀의 허리를, 언제 나타났는지 매당 할멈의 지팡이가 가로막는 것을 묵묵히 지켜보았다.

"안 돼."

단영의 안타까움에 겨운 속삭임은 너무나도 작아 소란 속으로 금세 흡수되고 말았다. 그러나 의종에게는 그녀의 목소리가, 그녀의 모든 표정과 행동들이 너무나도 또렷해 오히려 고통스러울 정도였다. 그는 폭발의 현장만을 하염없이 바라보는 단영을 향해 손을 뻗었다. 차라리 그녀의 눈을 가리고 싶다는 충동이 일었기 때문이었다. 그러나 그 손도 곧 거두어지고 말았다.

그보다 앞서 흉가에 도착한 이기는 조창주의 서신에 씌어 있던 대로 별채까지 단숨에 달려갔다. 매당 할멈의 우려와 달리 그는 은단이 전해준 그 '계집'이 경진을 뜻한다는 것을 알고 있었다. 담을 뛰어넘어 안으로 들어서자 곧 느긋하게 부들부채를 흔드는 조창주와 마주쳤다.

"오랜만이구나. 상한 몸은 제대로 추슬렀느냐?"

유들유들한 음성에 진저리가 쳐진다. 조창주가 그럴 줄 알았다는 듯 키득거리며 말하였다.

"젊은 나이에 벌써 죽어버리면 쓰겠니? 네놈이 있어야 그나마 그 호랑이 같은 년을 흔들 수 있을 텐데, 그리 가버리면 내가 너무 아쉽지 않겠느냐."

이기의 눈이 순간 번뜩였다. 묵묵히 방 한쪽만 바라보던 이기가 말했다.

"그녀를 풀어주십시오."

조창주가 부채를 살랑살랑 저으며 허공을 향해 짧은 웃음을 몇 번 내뱉었다.

"넌 언제까지나 그렇게 순박하고 어리석구나. 물론 내 이르기를 그 기녀 아이를 구하고 싶으면 이리 오라 하였다만 서신 어디에도 아무런 대가 없이 내어준다 한 적은 없지 않느냐?"

이기의 눈이 처음으로 조창주를 똑바로 직시하였다.

"당신이 순순히 내어주든 아니든 나는 그런 것에 관심이 없으니 치러야 할 대가도 없습니다."

조창주가 웃음을 거두며 이기를 마주 보았다. 이젠 일전의 그 열일곱 어리디어린 눈빛이 아니다. 고통은 인생을 주저앉힐 뿐만 아니라 또한 성장시킨다고도 하였던가.

"나리, 이제 가셔야 할 시각입니다."

밖에서 급한 음성이 들려왔다. 조창주가 재촉하듯 쳐다보았으나 이기의 눈빛은 여전히 단단하여 물러섬이 없었다. 이미 그 마음을 회유할 수 없음을 깨달은 조창주가 조용히 물었다.

"네 가진 능력으로도 그 계집을 구할 수 없다면 그땐 어찌하겠느냐? 설마 같이 죽기라도 하겠다는 것이냐?"

"내 생이 여기까지라면 그렇게 되겠지요."

조창주가 담담히 웃으며 몸을 일으켰다. 그러고는 나직이 뇌까렸다.

"그럼 죽어라."

조창주가 나가자 그때까지 조용하던 밖이 소란스러워지며 검을 휘두르는 사내 네 명이 안으로 들어왔다. 하나같이 험악한 인상에 날렵한 체구를 가지고 있어 잘 훈련된 자들로 보였다. 그러나 이기는 그들과 오래 상대할 마음이 없었다. 그래서 가장 가까이 선 자를 공격하여 그가 잠시 뒤로 물러났을 때 장지문을 베어내고 밖으로 뛰어나왔다.

이기가 지붕 위로 오르자 뒤따르던 이들 중 둘은 위에서, 나머지 둘은 지상에서 그를 쫓았다. 그러나 빠르기로는 이기를 당할 자가 없었기에 그들은 대번에 뒤처지고 말았다. 이기는 얼마 안 있어 조창주의 모습을 다시 발견했다. 안채로 들어서려는 중이었는데 자세히 보니 마치 난리가 나서 피난이라도 가는 양 안채의 문이며 창이며 모조리 튼튼한 덧문이 달려 있었다.

"벌써 쫓아왔구나. 하긴 이제 좀 약삭빨라질 때도 되었지."

이기를 발견하고 대견하다는 듯 빙그레 웃던 조창주가 곁에 있는 덩치에게 소리쳤다.

"던져주어라!"

곧 덩치가 커다란 항아리를 이기에게 마주 던진 후 그 틈을 타 나무 덧문을 안에서 걸어 잠갔다. 이기가 빠르게 달려드는 항아리를 발로 차 걷어내려는데 안에서 웬 여인의 비명소리가 흘러나왔다. 최대한 충격을 완화하여 내려놓으니 마침 뒤쫓아 오던 네 명의 사내가 안채 마당으로 각각 내려선다. 이제 이기를 둘러싼 이는 아홉 명이 된 것이다. 그러나 그중 다섯 명은 이 싸움에 끼고 싶은 마음이 없는지 주섬주섬 뒤로 물러났고 아까처럼 네 명의 사내만 그를 무섭게 노려보며 달려들었다.

이때 조창주는 안에 서서 싸움을 지켜보고 있었다.

"저대로라면 오히려 밀릴 것 같은데 어찌할까요?"

덩치의 물음에 조창주가 날카로운 눈매로 이기의 모습을 주시하며 말했다.

"저 아이에게 누군가를 이용함에 있어 꼭 본인의 허락이 필요한 건 아님을 미처 가르쳐주지 못했구나. 놔두어라. 저 아이는 기필코 목숨처럼 여기는 이에게 분란을 심어줄 테니."

그러자 그때까지 조용하던 뒤쪽에서 검은 옷을 입은 자가 모습을 드러냈다. 그 흑의인은 바로 의종이 이끌고 있는 정전위 대원 최락이었다.

"아니, 실은 그 분란이란 것은 이미 시작된 것이 아닙니까?"

조창주가 돌아보며 묘한 웃음을 지었고 최락에겐 마치 그 웃음이 설명을 해보라는 무언의 재촉으로 보였다.

"수훈장군께서 저 아이를 지난 진찬에 들이민 것 또한 주상의 마음에 의심을 심어주기 위한 전초가 아니었습니까? 그 진찬이 우리에게 중요한 일이긴 하나 부득불 저 아이가 나서야 했던 자리는 아니지요. 즉 장군은 두 가지 목적이 있었던 게 아닌가, 소인은 그리 짐작했습니다."

"흠, 그렇게 해석하고 있었나?"

"물론 소인의 부족한 소견으로 수훈장군의 깊은 뜻을 반이나마 맞힐 수 있겠습니까만, 어찌 되었든 요즘 들어 부쩍 불편해진 주상의 심기가 바로 중궁전으로부터 야기된 것임은 이제 확실시되지 않았습니까? 하긴 장군께서 어련히 알아서 결정을 내리겠지만 말입니다."

조창주는 그저 미소를 짓는다. 최락의 말대로 중궁전에 대한 불신을 심어주기 위해 이기를 작은 불씨로 이용했던 건 사실이다. 그러나 어디 그리 간단하기만 하겠는가.

"이제 보니 그대도 제법이로군."

최락은 자신이 받은 칭찬이 흡족했는지 슬쩍 미소를 지었다. 그러나 어찌 알았겠는가. 그 미소가 생애의 마지막 웃음이 될 것임을.

최락이 영문을 모르겠다는 표정으로 쓰러지자 뒤에 있던 덩치가 곧 그 등에 박힌 검을 뽑아들었다. 피가 솟구쳐 바닥과 벽을 적시자 조창주는 마치 자신의 희디흰 도포자락에 혈액이 흩뿌려지기라도 한 양 얼굴을 찌푸렸다. 그는 부채를 접어 쓰러진 최락의 얼굴을 툭툭 두드렸다.

“네 비록 많은 수고를 하였다만 그 어리석음으로 인해 주인에게 폐를 끼쳤으며 더불어 그 세치 혀 또한 장차 화근이 될 가능성을 지녔으니 어찌 그런 너를 곁에 둘 수 있겠느냐. 다만 쓸모가 다하여 미리 보낸 것은 아니니 그것 하나로 위안을 삼고 먼 길 편안히나 가거라.”

최락. 그는 일찍부터 ‘목소리’에 발탁되어 무과를 통과하자 바로 궐로 들어갔으며 그 탁월한 일신의 재주를 이용해 의종의 눈에까지 들었다. 그는 궐 안 누구도 알아내기 힘든 의종의 일거수일투족을 ‘목소리’에게 물어다주었으며, 정전위 회합이 있는 날이면 그들의 눈과 귀를 단에서 염두에 둔 바로 그곳으로 향할 수 있도록 회의를 주도하기도 하였다. 오늘 이기의 행방을 미리 알아 서찰을 전달할 수 있었던 것도 모두 최락이 일러준 덕분이었다.

“그렇지만 저자가 자신의 안위를 먼저 걱정해 일을 크게 그르치는 바람에 오늘의 거사를 망치고 말았습니다.”

덩치가 침통한 어조로 말하였다. 본래 최락이 천천현 봉수대로 달려가기 전 먼저 조창주를 찾았다면 오늘의 거사가 이처럼 물거품이 되지는 않았을 것이다. 그러나 최락은 이번 일이 실패할 시 자신에게 향할 단영의 의심이 두려워 먼저 명을 수행하는 쪽으로 마음을 돌렸고 결국 그 특별한 자기애가 명을 재촉하고야 만 것이다.

“키우던 개가 실족을 한다는 건 키운 자가 그만큼 단속을 못했다는 뜻도 되겠지.”

그러고는 손가락을 튕기며 덧붙여 말했다.

“이제 그만하고 불러들이도록 해라.”

그러자 덩치가 호각 하나를 꺼내어 힘껏 불었다.

이기는 자신을 공격하던 이들이 갑자기 몸을 사리는 것을 깨달았다. 안에서 호각 소리가 들려온 직후였다. 이기는 그들을 놓치지 않기 위해 바짝 옥죄어들며 공격을 하였다. 그러나 방어에만 치중하는 이들을 붙잡을 재간이 없었다. 네 사람은 어느 순간 약속이라도 한 듯 안채의 지붕 위로 올라섰고 이기가 뒤쫓았을 때는 이미 그 모습을 숨긴 다음이었다.

이기가 근방을 샅샅이 뒤지려는데 아래에서 항아리가 덜거덕거리는 소리가 요란하게 들려왔다. 할 수 없이 위태롭게 쓰러지려는 항아리를 얼른 받친 후 겹겹이 묶어놓은 끈을 끊었다. 그리고 밀봉된 뚜껑을 여니 안에는 거의 초주검이 된 경진이 들어 있었다.

일단 뒤뜰로 옮긴 후 잔디 위에 눕혀 차가운 공기를 쐬게 하였다.

"어찌…… 된 것입니까?"

두통이라도 이는지 한 손으로 관자놀이를 꾹꾹 누르던 경진이 근처 나무를 붙잡고 후들후들 떨리는 몸을 일으키려 할 때였다. 갑자기 안채에서 폭발이 일어나며 사방으로 불길이 치솟아 올랐다. 비록 그들에게 직접적인 영향은 없었으나 폭발로 인한 간접적 충격이 꽤 심해 경진은 그만 땅으로 고꾸라지며 정신을 잃고 말았다.

이기가 높은 나무로 뛰어올라 안채를 내려다보니 이미 그곳은 사방이 불바다였다. 게다가 바람까지 적당히 불어주니 점차 다른 곳으로 번져나갈 조짐이 보였다. 지옥구덩이와도 같은 그 불길을 바라보는 이기의 눈빛이 어둡다. 조창주를 비롯한 비호단 잔당들이 모여 있던 안채, 그들은 과연 어떻게 된 것일까.

잠시 후 이기는 쓰러진 경진을 업고 뒷문으로 빠져나가다가 주위를 둘러싼 군사들에게 잡혔다. 금군들은 그들을 의종에게로 끌고 갔다. 이기의 시야에 제일 먼저 들어온 것은 충격으로 인해 자리에 주저앉은 단영의 모습이었다. 그는 급히 다가가 앞에 무릎을 꿇고 앉았다.

"아가씨."

단영이 형언할 수 없는 얼굴로 그를 한동안 바라보다가 고개를 돌렸다. 훅 하고 깊은 숨을 들이마시며 가슴을 두어 차례 두드리고는 그저 이렇게만 말을 하였다.

"너를…… 잃는 줄 알았구나."

그러나 담담한 듯 목이 메어 그 아픔과 속상함을 고스란히 드러낸 음성만은 감추질 못하였다.

이를 줄곧 지켜보던 의종은 기가 찬 얼굴을 하늘로 돌렸다. 해는 없지만 흉가 안에서 뻗어 나오는 불길은 하늘을 향해 제가 가진 붉은 기운을 전달하였고 이제 다른 때와 달리 하늘은 차가운 어둠을 뒤로 물린 채 지상에서 올라오는 빛에 몸을 맡기고 있었다. 그래서 그런가, 꾸역꾸역 솟아오르는 검은 연기는 유독 의종의 눈에 생생하게 비쳤다. 불쾌하고 더러운 탁수(濁水)처럼 그렇게 하늘을 물들이며.

의종은 다시 한 번 단영과 이기를 바라본 후 차갑게 뒤돌아 말에 올랐다. 이제 모든 것을 알겠노라고, 그는 생각했다. 진찬 사건 직후 그녀가 보였던 눈물의 의미도, 그토록 완강하게 자신을 거부하던 모습도 무엇에서부터 시작된 것인지를 알겠노라고 말이다.

"저, 전하!"

홍 내관이 당황하여 뒤를 쫓았으나 이미 의종의 말은 한참을 달려가 버린 다음이었다. 호위무사 없이 혼자 떠나는 임금을 보며 홍 내관은 또다시 시작된 걱정에 정신이 다 아찔하였다.

"거 그리 앉아만 있지 말고 우릴 돕든가, 전하를 쫓아가든가 하시오. 여인네처럼 호들갑은."

단영에게 가시 박힌 소리를 한 마디 하는 것도 잊지 않았다. 임금의 불편한 심기가 이 괴상하게 생긴 사내 때문임을 아는 것이다. 인정하고 싶진 않지만 의종의 마음에 이자가 들어 있음은 더 이상 감출 수 없는 사실이었고, 그로 인해 의종이 두릅이란 자에게 시기를 느끼는 것까지 홍 내관은 짐작할 수 있었다. 어찌 모를 수 있겠는가. 두 사람을 바라보던 눈빛이 그리도 절절했던 것을.

이기가 어디선가 말 두 마리를 끌고 왔다. 그러고는 그녀를 먼저 태운 후 고삐를 손에 감은 채 자신도 말에 올랐다. 언제나처럼 궐까지 모실 생각이었던 것이다.

경진은 그런 두 사람의 모습을 오래오래 바라보았다. 지난날 뉘엿뉘엿 지는 햇살 속을 나란히 걸어가던 모습을 다시 보는 듯해서였다. 훗, 경진이 나지막하게 웃었다. 내 그대에게 잠시 마음을 기울인 것은 사실입니다. 허나…….

"꽃이 나비를 따라갈 수는 없는 법이니 날아가버린 이에게 무슨 기대를 걸겠습니까."

그런데 그 나지막한 소리가 어찌나 자조적이던지 돌아서 있던 매당할멈조차 별 희한한 소리를 다 들었다는 듯 그녀를 쳐다보았다. 경진은 그런 노파의 기척을 느끼고 가만히 미소로 답하였다. 그러고는 곧 자신도 영루관으로 돌아가기 위해 길을 잡았다.

얼마 뒤 단영과 이기는 궐에 도착하였다. 다른 때 같으면 담을 넘어야 했을 시간이지만 날이 날인 만큼 대부분의 문무백관들이 입궐하는 중이다 보니 단영 또한 그 틈에 낄 수 있었다.

단영은 한동안 다른 이들 틈에 끼어 걷다가 적당한 기회에 방향을 바꿔 소록당(小祿堂)으로 향하였다. 피곤했다. 정말 손가락 하나도 까딱하고 싶지 않을 만큼 극심한 피로가 느껴졌다. 그래서 말을 타고 오면서도 계속 걷게 하기만 했지 제대로 뛰지는 못했었다.

'정말 조가가 죽은 걸까? 게다가 어째서 경진을 그리 쉽게 돌려준 것일까.'

폭발할 즈음엔 이미 모든 금군들이 그 흉가를 지키던 때였다. 그러니 이론적으로 본다면 그는 분명 죽은 거였다. 그러나 하필이면 화약 때문이라니, 석연치 않은 결말이었다.

물론 오늘의 반역을 무사히 막아낸 것은 다행한 일이었다. 그러나

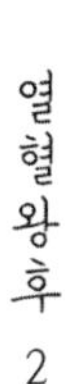

마음이 시원하기만 한 건 아니다. 뭐랄까, 허탈하다고 해야 하나. 게다가 사이사이로 무력감까지 겹친다. 의종으로 인해, 또 이기로 인해 잔뜩 긴장된 하루를 보내고 나니 정신적 피로 역시 극심했던 것이다.

소록당 장지문을 열고 들어서는데 우두커니 서 있는 검은 그림자가 보였다. 곧 의종이라는 것을 깨달았으나 안심이 되는 건 아니다. 그의 노여운 심기가 느껴졌기 때문이다.

"지금까지 어디서 무엇을 하다 이제 돌아오는 것인가?"

의종의 음성이 어두운 방 안에 나직하게 깔렸다. 단영은 가뜩이나 지친 심신을 어찌 설명할까 싶어 아득해졌다. 하여 잠시 머뭇거리자 의종의 날카로운 목소리가 채근하듯 날아들었다.

"못 들었는가? 무엇을 하다 돌아오는지 묻고 있지 않은가?"

"그저."

단영이 벽에 등을 기대며 맥없이 대답했다.

"그저 천천히 걸어왔습니다. 아니, 말을 타고 왔지만 달리지 않았습니다."

잠시 쉬었다가 내일 다시 얘기하면 안 될까. 자신도 모르게 이런 생각을 하다가 곧 그것을 지웠다. 마음속으로 차오르는 불안감을 깨달았던 것이다. 그러나 어디서부터 어떻게 시작된 것인지 알지 못하니 그것을 내리누를 방안이 없었다.

한숨을 쉬며 바닥을 내려다보는데 그 소리가 의종의 심기를 더욱 거스른 모양이다. 갑자기 다가오더니 느닷없이 목을 움켜잡으며 벽으로 밀쳤다.

"그 때문인가? 그대가 그리도 폐서인 되기를 자청한 이유가 바로 그것 때문이었나?"

내가 폐서인을 자청한 이유……. 의종의 말을 이해해보려 노력했으나 도무지 '그것'이 무엇인지 알 수가 없다. 그녀는 목에 가해지는 압박에 호흡이 곤란하자 그냥 눈을 감아버렸다. 이런 일은 처음이어서 어떻게 대처해야 할지 감이 잡히질 않았다.

의종이 소리쳤다.

"말하라! 말하지 않으면 내 너를 기필코 죽일 것 같으니 그 전에 말하란 말이다!"

단영이 소리가 나질 않는 목으로 애써 대답을 하였다.

"무…… 엇을 말해야…… 하는……."

시야가 뿌옇게 변하는 것 같아 단영은 눈을 몇 번 깜박였다. 어둠 속으로 의종의 얼굴이 어렴풋이 보였다. 어쩐지 그가 곧 울 것 같다는 생각을 해본다. 지금 그 얼굴엔 온통 분노만이 자리하고 있는데도. 왜, 어째서, 당신은 그런 표정으로 나를 보는가. 단영은 저도 모르게 손을 내밀어 의종의 턱을 쓰다듬었다. 거짓말처럼 그의 손아귀에서 힘이 빠져나갔다.

단영은 등을 기댄 채 스르륵 벽을 타고 미끄러졌다. 기운이 하나도 없는 게 곧 죽을 만큼 피곤했다. 조금만 쉬고, 조금만 쉬고…….

그녀가 기도처럼 중얼거리는데 저만큼 물러났던 의종의 손에서 무언가 번쩍였다. 그것은 곧 공기를 가르며 날아오더니 둔탁한 소리와 함께 단영의 귀 옆으로 파고들었다. 뒤늦게 기운이 쭉 빠지는 것을 느끼며 돌아보니 언젠가 야밤의 객점 안에서 그에게 넘겨주었던 단도 한 쪽이다. 어찌나 깊이 박혔던지 손잡이의 절반도 같이 묻혔다.

"그대가 폐서인 되는 일은 결코 없을 것이다. 교태전에서 살다가 교태전에서 죽어라. 그것이 내 바람이다."

몰려드는 위압감. 바람, 바람이라고 하였나, 이 사람.

"원하는 것이라……. 지금은 특별한 게 없지만 시간이 가다 보면 하나쯤은 생길지도 모르겠군."

그의 말에 단영은 단도를 내놓으며 이리 응대했던 것이다.

"그쪽의 원하는 바를 이뤄주는 날, 그 단도를 찾아가겠소."

이것이, 이것이 이이의 바람인가. 내가 교태전에 갇혀 지내는 것이 이이의 바람이란 말인가.

얼마의 시간이 흘렀는지 모른다. 의종은 그 단단한 분노를 안으로 삼키며 조용히 소록당을 빠져나갔다.

단영은 그 기척 없음이 왠지 서러웠다. 그리고 갑자기, 지금의 이 모습이 매우 낯익다는 것을 깨달았다. 언제였던가, 깨적과 달근의 묘를 다녀오던 날, 어머니와 함께 나란히 안방에 들었던 아버지는 의종과 흡사한 얼굴빛으로 안채를 벗어났었다.

제3장. 어둠은 또 다른 시작

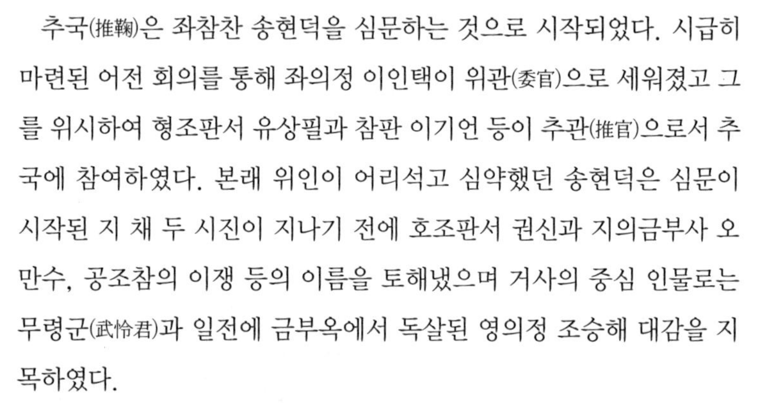

추국(推鞠)은 좌참찬 송현덕을 심문하는 것으로 시작되었다. 시급히 마련된 어전 회의를 통해 좌의정 이인택이 위관(委官)으로 세워졌고 그를 위시하여 형조판서 유상필과 참판 이기언 등이 추관(推官)으로서 추국에 참여하였다. 본래 위인이 어리석고 심약했던 송현덕은 심문이 시작된 지 채 두 시진이 지나기 전에 호조판서 권신과 지의금부사 오만수, 공조참의 이쟁 등의 이름을 토해냈으며 거사의 중심 인물로는 무령군(武怜君)과 일전에 금부옥에서 독살된 영의정 조승해 대감을 지목하였다.

거론된 이들은 병조(兵曹)에 의해 즉각 잡혀 들어왔고 이 모든 일이 파루가 울기 전에 신속히 행하여졌다. 그러나 지의금부사 오만수만은 그리 할 수 없었는데, 이는 그의 시신이 양재도 폭발 현장에서 발견되었기 때문이었다. 일전에 이기를 무령군에게 안내하여준 오 대감이 바로 이 오만수라는 자였다.

무령군과 그 일파에 대한 추국은 이레 동안 지속되었다. 때를 같이하여 큰 비가 시작된 터라 추국장 안은 더욱 음울하고도 질척했다. 반역도들은 지금껏 역심을 품고 반역을 계획해왔다는 송현덕의 증언에 관하여는 인정을 하였으나, 한강진 모반과 관련하여서는 스스로 꾀한 적도, 관여한 적도 없어 더 이상 고변할 것이 없노라 주장하였다.

특히 무령군은 자신의 막역한 지기인 오만수 대감의 시신이 현장에서 발견된 것에 대해 역명(逆名)을 씌우기 위한 누군가의 책략이라며 분을 참지 못하였으나, 누명을 뒤집어쓴 것이 억울해서라기보다는 그로 인해 자신이 공들여오던 모반이 어그러진 것에 대한 분노가 더 큰 듯했다.

"하여 지금은 전하께옵서 납시시기 전엔 입을 열지 않겠노라고……."

홍 내관이 말끝을 흐렸다. 이른 새벽, 잠시 그친 비로 인해 물안개가 자욱이 피어오른 북한산 아랫자락을 내려다보며 의종은 천천히 고개를 끄덕였다. 온 궁 안이 들썩들썩, 잠조차 이룰 수 없는 며칠 밤이었다. 그러나 의종은 강 건너 불구경이라도 하는 사람처럼 무심히 추이를 관망할 뿐, 아직 이렇다 할 어의를 내비치지 않고 있었다.

"듣자하니 오 대감의 시신은 여타의 시신들과 다른 점이 있었다지?"

의종의 말에 홍 내관이 뒤를 향해 손짓하였다. 어둑한 나무 그늘 아래 한 인영이 모습을 드러내더니 나직한 목소리로 답하였다.

"오 대감의 주검이 열상은 있으되 파손 범위가 작고 수족의 형태가 비교적 온전한 것으로 미루어 작발(炸發)을 주된 사인으로 보기엔 어려움이 있었습니다."

"그렇다면 다른 곳에서 살해되어 옮겨졌을 가능성도 있다는 것이군. 허나 도승지가 가져온 검첩(檢牒)[43]에는 그러한 사실이 제대로 언급되어 있지 않았다."

"……환궁하는 즉시 시장(屍帳)[44]을 대령하라 이르겠나이다."

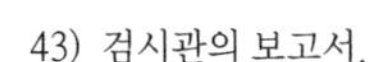

43) 검시관의 보고서.
44) 시체 검안서.

홍 내관의 말에 의종은 또다시 고개를 끄덕였다.

"그런데 최 부장의 시신도 그곳에서 발견되었다는 건 무슨 말인가?"

최 부장이란 최락을 이름이었다.

"타살인가?"

의종의 물음에 나무 그늘 아래 또 다른 인영이 앞으로 나왔다. 정전위 부수장 유무성이다.

"예, 전하. 그자가 윤 어사의 명으로 천림산 봉수대로 출두한 직후 송가란 자와 접선하는 것까지는 뒤를 따랐으나 양재도 흉가로 들어선 뒤 폭발 전까지 나오는 것을 확인하지 못하였습니다. 그러나 그자의 시신 또한 열상 이외의 다른 흔적이 없고 오히려 검상이 뚜렷한 것으로 미루어 이미 타살된 직후 버려진 것이 아닌가 사료되옵니다."

"송가라 하면?"

곁에 있던 홍 내관이 대답하였다.

"전하께서 알아 오라 하시던 바로 그 조가 창주로서 송이라 함은 이 자의 가명이옵니다."

"그렇군."

의종이 시선을 다시 산 아랫자락으로 옮기며 생각에 잠겼다.

'조 대감을 이용해 예조를 움직이고 오랜 시간 제약청(製藥廳)을 비워 화약을 준비했으며 비적단을 조종하여 임금을 노리고 그것이 실패하자마자 마치 전멸이라도 당하듯 한 줌의 재로 사라진다……, 그리고 그것이 시시각각 왕좌를 노려오던 제1왕자와 맞물려 모반이 성립되고 대역죄인이라는 대명률에 옭매이게 된다.'

모든 정황을 미루어볼 때 폭발 사건을 우발적 사고로 보긴 어려웠다. 그러나 그 사건으로 인해 대부분의 비호단 단원들이 목숨을 잃은 지금, 고의적이었다고 한다면 왜, 어찌하여 그런 일을 자행한 것인지는 더더욱 짐작이 가지 않았다. 단순히 무령군에게 혐의를 덮어씌우기 위해? 의종의 복잡한 머릿속을 대변하듯 산자락을 돌아 피어오르는 물안개가 더욱 짙어진다.

“허나 무령군이 아니라면 대체 누구일까?”

느닷없는 의종의 말에 홍 내관이 뜻밖이라는 표정을 지었다. 의종이 덧붙였다.

“알고 있다. 이미 나는 이런 일련의 사건들이 무령군과 무관하거나 혹은 그 역시 다른 이에게 이용당하고 있을 것이라 결론을 내렸었지.”

그랬었다. 의종은 지금껏 무령군이 아닌 다른 이를 물망에 올려놓고 예의주시하고 있었던 것이다. 그런데 새삼 ‘누구일까?’라고 반문한다는 건 심중에 있던 이가 흔들린다는 뜻이었다. 어째서!

홍 내관은 의종이 새롭게 물망에 올렸을 그 누군가를 타진해보았다. 그러나 아무리 머리를 굴려도 무령군과 또 한 사람, 그들이 여태껏 지켜봐왔던 이를 빼면 감히 역심을 품을 만한 인물이라고는 없었다.

홍 내관은 일단 유무성에게 눈짓하여 정전위 대원들을 멀리 보내게 하였다. 그러고는 의종을 향하여 조심히 말문을 열었다.

“전하, 혹 따로 짐작 가는 이가 있으시옵니까?”

홍 내관의 물음에 의종은 잠시 망설여야 했다. 그가 맞는 것일까. 내가 본 이가 분명 그자였던가.

“한강진 나루에서 유심히 살펴보라 했던 사내가 기억나느냐?”

어찌 잊을 수 있겠는가. 본래 나루를 떠나 남소영(南小營)을 돌아보기로 했던 의종이 불현듯 사평장으로 발길을 돌린 까닭도 누군지 모를 그 사내 때문이었으니.

“내가 그날 방령군(芳怜君)을 보았다.”

홍 내관은 귀가 의심스러워 의종을 멍하니 올려다보았다.

“……지금 방령군이라 하셨사옵니까?”

그러나 반문을 하면서도 저도 모르게 고개가 가로저어졌다. 그럴 수가 있나.

"하오나 전하, 방령군은 이미 경신년에 귀양을 간 직후 병사하지 않았사옵니까?"

의종 또한 모르는 바가 아니다. 그러나 그날 본 이는 틀림없는 방령군이었다. 여섯 해가 지났지만 못 알아볼 리 만무했다. 의종의 눈길이 미세하게 흔들렸다. 친정을 시작하자 보란 듯 난을 일으켰던 방령은 무령군처럼 대놓고 야욕을 부린 적이 없어 더욱 의종을 상심케 했었다.

"필경 한강진 모반과 관계가 있겠지. 그자를 수소문하되 누구에게도 알리지 말아야 한다. 또 한 가지, 유 부수장에게 일러 지난날 마전의 집에서 보았던 화약의 행방도 알아보도록."

양재도 흉가 폭발에 사용된 화약은 지난날 마전의 집에서 본 분량에 비하면 매우 적은 양이었다. 물론 까다로운 화약 제조술로 인해 만들어낼 시간적 여유가 없었으니 분명 다른 경로로 입수한 폭약이었을 테지만, 설사 제조가 가능하여 일부를 사용한 것이라 가정하더라도 아직 많은 양의 화약 재료가 남은 것이다. 그러니 그들이 무슨 목적을 가지고 그만큼을 보유하고 있는지 반드시 알아내야 했다.

홍 내관의 마음도 의종 못지않게 혼란스러웠다. 그래서 뒤를 이어 단영을 파직하라는 명을 듣고도 한동안 뜻을 헤아리지 못하였다.

"하오나 전하, 한강진의 공적이 실로 높아 상을 내리시는 것도 여의치 않을 이때에 느닷없는 파직이라니요. 간자가 최락 그자 하나뿐이었는지 확신할 수 없는 지금 윤단성이를 이렇게 물러나게 한다는 건 괜한 의심을 부추기는 일이 되지 않겠습니까?"

"아니, 실은 내가 저들을 너무 오래 방치한다는 생각을 하던 참이다. 어떤 의심을 가지든 이제는 저들을 좀 자극할 필요가 있을 듯하구

나. 부산한 듯, 모자란 듯 치고 빠지는 재주가 일품인 자들이니 이쪽에서도 맞불을 놓아 흥을 돋워줘야지."

그러나 의종은 그렇게만 말해놓고 또다시 입을 다문다. 원래가 감정을 내보이는 성품이 아니었지만 오늘은 더 굳어 있는 듯했다. 기다려도 답이 없을 것임을 알고 홍 내관은 일단 물러나기로 하였다.

나무 그림자를 헤치고 들어서자 저만치 기다리던 유무성이 다가왔다.

"그래, 조가 창주와 그 일행이 빠져나간 경로를 확인했다면서요?"

"예. 사전에 미리 파둔 것으로 보이는 지하도를 발견했습니다. 그러나 공간이 매우 협소한 것으로 미루어 많은 수가 도피하지는 못했을 것입니다."

소수를 제외한 느닷없는 몰살이라니, 정말이지 어처구니없는 일이 아닐 수 없었다.

"그자, 조가 창주는 지금 어디에 있습니까?"

홍 내관의 물음에 유무성이 대답하였다.

"경기 이천의 설봉산(雪峯山)에 몇몇이 패를 이뤄 숨어 있는 것을 겨우 확인했습니다. 숨을 죽이고는 있지만 조만간 움직일 테니 이번엔 그 배후를 확실히 잡아낼 수 있을 것입니다."

설봉산이라. 홍 내관은 마찬가지로 버려진 병참기지였던 전곶교(箭串橋)[45] 지하 동굴을 떠올렸다. 비호단이 궐내 주요 인물과 관련이 있을 것이라 짐작하는 것도 그들이 기지로 사용하는 장소들이 대부분 전략 요충지이기 때문이었다. 어떤 문서에도 그 기록이 남지 않아 조사를 해보기 전엔 알 수 없는 곳들을 비호단에서는 용케 찾아내어 이용해왔

45) 살곶이다리.

던 것이다.

"설봉산에는 내가 직접 가겠소이다."

홍 내관이 말했다. 방령군의 뒤를 어디서부터 쫓아야 할지 알 수 없는 지금은 조창주를 감시하는 것만이 유일한 실마리였다.

"또한 윤 어사가 파직되었소. 정전위는 당분간 유 부수장이 맡으시오. 일이 어찌 돌아갈지 모르니 당분간은 최 부장이나 윤 어사에 관하여 함구를 하는 것이 나을 성싶소."

이레 후, 임금의 교지가 마침내 내려졌다. 무령군 이영(李永)은 절도정배(絕島定配)[46]에 처할 것이며, 전 호조판서 권신과 공조참의 이쟁은 직첩(職牒)을 진탈(盡奪)하고 장 일백과 극변(極邊) 정배에, 그리고 좌참찬 송현덕 등 관련죄인들 또한 그 죄의 높고 낮음에 따라 원방(遠方)에 안치(安置)되거나 외방(外方)에 부처(付處)한다는 내용이었다.

"생각보다 느리게 진행이 되어갑니다."

궐에서 멀지 않은 곳, 소격동에 위치한 아담한 와가 안에 사람 그림자 둘이 장지문을 통해 비쳤다. 말을 꺼낸 이는 모양 좋게 턱수염을 손질한 초로의 노인으로, 바로 무령군을 곁에서 모시던 비호단의 정책의장 수효장군(數爻將軍)이었다. 그의 말이 이어졌다.

"역모의 수장인 무령군에 대한 처분이 미약한 것 아니냐는 반론이 일고 있다 합니다. 조승해 대감은 부관참시하여 효수하라는 명이 내려진 것에 반해 죄질이 비슷한 오만수 대감은 가산 몰수 및 가솔들이 관비로 내쳐지는 차원에서 그친 것도 말들이 많고 말입니다."

수효장군이라는 이자의 본래 이름은 구자임이다. 수훈장군 조창주

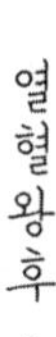

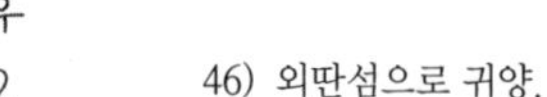
46) 외딴섬으로 귀양.

와 함께 무령군의 오른팔로 알려졌으나 지금 그 무령군에 대해 입을 여는 모습은 최측근이라는 호칭이 무색할 만큼 성의가 없었다.

맞은편에 등을 지고 앉은 이가 대답하였다.

"무령군이 이번 역모의 중추가 아님을 알고 있다는 상감마마의 언질이 아니겠습니까? 영민한 분이시니 그 정도야 쉽게 간파하실 거라 짐작은 하였지요."

돌아앉은 채 붓으로 무언가를 적어 내려가고 있어 앞모습을 볼 순 없지만 만약 이기가 이 자리에 있었다면 그가 일전에 조창주와 만났던 '목소리'라는 것을 알 수 있었을 것이다.

구자임이 글을 쓰느라 어깨를 움직거리는 목소리를 향하여 말했다.

"예, 그건 그렇습니다. 하지만 어찌 되었건 이쪽에서 바라던 대로 임금의 입지가 많이 좁아진 것은 사실이지요. 조 대감의 유죄가 입증되었다고 해도 이번에 그 편파적인 처분이 역시 문제가 되고 있으니 말입니다. 민심도 예전 같지 않다는 게 확연히 드러나고요."

무고한 영의정을 가두어 독살시켰다는 의문은 주춤하였으나 그래도 임금의 마음에 조 대감을 향한 적의가 있는 것은 사실 아니냐는 새로운 의문이 생겨나고 있었다. 게다가 무령군과는 알게 모르게 반목해오던 사이였기에 이번 참에 정적들을 다 쓸어내려는 것 아니냐는 추측도 도성 안을 돌고 있었다. 왕자들이 돌아가며 난을 일으키는 것도 저 나름대로의 이유가 있을 것이라는 뒷말이 무성했고, 더 나아가 무령군과 조 대감의 모반도 허위일 수 있다는 조심스러운 추측이 새어나오는 것이다.

그러나 목소리의 고개는 조용히 가로저어졌다.

"조승해 대감의 식솔들에게 내려진 교지에 무어라 언급되어 있는지 혹 아십니까?"

구자임이 모른다고 대답하자 목소리가 다시 말하였다.

"조 대감의 아들은 모두 다섯으로서 그중 천출이 둘인데 하나는 어려서 죽었고 나머지 하나는 몇 해 전 가문에서 내쳐져 그 어미와도 인연이 끊겼지요. 즉 외관상으로 세 명의 정실 자식 외에 아들은 더 없다는 것입니다. 그런데 주상이 내린 교지에는 아들 넷을 언급하고 있어요. 그럼 그 안에 누구를 포함시킨 것이겠습니까?"

구자임의 이마가 찌푸려졌다.

"조가를 뜻하는 것입니까?"

조 대감은 조창주가 무오년에 윤돈경의 노비 둘을 살해한 혐의로 참수형을 언도받자 그 즉시 모든 인연을 끊고 가문에서 정리를 해버렸었다. 이제 와 조사를 해보아도 조창주의 존재는 드러나지 않는 것이다.

그러니 교지의 내용은 의종이 조 대감과 조창주의 관계를 이미 알고 있음을 넌지시 드러낸 것으로서, 즉 조창주와 관련된 다른 이들에 대해서도 알고 있거나 적어도 짐작은 하고 있다는 뜻이 반영된 것이었다.

"하오나 축출된 서출 정도야 알아내려고만 하면 못 알아낼 것도 없지 않습니까? 고작 그런 하찮은 일로……."

별일 아니라는 듯 담담하게 말하던 구자임이 황급히 입을 다물었다. 목소리가 무엇을 우려하는지 뒤늦게 알아차린 것이다.

"맞습니다. 하찮은 일이지요. 역모와 같은 중차대한 일을 놓고 겨우 쫓겨난 서출을 재조사한다는 건 있을 수 없는 일이고말고요. 그럼에도 그 하찮은 일을 주상이 하셨습니다. 왜 그랬겠습니까?"

이번에는 구자임도 대답이 없었다. 목소리가 다시 말했다.

"주상이 선전포고를 한 것입니다. 이제부터 반격이 시작될 거라는 뜻이에요. 그나마 다행인 건 주상은 아직 조창주의 배경이 누구인지 심증만 있다는 것입니다. 그렇지 않다면 우리가 이렇듯 여유롭지 못했겠지요."

탁 소리와 함께 목소리의 손에 쥐어져 있던 붓이 책상에 내려졌다.

"감나무에 감이 너무 많이 열리면 그 가지가 담을 넘어 옆집으로 떨어지는 법입니다. 잘라내야 하지 않겠습니까?"

바로 조창주를 제거해버리자는 뜻. 그러나 구자임은 망설이지 않을 수 없었다.

"많은 것에 관여되어 있는 자입니다. 혹 잘못 건드려 덧나기라도 하면 큰일 아닙니까."

"그러니 건드리지만 말고 아예 뽑아내야지요. 잊지 마십시오. 결국 우리가 지켜내야 할 것은 세 가지뿐입니다."

물론 그것은 구자임도 알고 있는 사실이었다. 화약, 청나라, 그리고 민심.

"그대가 폐서인 되는 일은 결코 없을 것이다. 교태전에서 살다가 교태전에서 죽어라. 그것이 내 바람이다."

중궁전 분위기가 무겁게 가라앉아 있었다. 단영의 저조한 기분 탓이다. 요 며칠 의종의 행동과 말을 이해하기 위해 머리가 복잡할 만큼 생각을 거듭하였다.

그렇지만 아무것도 모르겠다. 전하께선 어째서 폐서인의 명을 거두신 걸까. 어째서 그런 것이 전하의 바람이 되었을까. 온통 분노만 가득했던, 그러나 곧 울기라도 할 것처럼 간절했던 그 얼굴은 평소 단영이 알던 의종이 아니었다. 표정으로 무엇을 표현하는 사람이 아닌 것이다. 그런데…….

느닷없는 고통에 정신이 번쩍 들었다. 딴 생각에 빠져 손가락을 바늘에 찔리고 만 것이다. 붉게 배어나오는 액체를 바라보다가 문득 의종의 곤룡포(袞龍袍)가 겹쳤다. 그러고 보니 붉은색 비단이 참 잘 어울리시는구나, 전하께서는. 맥없이 속으로 중얼거리던 단영이 곧 다시 인상을 썼다.

어째서 요 며칠 계속하여 의종이 생각나는 걸까. 차라리 옆에 있기라도 하면 무슨 연유로 명을 거두셨는지 묻기라도 하련마는, 괜히 초조해지는 탓에 기분이 나빠진 단영은 심호흡을 하며 바늘을 고쳐 쥐었다. 살아오면서 이토록 자신의 심사가 헤아려지지 않았던 적도 없었기에 더 기분이 나빴다.

윤 상궁은 말없이 바느질에만 골몰하는 단영을 흘끔거렸다. 무슨 일인지 한 차례 앓고 나신 후 마마는 더욱 과묵해시지고 말았다. 하여 입이 간질간질, 대전내관으로부터 전달된 '중전의 교태전 출입을 금한다'는 명도 그 진위가 궁금하긴 하였지만 감히 물어볼 엄두가 나지 않는다. 그 와중에도 비밀리에 명을 내리시어 중궁전 체면을 살펴주시는 걸 보면 우리 마마를 퍽 아끼시는 것 같긴 한데……. 윤 상궁은 오늘도 머리가 아프다.

"마마, 자경전에서 사람을 보내왔습니다."

최 상궁의 말에 단영이 의아한 낯으로 바라보았다. 아프다 할 때도 일절 말이 없던 자경전이었다. 무슨 일이냐 물으니 생각도 않던 대답이 나온다.

"불공을 드리러 가야 한다고? 내명부 모두가 말이냐?"

최 상궁의 설명에 의하면 대비는 매해 가을, 오대산 상원사(上院寺)로 불공을 드리러 다녀온다고 하였다. 어떨 때는 승려를 궁으로 들이기까지 한다니 어느 정도로 불교를 숭상하는지는 알겠으나 지금은 금족령이 내려진 터라 무어라 대답을 해야 할지 난처했다.

"이번 해에는 워낙 흉흉한 일이 많아 다음 해로 연기하려 하셨으나 오히려 궐내 안 좋은 일이 많을 때 정성이 더 필요한 법이라며 상원사 주지 승려 송운(松雲)이 주청을 드려 단행하시게 되었다 하옵니다. 허락하시면 소인이 홍 내관을 통해 윤허를 청해보겠사옵니다."

결정하기 어려운 사안이니 의종에게 직접 물어보자는 뜻이었다. 단영도 그러는 것이 좋을 듯해 허락을 해주고는 또다시 멍하니 바늘을 집어 들었다. 하필 이런 때에 불공이라니, 웃전이긴 해도 대비의 생각 없는 처사가 못내 못마땅했다.

그길로 대전을 다녀오겠다고 나섰던 최 상궁은 생각보다 일찍 돌아왔다. 보아하니 홍 내관에게 말도 못 붙여본 모양이어서 무슨 일이 있더냐고 물으니 아리송한 표정을 짓는다.

"무슨 일인지는 모르겠으나 소인이 막 말을 전하려던 참에 무예별감 유무성이라는 자가 긴한 일이 있다며 급히 홍 내관을 찾는지라 발길을 돌릴 수밖에 없었나이다."

그러나 대답을 하면서도 영문을 모르겠다는 낯빛이다. 그럴 수밖에 없는 것이 궐문을 파수해야 할 자가 느닷없이 대전을 출입하니 이상하기도 할 것이었다. 그러나 단영은 유무성이라는 이름에 속이 뜨끔했다. 정전위 일로 급하게 보고하러 온 것일 테니 말이다. 도대체 무슨 일일까. 혹 조창주와 관련된 일은 아닐까. 아무리 생각해도 그자가 그리 쉽게 죽었다는 것이 믿어지지 않는 단영으로서는 제일 먼저 그것이 궁금하였다.

단영의 예감은 맞았다. 유무성이 홍 내관을 직접 찾아올 정도로 긴박한 일이란 바로 조창주의 도주에 관해서였던 것이다.

"그게 무슨……. 누가 누구를 공격했단 말입니까?"

홍 내관의 질문에 유무성이 어두운 낯으로 대답했다.

"조가와 함께하던 이들이 느닷없이 그를 끌어내 해하려 하였습니다. 당시엔 무슨 영문인지 알 수 없었으나 급한 대로 일단은 조가를 살릴 수밖에 없었는데 그 와중에 그만……, 그자가 도주를 하고 말았습니다. 그들 중 여덟을 잡아 오긴 하였습니다만……, 어째서 조가 창주를 죽이려 했는지는 그들 또한 알지 못하는 것 같았습니다."

즉 설봉산에 함께 숨어 기거하던 이들이 반란을 일으켰다는 소리였다. 다짜고짜 조창주를 끌어내 베어버리려는 것을 매복하고 있던 유무성 등이 뛰어들어 살려주었던 것이다. 그러나 상대방 인원수가 이쪽을 압도하다 보니 조창주가 도주하는 것까지는 막지 못했고 하여 일단 홍 내관에게 보고하러 서둘러 돌아온 참이었다.

홍 내관은 머리가 아파왔다. 하필 지금껏 설봉산에 숨어 지내다가 잠시 궐에 되돌아온 사이 그런 일이 일어났으니 더 골치가 아팠다. 물론 무슨 일로 조가가 쫓기는 입장이 되었는지는 보지 않아도 알 수 있었다. 버려질 패, 그 수명이 다하여 조직에서 내동댕이쳐진 것이다. 다만 이제 방령군에 대한 실마리를 어디서 건질지 그것이 문제였다.

"꼭 찾아야 합니다. 무슨 수를 써서라도 우리가 먼저 잡아 와야 합니다."

그러나 어떻게 찾는단 말인가. 의종에게 보고해야 할 지금, 한숨부터 나오는 홍 내관이었다.

조창주는 가능한 한 빨리 목적지를 향해 걷고 있었다. 같은 편이었던 자들에게서 갑자기 뒤통수를 얻어맞고 밖으로 끌려나와 막 검에 목을 베일 뻔한 찰나, 누군지 모를 이들 – 어차피 임금이 보낸 끄나풀들이겠지만 – 이 나타나 제지하지 않았더라면 꼼짝없이 곡절 많은 생을 마감할 뻔했던 것이다. 두 편이 서로 맞붙어 싸우는 동안 간신히 그 자리를 도망쳐 나온 조창주였다.

"토사구팽이라 이건가!"

조창주는 분하여 어금니를 부득부득 갈며 걸었다. 물론 자신이 마냥 안전하다고는 생각지 않았다. 그러나 거사가 코앞인 지금 이렇게 속절없이 내쳐지는 개꼴이 되리라곤 예상치 못했었다. 더 큰 문제는 그가 앞으로 벌어질 일에 대해서는 아는 바가 거의 없다는 점이었다. '목소리'가 이후의 일에 대해선 일절 조창주와 상의하지 않은 탓이었다.

그러나 이렇게 물러설 조창주는 아니었다. 그는 부지런히 발걸음을 놀려 소격동으로 향하였다. 그러고는 작고 아담한 와가 한 채로 조심스럽게 숨어들었다. 담벼락을 따라 걷던 조창주는 앵두나무가 나오자 그늘에 숨어 주위를 살피다가 달빛 아래로 모습을 드러냈다. 창에 비치는 그림자로 미루어 안에는 그자 한 사람만 있는 모양이었다.

"나리."

부지런히 움직이던 손이 멈칫한다. 붓을 쥔 것을 보면 서신이라도 작성하는 모양이었다.

"누구신지?"

뜸을 들이다 흘러나온 목소리에 조창주가 흥, 속으로 콧방귀를 뀌었다.

"나리, 소인 조가입니다."

조창주는 품안에 손을 넣어 가지고 온 칼을 힘껏 쥐었다. 만일 여기서 죽게 되더라도 혼자 저승길을 걷는 일은 없을 것이다. 이마 위로 흐르는 땀방울이 달빛 아래 번뜩였다.

"혼자입니까?"

"글쎄올시다. 나리께서 한번 맞혀보시는 건 어떠신지요?"

조창주가 냉랭히 대답하였다. 이 와가는 '목소리'에겐 안식처와 같은 곳으로서 평소에 끌고 다니는 호위무사들도 이곳엔 들이지 않는다 하였다. 자신이 이곳을 알고 있으리라고는 짐작도 못했을 그로 인해 조창주는 왠지 통쾌한 기분이 되었다.

'목소리'가 장지문을 한 뼘 정도 열었다. 촛불부터 껐기에 희끄무레한 형상만 보일 뿐 얼굴 윤곽이 제대로 보이진 않는다.

"소인이 어찌하여 이곳에 왔는지 궁금하실 겁니다. 실은 나리께서 아직 마무리 짓지 못한 일이 무엇인지 알려드리려고 왔습니다. 그렇

다고 소인의 입에서 화약의 위치니 광인의 은신처 등이 나오진 않을 겁니다. 어디 그 정도 까발린다고 성이 찰 위인이기나 하겠습니까?"

목소리는 조용히 앉아 조창주의 사근사근한 음성을 듣고 있었다. 그러나 저 속에 무슨 꿍꿍이가 있을지 모를 일이지. 조창주는 부들부채를 펼쳐들며 입맛을 쭉 다셨다. 무오년, 그 시린 겨울날 차디찬 옥사에서 날 꺼내놓은 것을 두고두고 후회하게 만들어주지.

"나리, 혹 청나라에 대해 잘 아십니까?"

느닷없는 청국 얘기에 목소리의 눈빛이 날카로워졌으나 조창주에겐 보이지 않았다.

"모르시면 다른 걸 물어보도록 하지요. 왜 나리께서 일전에 영루관이라는 기생집에 들르신 적이 있잖습니까. 거기서 단도를 하나 주우셨지요. 기억나십니까?"

"어째서 그런 게 궁금한 겁니까? 그깟 단도가 대체 무엇이관데?"

목소리가 되물었다. 여전히 조용한 음색이었으나 짜증이 묻어나는 듯도 하였다.

"아닙니다. 아니지요. 그게 무엇인지가 아니라 그것이 누구의 것인가를 물으셨어야지요."

무슨 뜻인가. 목소리가 감을 못 잡는 동안 조창주는 킬킬 웃음을 삼키며 돌아섰다.

"혹 궐을 출입하시면서 그때 그 꼬마 녀석과 마주친 적은 없으셨는지? 나리가 궐내에 심어놓았던 최 아무개놈 말로는 그 단도의 주인이 임금께서 직접 뽑아놓은 어사나리시라던데?"

발걸음은 멀어졌지만 그 치근치근하는 음성만은 고요한 밤기운을 타고 선명히 들려왔다.

"최가 그자가 말한 것이 분명한 사실이렷다?"

어둠 속에 묵직하게 앉아 고개를 끄덕이는 사내는 바로 얼마 전까지 조창주를 따라다니며 호위를 하던 바로 그 덩치이다. 힘이 세고 무예에 재주가 좀 있긴 하나 워낙 둔하여 누가 시켜야만 움직일 뿐 스스로 행하는 법이 거의 없었다.

"분명 중궁전을 들먹였단 말이지?"

또다시 고개를 끄덕이는 덩치. 조창주의 언행들, 특히 간자로 궁에 심어놓았던 최락의 일을 털어놓으라는 게 이들의 요구였다.

한쪽에 조용히 서 있던 또 다른 사내의 눈이 반짝 빛났다. 목소리이다. 물론 조창주와 현 중전과의 얽히고설킨 관계를 모르는 건 아니었다. 모르긴커녕 조창주의 마음에 새겨져 있는 중전을 향한 복수심을 이용하여 이제까지 끌고 온 것이 바로 그 아니었던가.

하지만 이제 보니 조창주는 자신에게조차 털어놓지 않은 비밀을 가지고 있던 모양이다.

"그자가 이르길 자신은 주상께서 새로 임명하신 윤 어사를 잘 안다고 했단 말입니까?"

강압적이던 지금까지와 달리 조용한 음성에 덩치가 눈을 들었다. 차면(遮面) 때문에 얼굴은 보이지 않았지만 부드러운 눈매를 보자 왠지 안심이 되는 모양인지 끄덕임이 커졌다.

"어찌 인연을 맺은 사이라고 했습니까?"

덩치가 고통으로 얼굴을 한참 찌푸리다가 대답을 하였다.

"……꼭 되갚아주어야 할 지독한 빚이 있다고……."

목소리의 눈가에 미세한 경련이 생겼다가 곧 가라앉았다.

"중전 아니라 그 이상이라도 빚진 건 갚아야 하지 않습니까? 그럼요, 갚아야 하고말고요."

그토록 미워하는 윤돈경 대감 댁 여식이 중전이 되었으니 이제 어떻게 할 참이냐고 물은 적이 있었다. 그저 재미 삼은 질문이었는데 조창

주는 비릿한 웃음을 지으며 대답했던 것이다.

"즉 그 쌍도를 휘두르던 꼬마 녀석이 실은 사내가 아닌 계집이었단 뜻이로군요. 더구나 교묘히 분장까지 한 채 말입니다."

목소리의 눈가에 웃음이 잡혔다.

"재미있습니다. 주상은 이 일을 알고도 지금까지 묵과해왔다는 것이 아닙니까?"

핏줄에게조차 잔정을 주지 않는 임금이라 하여 종친들 사이에선 지나치게 매정한 성정으로 일컬어졌다. 본래 의종은 누구를 애틋이 감싸고 배려하는 성품이 아니었던 것이다.

그런 그가 중전의 해괴망측한 짓을 묵인하는 것도 모자라 멍석까지 깔아주었다고 한다. 도대체 왜?

"주상의 보는 눈은 과연 뭇 사내들과는 비교도 할 수 없이 오묘한 모양입니다. 내 직접 중전을 보지 못했다면 그저 절세가인이리라 지레 짐작할 뻔하지 않았습니까."

목소리의 담담한 웃음소리가 차면을 살랑살랑 흔들었다. 그러나 그런 웃음과는 달리 눈매는 상당히 날카롭다.

옆에 서 있던 구자임이 반문하였다.

"조가의 말이 맞았군요. 임금의 마음줄이 중궁전에 닿아 있다더니 말입니다. 이제야 그 두릅인가 하는 아이를 왜 진찬에까지 내밀었는지 납득이 갑니다. 어찌 되었든 남장을 하고 궐 출입을 무상으로 하는 중전이라니, 그 존재부터가 임금에겐 치명적이겠습니다. 헌데 조가가 어찌 그런 언질을 준 것일까요? 이쪽에서 저를 버리려 한 마당에 그런 것을 굳이 알려주려 한 저의가 무엇인지 모르겠습니다."

"이 몸을 잘 알고 있다는 듯 읊조리기까지 했습니다. 허나 그 속에 무엇이 담겼는지 누가 알겠습니까? 방비가 어려우면 아주 치워버리는 것도 한 가지 수가 되겠지요. 이참에 조가에게 귀신을 불러내는 재주도 있는지 알 수 있겠군요."

구자임이 무슨 뜻이냐는 표정으로 쳐다보았다. 귀신을 불러내는 재주 운운하는 걸 보면 중전을 아예 없애버릴 궁리를 하는 모양인데 그렇게 되면 그녀가 자행하는 괴행은 그냥 묻히고 말 것이다. 죽이는 것보다 세간에 알리는 것이 더욱 큰 타격을 줄 수 있지 않을까?

"중전의 일을 그냥 덮어두시겠다는 뜻입니까?"

"아쉽긴 하군요. 중전의 비행이 알려지면 주상이 사면초가의 지경에 빠질 테니 그 또한 큰 재미일 텐데……. 허나 이제 시간이 없어요. 청으로 연통을 넣었으니 이제 곧 기별이 올 터인데 우린 아직 이룬 게 없지 않습니까. 전날 한강진에서 주상을 놓친 건 돌이킬 수 없는 실수였습니다. 왕을 쓰러트리기 어려우면 차와 포부터 떼는 게 순서겠지요. 우선 중전부터 시작해봅시다. 그러기 위해선 일단 궐 밖으로 끄집어내야 하겠군요."

목소리는 온화한 눈빛으로 덩치를 내려다보았다. 마치 잠이라도 든 것같이 평온한 사내의 얼굴. 그러나 이미 숨이 멎은 후이다.

"대비를 만나야겠습니다."

의종은 오늘도 가은당(稼恩堂)으로 행차하였다. 늘 그렇듯 자빈과 양혜 옹주가 저만치 앉아 투닥거리고 있었고 언제부턴가 그런 모습들은 의종에겐 늘 보는 그림같이 익숙한 느낌을 주었다. 그럼에도 문득문득 쓸쓸한 빛이 스치는 걸 홍 내관은 눈치 채고 있었다.

"전하, 곽부장이 돌아왔습니다."

곽영인 부장은 어영청(御營廳) 소속으로 닷새 전 의종으로부터 각 궁

방(宮房)[47]이나 내수사(內需司)[48]에 소속된 관선 및 민간 사유 사선의 수를 파악하여 지난 6개월간의 입출항을 모두 조사하라는 명을 받은 자였다.

"관선에 관하여는 이렇다 할 기록이 남아 있지 않았습니다. 또한 경강상인(京江商人)을 위시하여 몇몇의 사상(私商)이 소유한 사선을 조사하였으나 역시 이상은 없었다고 하옵니다."

홍 내관이 곽부장으로부터 받아 온 문서를 서궤 위에 펼쳤다. 의종은 빼곡히 적혀 있는 각 경강선들의 운행 기록을 살펴보았다.

"만상(灣商) 소유의 사선이 어찌 이리 많은 것인가?"

그러고 보니 두어 달 사이 만상의 사선 운행이 두 배 이상 증가한 것으로 기재되어 있었다.

"일전에 만상에서 주교사(舟橋司)[49]를 상대로 퇴병선(退兵船) 여러 척을 사들인 일이 있었는데 기억하시옵니까? 마침 그들이 개성의 송상, 동래의 내상과 결탁하여 밀무역을 가중시키려 한다는 제보가 있던 차에 이런 일이 발생하였기에, 전하께옵서 만상의 행보를 면밀히 조사하라 명하시어 서부장이 의주(義州)로 파견된 일이 있사옵니다."

의종이 고개를 끄덕였다. 그들의 밀무역을 바로잡기 위해 만상의 대청 무역을 금지시키려다가 오히려 반발을 불러일으켰던 것이다.

"그것은 나도 기억하고 있다. 서부장이 의주에 당도한 지 이미 반년이 지났으나 아직 별다른 기미가 보이지 않는다는 것이 지난 계서의 내용이었지. 그런데 어찌 된 연유로 만상의 사선이 달포를 전후하여 경강에 모두 집결하게 된 것인가?"

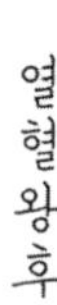

47) 왕족의 거처.
48) 왕실 재산 관리 부서.
49) 임금 행차 시 한강에 배다리를 담당하던 부서.

"왜관으로부터 인삼과 맞바꾼 은을 운반하기 위함이 아닐는지요? 저들이 개성이나 동래[50]의 상인들과 결탁한 목적도 밀무역의 원활한 소통을 위해서였으니 말입니다."

그러나 의종의 생각은 달랐다.

"그렇게 보기엔 소요된 사선의 수가 너무 많지 않은가. 이 정도의 은을 확보하기 위해선 그에 합당한 인삼을 내주었어야 할 터, 아무리 송상이 인삼을 매점하고 있다 해도 불가능한 일이다. 무엇보다 그만큼의 은을 오래토록 보관치는 못할 터, 단기간에 청국 상인에게 넘겨야만 한다는 소리인데 그 많은 양을 밀무역만으로 어찌 소화해낼 수 있겠는가."

홍 내관이 그제야 미심쩍은 표정이 되었다. 임금이 갑자기 경강과 그 운행된 사선에 관심을 가진 이유를 알 수 있을 듯했다.

"그렇다면 만상이 실어 나른 것은 혹 지난날 마전이란 자의 집에서 보았던 그……?"

"단언할 순 없겠지. 이 정도의 사선이 한꺼번에 움직이면 눈에 띄는 것은 당연지사일 테니 일부러 시선을 끌기 위함이 아니라면 모를까, 이처럼 무지한 계획을 세우지는 않을 것이다."

이 또한 맞는 말이었다. 은이나 인삼 같은 금지 품목을 실어 나르다가 걸려도 큰일인데 하물며 수척이나 되는 거선에 화약을 싣고 보란

---

50) 왜관개시가 이루어지던 장소(부산). 부산포, 내이포, 염포 세 곳으로 이루어졌으며 특히 내상이 인삼을 수출하고 은과 유황 등을 수입하던 일본과의 대외 교역 시장. 인삼을 독점하다시피 하던 개성 송상이 내상과 결탁, 다시 의주의 만상과도 손을 잡은 것은 청과의 북관개시를 주도적으로 해오던 만상의 주요 취급품이 일본의 은이었기 때문. 즉 내상은 송상의 인삼을 사들여 일본에 수출하고 반대로 내상이 수입한 은은 송상을 거쳐 만상의 손에서 다시 청으로 넘어갔다.

듯이 운행한다는 것은 잡히기를 바란다는 뜻과 일맥상통하였다. 그나마 이처럼 늦게, 그것도 담당 관서가 아니라 임금의 사사로운 명에 의해 발견된 것도 때마침 일어난 역모 사건에 모든 관서의 신경이 쏠렸기에 가능한 것이었다. 즉 운만 믿고 섣불리 자행할 일이 아니라는 뜻이었다.

"오늘 아침 자경전 동태가 이상하다더니 그게 무엇이냐?"

한참을 생각에 잠겨 있던 의종이 갑자기 물었다. 가은당으로 걸음하기 전 홍 내관이 잠깐 언질을 주었는데 지금 생각난 것이다.

"자경전마마께옵서 해마다 의례히 행하시던 중양절 행차를 앞당기겠다 하시옵니다."

본래 대비는 중양절(重陽節)을 전후하여 단풍놀이 겸 상원사에 다녀오는 것을 즐겨하였다. 그래서 이르게는 단오를 전후하여 천천히 준비를 하곤 했는데 올해는 갑자기 날짜를 당겨 부쩍 서두른다는 것이다. 게다가 목적지도 북악산의 화계사로 바뀐다니, 상원사 주지승 송운(松雲)에 대한 신뢰가 남다른 대비이고 보면 석연찮은 구석이 없잖아 있었다.

"게다가 영평부원군 사가에까지……."

홍 내관이 낮은 목소리로 조근조근 대비의 일을 아뢸 때였다. 마침 단영도 교태전에 좌정을 한 채 윤 상궁에게서 같은 일을 전해 듣고 있었다. 내명부의 일인 만큼 중궁전과 미리 상의가 되었어야 할 문제였지만 무슨 일인지 인성대비는 요즘 들어 단영을 슬슬 피하며 조석 문후도 건성으로 받는 중이었다.

"어머님까지 동행을 하신다고?"

단영이 놀란 낯으로 물었다. 대비전에서 단영의 사가에 사람을 보내 모처럼 갖는 내명부 여인들의 궐 밖 나들이를 함께하자 청하였다는 소식 때문이었다. 겸사겸사 왕실의 후사에 대해서도 함께 치성을 드리자 하였다니 왕비의 친정어머니 입장으로 거부하기는 힘들었을 터였다.

"허나 나는 아직 전하의 윤허도 못 받았지 않은가."

대비의 뜬금없는 행동이 당황스럽기도 하고 이상하기도 하여 단영은 할 말을 잊었다.

"이번 일이야 자경전에서 먼저 말씀이 있으셨으니 전하께서도 묵인하여주시지 않으실는지요. 다만 일정이 너무 급작스럽게 바뀌어 그것이 좀……."

윤 상궁 역시 당겨진 행차 일정을 염려하고 있었다. 벌써 두 번째로 일어난 왕자의 난이었다. 이 정도 사건이면 대비전에서 먼저 본을 보여 매사에 삼가고 언행 또한 절제해야 할 터인데 무슨 영화로운 일이라고 나들이를 앞당겨서까지 챙기려는지 모를 심산이었다.

어찌 되었든 사가에까지 연락을 취했다는 대비의 결정은 단영으로서는 좀 곤란한 일이 되었다. 벌써 최 상궁이 세 번이나 대전을 다녀왔고 홍 내관이나 양 상궁을 통해 말을 전해달라 하였다는데도 의종에게선 아무런 답변이 없었던 것이다.

이도저도 다 답답하기만 해 산책을 나섰다. 우르르 따르는 상궁 무리들이 성가셔 최 상궁과 윤 상궁만 허한 후 아미산으로 방향을 잡았다. 덥기는 하되 생기 있게 푸르른 녹림이 마음을 녹여 내리쬐는 햇볕도 기분 좋은 오후였다. 마음 같아선 번거로운 가체니 당의니 훌훌 벗어버렸으면 좋겠지만 교태전 출입조차 자유롭지 않으니 꿈도 못 꿀 일이었다. 그래도 좋구나, 햇살이 닿는 곳마다 나른나른 풀리는 듯해 단영은 주먹을 쥐고 한껏 기지개를 켰다.

"아이고, 마마. 고정하시어요."

놀란 빛의 최 상궁과 달리 윤 상궁은 재미있다고 따라 한다. 그리고 이런 단영의 풀어진 모습을 바라보는 이가 또 있었으니 지금 막 아미

산으로 들어서던 의종이었다.

그 또한 대비의 이상 행동, 즉 현재 상황과 맞지 않는 행차를 강행한다거나 중전의 사가에 연락을 취한다거나 하는 일련의 일에 의문을 품은 참이었다. 게다가 지금까지 살갑게 대한 적 없는 옹주까지 데려가겠노라 했다는 것도 이상하여 그것을 논의해보고자 중궁전을 찾은 것이다. 허나 지난날 소록당에서 진노를 참지 못해 단영을 다그친 후 처음 하는 걸음이니 얼마나 무렴할지 걱정이 되었다. 하여 교태전까지 다 와놓고도 쉽게 들어가지 못하고 버릇대로 아미산부터 찾은 것이다. 이미 단영이 먼저 와 거닐고 있는 것도 모른 채.

의종은 그녀를 처음 보기라도 하는 양 주의 깊게 바라보았다. 화려한 가체를 올리고도, 순금으로 된 봉첩지를 달고도, 금박 스란치마를 두르고도 그녀는 그저 윤단영이었다. 기지개를 켜던 그 무료하면서도 자유로운 표정, 얇고 얇은 백색 홑당의 안으로 옅게 비치는 가늘고 단단한 팔과 날렵한 어깨선, 한껏 치켜 올라간 어깨를 따라 활처럼 휘어지는 유연한 허리까지……, 마치 그녀는 지금이라도 날아오를 듯 가벼워 보였으며 궁 안의 낮은 담벼락 몇 개로는 가둬놓을 수 없다는 듯 당당해 보였다.

그렇다. 의종이 보는 그녀는 한 나라의 국모도, 현 임금의 왕후도, 의종의 계비도 아니었다. 하다못해 그녀는 한 사내의 처 또한 되지 않았다. 그녀는 그저 윤단영일 뿐이었던 것이다.

"마마."

최 상궁이 의종을 제일 먼저 발견하였다. 그녀는 황송함에 머리를 떨구며 단영을 불렀다. 그러고는 윤 상궁을 슬며시 끌고 뒤로 조금씩 뒷걸음질쳤다.

단영은 갑자기 나타난 의종이 불편했다. 불편하기만 하겠는가, 잔뜩 굳은 얼굴이 어렵기까지 하다. 모른 척 지나갈 수도 없는 일이니 먼저 나서서 예를 차려야 할 텐데 꽤 여러 날 동안 못 봐서 그런지 선뜻 행해지지 않았다.

의종의 냉기는 여전하였다. 눈빛이 가라앉아 보는 듯 안 보는 듯 무심하게도 느껴졌다. 다시 혼례 직후로 돌아간 듯해 단영은 모든 게 불편했다. 아니다. 처음 같아서가 아니라 화가 난 상태임을 아는 터라 불편한 거였다. 어쩐지 한숨이 나올 것 같아 숨을 입 안으로 삼켰다. 차라리 자신을 못났다고, 내쫓겠다고 무시하던 때가 더 나을 성싶다.

"칠석절(七夕節)을 기하여 내명부의 나들이가 있을 성싶은데 들으셨습니까?"

칠석절이면 앞으로 닷새밖에 남지 않았다. 단영으로 말하자면 불공을 드리든 소풍을 가든 별반 관심도 없었지만 그냥 돌아설 수도 없어 주섬주섬 말을 꺼내보는 것이다. 의종의 긴가민가하던 눈빛이 사라지고 왠지 골똘한 빛이 그 자리에 어렸다. 전해 듣지 못하신 겐가.

"어마마마께서 해마다 해오시던……."

다시금 자경전에서의 전언을 설명하며 스스로도 내가 왜 이리 중언부언하는가 이상해하던 참이었다. 의종도 마찬가지였던지 잠시 그녀를 지켜보다가 말허리를 잘랐다.

"여전하군, 그대는."

음, 무슨 뜻일까. 짐작해보려 해도 알 수가 없다. 그런 그녀가 언짢은지 의종의 시선이 다른 곳으로 옮겨갔는데, 이때 입매가 약간 일그러지며 마치 비웃는 형상처럼 되었다.

"적어도 내 노여움에 대한 의문 정도는 있으리라 기대했었다."

그러고는 그녀가 뭐라 반문하기도 전에 돌아서는 의종. 뒤늦게야 단영이 무슨 말인가를 하였으나 의종의 귀에는 잘 들리지 않았다. 참담하구나. 그는 멀찍이 기다리고 있는 홍 내관에게 다가가며 생각했다. 감정 하나를 제어 못하고 중궁전을 기웃거린 것에 참을 수 없이 화가 치밀었지만 반대로 또 모든 기운이 가라앉듯 암담한 심정이기도 하였다.

한순간이었지만 힘차게 날아올라 하늘을 가로질러 사라져버리는 그녀의 모습을 상상했었다. 그 상상 속에 남겨져야 했던 자신은 얼마나 또 초라했던가.

'어디서부터 잘못된 것일까. 애초에 다른 여인과 혼동을 한 탓인가.'

"전하."

낯빛이 이상한 의종을 맞이하며 홍 내관이 저만치 서 있는 왕비를 슬쩍 돌아보았다. 근거리에서 본 적이라야 교태전에서, 그리고 가은당에서 몇 번 정도겠지만 임금이 이 새로운 왕후를 꽤나 신뢰한다는 것은 그도 느끼고 있었다. 상궁들 사이에서의 소문도 엄하긴 하되 시원시원하니 뫼옵기 편하다 하는 걸 보면 까탈스러운 성정도 아닐 터인데 무슨 일인지 두 분 마마 사이가 요즘 들어 소원하였다. 설마 윤단성이 그자 때문에 새 왕후마마를 못 받아들이시는 건가. 홍 내관이 다시 헛다리를 짚을 즈음 의종의 목소리가 들려왔다.

"중전이 금족령의 의미를 잘 모르는 것 같으니 너는 다시 교지를 작성하되 중전이 갈 수 없는 곳은 옹주에 한해서도 마찬가지임을 추가로 기입하여라."

중전에 이어 양혜까지도 금족령이 떨어진 것이다. 다시 말해 두 사람 모두 칠석절 행차에는 참여할 수 없다는 뜻이었다.

"옹주마마마저 참여치 못하신다 하면 자경전에서 어찌 생각하실지……."

홍 내관이 말꼬리를 흐렸다. 대비가 특히 이런 문제에 신경을 더 곤두세운다는 것을 그간 경험으로 알고 있었기 때문이었다. 의종이 말했다.

"만일 자경전이 나를 노리는 자들과 결탁되어 있다고 가정한다면 느닷없이 일정을 당긴 것은 그만큼 일이 급박해졌음을 뜻하는 것이겠지."

갑작스런 말에 홍 내관이 머뭇거리는 동안 의종은 자신의 추측을 풀어나갔다.

"중전의 사가에까지 연락하여 부부인을 대동한다는 것을 하나의 묘수로 바꿔 생각한다면 그것은 누구를 겨냥한 것이겠느냐? 다시 말해 부부인을 통해 움직일 수 있는 대상이 이 궐 안에 누가 있겠느냐?"

"……곤전마마가 아니실는지요."

홍 내관의 대답에 의종이 고개를 끄덕였다.

"그렇다면 중전과 옹주를 통하여 움직일 수 있는 대상은?"

홍 내관이 심각한 낯으로 대답하였다.

"전하이시옵니다."

이것은 그저 하나의 가능성을 타진한 것에 지나지 않는다. 그러나 홍 내관은 어쩐지 가능성이라고만 생각되지 않는 어떤 느낌을 받았다. 의종도 마찬가지였을 것이다. 억측일 수도 있겠으나 확실히 대비전에서의 행보는 의미가 석연치 않은 무언가가 있었다.

의종은 생각에 잠겼다. 칠석절의 나들이는 아무래도 대비를 통한 저들의 계략이 맞는 것 같다. 허나 그렇게만 보기엔 또 왠지 미흡한 무언가가 있었다. 과연 이 멍청한 계획은 지금까지처럼 실상을 흩뜨려놓기 위한 상대방의 허초일까, 아니면 단순한 주의 부족인 걸까.

'주의 부족이 맞는다면 모든 것이 원활히 돌아가고 있는 덕에 방심을 한 것일까. 아니면 무언가 뜻대로 되질 않아 조급해진 탓에 허점이 드러난 것일까.'

생각에 생각을 거듭하던 의종이 갑자기 걸음을 멈췄다. 조용히 따르던 홍 내관도 함께 멈추더니, 곧 심각한 임금의 표정을 알아보고는 뒤에 있는 다른 무리들을 멀찍이 보내버렸다.

"만에 하나, 지난 한강진 모반이 성공을 거두었다면 어떻게 되었을까?"

의종의 말에 홍 내관의 얼굴이 설핏 굳는다.

"어찌 그리 망극한 말씀을 하시옵니까?"

그러나 의종은 단호히 말을 이었다.

"혹여 저들이 지난 모반의 성공을 믿어 의심치 않았다면, 그래서 만상과 결탁하여 수로를 통해 화약을 운반하는 것에 대해 일점의 걱정도 없던 것이라면, 모반이 틀어진 지금 그 완벽한 계획은 저들의 새로운 근심거리로 전락하였겠지. 그렇지 않으냐?"

즉 모반이 성공하여 임금이 죽었다면 저 푸르른 경강 위로 만상의 사선이 몇 척이 움직이든 아무도 신경 쓰지 않았겠지만, 모반이 실패한 지금은 그 반대의 상황이 되어버렸다는 뜻이었다. 그리고 의종이 의심하는 대로 만상의 사선들이 저들의 화약을 운송한 것이라면 그것은 곧 반역자들의 꼬리를 잡아낼 중요한 단서가 되는 것임을 의미하였다.

의종의 얼굴이 더욱 굳어졌다.

"그렇구나. 저들에게 있어 한강진에서의 일은 계획된 차질이 아니었을 수도 있다. 그날 저들은 나를 기필코 죽여야만 했던 것이다. 그것이 저들이 세운 몇 안 되는 대계(大計) 중 하나였던 게야. 그러나 거사는 실패하였고 이제 반대로 근심을 떠안았으니 어떻게든 나를 제거하기 위해 혈안이 되어 있음은 자명할 터."

홍 내관의 얼굴 위로 충격이 고스란히 드러났다. 의종의 추측이 사실이라면 저들은 다시금 기회를 갖기 위해 임금을 궐 밖으로 유인하려 한다는 것인가? 그것도 임금의 어미 되는 자, 자경전의 대비를 등에 업고.

"너는 믿을 만한 자 셋을 데리고 의주로 가거라. 거기서 만상의 사선이 과연 무엇을 운송하였는지 반드시 알아내야 한다. 만일 그것이 화약으로 드러나거든 왜 그것들이 도성을 지나쳐 의주로까지 옮겨져야 했는지 그 목적을 알아 오너라."

의종의 말에 홍 내관의 얼굴 위로 긴장이 어렸다.

"마마, 무엇을 보고 계시옵니까?"

조금 전까지 홍 내관과 긴밀히 무언가를 논의하던 의종은 이제 보이지 않는다. 그러나 단영은 여전히 그들의 모습이 보이기라도 하는 양 오도카니 서 있었다.

"그대가 폐서인 되는 일은 결코 없을 것이다. 교태전에서 살다가 교태전에서 죽어라. 그것이 내 바람이다."

그날, 흠씬 두들겨 맞은 듯 온몸에 힘이 하나도 없어 결국 앓아눕기까지 하였던 그날, 단영은 의종의 서늘한 뒷모습에서 불현듯 아비를 느꼈었다. 약조를 저버리고 결국 어미를 내치듯 산골짝에 가둬버린 윤 대감.

안방 장지문을 열고 나서던, 그녀를 흘낏 쳐다본 후 볼일을 다 마쳤다는 듯 냉정히 돌아서던 아버지에게서 단영은 결국 그의 부재를 느껴야 했다. 아무리 영특하다 해도 그녀 나이 고작 열 살이었던 그 시절, 조창주라는 남자를, 어른이었던 그자를 맞닥뜨려야 했던 어린 아이 단영은 기실 그가 무서웠다. 아무에게도 말하지 못했지만 단영은 홀로 떨었고 근심하였던 것이다. 그리고 그런 그녀가 가장 절실히 원했던 것은 아버지의 위로였다. 모든 것이 괜찮을 거라고, 이제부터는 내가 지켜주겠노라고, 꼭 곁에 있어주겠노라고 말해줄 아버지가 말이다.

단영은 의종에게서 그런 아버지를 느꼈던 것이다. 두렵고 힘들었던 그날, 의종의 죽음과 이기의 죽음의 경계선을 오가며 지칠 대로 지쳤던 단영에겐 누군가의 위로가 절실히 필요했다. 그리고 의종이 그런 단영을 교태전에 가두어버리는 순간 그녀는 알게 되었다. 의종이 자신에게 상처를 줄 수 있는 존재가 되었다는 것을.

"마마, 어디가 미령하신 것이옵니까?"

최 상궁이 재차 물었으나 단영은 고개를 저을 뿐이었다. 그녀는 이해할 수가 없었다. 어째서 의종이 자신의 신경을 거스르는지, 어째서 그의 어제와 오늘, 그리고 내일이 궁금해지는지.

영평부원군 윤돈경의 사가 후문이 열렸다. 월초가 되면 윤 대감 댁 여종들은 이렇듯 후문으로 방물장수를 맞아들여 연지니 분이니 하는 것들을 사들였는데, 그중에는 한 번 써보지도 못할 패물을 사서 허리춤에 꼭 차고 다니며 고단한 일상에 위안을 삼는 이도 있었다.

"노상 혼자 다니더니 저이는 또 누구래? 먼젓번 말하던 그 며느님이신가?"

행주댁이 물었다. 며칠 전 깨버린 면경 대신 새로 하나 살까 싶어 펼쳐진 판 앞에 앉았다가 늘 다니는 노파 뒤로 수건을 뒤집어쓴 아낙의 뒷모습을 발견했기 때문이었다.

"응, 며느리는 며느린데 조카며느리야. 이 일이 해보고 싶다 해서 데려왔지."

그래? 하며 얼굴이라도 좀 보려고 이리저리 기웃거리던 행주댁이 여간해서 돌아앉지를 않는 아낙에 지쳤는지 "여봐요, 새댁." 하며 어깨를 두드렸다.

"애가 원래 이리 얌전해서……, 낯을 좀 가리니까."

방물장수 노파가 앞에 놓인 청동 면경을 집어 행주댁 손에 쥐여주며 관심을 돌렸다. 그래도 얼굴 한 번 제대로 안 보여주는 새댁이 고까웠던지 등짝 넓어 일은 잘하겠다고 가시 박힌 농을 치자 자리에 모인 몇 몇 여종들이 베실베실 웃음을 터트렸다. 그럼에도 그 얌전한 아낙은 고갯짓으로만 인사를 할 뿐, 손에 들린 헝겊 쪼가리로 연신 빗이며 비녀 등을 문지르는 데 여념이 없었다.

"이 댁 작은 마님들은 안 오실 모양이지?"

작은 마님들이란 신씨 부인의 며느리들을 뜻했다. 행주댁이 대답했다.

"우리 마님들이야 지금 한창 바쁘시지, 어디 이런 거 구경하러 올 정신이 있으시겠어?"

"아니, 왜?"

이번엔 저만치에서 댕기며 향갑이며를 구경하던 양비가 냉큼 말을 받았다.

"아, 모르시겠구나. 이제 곧 우리 곤전마마 따라 불공 드리러들 가실 텐데. 궐에서 직접 상궁마마님까지 나왔었잖아요."

곁에 있던 은단이 옆구리를 푹 찔렀지만 신이 난 양비는 뭐 어떠랴 싶어 어떻게 대비전에서 연락이 먼저 왔으며 어떤 식으로 큰 마님, 작은 마님 할 것 없이 다 초대에 응하게 되었는지를 소상히 털어놓았다. 그러고는 이 모든 대우가 중전의 친정이니 가능한 것이라고 혼자 기꺼워 의기양양해하는 것이었다. 물건 파는 일에만 관심이 쏠려 있는 노파는 남의 경사에 그저 건성으로 맞장구나 쳐줄 뿐이고 뒤에 앉은 아낙도 듣는 둥 마는 둥 미동도 없었지만 말이다.

얼마나 시간이 지났을까, 오종종 모여앉아 소소한 재미를 누리던 여종들이 하나 둘 자리로 되돌아가면서, 상전들이 묵인해주는 비공식적인 휴식 시간도 끝이 났다.

"이럴 줄 알았으면 진 대감 댁에나 가볼 것을. 발품 값도 안 나오겠어."

노파는 평소의 반 정도도 이윤을 내지 못한 것이 불만스러워 툴툴거리며 보따리를 여몄다.

“매번 좋을 수야 있나. 이럴 때도 있고 저럴 때도 있는 거지. 지금은 이 댁에 일이 많아서 그래. 다음번엔 나주에서 작은 마님이 다니러도 오시고 꽤 쏠쏠할 테니 너무 서운해 마소.”

다음에 또 보자며 행주댁이 문밖까지 배웅을 나왔으나 역시 건성으로 손 몇 번 흔들어준 노파는 몇 발짝 걷기도 전에 뒤에서 문 닫아 거는 소리가 들리자 침부터 한 번 퉤 뱉어냈다.

“에잉, 사지도 않을 물건 왜 그리 지분대는지. 닳아빠져 팔 수도 없게 만들려 그러지.”

그러고는 곁에서 따라오는 아낙의 안색을 살폈다.

“꼭 들어가봐야 한다고 통사정을 하기에 누구 만나볼 사람이라도 있는 줄 알았더니 어째 그리 꿀 먹은 벙어리처럼 얼굴 한 번 들지도 않고 돌아앉았소?”

그러나 아낙은 아무런 대꾸 없이 앞만 보며 걷는 중이었다. 분칠을 하고 옅게 연지까지 바른 모양새가 언뜻 방물장수나 따라다니기엔 아까울 정도로 고왔다. 그러나 여인으로 보기엔 또 어딘가 모르게 무거워 보이는 얼굴형, 바로 조창주였다.

‘대비가 신씨 년을 불렀단 말이지. 대비가.’

윤 대감 댁을 나서기 전부터 이미 조창주의 머릿속은 빠르게 회전을 하는 중이었다. 대비가 반란군과 일말의 관계가 있다는 것은 그도 잘 아는 사실이었다. 아니, 관계라기보다는 ‘목소리’에게 이용당하는 쪽이라고 해야겠지만.

‘흥, 토끼를 놓아 여우를 잡고 여우를 놓아 호랑이를 잡겠다는 속셈이로군.’

조창주는 먼저 곁에 있던 방물장수 노파에게 약속했던 사례금을 쥐여준 후 그녀와 헤어져 곡정동으로 길을 잡았다. 오가는 행인 몇이 보일 뿐 거리는 한산했지만 그는 주위를 살피느라 신경을 바짝 곤두세우며 걸어갔다. 지금껏 정체 모를 복면인들에게 쫓긴 적이 두 번이나 되었기에 여간 조심이 되지 않았다. 짐작이 맞는다면 그들은 모두 임금이 보낸 이들일 것이었다.

'그러나 내 속에 들어왔다 나간 것도 아닐 텐데 가는 곳마다 어찌 그리 먼저 지키고 있누. 하긴 영민하기가 이를 데 없는 이가 주상이라고 했던가.'

'목소리'가 했던 말을 상기하며 바삐 걷던 조창주는 곡정동 초입에 이르러 이내 운종가 쪽으로 방향을 틀었다. 그 와중에도 눈과 머리는 여전히 바쁘기 짝이 없었다.

'대비를 이용해 중전을 밖으로 끄집어내려는 속셈이렷다. 이는 즉 주상 또한 유인하겠다는 작전이겠지. 흥, 급하긴 한 모양이나 그 계획이라는 게 과연 순탄히 진행될 수 있을까.'

그러고는 코를 한 번 팽 풀어낸 뒤 다시 생각하는 것이었다.

'이젠 더 지체할 시간이 없다. 허나 내 어찌 받은 은혜를 저버리고 보답조차 없이 가겠는가. 제 아무리 날고기는 재주가 있다 해도 그 발목은 기필코 내가 물어뜯는다.'

조창주가 찾아간 곳은 종루 네거리에 위치한 육의전 중 어물전의 도가(都家)였다. 작게 팔락이는 붉은 깃대 밑으로 윤기 흐르는 나무문이 사철 닫힐 새 없이 바쁜 이곳, 조창주는 그중에서도 유난히 바쁜 웬 사내에게로 다가갔다. 작은 키에 옹골진 생김새, 작은 서책 한 권과 세필 한 자루를 들고서 오가는 이들을 붙잡아 질문하고 그 내용을 적는 일에 골몰하는 자였다.

"서사나리, 저올습니다."

사내는 건성으로 고개를 끄덕이고는 다시 같은 일을 반복하였다. 그가 한 옆에 쭈그리고 있는 조창주에게 다가온 것은 그러고도 한참의 시간이 지나서였다.

"어떻게, 대금은 마련되었고?"

"뭐가 그리 급하십니까? 보름 뒤면 아직 한참이나 남은 것을요."

조창주의 대답에 사내가 쯧쯧 혀를 찼다.

"삼포까지 가는 배가 오늘 내일 하는데 왜 이리 미루기만 해? 그뿐인가, 개시만 됐다 하면 배 얻어 타려는 놈들이 한두 놈 모이는 줄 아느냐고! 왜놈들이 기다려줄 거라 생각하면 큰 오산이지, 암. 그중 누구를 얻어 태운대도 삯만 제대로 받으면야 상관있겠나, 어디."

그러고는 조창주를 끌어당기며 목소리를 더욱 낮추었다.

"왜 얼마 전에 데려다놓은 계집 있잖아. 자네 이거 맞아? 어디서 끌고 온 거 아니고?"

조창주가 왜 그러냐고 묻자 사내가 대답하였다.

"쌈질을 어찌나 해대는지 내가 낯이 뜨뜻해서 더 이상 부리기도 힘들겠어. 일이나 잘하면 몰라도 그 꼬락서니로는 못 데리고 있는다고. 자네 뱃삯이나 덜어주자고 그러마 했지만 웬만해야 말이지. 듣자하니 다 큰 아들이 있어서 곧 데리러 온다고도 했다는데 정말이야? 설마 아무나 붙잡고 팔아넘긴 건 아닐 테지?"

조창주는 의심이 가득한 눈초리로 쳐다보는 사내에게 그럴 리 있겠냐며 손사래를 쳤다.

"태생이 관비 년인데, 설사 아들이 있대도 무슨 용뺄 재주가 있겠습니까? 하는 말이지요."

그러나 말은 그렇게 했어도 이미 조창주의 마음엔 그 여인에 대한 처리 계획이 자리 잡고 있었다. 이기를 끌어들이고자 붙잡아두었지만 이제 와선 이용 가치가 없어진 지 오래였고, 오히려 여자를 찾아다니던 매당 할멈에게 몇 번이고 뒤를 밟히는 매개가 되어 골치가 아팠던 것이다. 잘못하여 왜로의 도주길이라도 막히면 큰일이니 이참에 입막음을 해두는 게 나을 성싶었다.

"아무튼 간에 말일세, 가뜩이나 자네 신상이 의심스럽다고 행수나리께서도 마뜩잖아 하시는 마당인데 자꾸 구설에 올라서야 쓰겠나. 물론 자네가 그럴 리야 없겠지만 일 저지르고 왜로 내빼려는 자들이 워낙 많아서 말이지."

기껏해야 내어물전 서사나 맡고 있는 주제에 목에 힘까지 주는 꼴이라니, 가소롭기 그지없었지만 지금은 그자를 통하지 않고는 왜인들의 어선을 얻어 탈 방법이 없었다.

조창주는 며칠 이내로 약조한 대금을 모두 치를 것을 다짐한 후 그곳을 빠져나왔다.

'그럼 이제…….'

무엇을 더 해야 하나, 생각하던 중 문득 하늘로 눈길이 갔다. 길지 않은 시간을 산 것 같은데 어쩐지 너무 많은 일을 해온 느낌이다. 신세가 처량하니 마음까지 쓸쓸해지는가.

조창주는 쳇 하는 소리와 함께 갑자기 몰려오는 공허를 떨쳐냈다. 사실 그에게 있어 딱히 이생에 미련을 둘 만한 이유는 그다지 없었다. 지켜야 할 것도, 이루고 싶은 것도 없었으며 역모를 꿈꾸었다 하나 그것도 실은 남의 꿈이지 자신의 것은 아니었다. 조창주에겐 야망도 귀찮았고 신분 상승도 필요 없었던 것이다. 그런 그가 반정 무리에 끼게 된 것은 우선 목숨을 부지해야 했기 때문이기도 했지만, 남의 야망을 놓고 야금야금 부추기는 것이 재미있어서이기도 했다.

"그 꼬마 계집과의 만남을 학수고대해오긴 했지만 지금은 때가 아니로군. 그래도 빈손으로 가기는 뭣하고 무언가 선물을 좀 준비해야겠는데."

한편으로 '목소리'를 압박하여 왜로 도망갈 자금까지 빼낼 궁리를 하면서도 또 한편으로는 단영의 뒤통수를 칠 계획을 짜느라 한시도 쉴 틈이 없는 조창주의 머리였다.

망자에게서 받아둔 서신이라 하여 그대, 불쾌해하지 않기를 바랍니다. 그대가 이 서신을 읽을 때쯤이면 난 다른 곳에 있을 테고 결코 그대를 만나볼 수 없겠지요. 그런데 왜일까요. 그대, 왜인지 나와 가장 가까이 지내줄 벗과 같은 느낌입니다. 그래서 그대를 만날 수 없는 지금의 입장이 더 애석한 모양입니다.
그대에게 부탁하고 싶은 것이 많을 줄 알았습니다. 마음속에 첩첩이 담긴 글월이 넘치고 넘쳐 긴 세월이 가도 다 못 적고 붓을 내릴 줄 알았습니다. 그러나 정작 내가 남길 무언가가 그리 많지 않다는 것을 깨닫는 데 오히려 더 많은 시간이 소비되는군요. 실은 그렇게 시간이 지나 어느덧 노쇠한 나를 대면하고 싶은 욕심이었는지도 모르겠습니다.
그대, 나의 무례하고 일방적인 서신으로 마음을 해치지 않았다면 부디 읽어봐주겠습니까? 그대에게 나의 동무이자 오라비이며 정인이고 또한 지아비인 한 사내를 말해주고 싶습니다.
(중략)
그대가 알아볼까요. 이 넓고 깊은 구중궁궐 안에서도 가장 여리고 외로운 이, 마음 기댈 곳 없을 그분을 그대가 알아볼 수 있을까요. 이제 이 짧디짧은 생을 마감해버리면 들어줄 이조차 없어 울지도 못할 그분을 그대, 알아봐줄 수 있을까요.

연경의 편지 中

마침내 단영은 서 상궁에게 다시 되돌려주리라던 원덕왕후의 서신을 읽고야 말았다. 이유 없이 의종의 행보가 궁금하고 염려되기 시작한 요즘, 서궤를 정리하다가 발견한 그것은 단영에게 이겨내기 힘든

유혹을 던져주었다. 어차피 폐비가 되면 또 다른 계비가 들 터이니 잘 보존해야 한다던 처음의 생각은 점점 약해졌고, 결국 '폐비를 시키지 않겠다'고 말을 바꾸던 의종을 핑계 삼아 봉해놓은 봉투를 연 것이다.

단영은 그동안 몰랐던 의종의 이야기를 편지를 통해 알게 되었다. 그의 아버지와 어머니, 형제와 자매들, 그리고 어릴 적 성장 과정과 성격 형성에 대한 세밀한 서술은 마치 기록문을 작성해놓은 듯했기에 몇 번을 거듭 읽은 후에는 꼭 연경과 대면하여 들은 양 생생하기까지 하였다. 그런가. 실은 외로운 심성을 지니셨던가.

단영은 오만한 의종의 모습 위에 연경이 설명하는 섬세하고 부드러운, 정 많은 어린 소년을 대입해보았다. 도무지 같은 사람 같진 않았으나 의종에 대해 새로운 부분을 알게 되니 그에 대한 편견이 많이 와해되는 느낌이었다.

이처럼 단영이 의종에 대한 연구에 빠져 있을 때, 자경전에서 연통이 왔다. 그래도 칠석절은 지나야 하리라는 중궁전의 예상을 깨고 대비는 발등에 불이라도 떨어진 듯 서둘러 행차 날짜를 잡았던 것이다. 음력 칠월 초닷새, 채 사흘도 남지 않은 시간이었다.

최 상궁과 윤 상궁이 부랴부랴 준비를 해나가는 동안 단영의 마음은 내내 불편했다. 어찌 된 일인지 의종은 그녀의 궁 밖 출입에 대해 이렇다 할 언질을 주지 않는다. 게다가 최 상궁을 통해 비밀리에 알아낸 바로는 홍 내관이 벌써 여러 날 대전에 그 모습을 드러내지 않는다 하지 않던가.

그러니 행차 당일이 되어 느닷없이 임 내관이 들이닥쳤을 때 그녀는 오히려 마음이 편안해지는 것을 느낄 수 있었다. 이리 될 것을 미리 예측했기 때문이리라. 그러나 하필 막 연에 오르려던 마당에 금족령이라니, 늦어도 너무 늦은 감이 든다. 왜 이제야? 단영의 의문에 임 내관이 땀을 뻘뻘 흘리며 주름 가득한 얼굴을 깊숙이 숙이었다.

“황공하옵니다, 마마. 소인이 부족하여 그만 이런 실계를 범하고 말았나이다.”

그러나 엄밀히 말하면 임 내관의 실수는 이것이 아니었다. 단영이 모든 준비를 마친 후 연에 오를 때를 전후하여 명이 전달되도록 안배한 것은 다름 아닌 의종 본인의 뜻이었기 때문이다.

‘이것뿐이던가. 무언가 더 있었던 것도 같은데.’

실은 임 내관의 실수는 다른 것에 있었다. 의종이 내린 금족령에는 중전뿐 아니라 옹주까지도 포함되었음을 첨부해야 했는데 문서도 없이, 그나마 며칠 전에 의주로 떠나던 홍 내관에게서 구전으로만 위임받다 보니 제대로 기억해내질 못한 것이다. 의종이 미행을 나간 다음이어서 물어볼 수도 없었고, 다만 단영까지 출궁하면 큰일이겠기에 급한 대로 중궁전에 들른 참이었다.

‘아니겠지. 뭐가 또 남았을 리 있나.’

임 내관은 구부정한 어깨를 조아리며 비척비척 돌아섰다. 그러고는 대전으로 통하는 양의문(兩儀門)을 나서는데 이때 그와 지나쳐 은선당 정 상궁이 종종걸음으로 문을 들어섰다. 출궁이 지연되는 까닭을 묻기 위해 자빈이 사람을 보낸 것이다. 단영은 자신의 몸이 좋지 않으니 자빈이 대신하여 대비와 옹주를 모시고 다녀오라 이른 후 곧 북촌 사가에도 사람을 보내야 한다는 것을 기억해냈다. 그렇지 않으면 어머님이며 친정 식구들이 단영도 없는 곳에서 대비 등을 맞닥뜨리고 당황하게 될 것이기 때문이었다.

단영은 서신을 작성하여 비자를 통해 북촌으로 보내놓고 다시 윤 상궁을 불러 자경전에 다녀오라 일렀다. 그쪽에도 몸이 좋지 않은 것을 핑계로 이번 나들이에서 빠져야겠다고 둘러댈 참이었던 것이다.

그런데 자경전 동태를 살피러 갔던 윤 상궁이 얼마 후 허겁지겁, 거친 숨을 몰아쉬며 돌아왔다. 얼굴은 이미 당황과 어처구니없음으로 인해 잔뜩 구겨진 상태였는데, 어찌나 서둘렀던지 단영 앞에 당도하고 난 후에도 한참을 숨을 고르느라 말을 못 꺼낼 지경이었다.

"어마마마께서 급환을 얻으셨다고?"

"예, 마마. 이미 전날 해시(亥時)부터 미령하시던 것이 시간이 갈수록 차도를 보이기는커녕 더욱 악화되시어 인시(寅時) 무렵에는 이미 어의까지 대령하였다 들었사옵니다."

윤 상궁이 어렵게 쏟아놓은 말에 단영과 최 상궁은 서로의 얼굴을 마주보아야 했다. 느닷없는 질환이라니. 애초에 단영이 써먹으려던 변명이었다는 것은 차치하고라도 지난 며칠간 내명부 여인들의 정신을 쏙 빼놓은 것이 무색할 만큼 궁색한 이유였기 때문이다.

"하여 나보고 이번 행렬을 이끌라 하셨단 말이지?"

"예, 마마. 자경전 허 상궁의 말에 의하면 이미 은선당과 가은당에도 사람을 보내 이 같은 사실을 알렸다 하옵니다."

한데 왜 교태전에는 사람을 보내기는커녕 이쪽에서 갈 때까지 기다렸다는 말인가.

"그렇다면 가은당 정 상궁이 들었던 까닭도 그 때문이겠군. 허나 이해할 수 없는 일이야. 어째서 어마마마께선 챙기지 않던 양혜나 내 사가 식솔까지 청해놓고 갑자기 물러나시는 걸까."

찬찬히 지난 일들을 되짚어보다가 그중 의종과 나누었던 몇 마디 대화에 초점을 맞췄다.

"이것이 무엇입니까?"

"지난 이태 동안 자경전을 들락거린 왕자군들의 기록이지. 그대에게 도움이 될 것 같아서."

"혹 이것이 전하께선 이미 누구의 소행인지 그 배후를 짐작하셨다는 뜻도 됩니까?"

"염두에 두는 인물은 있다. 아직 짐작에 그칠 뿐이지만."

혹 전하께선 다름 아닌 자경전 자체를 주시해야 할 요주의 인물로 언급하셨던 게 아닐까.

'만일 자경전이 반역도들과 연계가 되어 있다고 가정한다면 이번 행차와 관련된 모든 의문이 풀리는구나. 지난번 거사의 실패로 위축되었을 반정의 남은 무리들이 이제 자경전을 압박하여 전하를 움직이려 한다……, 충분히 있을 수 있는 일이야.'

단영은 저도 모르게 혀를 차고 말았다. 그제야 의종이 왜 이번 행차를 허락지 않았는지 이해할 수 있었기 때문이다. 어째서 대비를 주시하지 못했던가. 적어도 근래의 자경전 동태는 의심을 해보아도 좋을 무언가가 있었는데 말이다.

단영은 자신의 정신이 온통 다른 곳으로 향해 있음을 인정해야 했다. 대비의 동태는커녕 부쩍 의심스럽던 조창주 사망의 진위 여부도 잊고 있었으니 말이다. 다만 한 가지, 어째서 의종이 자신에겐 금족령을 내리면서도 옹주에 대한 처분은 전혀 없었는지 의문이 생겼으며, 그러자 아침에 있었던 임 내관의 행동에도 무언가 미심쩍은 구석이 있음을 깨달았다.

"자빈은 이미 출발을 했을 테지?"

최 상궁이 그렇다고 대답하였다. 옹주에 관해서는 묻지 않아도 알 수 있었다.

"소록당으로 가야겠다."

최 상궁이 놀라 단영을 쳐다보았다. 소록당으로 가겠다는 것은 또다시 변장을 하고 궐을 빠져나가겠다는 뜻임을 알기 때문이었다.

"마마, 전하께옵서 금족령을 거듭 공고히 하신 이때 교태전을 나서신다는 것은……."

"옹주를 데려와야 하네."

행차 나가신 옹주마마를 어디서? 홀로 이해를 못한 윤 상궁이 주위를 두리번거렸으나 최 상궁은 이미 단영을 따라 사라진 다음이었다.

같은 시각, 북촌에 위치한 영평부원군의 사가 앞은 아침부터 구경을 나온 동네 사람들로 인해 혼잡을 이루고 있었다. 거창부부인(居昌府夫人) 신씨와 그 며느리들을 위해 마련된 화려한 장독교들을 구경하기 위함이었는데 그중에는 여종 간난과 은단, 양비도 속해 있었다.

"어라, 이게 뭐지?"

양비가 신씨 부인의 장독교를 지나치다 말고 오뚝 걸음을 멈췄다. 가마 문에 붙어 있는 파랗고 빨간 비단 조각 때문이었다. 지난번에 봤을 땐 이런 게 없었는데? 비단이라지만 새로운 장식이라고 보기에도 조악한 것들이라 양비는 별 생각 없이 그것들을 떼어 옷고름 위에 덧매었다. 누군가가 장난을 친 것일 테니 자신이나 가지고 있다가 바늘꽂이라도 만들자 싶었던 것이다.

"안방마님께선 안 가실 생각이신가 본데?"

뒤미처 가마 곁으로 다가온 은단이 말하였다.

"왜요?"

"글쎄, 궁에서 또 사람이 나왔다던데 그 때문인가?"

은단의 추측은 틀리지 않았다. 조금 전 단영의 심부름으로 비자가 들었는데, 내용인즉슨 자신의 몸이 좋지 않아 불참하게 되었으니 어머니께서도 두 오라범댁과 그냥 집에 머무시라는 것이었다. 그러나 대비마저 아프다는 핑계로 궐에 남았음을 아직 모르던 신씨 부인은 모두 불참하게 되면 대비에 대한 무례가 될까 싶어 결국 며느리들만 보내기로 결정을 내렸다.

"마님들 나오시나 본데요."

양비가 호들갑스럽게 외치는 가운데 큰며느리 박씨와 막내며느리 이씨가 대문을 열고 나란히 걸어 나왔다. 두 사람 모두 소례복으로 초록당의를 착용하고 머리에는 이엄을 올렸다.

"아유, 고우셔라."

양비는 제가 모시는 큰며느리 박씨를 보며 의기양양하게 외쳤다.

"우리 마님, 꼭 시집오실 때 그 모습 그대로시네. 기억나세요?"

박씨는 본래 그 성품이 온유하고 인덕이 있어 아랫사람들의 존경을 받아왔다. 거기에 미색까지 갖춰 신씨 부인도 내심 큰며느리를 자랑스럽게 여겼는데 한 가지 아쉬운 점이 있다면 시집온 이듬해 딸을 낳은 후 아직 후사가 없다는 것이었다.

양비는 제 주인이 가마 안에 편하게 자리를 잡도록 도운 후, 창 옆에 버티고 섰다가 교군꾼들에 의해 장독교가 움직이자 이씨의 몸종 간난과 함께 종종걸음으로 따르기 시작했다. 배웅하는 은단에게 손을 흔들어주는 것도 잊지 않았다.

"저리 좋을까?"

궐 여인들의 복식이며 즐겨 착용하는 장신구 등을 구경할 수 있다는 생각에 밤새 들떠 있던 양비의 흥분한 뒷모습을 보며 은단은 혀를 끌끌 찼다. 늘 주의를 받는데도 호기심을 누르지 못하던 양비였건만 오늘도 역시 잔뜩 들떠서 나갔으니 실수나 하지 않을까 걱정이었다.

화계사에 당도한 자빈(慈嬪)은 보화루(寶華樓)[51]에 들어 잠시 몸을 쉬었다. 자신이 어디에 와 있는지 관심조차 없던 네 살배기 양혜 옹주가 눈을 빛내며 자빈의 장신구를 향해 손을 뻗었지만 궁에서 벗어났다는 기꺼움 때문일까, 그마저도 기분 좋았다.

잠시 앉아 숨을 고른 후 다시 마루로 나가보았다. 눈앞으로 웅장한

51) 왕실을 위해 마련된 요사.

대웅전이 보이고 활짝 열린 문 안으로 커다란 불상이 마치 자빈을 내려다보듯 앉아 있었다. 자빈은 본래 불교에 대해 별반 관심이 없었다. 하여 대비와의 사이가 소원해지기 전 상원사에 두어 번 따라갔던 것 말고는 사찰을 찾을 기회가 없었다. 그런 그녀가 대비며 중전까지 마다한 화계사 행을 감행한 것은 순전히 대전 양 상궁이 정 상궁에게 했다던 말 때문이었다.

"전하께옵서 을시(乙時)도 못 미쳐 일정에 없으신 미행을 나가셨다 하였사옵니다."

일정에 없는 미행이라면 혹 화계사에도 들러주시지 않을까, 왠지 그런 생각이 들었던 것이다.

'들리는 소문에 의하면 전하께서 교태전 발길을 끊으신 지 이미 오래라 하였었다. 게다가 중전까지 벌써 여러 날 가은당에는 코빼기도 안 보이지 않는가.'

자빈은 어둑한 법당 안을 의미심장하게 올려다보았다. 새로운 중전이 전하의 마음을 차지하는가 싶어 얼마나 가슴 졸였는지 모른다. 그런데 이제 서로 마주치지도 않는다 하니 이처럼 좋은 소식이 또 어디 있을까. 자빈의 얼굴 위로 미소가 화사하게 자리 잡았다. 독수공방도 이 정도면 충분하리라. 어려선 뭘 몰라 사내 마음 하나 잡지 못했지만 이제는 다르다.

'회임을 위한 기원을 드리라 이 말이렷다.'

어찌 하늘도 보지 않고 불공 정도로 아이가 들어서겠냐마는 지금 자빈의 심정으로는 무어라도 하나 잡아야 안심이 될 것 같았다. 추측대로 의종이 화계사에 들른다면 자신의 정성을 내보일 좋은 기회가 될 것이고, 혹 그렇지 않대도 일심으로 축원을 드리고 나면 다시 임금을 만났을 때 지금까지와는 달리 새로운 용기와 기회가 생기지 않을까 하는 것이 자빈의 기대였다.

한참 생각에 빠져 있는데 무언가 부드러운 것이 손에 닿았다. 내려다보니 언제 나왔는지 양혜 옹주가 손을 잡고 물끄러미 올려다보는 중이었다. 제법 친숙해지긴 했지만 여전히 귀찮고 성가신 계집아이 양혜는 제가 그런 존재인 줄도 모르는지 순수한 눈빛으로 치마를 잡아끌었다.

"왜 그러십니까, 옹주마마?"

자빈이 짜증스레 물으니 양혜가 작은 손을 들어 앞을 가리켰다. 언뜻 보아 대웅전 옆으로 우거진 수풀로 놀러 가자는 것 같은데 자빈으로서는 그럴 마음이 손톱만큼도 없었다.

"옹주마마, 오늘은 그냥 혼자 노시어요. 아니면 서 상궁이라도 같이 데려가보시든가."

그러고는 휙 돌아서 안으로 들어가버리는 것이었다. 양혜는 감정이 묻어나지 않는 눈으로 자빈의 뒷모습을 물끄러미 바라보다가 수풀로 고개를 돌렸다. 그러자 기다렸다는 듯 그 속에서 무언가가 작게 반짝거렸고, 양혜는 손을 내밀며 잡을 듯 손가락을 꼬물거렸다.

"옹주마마, 그쪽에 뭐가 있는데 그러십니까?"

저만치에서 지켜보던 서 상궁이 물었으나 수풀 속 반짝임까지는 미처 보지 못한 터라 옹주가 무얼 그리 바라보는지 짐작할 수 없었다. 그러나 이제 곧 낮것을 올릴 시간이어서 소주방 나인들이 분주한데다 저만치 금군들이 열을 지어 호위를 하고 있으니 옹주마마 신변이 위험하지는 않다는 생각에 수풀을 향해 비척비척 걸어가는 것을 만류하지 않았다.

옹주의 발길이 어째 좀 위태롭다고 여긴 것은 오히려 방 안에 있던 자빈이었다. 정 상궁과 이것저것 담소를 나누는 중이었는데 이때 열어둔 창으로 옹주의 느릿한 모습이 보였던 것이다. 서 상궁이 지켜보겠지 싶었지만 이내 마음을 돌려 자리에서 일어선 것은 어찌 보면 참으로 자빈답지 않은 행동이라 할 수 있었다.

'저대로 넘어지기라도 해서 상처가 생기면 나만 곤란해진다고.'

자빈은 반쯤 짜증이 섞인 표정으로 옹주의 뒤를 따랐다.

"옹주마마, 어디를 그렇게 가십니까?"

누군가가 나타난 것이 좋았는지 손뼉을 딱 소리 나게 마주친 양혜가 다시 수풀 쪽을 가리켰다. 이미 가까워질 대로 가까워져 그것이 키 작은 호랑가시나무 덤불이라는 것까지 알아볼 수 있는 거리였다.

자빈은 옹주의 말하는 바가 무엇인가 싶어 안을 유심히 바라보았다. 빽빽한 가시줄기로 인해 어두운 안쪽이 잘 가늠되지 않았다. 하지만 어느 순간 반짝 하는 작은 빛, 자빈의 걸음이 한 발짝 앞으로 디뎌졌다. 그리고 또다시 반짝이는 빛무리…….

"비켜라!"

챙강, 커다란 금속성이 사찰 속 적막한 공기를 날카롭게 갈랐다. 곧이어 작게 헐떡이는 소리에 자빈은 수그렸던 상체를 비틀어 쳐다보았다. 자신과 옹주를 가로막고 있는 웬 사내가 보였는데 그 얼굴이 얼마나 못생겼던지 정신이 하나도 없는 와중에도 참 못났구나, 하는 생각이 들 정도였다.

자빈은 다시 아래에서 느껴지는 팔딱이는 무언가로 시선을 돌렸다. 옹주가 품에 안겨 있었는데 가슴팍에 닿아 있는 입에서 뜨거운 김이 새어나와 목덜미를 간질였다.

"네놈들은 누구냐!"

곧이어 시작된 금속의 마찰음, 그리고 성급한 사람들의 함성 소리. 자빈은 저도 모르게 화끈거리는 옆구리에 손을 가져갔다. 뜨뜻한 무언가가 울컥거리며 흐르는 게 느껴졌지만 손을 다시 거두어들일 힘이 없었다.

그녀는 사람들의 소음이 몽롱하게 멀어지는 것을 느끼며 다시 아래를 내려다보았다. 옹주는 여전히 자신의 상체 아래 숨어 있었는데 이 와중에도 감정 없는 눈빛은 평소와 다름없이 까맣고 맑았다.

자빈 앞을 막아선 것은 단영이었다. 급히 뒤를 따랐지만 한참 지체된 터라 이제야 도착을 한 것이다. 그녀가 막 화계사 안에 당도하였을 때 마침 자빈은 수풀에서 뛰쳐나온 괴한에 놀라 옹주를 감싸 안던 참이었다. 덕분에 옹주는 칼날을 피할 수 있었지만 대신 자빈의 몸에 깊은 검상이 남겨지고 말았다.

괴한이 다시 엎드려 있는 자빈의 몸을 뚫고라도 옹주를 해하겠다는 기세로 검을 내리찍는데 이것을 단영이 간신히 막아낸 것이다.

첫 번째 공격이 무산되자 사찰 여기저기에서 같은 무리가 모습을 드러냈다. 호위하는 금군들이 있긴 했지만 일정 거리를 두고 떨어져 있었기에 단영처럼 신속히 반응하지는 못했다. 단영은 검을 치켜들며 금군들이 들어올 여지를 마련해주고자 했다. 그런데 이상하게도 괴한들은 오로지 단영만을 공격해 들어왔다. 아니, 단영과 자빈, 그리고 자빈의 품에 안겨 있는 양혜 옹주만을.

'저들이 내 정체를 알고 있는 것인가.'

마치 괴한들은 단영만이 목표라는 듯 쉴 틈을 주지 않았다. 단영은 장검을 들어 지금 막 짓쳐들어온 검을 쳐내며 품에서 단도 하나를 꺼냈다. 얼마 전 소록당에서 의종이 돌려준 것으로서 이미 정제된 연줄을 매어 품에 넣어 가지고 다니는 중이었다. 단영은 연줄을 오른손으로 회전시켜 괴한들의 접근을 막음과 동시에 왼손에 들린 단검으로 공격을 시전했다.

"으음."

양혜 옹주를 품에 안은 채 겨우 중심을 잡고 있던 자빈의 한쪽 어깨가 처졌다. 옷을 적시는 검붉은 혈흔이 부상의 심각성을 말해주는 듯 보였다.

단영은 사방을 둘러보았다. 다행히 금군들이 버티고는 있으나 우위를 점칠 수 없는 상황이었다. 대비와 중전이 빠진 행렬은 실로 간소한 것이어서 호위하는 금군들의 수도 현격히 줄었던 것이다.

단영은 이마를 찌푸렸다. 이대로라면 자빈이 위험했다. 누구든 그녀를 안전한 곳으로 옮겨 적절한 치료를 해야 할 텐데 사방이 적이다 보니 뚫고 들어올 수도, 그렇다고 데리고 나갈 수도 없는 판국이었다. 그래서 느닷없이 보화루 지붕에서 기왓장 몇 개가 날아와 몇몇 괴한들의 무릎을 쳤을 때 그녀는 뛸 듯이 기뻤다. 매당 할멈이 도착한 것이다.

할멈의 손에 들린 지팡이가 바람소리와 함께 옆에 있던 자의 이마에 내리꽂혔다. 쉽게 깨어나진 못하겠군. 평소 할멈의 손속을 아는 터라 단영은 고개를 저으며 웃음을 지었다.

"어떻게 알고 온 거야?"

단영의 질문에 할멈은 쓴 나물이라도 집어 먹은 표정을 짓더니 곧 자초지종을 털어놓았다.

"뭐? 오라범댁이?"

단영의 목소리가 미세하게 떨렸다. 매당 할멈의 말에 위하면 박씨와 이씨, 두 올케의 가마 행렬이 공격을 받았고 뒤늦게 이 사실을 알게 된 신씨 부인이 급히 할멈을 단영에게 보냈다는 것이다. 좀 더 자세히 물어보려는 순간, 주춤하였던 괴한들의 검이 다시 매섭게 치고 들어왔다.

단영은 금군의 남은 수와 상황을 다시 확인하였다. 적은 수지만 궁에 배속된 정예 부대인 만큼 쉽사리 열세에 몰릴 것 같진 않았다. 단영은 자빈과 옹주를 매당 할멈에게 맡긴 후 대웅전 왼편으로 물러났다. 그녀의 예상대로 괴한들의 포위망이 무너지며 두 편으로 나뉘었다.

옆으로 기다란 계곡이 내려다보였다.

단영은 물길을 거슬러 위로 방향을 잡았다. 할멈 일행이 산 밑으로 내려갈 시간을 조금이라도 벌기 위해서였다. 자빈이 있던 자리엔 붉은 핏자국만 어지럽게 남았다. 마치 땅에 떨어져 밟히고 이지러진 꽃잎 같은 그 흔적.

일각도 되지 않아 걸음이 묶였다. 땀이 비 오듯 쏟아져 단영의 얼굴은 더욱 기괴해졌으며 특히 이마에서 흐르는 풀 기운이 눈을 찔러 상황은 점점 악화되었다. 단영은 틈날 때마다 달렸다. 앞을 막아서지 않는 한 맞서 싸울 생각은 하지 않기로 했다. 상대의 수가 압도적이니 도망을 치는 게 낫다고 판단한 것이다.

범골 계곡을 지나 한참을 더 오르면 칼바위 능선이 나온다. 그 위태로운 경사를 달리며 단영은 생각했다. 이 포위망을 벗어날 틈이 분명 있을 것이라고. 그러나 아무리 달려도 추적자는 멀어지지 않는다. 오히려 더 조여오기만 해 단영은 거친 숨을 내쉬며 주위를 둘러보았다. 저 멀리 빼곡한 바위 능선과 보국문(輔國門)[52], 끝없이 펼쳐진 급경사가 보였다.

그녀의 질주는 뒤쫓던 자들에게 완전히 에워싸인 뒤에야 끝이 났다. 허파를 가로지르는 뜨거운 기운에 할딱이며 단영은 소매를 들어 눈을 닦아내었다. 풀이 녹아들었는지 이젠 눈물이 날 것같이 쓰리다.

'이리 뻑뻑한 눈을 한 채 검 같은 걸 휘두르긴 어렵겠지.'

단영은 단검을 돌려 달려드는 자의 왼팔을 그었다. 그와 함께 왼손에 들고 있던 검으로 다시 허리를 베어나갔다. 얼마 전 영루관 내에서의 싸움이 떠올랐다. 그때는 살기를 포기하니 구하러 온 이가 있었는

52) 14개 성문 중 하나.

데. 단영은 어깨를 찔러오는 검을 아슬아슬하게 피하며 생각했다. '다시 또 생을 내려놓으면 대신 집어줄 자가 나타날까.' 하고.

그러나 단영은 이제 죽음을 담담히 바라볼 수가 없었다. 지리멸렬한 삶인 것은 마찬가지이나 그 안에 손을 담가 내 것으로 건지고 싶은 무언가가 생긴 때문이었다. 단영은 이를 악물며 압박해 오는 여러 자루의 검을 차례로 쳐내었다.

'어째서, 어째서 이 순간 그대가 보고 싶은가.'

단영은 굳은 듯 냉엄한 얼굴을 떠올렸다. 보는 것만으로 절로 주눅이 들 만큼 차갑고 건조한 눈빛과 조소 어린 입매, 그토록 마음에 들지 않던 오만한 모습. 어째서, 단영은 한숨을 쉬듯 중얼거렸다. 다른 누구도 아닌 그대가.

뒤에서 날아든 검이 단영의 어깨를 찢었다. 그리고 곧 검상은 다리로 이어져 한 줄 혈흔이 길게 묻어났다. 단영은 앞으로 달려드는 자의 목에 연줄을 휘감아 밖으로 잡아당겼다. 상대가 억눌린 외마디 소리를 내지르며 가파른 경사로 굴러 떨어진다. 그러나 다시 자리를 메우는 검은 괴한들. 단영은 탄식하며 검을 치켜들었다.

"그대가 알아볼까요. 이 구중궁궐 안에서 가장 여리고 외로운 이, 마음 기댈 곳 없을 그분을 그대가 알아볼 수 있을까요. 이제 이 짧디짧은 생을 마감해버리면 들어줄 이 없어 울지도 못할 그분을 그대, 알아봐줄 수 있을까요."

한 번 마주한 적도 없던 연경의 목소리가 들리는 듯해 단영은 열없이 웃었다. 내가 그분의 명을 지켰더라면, 그래서 아직 교태전에 이 목숨 부지하며 앉아 있었더라면 후회가 없었을까.

베인 상처들에서 흘러내린 핏방울이 지면을 적셨다. 사방을 울리는 발소리는 더 이상 피할 곳도, 나아갈 곳도 없음을 말해주었고 단영의 투지도 점점 사그라졌다. 그러나 그것은 죽음까지도 삶의 한 부분이라 여기며 관망하던 지난날의 모습이 아니었다. 벗어날 수 없을 거라는 절망에서 나온 체념이었다. 살 수 있다면 무엇이든 할 참이었지만 애석하게도 이제 그녀가 할 수 있는 일은 없었기 때문이다. 그리고 그런 그녀의 귀에 거센 말발굽 소리가 맴돌기 시작했다.

환청일까, 하늘을 가르는 검광을 힘겹게 받아내던 단영의 몸이 휘청, 중심을 잃었다. 살을 베어내는 검의 사각거리는 소리가 경쾌하게 느껴져 단영의 입가에 쓴웃음이 감돌았다. 맑고 푸른 한여름의 하늘이 보였다. 너무나도 밝고 환하여 도무지 죽음이라는 현실이 생뚱하게만 느껴지는 그러한 하늘이 말이다.

그리고 그런 이질감은 단영 혼자만의 느낌은 아니었던 모양이다. 한순간 거스를 수 없는 강력한 힘에 의해 위로 솟구쳐 오른 것을 보면.

그녀의 어리둥절한 시선이 주위를 살피고는 곧 자신이 말에 태워졌다는 것을 깨달았다. 어지러운 머리를 흔들며 까칠한 눈꺼풀을 비볐다. 눈을 다시 떴을 땐 뒤를 바짝 따르는 괴한의 모습이 먼저 보였는데, 그자가 휘두른 검 끝에서 등 뒤에 앉은 이의 삿갓이 파삭 소리와 함께 부서져나갔다. 날카로운 능선 위를 아슬아슬하게 달려 나가는 말, 그 위로 부서져 내리는 대나무 조각들, 그리고 분노로 인해 매섭게 굳은 얼굴……, 의종이었다.

의종은 동이 틀 무렵 궁을 빠져나갔다. 유무성이 뫼옵겠다 하였으나 거부하였다.

"이럴 때 상군마저 물리치시는 것은 위험한 일이 아닐는지요."

그러나 의종은 고개를 가로저을 뿐이었다. 마치 소풍이라도 나가는 것처럼 담담하게.

"오늘 무슨 일이 일어날지 안다면 필경 좀이 쑤셔 가만히 있지 못하겠지."

혼잣말을 하는 의종의 시선이 어느덧 교태전을 향해 머물렀다. 유무성이 물었다.

"누구를 말씀하시는 것이옵니까?"

그러나 이번에도 역시 대답이 없더니 곧 흣 하는 웃음소리만 들려왔다.

결국 유무성에겐 북한산으로 가보라는 명을 남긴 채 의종은 먼저 길을 나섰다. 정전위 몇이 기밀하게 뒤를 따랐으나 때가 때인 만큼 염려가 아니 될 수 없는 잠행이었다. 유무성은 총총히 작아지는 의종의 그림자를 바라보다가 몸을 돌렸다. 그로서는 지금 의종의 행선지가 어디인지 짐작조차 할 수 없었다. 상선나리께서 계셨더라면……. 다시금 홍 내관의 부재가 아쉬웠지만 의주에서의 일도 녹록지는 않을 터, 여기는 여기대로 어떻게든 해나가는 방법밖엔 없었다.

의종이 이번 내명부 행차를 맞아 정전위에게 내린 하명은 지금까지와는 이례적으로 매우 간단하였다. 흩어져 여러 왕자군이나 그들의 우인들 사택을 사찰하는 것이 전부였으니 말이다. 그러나 그 간단한 일로 반역의 우두머리를 가려낼 수 있다는 사실을 알고 또 이해했으면서도 막상 막중한 책임과 함께 무거운 부담을 느끼지 않을 수 없는 유무성이었다.

내용은 이러했다. 교태전과 가은당에 금족령을 내리되 반드시 행차 당일에 임박하여 시행한다. 이는 사전에 금족령에 대한 것이 새어 나갈 가능성을 애초에 차단하여 상대편에게 중전과 옹주가 행렬에 참여한다는 확신을 주기 위함이었다. 저들이 어떤 시점, 어떤 상황에서 무슨 일을 벌일지는 중요하지 않았다. 단지 그들이 행렬을 향해 무언가를 시행하기 직전에 표적으로 삼은 중전과 옹주가 보이지 않는다는 것을 깨닫기만 하면 되는 것이다.

"저들은 필시 그 배후 되는 인물에게 이를 보고하기 위해 급급할 것이다."

의종이 말했었다. 표적이 없어진 이상 쓸모없는 공격을 할 필요도 없어지니 일단은 작전을 멈추고 또 다른 명령을 기다리려 할 것이라는 소리였다. 어떤 경로를 통하든 반드시 그 우두머리 되는 자에게 연락을 취하려 할 테니 정전위 대원들은 자신들의 사찰 상대가 누구와 접선을 하는지, 혹은 느닷없는 비보를 접하게 되는지 정도만 살피면 되는 지극히 간단한 계책이었다.

하여 단영이 행차에 나서기 직전에 비로소 금족령이 하달된 것은 바로 이러한 까닭이었다. 어찌 의종이 늙은 내관의 사소한 실수 하나를 미리 예견할 수 있었겠는가.

유무성이 계획에 차질이 생겼음을 알게 된 건 그로부터 한 시진 가량 흐른 뒤였다. 궐 안에 남았어야 할 옹주가 자빈과 함께 화계사로 향했다는 전언이 당도한 것이다. 오히려 대비가 불참하였다는 소식에 유무성은 왠지 씁쓸해졌다. 무리하게 화계사 행을 감행하던 대비가 갑작스럽게 몸을 사린다는 사실이 마치 반역도들과의 결탁 의혹을 확실시해주는 증좌같이 느껴졌기 때문이었다. 적어도 대비는 현 주상의 어머니라 불리는 이가 아니던가.

그러나 한낱 감정 따위에 치우쳐 있을 시간이 없었다. 이대로라면 의종의 계책이 무너지는 것은 물론, 옹주의 안위까지 위험해질 수 있는 상황이었으니 말이다.

유무성은 남은 대원들을 이끌고 북한산 자락으로 향하였다. 그리고 단영이 반 이상의 적들을 이끌고 산등성이를 향해 돌진하는 것을 발견했다.

"어쩌려는 것일까요?"

정전위 대원 한 명이 근심스럽게 입을 열었다.

"저들을 교란시키려는 것이겠지. 지금으로서는 윤 어사의 뜻을 따르는 것이 최선일 것이다. 두 분 마마를 구하는 것이 먼저일 테니."

이때 이미 매당 할멈은 자빈을 들쳐 업고 사력을 다해 길을 트는 중이었다. 유무성은 그 자리에 있는 모든 병력을 자빈과 옹주에게로 집중시켰다. 단영 혼자 추격하는 무리들을 처리하기 어렵다는 것은 알고 있었으나 그녀까지 지원해줄 여력이 못 되었기에 어쩔 수 없는 선택이었다. 다만 한 가지 이상한 것은 어째서 적들이 단영 하나를 뒤쫓기 위해 그리도 혈안이 되어 있는가 하는 점이었다.

얼마나 시간이 흘렀을까. 이제 곧 비탈이 끝나고 산기슭에 다다를 즈음, 자빈을 어깨에 메고 있던 할멈이 별안간 걸음을 멈추었다.

"네놈들의 마마이니 네놈들이 모시어 가거라."

그러고는 자빈을 머리 위로 건네는 것이었다. 도무지 노인의 근력이라고 볼 수 없는 모습에 잠시 멈칫거리는 동안, 이미 할멈은 자빈을 놓고 대신 옹주를 채가듯 품에 안았다.

"마마를 내놓으시오!"

유무성이 급히 달려들었으나 할멈의 기이하게 빠른 보법은 사이를 더욱 벌려놓을 뿐이다.

"아가, 오늘은 할미 먼저 가야겠구나. 허나 이후에 또 일이 생기면 그땐 널 먼저 도우마."

매당 할멈은 마치 친손녀에게 하듯 다독다독 양혜를 달랬다. 처음 들어보는 하대가 재미있어서일까, 옹주는 까맣게 깊은 눈을 들어 할멈을 순하게 바라보았다. 어쩌면 이같이 정이 담긴 말을 들어본 적이 없어 당황한 것인지도 모른다. 그러나 그 상황을 지켜보는 유무성 및 다른 관원들의 마음은 양혜처럼 감성적일 수 없었다. 하여 유무성이 앞으로 나서며 할멈의 무례를 꾸짖었다.

냉소를 머금은 매당 할멈이 싸늘히 대답하였다.

"사람이 죽게 생겼는데도 네놈들은 그 잘난 서열만 따지고 앉았구나."

고하격차에 별 관심이 없는 할멈에게는 단영의 희생을 당연한 듯 받아들이는 이들의 행위가 영 못마땅했다. 그래서 비교적 안전한 곳에 이르자 서둘러 단영에게로 가보려 한 것인데 그 뚝뚝한 성격 탓에 사소한 오해가 생긴 것이다.

만일 그때 적들의 공격에 일시적인 탄력이 붙지 않았더라면 유무성과 매당 할멈은 이곳에서 애꿎은 싸움을 시작했을지도 모를 일이었다.

할멈과 유무성은 서로를 견제하며 각각 검과 지팡이를 휘둘렀다. 그리고 그것이 신호가 된 양, 검은 말 한 필이 홀연히 모습을 드러내었다.

"흥."

의종임을 알아본 매당 할멈이 콧방귀부터 뀌며 멀리 떨어졌다.

"어찌 된 것인가?"

의종의 물음에 유무성의 입에서는 한숨부터 새어나왔다. 굳이 헤아려보지 않아도 주위를 둘러싼 적들의 수는 아까보다 늘어나 있었다. 그런데 그런 위험한 자리에 의종이 나타난 것이다.

"……마침 윤 어사가 먼저 당도하여 옹주마마는 화를 피하셨으나……."

전후 상황을 조용히 듣고 있던 의종의 눈매가 일순 날카로워졌다. 그러나 곧 눈을 감으며 작게 숨을 내리쉬는 모습은 마치 짐작했던 무언가를 마침내 확인한 표정처럼 보였다.

"그래서 어디로 갔는가?"

"예?"

"윤 어사는 지금 어디에 있는가 말이다."

윤 어사의 행방이 궁금할 수는 있겠지만 그래도 이 와중에 그자가 제일 걱정된다는 반응이라니, 유무성으로서는 이해하기 힘들었다. 차근히 윤 어사의 행적을 설명하는 동안 의종의 얼굴은 더욱 굳어가더니 말이 채 끝나기도 전에 산등성이를 향해 질주를 시작했다.

"전하! 어디를 가시옵니까?"

차마 적들의 귀에 들어갈까 한껏 목소리를 내리누르던 유무성이 다급하게 뒤를 돌아보았다.

"반은 남고 반은 나를 따른다. 힘들겠지만 버텨라. 이제 곧 다른 대원들이 당도할 테니."

그러고는 서둘러 의종의 뒤를 쫓기 시작했다. 그에게 이미 옹주나 자빈의 안위는 더 이상 중요하지 않았다.

이날 아침, 윤 대감 댁 두 며느리가 일찌감치 장독교를 타고 떠난 지 얼마 되지 않아 이기가 도착하였다. 신씨 부인에게 하직 인사를 드리기 위함이라 하였다. 어디로 갈 참이냐는 신씨의 물음에 이기는 먼 곳으로 유람을 떠날까 한다며 계획에도 없던 대답을 하였다. 그리고 들러본 뒤곁.

짱짱하게 솟은 느릅나무를 바라보던 이기가 문득 뒤를 돌아보았었다. 어디선가 '두릅아' 하고 부르는 8년 전 단영의 앳된 목소리가 들려오는 듯했기 때문이었다. 이기는 품 안에 간직했던 조창주의 비단 조각 두 장을 꺼내어 보며 아득한 그 시절을 떠올렸다.

"안 그래도 네가 여기 오래 남지는 않겠다 싶었어. 하지만 이렇게 갑자기 떠난다니 마마께서 서운해하시겠네."

은단이 지교 한 옆에 세워둔 광주리를 집어 탁탁 털다 말고 말을 붙였다. 어려서부터 조용한 성격으로 인해 친한 이들이 거의 없다시피 한 두릅이지만 은단과는 광교산에서 함께 지낸 인연으로 그래도 퍽 가까워진 터였다.

"몇 밤 자고 나면 궐에 다녀올 일이 있을 것 같은데……, 마마께 뭐 올릴 말씀이라도 있으면 지금 해봐. 내 잊어먹지 않으마. 아니면 넌

글깨나 익혔으니 서신으로 주어도 좋고."

어려서부터 보아온 터라 막내 동생같이 친근하던 아이가 이제 장성하여 양민으로 복원되더니 곧 기약할 수 없는 먼 길을 떠날 것이라 말하고 있었다. 어디로 가니, 갈 곳은 있니, 앞으로 무엇을 하며 살 것이니, 묻고 싶은 것은 많았지만 오히려 걱정만 더 보태게 될까 그만두었다.

그저 시큰해지는 눈두덩을 문지르며 딴청을 부리던 은단은 문득 이기의 손에 들린 비단 조각을 발견하고 고개를 갸우뚱거렸다.

"여기 올 때 양비랑 만났더랬니?"

이기가 고개를 흔들자 은단이 이상하다, 고개를 저으며 말했다.

"그거 아까 양비가 들고 있던 거랑 꼭 같은데 넌 또 어디서 구했니?"

은단의 손가락이 무엇을 가리키는지 알아차린 이기의 얼굴이 한순간 굳어졌다.

"양비 그 아이가 이것을 어디서 났다고 하던가요?"

"모르지. 아까 마님 가마 살피러 가보니 들고 있더라만 어디서 났는지는 못 들었어."

"안방마님 가마 근처에서 이것을 들고 있었다고요?"

"그래. 그러고 보니 대문을 나서기 전엔 빈손이었던 것도 같고……."

이기는 은단의 말이 채 끝나기도 전에 몸을 돌렸다. 그 또한 이 댁 작은 마님들이 화계사를 향해 떠났다는 것은 알고 있었다. 그런데 수행 노비인 양비가 조창주의 비단 조각을 들고 있었다니. 일전에 받았던 네 장의 비단들은 이기와 단영이 각각 나누어 가지고 있었으므로 양비의 것은 조창주가 새로 보냈다는 얘기가 되는 것이다. 이기의 이마 위로 근심이 어렸다.

"정말 조가가 죽은 걸까?"

양재도 폭발 사고 때 단영은 결코 믿을 수 없다는 표정을 지었었다. 그것은 이기 또한 마찬가지였으나 그럼에도 그는 조창주란 자가 이제 이 세상에 없다고 믿고 싶었다. 아니, 그것은 사실이 아니다. 이미 그는 지난 며칠을 고스란히 조창주를 추격하는 데 사용하여 마침내 그가 살아 있음을 확인하였던 것이다. 살아 있을 뿐만 아니라 기회를 보아 왜로 달아날 궁리를 하고 있음도 알고 있었다. 그러니 지금껏 이기가 믿고 싶었던 것은 조창주의 죽음이 아니라 잠적이었을지도 모른다. 죽은 듯 숨어서 다시는 돌아오지 못할 잠적. 그런데 그런 조창주가 다시금 꿈틀거리기 시작한다.

양미간의 주름이 더욱 깊어졌다.

이기는 북촌에서부터 화계사까지의 길목인 숭신방(崇信坊)[53] 일대를 뒤지기 시작했다. 지역이 넓고 갈림길이 많은 터라 가마 행렬이 어디로 향했는지 추측하기 어려웠다. 할 수 없이 오가는 행인들에게 물어 가마 행렬의 진행로를 겨우 더듬는데 정릉 근처에 이르렀을 때였다. 멀리서 여인의 비명 소리가 들려왔다.

양비의 비명이었다. 괴한이 휘두르는 칼날을 피하기 위해 사력을 다했으나 역부족이었다. 하여 양비는 이기가 도착하기 전 간발의 차로 목숨을 빼앗기고 마는데, 두려움과 고통으로 몸부림쳤을 그녀의 왼손에는 한 시진 전 생각 없이 떼어냈던 비단 두 조각이 꼭 잡혀 있었다.

다음 차례는 간난이였다. 다섯 명의 괴한은 차례로 사람을 죽이며 무언가를 토설하라고 윽박질렀으나 박씨도, 이씨도 그들이 무엇을 원

---

53) 조선시대 행정구역. 46개의 방(坊)은 328개의 계(契)로 나뉘었고 숭신방 밑으로는 동소문외계(東小門外契), 동문외계(東門外契), 수유촌계(水踰村契) 등이 있었다. 현재의 이화동, 성북동, 삼선동, 수유동 등.

하는지 전혀 알아듣지 못했다. 그리고 이제 간난이 하나 남아 있는 긴박한 순간에 이기가 나타난 것이다.

이기는 간난을 구해 윤 대감 댁으로 보내놓은 뒤 다섯 괴한을 상대하였다. 어렵지 않게 넷을 결박할 수 있었으나 하나는 끝내 놓치고 말았다. 뒤에서 상황을 살피다가 상대하기 어렵겠다는 판단이 서자 그대로 줄행랑을 친 때문이었다. 나중에 알고 보니 그자는 전직 군관 출신으로 지금은 고리업을 하는 이태충이라는 자의 심복이라 하였다.

이기는 잡아놓은 넷을 심문하여 가마를 공격한 영문을 알아보았다. 그들은 별반 버틸 마음이 없는지 묻는 대로 넙죽넙죽 대답을 해주었다. 이태충이라는 고리대금업자가 있는데 몇 해 전부터 송 아무개라는 자에게 장리(長利)[54]로 돈을 빌려주곤 하다가 지금껏 이자 한 번을 제대로 갚지 않자 원금과 함께 회수코자 자신들을 보냈다는 내용이었다.

송 아무개라면 조창주가 사용하는 가명으로써 일전에 기녀 경진이 귀띔해준 적이 있었다. 그러나 조창주를 모르는 큰며느리 박씨는 대로한 음성으로 꾸짖었다.

"그놈이 누구냐? 도대체 송 아무개라는 그놈이 누구인데 아무런 상관도 없는 부원군 댁을 농락하느냔 말이다!"

부원군이란 말을 듣고도 별반 반응하지 않는 괴한들. 이기는 무언가 이상한 느낌이 들었다.

"당신들은 이분들이 뉘신 줄 이미 알고 있었습니까?"

잠시 눈치를 나누던 네 명이 그렇다고 고개를 끄덕였다. 이기가 다시 물었다.

54) 통상 5할을 뜻하나 실제로는 그 이상을 상회함.

"정녕 윤 대감 댁이 어느 분의 가문인지 알고 있다는 뜻입니까?"

그러자 그때까지 땅만 내려다보던 왼쪽의 사내가 답답하다는 어투로 대답을 하였다.

"세상에 부원군나리가 누구인지 모르는 사람이 어디 있겠습니까요? 다만 말을 들어야 각자 가지고 있는 고리 빚을 제하여준다니 어쩔 수 없이 맡은 게지요. 실상 소인들은 칼만 거머쥐고 겁이나 주었지 한 일이 없습니다요. 저기 계신 마님께 여쭤보십시오."

설명을 들어보니 혼자 도망을 간 사내 외에 나머지 넷은 본래 이태충에게서 높은 이율로 돈을 빌린 이들이었다. 그런데 이자는 눈덩이처럼 불어나가고 갚을 재주는 없다 보니 결국 그자의 회유에 넘어갈 수밖에 없었다는 것이다.

"딸년이 둘이 있는데……, 보름 안으로 다 갚아놓지 못하면 두 년 다 잡아다가 팔아버리겠다고 해서……. 작은 년은 아직 열 살이나 될까 말까……."

그중 한 명이 이런 푸념을 늘어놓다가 끝내 울음을 참지 못하자 나머지 이들의 눈에도 눈물이 그렁그렁 차올랐다. 다들 어찌할 수 없는 속사정이 있어 이리 된 것이라는 뜻이었다.

그러나 설사 그렇다 해도 이기는 이해할 수가 없었다. 그것은 옆에 있는 박씨도 마찬가지였다.

"그 송 아무개라는 자가 고리 빚을 졌대도 그것이 우리 가문과 무슨 상관이란 말이냐?"

박씨의 질문에 묵묵히 울음을 참던 이들이 앞을 다투어 대답을 하였다.

"그 송가가 부원군 댁 청지기 아닙니까요? 그자가 부원군나리 명의로 고리 빚을 진 곳이 어디 이 진사뿐이랍니까?"

박씨와 이기의 시선이 마주쳤다. 윤 대감 댁엔 송 뭐라는 청지기가 없다는 것은 차치하고라도 고리 빚이라니. 도대체 왜 그런 것을, 그것도 부원군 가문에서 끌어 쓴단 말인가?

그러나 이러한 의문은 곧 풀렸다. 도성 장안에 이미 파다하게 돌고 있다는 소문의 내용이 그 답이었다. 부원군은 원래 여색을 즐겨하여 해마다 첩치가를 해왔으며, 이제 장성한 세 아들까지 아비와 똑같이 행하다 보니 겉으로만 멀쩡할 뿐 속은 빈 강정과 같아 여기저기 고리 빚을 지는 형편에까지 이르렀다는 소문이었다. 또한 부원군 댁 땅문서며 집문서며 할 것 없이 이미 담보의 형태로 넘어간 것들도 몇백만 냥을 웃돈다는 소문까지 있다 하니, 들을수록 기이하고 분한 내용들이 아닐 수 없었다.

더 생각해보지 않아도 짐작 가능한 일이었다. 조창주는 이미 몇 해 전부터 윤 대감을 사칭해 돈을 끌어 썼던 것이다. 다만 워낙 내로라하는 세도가이다 보니 지금껏 불거지지 않다가 그 빚이 더는 감당하지 못할 만큼 거대해지자 버티지 못하고 터져버린 모양이었다. 하지만…….

이기는 고개를 저었다. 조창주로 인해 윤 대감 댁 위신이 그 지경까지 추락하였다 해도 일단은 현 중전의 친정이었다. 목숨을 내놓을 각오가 아니고서야 이런 짓까지 저지를 수는 없는 것이다.

"만에 하나 그 뜬소문이 사실이래도 이태충 그자가 어찌 부원군나리를 건드릴 생각을 할 수 있단 말입니까?"

이기의 한숨 섞인 질문에 사내 하나가 대답하였다.

"그것까진 소인들도 모릅지요. 그저 빚을 탕감해준다니 시키는 대로 하였지만……."

자신들은 죄가 없다는 말을 하고 싶은 모양이었다. 망연히 지켜보던 박씨가 더 이상은 말을 섞고 싶지 않은지 고개를 돌렸다. 살인까지 저질러놓고 하는 양이 너무 염치없었기 때문이다.

박씨는 저만치 양비의 주검을 내려다보며 넋을 잃은 이씨에게로 다가가 장옷을 걸쳐주었다. 그러고는 양비 곁에 앉아 애처로운 손등을 쓰다듬다가 문득 사내들을 향해 다시 물었다.

"아까 네놈들이 짊어지고 왔던 포대는 대체 무엇이었느냐?"

네 명의 사내가 서로 우중우중 눈치를 살피더니 그중에 한 사람이 손가락을 들어 방향을 일러주었다. 부서진 가마 쪽이었는데 아마도 그 뒤편으로 가보라는 뜻인 듯했다.

"그저 가져다 버리고만 오면 된다고 해서……. 그렇지만 결단코 우리가 해친 건 아닙니다요."

아무렇게나 널브러져 있는 포대는 사람 하나 정도의 크기였다. 입구가 워낙 꼼꼼히 매듭으로 묶여 있어 검으로 잘라야 했다. 비죽이 드러난 내용물. 사람의, 여인의 머리였다.

"그게 대체 무엇이냐? 무엇인데 그리 살피는 게야?"

박씨가 저만치서 물었으나 이기의 귀에는 들리지 않았다. 한 손을 내밀어 잘린 끝을 들쳐보았다. 여인의 어깨까지 드러났다. 쪽을 진 것으로 보아 아낙일 텐데 얼굴이 땅에 맞닿아 있어 생김새는 확인이 안 되었다.

이기는 잠시 여인의 쪽진 머리며 좁은 어깨를 내려다보다가 다시 손을 뻗쳤다. 그리고 그때 간난의 부름을 받은 윤 대감 댁 노비들이 도착하였다.

"어머님."

박씨의 목소리로 보아 신씨 부인이 직접 앞장을 선 모양이었다. 하긴 며느리들이 이런 큰 사고를 당했는데 가만히 기다리고 있을 그녀가 아니었다. 그런데 모든 소리가 여과 없이 들리는 중에도 이기는 선뜻 신씨 부인을 뵈러 갈 수가 없었다. 가야 하는데 몸이 움직이지를 않았다.

"왜 그러고 있니? 안에 무엇이 들었기에?"

마침내 신씨 부인이 이상히 여겨 곁으로 올 때까지.

신씨는 포대 속 시신을 대하면서도 비교적 차분한 반응을 보였다. 그저 정갈한 이마에 주름이 자잘하게 잡혔을 뿐이다. 이기가 그런 신씨 부인을 멍하니 바라보다가 입을 열었다.

"누군지…… 아시겠습니까?"

신씨가 되물었다.

"내가 아는 이더냐?"

"그럴 것입니다."

신씨는 여인의 쪽진 머리를 좀 더 들여다보다가 다른 노비를 불러 시신을 바로 눕히라 지시하였다. 그러고는 다시 족제비같이 까맣고 조막만 한 그 얼굴을 찬찬히 살피었다. 그러나 여인을 알아보는 기색은 아니었다.

이기가 물었다.

"혹 오래전 부리시던 오월이라는 계집을 기억하십니까?"

신씨 부인의 미간이 찌푸려졌다. 총명한 눈을 깜박이며 이기를 바라보다가 다시 여인에게로 시선을 돌린다.

"네가 어째서 오월이의 이름을 언급하는지 내가 그 연유를 알 수는 없다만……, 이 여인은 오월이가 아니로구나."

이기의 시선도 여인에게로 고정되었다. 갑자기 주변 모든 소음이 차단되는 듯했다.

"너무 오래전 일이라 기억을 못 하시는 것은 아닐는지요?"

"오월이는 눈처럼 희디흰 아이였다. 또한 신장이 길고 호리호리하였지. 지금 네가 꼭 그 오월이를 닮았단다. 열여섯 해 남짓 지났다지만 이리 변하진 못할 게야."

그러고는 걱정으로 가득한 눈을 들어 이기를 바라보았다.

"얘야, 도대체 무슨 일이 있는 것이냐?"

그러나 이제 이기의 귀에는 자애로운 신씨 부인의 목소리도 들리지를 않았다. 속에서부터 밀려나오는 무언가를 자각하는 것만으로도 벅찼다. 그것은 뜨겁고도 차가웠으며 거대하고도 또 가늘고 날카로웠다.

제4장. 꼬리를 치고 머리를 자르다

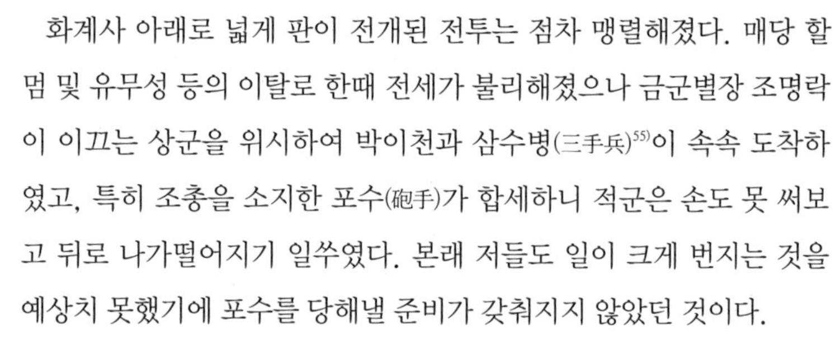

화계사 아래로 넓게 판이 전개된 전투는 점차 맹렬해졌다. 매당 할멈 및 유무성 등의 이탈로 한때 전세가 불리해졌으나 금군별장 조명락이 이끄는 상군을 위시하여 박이천과 삼수병(三手兵)[55]이 속속 도착하였고, 특히 조총을 소지한 포수(砲手)가 합세하니 적군은 손도 못 써보고 뒤로 나가떨어지기 일쑤였다. 본래 저들도 일이 크게 번지는 것을 예상치 못했기에 포수를 당해낼 준비가 갖춰지지 않았던 것이다.

아군은 더욱 승승장구하여 삼수병 중에서도 살수(殺手)를 제외한 이들은 순차적으로 자리를 비워나갈 무렵, 갑자기 자빈과 옹주를 돌보던 궁인들 중에서 비명이 터져 나왔다. 임시로 설치한 막(幕)에 무슨 영문인지 불이 붙었기 때문이었다. 일부 관군들이 화재 진압을 위해 투입되었고, 그 사이 옹주와 자빈이 누워 있는 침상이 빠르게 병참막 밖으로 옮겨졌다.

"안정을 취하셔야 하는데 자꾸 이리 움직이시니 환처가 벌어져 지혈이 어렵습니다."

자빈을 돌보던 의녀가 울상을 지었다. 안 그래도 치료가 늦어 위험

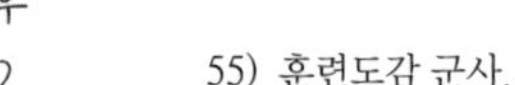

55) 훈련도감 군사.

한 참이었다. 내의원이 안 되겠다 판단했는지 훈련대장 박이천에게 고하여 자빈을 궐로 옮길 것을 타진하였다.

옹주와 자빈의 침상은 얇은 휘장으로만 가리어진 채 잠시 방치되었다. 물론 상군들의 철통 같은 호위와 의녀들의 극진한 보살핌이 있긴 하였으나, 한쪽에선 탄환과 활이 무시로 날아다녔고 또 한쪽은 불붙은 병참막을 처리하느라 정신이 없었으며 거기에 부상병과 사로잡힌 적병들, 또한 그들을 치료하거나 포박하거나 여러 조치를 위해 뛰어다니는 자들로 인해 북새통이었으니 이들 중 깊이 잠들어 있는 어린 옹주에게까지 관심을 기울일 자는 그리 많지 않았다.

양혜는 피곤했다. 사람들이, 특히 자빈이 머리맡에서 자꾸 소리를 질러 놀라게 하는가 하면 요란한 화승총 소리가 연달아 울려 흥분하게 만들었고, 그 와중에 여러 사람의 손에 안겨 다니느라 결국 곯아떨어지고 만 것이다. 그러나 아무리 어린아이라도 그 와중에 잠만 잘 수는 없는 법, 어느새 양혜의 피곤은 뇌를 자극하는 호기심에 추월당했고 결국 눈을 뜨게 만들었다.

사방으로 그을음 섞인 피비린내가 자욱이 퍼져 있었다. 양혜는 한 번도 본 적 없는 낯선 분위기에 매료되어 주위를 둘러보았다. 한 장면 한 장면 면밀히 살펴 기억이란 창고 안에 차곡차곡 쌓아나갔다.

자폐 증상과 맞물려 기이하게 눌려 있긴 했지만 양혜는 본래 누구보다 왕성한 호기심을 타고난 아이였다. 아이는 걸었다. 한 발짝 내딛고 멈추었다가 다시 어색하게 걸음을 내디뎠다. 번쩍이는 화승총 발포에 손가락을 들어 그 빛을 가리키며 뒤를 돌아보았으나 아는 척해주는 이는 없었다. 양혜는 자빈을 찾아 주위를 둘러보다가 다시 앞을 바라보았다. 천천히 걸음을 내딛다가 멈춰 서고, 그러고는 한 번 더 뒤를 돌아본 후 마침내 멈춤 없이 앞으로 걸어 나갔다.

안타깝게도 양혜가 빠져나간 빈자리를 알아챈 이는 없었다. 자빈의 환부를 돌보던 의녀가 잠시 고개를 들기는 하였으나 둥실하게 부풀어 있는 옹주의 침구를 건성으로 훑어보았을 뿐, 그 안까지 들여다볼 생각은 미처 하지 못했다. 하여 양혜가 힘들이지 않고 이 아수라장을 빠져나가는 것은 물론, 그녀의 뒤를 따르는 조심스러운 발걸음이 있음을 인식하는 자 또한 없었다.

"꿩 대신 닭이라."

조창주는 목덜미로 흘러내리는 땀을 닦으며 중얼거렸다. 전립 밑으로 보이는 칙칙한 얼굴빛과 달리 지금 막 동달이[56] 자락으로 닦아낸 목덜미는 희디희었다. 그는 마른 흙 한 줌을 쥐어 다시 얼굴에 문질렀다. 물론 이 난장판에 자신을 알아보는 자는 없겠지만 만에 하나 '목소리'나 단영이 보낸 수족과 맞닥뜨릴 수 있겠기에 조심을 하자는 거였다.

본래 그의 목적은 단영이었다. 내명부를 인솔하는 거창한 행차인 만큼 단영은 별수 없이 얌전히 중전 행세를 할 것이고, '목소리' 또한 계획대로 일을 추진하고자 할 것이니 자신은 어부지리로 득을 좀 보자 싶었다. 즉 단영과 '목소리'를 한 번에 쳐내고 소소하게는 신씨 부인과 그 자부들까지 해치울 것을 기대하고서 이 난리통에 끼어든 것인데, 어디서부터 잘못됐는지 대비와 중전이 다 빠진 가운데 일만 커지고 만 것이다. '목소리'의 계획에 차질이 생긴 것이 분명했다.

조창주는 다시 한 번 욕설을 중얼거리며 침을 뱉었다. 그러고는 열심히 걷는 양혜 옹주를 골똘히 지켜보았다. 그녀는 어느덧 도라지꽃이 무더기로 피어 있는 산모퉁이를 돌고 있었다.

"옹주마마, 어디를 그리 급하게 가십니까?"

---

56) 군복 두루마기.

양혜는 대답하지도, 뒤를 돌아보지도 않았다. 기회였다. 고작 모퉁이 하나만 돈 것인데 조금 전의 어수선함은 풀숲에 가려 마치 거짓말처럼 보이질 않는 것이다. 품을 뒤져 질기고 긴 무명천을 끄집어낸 조창주는 얄팍한 미소를 지으며 양혜의 목덜미를 향해 손을 내밀었다.

"창주야, 창주야. 네가 전생에 쌓은 공덕이 무엇이기에 이런 호박이 넝쿨째 떨어지느냐."

그러나 다음 말이 채 이어지기 전에 옹주를 결박하려던 손길은 갑자기 멎었다. 가만히 앞만 보던 양혜가 흠칫 어깨를 떨며 돌아보았다. 어디선가 나타난 흑의의 사내가 조창주의 팔목을 잡아챈 것이다. 양혜는 그 음울한 모습에서 끼치는 위험을 감지한 듯 뒷걸음질치기 시작했다. 그 모습을 대충 훑어볼 뿐 흑의인은 여전히 조창주에게만 관심을 둔다. 그래서 양혜가 느닷없이 걸음을 빨리하여 도망을 칠 때에도 애써 잡으려 들지 않았다.

"그 계집아이를 잡아야 합니다!"

뒤늦게 어떤 이의 목소리가 양혜의 등을 때렸다. 그러자 아이는 본능인 듯 몸을 굽혀 수풀 속으로 모습을 감추었다. 또 다른 흑의인이 한발 늦게 도착하여 근처를 둘러보았으나 키 작은 수풀 안 어디에도 아이의 모습은 보이지 않았다.

"멀리 가진 못했을 테니 소인이 가서 잡아 오겠습니다."

그러나 이미 '목소리'는 심기를 상한 후였다. 얼굴을 가린 차면(遮面)이 살랑, 흔들렸다.

"실로 오랜만입니다. 그렇지 않습니까?"

마치 우리 사이에 어찌 그리 격조할 수 있느냐 묻는 듯 부드러운 음색을 들으며 조창주는 배시시 웃었다. 옹주를 놓친 것도 아까웠지만 그보다 내일이면 부산포로 떠날 배를 하루 차이로 놓치는 것이 가장 아쉬웠다. 그 배를 타야 왜선에 오를 수 있기 때문이었다.

고개를 흔들던 조창주의 눈에 어색하게 서 있는 사내 한 명이 들어왔다. 푸른 비단 도포를 걸친 사내는 큰 키에 비해 비쩍 말랐으며 안색도 파리하였다. 그러나 눈빛만큼은 날카로워 예사 사람처럼은 보이지 않았으니, 조창주는 단번에 그가 누구인지 알아볼 수 있었다.

"광인이 움직이는 것을 보니 필시 임금도 이 자리에 납시신 모양이군요."

조창주의 아는 척에 목소리의 차면이 살랑 흔들리며 동시에 눈매가 휘어지자 곁에 섰던 흑의인이 조창주의 턱을 후려쳤다. 그것이 신호이듯 양혜를 뒤쫓아 사라졌던 사내가 덤불을 돌아 나타났다. 육중한 팔에 안긴 옹주는 흡사 곰에게 잡힌 새끼 양처럼 작고 가냘팠다.

"아이를 잡아 왔습니다."

목소리의 눈빛이 한순간 날카롭게 번득였으나 이내 자애롭고 사랑스러운 빛을 띠었다.

"잘 지내셨습니까? 옹주."

양혜는 목소리의 주인을 물끄러미 바라보았다. 잠시 전만 해도 그 음성에 등을 찔린 듯 움츠리고 달아났던 옹주였으나 지금은 아무런 반응도 없었다. 목소리는 가까이 다가와 옹주의 두 눈을 유심히 들여다보았다. 아이의 눈동자가 그를 따라 움직이다가 이내 얼굴 반을 가린 차면으로 관심을 돌렸다. 손가락이 움찔거리는 것으로 보아 만지고 싶은 모양이었다.

"이상하지 않습니까? 전하를 비롯한 왕자마마들은 모두 어쩌면 그리 한결같이 닮았는지, 도무지 이복형제라고 생각되지 않을 정도입니다. 그런데…… 그 내리물림은 비단 남아에게만 허용되는 건 아닌 모양입니다."

옹주를 찾아온 사내에겐 이마와 볼을 가로지르는 커다란 흉터가 있다. 그는 늘 이 상처로 주변인들을 겁주곤 하였는데 그중 아이들을 골리는 게 가장 재미있었다. 그런데 이 옹주라는 꼬마는 달랐다. 흉터를 무서워하기는커녕 빤히 바라보다가 만지려 들었기 때문이다.

이상한 것은 그뿐만이 아니다. 실은 옹주를 발견했을 때 아이는 나무 한 그루를 올려다보는 중이었는데, 살금살금 다가가 확 안아 올릴 때에도 위를 쳐다보는 것을 멈추지 않았었다. 하여 대체 뭔가 싶어 쳐다보다가 빠르게 스치는 검은 그림자를 본 것이다. 얼른 근처 나무들을 뒤지며 그림자를 찾으려 애썼으나 아무것도 발견하지 못한 끝에 결국 옹주만 데리고 돌아올 수밖에 없었다. 그나마 목소리를 노하게 할까 싶어 그림자에 대한 것도 함구한 채.

'하지만 정말 이상하단 말이지. 그건 도대체 뭐였을까? 범도 아니고.'

다행인 건 그가 놓친 게 사람은 아니라는 점이었다. 사람이라면 그토록 빠를 수 없을 테니.

이윽고 목소리의 한쪽 소매가 나부끼자 그를 위시한 흑의인들이 삼각산을 오르기 시작했다. 서두르는 기색이 완연했다. 조창주가 앞줄에서 끌려갔고 목소리와 옹주가 중간쯤에 합류를 하자 한쪽에 어색한 듯 서 있던 푸른 도포의 사내도 반 박자 늦게 그들을 따랐다.

양혜는 많은 이들의 행렬이 재미있는지 뒤를 돌아보고자 하였다. 그러나 그녀를 안고 있는 사내가 양쪽 어깨를 눌러 못 움직이게 하였다. 몇 번 버둥거리던 양혜는 여의치 않다 느꼈는지 곧 옷고름을 잡아당기며 놀기 시작했다. 체념이 빠른 아이였다.

이기는 목소리와 그 일행이 멀어지길 기다려 숨어 있던 나무에서 뛰어내렸다. 좀 전까지 양혜가 올려다보던 나무 속 그림자 또한 이기로서, 그는 본래 조창주를 찾기 위해 이곳 화계사까지 온 참이었다. 그러나 이런 와중에 사람 하나를 찾아낸다는 것이 쉬운 일도 아닌데다가 그나마 조창주가 꼭 이곳에 있으리란 보장도 없어 시간만 축내던 차에

자빈과 옹주를 보호하던 병참막에 불이 난 것이다. 이 불은 조창주가 일부러 낸 것으로 수발드는 이들의 정신을 산란케 하여 양혜를 수월히 유인하기 위함이었지만 그 잔꾀로 인해 목소리와 이기까지 유인하는 꼴이 되어버렸다.

이기는 점차 멀어지는 조창주를 바라보았다. '임금이 이 자리에 납시었다.'거나 '광인의 움직임.' 등 조가가 내뱉은 말은 예전 같으면 예사로 넘기지 못했겠지만 지금은 어떤 것도 개의치 않았다. 옹주가 납치된 것도 관심이 가지 않았다. 그의 목표는 오로지 조창주였던 것이다.

말은 본래 가파른 경사를 오르도록 훈련된 동물이 아니다. 게다가 쉬지 않고 뛰어오른다는 것은 더더욱. 그럼에도 이 흑마는 주인의 다급한 심정을 이해하는 듯 사력을 다해 달려주었다. 발굽에 차이는 날카로운 돌멩이들이 사방으로 튀었다.

의종의 얼굴은 상념으로 가득 차 있었다. 일전에 겪었던 사건 하나를 더듬고 있었기 때문이었다. 장소는 광통교 근처에 위치한 영루관이라는 이름의 기루였다. 그날은, 지금은 기적에서 빠져 양민으로 살고 있을 경진을 단영이 처음으로 찾아간 날이었다. 그리고 그는 근처의 노송 위에 걸터앉아 지켜보고 있었다. 별똥별을 헤아리는 느긋한 모습부터 느닷없이 그녀를 옥죄어들던 죽음의 그림자까지를.

그때 의종은 체념으로 가득한 그녀를 보았었다, 자신에게 닥친 위험을 감지하고 본능적으로 살고자 하는 욕망을 접던 기이한 모습이었다. 마치 한 자락 춤사위를 보여주듯 연줄을 돌리며 눈을 감던 단영의 모습은 이후에도 오랫동안 의종의 가슴에 남아 그를 괴롭혔다. 마지막으로 입가에 머금던 그 씁쓸한 미소와 함께 말이다.

뒤늦은 깨달음에 의한 죄책감인가. 아니, 실은 잘 모르겠다. 다만 그는 그날의 일을 긴 시간 간직해왔고 날이 갈수록 마음속 의문은 뚜렷하게 형상화되었다.

어느새 말은 가파른 산줄기를 거의 다 오른 상태였다. 칼바위 능선이 그 깎아지른 위용을 드러냈을 때부터 이미 악전고투하는 단영의 모습이 보였었다. 마지막 한 걸음까지 충실히 주인의 뜻을 따른 흑마는 입에 거품을 문 채 힘겹게 숨을 몰아쉬는 중이었다. 의종은 그런 말의 머리를 부드럽게 쓰다듬었다.

"미안하구나. 내 너에게 한 번 더 부탁을 해야겠다."

흑마가 거칠게 숨을 들이쉬는가 싶더니 사력을 다해 질주를 시작했다. 의종은 입을 굳게 다물며 시선을 단영에게 맞추었다. 아니, 오로지 그녀의 모습만이 의종의 시야 안으로 들어왔다.

'아니.'

이제 그녀와의 거리가 실낱처럼 가까워졌다. 부드러운 포물선을 그리며 뒤로 넘어지는 단영의 모습은 여유로 가득 차 있었다. 하늘을 올려다보는 짧은 시선 또한 마찬가지다. 또다시 그대는 삶을 내려놓고자 하는가. 단영을 살피는 의종의 눈이 더욱 날카로워졌다.

이런 곳에서 죽어버린다면 난 다시는 너를 찾지 않을 것이다. 다시는 너를 부르지 않을 것이다. 다시는 너를 생각지 않을 것이다.

'그러니.'

의종은 생각하였다.

'그대는 죽어서는 안 된다.'

파삭, 대나무의 잔해가 사방으로 흩뿌려지는 순간, 이미 단영은 말등에 오른 후였다. 그녀가 그에게로 돌아와 있었다.

여인을 앞에 태운 사내의 말은 이미 지칠 대로 지쳐 있었다. 입에 거품을 문 채 헉헉거리는 흑마의 무릎은 까칠한 바윗날에 긁혀 피가 흥

건했다. 험준한 산세에 막혀 속력을 내기 힘든 상황에서 말은 슬픈 눈으로 제 주인을 찾으며 깊은 울음을 울었다. 어쩌면 주인의 분노를 이해한다는 의미인지도 몰랐다. 그래도 뒤따르는 적의 발자국 소리가 들리자 흥분을 거두지 못한 채 투레질을 하며 앞발을 치켜세우던 말은 더 이상 버티지 못하겠는지 그대로 주저앉았다.

여인의 몸이 떨어질 듯 기울었으나 사내의 손이 더 빨랐다. 말에서 뛰어내리며 여인의 어깨를 잡아 몸에 기대게 하듯 끌어내렸다. 이제 곧 괴한들이 도착할 것이나 그다지 신경 쓰지 않는 눈치였다.

사내의 눈이 여인의 부상을 차례로 살피다가 뚝뚝 떨어지는 검붉은 핏방울로 그 시선을 옮겼다. 다리에 입은 부상을 볼 때에는 미간에 미세한 주름이 잡혔다.

"버틸 수 있겠나?"

예, 단영이 고개를 끄덕였다. 강단 있는 음색이되 기력이 없는지 소리가 작았다. 그러면서도 다시 한 번 의종을 올려다본 까닭은 어쩐지 그의 얼굴빛에서 근심이 느껴졌기 때문이었다.

"교태전에서만 살다가 그곳에서 죽으라고 했을 텐데?"

정이 뚝뚝 떨어질 만큼 야멸친 말이었으나 단영은 왠지 실소가 나왔다. 죽지 말란 말을 돌려 표현하는 것이다. 어쩌면 이것이 그가 사람을 대하는 방식일지 모른다.

"신첩을…… 용서하여주십시오."

궁을 빠져나오며 필경 그에게서 큰 꾸지람을 들을 것이라 예상하였다. 그러나 평소와 달리 냉랭한 목소리는 들려오지 않았다.

"그야…… 옹주를 구했으니까……."

한참 만에야 나온 대답은 어딘가 모르게 어눌하여 더욱 그답지 않았다. 그러나 의종은 그렇게만 말해놓고 무어라 묻기도 전에 갑자기 시선을 괴한들에게 돌리는 것이었다. 천천히 압박해 오는 무리를 향해 곧추서는 의종에게서 단단한 분노가 느껴졌다.

"곧 돌아올 것이다."

그러고는 단영이 만류할 새도 없이 다가오는 적들을 향하여 빠르게 짓쳐 들어갔다.

의종의 출수는 빠르고 정확했다. 매당 할멈은 그가 입은 황색 도포가 햇빛과 어우러져 아리아리 잔상을 남기는 것을 바위 틈새에서 지켜보고 있었다. 할멈은 의종이 직접 출수하는 모습을 본 적이 없기에 그의 신법이 이토록 정묘하다는 것도 오늘 처음 알았다. 적수가 많았으나 의종은 시종 여유를 잃지 않았고 그 여유 속에서는 마치 전세를 이끄는 듯한 당당함까지 묻어났다.

"그 녀석이 검을 벗의 예우로 대한다면 저 아이는 마치 하수를 부리듯 하는구나."

그 녀석이란 이기를 말함이었다. 뻐근한 어깨를 두드리며 가볍게 중얼거렸으나 눈가의 자잘한 주름은 더욱 깊어진 상태였다. 자신의 애제자인 이기가 결코 의종을 뛰어넘지는 못할 것이라는 결론에 당도했기 때문이었다. 비단 실력만을 말함이 아니었다. 두 사람 모두 잘 벼려놓은 검처럼 날래고 부드러웠으나 이기의 검은 늘 절제되어 본 재주가 어느 정도인지 본인도 예측하지 못하는 반면 의종의 검은 강하고 거칠 것이 없었다. 가능한 한 살생을 피하려는 자와 가능한 한 강하고도 정확하게 결단을 지려는 자, 굳이 맞붙여보지 않아도 누르는 자의 속성과 눌리는 자의 속성만으로 두 사내의 힘의 부합은 쉽게 타진이 되는 것이다.

"네가 언제고 각성을 한 연후에야 비로소 서로 견제를 이루는 맞상대가 될 수 있을 테지."

마치 곁에 이기가 있다는 듯 이런 모호한 말을 흘리던 매당 할멈의 고개가 순간 가로저어졌다. 의종의 모습에서 자신이 예전에 알았던 누군가가 비쳤기 때문이었다. 이제는 본인의 삶이라 하기도 어색하리만치 멀고 먼 그 나날들 속에.

지금 단영은 할멈의 존재는 까맣게 모른 채 의종의 한 수 한 수를 지켜보는 중이었다. 핏기 없이 파리한 얼굴빛이 당장이라도 쓰러질 것 같았지만 평소의 성격대로 야무지게 허리를 세운 채 관전 중이다. 저 아이가 저런 눈빛을 지녔던가, 할멈은 문득 의아하여 중얼거렸다. 여느 때의 반감이며 오기 등이 사라지고 오히려 온화함까지 느껴진다고 해야 하나.

할멈은 단영의 얼굴 위로 단아한 기품의 신씨 부인을 떠올리며 모호한 웃음을 지었다.

"바늘 쌈지같이 독기만 바짝 올라 있던 게 엊그제더니."

그랬다. 처음 만난 열 살의 단영은 세상만사 무엇 하나 좋은 게 없겠구나 싶을 정도로 억압되고 틀어진 영혼이었다. 제 아비를 증오하고 제 어미를 원망했으며 세상을 경멸하던 아이. 그래서 난데없이 궁궐 같은 곳으로 시집을 간다 했을 때 그 안에서 자행되는 지독하고 고단한 여인의 삶을 저것이 어찌 견디누 걱정하게 만들던 아이.

"이제 그 지겨운 폐비 타령은 안 들어도 되겠군."

굳이 나설 필요가 없겠다고 판단한 매당 할멈은 훌훌 치맛자락을 털며 몸을 일으켰다. 그러고는 하늘과 땅 사이를 때로 힘차게, 때로 부드럽게 오르내리는 의종을 다시 한 번 쳐다보았다. 올해로 보령 스물둘의 어린 왕. 그 창창한 나이가 왜 이리 서글픈지 모르겠다.

바람이 불어왔다. 무덥지는 않았으나 지대가 높다 보니 볕이 강하게 내리쬐었다. 할멈은 그제야 도착하는 유무성 일행을 넌지시 가로막았다. 의종을 뒤쫓던 길에 마주친 한 떼의 반란군을 처리하고 오느라 늦은 것이었다.

"지금 나서면 그게 오히려 죄가 될 텐데."

유무성의 마음에는 오직 두 가지 생각뿐이었다. 임금을 사지에 방치한 채 이제야 현장에 도착하였다는 송구함, 그리고 이리 뒤처지게 된 것은 평소에 소홀했던 무술 수련에서 기인한다는 무인 된 자로서의 자책감. 그러니 할멈의 말이 무슨 뜻인지 금방 이해되지 않았다.

"사내라면 모름지기 여인 앞에서 강해 보이고 싶은 법. 자네 주군도 사내가 아니던가."

"……이처럼 험난한 산 정상에 여인이라면……, 할멈……?"

유무성의 얼굴이 저도 모르게 일그러졌으나 할멈은 자신이 어떤 오해를 사는지도 모른 채 성큼성큼 걸음을 재촉할 뿐이다. 그런 할멈의 거침없는 발걸음을 붙잡는 것이 있었으니…….

벽력같은 일갈이 어디선가 들려온다 싶더니만 곧 주위를 감싼 기류 또한 싸늘히 변모하였다. 매당 할멈과 유무성의 시선이 맞부딪쳤고 앉아 있는 단영 또한 긴장으로 얼굴이 굳었다. 그리고 그들은 볼 수 있었다. 푸른 비단 도포의 사내가 홀연히 의종 앞에 나타난 것을 말이다.

냉기가 흐르는 눈빛으로 사내를 살피던 의종이 나직이 중얼거렸다.

"역시…… 살아 있었군."

어느새 유무성의 얼굴빛도 하얗게 질린다. 의종을 에워쌌던 무리들이 서서히 물러서며 자리를 내어주는 것으로 보아 그 사내는 반란군과 관련이 있는 모양이었다. 매당 할멈이 물었다.

"저자가 누군가?"

본래 유무성은 가르쳐줄 마음이 없었다. 그런데 어찌 된 것인지 할멈의 위압적인 목소리를 들으니 꼭 대답을 해야 할 것 같은 조급함이 드는 것이었다. 저도 모르게 "방령군……"이라 중얼거리다 말고 얼른 입을 다물었으나 이미 그 세 음절로 모든 상황 설명이 된 후였다.

"방령군이라. 제2왕자가 살아 있었단 말인가."

방령군(芳怜君)은 감정 없는 시선으로 의종을 바라본다. 창백하다 못해 누렇게 뜨기까지 한 얼굴은 흡사 염을 기다리는 시체처럼 메말라 있었다. 그의 손이 두루마기 안에 감춰져 있던 검으로 향하였다. 스경, 무겁고도 경쾌한 소리와 함께 긴 환도 한 자루가 모습을 드러냈다.

"죄인 이석은 당장 그 패역한 언동을 멈추시오! 감히 상……."

유무성의 외침이 중간에 멈추었다. 현재 의종이 명목상으로는 미복잠행 중임에 생각이 미쳤기 때문이었다. 상대편이 의종의 정체를 모를 리 없지만 그렇다고 아무 곳에서나 임금의 존재를 노출시킬 수는 없는 일이었다. 유무성은 마른침을 삼키며 수하들로 하여금 임금을 호위할 것을 지시하였다. 그러자 물러나 있던 상대 적수들도 이들을 향하여 검 끝을 바꿔 들었다. 방령군 혼자 의종을 처리할 수 있도록 주변을 제어할 의도임이 분명했다.

'그렇다면 이번 모반의 주축은 무령군이 아닌 저 방령군이었단 말인가?'

적수를 향해 마주 돌진하며 유무성은 혼란스러워졌다. 물론 근래 홍내관의 모종의 움직임이나 간간이 듣게 된 그들만의 대화를 통해 의종의 속내는 무령군이 아닌 다른 실체라는 것을 짐작하고는 있었다. 그러나 그것은 어디까지나 의종의 개인적인 생각일 뿐, 겉으로 드러내거나 공표하는 일 없이 무령군과 그 패거리들을 죄주는 것으로 귀착이 되었던 것이다.

설사 또 다른 누군가가 배후에 도사리고 있다 하여도 그것은 무령군과 모종의 관계를 맺었을 때 서로에게 득이 되는 사람, 즉 무령군과 흔쾌히 손을 잡고 일을 도모할 수 있는 사람이어야 한다는 것이 은연중에 내린 유무성의 결론이었다. 죄인의 신분인 자가 무슨 여력으로 반란을 도모하였는가 하는 기본적 의문은 차치하고라도 무령군과 방령군만은 결단코 손을 잡을 위치가 아니었던 것이다. 그들이 합심하여 의종을 몰아낸다 하여도 과연 누가 보위를 양보하려 들겠는가!

“그들은 서로를 이용하려 손을 잡았다가 결국 함께 제거되었다고 역사에 남게 되겠지요.”

역시 혼란에 빠져 있던 단영은 갑자기 들려온 목소리에 놀라 몸을 일으켰다. 곧 육중한 고통이 올라와 낮은 비명을 토해내게 만들었다. 단영은 고개를 돌리려다가 목에 따끔하게 와 닿는 이물감에 동작을 멈췄다. 경동맥 부위를 겨냥하고 있어 묻지 않아도 돌아보지 말라는 뜻임을 알 수 있었다. 수하에 의해 제압되어 있는 단영의 뒷모습을 측은한 듯 바라보는 부드러운 눈매의 사내.

그는 얼굴 반을 가린 차면을 살랑이며 단영의 상처 입은 다리를 넌지시 내려다보았다.

“혹 저자가 방령군이라는 사실을 아직 모르는 것입니까?”

아, 단영은 저도 모르게 탄성을 내뱉었다.

“그들은 서로를 이용하려 손을 잡았다가 함께 제거되었다……, 그렇다면 그들을 제거할 누군가가 또한 존재하는 것일 터. 실제로 여기까지 일을 꾸민 건 바로 자네란 소리로군.”

당연한 듯 하대를 하는 단영으로 인해 ‘목소리’의 눈이 둥그렇게 커졌다. 그 눈 속에는 어린 중전의 배포에 대한 놀라움과 함께 어딘가 재미있어하는 기색 또한 담겨 있었다.

“놀랄 것 없네. 내 짐작이 맞는다면 지금 이 자리에 나타난 자네야말로 왕자 둘을 손아귀에 쥐고 임금까지 흔들어댄 당사자일 테니 이미 내가 누군지 잘 알고 있을 것이 아닌가.”

내가 중전임을 알고 접근한 것일 테니 나 또한 중전으로서 너를 대할 것이라는 뜻이었다.

“과연 듣던 대로이십니다.”

목소리가 짐짓 허리를 굽히며 말하였다.

“무례가 되지 않는다면 소인이 저 덜떨어진 제1, 제2 왕자들을 이용하여 무슨 일을 꾸며왔을지 짐작하시는 바를 여쭈어도 되겠습니까?”

말투는 지극히 공손하였으나 속뜻은 왕실을 능멸하고 있으니 그나마 덜떨어진 임금이라고 하지 않는 것이 다행이었다. 단영이 눈을 깜박이며 대답하였다.

“방합과 도요새가 서로의 부리를 물었으니 그들에겐 실이요, 지나던 어부에겐 득이 됨이라(蚌鷸之爭). 뜻한 대로 흘러가면 두 왕자가 임금을 몰아내고 결국 자멸하는 모양새가 되겠으니 이때 민심을 수습하고 보위를 찬탈하는 것은 식은 죽 먹기가 아니겠는가.”

방휼지쟁의 이야기는 이러하다. 춘추전국 시대에 조(趙) 나라의 혜문왕(惠文王)은 연(燕) 나라를 칠 계획을 세우는데, 이러한 소식을 접한 연나라 왕은 고심 끝에 책사인 소진의 동생 소대를 찾아가 조나라를 제지해줄 것을 부탁한다.

소대는 조나라 혜문왕을 찾아가 말하길,

“방합(말조개)이 입을 벌리고 햇볕을 쪼이고 있을 때 도요새가 그 살을 먹으려고 부리를 대었습니다. 방합이 놀라 입을 닫으니 도요새의 부리가 갇히는 대신 방합 또한 그 입을 완전히 닫을 수가 없게 되었지요. 도요새는 생각하길 비만 안 오면 방합이 말라 죽어 자연 그 입을 벌릴 테니 기다려보자 하였고, 방합 또한 부리를 놓아주지 않으면 언제고 도요새가 굶어 죽을 테니 그때를 기다리자 하였는데, 이때 지나가던 어부가 이 광경을 보고 방합과 도요새를 한꺼번에 잡아 이득을 취하였습니다. 이와 같이 지금 조나라가 연나라를 치면 방합과 도요새 같은 우스운 꼴이 될 것이니 두 나라 모두 조만간 국세가 강한 진나라에게 넘어가고 말 것입니다.”

즉 조나라에게도 이번 전쟁은 득이 될 것이 없음을 지적한 말로서,

혜문왕은 소대의 말을 듣고 연나라 공격을 중지하였다는 내용이었다. 여기서 소대가 예를 든 방합과 도요새 이야기를 방휼지쟁(蚌鷸之爭)이라 하였으니, 즉 단영은 목소리가 무령군과 방령군을 이용하여 어부지리를 틈타고 있음을 찌른 것이다.

두 사람의 대화가 여기까지 진행되었을 때 방령군의 공격이 시작되었다. 그는 검을 바로 세우며 사납게 돌진하더니 의종의 가슴 한복판을 향해 그대로 뛰어들었다. 이는 의종을 없애 왕좌를 차지하고픈 욕심이기보다는 오히려 그를 없애고 자신도 죽겠다는 회한에 찬 일격에 가까워 보였다. 갈라진 입술 틈새로 뜨거운 입김을 헉헉 불어내며 그르렁거리는 방령군의 얼굴은 흡사 맹수와도 같아 저이가 과연 한때 왕자라 불리던 자가 맞는가 의심이 들 정도였다.

의종이 어깨를 틀어 첫 번째 공격을 피하였다. 방령군이 흰자위를 희번덕거리며 굽은 손가락을 뻗어 의종의 옷자락을 움켜잡았다. 부욱, 옷감이 찢어져나가는 소리가 마치 천둥처럼 귀를 울렸다. 방령군의 손이 그 사이를 헤집어 다시 의종의 반대편 옷자락을 잡으려 하였다. 의종이 귀찮은 듯 그의 손등을 손잡이로 내리쳐 두어 걸음 물러서게 만들었으나 방령군은 고통이 느껴지지 않는지 오히려 섬뜩한 웃음만 머금을 뿐이었다.

"죽어라, 이영!"

갑자기 포효하는 방령군에 단영의 고개가 퍼뜩 들렸다. 이영? 이영이라 하였나, 지금?

악물려 있는 잇새를 뚫고 나온 소리라 장담할 수는 없다. 그러나 의미 없는 탄성이었다고 여겨지지는 않는다. 이영(李永)이란 유배를 가 있는 무령군(武怜君)의 이름이었기 때문이다.

"한때 왕자였는지는 모르나 지금은 한낱 광인에 불과합니다."

등 뒤에 서 있던 목소리가 말했다. 단영은 왠지 섬뜩한 느낌을 받아야 했다.

“지금 저자의 정신이 온전치 못하다는 뜻인가?”

“그렇습니다. 사람의 의지라는 것이 실은 그리 강하지 못해놔서 약간만 힘에 부쳐도 저렇게 바스라지고 말더군요.”

“저자에게 무슨 짓을 하였기에?”

“실은 별달리 해준 것이 없습니다. 그저 비바람을 막아주고 산 입에 풀칠을 좀 해주었을 따름이지요. 두어 가지 요구가 있긴 하였으나 여건상 들어줄 수가 없었던 것만 뺀다면 지내기에 크게 나쁘지 않았을 거라 여겨집니다.”

단영이 그 두어 가지 요구에 대해 물으려하니 목소리가 눈치 채고 먼저 대답을 하였다.

“하나는 해를 보고 싶다는 것이었고 또 하나는 사람을 보고 싶다는 것이었습니다.”

단영의 이마가 찌푸려졌다. 해와 사람이라면 방령군은 지금껏 암실에서 누구와의 접촉도 없이 지내왔다는 뜻인가.

“언제부터 저런 상태가 되었는지는 알지 못합니다. 다만 그가 갇히기 전, 그러니까…….”

목소리가 안타까운 듯 탄식하며 말하였다.

“그가 미치기 전까지는 이 조선 땅이 바로 제1왕자 무령군의 손에 넘어간 것으로 여기고 있었다는 것만 알 뿐입니다.”

“그리고 그것 또한 자네가 꾸민 짓이겠지.”

방령군은 지금 의종과 싸우되 의종이 아닌 무령군을 공격하고 있다는 뜻이었다. 즉 목소리가 방령군을 잡아 가둘 때 무령군을 사칭하였을 뿐만 아니라 그 무령군이 이미 조선을 장악하였다는 거짓 정보까지 심어준 것이다. 이제 정신마저 온전하지 않으니 방령은 눈앞의 의종을 보면서도 알아보지 못하는 게 분명했다. 지금 그에게는 자신을 오랜 시간 칠흑 같은 어둠에 방치하고 고통을 심어준 무령군에 대한 분노 외에 남은 게 없는 것이다.

단영은 이제야 모든 것이 정리되었다. 스스로 깨우쳐지는 지난날의 의문들.

'그랬구나. 그래서 그런 혼란이 필요했구나.'

어째서 비호단(飛虎團) 상장군에 관한 여러 상반된 소문이 나돈 것인지, 어째서 한강진 모반이 있던 날 무령군은 태연자약하게 자신의 집에 머물다가 저항 한 번 못하고 잡힌 것인지, 어째서 의종은 무령군의 형량이 확정되는 순간까지도 탐탁하지 않은 반응을 보였는지.

"나날이 기세를 더해가던 조 대감을 등에 업고 연치 어리신 전하의 눈과 귀를 막은 채 방령이 병사한 것으로 조작하기가 그리 어렵진 않았겠군. 그 후 자네는 조가 창주를 이용해 진짜 상장군이던 무령군에게 접근하였고, 그가 비호단 내에서 두문불출한다는 점을 역이용해 자네 스스로 상장군인 척 비호단 세력을 야금야금 장악해나간 것이야. 그래야 수괴인 무령군을 따돌리고도 비호단의 한강진 모반 같은 거사를 획책할 수 있을뿐더러 더 나아가 그 모든 책임을 무령군에게 뒤집어씌울 수 있을 테니 말일세."

'목소리'가 뒷짐을 진 채 고개를 끄덕였다. 마치 한 편의 아름다운 음률을 감상하듯 감은 두 눈이 평화롭기 그지없었다. 무령군이 비호단을 장악할 무렵 발 빠르게 움직여 수효장군 구자임을 먼저 포섭했던 일이며 몇 해 뒤 좌참찬 송대감을 통해 조창주까지 수훈장군의 이름으로 무령군 옆에 깔아둔 일 등은 정말 훌륭한 계책이었다.

그때만 해도 어느 것 하나 어긋남이 없었는데.

"실은 좀 전까지 이상하다 생각되는 점이 있었네. 그 많은 수고가 무령군을 보위에 올리기 위함이 아니라는 것은 잘 알았네만, 만일 한강진 모반이 성공하였다 한들 그것이 자네에게 어떤 득이 되었을까 납득이 가지 않았거든. 설사 무령군의 보위 찬탈을 일시적으로 도운 후 저 방령군을 이용한다 해도 한번 넘어간 왕좌를 다시 가져온다는 게 쉽지 않을뿐더러, 설사 성공한다 하여도 자네에겐 여전히 방령군을 제거해야 한다는 악조건이 남지 않겠는가. 저 두 왕자를 이용하여 민심과 명분을 세울 궁리를 한 건 알겠는데 이런 무리수를 둔다는 게 너무나도 이상했지. 한데 반란을 꾀한 왕자로도 모자라 정신이 온전치 못한 왕자라니, 아주 기막힌 배합 아닌가. 그쯤 되면 백성은 옳고 그름을 떠나 누구라도 나서서 그 난리를 잠재워주길 바랄 것이니, 그때 자네가 유유히 방령군을 제거한다면 민심과 명분은 한 번에 세워지는 것이겠지."

그랬었다. 목소리가 그토록 조심히 도모해오던 것은 반란군으로서 보위를 찬탈했다는 멍에가 아니라 백성의 편에 서서 그들을 안정시키고 나라를 위기에서 구해냈다는 명분 있는 면류관이었던 것이다. 그래서 그는 무령군이 몇 년을 공들여온 모반에의 꿈을 흡수함은 물론 방령군의 꺾인 야망까지도 다시 일으켜 세워 자신의 무기로 만들어야 했었다. 그리고…….

"한강진 모반은 반드시 성공했어야 할 대계였겠지. 그래야 무령군이 한때나마 궐을 장악할 수 있을 테니. 허나 스스로의 계획으로 성립된 모반이 아니기에 무령군은 왕좌를 지키기 위해서라도 자신을 사칭하여 마음대로 일을 조작하는 숨은 세력을 토벌하는 데 온 힘을 쏟았을 것이고 그때 자네는 방령군을 슬며시 풀어놓기만 하면 된다, 이런 속셈이었을 테지."

겪지 않아도 불을 보듯 훤히 알 수 있었다. 조정은 무령군과 방령군을 따라 두 가닥 세력으로 빠르게 나뉠 것이고 나머지 보수파들은 다른 왕자군들 중 합당한 인물을 물색하여 새로운 군주로 추대하고자 할 것이니 근자에 보기 드문 접전이 벌어질 것은 뻔하였다. 그 와중에 방령군의 정신이상 상태도 금 간 독에 물 빠지듯 새어나갈 것이니, 목소리와 그 수하들은 기회를 틈타 무령군의 목을 벤 후 그것을 모두 방령군에게 뒤집어씌우기만 하면 되었던 것이다. 그리 하면 공석이 되어버린 왕좌를 채우기 위해 왕실 최고 어른인 대비가 나설 수밖에 없게 되고, 아무것도 모르는 순진한 백성들은 그저 새로운 임금을 통해 평화로운 세상이 다시 올 것이라 믿으며 감지덕지하지 않겠는가. 단영은 다시 한 번 고개를 끄덕일 수밖에 없었다.

목소리의 웃음소리가 나직이, 그러나 안타까운 듯 들려왔다.

"그리만 되었다면 오죽이나 좋았겠습니까만 세상만사 뜻대로 되는 게 없으니 말입니다."

이자의 계획대로만 되었다면 지금쯤 서로 검을 맞대고 있는 이는 의종이 아닌 무령군과 방령군이었을 것이다. 단영은 반대편에서 접전을 벌이고 있는 유무성 등을 살피다가 다시 의종과 방령군에게로 시선을 돌렸다. 비록 매당 할멈이나 유무성을 위시한 정전위 대원들이 당장은 의종을 도울 수 없다 해도 시간이 지나면 상대편 적수들을 제압하는 데 큰 무리는 없어 보였다. 또한 방령군의 기세가 날카롭고 무자비하긴 해도 사뭇 여유로운 의종의 대응으로 보아 걱정하지 않아도 될 것 같았다. 그렇다면 문제는 이자의 손아귀에 잡혀 있는 나란 소리인가?

그러나 여기까지 생각한 단영의 고개는 천천히 가로저어졌다. 이렇게 간단할 리가 없었다. 이렇게 허술한 상대가 아닌 것이다.

단영의 일거수일투족을 찬찬히 살피던 목소리가 말하였다.

"애당초 방령군은 방패와 같은 존재였고 그 점은 지금도 마찬가지입니다. 이곳에서 무슨 일이 일어나든 모든 대가는 그가 받게 되겠지요."

그러고는 유무성 등과 싸우고 있는 흑의인들을 가리키며 "저들이 맡은 역할도 역시 방패입니다." 하였다.

"저들의 임무가 죽음이란 뜻인가?"

"방령군 홀로 임금을 시해했다고 한다면 그 누가 믿겠습니까? 그에게도 받쳐주는 세력이 존재해야 좀 더 구색이 맞을 테지요. 유배지에서조차 꺾지 못한 반기에의 깃발, 그리고 뒤따르는 전멸. 아름답지 않습니까?"

다시 말해 목소리가 준비해놓은 덫은 이것이 전부가 아니라는 뜻이었다. 방령군의 등장은 전초전일 뿐인 것이다. 단영은 잠시 생각에 잠겼다가 빙그레 웃으며 말하였다.

"어쩌면 좋겠는가. 그렇게 많은 준비를 해놓고도 또다시 나를 제압하여 만일을 대비하는 것을 보면 큰소리치는 것과 달리 자신은 그다지 없어 보이는데."

난데없는 단영의 조롱에 목소리의 눈가가 불그레해졌다.

"어디 그뿐이겠습니까? 오는 길에 앙증맞은 토끼 한 마리까지 손에 넣었으니 오늘은 소인의 운이 트이려는 게 아닐는지요."

아뿔싸. 단영은 앙증맞은 토끼가 양혜를 가리킨다는 것을 깨닫고 혀를 찼다. 지금쯤 궐에 당도했겠거니 했는데 하필 이자의 손에 잡혀 있을 줄이야. 단영의 손이 슬며시 움직이는데 이때 목에 닿아 있던 검이 좀 더 압박을 가해왔다. 목소리가 말했다.

"움직이지 마소서. 마마의 재주가 뛰어나다는 것은 익히 들어 알고 있습니다만 어찌 혼자 몸으로 여럿을 당하겠습니까?"

단영은 눈가를 찌푸리며 시선을 의종에게로 주었다. 필경 이들은 옹주를 빌미로 전하의 심기를 어지럽히겠지.

의종의 옷자락이 춤을 추듯 휘날렸다. 단영은 그 하나하나의 동선을 따르다가 무심코 저분의 심기가 나로 인해 흐트러질 수도 있을까 하는 생각이 들어 얼른 고개를 저었다. 그럴 리 없겠지 싶었던 것이다.

그런데 그때 부정이라도 하듯 의종의 시선이 똑바로 단영에게 닿았다.

이상한 일이다. 단영은 속으로 중얼거렸다. 분노로 굳은 얼굴과 그 위를 뒤덮은 냉기, 그러면서도 묘하게 상대방을 조롱하는 오만함과 여유, 모든 게 평소의 의종과 다를 바 없는데 어째서 다른 이를 보는 것같이 생경한 것일까.

그녀는 의종이 마침내 절대 쓰러질 것 같지 않던 방령군의 포악을 제압할 때까지 움직임 없이 바라보았다. 그러고는 다시금 자신에게 향하는 시선을 마주보며 천천히 고개를 끄덕여주었다. 마치 잘했노라 칭찬을 해주듯, 잘 이겨낼 것을 알고 있었다는 듯. 착각일까, 단영은 그 끄덕임의 끝으로 의종의 희미한 미소를 보았다고 느꼈고, 동시에 바람을 가르는 금속성의 마찰음이 들려오더니 단영의 목에 칼을 들이대고 있던 자가 기괴한 소리와 함께 큰 숨을 내쉬었다.

뒤돌아보았을 땐 이미 그자의 숨이 끊긴 직후였다. 얼마나 강하게 날아왔던지 검고 납작한 표창은 두툼한 살집 깊숙이 파묻혀 있다. 의종의 것이 틀림없었다. 단영은 감시하던 자가 쓰러지자 그 틈을 이용해 몸을 피하고자 했다. 그러나 다리의 상처로 움직임이 여의치 않았는데, 또다시 잡히는가 싶은 순간 갑자기 나타난 누군가에 의해 몸이 들어 올려졌다.

"또 네놈이로구나."

이기의 갑작스런 출현이 불쾌했는지 목소리의 눈매가 찌푸려졌다. 단영은 어깨에 닿은 익숙한 이기의 손바닥에 적이 안심이 되었다. 그녀가 올려다보자 이기가 조용히 목례를 한다. 그런데 표정이 어딘가 모르게 이상했다. 얼마 전부터 거리를 둔다고 느끼긴 하였지만 지금의 낯빛은 거리감이라는 말로도 표현하기 어려울 낯섦이었다.

"무슨 일이니?"

분명히 이기에게 안 좋은 일이 생긴 것이다. 그러나 그는 고개를 흔들 뿐이었다.

이기는 단영의 의아한 시선도 모른 척 쓰러진 사내의 구멍 난 가슴만 내려다보다가 잠시 후 의종에게 눈길을 돌렸다. 단지 보기만 한 것인데 의종의 노기가 손에 만져질 듯 가깝게 느껴졌다. 그것이 단영 때문임을 깨닫자 왠지 가슴이 아려왔다.

단영이 이기에게서 도움을 받았든 아니든 그것과 무관하게 의종은 그와 그녀가 함께 있는 게 탐탁지 않은 것이다. 이제 아가씨를 돕는 소임조차 내 것이 아니라는 뜻인가. 습관적인 수긍과 체념이 마음을 채웠다. 아니 그러려고 했다.

그러나 조창주로 인해 이미 자신을 다스릴 수 없을 만큼 분노에 휩싸였던 이기의 이성은 그리 쉽게 잡혀주지 않고, 오히려 그간 억지로 눌러왔던 단영에 대한 감정만 건드리는 꼴이 되고 말았다. 억울함, 분노, 연민, 좌절과 원망 등 지금까지 가슴 저 밑바닥에 무리하게 가둬두었던 모든 것들이 일시에 들끓으며 잔잔하던 그의 내면을 두드려댔다.

"가장 높은 이에서 가장 낮은 이까지, 참으로 기이한 배합입니다."

묘한 눈빛으로 이기와 단영을 살피던 목소리가 이죽거리며 가볍게 손뼉을 쳤다. 그러자 곁에 있던 자가 불타오르는 송진다발을 하늘 높이 쏘아 올렸다. 불이 꺼지며 발생한 하얀 연기가 긴 꼬리를 늘어트린 채 커다란 포물선을 만들었고 그것을 신호로 하여 아래쪽에서부터 지축을 울리는 소리가 시작되었다. 많은 인원이 산을 오르며 내는 발소리였다.

"저들의 지원군이 오는 거야. 필시 여기 있는 모두를 죽이려 들 것이다. 전하는 물론 방령군과 자신을 위해 싸우고 있던 같은 편까지, 모두를."

단영의 다급한 설명도 귀에 들리지 않는 듯 이기는 우두커니 다가오는 의종을 보고 있었다. 근엄하고 당당한, 단 한 번도 남을 위해 의지를 꺾어본 적 없었을 자기중심적인 그 얼굴을.

'오호라, 이것들을 좀 보게.'

의종을 향해 미묘한 기류를 내뿜는 이기를 바라보며 목소리는 회심의 미소를 지었다. 어차피 빠져나가진 못할 테지만 자신들끼리 시간 낭비를 해준다면 훨씬 수월할 터였다. 목소리는 수하들에게 무언가를 지시한 후 의종이 좀 더 가까워지기를 기다려 자신도 몸을 감췄다.

목소리가 막 바위 뒤로 숨어들었을 때였다. 무지막지한 힘이 간발의 차로 바위 면을 깨트렸다. 의종이 어느새 목소리의 등 뒤를 겨냥해 검을 내리친 것이다. 아슬아슬하게 공격을 피한 목소리가 서둘러 수하들에게로 합류했다.

그리고 그런 그를 뒤쫓는 의종의 검이 또 한 번 허공을 향해 높이 들렸을 때였다. 갑자기 또 다른 힘의 파장이 몰려오며 의종의 검을 막았다.

"이기!"

갑자기 의종을 가로막고 나선 것은 조용히 곁을 지키던 이기였다. 단영은 느닷없는 그의 행동에 놀라 자신도 모르게 이름을 불렀다. 그러자 두 남자의 시선이 모두 그녀에게로 향하였는데, 같은 행동이었음에도 그 위로 떠오르는 표정은 사뭇 달랐다.

이럴 땐 어찌해야 하는가. 갑작스레 결투를 시작하는 둘을 바라보며 단영은 입만 벙긋거렸다. 아무리 그녀라도 느닷없는 싸움에는 방책이 없었다. 당혹스러워 어찌할 바를 모르는데 뒤에서 무거운 발소리가 들려왔다.

방령군이었다. 한 걸음 한 걸음 흔들림이 컸으나 무령군을 죽이겠다는 일념은 멈출 수가 없는 듯 힘겹게 다가오는 중이었다. 단영은 품속을 더듬어 의종이 하사한 유척을 꺼내들었다.

'이자를 꼭 사살할 필요는 없을 것이다.'

누렇게 뜬 방령군의 얼굴이 어쩐지 측은했다. 저 길고 위협적인 환도를 당해내기 위해선 더 가까워지기 전에 유척을 날려야 했음에도 주저했던 것도 그런 까닭이었다. 그래서 매당 할멈이 갑자기 그들 사이에 끼어들며 방령군에게 날아드는 표창과 단도를 차례로 쳐버리는 것을 보았을 땐 오히려 안도의 한숨이 나왔다.

방령군의 팔과 다리로 날아들던 표창과 단도는 각각 의종과 이기의 것이었다.

"이만큼 다쳤으면 그만이지 더 공격할 필요가 무에 있누."

매당 할멈은 누구에게랄 것도 없이 싸잡아 투덜거리며 힘겹게 서 있는 방령군의 어깨를 지팡이로 툭툭 짚었다. 그러자 그때까지 버티던 힘이 모조리 소진된 사람처럼 무릎을 꺾으며 풀썩 앉아버리는 방령군, 그런 그를 할멈은 마치 위험한 불장난을 하던 손자를 보듯 내려다보았다.

"할멈, 저 둘을 어쩌지. 저러고 있을 때가 아닌데. 아무래도 양혜가……."

단영이 의종과 이기를 쳐다보며 난해하게 말문을 열자 매당 할멈이 가로채듯 대답하였다.

"저도 사람인데 한 번은 터져야 살지. 저렇게라도 안 하면 지놈이 죽겠으니까 그러는 게야."

그러면서도 안색은 시종 어둡기만 한 매당 할멈. 잠시 망설이는 눈치더니 이윽고 단영을 곁으로 불렀다. 그러고는 여전히 혼란스러워하는 그녀에게 작은 목소리로 무언가를 말하였다.

아까부터 지축을 울리던 발소리들은 이제 그들을 덮을 듯 가까이까지 몰려왔고 그 소란스러움 속에서 단영의 얼굴빛은 유난히 창백했다.

"그게 무슨 말이야? 두릅이가 어떻다고?"

웬만해선 충격을 받지 않는 단영이었으나 이번만큼은 달랐다. 할멈은 대답 대신 답답한 듯 의종과 이기를 바라보았다. 그녀로서도 이런 부질없는 싸움을 막을 도리가 없었기 때문이다.

그들을 지켜보는 것은 목소리 또한 마찬가지였다. 그는 조금 전 의종을 처리할 기회를 놓친 것이 너무나도 분하였다. 의종이 자신을 공격할 것임은 이미 예측했던 바였다. 그래서 수하들을 모두 철수시킨 후 적당한 때가 될 때까지 자신을 미끼 삼아 유인했던 것인데 아깝게도 이기가 방해를 한 것이다. 그렇지 않았다면 임금이 새가 아닌 이상에야 무수히 쏟아지는 독침을 무슨 수로 피할 수 있었겠는가.

목소리는 얼굴을 크게 찡그렸다. 그러고는 불현듯 곁에 선 양혜 옹주를 깨닫고 깜짝 놀랐다.

"송구합니다. 갑자기 뛰쳐나가는 바람에."

조그만 계집아이 하나쯤 저지 못하랴 싶어 방심했던 사내가 땀을 비죽 흘리며 양혜를 안아 올렸다. 그런데도 아이의 시선은 목소리의 얼굴에서 떠날 줄을 몰랐다. 양혜는 고개를 갸웃하더니 불현듯 한쪽 손을 내밀어 손가락 다섯 개를 모두 펴 보였다.

"무엇입니까, 이것이?"

한없이 나지막하고 부드러운 목소리의 음성. 그러나 양혜는 아무런 느낌이 없는지 동그란 눈을 깜박이며 여전히 손가락 다섯 개를 쫙 펴 들고 있을 뿐이었다. 목소리는 아이를 상대할 상황이 아니란 데 생각이 미쳐 뒤를 향해 고갯짓을 하였다.

그러자 옹주를 안고 있던 사내가 얼른 머리를 수그리며 뒤로 물러났고 목소리 또한 옹주의 이상 행동을 금세 잊었다. 그리고 잠시 후, 목소리는 목덜미를 타고 흐르는 섬뜩함에 놀라 뒤를 돌아보지 않을 수 없었다.

'저 계집아이가 설마 그 일을?'

목소리는 천천히 고개를 가로저었다. 저 아이는 다른 아이들보다 훨씬 뒤처지는 천치일 뿐이다. 게다가 이제 이곳에서 왕이 죽고 나면 바보 옹주 따위에게야 누구도 관심을 기울이지 않을 텐데 신경 쓸 일이 무엇이랴. 여기까지 생각이 미치자 덜컥거렸던 마음이 다시 제자리를 찾는 느낌이었다.

그래, 임금만 처리하면 되는 것이다. 우선 임금부터.

목소리는 주위를 둘러본 후 팔을 치켜들었다. 이미 지축을 울리던 발소리의 주인공들은 각각 손에 활과 창을 지닌 채 능선 위의 인물들을 겨누고 있는 중이었다. 뾰족한 바위 위와 그 틈 사이사이에도 사수들이 위치해 있었다. 곧 시작된 화살비의 향연.

대지 위로 쏟아지는 화살은 마치 북을 치듯 장엄한 울림을 사방으로 퍼트리기 시작했다. 유무성이 활에 꿰여 쓰러지는 눈앞의 적군을 보며 저도 모르게 탄식을 하였다. 같은 편까지도 희생시키려는 상대의 의도를 깨달았기 때문이다.

그는 정전위로 하여금 의종 근처로 집결하여 주군을 지킬 것을 명령하였다. 그리고 자신도 검을 휘두르며 의종에게 달려가다가 문득 이상함에 걸음을 멈췄다. 이건 뭐지? 그의 눈이 의심스럽다는 듯 사방을 훑었다.

이상함을 느낀 것은 비단 유무성뿐만이 아니었다. 의종과 이기는 물론 지금까지 그 둘의 접전을 끊지 못해 발만 동동 구르던 단영도, 방령군의 지친 몸을 땅에 뉘어주고 그 위에 혹여 화살이 떨어질까 지팡이를 휘두르던 매당 할멈도, 그리고 의종을 향해 집결하려던 정전위 대원 대부분도 어느 순간 움직임을 멈추며 사방을 살폈던 것이다. 그러나 가장 많이 놀라고 당혹스러워하는 이는 바로 이러한 상황을 연출하고 지시를 내렸던 목소리였다.

그는 눈앞에서 펼쳐지는 믿을 수 없는 광경을 넋을 놓고 바라보았다. 화살비, 그 장대하고 아름다운 화살비의 규모가 예측했던 것보다 훨씬 초라한 것은 그렇다 치더라도, 어째서 바닥을 뒹구는 이들의 대부분이 자신의 수하뿐이어야 하는 것인가. 사방을 에워싼 사수들은 마치 약속이라도 한 듯 목소리와 그 일행들을 향해 활을 날릴 뿐 어느 누구도 의종이나 단영, 하다못해 눈곱만큼도 중요할 것 없는 이기와 매당 할멈에게조차도 시선을 두지 않고 있었다. 의종의 일행이 활을 맞는 경우는 하늘에서 버린 자라고 봐도 무방할 만큼 일방적인 공격이었던 것이다.

"이, 이게 도대체 무슨!"

목소리가 맥없이 소리쳤다. 그 말에 응답하듯 지반 위로 뛰어내리는 거구의 장정 한 명. 곧 의종 앞에 무릎을 꿇는 그를 단영은 유심히 바라보았다. 얼굴의 절반을 가득 채우는 성성한 수염, 이제라도 곧 호탕한 웃음을 터트릴 것 같은 그자는 바로 장씨였다.

"신 정석영, 전하의 명을 받자와 이제 당도하였나이다."

어렵게 제 임무를 마친 장씨는 그제야 마음의 부담이 가신다는 듯 홀가분한 표정으로 무릎을 꿇었다. 의종은 그런 장씨, 아니 정석영을 향해 고개를 끄덕인 후 검을 허리춤에 찔러 넣었다.

슬며시 바람 한 자락이 불어오니 망건을 빠져나온 몇 가닥 머리카락이 가볍게 휘날렸다. 의종은 먼저 방령군을, 매당 할멈을, 그리고 저만치 물러서 있는 이기를 차례로 훑어보았으나 이상하게도 단영에게는 눈길을 주지 않았다. 이제야 지지부진하던 모반 세력 토벌의 물꼬를 틀 수 있게 되었음에도 마음에 차올랐던 잿빛 감정은 좀처럼 사라지지 않았던 것이다.

불편하기는 이기도 마찬가지였다. 목소리의 간계를 직감하고 의종을 구하기 위해 검을 뻗긴 하였지만 실은 본능일 뿐, 사심이 없었다고는 자신할 수 없다. 게다가 평소와 달리 제어할 수 없는 분노 속에 갇혀 있던 이기였으니 한번 맞닿은 불꽃이 쉽게 사그라지기는 어려웠다.

이제 그 격렬했던 감정싸움도 중단되었고, 이기의 표정은 무슨 일이 있었냐는 듯 조용하고 어두웠다.

의종은 그에게서 늘 볼 수 있는 이런 식의 침착함이 마음에 들지 않았다. 한때 그런 면에 호감을 가져 자신의 휘하에 두고 싶어 한 적도 있었다는 사실을 잊은 것처럼.

"전하, 이곳은 신 등이 처리를 하겠사오니 속히 환궁하심이 어떠하실는지요."

유무성이 근심 어린 표정으로 아뢰었으나 의종은 묵묵히 대답을 미루었다. 여전히 금속성의 파찰음이 들려오고 있었고 그것은 아직 모반의 무리가 완전히 제압되지 않았음을 뜻했기 때문이었다. 유무성의 진언이 묵살되자 이번엔 단영이 나섰다.

"전하, 긴히 드릴 말씀이 있사옵니다."

의종과 이기 두 남자의 난데없는 싸움이 아니었다면 벌써 알릴 수 있었을 텐데, 단영은 여전히 목소리의 손아귀에 잡혀 있는 옹주로 인해 초조하였다. 그제야 스치듯 쳐다보는 의종. 그런데 그뿐이었다. 할 말이 있다는데도 그의 시선은 그렇게 스쳐 다시 다른 곳을 향하였던 것이다. 이때 단영은 그에게서 전해지는 느낌이 좀 전과 많이 다름을 깨달았다. 흑의인들에게 둘러싸인 자신을 구해주었을 때 그는 이처럼 막막한 눈빛을 보이진 않았었는데.

단영은 의종의 짧은 시선에 서운함을 느끼다가 내가 왜 이럴까 싶어 애써 담담한 표정으로 이기를 건너다보았다. 그에게라도 알려 옹주의 신변을 지켜야겠다는 생각에서였다. 그런데 부를 수가 없었다. 아니,

입 밖으로 소리를 내기 어려웠다. 미동조차 없는 이기, 그러나 분명 무언가에 집중하고 있는 듯 날카로운 긴장감이 엿보이는 그가 너무 멀게 느껴졌기 때문이었다. 단영은 오랜 시간 이기를 보아왔으나 이처럼 위태로운 느낌은 처음임을 깨달았다.

'그러고 보니 저 아이, 요즘 들어 계속 이상했었지.'

저도 모르게 한숨이 새어나왔다. 그리고 언제부터 쳐다봤는지 의종의 눈길과 정면으로 마주치고 말았다. 굳은 눈빛.

마주보는 동안이 길게 느껴진 것은 두 사람뿐이었다. 그러나 그 짧은 사이 사태는 느닷없는 반전을 보였으니, 반역의 무리를 포위했던 병사들에게서 함성이 터져 나온 후 그 말미를 누군가가 뚝 잘라낸 것처럼 한꺼번에 사라지는 기이한 일이 벌어졌던 것이다.

곧 장씨가 이끌던 병력이 주춤 물러섰으며 동시에 유무성도 정전위와 함께 의종의 주위로 빠르게 진을 쳤다.

"양혜 옹주를 살리고 싶다면 다들 물러나라."

수풀 너머로 들려온 것은 분명 목소리의 것이었다. 비록 격앙되긴 했으나 부드러운 음색은 여전하였다. 옹주라는 말에 단영이 눈을 감았다. 염려하던 일이 벌어진 것이다. 사지에 몰린 목소리가 옹주를 인질로 삼아 퇴로를 모색하려는 중이었다.

장씨가 의종의 의사를 타진하기 위해 가까이 다가왔다. 그러나 이미 군사들은 주춤주춤 목소리 일당에게 길을 터주고 있는 상황이었다. 옹주의 목에 칼이 드리워진 이상 의종의 허가 없이 그 앞을 막아설 자가 없었기 때문이었다.

의종이 뭐라 명하였는지 정전위를 비롯한 아군들은 목소리의 병사들과 대치하여 천천히 하산을 시작했다. 일단은 그들의 퇴로를 열어

주되 기회를 볼 참인 듯했다. 혹 우회기동(迂廻機動)[57]의 수를 쓰려는 것일까. 생각에 잠겼던 단영이 갑자기 주위를 둘러보았다. 언제 사라진 것인지 이기와 매당 할멈이 보이지 않았던 것이다. 그뿐인가. 쓰러져 있던 방령군조차 종적이 묘연했다.

전하께선 이 사실을 알고 있을까. 그러나 그는 묵묵히 산 아랫자락으로 시선을 고정할 뿐이었다. 방령군의 행방이 신경 쓰였으나 의종은 아닌 모양이었다. 단영은 몸을 움직여보았다. 혼자 힘으로 하산할 자신이 생기지 않았다.

이 판국에 부상이라니, 스스로가 답답해 애만 타는데 언제 다가왔는지 의종이 그녀의 팔목을 잡아 세웠다.

"……."

갑자기 등을 보이며 상체를 수그리는 의종을 의아하게 바라보던 단영은 이내 그 행동의 의미를 깨달았다. 업히라는 소리였다. 모두를 먼저 하산시킨 것은 그녀를 업은 모습을 누구에게도 보이지 않기 위함인 듯했다. 하긴 임금이 느닷없이 사내를 업는 모습을 어느 누가 이해할 수 있겠는가. 그렇다고 다른 이들에게 명하는 것도 외간사내에게 아내를 업히는 꼴이 될 테니 의종의 행동이 아주 이해가 안 가는 건 아니었다. 하지만,

"싫습니다."

당황한 단영은 주위에 보이는 나뭇가지 중 아무 거나 골라잡고 걸음을 재촉하였다. 그러나 너무 얇았는지 이내 부러지고 만다. 답답한 듯 인상을 잔뜩 쓰던 의종이 단영의 팔을 확 잡아끌며 억지로 업었다. 그러고는 화난 자 특유의 걸음걸이로 산을 내려가기 시작했다. 그런데

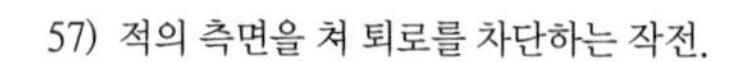
57) 적의 측면을 쳐 퇴로를 차단하는 작전.

말이 걷는 것이지 경사가 심한데다가 속도가 붙으니 마치 달리는 형상이 되었다.

단영은 의종의 어깨만 손가락으로 살짝 짚고 있다가 몸의 흔들림이 커지자 할 수 없이 목에 양팔을 감았다. 이기에게 몇 번 업혀본 적은 있지만 지금은 그때와는 전혀 다른 상황이었다. 무언가 어색하고 진땀나는 느낌 때문에 도무지 편하지가 않았던 것이다.

이럴 때 할멈은 대체 어디로 간 걸까. 쓰러졌던 방령군이 느닷없이 일어나 도망가는 걸 발견하고 잡으러 갔다…… 고 보기엔 그녀의 임금에 대한 충성심이 의심스러웠고, 아무래도 방령군을 훔쳐 갔다고 보는 게 맞을 것 같았다. 하지만 무슨 이유로?

다른 데 정신을 팔게 되니 어색함도 잠시 사라졌다. 그녀는 생각에 골몰하여 저도 모르게 몸에 힘을 빼며 편히 기대었다. 그리고 잠시 후 들려온 외침 소리에 놀라 고개를 들었다.

"옹주는 이 조창주가 데려가겠다."

어느새 목소리와 그 일행을 따라잡은 모양이긴 한데, 난데없이 조창주라니 단영의 놀라움은 더욱 컸다. 게다가 정작 그렇게 외친 이의 음성은 조창주의 것이 아니었던 것이다. 마치 일부러 옹주의 행방을 알려주기 위함인 듯 작위적이지 않은가. 돌아가는 상황을 유추하려 애쓰는 동안 의종은 소리가 난 곳으로 방향을 틀었다. 그의 뜨거운 입김이 손등으로 끼쳐왔다.

저 멀리 마른하늘에 때 아닌 벼락이 보였다. 동쪽에서부터 두꺼운 구름층이 빠르게 형성되고 있었다. 순간 허리 아래로 상처들이 저마다 아우성치듯 들쑤시기 시작했다.

"큰비가 내리겠구나."

단영의 중얼거림과 동시에 검광을 닮은 한 줄기 번개가 하늘에 길고 긴 흔적을 남겼다.

조창주를 가장한 의기양양한 음성은 매당 할멈의 귀에도 들려왔다. 그리고 잠시 후 그 소리를 뒤쫓는 의종과 단영도 볼 수 있었다. 아마 옹주를 구하기 위한 추격자의 수는 더 많을 것이었다. 그러니 자신이 나서지 않아도 옹주는 곧 찾을 수 있을 것으로 보였다.

매당 할멈은 소처럼 맑은 눈을 한 채 앞만 바라보는 방령군을 이끌고 다시 걷기 시작했다. 단영의 예상대로 할멈은 방령군을 몰래 빼돌려 도망을 치는 중이었다. 실성까지 한 마당에 반역을 도모했다고 모진 문초를 받을 일 하며, 그 후에 재차 유배지로 보내져 피폐한 삶을 살 것을 생각하니 차마 그냥 둘 수 없었던 것이다. 물론 반역자를 돕다 걸렸을 때 어떤 결과를 초래할지 모르진 않았으나 그렇다고 한번 먹은 마음을 돌이키는 것도 할멈의 성격은 아니었다.

광기의 시간이 지나자 방령군은 의외로 순한 양 같아져서 할멈의 인도를 거부감 없이 받아들였다. 다만 갑자기 발작을 일으킬까 두려워 손목과 발목을 긴 줄로 묶어 보폭을 조절해놓았더니 걸음이 느려 가장 먼저 출발을 하고서도 이제야 산 밑자락에 당도하였다. 그녀는 지팡이에 의지하여 뒤뚱뒤뚱 풀숲을 걸으며 끌끌 혀를 찼다.

“내가 무슨 영화를 보겠다고 단영이 년을 따라 이제까지 생고생을 사서 하는지.”

석성골로 되돌아갈 생각이었다. 번잡한 일로부터 벗어나 쉬고 싶었다.

“어서 가자. 가서 이 할미랑 살자.”

우중우중 걷다가 돌아보는 방령군을 보며 할멈은 착잡해지는 심정을 다잡았다. 닮았다 닮았다 해도 이 형제들은 너무 많이 닮았다. 아니, 형제들뿐만 아니라 제 아비와도, 제 할아비와도 어찌나 닮았는지 의종이며 방령군 등을 볼 때마다 마음 한편이 쓰린 것을 막을 수가 없었다.

산을 모두 내려왔을 때였다. 한 떼의 군마가 달려와 곧 두 사람을 에워쌌다. 그러나 평범해 보이는 늙은 할멈과 모자라 보이는 청년임을 알고는 왔던 길과 반대편으로 말을 달렸다. 산 밑에서 치러졌던 격전은 얼추 종결되고 이제 관원들의 수색이 시작된 모양이었다.

"어서 가자."

할멈이 지팡이로 땅을 두드리며 방령군을 재촉할 때였다. 다시 한 차례 말발굽 소리가 들리더니 이번엔 금군대장 조명락이 친히 몇 사람을 인솔하고 두 사람에게로 다가왔다. 그들의 뒤로 남여[58] 한 대가 따르는 것을 보니 수색대는 아닌 듯했다.

"혹 이 근방에서 황색 도포를 걸친 장신의 사내를 보지 못하였는가? 혼자일 수도 있고 여럿이 무리지어 다녔을 수도 있는데."

조명락이 방령의 뒷모습을 흘끗 보며 물었다. 그 또한 할멈의 아들 정도로 여기는 모양이었다. 의종을 찾는 모양이지만 할멈은 귀가 잘 안 들리는 척 웅얼거리며 손을 휘휘 가로저었다. 말을 섞어봤자 좋을 게 없을 것 같아서였다. 마음이 급했던지 조명락은 별말 없이 돌아섰다.

"이 근처가 사뭇 경계가 심하니 어서 서둘러야겠다."

할멈이 방령군을 재촉할 때였다. 순순히 돌아서던 방령이 걸음을 옮기려다가 무엇을 봤는지 멈춰버렸다. 또 무슨 일인가 싶어 돌아보니 조명락과 그 무리가 1정 정도 떨어진 곳에 정지해 있고 뒤를 따르던 남여에서 누군가가 내리는 것도 보였다.

할멈과 헤어져 돌아서던 중 조명락은 누군가의 탄식을 들었다. 그러나 산새 소리를 잘못 들은 것이라 여겼는데 갑자기 가마의 인물이 남

---

58) 남자들이 타던 가마.

여에서 내리고 싶다고 청을 한다.

몸집이 왜소하고 머리가 하얗게 센 늙은 내관이었다. 얼굴엔 검버섯이 주근깨처럼 덮여 있고 양눈은 짓무른 듯 물기가 축축했으며 손은 미세하게 떨렸다. 바로 의종을 측근에서 모시는 상선, 임 내관이었다. 그는 옹주의 출궁을 막지 못한 자신의 실책을 깨닫고 주상에게 대죄를 고하기 위해 부랴부랴 북한산까지 걸음을 한 후 조명락의 도움을 받아 의종을 찾아 나선 참이었다.

"상선영감, 왜 그러십니까?"

조명락이 저만치서 외쳤으나 노내관은 따라오지 말라는 손짓만 할 뿐이었다. 그는 천천히 할멈과 방령군 앞까지 걸어오더니 양손을 공손히 그러쥐었다. 그러고는 물끄러미 두 사람을 살피다가 다시 한 번 탄식을 하며 이번엔 무릎을 꿇는 것이었다. 두 손으로 공손히 바닥을 짚으며 상체를 구부린 후 감정이 북받치는지 한참 숨을 고르던 그는 겨우 말을 꺼냈다.

"마마, 소인 정복이옵니다. 알아보시겠습니까?"

조명락을 비롯한 다른 이들은 임 내관의 목소리가 들리지 않았기에 어째서 그가 무릎을 꿇는지 모르겠다는 표정이었다. 그때까지 거북한 듯 뒷짐만 지고 있던 매당 할멈이 마침내 한숨을 쉬며 임 내관을 돌아다보았다.

"폐서인 된 지가 언제인데 아직도 마마라 부르는 것인가."

"마마, 아아, 마마."

회한이 가득한 임 내관의 얼굴 위로 눈물이 하염없이 쏟아져 내렸다. 임 내관은 손등으로 연신 눈물을 닦으며 매당 할멈을 우러러보았다. 그러나 할멈은 감상에 젖을 마음이 없는지 무뚝뚝하게 하늘만 살피다가 불현듯 임 내관의 어깨를 두어 번 토닥이고는 돌아서 가버렸다. 임 내관이 그런 그녀를 몇 번 불렀으나 끝내 얼굴 한 번 되돌려보지 않는다.

멀리서 살피던 조명락이 달려와 힘이 부친 듯 바닥에 털썩 주저앉는 임 내관을 일으켜 세웠다. 그러고는 그가 앉아 있던 남여까지 부축하였는데 그동안 이 노내관은 덜덜 떨리는 손가락을 하나하나 접어가며 혼잣말을 하는 것이었다.

"마마께서 기사(己巳)에 책비되시고 내가 소수(小竪)[59]가 된 지 넷째 되던 해였으니……, 경오(庚午), 신미(辛未), 임신(壬申), 계유(癸酉)……, 그래, 계유년에 출궁을 당하셨더랬지."

계유년이면 지금으로부터 53년 전이다. 의종의 조부 되시는 원종대왕의 계비였던 서씨가 당파 싸움의 희생양이 되어 폐서인 당한 일이 있었는데 후대는 이를 계유환국(癸酉換局)이라 부른다.

당시 여덟 살 세자였던 의종의 아버지 선종은 생모처럼 따랐던 서씨를 폐비시키는 데 결정적 영향을 미친 서인의 중추적 인물이 자신의 외조부인 한종택 대감이라는 사실에 깊은 상실과 상처를 받아야 했는데, 이때 억울하게 중전의 자리에서 밀려난 서씨가 바로 매당 할멈 그녀였던 것이다. 폐비만 되지 않았더라면 의종의 할머니이며 대궐의 가장 웃어른인 대왕대비마마가 되었을 인물이었다.

임 내관은 그러한 그녀를 알아본 것이었다.

"저, 정복이라 하옵니다. 소인의 이름은 정복이라 하옵니다."

어린 소수였던 당시 임 내관은, 하늘에서 하강한 선녀보다 곱다 소문만 무성하던 중전마마를 훔쳐보다가 교태전 나인들에게 걸려 된통 고생을 한 적이 있었다. 뒤늦게 이 사실을 안 심성 고운 중전이 선처를 베풀지 않았다면 자신은 분명 궐에서 내쳐졌을 것이다.

---

59) 견습내시.

"네 이름이 무엇이지?"

하등 귀할 것 없는 이름을 물어보던 마마는 소문과 같이 선녀보다 더 고운 자태를 지니고 있었다. 하여 임 내관은 결심했던 것이다. 자신은 중전마마의 사람으로 살겠노라고.

비틀비틀 남여까지 간신히 걸어간 임 내관은 이미 한참을 멀어진 매당 할멈을 망설이며 돌아보았다. 그 얼굴이 너무나 구슬퍼 조명락은 대체 왜 그러했는지 물을 수가 없었다. 그저 노쇠한 그를 부축해 남여에 오르도록 돕고 있는데 좀 전부터 간헐적으로 하늘을 가르던 번개가 다시 한 번 사방을 밝히더니 이윽고 굵은 빗방울이 쏟아지기 시작했다.

시간은 기껏해야 신시(申時)를 지나고 있었으나 하늘은 새카만 먹장구름에 막혀 천지가 어두웠고 그 안에 숨은 해님도 쉬이 나올 기미를 보이지 않았다. 사내는 숨이 턱에 닿을 만큼 지쳤으나 달리는 것을 멈추지는 않았다. 또한 그 와중에 초가지붕에서 기와지붕으로, 기와지붕에서 키 작은 상수리나무로 빠르게 몸을 날리는 그림자를 살피는 것도 잊지 않았다.

번쩍거리는 검을 지닌 그림자는 간혹 그에게 다가와 바싹 조여오는 미행자들을 주춤거리게 만들어주곤 하였다. 사내는 자신을 보호하는 그림자의 정체가 무엇인지 가늠해볼 겨를도 없이 무조건 달렸다. 가슴이 터질 듯 괴로웠지만 죽는 게 싫어서 이를 악물었다.

달리고 또 달리고 숨이 쉬어지지 않아 눈앞이 캄캄해질 무렵, 다리가 꼬여 넘어질 때까지 달리던 사내는 문득 뒤쫓는 발소리가 멀어졌음을 깨달았다. 그러고는 곧 자신의 어깨를 잡아끄는 손.

작게 기울어가는 초가집 뒤편이었다. 닭똥 냄새가 진동했으나 닭은 안 보이고 대신 낯선 기척에 놀란 강아지 한 마리가 조르르 따라오며

왈왈 짖어댔다. 그림자가 얼른 강아지를 안아 올려 품었다. 그러고는 소매 끝을 대어주니 어린 강아지는 짖는 것도 잊고 허겁지겁 그 끝단을 입에 문다.

잠시 후 두 사람이 쭈그리고 앉아 있는 낮은 싸리 울타리 밖으로 검은 인영들이 나타났다. 사내를 뒤쫓던 자들이 분명했다. 그들은 사방으로 사내를 찾는 듯 보였으나 썩어가는 가마니를 뒤집어쓴 이들을 알아보지는 못하였다. 사내는 턱까지 차오른 숨을 달래기 위해 한쪽 주먹을 입에 댄 채 조심조심 공기를 내뱉고 또 들이마시다가 검은 인영들의 발소리가 완전히 그치자 그제야 옆에 있는 그림자를 보며 비실비실 웃음을 지었다. 조창주였다.

"네 녀석일 줄 알았다."

이기는 대답 없이 품안의 강아지를 내려놓았다.

"무슨 이유냐? 이젠 나 따윈 신경도 안 쓸 줄 알았는데?"

이기는 자신의 바짓단을 끌어당기는 강아지의 애처로운 모습을 내려다볼 뿐이었다.

"그 아이가 날 잡아오라 널 보낸 것이냐? 하긴 지금의 처지라면 차라리 중전에게 잡혀 가는 것이 나을 수도 있으렷다."

의종에게 잡히면 반정의 핵심인물로서 처단이 될 것이고 반당(反黨)에게 잡힌다면 배교자로 처리될 판이니 차라리 단영이 낫지 않겠느냐는 비아냥거림이었다. 사방이 적이라더니 이런 걸 두고 하는 말이로군. 조창주가 혀를 끌끌 차며 다시 주저앉았다.

그때, 이기가 무언가를 등에 짊어지고 있다는 것을 그제야 깨달았다.

"너 그게 무엇이냐, 응?"

어깨를 잡아채 살펴보고는 곧 헤벌쭉 웃음을 짓는다. 이기의 등에 엎드려 잠들어 있는 꼬마 계집이 누구인지 알아보았기 때문이었다.

바로 양혜 옹주였다.

조창주가 양혜를 납치했다는 것은 누명일 뿐, 그 일을 꾸민 것은 목소리였다. 그는 수하들이 옹주를 이용해 시간을 버는 동안 호위무사 몇을 대동하고 먼저 자리를 떴고, 후에 수하들로 하여금 여러 개의 도주로로 흩어지도록 하여 유무성의 '샛길로 돌아와 후방을 치는 작전'을 무력화시켰다. 그러나 의종의 계략이 어디까지인지 예측할 수 없었기에 안전을 기하기 위해 조창주를 이용하였는데, 먼저 그 결박을 풀어 도망을 시킨 후 수하들로 하여금 적절한 때에 사방에서 조창주인 척 소리를 지르게 하여 추격자들의 시선을 다른 곳으로 집중시켰던 것이다. 즉 조창주는 자신의 안위를 위해 도주했지만 결과적으로 목소리의 도주를 돕는 셈이 되고 말았다. 이때 이기는 몸을 숨긴 채 뒤를 쫓다가 조창주가 먼저 풀려나는 것을 보고 이상히 여겨, 우선 옹주부터 구출한 후 조창주의 흔적을 더듬어 정전위로부터 공격을 받던 그 또한 구해낸 것이다.

"오래 살다 보니 네놈이 나에게 이로운 일을 해줄 때도 다 있구나. 이 기특한 아기를 보아라. 이것이 바로 내 목숨을 챙기고 더불어 왜(倭)로까지 보내어줄 구명줄이 아니겠느냐."

어투는 부드러웠으나 언뜻 스치는 눈빛 속에서는 잔혹함이 내비치고 있었다. 양혜를 어떤 용도로 이용할 의도인지 안 봐도 뻔한 일이었다. 이기가 물었다.

"당신이란 사람……, 결코 바뀔 수 없는 겁니까?"

조창주의 얼굴 위로 비릿한 웃음이 번졌다.

"아이야. 고작 스무 해도 살지 못한 너를 직접 돌아보아라. 바꿀 수 있는 무언가가 보이더냐? 네 아무리 좋은 공부를 하고 좋은 재주를 지녔다 해도 그게 일말이라도 너를 바꾸어놓았느냐 말이다. 네 녀석은 머리끝부터 발끝까지 그저 노비일 뿐이다. 주인집에서 풀려나기만 하면 온전히 양민이 된다더냐. 근본이 천출인 것을."

그러고는 두어 걸음 비척비척 걸어가다 말고 다시 말하였다.

"마지막으로 묻겠다. 나를 따라오겠느냐, 아니면 끝내 네 욕심 한 번 부려보지 못할 그 계집을 따르겠느냐?"

그러나 이기에게선 아무런 대답도 들려오지 않았다. 조창주는 이를 어떻게 해석했는지 별다른 채근 없이 주위를 훑어 길고 튼실한 끈을 엮기 시작했다. 양혜를 묶으려는 심산이었다.

"꼭 이렇게 살아야 합니까?"

작았으나 간곡함이 담긴 음성이었다. 이런 질문을 던진 이가 어찌 이기뿐이겠는가마는, 이번만큼은 천하의 조창주도 할 말을 잃은 듯 천천히 뒤를 돌아 이기를 바라보았다.

조창주는 이기의 안색이 심상치 않음을 이미 느끼고 있었다. 되도록 심기를 거스르지 않겠노라 다짐을 하였는데 늘 편하게 대하던 녀석이라 그게 쉽지만은 않았다. 그리고 이제 느닷없이 허를 찔려 돌아본 이기의 얼굴은, 뭐랄까, 조창주를 불안하게 들쑤시는 무언가가 있었다.

저 녀석을 어떻게 한다, 머리를 굴리는 조창주의 눈에 이기 곁을 맴돌던 강아지가 띄었다. 조창주가 엮던 밧줄이 드리워지자 신이 난 듯 냄새를 맡으며 주위를 폴짝거리는 중이었다.

"저 소리가 들리느냐?"

갑작스런 말에 이기가 되묻듯 쳐다보자 조창주가 특유의 느물느물한 목소리로 대답하였다.

"날 잡아가기 위해 혈안이 돼 있는 놈들이 되돌아오는 소리 말이다."

그러고는 이기가 다른 곳에 정신을 파는 사이 강아지를 힘껏 걷어차 버렸다. 이기가 빠르게 강아지를 되받고 보니 조창주는 이미 싸리 울타리를 넘어 도망을 친 다음이었다. 좀 전까지 양혜를 탐내었으나 이기로부터 위험이 감지되자 다 포기하고 줄행랑을 놓은 것이다. 조창주다운 빠른 결단력이었다.

그러나 그의 머리가 아무리 빠르다 한들 이기를 따돌릴 수는 없는 일이었다. 얼마 가지 못해 조창주는 목 근처로 비껴들어오는 검 날을 피해 걸음을 멈춰야 했다. 상대가 얼마나 가차 없었던지 조금만 더 늦게 멈췄더라도 목에는 긴 상흔이 남았을 것이다.

"네놈이 제정신이 아니로구나."

조창주가 이죽거렸다. 그러나 눈빛은 잔뜩 긴장하고 있음이 역력했다. 이기가 말했다.

"제가 돕겠습니다."

갑작스런 말에 조창주가 어리둥절한 표정을 지었다. 죽이겠다고 쫓아온 게 아니었나?

"당신의 삶이 더 이상 구차해지지 않도록 돕겠습니다."

그러고는 목에 들이댔던 칼날을 다시 거두어 조용히 위로 치켜들었다. 이미 반나절의 시간을 조창주만 뒤쫓던 이기에게선 어떤 망설임도 보이지 않았다.

"그만!"

이기의 검이 머리 위로 쏟아지자 조창주는 본능적으로 근처의 고목 등걸 옆으로 몸을 틀었다. 아슬아슬하게 나무 몸통을 친 칼날로 인해 껍질이 파헤쳐지고 가루가 휘날렸다. 조창주는 얼른 몸을 일으켜 달리려 하였다. 그러나 돌멩이가 밟혔는지 헛발질을 하더니 그대로 넘어지고 말았다. 이런 조창주의 모습을 내려다보는 이기의 눈매가 어쩐지 착잡했다.

멀지 않은 곳에서 유무성의 보고를 듣던 의종도 조창주의 고함 소리를 들었다. 비명에 가까운 소리로 보아 누군가에게 공격을 당하는 모양이었지만 자신의 수하는 아니다. 그렇다면?

"두릅이라는 자일 겁니다, 전하."

유무성의 말에 따르면 그자는 조창주를 잡아들이려는 정전위를 막기 위해 사력을 다하였다고 했다. 단영이 어사직을 수행할 때 그 수하로 따르던 자였기에 유무성의 입장에선 어째서 조창주 같은 역적을 보호하는지 도무지 이해할 수가 없었다고 한다. 아마도 윤 어사에게 직접 잡아다 바칠 욕심인 것 같다고 보고하였으나 의종은 고개만 두어 번 끄덕일 뿐이었다.

"혼자 가볼 것이니 이쯤에서 대기하도록."

그러고는 이해할 수 없는 명을 내린 채 비명이 들려오는 곳으로 말을 모는 것이었다.

"아닙니다. 결코 그럴 아이가 아닙니다."

삼각산에서 옹주를 잡아 간다는 외침을 처음 들었을 때 의종은 속지 않았다. 자신들에게 득이 될 옹주를 선불리 다른 이에게 넘길 리는 없는 법, 곧 그것이 목소리의 덫이라는 것을 깨달은 의종은 장씨를 불러 경과를 물어보았다. 마침 그는 그 근처까지 반당을 추격하여 격렬한 접전을 벌이던 중이기에 옹주를 목격할 수 있었다.

"소신이 보기에 조가 창주는 스스로 도망을 친 것이 아니라 저들이 놓아 보낸 것이라 사료되옵니다. 그 와중에 옹주마마를 납치하는 것같이 꾸며 혼란을 가중시킨 것 또한 저들이 맞사오나 정작 그때까지도 옹주께선 저들의 품에 있었습니다."

여기까지는 의종의 예상이 맞아떨어졌다. 그러나 반색을 하는 단영에게 장씨는 어두운 낯빛을 보였다.

"마마를 데려간 것은 두릅이였습니다."

그리고 단영은 안색이 변하는 의종을 보며 외쳤던 것이다. 결코 그럴 아이가 아닙니다!

이기와 조창주의 모습은 금방 발견이 되었다. 조창주는 나무와 나무

사이를 오락가락 넘나들며 간신히 제 생명을 보존하고 있었는데 머리 끝부터 발끝까지 흙과 피가 뒤범벅되어 꼴이 말이 아니었다. 저자로군. 조창주를 이제야 대면하는 의종은 생각보다 왜소한 그 모습에 흠, 헛기침을 한 번 하였다.

마침 이기의 검이 조창주의 가슴을 관통할 것같이 빠르게 찔러 들어간 순간, 파삭, 나뭇가지 부러지는 소리와 함께 휘파람과 같은 긴 스침 소리가 뒤를 이었다. 역시 어딘가에 도착해 있던 단영이 단도를 집어던진 것이다.

단도는 이기의 검을 막으며 조창주의 목숨을 살려놓았다. 평소 같으면 자신을 방해한 이가 누구인지 먼저 살폈을 것이나 지금은 아무것에도 관심이 없는지 그저 묵묵히 검을 추스르는 이기, 그리고 그 앞을 기어서 빠져나가려는 조창주의 모습이 어둠 속에서 도드라졌다.

단영은 억지로 몸을 가누며 말에서 내렸다. 이기가 옹주의 납치범이 된다는 것은 곧 반역도들과 한패가 된다는 것을 의미했다. 그렇게 되도록 놔둘 수 없었던 단영은 말을 훔쳐 타고 이기를 따른 것이다. 그리고 겨우겨우 늦지 않게 도착하여 이기를 저지할 수 있었으나 이후로는 또 어떻게 해야 할지 암담하기만 하였다.

"어째서 막아야 하지?"

갑자기 들려온 목소리에 단영이 흠칫 놀랐다. 몇 걸음 떨어진 곳에 의종이 서 있었다.

그가 묻고자 하는 것이 무엇인지 알 수 있었다. 어째서 조창주를 돕느냐는 뜻이었다. 이제 가만히 놔두기만 하면 조가는 그 생을 다할 것이고 지금까지의 지긋지긋한 인연도 끝맺을 수 있을 텐데, 단영은 왠지 하등 쓸모없는 조가란 자를 살리고자 애를 쓰는 것이다. 물론 의종의 입장에서 본다면 반당의 무리를 잡아들이는 데 조창주는 중요한 증인이 되어주겠지만, 그 이유로 단영이 살리려 했다고 보기엔 어딘지 납득되지 않는 부분이 있었다.

단영은 망설였다. 이기에 대한 안타까움을 의종이 과연 이해해줄 것인지 자신이 없었기 때문이다. 그러나 좀 더 솔직해지자면 의종에게서 받게 될 노여움에 대한 염려가 더 많았다. 이제야 겨우 자신의 소원을 알아차렸는데, 이제야 겨우 하고 싶고 가지고 싶은 무엇이 생겼는데 전부 날아가버릴 것이라는 근심이 모든 것을 덮었던 것이다.

게다가 겨우 그런 사적인 감정들로 인해 지금껏 피붙이로 대했던 이기의 상처를 외면하고 싶어지는 스스로의 이기적인 마음과 그에 따르는 경멸이 단영을 계속해서 괴롭혔다. 그러니 이 모든 굴곡진 감정들을 의종에게 어찌 다 설명할 수 있단 말인가.

근심과 두려움, 답답함이 섞인 표정으로 의종을 바라보던 단영이 대답하였다.

"저 아이가 천륜을 어기려 합니다."

의종의 얼굴이 설핏 굳었다.

"천륜이라니?"

단영은 다시 한 번 매당 할멈의 목소리를 상기하며 눈을 힘겹게 깜박였다.

"두릅이 생부가 조창주 그자란다."

간단한 내용이었으나 믿지 않을 수 없었다. 매당 할멈은 절대 허튼소리를 할 위인이 아니었다. 조창주는 어느 날 자신을 죽이기 위해 찾아온 이기에게 생부임을 밝혀 목숨을 보전하였고, 그것이 매당 할멈을 통해 이제 단영과 의종에게까지 차례로 전달이 된 것이다.

의종은 단영의 염려가 가득한 얼굴을 물끄러미 바라보았다. 그가 조사한 바에 의하면 조창주와 단영은 극한 반감을 지닌 대립관계였다. 반대로 두릅은 단영의 수족이라 해도 과언이 아닌 인물이었다. 그런데 느닷없이 부자관계라니, 이 무슨 얼토당토않은 일인가.

"저자가 천륜을 어기는 것을 막고 싶다는 뜻인가? 그것을 막아줘야만 할 정도로 그대에게 소중한 존재란 뜻인가 말이다."

단영은 대답하지 않았다. 의종을 쳐다보지도 않았다. 그저 방울진 눈물이 채 흐르지도 못한 채 툭 떨어져 내렸을 뿐이다. 이는 지금껏 마음고생을 해왔을 이기에 대한 연민 때문이기도 하였으나 지금 자신의 입장을 어찌해볼 수 없는 안타까움에서 나온 눈물이기도 하였다.

두 번째로군. 의종은 생각했다. 어느새 그의 허리춤을 벗어난 검은 격렬하게 휘둘러지던 이기의 검을 막아서고 있었다.

어디까지 용납해야 할까, 의종은 어지러운 심기를 누르며 되뇌었다. 그대를 곁에 두기 위해 이제 더 무엇을 모른 척해야 할까, 나는.

두 사람의 검이 사방으로 검광을 흩뿌리며 춤을 추었다. 조창주는 이미 전신이 피범벅이 되어 쓰라린 심정으로 하늘을 올려다보는 중이었고 잠에서 깬 양혜 옹주는 어디선가 튀어온 검붉은 물감이 이기의 흰 등을 물들이는 것에 탄성을 지르며 즐거워하였다. 오로지 단영만이 이기를 향한 연민과 의종을 향한 근심으로 그 싸움을 지켜보는 중이었다.

두 번째 싸움은 첫 번째보다 훨씬 더 치열하였다. 두 사람의 모든 감정의 앙금이 표출되었기 때문으로 먼저 쓰러지는 쪽이 나오기 전엔 그만둘 것 같지 않은 격렬함이 있었다. 그러나 그들의 검투는 생각보다 오래 끌지 않았다. 스스로를 통제하지 못한 이기의 검이 무리한 힘을 못 이겨 먼저 부러져나갔기 때문이었다.

그는 자신의 반 토막 난 검과 찢어진 손가락 사이의 선혈을 내려다보다가 천천히 주저앉았다. 마치 긴 꿈에서 깨어난 것 같은 망연한 눈빛이었다.

의종은 자신의 검 끝에 모든 것을 맡긴 채 조용히 무릎 꿇은 이기를 한참 내려다보았다. 상대의 검이 부러지는 것을 보는 순간 마음속의 살기는 어느 때보다 더 짙어져 어떻게 스스로를 멈출 수 있었는지 기억이 나지 않을 정도였다.

몸을 돌렸다. 저도 모르게 단영에게 다가서고 있는 스스로를 깨닫고 잠시 망단하였다. 그러나 한참 말을 달려 벌어진 상처 사이로 흐르는 선혈을 보며 그는 묵묵히 남아 있는 도포자락을 뜯어내었다.

단영은 의종의 투박한 손놀림을 지켜보며 저도 모르게 웃고 말았다. 뭐든지 잘할 것처럼 보였음에도 매듭을 짓는 일 같은 건 해본 적 없는지 꽤나 서툴렀다. 그러나 심각하고 불편한 얼굴로 어찌어찌 묶기를 끝낸 의종은 별다른 말 없이 등을 돌렸다.

단영은 성큼성큼 멀어지는 의종의 등을 바라보았고, 그렇게 의종은 멀어졌다. 옹주를 안은 채 그렇게 말을 달려서.

곧 정전위가 달려들었다. 이기는 자신의 몸이 결박을 당하는 동안 저만치 앉아 있는 단영을 쳐다보았다. 이제 한숨 같은 건 나오지도 않는다. 역시 결박당한 채 나무 밑동에 기대어 있던 조창주가 그런 이기를 불렀다.

“네가, 대신 대답해보아라. 너는 내가, 뭘 하며, 이 한 세상을 살았어야, 한다고 보느냐?”

이기는 그토록 증오하던 조창주의 음성도 들리지 않는지 미동조차 않는다. 그러나 마음으로는 저도 모르게 그 말을 되뇌고 있었다. 뭘 하며 이 한 세상을 살아야 하는가, 라고.

왜 어째서 당신 같은 자가 내 아비여야 하냐고 묻고 싶었다. 어째서 당신은 이처럼 짐승 같은 삶을 살아야 하느냐고 묻고 싶었다. 그러나 실은 고작 이런 삶을 살고자 나를 버려둔 것이냐고 묻고 싶었던 것인지도 모른다.

생부의 존재를 알고부터 그를 괴롭혀온 마음속 의문들, 아비를 존경할 수 없어 한스러웠던 아들은 어쩔 수 없이 파고드는 어린 시절에 대

한 원망에서 자유로울 수 없었다.

그러나 이제 이기의 마음은 텅 비어버렸고 그저 조창주가 던져준 화두만 반복적으로 중얼거릴 뿐이었다. 뭘 하며 이 한 세상을 살아야 하는가. 그리고 곧 맥없이 웃음을 터트렸다. 그들 두 사람, 살아온 길이 완연히 달랐던 두 사람은 결국 같은 최후를 맞이하게 된 것이다.

정말로, 나는 뭘 하며 한 세상을 살아야 했을까. 이기의 눈빛이 흐려졌다.

제5장. 심심상인(心心相印)[60]

깜박 잠이 들었던 모양이다. 조창주는 찌뿌듯한 몸을 이리저리 뒤척이다가 천천히 일어섰다. 베인 상처들이 아직 시큰거렸으나 다행히 깊지 않아 생명은 보존할 수 있을 거라 했었다.

모반의 혐의로 잡혀 온 지 며칠이 되었으나 추국은 아직 시작되지 않았다. 치료부터 하여 고신을 견뎌낼 체력이 될 때까지 기다리려는 속셈이리라. 조창주는 쓰게 입맛을 다셨다. 자신이 알고 있는 건 이미 임금도 알고 있을 터였다. 그러니 아무리 많이 털어놔도 매 하나 줄일 값어치가 되지 못했다. 핵심적인 정보, 임금이 밤잠을 설쳐가며 손에 넣고자 하는 것, 그런 것을 가지고 있어야 흥정이 되는 것이다.

'그러나 아깝게도 내가 아는 것에는 한계가 있으니.'

자신이 알고 있는 목소리의 계획은 이제 바닥을 드러내었다. 광인의 존재 또한 목소리가 칼바위 능선에서 이미 써먹었기에 약발이 없었다. 오로지 목소리의 정체를 고발하겠다는 정도라면 꽤 비중 있는 패이겠는데 문제는……, 자신도 그의 진면목을 본 적이 없다는 사실이었다.

---

60) 마음과 마음으로 뜻을 전함.

'그나저나 제법 머리를 굴렸더란 말이지, 흥.'

칼바위 능선에서 목소리에게 잡혀 있을 때, 단영은 그를 보지 못하였으나 조창주는 그녀가 목소리의 간계를 하나하나 짚어가는 소리를 똑똑히 들을 수 있었다. 그리고 비로소 자신을 이용하여 비호단 잠입부터 진찬의 독주 사건, 한강진 모반 등과 관련된 일을 추진토록 하는 동안 뒤에선 어떤 꿍꿍이를 획책했었는지 깨달을 수 있었다. 즉 자신은 그 하나하나의 사건이 무령군과 방령군을 옭아매는 데 사용된다는 것만 알았을 뿐, 이처럼 장시간에 걸친 포괄적 계획이라고는 미처 예상치 못했던 것이다. 그러고 보면 목소리라는 그자도 대단한 인물이었다.

'그자가 즐겨 이용하는 소격동 와가는 이미 처분이 되었겠지. 아아, 이리 될 줄 알았으면 그곳 소재를 알고 있다는 걸 드러낼 필요가 없었어.'

괜한 객기로 그곳까지 찾아가 목소리를 겁주었던 게 은근히 후회되었다. 그러나 조창주의 본성상 후회라는 것이 오래갈 인물은 아니었다. 그는 곧 킥킥 웃으며 다른 생각에 빠져들었다.

'그렇지. 그거라면 제법 흥정이 될 수 있겠는데.'

의종이 믿어줄지 의문이긴 했다. 아마도 그에 상응하는 증험을 내놓으라 할 것이다. 하지만 어찌 됐든 구미가 당기긴 할 것이니 그냥 지나치지는 못할 것이다. 조창주는 목 뒤에 깍지를 끼며 다시 드러누웠다. 그럼 언제부터 흥정을 붙이면 될지 그거나 좀 헤아려볼…….

누웠던 조창주가 벌떡 일어나 앉았다. 어둠을 뚫고 한 무리 인영이 다가오는 것을 보았기 때문이었다. 그들의 목적지는 조창주의 옆, 이기가 갇힌 곳이었다. 누군가가 관솔불을 지폈는지 사방이 환해졌다. 불빛이 어른거리는 가운데 이기를 내려다보는 홍의의 사내, 가슴에 수놓인 오조룡의 발톱처럼 매서운 눈을 하고 있는 그는 분명 이 나라의 임금이었다.

조창주는 고개를 수그린 채 귀를 쫑긋 세웠다. 시간만 흐를 뿐 오가는 말이 없었다. 조창주는 정수리의 압박감을 참아가며 옥 창살 사이로 머리를 들이대고 의종의 얼굴을 살펴보았다. 아무런 감정도 담기지 않은 검은 눈동자가 그 자리에 있었다. 그러나 그는 느낄 수 있었다. 한낱 계집을 향한 정을 못 이겨 우매한 짓거리들을 해대는 사내의 눈빛 또한 담겨 있음을. 조창주는 흥, 코웃음을 쳤다.

그리고 그 순간 의종의 눈길이 이쪽으로 향하는 것을 보았다.

"……."

조창주는 마른침을 꿀꺽 삼켰다. 의종의 걸음이 천천히 자신에게 향하였기 때문이다. 지금껏 거리낌 없이 '임금'이라 칭하며 찧고 까불던 대상이었다. 속으로는 저도 하늘 아래 사람일진대 겁먹을 일이 무엇일까 오기를 부려보는데도 임금이 다가오는 모습을 보자니 이상하게 몸이 경직되고 머릿속이 하얗게 비워졌다. 이는 필경 임금에게서 뿜어 나오는 설명이 불가능한 기운 때문이라고 조창주는 생각하였다. 한 치의 오차도 없는 정확한 군림.

"이놈이었군."

보통은 '네놈'이라고 칭할 터인데 임금은 마치 사람이 아닌 다른 어떤 생물을 대하듯 읊조렸다. 조창주는 마음이 상하는 것을 느꼈다. 그 누구도, 하물며 중전까지도 자신을 경멸은 하였으되 우습게 여기지는 못하였던 것이다. 그는 또다시 솟구치는 오기를 누르며 대신 헤실헤실 웃음을 지었다. 흥분하는 것은 스스로에게 아무런 도움이 안 될뿐더러 오히려 상대에게 약점을 쥐여주는 행위였다.

아니나 다를까, 무엄하다고 호통을 치는 누군가를 조용히 제지한 의종은 조창주의 얼굴을 흥미롭다는 눈으로 내려다보았다. 이제 상대는 이런 위기에서도 웃을 수 있는 연유가 무엇인지 궁금해질 것이다. 거래는 그렇게 시작되는 것이었다.

그러나 조창주의 기대와는 달리 의종은 별다른 궁금증이 보이지 않는 눈빛으로 천천히 지나쳐버렸다. “이곳이 조 대감이 피살된 곳이던가?”라는 중얼거림이 희미하게 들려왔다. 조창주는 웃음이 채 끊이지 않은 얼굴로 의종의 뒷모습을 보다가 갑자기 그 말의 의미를 깨닫고 얼굴을 굳혔다. 조 대감이 자신에게 독살당한 생부 조승해 대감임을 알아들었기 때문이었다.

조창주의 옥방을 지나친 후 의종은 금세 그에 대하여 잊어버렸다. 대신 다른 것이 머릿속을 점령한 듯 “이기, 이와 기란 말이지.”라며 혼자 중얼거렸다.

“무성아, 네 생각엔 이 두 자가 무엇을 의미하는 것 같으냐?”

갑작스런 질문에 유무성이 머뭇거리자 의종은 다시 하늘을 보며 혼잣말을 하였다.

“기쁠 이(怡)에 기약할 기(期), 기쁠 일을 기약한다. 혹은 가까울 이(邇)에 꾀할 기(企), 가까이 할 것을 도모하다. 아니, 바랄 기(覬)인가?”

영문을 알 수 없는 의종의 한자 풀이는 한참을 계속되었으나 안타깝게도 그것이 무엇인지조차 짐작할 수 없는 유무성으로서는 아무런 도움도 되지 못하였다.

궐내에서 가장 부산한 곳을 대라면 궁인들은 서슴지 않고 은선당(殷璿堂)을 꼽을 것이다. 그만큼 그곳은 들고나는 궁 여인네들로 늘 북적였고 간드러진 웃음소리 또한 끊이지 않았다. 인덕이 없고 자기중심적인 사고로 인복 또한 없는 자빈(慈嬪)이었지만 그녀의 화려한 복식이며 장신구들을 구경하고픈 욕심에 드나드는 이가 많았기 때문이었다. 은선당 궁인들도 늘 입버릇처럼 ‘우리 마마께는 고우시다 한 마디 올려드리는 게 즉효’라고 할 정도로 단순한 면이 있었기에 기분의 고저만 잘 맞춰주면 되었던 것이다.

그런데 그렇게 부산한 은선당이 여드레째 침묵을 지키며 외부인의 출입을 허용치 않고 있었다. 그곳의 주인인 자빈이 심각한 부상을 입어 생사의 기로에 놓여 있었기 때문이었다. 옆구리에 검상을 입은 후 장시간 외부에 방치되었던 자빈이었다. 중간에 의식을 찾긴 하였으나 허리의 무감각을 호소하더니 이내 움직이지도 못할 만큼 경직되었고 그 증세는 시간이 지날수록 심해져 하루가 더 지난 후에는 의식까지도 넘어갔다가 간신히 돌아오기를 반복하였다.

어의가 하루 세 번씩 활혈산(活血散)이니 금상산(金傷散)이니 하는 외상약을 환부에 붙이고 파상풍을 다스리는 구미강활탕(九味姜活湯)과 중한 외상에 좋다는 통도산(通導散) 등을 정성으로 달여 올렸으나 차도는 보이지 않았다. 그렇게 이레가 지나고 이제 여덟째 날이 밝았다.

아침 무렵 은선당에 들어선 단영은 종종걸음으로 맞으러 나온 정 상궁에게 자빈의 상태를 물어보았다. 어두운 낯빛으로 대답하는 정 상궁, 아니나 다를까 좋지 않은 경과를 들려준다.

"증세가 더 악화되었단 말인가?"

역시나 자빈은 밤새 고열과 오한에 시달리며 정신을 차리지 못하였단다. 일단 그녀를 봐야겠다는 생각에 말없이 옥계 위로 올라설 때였다. 대전내관이 바쁜 걸음으로 당도하였다.

"곧 전하께서 드신다 하옵니다."

최 상궁이 서둘러 귀엣말을 해주었다. 그러고는 단영이 내려서도록 옆으로 비켜서주었다.

단영은 싱숭생숭한 마음으로 신을 내려다보았다. 매일처럼 은선당에 들렀으나 의종과 겹치는 것은 처음이었다. 장위동(長位洞) 숲에서 이기를 가리키며 저자가 천륜을 저버리는 행위를 막고 싶은 것이냐 묻던 의종은 양혜 옹주를 품에 안고 돌아간 후 아직 단영을 찾지 않았다.

"나중에 다시 오는 것이 좋겠네."

그냥 돌아가려는 단영을 보며 최 상궁이 의아한 표정을 지었다.

"자빈도 전하와 단둘이 있는 편이 더 좋을 것이야."

알고 있었다. 돌아섬의 이유로 얼마나 궁색한 변명인가를. 하지만 아직은 그와 마주치고 싶지 않았다. 적어도 스스로의 생각 정도는 정리가 된 상태라야 할 것 같았기 때문이다. 단영은 여전히 미심쩍어하는 최 상궁을 지나쳐 걸었다. 그리고 마주 들어서는 양혜 옹주와 맞닥뜨렸다.

이제 어쩌나, 단영은 생각했다. 둘만을 위해서라던 핑계가 옹주의 등장으로 불필요하게 된 것이다. 단영은 서 상궁에게 눈인사를 한 뒤 말간 눈으로 올려다보는 양혜에게 손을 내밀었다.

"함께 들어갈 테냐?"

대답은 없지만 움츠리지 않는 걸 보면 좋다는 뜻이리라. 그러나 손을 잡는 것은 좀 더 생각해봐야겠는지 골똘히 쳐다보는 양혜, 갑자기 단영의 치마를 움켜쥐며 한쪽 다리를 툭툭 쳤다.

"마마, 아이고, 왜 이러시는지."

서 상궁이 당황하여 단영의 치마를 정돈하였으나 양혜는 같은 행동을 반복했다.

"옹주가 지금 무엇을 하는 것인가?"

단영이 묻자 서 상궁이 황공한 표정으로 잘 모른다고 대답하였다. 한 번도 이런 적이 없었다는 설명에 단영은 고개를 끄덕였다. 이제 양팔을 얌전히 늘어뜨린 채 단영의 손끝을 바라보는 양혜. 그녀의 동그란 이마가 왠지 심각해 보였다.

'이 아이가 내 상처 주위를 건드린 것은 그저 우연인 걸까?'

목소리에게 납치된 옹주가 칼바위 능선에 함께 있었다는 것은 알고 있었다. 그러나 분명 누구에게도 안 띄게 숨겨두었을 테니 단영의 부

상을 볼 수도 없었을뿐더러 설사 보았다 해도 사내로 변장한 그녀를 알아볼 리 만무했다.

가만히 양혜를 내려다보다가 다시 손을 내밀었다.

"잡아주지 않겠느냐?"

양혜는 손을 잡아주지 않았다. 대신 단영이 달고 있는 노리개로 손을 뻗었는데 잠깐 만지작거리더니 곧 자신의 전낭을 열어 무언가를 꺼낸다. 자빈이 애지중지 아끼던 노리개였다. 단영의 노리개가 작고 무난한 반면 자빈의 것은 말할 수 없이 화려하였으니 그 상반되는 모양새를 살피는 것이었다. 아이가 생각보다 사물을 관찰하려는 의지가 강하구나 싶어 단영은 빙그레 웃음을 지었다. 그러고는 문득 느껴지는 시선에 고개를 들다가 기척 없이 서 있는 의종을 발견하고 저도 모르게 얼굴을 굳혔다.

"어의는?"

의종의 시선은 금방 비껴나갔다. 차가운 물방울이 똑똑 떨어지듯 딱딱하고 선명한 음성이다. 다녀갔노라는 정 상궁의 대답을 듣더니 성큼성큼 앞을 지나쳐 대청으로 오르는 의종. 그런데 그 용포자락의 흔들림이, 한순간의 스침이 단영을 쓸어 담았다. 숨이 멈추고 몸이 경직되면서 가슴이 살랑거린다. 그저 아득하고 초조한 기분에 젖어 멍하니 서 있자니 그런 단영이 답답해서였을까, 양혜가 노리개를 툭툭 잡아당겼다. 어서 들어가자는 신호처럼.

단영은 방 안에 들어서기가 무섭게 감싸오는 죽음의 기운에 또다시 멈칫거렸다. 갈대줄기처럼 살랑이던 기분이 한순간 날아가버리고 힘겹게 눈 뜨고 있는 자빈과 의종의 뒷모습만 무겁게 그 자리를 차지해버렸다. 마치 철부지 어린아이처럼 들떠 있던 스스로가 무안하여 단영은 별말 없이 의종의 뒤쪽에 자리하고 앉았다.

자빈의 눈이 잠시 따라왔지만 이내 의종에게로 가버린다. 그러고 보면 의종을 향한 마음 하나만큼은 참 지고지순한 여인이 아닐 수 없었다.

"왜, 이렇게, 걸음을 안 하시고……."

잘 돌아가지 않는 입으로 그동안 무심했던 의종을 탓하는 자빈. 단영의 귀에는 그런 자빈의 잠긴 목소리가 왠지 처연했다. 자신보다 먼저 궁에 들어와 자신보다 먼저 의종을 만나고 자신보다 먼저 혼례를 올리고……, 그리고 결국 철저히 외면당하다가 죽기 직전에야 그 한스러운 마음을 표현해보는 여인의 모습이 안타까웠기 때문이다.

의종은 별다른 대답이 없었다. 위로하는 것도 아니고 다독이는 것도 아니다. 그냥 자빈이 어렵게 털어놓는, 그러나 알아들을 수 없는 말들을 묵묵히 들어줄 뿐이었다. 그래도 이처럼 오랜 시간 머무는 것을 보면 무슨 언질을 받고 온 것이 분명했다. 단영은 역시 두 사람 사이에 끼지 말아야 했다고 후회하며 어색하게 앉아 있었다. 방 안 공기마저 어색해질 지경이다.

이런 분위기가 어린 양혜에게는 퍽 싫었던 모양이다. 그녀는 기어이 떼어낸 단영의 노리개를 자빈의 노리개 한 끝에 달아놓고 철럭철럭 가지고 놀더니 그것도 싫증이 나자 자리에서 일어나 주위를 둘러보았다. 그러고는 자신의 돈독한 친구, 자빈을 발견하고 손가락을 들어 그녀를 가리켜 보이며 다시 주위를 둘러보았는데 그 얼굴이 자못 자랑스러워 보이기까지 했다.

양혜는 만류하는 서 상궁을 떼어내고 자빈에게 다가갔다. 그러고는 의종의 앞에 털썩 주저앉아 그 앞으로 나와 있던 자빈의 손을 꽉 잡았다. 내심 의종이 잡아주길 바라며 내밀었던 손을 양혜가 대신 잡은 것이다. 그러고는 그 위에 쥐고 있던 노리개 두 개를 포옥 올려놓았다.

자빈은 힘겹게 손을 들어 두 개의 노리개를 바라보았다. 화려하거나 궁색하여 닮지 않은 두 개의 노리개는 그러나 같은 빛깔의 비단 끈으로 연결이 되어 있었다.

자빈은 새삼 단영을 쳐다보았다. 곧 속에서 치밀어 오르는 감정을 못 이기겠는지 갑자기 눈물을 흘리기 시작했다.

깊이를 짐작할 수 없는 자빈의 한은 양혜를 낳은 특별상궁 최씨, 지금은 귀인(貴人)의 자리에 오른 그 여인에 의해 최고점을 찍었다. 화려한 자신의 노리개와 초라한 단영의 노리개가 하필 증오와 원망으로 점철되었던 그때를 떠올리게 한 것이다. 만일 그 여자를 인정하고 받아들였더라면, 분하고 억울해도 용서했더라면 그래도 전하께선 이처럼 날 미워하셨을까, 늘 가슴에 묻고 살던 일말의 아쉬움과 뉘우침이 이제 죽음의 순간에 다시금 떠오른 것이다.

자빈은 순수한 눈으로 바라보는 양혜에게 겨우겨우 눈길을 주었다. 귀찮다, 성가시다고 늘 투덜거렸지만 그래도 많은 정이 들었다는 건 스스로도 느끼고 있었다. 내가 네 어미의 뱃속에서부터 너를 얼마나 증오하고 저주하였는데 하필, 하필 그런 너를 살리고 대신 죽게 될 줄이야. 자빈은 생이 참 묘하다는 생각에 눈물 중에도 피식 웃음이 나왔다.

“그래, 도…… 후회는, 없어.”

열일곱에 의종을 만나 죽기까지 그만을 바라보며 살던 시간들은 그녀에게 아무런 의미가 되어주지 못했다. 귀인 최씨에 대한 지독한 미움도 막막한 삶의 한 가지 돌파구는 됐을지언정 역시 그녀에게 의미를 만들어주지는 않았다.

그런데 그녀의 딸 양혜 옹주는 조금 달랐다. 어려서부터 자빈이 소망하여왔던 삶, 지아비의 사랑을 받으며 아름다운 아이들을 낳고 키우는 것, 사람됨이 옳든 그르든 누구나 근본적으로 품는 꿈을 자빈도 가지고 있었고 이제 양혜를 돌보는 과정에서 조금이나마 그 꿈을 채울 수 있었던 것이다. 비록 자빈은 그 감정이 무엇인지 죽을 때까지 알지 못했지만, 여인이라면 누구나 가지고 있는 모성에 눈을 뜬 것이다.

자빈은 양혜에게 노리개를 되돌려준 후 조용히 숨을 거두었다. 며칠을 넘기기 어렵겠다는 어의의 진단이 있긴 하였으나 이처럼 느닷없는 죽음을 맞이하리라 누구도 예상치 못했기에 은선당 궁인들은 혹 잠이 든 것은 아닌가 오랜 시간 그녀를 지켜본 후에야 비로소 곡을 시작하였다.

자빈의 죽음을 가장 먼저 눈치 챈 것은 의종이었고 그 다음이 단영이었다. 단영은 비록 뒤에 앉아 있어 시야가 가리었으나 의종이 갑자기 자리를 털고 일어나는 것과 그 창백한 안색을 보고 짐작할 수 있었다. 그가 나가자 단영은 최 상궁을 불러 뒷일을 부탁한 후 여전히 자빈의 손을 만지작거리는 양혜를 일으켰다. 밖으로 나오니 대기하고 있던 윤 상궁이 황급히 다가와 의종이 가은당으로 납시었음을 넌지시 일러준다.

안 그래도 양혜를 데려다줄 생각이었던 단영은 의종이 들었다는 말에 아까의 묘한 기분을 다시 느꼈다. 가고 싶은지 가기 싫은지 판단이 서지 않았다. 어쩔까 싶어 양혜를 내려다보다가 그 천진한 얼굴에서 답을 얻었다. 가고 싶은 것이다. 망설인다는 자체가 실은 가고 싶기에 그런 것이다.

"옹주가 말문을 좀 열 것 같긴 하던가?"

가은당으로 향하며 물으니 서 상궁이 고개를 애매하게 가로저었다. 발음이 되어 나오는 무의미한 소리들은 늘어났지만 그것이 말문으로 연결될지는 확신할 수 없다는 어의의 진단 때문이었다.

단영은 자신만의 세계를 굳건히 간직한 옹주의 단단한 옆모습을 주의 깊게 살펴보았다.

아이는 어리석지 않았다. 오히려 총명하고 생각이 깊은 아이였다. 의미 없는 행동들 같지만 아이는 모든 것에 뜻을 담아 행동하였던 것이다. 조금 전 은선당에서 노리개를 자빈의 손에 올려놓던 모습만 해도 그렇다. 평소에는 서로 차지하겠노라 다투던 노리개를 순순히 쥐여주지 않았던가. 마치 죽어가는 자빈을 위로하듯 말이다. 천진한 아이의 동심으로 양혜는 자신에게 가장 소중한 노리개를 양보한 것이다.

어쩌면 지금 양혜는 자빈의 죽음을 어떻게 이해할지 몰라 저토록 단단한 모습으로 외부와의 차단을 유지하는 것은 아닐까.

가은당에 도착하니 저 멀리 대전나인들이 보였다. 옥계 위에 아무렇게나 놓인 의종의 흑피혜, 그 모양새가 마치 주인의 마음을 말해주는 듯해 단영은 한참을 내려다보아야 했다.

꼭꼭 닫아둔 방 안은 빛이 비껴들어 어슴푸레했다. 이곳 주인인 양혜는 망설임 없이 들어가 제 아비 곁에 조용히 앉는다. 의종은 장침에 한 팔을 기댄 채였는데 고개를 들진 않았다.

시간이 침묵에 잠겨 흘러갔다. 해는 동에서 서로 느리게 움직였고 방 안도 어둠에 의해 조금씩 덧칠되고 있었다. 잠시 후 양혜가 꼬박꼬박 졸기 시작하더니 이윽고 참을 수 없는지 안석에 기대어 완전히 잠이 들었다. 단영이 서 상궁을 부르려 일어서려는데 그때까지 가만히 눈을 감고 있던 의종이 잔뜩 가라앉은 목소리로 입을 열었다.

"이 아이를 멀리하면 될 거라 여겼다."

갑작스런 말에 단영이 엉거주춤 다시 앉았다.

"이 아이를 위한 그 어떤 염려와 근심도 내비치지 않는다면, 그러면 될 것이라고 그렇게 여겨왔다. 내가 조금만 돌보았더라도 말문까지 닫아거는 일은 없었을 테지만 차라리 그 편이 나을 것이기에, 죽어 없어지는 것보다 그렇게라도 살려놓는 편이 나을 거라고 나를 위로해왔다. 허나 그대는 이런 나를 비겁하다 평하겠지."

가은당 내부로 자조적인 의종의 목소리가 암울하게 퍼져나갔다. 단영은 무슨 뜻인지 잘 이해되지 않아 조용히 다음 말을 기다렸다.

"자빈은 어찌하여 벌써 명을 다한 것일까. 그대는 이상하지 않은가. 나는 그 여인의 무엇도 염두에 두어본 적이 없는데."

의종이 양혜를 안아 보료 위에 반듯하게 눕혀주었다. 장위동 숲에서 품에 안고 궐로 돌아온 이후 두 번째 안아보는 것이다. 태어났을 땐 워낙 약하여 안을 새가 없었고, 제 어미가 죽은 이후로는 정을 주는 것이 두려워 안지 않았다. 그리고 은연중에 그리 모질게 대하는 것이 아이를 위한 것이라 믿었으며, 그랬기에 정작 심중에 어떠한 존재감도 없던 자빈이 비명횡사하는 것을 목격한 지금 그 충격의 여파는 두 배로 클 수밖에 없었다.

한참을 잠든 옹주의 이마만을 내려다보던 의종이 무겁게 입을 열었다.

"그대를 보내주겠다."

환청을 들었는가 싶어 단영은 의종의 얼굴을 똑바로 쳐다보았다.

"데려올 때부터 나의 과오로 시작된 일, 오기 전과 같이 매이지 않은 몸으로 보내줄 것이다."

단영은, 그녀는 결코 죽음 따위에 지지 않을 거라 믿었었다. 그리고 그 믿음은 아직도 여전했다. 중전은 강한 여인이니까 언제까지고 삶에 굴하지 않을 거라고. 그러나 그가 간과한 것이 있었으니, 단영이 자신에게 반하는 존재가 될 수도 있다는 사실이었다. 왕위를 노리는 것과 마찬가지로 그를 버리고 다른 이를 택하는 것, 그것 또한 의종에게는 반란이었던 것이다. 그러니 곁에 둘 수 없다면 먼저 보내주는 편이 죽음이나 배신보다 견디기 쉬울 듯했다.

"전하께서 무슨 말씀을 하시는지 신첩은 잘 모르겠습니다."

한참 침묵을 지키던 의종이 천천히 입을 열었다.

"……그대의 수하, 두릅이란 자의 새로운 이름이 이기라 하는가?"

"예."

"그대가 지어줬을 테지."

무슨 말이 하고 싶은 건지 몰라 대답을 미루었다. 의종이 다시 말했다.

"그자, 내일이면 의금부에서 풀려날 것이다. 경기어사 정석영이 자신의 목숨을 걸고 그자의 무고를 보장한다 하기에 믿기로 하였다. 그러니 그대는……."

의종은 천천히 자리에서 일어섰다.

"그대는 그자를 따르라. 지금 같은 때 사람 하나 죽은 목숨 만드는 거야 어렵지 않을 터."

단영 또한 반란군에게 피습당한 것으로 꾸며 장례를 치러주겠다는 뜻이었다. 즉 이 혼약을 무효로 만들어주겠다는 뜻이기도 했다. 권력의 힘으로 단영을 한평생 궐 안에 가두는 것이 어렵지도 않았고 또 그렇게도 할 생각이었으나, 그러나 그게 다 무슨 소용이겠는가.

의종은 천천히 문을 향하여 걸었다. 그리고 곧 들려온 단영의 목소리에 걸음을 멈추었다.

"뭐라고 하였나?"

"싫다고 하였습니다."

단영의 단호한 어투에 의종은 잠시 할 말을 잊었다.

"어째서? 무엇이 싫단 말인가?"

"신첩이 여쭙고 싶은 말입니다. 어째서 그 아이를 따라 도망치듯 떠나야 하는 것입니까?"

의종은 그녀의 의도를 이해할 수 없었다. 사대부가의 여인으로서 마음보다는 법규를 따르겠다는 뜻인가. 허나 그가 아는 단영은 법규에 연연할 성격이 아니었다. 그렇다면 무엇 때문일까. 이유는 모르나 모든 것을 양보하겠다는데도 이리 대응을 하니 의종의 심기가 불편해졌다.

“그렇다면 내 손수 꽃가마라도 태워줄까? 그대 머리에 족두리까지 얹어주길 원하였나?”

명치를 가격하는 충격. 단영은 숨을 깊이깊이 들이쉬었다.

“가례를 올리던 날 전하께선 이 혼인을 이어갈 의지가 없으니 소박을 놓으리라 하셨습니다. 근일에는 또 신첩더러 교태전 안에서만 살고 교태전에서 죽으라 그리 명을 바꾸셨지요. 그런데 며칠이나 지났다고 이번엔 아무 사내와 부부의 연을 맺으라 하시는 것입니까?”

“아무 사내? 지금 아무 사내라 하였는가?”

의종이 어이가 없어 반문하자 단영이 지지 않고 대꾸를 하였다.

“아닙니다. 실은 아무 사내가 아니지요. 그 아이는 사가 시절 신첩이 의지하였고 또 신첩에게 의지하였던 동무입니다. 신첩은 그 아이가 언제든 화평하고 복된 삶을 살기를 원하며 또한 그 아이를 위해 무엇이든 내줄 수 있으나 단 하나, 부부의 연을 맺으라 하신다면 이는 따를 수 없습니다. 첫째, 신첩은 이미 혼례를 치렀으니 설사 폐비가 된다 하여도 다른 이를 찾지 않을 것이요, 둘째, 그 아이가 열일곱의 장성한 사내라 하나 신첩에겐 그저 어린 시절 사가에서부터 돌보던 피붙이 같은 인연일 뿐 어떠한 사심도 없으니 남녀라는 것이 성립되지 않습니다.”

노기 섞인 단영의 목소리는 어두운 가은당을 빠르게 채웠다. 의종은 뭐라 말을 이어가려다가 단영에게 말허리가 잘린 듯 한 손을 들어 올린 채 가만히 듣고만 있었다. 그러고는 바침내 그녀의 말이 끝나자 한숨을 쉬듯 손을 내렸다. 별안간 입을 다물게 만드는 언변, 이미 첫 만남에서부터 질리게 겪어놓고도 대할 때마다 새롭고 또 어이없었다.

“피붙이라고?”

마침내 의종이 반문했다.

"예."

"그만큼 그자를 아낀다는 소리인가?"

"예."

물러섬 없는 단영의 대답을 들으며 의종은 다시 입을 다물었다. 원래는 지금의 대답만으로도 충분히 화를 낼 수 있는 입장이었다. 아끼는 자라니, 설사 그렇다 해도 임금이며 지아비인 자신의 앞에서 쉽게 내뱉을 말이 아니었던 것이다. 그런데 피붙이처럼 아낀다는 말이 왜 이렇게 기꺼운지 모르겠다. 단영의 성품을 알기에 그럴 것이다. 겁이 없어 생각한 바를 거르지 않고 탁탁 뱉어낼지언정 없는 말을 지어내는 여인은 아니라는 것을 말이다.

괜한 헛기침을 하며 가은당 내부를 둘러보는 자신의 모습이 새삼스러웠다. 그토록 격분하였는데 일언지하에 막혀 어찌나 무안한지 모르겠다. 하지만 그 와중에도 다른 의문이 비집고 들어왔다. 조금 전에도 단영은 '설사 폐비가 된다 하여도'라고 말했던 것이다. 기억을 떠올려 보면 예전부터 폐비가 되는 것을 오히려 바라는 것처럼 행동하던 그녀였다.

"그렇다면 그대가 원하는 것은 오직 폐서인뿐이다, 이 말인가?"

이리 묻는 의종의 안색이 골똘하다. 단영은 헛기침을 하며 말을 받았다.

"원하고는 있사오나 그것뿐은 아닙니다."

의종의 눈썹이 꿈틀 움직였다.

"뭐라 하였지?"

"원하고는 있사오나 그것뿐은 아니라 하였습니다."

말인즉슨 폐서인이 되는데 조건이 붙는다는 뜻인가.

"전하께서 누구보다 잘 아시겠지만 신첩은 내면이 곱지 않으며 언행이 심히 좋지 않고 여인으로서의 부덕 또한 갖추지 못하였습니다. 이런 제가 어찌 국모라 하는 막중한 자리를 책임질 수 있겠습니까. 하여 전하께서 처음 폐비를 거론하셨을 때 이미 그 길이 신첩의 길이라 수긍하였고 한 치의 반론도 제기하지 않았습니다."

"헌데?"

"하오나 지금은 그로부터 많은 시간이 지났고 신첩의 생각에도 변화가 있었은즉, 만일 전하께옵서 전일의 잘못을 되돌리시고 궁에 머물라 하명하신다면 그러겠노라 대답을 올릴 심산이었습니다. 마침 유사한 말씀을 내린 적도 있으셨지요. 지금은…… 다시 거두셨지만 말입니다."

단영을 바라보는 의종의 한쪽 눈이 슬쩍 가늘어졌다. 임금 스스로 지난 잘못을 사죄하고 다시금 그녀에게 궁에 있으라 청할 것을 요구 중인 것이다. 일이 이처럼 우습게 돌아가는 것에 의종은 할 말을 잃었다. 어처구니가 없었지만 먼저 책잡힐 소리를 하였으니 반박의 여지도 없다. 그러나 어찌 그렇다고 임금인 자신이 중전에게 하소연을 할 수 있단 말인가.

"신첩이 나가길 원하십니까?"

담담한 음색이 이제 제법 어두워진 방 안을 부드럽게 흔들었다. 의종은 무렴함을 잊은 채 저도 모르게 단영을 쳐다보았다. 어슴푸레한 속에서 그녀의 마주 오는 시선이 느껴졌다. 그리고 어쩐지 그런 그녀의 당당함이 좋았다.

"……아니."

목이 잠겨 생각보다 작게 대답이 나간다. 단영이 다시 물어왔고 의종이 다시 대답하였다.

"그대가 나가는 걸 원하지 않아."

아마도, 어둠 속이어서 확신할 순 없으나 아마도 단영의 웃는 얼굴을 본 것 같았다.

"황공하오나 언제부터 결심을 바꾸셨는지 여쭈어도 되겠습니까?"

지극히 공손하되 아직 단영은 그가 첫날 보였던 무례를 봐줄 마음이 없는 모양이었다. 그의 계비는 쉬운 여인이 아닌 것이다.

"잘 모르겠다."

사실이었다. 언제 결심이 바뀌었는지 같은 건 생각해본 적도 없으니까. 언제 그녀가 여인으로 보였는지, 그리고 언제부터 그녀만이 여인으로 보였는지 그런 것을 생각한 적 없는 것처럼.

"내가 그대에게…… 상처를 주었나?"

"예."

의종은 그랬군, 고개를 끄덕였다. 그리고 비로소 홀가분한 마음이 되었다. 본인은 자각하지 못했지만 거리낌 없이 폐서인이란 말을 받아들이는 단영에 의해 그 또한 상처를 받았었다. 그러니 그날의 일이 상처였노라 털어놓는 단영의 고백은 반대로 의종의 상처를 덮어주는 역할을 한 것이다. 의종은 발밑을 내려다보다가 어눌한 어투로 입을 열었다.

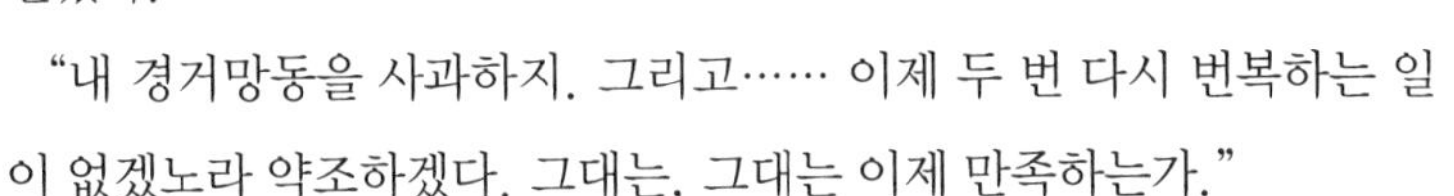

"내 경거망동을 사과하지. 그리고…… 이제 두 번 다시 번복하는 일이 없겠노라 약조하겠다. 그대는, 그대는 이제 만족하는가."

실은 다른 것을 묻고 싶었으나 차마 꺼내질 못해 고민하던 의종이 마침내 입을 열었다.

"나도 한 가지 묻고 싶은 게 있는데, 그러니까 그대는……."

그리고 어김없이 이들을 가로막는 한 사람이 나타났으니.

"신 홍성중, 전하께 알현을 청하옵니다."

홍 내관이 돌아온 것이다. 의종은 가라앉은 목소리로 대답하였다.

"들라."

임금의 목소리가 왜 이다지도 침통한지 알 길이 없는 홍 내관, 그저 자빈의 사고로 마음이 상하였다 추측하며 바쁜 걸음으로 들어섰다.

잠시 그의 귀엣말을 듣던 의종이 말하였다.

"편전으로 가야겠다."

그러고는 망설임 없이 돌아서 나가는 의종. 단영도 교태전으로 돌아가야겠단 생각에서 자리에서 일어서는데 홍 내관이 다시 예를 차리며 뒤늦게 중전께 인사를 올렸다.

"그래, 의주까지 다녀왔다고요?"

지금껏 먼발치로나 봐왔지 제대로 대면해본 적 없는 중전마마였다. 두 손을 공손하게 모은 채 예, 대답을 하던 홍 내관은 설핏 드는 어떤 느낌에 저도 모르게 고개를 들었다. 이제 완전히 어두워진 내실이기에 중전의 모습은 흐릿하게만 비칠 뿐이었다. 여태 불도 안 밝히고 두 분 마마가 뭐 하셨나 싶은 생각도 잠깐, 좀 전의 싸한 느낌이 홍 내관을 감쌌다.

"먼 길에 고단하겠습니다."

그리고 방문을 나서는 중전의 뒤태, 그런데 그런 그녀의 뒤태가 참으로 이상하다. 뭐랄까, 늘 뵙던 것 같은, 늘 말이 오갔던 것 같은 친숙함이라고 해야 하나.

몇 걸음 떨어져 가은당을 나서며 고개를 이리저리 갸웃거리던 홍 내관은 갑자기 벼락을 맞은 듯 앞서 가는 단영의 뒷모습을 훑어보았다. 그러고는 저도 모르게 풀썩 주저앉고 말았다. 이 목소리는 어사 윤단성이?

자빈(慈嬪) 민씨.

직제학(直提學)을 지낸 민응원(閔膺元)의 고명딸로 태어나 내로라하는 세도가의 중심에서 어린 시절을 보내었으며 정1품 빈(嬪)의 품계를 받고 화려하게 입궐한 여인. 자(慈), 즉 사랑으로 잉태하고 키워낼 어미의 소임을 빈호에 담음으로써 앞으로의 원자 생산을 이 여인에게 기대한다는 인성대비의 소망을 한 몸에 받기도 하였던 민씨는 비록 의종의 무관심으로 한스런 생애를 살았으나 임금의 딸을 목숨으로 지킴으로써 마지막 가는 길은 살았을 때보다 더 영화로울 수 있었다.

시호는 의숙(義淑)으로, 양혜 옹주를 대신한 공을 인정받아 의종이 직접 덕순(悳順)이라는 궁호를 함께 하사하였으며 서삼릉 후궁 묘역에 장사되었다. 그녀를 옹호하던 세력 일부에서 묘를 궁정동으로 이장할 것과 저영원(儲永園)이란 원호를 내릴 것을 주장하여 한때 그리 불리기도 하였으나, 십여 년 뒤 후궁의 묘소로서 그 대우가 너무 과하다는 의종의 최종 판단에 의해 자빈묘로 다시 격하되는 일을 겪는다.

대전 주변으로 심상치 않은 정적이 깔리자 여름 풀벌레 소리만 쇄아쇄아 바람을 타고 흘렀다. 황초를 밝히자 강녕전 주위로 내려앉은 어둠이 조용히 물러섰다. 홍 내관 외에 출입을 봉쇄하라는 명이 내린 지 두어 시진, 간혹 종이 부딪는 소리만이 그들의 다망함을 알려주었다.

"이 왕가전(王嘉銓)이라는 자에 대해 말해보라."

상석에 자리한 의종의 안색은 좋지 못했다. 홍 내관이 내놓은 문서를 유심히 바라보고 있었는데 불쾌한 듯 보이는 낯빛 위로 언뜻언뜻 안타까움 같은 상반된 감정도 엿보였다.

"본래는 산시(山西) 태생으로 강남의 목면과 비단 등을 주로 취급하던 장사치인데 몇 해 전부터 후난(湖南)에 농토를 사들이고 미곡을 거래하면서 큰 부를 축적한 자이옵니다. 지금은 북경에 새로이 기반을 조성하는 중이라 하며 공공연히 퍼진 소문에 의하면 수언춘(舒思春)이란 군기대신(軍機大臣)[61]의 세를 빌려 무역 독점권을 차지하기 위함이

61) 군사, 정무를 총괄하는 청나라 최고기관 군기처(軍機處) 소속 벼슬아치. 재상.

그 연유라 하였습니다."

"그런데 그런 자가 화약을 밀수하려 한다는 말인가?"

지난날 경강을 가로지르던 만상 소유의 수척의 운선은 역시 화약을 운반하고 있었다. 또한 그 화약은 바로 이 왕가전이라는 청나라 장사치에게 넘겨주기 위함이라는 것이었다.

"예, 그렇사옵니다. 그쪽에서 보낸 끄나풀 몇이 아직까지 의주에 상주하고 있는 점으로 미루어 지난 한강진 모반의 실패로 계획이 틀어진 후 다시 때를 기다리는 듯하옵니다. 마침 서 부장 또한 만상의 행로를 주시하던 참이어서 그들의 행적을 수월히 파악할 수 있었는데, 여러 날 지켜본즉 그들 일행이 매일같이 통군정(統軍亭)에 올라 압록강 일대를 수시로 살피는 등 부쩍 수선스러워진 것을 보아 화약을 빼돌릴 출로를 모색하는 것이 아닌가 사료되옵니다."

의종은 잠시 생각에 잠겼다. 자국에서 직물과 곡식 매매로 탄탄대로를 달리던 장사치가 이제 그 세를 넓히기 위해 외국과의 무역 독점권을 원하고 있다. 정치권과의 결탁이란 점으로 미루어 미심쩍은 부분이 있긴 하나 있을 법한 일이었다. 당시 청은 아직 공행(公行)[62]이 시작되기 전이었기에 사사로운 욕심을 부려볼 여지가 있었던 것이다. 그러나 화약을 밀수한다는 건 다른 문제였다. 국경에서 수시로 행해지는 인삼, 은 등의 밀무역과는 차원이 달랐다. 개인이 취급하여 이문을 남길 수 있는 종류가 아닌 것이다.

의종은 홍 내관이 작성한 사본(査本)을 다시 들여다보았다. 앞서 거론된 군기대신 수언춘은 호부상서(戶部尙書)를 겸직하였으며 정황기(正

62) 독점 무역을 허가받은 특허 상인의 조합.

黃旗)[63] 만주기인(滿洲旗人) 출생으로 아비는 지방대관(地方大官)을 지낸 수상원(舒尙源)이라 적혀 있었다. 문장이 빼어나고 문재가 탁월하여 현 황제의 총애를 받고 있으나 그 총애를 기반으로 횡포가 극심하여지더니 근래에는 군기대신 장성량(張誠量)이란 자와 대립을 이루어 입지가 좁아졌다는 내용도 보였다.

"장성량?"

"한족 출신이며 한림원(翰林院) 학사원으로 오래토록 재직하여오다가 새로이 군기처 대신직을 하사받은, 신진 세력으로 급부상하는 인물이라 하옵니다. 소신도 그자의 성명이 낯익어 알아보니 지난 계축년(癸丑年)에 전하께옵서도 대면하신 적이 있는 자였습니다."

계축이면 의종이 보위에 오르던 해였다. 선대왕인 선종의 시호(諡號)를 하사한다는 명목으로 청나라에서 사절단을 파견하였는데 장성량도 그때 일행으로 조선을 방문하였던 것이다. 의종의 기억에는 없었으나 칙사등록(勅使謄錄)[64]을 찾아보면 당시 사절들의 일정, 개개인의 성품이나 식성까지도 자세히 기재되어 있을 터였다.

의종이 고개를 끄덕이며 말했다.

"그자가 이번 일과 무슨 연관이 있나?"

"무슨 연관이 있다 단언할 수 있는 것은 아니옵니다. 다만 소신이 그곳에 당도한 것과 같은 시기에 의주로 넘어온 이들 중 협조를 청하는 장성량의 공문을 소지한 자들이 있었는데, 뒷조사를 하여보니 미심쩍은 부분이 있어 아뢰는 것이옵니다. 청에서 저들의 상인을 단속코자 공문을 넣는 경우는 종종 있어온 일이기에 이번에도 의주부윤(義州

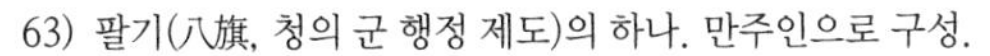

63) 팔기(八旗, 청의 군 행정 제도)의 하나. 만주인으로 구성.
64) 청나라와의 사신 교환 기록서.

府尹) 정한일이 복주(覆奏)[65]를 하기 전에 먼저 허가를 내렸다 하였습니다."

그 말은 지금 의주에는 왕가전의 수하와 장성량의 수하가 각각 상주해 있다는 뜻이 되었다. 다만 왕가전은 몰래 잠입을 시켜 서 부장과 홍 내관이 뒤를 캐기 전까진 그 존재가 드러나지 않았던 반면 장성량은 비밀리에 움직이되 조선의 관사에는 미리 양해를 구한 것이 차이점이었다. 또한 보고에 의하면 왕가전의 수하들은 달포 가량 먼저 의주에 숨어들었고 장성량 쪽은 홍 내관이 도착한 것과 비슷한 시점에 조용히 들어온 것이니, 이는 왕가전 쪽에서는 장성량의 움직임을 모르고 있을 가능성도 내포되어 있었다.

"재미있군."

의종이 말했다.

"이 왕가전이란 장사치 뒤에 수언춘이 버티고 있고 그 반대편에 장성량이 진을 친 것이라면, 이번 반역의 무리들과 모종의 거래를 진행시킨 쪽은 자연 수언춘이란 자로 좁혀지겠어."

"예, 전하. 그들의 결탁이 확실하다면 왕가전 이자는 필경 자신의 상단을 이용하여 화약을 밀반입해주는 대신 원하는 무역 독점권의 보장을 요구하였을 것으로 추정되옵니다."

"그렇다면 남은 일은 반역의 무리들이 과연 어떠한 조건을 걸고 화약을 내주었는가 하는 것, 그리고 그 수언춘이란 자가 무슨 의도로 이러한 일을 벌이게 되었는지를 알아보는 것이로구나."

잠시 타오르는 황초를 지켜보던 의종이 입을 열었다.

"장성량이란 자 또한 지금 군기대신의 직을 맡고 있다 하였던가?"

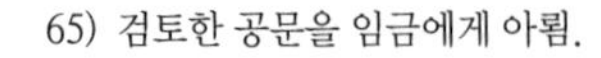

65) 검토한 공문을 임금에게 아룀.

"예."

음, 의종은 고개를 끄덕이며 생각에 잠겼다. 황제의 총애를 받았다던 수언춘. 그러나 이제 장성량이란 자가 새롭게 세를 형성하며 부상하였으니 자연히 그 영향력이 줄어들 수밖에 없을 터, 둘 사이에 불거졌을 알력은 확인하지 않아도 알 수 있었다. 이런 상황에 조선의 반군들과 손을 잡고 화약을 조건으로 무언가를 내주기로 하였다면 이는 필경 수언춘 그자의 기득권을 더욱 공고히 해줄 거래일 터였다. 뒤늦게 장성량의 수하들이 의주에 당도하였다는 것은 수언춘에게 꿍꿍이가 있음을 알아차리고 방비에 돌입했다는 뜻인 것이다.

"장성량과 내담을 해보면 무언가 잡히는 게 있겠지. 누구를 보내야 할까?"

의종의 최측근은 홍 내관이었으나 지금 막 의주에서 돌아온 참이라 또다시 외지로 보내기엔 많이 지쳐 있었다. 그는 곧 어사 정석영을 적임자로 결정하고 통역관 두 사람과 호위 무관 몇을 지정해주었다. 그러고는 그 자리에서 밀서를 몇 장 작성하여 홍 내관에게 내어주었다.

홍 내관이 근심 어린 표정으로 입을 열었다.

"이 화약 밀반입에 관한 여타의 일들이 과연 수언춘 그자의 독단적인 결정일까요?"

만일 황제도 개입되었다면 이처럼 밀령을 내려 청나라 대신과 접촉하려는 행위 자체만으로도 더 큰 문제를 불러올 수 있기 때문이었다.

"그럴 것이다. 적어도 이것이 청나라 조정에서 거론된 사안이라면 장성량 또한 협력하지 않을 수 없을 터, 왕가전의 뒤를 캐는 일 따윈 하지 못했을 테지. 허나 그렇다고 황제가 이번 일을 모르지는 않을 것 같구나. 조선 관사에 공문을 넣어 흔적을 남기는 것만 보더라도 장성량은 황제의 묵인 하에 움직이고 있다고 봐야 옳을 것이니."

홍 내관이 또다시 물었다.

"장성량이 순순히 협조를 해줄지 모르겠습니다. 만에 하나 그자가 이쪽 제안을 거부하고 전하의 밀서를 황제에게 올리기라도 한다면 그 또한 난감한 일이 아닐는지요?"

그러나 이번에도 역시 의종은 담담히 반응하였다.

"황제가 장성량의 결정을 묵인해주었다는 것은 바꿔 말하면 수언춘의 행보를 탐탁지 않게 여긴다는 뜻도 될 것이다. 일단은 우리 또한 신중히 움직여야 할 때임을 모르지 않을 터, 후일 주청사(奏請使)를 보내어 전후 상황을 알린다면 납득할 것이야."

그러고는 눈앞의 문서 몇 장을 다시 내려다보는 것이었다. 그런데 그 모습이 지금까지와 달리 흥미와 기대를 품고 있는 듯해 홍 내관은 일순 의아해졌다. 그리고 잠시 후 교태전에 가야겠다는 의종의 말을 들으며 그는 깨달을 수 있었다. 전하께선 어사 윤단성이기도 한 곤전마마와 이 일을 상의하고 싶어 하신다는 것을.

"……뫼옵겠나이다."

자리를 떨치고 일어서는 의종을 쫓으며 홍 내관은 먼저 심호흡부터 하였다. 중전마마와 혹 마주치기라도 하면 어째야 할까. 무엇보다 염려되는 것은 방자하기가 이를 데 없던 스스로의 행동들이었다. 여태 금상의 총기를 흐리는 자라고 얼마나 구박을 하였던가.

'아아, 종종 여인 같은 모습을 보이는 사내가 아니라 진짜로 여인이었어. 아니, 종종 사내 같은 모습을 보이는 여인이었던 게지. 어떻게 그럴 수가. 여인의 몸으로 이 무슨 해괴한…….'

복잡한 심경으로 의종을 따르던 홍 내관은 곧 북악산 토굴에서 충심으로 막아섰던 두 분 마마의 애틋한 상황들을 떠올리고 사색이 되었다. 지금까지는 교태전의 정체를 몰랐기에 임금 또한 그냥 넘어간 것이겠지만 만일 눈치 챘다는 것을 알게 된다면?

'나는 아무것도 모르는 것이다. 곤전마마께선 지금까지와 마찬가지로 현숙하시고 단정하시고 또 근엄하시며……. 그나저나 영평부원군께선 대체 무슨 교육을 어떻게 시켜왔기에, 어이구.'

두통 때문에 어지럽기까지 한 홍 내관, 어찌 의종이 그 속을 짐작이나 할 수 있겠는가.

의종이 교태전을 찾기 위해 대전 앞 너른 마당을 반쯤 건너는데 임 내관이 반대편에서 다가왔다. 문득 그의 손에 들린 한 통의 서신을 발견한 의종이 걸음을 멈추었다.

"교태전 최 상궁이 가지고 왔더란 말이냐?"

중전이 보낸 서찰이었다. 홍 내관이 곁눈질을 해보는데 내용이 그리 많지는 않아 보였다. 그러나 그 짧은 서찰로도 의종의 낯빛은 꽤나 흡족하게 변모하였다.

"마침 전하께서도 교태전으로 납시려던 참이시니……."

홍 내관이 임 내관에게 자초지종을 말하려는데 이때 의종이 가로막으며 달리 지시하였다.

"금부옥까지 나서려면 아무래도 미복을 하는 게 좋겠구나."

"금부옥이라고 하셨습니까?"

갑자기 웬? 그러나 의종은 이렇다 할 대답 없이 다시 강녕전으로 되돌아가더니 먼저 간단한 편지 한 통을 작성하여 홍 내관에게 내미는 것이었다.

"중전에게 전하라."

그러고는 홍 내관이 교태전에 가기 싫어 오만상을 찌푸리든 말든 혼자 중얼거리는 것이었다.

"아직 금족령을 거두겠다 하지 않았으니 답답하겠지."

예전 같으면 홍 내관은 그 말을 액면 그대로만 받아들였을 것이다. 사내 윤단성이로 변신하여 국사에 참여코자 몸살을 앓는 곤전마마와, 그 말도 안 되는 오지랖을 전하께서 미리 헤아려주고 계신 것임을 결코 눈치 채지 못했을 거란 소리였다. 그저 이 시국에 급하지도 않은 금족령 풀어줄 생각은 왜 하신 걸까, 의아해했겠지.

어찌 되었든 이미 떨어진 명을 주워 담을 수는 없는 일, 홍 내관은 소태 씹은 심정으로 교태전으로 향할 수밖에 없었다.

"전하께서요?"

최 상궁에게 전달하려는데 곁에 있던 윤 상궁이 반색을 하며 냉큼 가져가버렸다. 그녀의 생각으로 이는 연서(戀書)임에 분명했던 것이다. 낮에도 가은당에서 오랜 시간을 함께 보내신 두 분 마마가 이런 연서까지 주고받으신다니, 옹주마마가 틈새에 계셨던 것이 아쉬웠지만 다른 면으로 보면 일가족이 오붓이 함께한 것이니 이 얼마나 다정하고 아름다운 장면이란 말인가.

"관상감(觀象監)[66]에서 이번 달 길일을 잡았다 들었으니 양전마마의 합방도 멀지 않았습니다."

"이 사람아, 말을 좀 가려가면서 하게."

돌아선 홍 내관의 귀에 윤 상궁의 들뜬 음성과 이를 탓하는 최 상궁의 차분한 음성이 차례로 들려왔다. 허나 합방이라니, 홍 내관은 고개를 설레설레 흔들며 그곳을 빠져나왔다. 자신이 알기로 전하의 마음은 이미 오래전부터 윤단성이, 즉 곤전마마 곁에서 배회했던 것이다. 그럼에도 아직 합방이 이루어지지 않았다는 것은 이를 거부하는 쪽이 전하가 아닌 교태전이라는 뜻, 조선 개국 이래 이런 애화(哀話)가 또 있으랴.

'혹 이번 전하의 연통에 금부옥에 함께 가자느니 하는 내용까지 담긴 건 아니겠지? 설사 그럴 리도 없겠지만 여인의 몸으로 금부옥까지

66) 천문을 관장하는 관청.

납시는 일 또한 없을 것이야. 암, 전하께서 잠시 눈이 가려 허용하셨다 하더라도 이런 건 곤전마마께서 먼저 조심하셔야 할 일!'

그러나 홍 내관의 짐작은 여지없이 틀리고 말았다. 의종이 금부옥까지 올 것을 종용하진 않았으나 금족령을 풀어준 것은 네 마음껏 움직이란 소리와 다름없었으니, 이 말은 지금껏 교태전에 들어앉아 답답한 속을 쓰다듬던 단영에겐 가장 큰 희소식이 되었기 때문이었다.

원래 단영이 의종에게 급히 연통을 넣은 것은 경진에게서 받은 한 통의 서신 때문이었다. 한강진의 일로 일신의 공을 인정받아 영루관 기생에서 양민으로 복원된 그녀는 거두절미하고, '자신이 최근 언동이 수상한 남정네 둘을 알게 되었는데 그 둘 중 한 명이 오늘 밤 금부옥의 조창주를 찾으러 갈 것이라' 간단히 적고 있었다. 그만큼 촌각을 다투며 서신을 작성했다는 뜻이었다. 무슨 일 때문인지, 무엇을 행하고자 함인지 몰랐으나 좋은 뜻으로 방문하는 게 아닌 것만은 확실하니 부랴부랴 의종에게 연통을 넣은 것이다.

단영은 의종의 서찰을 이해하자마자 두말 않고 의금부로 향하였다. 이제 궁궐 담을 넘는 것에는 익숙해질 만큼 익숙해졌지만 그래도 금부옥은 다르다. 어둠에 휩싸인 조옥 내부는 끊일 줄 모르는 풀벌레 소리와 간혹 지나다니는 나장들의 발소리 외엔 어떤 움직임도 없었다.

관솔불에 의지하여 겨우 조창주가 갇혀 있는 옥사를 찾아낸 단영은 나뭇단 뒤에 숨어 주위를 살폈다. 이미 도착했으리라 여겼던 의종은 아직 보이질 않았다. 어딘가 숨어 있는 것인가.

잠시 숨을 고르던 단영은 저만치 드러나는 시커먼 그림자에 몸을 움츠렸다. 까치두루마기를 두른 나장이었다. 손에 들린 주장(羅將)[67]이 불

---

67) 붉은 칠을 한 몽둥이.

빛에 번득였다.

'칠을 새로 하였나?'

아무리 그렇다 해도 나무 몽둥이가 빛을 반사하다니? 무언가 이상한 낌새가 느껴져 그자를 유심히 바라보았다.

아니나 다를까, 주위가 조용해지자 그 수상한 나장은 조창주가 들어앉은 옥문을 더듬어 열었다.

"누구냐?"

잠에서 깬 조창주의 목소리가 들려왔다. 경진이 말한 자가 저자로구나, 몸을 일으키려는데 이때 손 하나가 그녀의 손목을 잡아 도로 앉혔다. 돌아보니 언제 왔는지 의종이 보인다. 해진 황의에 낡은 갓. 잠행 때마다 보곤 하는 이수환이었다.

"누가 보낸 것이냐?"

다시 조창주의 음성이 들려왔다. 사내의 뒷모습 때문에 보이진 않았으나 실랑이가 오가는 것으로 보아 위협을 당하는 모양이었다. 아마도 옥문을 침투한 자가 조창주에게 무언가 확인을 할 요량인 듯했다. 간간이 윽박지르는 새된 음성이 튀어나왔다. 의종이 중얼거렸다.

"저쪽에서 보낸 자객일지도."

저쪽이란 '목소리'를 뜻하는 것이었다. 조창주를 죽여 그 입막음을 하려 한다는 뜻이었다.

"뒤를 쫓는 것이 더 빠르겠어."

즉 가만히 지켜보다가 저자가 어디의 누구에게로 가는지 뒤를 따르겠다는 뜻이었다. 그 말은 조창주가 어찌 되든 관여치 않겠다는 뜻이기도 했다. 단영이 반문하였다.

"조가에게서도 알아내야 할 게 있지 않겠습니까?"

그리고 의종이 뭐라 답하기도 전에 저쪽에서 먼저 작은 소동이 일어났다. 아마도 조창주가 기회를 틈타 도망을 치려 한 모양이었다. 그러나 미처 빠져나오기도 전에 사내에게 머리를 몇 차례 얻어맞은 것이다. 조창주는 옥 창살을 부여잡고 서 있더니 바닥으로 조용히 미끄러졌다. 움직임이 없는 것으로 보아 죽은 것인지도 모른다. 조창주를 해친 자는 재빨리 전건을 다시 쓴 후 밖으로 나와 어둠 속으로 사라졌다.

"뒤쫓지 않을 참인가?"

멍하니 있는 단영의 어깨를 두드리며 의종이 먼저 몸을 일으켰다. 단영은 잠시 조창주가 누워 있는 곳을 바라보다가 의종을 따랐다. 저곳 어딘가에 이기가 있을 텐데, 이 상황을 다 지켜보았을 텐데, 그 심사가 얼마나 복잡할까 싶어 마음이 아팠다. 그러나 지금 단영은 그를 위로해줄 처지가 못 되었다. 한숨이 나오려는 것을 막으며 의종을 따라 달렸다.

단영의 짐작대로 이기는 이 모든 상황을 지켜보고 있었다. 가장 먼저 의종이 당도한 것도, 그 후 나타난 자객이 저만치 번을 서던 나장을 끌고 사라지던 것도, 단영이 교대하듯 나타난 것도 다 보고 있었다. 물론 조창주가 죽어가는 모습까지도.

조창주 가까이 가보았다. 얼마 가지도 못했는데 목에 씌워진 칼(枷) 끝에 창살이 걸렸다. 그는 그 자리에 천천히 주저앉아 널브러져 있는 조창주를 내려다보았다. 그의 머리 위로 사내의 쇠몽둥이가 떨어질 때 이기는 순간 울컥하는 스스로를 느꼈다. 그리고 그건 지금까지도 의문이다. 목과 손을 가둔 항쇄가 아니었다면 과연 이자를 구하고자 했을까.

"……이제, 네 소원이, 조만간, 이루어지겠, 구나."

죽은 듯 누워 있던 조창주가 히죽 웃으며 중얼거렸다. 농을 치듯 가벼운 읊조림 뒤로 쏟아지는 숨소리가 이제 세상을 하직할 때가 되었음을 알려주는 경고음처럼 그 뒤를 따랐다.

조창주는 눈을 희번덕거리며 이기를 바라보다가 힘겹게 품을 뒤져 손수건 한 장을 끄집어내었다. 찢어낸 옷자락이다. 상처 때문에 칼을 채우지 않아 수족이 자유로웠던 그는 여러 날 궁리 끝에 옷깃을 찢어 품 안에 넣어두었는데, 실은 다른 일에 쓰려던 용도였으나 이제 필요가 없어진 것이다.

그는 그것을 덜덜 떨리는 손으로 내밀었다.

"이처럼, 많은, 피를, 흘릴 줄, 짐작, 했다면…… 굳이 생살을, 뜯지 않아도, 되었을, 것, 을."

과연 천 조각 위엔 피로 적힌 글자 몇이 촘촘히 적혀 있었다. 이기는 짙게 변색되어버린 그 핏자국을 가만히 내려다보았다.

何人不起故園情

하인불기고원정(누구인들 떠나 온 고향집 생각 않으리)

시의 한 구절인 듯 가지런히 적힌 필체가 곱고 단정했다.

"이게 무엇입니까?"

이기의 질문에 조창주는 배시시 미소를 지었다. 그러고는 곧 쿨럭이며 기침을 하였다.

"홍정, 한 번, 해보겠느냐? 내, 반역의 수괴가, 뉘인지, 그 정체를, 여태 모른다. 다만…… 그자의, 필체를, 훔쳐본 적은 있어, 흉내, 정도는, 내볼 수 있지."

반역의 수괴란 '목소리'를 지칭하는 것이었다. 조창주가 더듬더듬 설명하기를 이 시는 '목소리'가 하루에도 수백 번씩 적어내곤 하는 습관이라 하였다. 윤돈경의 필체를 모사했듯 이번엔 목소리의 필적을 흉내 낸 것이다.

"주상에게, 네놈의, 목숨을 걸고, 이것과 맞바꾸겠다, 하여라."

이기의 미간이 좁아졌다. 그자의 필체도 아닌 겨우 모사 정도를 목숨과 맞바꾸라니?

"그 정도의 값어치가 있는 것입니까?"

"그야, 네놈에게, 달린 것, 아니, 겠느냐."

흥정을 통해 가치를 높이란 소리일 것이다. 기가 막힐 노릇이지만 이기는 조창주의 배실거리는 웃음 속에서 다른 것을 발견하였다. 실은 이 한 조각 천을 이용해 구명하려던 것이 본인의 목숨이었음을 말이다.

"이제 그만 좀 허시오. 그러다 애 잡겄소."

네 살인가 다섯 살 즈음, 별당 조씨가 하루가 멀다 하고 매질을 하던 때가 있었다. 당시 조창주 또한 윤돈경의 사택을 뻔질나게 드나들었는데 그때마다 누이에게 학대당하는 이기를 은근슬쩍 풀어주곤 했었다. 진찬 사건으로 독주를 절반이나 마셔 계획을 망친 자신에게 애써 해독제를 가져와 살려주었으며, 양재도 흉가가 폭발하기 직전 늦지 않게 경진을 돌려주어 불바다에 휩쓸리는 것을 모면케 해준 적도 있었다. 그리고 그때마다 조창주는 앞으로 쓸모가 있기에 살려둔다는 애매모호한 말을 남겼던 것이다. 그러나 천하의 조창주가 섣불리 사람에게 인정을 베푸는 이였던가?

이기가 복잡한 시선으로 조창주를 바라보았다. 언젠가 조 대감을 독살한 직후, 씁쓸해하던 모습을 본 적이 있었다. 짐승 같은 그에게도 일말의 양심이 있는가 싶었던 그때, 그 시간 가졌던 모순된 감정이 살아나는 가운데 좀 전의 의문이 다시금 자리를 잡았다. 만일 수족을 가두고 있는 항쇄가 아니었더라도 조창주에게 미친 위험을 모른 척했을 것인가. 그가 죽어가는 것을 지금처럼 바라만 볼 수 있었을 것인가.

"여기!"

이기가 밖을 향해 외쳤다.

"여기 사람이 다쳤습니다!"

단언하기 힘든 일이었다.

하늘을 올려다보았다. 비라도 내리면 좋으련만 청명한 밤하늘은 뽀얀 달빛을 아우르고 그 위에 샛별을 꽂아 아름답게 치장 중이었다. 초영은 실신할 듯 울어대는 은선당 나인들을 피해 밖으로 나왔다. 자빈이 살아 있을 땐 행여 그 변덕스런 성품에 잘못 걸릴까 피해 다니기 바쁘던 이들이 지금은 젊어 죽은 그녀가 억울하여 통곡하고 있었다. 예부터 말하기를 사람은 정(情) 각각 흉(凶) 각각이라고 하였는데 지금이 꼭 그러하다. 흉을 볼망정 오랜 시간 든 정마저 뗄 수는 없는 것이다.

초영은 걸었다. 어디 한 곳 갈 데가 없어 마냥 은선당 주위를 배회하였다. 그러나 몇 바퀴를 돌아도 걸음이 멈춰지질 않았다. 마음 같아선 이대로 훌쩍 떠나고 싶은데 들어오기는 쉬웠음에도 나가는 것이 어려워 그러질 못한다. 그냥, 이대로 죽는 이가 자빈이 아닌 자신이었으면 좋겠다는 생각도 들었다. 몇 바퀴나 돌았을까, 초영은 저만치 서 있는 사람 그림자를 발견하였다.

"……."

자령군이었다. 그러나 예를 갖춰야 한다는 생각은 들지 않았다. 그저 바라만 보자니 그가 먼저 다가오며 물었다.

"무슨 일입니까?"

이 사람도 죽은 이를 기리러 온 것일까. 문득 초영은 자빈이 저보다는 덜 외로웠다는 생각을 해본다. 밤이면 밤마다 찾아주지 않는 정인을 그리며 포악을 떨던 자빈이었으나 그래도 그 성격을 맞춰주는 이들이 있고 또 이렇게 간혹 찾아주는 이들도 있지 않은가.

자령군은 깊이를 알 수 없는 눈으로 초영을 바라본다. 이이는 모르겠지. 지금 내가 무엇에 정신을 팔고 있는지 알지 못하겠지. 초영은 작게 한숨을 내쉰 후 겨우 입을 열었다.

"제가 그랬습니다."

"무엇을요?"

이 무슨 뜬금없는 말이냐고 묻지 않았다. 대신 이미 들어줄 준비가 되었다는 듯 다음을 청하고 있었다. 초영은 그 담담함에 이끌려 저도 모르게 얘기를 이어나갔다.

"곤전마마께 바칠 예정이었던 의복을 소인이 지었습니다."

얼마 전이었다. 무슨 생각인지 자빈은 초영에게 의복을 하나 지으라며 최상급 비단을 내밀었다. 교태전에 상납할 물건이라 하였다. 그러니 단영의 치수에 맞게 잘 만들어 올리라는 것이었다. 그러나 초영은 어려서 외엔 바느질을 해본 적이 없었다. 다만 거부할 수가 없어 할 수 없이 침방나인 한 명에게 정교하게 세공된 면경 하나를 쥐여주며 대신 청을 하였더랬다.

"그랬는데요?"

자령군이 묻는다. 초영은 가만히 그 얼굴을 바라보며 갈등하였다. 이제 털어놓으면 주워 담을 길이 없다. 만일 이이가 내 말을 듣고 죄 있다 판단하여 임금에게 상고한다면 나는 단박에 잡혀 갈 것이다. 그 생각이 불현듯 뇌리를 스쳤던 것이다. 그러나 이제, 이제 초영은 더 이상 마음속 그림자를 재워둘 곳이 없었다. 이렇게라도 털지 않으면 속이 터져 죽을 것만 같았다.

"헌데 은선당 마마께서 보시기에 이 새로운 의복이 꼭 마음에 드셨던 모양입니다."

자빈은 상상외로 아름다운 옷에 마음이 쏠려 이것을 교태전에 바쳐야 할지, 아니면 제가 그냥 입어야 할지 고민을 했더란다. 그리고 고민이 채 끝나기도 전에 대비전에서 행차 날짜를 갑자기 당겨버려 기회를 아주 잃은 것이다. 음력 칠월 초닷새, 그날 때문에.

"교태전 상납은 없던 일이 되었겠군요. 그런데 그게 윤 나인과 무슨 연관이 있습니까?"

초영이 망설이다가 입을 열었다. 턱이 미세하게 떨리고 있었다.

"그저 예사 의복이 아니었으니까요. 이는 의복이 아니라…… 표적이었습니다."

"흥미로운 일을 만들 수 있겠구나."

처음 자빈이 자신에게 의복을 하나 지어 올리라 하였을 때, 그리고 그 의복이 중양절 단풍놀이를 맞아 단영의 나들이옷이 될 것임을 고하였을 때, 조창주는 그렇게 말했었다.

"외숙, 이것으로 설마 무언가 일을 내실 참은 아니겠지요?"

그리고 두려움과 경계심이 섞인 눈으로 묻는 초영에게 대답했던 것이다.

"내 설사 날고 기는 재주를 가졌대도 고작 의복 하나로 무엇을 어찌할 수 있겠느냐."

자령군이 온화하게 물었다.

"무엇에 대한 표적이었습니까?"

"꼭 이 문양을 달아야 합니까? 혹 무슨 표시를 해두려는 것은 아닙니까?"

조창주가 구해다준 문양은 알록달록한 색실로 정교하게 수놓은 푸른 수국과 붉은 작약이었다. 서로를 쫓듯 줄기로 원형을 그리는 두 가지 꽃. 자태는 아름다웠으나 옷을 짓기엔 너무 크고 화려하였다. 하여 꾸지람을 들으면 어쩌나 걱정하였는데 웬걸, 평소 아름답고 화려한 것을 좋아하는 자빈은 당의의 앞과 뒤를 장식하는 그 꽃들을 매우 흡족해했었다.

초영이 우울한 기억 속에 푹 빠져 대답을 미루자 자령이 다시 물었다.

"혹 은선당이 당한 화가 그 의복과 관련이 있다고 생각하는 겁니까?"

관련이 있다고 생각하는가. 아니, 그런 게 아니다. 이는 생각이 아니라 확신이었다.

'나는 고작해야 마마께 누가 되는 일로만 여겼지 실제로 목숨을 앗으리라고는 예상치 못했다. 만일, 만일 이처럼 무서운 일인 줄 알았다면 나는 결코 그 청을 받아들이지 않았을 거야.'

"누군가가 윤 나인을 통해 그 의복에 표식을 남겼다는 소리로 들립니다. 맞습니까?"

자령군이 물었다. 여전히 부드럽고 예의 바르긴 하였으나 그의 눈매는 의혹을 담고 있었다. 그제야 초영은 자신이 어떤 식으로 오인받는지 깨달았다. 걱정스런 눈매, 따뜻한 음성은 여전했지만 이런 일을 묵인할 수 없는 신분인 것이다. 어쩌면 나는 절대 해선 안 될 말을 너무 쉽게 흘려버렸는지 모른다. 그리고 이제 그는 감히 왕실을 향해 칼을 들이댄 자를 캐묻겠지.

머릿속이 복잡하여 고개를 푹 숙였다. 지금 어딘가에 숨어 있을 외숙이 떠올랐다. 원망스러운 것인지, 혹은 미운 것인지 알 수가 없다. 그저 왜 내가 이 어둡고 스산한 곳에서 이런 모습으로 비참해해야 하는가, 반복하여 따져볼 뿐이었다. 내가 도대체 무엇을 잘못하였기에.

"제 뜻이 아니었습니다."

한참 만에 초영이 말하였다. 고개를 드는 자령군이 느껴졌다.

"제 뜻이 아니었습니다. 제가 의도한 게 없습니다. 스스로의 선택도 아니었습니다."

서출로 태어난 것도, 심약하게 태어난 것도 자신의 뜻은 아니었다. 그런 어머니를 둔 것도, 그런 외숙을 둔 것도 자신의 뜻은 아니었다. 비단옷 걸치고 아가씨입네 해봤자 결국 저도 천것이지 별것 있냐며 수군대는 소리를 들었을 때에도 내 뜻이 아니었어, 중얼거렸고 단영의 본방나인이 되어 입궁할 때에도 내 뜻은 결코 아니라고 중얼거렸다.

그리고 의종에 의해 처음 편전에 들었던 때나 다시 의종에게 밀려 편전에 발도 못 붙이게 되었을 때, 외조부 조 대감이 독살당하였을 때에도 그녀는 부인했던 것이다. 내 뜻이 아니었어, 라고.

그래, 아무것도 내 뜻이 아니지. 난 뜻을 품을 수 없는 삶을 살아야 하니까. 원하는 게 있어도 결국 가질 수 없을 테니까.

초영의 얼굴이 일그러졌다. 그리고 그 모습을 바라보던 자령의 눈빛도 함께 흔들렸다.

"이용당했다고 생각하는 겁니까?"

이용? 나는 이용당한 것인가. 초영은 눈물을 애써 참으며 생각했다. 나는 지금껏 다른 이들에게서 이용만 당하며 살아온 것인가. 그래, 그런 것 같다. 초영은 왠지 수긍이 되었다. 그리고 그와 함께 자령군의 고개는 반대로 가로저어지고 있음을 볼 수 있었다. 어째서? 초영이 이해할 수 없어 바라보자 그가 시선마저 다른 곳으로 돌리더니 이내 짧은 한숨을 내쉬었다.

"그게 편할 겁니다. 다른 이에게 책임을 전가하는 것만큼 나를 편하게 해주는 것은 없지요. 내가 원하지 않은 것, 내가 뜻하지 않은 것을 저이가 하게 만들었다 여기면 그것으로 족하게 되니까요. 허나 윤 나인, 윤 나인은 정말로 아무것도 뜻한 바가 없었습니까?"

갑자기 그의 시선이 자신에게 향했기에 초영은 바짝 긴장하며 반걸음 뒤로 물러났다. 어쩐지 자령군의 눈매가 슬퍼 보인다는 생각이 들기도 했다. 그의 목소리가 다시 들려왔다.

"다른 이의 꾐에 빠질 때 마음 깊은 곳에서는 윤 나인이 바라던 무언가를 충족시켜주는 조건을 셈하고 있던 것은 아닙니까? 실은 일이 그런 식으로 진행되었으면 하고 바라던 사람들 중에 윤 나인도 속해 있던 것은 아니었느냐는 말입니다."

여전히 조용한 음성이었으나 그 안엔 어떤 격정 같은 것이 담겨 있었다. 누군가가 차가운 물 한 바가지를 끼얹은 듯 초영의 전신이 선뜻해졌다. 자령군이 내뱉은 말 한마디 한마디가 귓전을 맴돌며 재촉하는 듯했다. 윤 나인은 정말로 뜻한 바가 없었습니까?

꿈에서 깬 얼굴로 바닥을 응시하였다. 그리고 가늠해보았다. 어머니가 궐로 들이밀 때 정말 스스로는 그것을 원치 않았었는지를.

"제가 어찌 궁으로 들 수 있어요? 전 소실 자리도 괜찮아요. 애초에 양반도 아닌 것을요."

허나 정말 아무 댁 소실로나 살아갈 인생이 괜찮았을까. 실은 단영에게 쏟아진 뜻밖의 광영이 부러웠던 게 아닐까. 그래서 어미가 억지로 등을 떠밀 때 완강히 거부를 못 한 건 아닐까.

외조부 조 대감을 만나기 위해 금부옥을 방문할 때도 그랬다. 겉으로는 외조부를 위로하겠다고, 또한 자신의 부친을 염려하는 외숙의 뜻을 꺾을 수 없는 거라고 스스로를 설득했지만 실은 마음 한구석에선 다른 생각을 품고 있었던 것이다. 이 기회에 잘 보여놓으면 이제 곧 풀려날 것이 분명한 조 대감이 기회를 줄지도 모른다는 욕심, 뜬구름 같은 허상들.

만일 그녀가 하나하나 기억해내고자 한다면 어찌 이쁜이기만 하겠는가. 어려서부터 늘 행동거지며 외양을 조심하여 단영과 비교되는 것에 신경을 썼던 것부터, 이제 은연중에 그녀가 다칠 수 있음을 알면서도 모른 척했던 이번의 사건까지 초영은 묻어두고 숨겨두었던 일들이 너무나도 많았다.

이제 그 많은 일을 한꺼번에 깨닫지는 못하겠지만 초영은 자령군의 몇 마디 말로 자신이 애써 외면해왔던 마음속 그림자를 단면이나마 들여다볼 수 있게 된 것이다.

"나에게 속내를 드러내는 이유도 실은 자빈의 죽음으로 인한 죄책감에서 벗어나고 싶기 때문일 겁니다. 아닙니까?"

자령은 슬픈 눈으로 초영을 바라보았다. 그러나 전처럼 가까이 다가와 위로를 해주지도, 편을 들어주지도 않는다. 그것은 슬픔이 깃든 눈빛과는 대조적으로 냉정한 모습이어서 초영은 문득 그와 자신과의 현실적 거리를 생각할 수밖에 없었다. 한 마디 따뜻한 말과 한 가지 따뜻한 행동을 보여준 것만으로는 감히 가까워질 수 없는 까마득히 높은 분과 까마득히 낮은 자.

'너의 심정이 이러했었니?'

초영은 기운 없이 자리에 주저앉으며 한동안 잊고 지냈던 이기를 떠올렸다. 무슨 일이 있어도 자신의 편을 들지 않던 그 아이. 다들 단영보다 자신을 더 칭찬하고 아끼는 와중에도 절대로 곁을 주지도, 마음을 열지도 않던 그 아이. 그저 단영을 바라보며 속으로 울고 있던 그 아이를 말이다. 너도 단영 언니를 보며 이처럼 비참하고 무력하였니.

그녀는 인정해야 했다. 애초에 단영이 가진 모든 것을 부러워하고 시샘하였다는 것을. 한없이 고고하여 누구도 범접할 수 없는 신씨 부인 같은 여인을 어머니로 둔 것이 부러웠더랬다. 어디에 내놔도 움츠러들 일 없는 높은 아버지를 배경으로 삼을 수 있는 그녀가 부러웠더랬다. 그래서 잠시라도 가져보고 싶었을 뿐인데, 빼앗지는 못하더라도 대신 누려보기라도 하고 싶었을 뿐인데 언제부턴가 뜻대로 되지 않는 일들이 생기더니 이제는 그 수가 너무 많아 헤아릴 수조차 없게 되어버렸다. 신씨 부인이 그랬고, 이기가 그랬고, 어느 순간인가부터 아버지가 그러했으며, 의종이 그러더니 곧 모든 세상이 자신에게 등을 돌리고 말았다. 그리고 이제…….

움츠린 초영의 귀로 자령군의 멀어지는 발소리가 들려왔다.

"누구에게나 감추고 싶은 음지는 있는 법이겠지."

그러나 이런 그의 혼잣말도 위로가 되어주진 못했다. 초영으로서는 왜 그가 갑자기 냉정해졌는지, 그래놓고 느닷없이 상반되는 말을 남기고 가버리는지 그조차 파악이 안 되는 것이다.

한편, 은선당과 정반대에 위치한 자경전(慈慶殿), 그 깊숙한 곳에 오도카니 앉아 있는 대비에게선 때 아닌 두려움과 자책이 뿜어 나오고 있었다. 스스로의 손으로 선택하여 뽑은 자빈이 상을 당하였음에도 그 안타까운 죽음에 대한 애도는 손톱만큼도 가지지 못한 채 말이다.

"마마, 어디가 미령하신 것이옵니까?"

허 상궁이 근심스럽게 물었으나 듣지 못했는지 대답이 없었다. 겉으로는 차게 대했어도 속으로는 은선당 마마를 퍽 아끼셨던 게지. 허 상궁은 혼자 있을 시간을 주기 위해 조용히 물러나왔다. 그러나 허 상궁이 나간 뒤에도 대비는 방 한구석만 무섭게 노려보며 앉아 있었다. 다 틀렸어. 모든 게 다 틀어지고 말았어. 자조 섞인 탄식이 간간이 섞여 나왔다.

자빈이 죽고 옹주까지 고초를 당했다고 하였다. 옹주를 구해낸 것은 천운이요, 자빈의 죽음은 불가항력이라 하였다. 게다가……. 대비의 손에 힘이 들어갔다. 가슴이 답답하다 못해 식은땀이 흘렀다. 그래도 한때 총애하던 자빈이 위태롭다 하기에 떨리는 가슴을 부여잡고 은선당으로 발길을 하였는데 간발의 차이로 부음을 들은 데에다 의종까지 마주쳤던 것이다.

"들으셨습니까?"

"무엇을 말입니까, 주상?"

"방령군이 살아 있다는 소문 말입니다."

들었다 뿐인가. 이미 그 일로 기함을 한 대비였다.

"허나 방령군은 이미 병사하지 않았습니까? 정세가 어지러우니 쓸데없는 말도 도는 것입니다. 신경 쓰지 마세요."

간신히 덤덤한 척 대답을 하였으나 곧 이어진 의종의 말에 대비는 숨을 멈춰야 했다.

"뜬소문이 아닙니다. 소자도 그가 살아 있음을 직접 목도하였으니까요."

그랬나. 기어이 그자가 주상 앞에 모습을 드러내고야 말았던가. 멍하니 서 있는 대비를 내려다보며 의종이 말했었다.

"누구일까요, 누가 소자의 눈과 귀를 막고 그자를 죽었다 위장하여 빼돌린 것일까요."

그리고 대비는 안타깝게도 그 답을 알고 있었다. 그뿐이랴, 그녀는 의종이 자신에게도 혐의를 둔다는 것을 느낄 수 있었다.

"조 대감이 손을 썼을 것이라 짐작은 합니다만 그자 혼자의 힘으로 그 같은 일을 처리하기는 버거웠을 터, 소자는 당시 영상을 지내시던 민응원 대감이 마음에 걸립니다."

민응원 대감은 자빈의 친정아버지로서 이미 몇 해 전 타계를 한 인물이었다. 좌찬성이었던 조승해 대감과 뜻을 함께하였으며 대비의 먼 친척이기도 했던 민대감은 방령군이 반란을 일으키기 몇 달 전 자신의 딸을 빈으로 입궁시키며 대비전과의 관계를 공고히 하였었다. 즉 의종이 그에게 혐의를 둔다는 것은 자연 대비에게까지 영향을 미친다는 뜻이었던 것이다.

하필이면, 하필이면 방령군을 놓치다니! 다행히 의종에게 잡히진 않았으나 그자가 도성 어딘가를 활보하고 있을 것을 생각하면 대비는 정신까지 아찔해지는 것이었다.

'정신을 놓은 자라 하였다. 이제 더는 어떤 것도 기억하지 못한다고 하였어.'

허나 그 말을 어찌 믿는단 말인가. 대비는 생각하기도 싫은 지난 경신년(庚申年)으로 기억을 되돌렸다. 의종이 간신히 대비의 수렴청정을 물리고 대신 자빈을 후궁으로 들이던 바로 그해였다. 그 해, 정비였던 연경이 사망하자 대비는 이를 기회로 자빈을 계비로 들어앉힐 계획을 짰었다. 그리고 모든 이들은 그것이 대비의 진정한 속내인 것으로 착각하였다.

"강화군영의 화약고가 비적 떼에 의해 탈취되었다는 보고는 받으셨습니까?"

그러나 이 모든 일이 실은 자빈을 들이기 한 해 전인 기미년(己未年)에서부터라면, 아니, 어쩌면 그보다 더 전인 을묘년(乙卯年)이었는지도 모르겠다. 이봉림이 절도사로 있던 강화군영에서 비호단에 의한 화약고 약탈 사건이 발발하기 전부터 이미 군기시(軍器寺) 제약청(製藥廳)의 별좌 하나도 화약고(火藥庫)의 유황이 자꾸 축난다는 사실을 눈치 채었으니 말이다. 그때 절도사 이봉림이 쉬쉬하며 올리지 않았던 장계, 허나 실제로 그것은 대비가 중간에 개입하여 막아놓은 사건이었다. 이미 엎질러진 물, 밖으로 새어봤자 자신이 거머쥐고 있던 수렴청정, 그 절대권력에 해를 끼칠 것이 뻔했기 때문이다. 그러나 아뿔싸, 이런 대비의 행동을 예의주시하는 자가 있으리라고 누가 상상이나 하였겠는가.

"전하께서 아시면 그 성정에 가만히 계시지만은 않을 것인데, 곤란하게 되셨습니다."

방령군이었다. 기회가 닿을 때마다 반란 징후를 내보이던 무령군에 비해 얌전히, 주도면밀하게 야심을 차곡차곡 키워온 둘째 왕자.

이제 와 돌아보면 그때 방령군과 은밀히 결탁하여 그의 모반을 돕겠노라 약조했던 것은 어리석은 실수였다. 차라리 자신의 실책을 의종에게 말하고 수렴청정을 미리 거두었다면 일이 이리 꼬이지만은 않았을 것을, 어차피 반년도 지나지 않아 자빈과 맞바꾸듯 권력을 뱉어놓지 않았던가. 아니, 그 전에 일개 왕자군인 방령이 군사 기밀이었던, 게다가 대비가 직접 장계를 누락시키기까지 했던 강화군영 화약 약탈 사건을 어찌 알았는가 하는 기본적인 의문만 가졌어도 간단히 해결될 수 있는 문제였다. 그가 자신의 세력을 키우기 위해 군기시 및 팔도 군영에서 직접 화약을 빼돌리던 장본인이었다는 것을 미리 눈치 채었더라면 말이다.

비호단을 흡수하여 군사력으로 성장시키려던 무령군의 계획과 마찬가지로 방령군 또한 오랜 시간 자신의 야욕을 채워줄 음모를 차근차근 진행시키고 있었던 것이다. 그러나 당시의 대비는 소년 의종과 극한 대립을 이루었고, 차라리 무령군을 보위에 올렸더라면 어땠을까 덧없는 후회를 되풀이하던 참이었다. 아마도, 방령군의 그 견고한 책략을 알았다 하여도 결국 그녀는 의종의 반대편에 섰을 것이었다.

아아, 이제 와 후회한들 무슨 소용이 있겠는가, 대비는 머리를 싸쥐었다. 수렴청정과 맞바꾸는 조건으로 자빈을 새로 뽑아 들이고, 원자를 기원하고, 혹 그녀가 의종의 계비가 되어주길 바랐던 일련의 과정들은 당시 대비가 방령군을 통해 품었던 무서운 계획을 감추기 위한 차단막에 불과하였다. 그리고 좀 더 솔직해지자면 방령군의 계획이 어그러졌을 때를 방비한 대비책이기도 하였던 것이다. 그녀가 얼마나 의종의 대통 잇는 일에 정성을 들였는지 만방에 알려놓겠다는 속셈이었다.

야심이 꺾이고 형틀에 매였을 때 방령군은 약속대로 대비의 이름을 불지 않았다. 아마도 훗날 자신에게 또 다른 기회가 왔을 때를 위한 자구책은 아니었을까 짐작하였지만 방령군에게 직접 묻지 않는 이상 확인할 길은 없었다. 어쨌든 방령군은 유배를 떠났고 그 일은 그렇게 소리 없이 묻혔다고 대비는 믿었다. 그런데.

"방령군은 반드시 풀려납니다. 단지 적기가 언제인가, 그것이 문제일 뿐."

새롭게 대비를 위협하는 인물이 나타난 것이다. 단영 및 대부분의 사람들이 '목소리'로만 알고 있는 바로 그자였다. 그는 대비의 지난 행적을 무섭게도 자세히 알고 있었다. 군기시 화약 증발 사건, 강화군영

화약 약탈 사건, 그리고 그 모든 것을 덮으려던 행위와 그로 인해 방령군과 마지못해 손을 잡았던 일련의 과정 모두를. 그리고 목소리는 그 사건들을 무기로 대비를 손쉽게 자신의 편으로 끌어들일 수 있었던 것이다.

"민응원 대감이 왜 자신의 고명딸을 고작 후궁 따위로 내어놓았다고 생각하십니까? 안타깝긴 하나 병약했던 중전이 언제까지고 그 자리를 지킬 수는 없는 일, 당연히 계비 자리는 자빈의 것이라 믿고 맡기신 것이지요. 바로 마마께 말입니다."

그가 속삭였었다. 믿고 맡긴 자빈이 여전히 후궁에 머물러 있는 것이 민 대감의 마음을 불편하게 하고 있다고, 그러니 대비는 더욱 자빈이 눈 밖에 난 척 홀대를 해야 한다는 내용이었다. 결국 대비전에 대한 분노로 가득 찬 민대감이 '목소리'와 조승해 대감의 이중 꾐에 넘어가 방령군 도주 사건을 돕기에 이른 것이다. 과거 방령군과 결탁하여 모반을 꾀했던 대비의 약점을 틀어쥔다는 구실이 붙었음은 물론이었다.

"대체 그대들은 무엇을 위해 움직이는가? 어째서 아직까지 무령군의 계획에 개입하고 있는가 말일세."

어느 날 대비가 의혹에 싸여 물었었다. 목소리가 무령군을 놓고 너무 많은 일을 한다 여겼기 때문이었다. 마치 자신들의 새로운 주군이 무령군이기라도 한 듯 말이다.

"무혈입성입니다."

자신들은 손가락 하나 까딱하지 않고 다음 대권을 넘겨받을 것이라 하였다. 그리고 대비는 처음으로 머리꼭대기까지 차오르는 소름을 느껴야 했다. 스스로가 한낱 이용물에 불과하다는 사실을 느닷없이 깨달은 때문이었다. 방령군의 탈주를 도운 후 민 대감은 한 해를 넘기지 못해 노환으로 세상을 떠나고 말았다. 그러나 아무도 의심하지 않는 와중에 대비만은 생각이 달랐다. 과연 노환일 뿐일까. 그리고 불현듯 그녀는 느낀 것이다. 무령군이나 방령군, 민 대감뿐만 아니라 자신도 그들에겐 하나의 도구일 뿐이라는 사실을.

대비는 마침내 마음을 굳혔다. 의종이 아무것도 모른다면, 의종이 맥없이 저들의 계책에 희생당할 게 자명하다면 자신은 당연히 저들의 말에 따르고 살 길을 도모해야 할 것이다. 그러나 이제 의종이 경계의 눈을 들었음을 알았으니 그녀의 선택은 달라져야 했다.

"소자는 당시 영상을 지내시던 민응원 대감이 마음에 걸립니다."

어찌 대비가 몰랐겠는가. 의종이 그녀에게 마지막 기회를 주었음을. 지금까지 일련의 사건을 놓고 볼 때 자경전으로 향하는 의혹을 눈치 채지 못할 만큼 아둔한 주상이 아니었다. 그러니 이제 주상이 직접 그들을 소멸시키도록 도와야 했다. 어깨에 켜켜이 쌓인 짐을 벗어놓을 시간이었던 것이다. 저들 모반 세력의 뿌리를 뽑는 일에 한 가닥 힘이라도 합하는 것이 앞으로를 도모하는 유일한 길이었다. 설사 궐내 가장 깊숙한 곳에 죽은 듯 묻혀 살아야 할지라도.

대비는 휘청이는 걸음으로 자경전을 나섰다. 한 팔은 허 상궁의 부축을 받고 또 한 팔은 답답한 가슴을 짓눌렀다. 이제 홀가분해지는 거야. 그녀는 저를 달래듯 이렇게 중얼거렸다. 그러나 이처럼 간단히 벗어나기엔 그녀가 벌인 일이 너무 많았던 것일까.

"이리 늦은 시간에 어디를 가십니까, 어마마마."

낮고 평온한 목소리, 교교한 달빛 아래 가슴에 수놓인 백택(白澤)[68]을 빛내며 조용히 서 있는 인물, 자신에게 유일하게 어마마마라 호칭하였던 다감한 막내 왕자.

자령군(滋怜君)이었다.

68) 왕자군이 달던 흉배의 문양이며, 상상의 짐승이다.

한편, 의종과 단영은 조창주를 해친 자객을 한성부 북부에 있는 창천(滄川) 지역까지 뒤쫓았다. 자객은 잔돌백이라고도 불리는 주막거리에 이르자 구석진 곳에 위치한 허름한 주막을 찾아 들었다. 짐짓 나그네인 척 따라 들어서니 저만치 문 닫을 준비에 여념이 없던 주모가 애매한 표정으로 쳐다본다. 남은 시간을 가늠하는 것이리라. 의종은 그녀를 불러 조금 전 안으로 들어온 사내가 어느 방에 있는지를 물었다.

"누군가가 했더니 일행이셨구랴. 그럼 나리들도 오늘 묵고 가시오?"

행색이 초라하니 대하기가 만만한지 주모는 가장 끝방을 건성으로 가리켰다. 두 사람은 주모가 다른 일에 다시 정신을 파는 사이 뒷문으로 다가갔다. 희뿌연 등잔 빛이 뒤꼍을 향해 비스듬히 뻗어 있었다.

"그래서 죽었단 말이냐?"

안에서 두런두런 말소리가 들려왔다. 나이가 지긋한 노인의 음성이었는데 대답하는 이는 약관이 되었을까 말까 한 앳된 젊은이였다.

"지금쯤이면 아마 숨을 거두었을 겁니다. 고분고분 굴면 해치지는 않았을 것을 그만……. 소자가 미숙하여 실책을 범하였습니다."

저들은 부자관계일까.

"조가 그자야 그리 죽어도 한스러울 것 없는 인물이다. 아니, 그 간교함에 비한다면야 그토록 평안한 죽음을 맞이했으니 오히려 홍복이라 해야겠지. 다만, 그자에게서 아무것도 건지지 못한 게 아쉬울 뿐이로구나."

노인의 말에 젊은이가 답하였다.

"어쩌면 주장대로 을묘년(乙卯年) 사건에 대해선 아무것도 모르는 게 아닐는지요? 그렇지 않고서야 자신의 안위와 상관도 없는 일을 죽음에 직면해서까지 함구한다는 게……, 무엇보다 그자의 본성과 맞지

않다 여겨집니다."

"그래, 어쩌면 그럴 수도 있겠다. 허나 직접 개입은 하지 않았다 해도 필경 보고 들은 것은 있었을 게야. 그토록 오랜 시간 소격동과 함께 했으니 본의 아니게 알게 된 것이 어디 한둘이겠느냐. 조가 그자는 네 말대로 살기 위해 누구보다 비굴해질 수 있으나, 반대로 남의 괴롭고 애달파 하는 모습을 대가로 자신의 목숨쯤 가벼이 취급할 수 있는 실로 복잡 미묘한 인물이란다. 상대가 애를 태울수록 더욱 입을 다무는 것, 자신에겐 하등 쓸모없는 공건(空件)이라 할지라도 결단코 거저 주는 법이 없는 것, 조가 그자의 습성이지."

소격동? 의종을 쳐다보았으나 아는 바가 없어 보였다. 아무래도 좀 더 엿들어봐야 이들의 정체며 누구에 의해 움직이는 중인지 등을 알 수 있을 것 같았다. 그러나 다른 무언가를 말할 듯하던 노인의 음성은 곧 멈추었다. 누군가가 방문을 두드린 것이다.

"무슨 일입니까?"

젊은이가 문을 연 모양이다. 곧 주모의 달근달근한 목소리가 들려왔다.

"이곳이 봉놋방도 아닌데 두 분이나 더 드셨으니 방값을 얹어주셔야지 않겠어요? 안 그래도 지금 소반 하나를 더 봐가지고 오긴 왔는데……. 어매, 그분들은 안 계시는 갑네. 이 밤중에 어딜 또 댕기러 가셨나?"

주모의 말에 한순간 정적이 흘렀다. 그러고는 곧 젊은이가 뛰쳐나와 지붕 위로 올라섰다. 주위를 살피기 위함이리라. 그러나 이때 의종과 단영은 다른 곳으로 몸을 숨긴 후였다.

놀란 주모의 새된 고함을 들으며 단영은 주위를 가만히 살피었다. 급한 대로 몸을 숨기긴 했는데 그 바람에 의종과는 따로 움직여야 했다. 지금 자신은 누군가의 손수레 뒤쪽에 웅크리고 있지만 의종은 과연 어디로? 그녀의 시선에 언뜻 황색 도포가 스친 듯했다.

“지금 그 말대로라면 영루관에서 기녀 경진이 사라진 것은 모종의 음모 때문이로군요.”

근처 객점, 안면 없는 이들 사이에 끼어 넉살좋게 술잔까지 받아든 의종을 보니 어이가 없어 헛웃음이 나왔다. 소위 이수환 놀이를 시작한 모양인데, 하늘을 찌르던 거만은 어디로 사라지고 유유자적 한량이 버티고 있으니 이거야말로 변장이요 변신이 아니겠는가. 단영은 지붕 위의 사내를 피하기 위해 상체를 한껏 수그렸다가 그가 아래로 내려서자 천천히 몸을 일으켰다. 저만치에서 의종이 눈짓으로 그들이 주막 밖으로 나서고 있음을 알려주었다.

“아무래도 소자가 아버님 뒤를 따르는 것이…….”

그러나 노인은 고개를 젓는 것으로 아들의 제안을 거부하였다.

“매사에 신중하여라.”

그렇게 두 부자는 서로 반대 방향을 향해 걸음을 재촉하는 것이었다. 단영은 누구의 뒤를 따를지 가늠하며 의종을 돌아보았다. 언제 움직였는지 이미 그의 모습은 보이지 않았다. 언질이라도 주고 갈 것이지, 투덜거리던 단영은 노인을 선택하였다. 의종은 누구를 뒤쫓을 심산일까, 궁금하였으나 노인의 걸음이 워낙 빨라 어느새 그런 생각은 머리에서 사라져버렸다.

이각쯤 걸었을까, 노인이 작은 와가 한 군데로 불쑥 들어가는 게 보였다. 단영은 어깨를 으쓱하며 돌담으로 다가섰다. 넘기 적당한 곳을 찾는데 그때 누군가가 그녀의 팔목을 확 잡아당겼다. 그자의 품으로 떨어지는 순간 몸은 어느새 담을 넘고 있었다.

단영은 팔목을 잡힌 시점부터 이미 의종임을 느낄 수 있었다. 본래 의종은 그저 장난을 친 것인데 때를 맞춰 인기척이 들리자 아예 안아 들고 담을 넘은 것이다. 단영은 여전히 허리를 감싸고 있는 의종의 팔을 슬그머니 풀어낸 뒤 주위를 살펴보았다. 마당 한귀퉁이에서 일고 여덟 살 정도의 여자아이가 여종과 노닥거리고 있었다.

작은 와가는 어린아이가 살고 있음에도 어딘가 모르게 삭막한 느낌을 주었다. 무엇보다 저 작은 아이가 새벽까지 놀고 있다는 게 이상했다. 구색만 갖춘 사랑채와 행랑채, 그 뒤로 보이는 손바닥만 한 안채. 잠시 후 주막에서 보았던 노인이 탕건(宕巾) 차림으로 안채에 드는 게 보였다.

"오늘은 기필코 좋은 소식을 가져오려 했는데 그러지 못해 미안하구려. 하지만 조만간 승아를 해친 자를 잡을 수 있을 테니 너무 심려 마시오. 내 그자의 수급을 꼭 가져올 테니."

상대방에게선 어쩐 일인지 한 마디 대꾸도 흘러나오지 않았다. 왜일까, 짐작키 위해 애를 쓰는데 이때 갑자기 창문이 덜컹 하며 밖으로 열렸다. 의종이 재빨리 툇마루 밑으로 들어가며 단영을 끌어들였다. 느닷없이 의종과 밀착하게 되어 민망했던 단영이 툇마루 밑이라는 것도 잊고 일어서려는데 의종이 먼저 그녀의 머리를 감싸 마루에 부딪는 것을 막아주었다. 그러고는 손가락을 입에 대며 신호를 주는 것이었다. 노인의 음성이 위에서 들려왔다.

"새벽바람이 이리도 좋은 것을, 이렇듯 문을 꼭꼭 닫고만 있으니 얼마나 답답하겠소? 어서 털고 일어나시오. 부인이 달이 데리고 유보도 다니고 그러면 좋지 않겠소. 달이 녀석, 이제 겨우 열둘인데도 제 어미를 닮아 여간 고운 것이 아니라오."

구름 속에 숨었던 달이 불현듯 그 모습을 드러내었다. 컴컴하던 툇마루 아래로 달빛이 비스듬히 비쳐들었고 단영은 왠지 시선 둘 곳이 마땅치 않아 주저되었다. 그저 한옆을 멍하니 바라보는데 의종의 왼쪽 귓불에 지금껏 보지 못한 까만 점 하나가 보였다. 유심히 보니 그것은 살아 있는 거미였다. 의종의 귀로 막 기어오르는 참이었던 것이다.

물린다고 대수로울 건 아니지만 임금의 몸에 흠이 날 걸 알면서 지켜보기만 할 순 없는 노릇이었다. 그러나 손으로 치워주고 싶어도 의종이 안다시피 팔을 두르고 있어 움직임이 여의치 않은데 무리하게 시도하려니 그의 신체 위로 비비적거리게 되어 여간 망측한 게 아니었다. 이제 거미는 귓바퀴로 나가는 중이고, 눈치를 챈 의종도 재밌고 난감한 듯 보였다. 그 또한 움직임이 편치는 않았던 것이다.

할 수 없이 단영은 입으로 후후 불어 거미를 떨어트리려 하였다. 그런데 이 생물은 더욱 단단히 몸을 웅크릴 뿐 오히려 의종이 미간을 찌푸리며 고개를 슬쩍 돌렸다. 틀림없이 간지러워 그런 것이겠지만 그 바람에 거미는 휘청거리며 귀 안으로 떨어질 듯 위태롭게 움직였다.

단영은 급한 마음에 입을 바짝 대어 후 하고 힘껏 바람을 불었다. 질기게 붙어 있던 거미가 그제야 태풍이라도 만난 듯 털썩 떨어져 내렸다.

다행이군, 단영이 만족스러운 얼굴로 의종을 내려다보는데 왠지 표정이 좋지 못하다. 남의 입김이 귀에 닿는 게 좋을 리 없겠지만 그렇다고 뭐 그리 적나라하게 싫은 티를 내는가 싶다.

"그럼 나는 이만 가보겠소. 이야기책이라도 읽어주고 싶지만 불시에 손이 찾아왔으니 주인 된 도리로 그냥 보낼 순 없지 않겠소. 대신 내 내일은 좀 더 일찍 오리다. 편히 쉬구려."

갑자기 들려온 노인의 말에 단영이 고개를 들었다. 의종이 아쉬운 듯 미간을 찌푸렸으나 노인의 기척을 뒤쫓느라 바쁜 단영은 그를 본체만체 부지런히 툇마루 밑을 벗어날 뿐이었다. 그녀가 빠져나가면서 짚었던 오른쪽 가슴이 얼얼하여 의종은 실없는 웃음을 지었다.

노비 한 명이 하품을 하다 말고 부리나케 일어나 허리를 굽힌다. 그러고는 자리끼를 내어 오겠다고 고하는데 이 노인, 고단하지도 않은지 되었다고 손을 흔들며 대신 감주 한 단지를 내어 오라는 이상한 지시를 하였다. 의종과 단영의 시선이 맞부딪쳤다.

잠시 후 두 사람은 노비가 안으로 사라지길 기다려 사랑채 뒤로 돌아갔다. 부스럭거리는 소리가 들리더니 곧 등잔을 지피는 소리가 들려왔다. 어둑어둑했던 사위가 보얗게 밝혀지더니 그것이 신호가 된 듯 빗방울이 투둑투둑 떨어지기 시작했다.

"빗줄기가 곧 거세질 겁니다. 누추하지만 잠시 안으로 드시는 게 어떠실지."

역시 우리의 기척을 눈치 채고 있었어. 단영이 입술을 비죽이자 의종이 미소를 지었다.

내부는 단조로웠다. 상석에 서궤가 놓인 것 외엔 이렇다 할 가구도 보이질 않았다. 허리를 꼿꼿이 한 채 노인이 빙그레 웃었다. 편안하고 따뜻한 그 웃음은 마치 가족을 반기는 듯 정이 어려 있었다. 그러나 두 사람이 자리에 앉자 이내 안색을 바꾸며 묻는 것이었다.

"자, 이제 말씀하여주시겠습니까? 어째서 이 늙은이 뒤를 그토록 열심히 따라다녔는지."

"음, 그러니까 우리는……."

단영은 말끝을 흐리며 의종을 쳐다보았다. 어떤 식으로 말을 꺼내야 할지 모르겠다. 적당한 단어를 찾고자 골몰하는데 이때 노인이 단영의 얼굴을 유심히 들여다보았다. 그러고는 곧 두 사람에게 상석을 권유하며 자신은 윗목으로 물러서는 것이었다.

"왜 그러시오?"

단영의 질문에 노인이 빙그레 웃으며 대답하였다.

"소인이 접한 풍문으로는 어느 지체 높으신 분이 운행을 하실 때엔 그 외양을 지극히 훼손한다 하니, 외양의 좋고 나쁨이야 나누기 어려우나 부지불식간에 그분을 만나 결례를 범할 수도 있어 그 후로 만나는 이들마다 매사에 신중을 기하고 있습니다."

말은 이리 하나 이 노인은 마치 단영을 아는 것같이 굴고 있었다. 그저 느낌뿐일까. 그녀가 당혹스러워하는 동안 공손히 자리에 앉은 노인은 다시 한 번 미행의 이유를 물어왔다.

“그 전에 먼저, 그대가 누구인지 알아야겠소.”

그때까지 조용히 노인을 살피던 의종이 물었다. 노인이 대답했다.

“성은 구(丘) 가요, 이름은 성주. 본관은 평해(平海)이며 본래 경북 영양현(英陽縣) 태생입니다. 지난 계사년(癸巳年)에 진사시(進士試)에 합격하여 이십여 년 글방 선생 노릇을 해오다가 개인적인 사정으로 상경을 한 것이 여덟 해가 넘었습니다.”

구가 성주라. 단영이 다시 의종의 얼굴을 살폈으나 딱히 아는 이름 같지는 않았다.

“개인적인 사정이라면 혹 을묘년(乙卯年)에 일어난 일을 뜻하는 것입니까?”

느닷없는 단영의 질문에 노인은 놀란 빛을 띠었다. 그러나 이는 그녀가 무언가를 알고 있어서는 아니라, 주막에서 엿들은 말 중 을묘년을 들은 기억이 있어 넘겨짚은 것뿐이었다.

“맞습니다. 을묘년에 일어난 일로부터 이 모든 것은 시작되지요.”

그러고는 물끄러미 두 사람을 바라보다가 말을 잇는 것이었다. 이제 자신을 미행한 이유는 들을 필요 없다 여기는 듯했다.

“당시, 군기시 화약고 유황이 축이 난다며 비정상적인 출로가 있는 것이 아닌가 투소하였던 제약청(製藥廳) 별좌 하나가 급사(急死)하는 일이 있었습니다. 그자는 평해 구(丘) 가에 번성할 자(滋), 오를 승(昇), 구자승이란 젊은이였습지요.”

단영이 이마를 찌푸렸다. 구성주가 고개를 끄덕이며 대답했다.

“짐작하셨겠지만 그 젊은이는 소인의 아들놈입니다.”

의종이 물었다.

"허면 상경의 이유가 개인적인 원한에서 기인하는 것이오?"

구성주는 고개를 저으며 대답했다.

"당시의 이유는 그런 게 아니었습니다. 그저 소인은 앞길이 구만 리 같던 아들 녀석이 어찌하여 급살을 맞을 수밖에 없었는지 납득할 수가 없어 그 연유를 알아보고자 하였을 뿐입니다. 헌데 평소 이 아이와 가까이 지냈다던 군기시 주부(主簿)에게서 이상한 말을 듣게 된 것입니다. 아이의 사후 모습을 묘사하기를 낯빛이 검고 구강이 모두 상하였으며 사지가 부었다 하니 이는 독살을 의심케 한다는 뜻이었지요."

의종의 눈가에 미세한 주름이 잡혔다. 그가 구자승에 대해 알게 된 것은 그로부터 다섯 해가 지난 경신년의 일이었다. 시간이 제법 지난 사건이어서 그 기록마저도 미비하다 보니 구자승의 사인에 대해 의심을 품었음에도 독살의 의혹은 보고받은 바가 없었던 것이다.

"그 아이가 평소 의심을 품었다던 유황의 행방이며 시신의 상태 등 납득할 수 없는 일이 태반이어서 그날부로 진상을 캐기로 마음을 먹었습니다. 하여 가산을 정리하고 가솔을 모두 이끌어 이곳에 자리 잡게 된 것이지요."

"그럼 주막에서 함께 있었던 이는?"

"소인의 차아(次兒)입니다."

여기까지 말하는데 밖에서 아까의 노복이 감주를 대령하였다고 고하였다. 구성주가 손수 감주 항아리를 받아서는 의종과 단영에게 한 잔씩 나누어주는데 그 눈빛이 극히 씁쓸했다.

"괜찮으시다면 지금껏 소인이 뒤쫓던 일들에 대해 들어주시겠습니까? 아마 두 분에게도 큰 흥미를 드릴 것이라 짐작됩니다만."

그러고는 시작된 구성주의 이야기.

"아무런 실마리가 없던 터라 우선 사라진다던 유황에 초점을 맞추기로 하였습니다. 아까 말씀드린 군기시 주부가 많은 도움을 주었지요.

허나 드러내놓고 활동할 수는 없어 시간의 소요가 많았습니다. 하여 3년 여 만에야 겨우 그 꼬리를 잡을 수 있었지요. 바로 군자감(軍資監) 도제조(都提調)를 맡고 있던 권용구 대감이었습니다. 게다가 뒤에는 지난 경신년에 난을 일으켰던 둘째 왕자가 버티고 있더군요. 물론 이를 알아낸 것은 훨씬 더 후의 일입니다만."

권용구는 선대왕 시절 우의정까지 오르며 권세를 떨쳤던 인물로서 말년에는 군자감 도제조의 직급으로 타계한 인물이었다. 방령군의 난 때 두 사람이 손을 잡았음은 밝혀진 바였으나 화약이나 군기시 별좌의 급사 등과도 연계가 있다는 것은 금시초문이었다. 의종이 물었다.

"권용구는 방령군이 난을 일으키기 직전 마음을 바꿔 금상에게 이를 밀고하고 스스로 관직에서 물러난 자요. 비록 한순간 역모에 가담했던 잘못이 있긴 하나 난을 평정하는 데 큰 공을 세웠기에 그 아들 둘을 삭탈관직하는 것으로 마무리가 지어졌지. 허나 밀고한 내용 중 구자승 별좌에 관한 언급은 없었던 것으로 아는데."

"알고 있습니다. 난이 진압된 후, 방령군이 잡히고 가담했던 인물들도 모두 색출이 되었으나 이상하게도 화약과 관련하여서는 어떠한 결과도 들을 수가 없더군요. 당연히 제 아들놈의 억울한 죽음도 드러나지 않았지요. 하여 소인은 권 대감을 좀 더 캐보기로 마음먹었습니다. 처음으로 진사시 합격에서 멈춰버린 제 지난날의 나태함이 후회되던 순간이기도 했습니다. 만일 중앙관부에 몸담고 있었다면 이처럼 어려운 길을 오지 않아도 되었을 텐데……."

차분한 음성 끝자락이 잠시 흔들렸다. 노인은 감주로 입을 축인 후 다음 말을 이어갔다.

"그즈음 권 대감은 행동거지를 극히 조심하여 집에서 두문불출하고 있었습니다. 허나 그 아들들은 달랐습니다. 갑자기 관직에서 물러나게 된 분함이 컸기 때문이겠지요. 하여 매일 기생집을 전전하는 그들에게 작은 놈을 붙였습니다. 그리고 각 지역 병영에서의 화약고 약탈 사건을 알아내게 됩니다. 허허, 그때는 그 사실이 한낱 지푸라기 정도인 줄 알았는데, 지금 돌이켜보면 아들놈의 억울한 죽음을 되갚아주라는 하늘의 도우심이 아니었나 싶습니다."

"설마……."

단영의 말에 노인은 유쾌한 듯 고개를 끄덕였다.

"예, 맞습니다. 당시 전국에는 저마다 비호단임을 자처하는 비적 떼들이 우후죽순 발발하던 시기이지요. 어쩌면 저 비호단이라고 하는 자들이 자승이의 죽음과 관련이 있을지도 모른다, 이런 생각을 해보았습니다. 물론 억지였습니다. 병영 화약고를 털었다던 비적 떼가 진짜 비호단인지 알 수도 없을뿐더러, 설사 그렇다고 해도 그것을 중앙 관부에서 일어난 사건과 결부 짓기엔 무리가 있었으니까요. 그러나 소인에겐 딱히 방도가 없었습니다. 작은 끄나풀 하나라도 건져야 했지요. 그래서 비호단에 가입을 하였습니다."

어렵사리 가입은 하였으나 신생 단원이었기에 무엇 하나 알아낼 수 없었다던 그는 자신을 드러내기 위해 목숨 건 모험을 하였다고 했다. 글공부 좀 한 선비임을 내세워 비호단 중진에게 발탁되고자 한 것이다. 이러한 그의 행동은 세간에서 천대와 억압만을 받아온 단원들의 반발심을 건드려 자칫 위험한 상황까지 몰렸으나 다행히 한서장군(翰西將軍)의 눈에 띄어 그의 밑에서 행정을 도우며 비호단 내에서의 위치도 좀 더 견고히 다질 수 있었다.

"그러던 중 누군가가 한서장군과 접선을 시도한다는 것을 알게 되었습니다."

"접선이라고요?"

단영이 눈을 동그랗게 뜨며 물었다. 지금껏 알고는 싶되 누구하나 물어볼 사람이 없던 비호단 내의 사정을 이처럼 자세히 들을 수 있는 기회가 생긴 것이다.

무엇 하나 빠트리지 않겠다는 듯 눈동자를 빛내는 그녀를 보며 의종은 저도 모르게 미소를 지었다.

"예, 송가라고 자칭하던 조창주가 한서장군을 만나러 왔었지요."

조창주! 드디어 그자가 나오는구나. 단영은 고개를 끄덕였다. 비호단 단원들은 훨씬 이후에나 그자가 등장했다고 알고 있으나 실은 그보다 일렀던 것이다. 구성주가 말했다.

"이때 한서장군에 의한 소인의 신임이 두터웠던 때라 그자와의 만남에 함께 동석할 것을 요청받았습니다. 상대편이 탐탁하지 않게 여긴 듯하나 한서장군은 고집을 꺾지 않았지요. 소인이야 마다할 이유가 없었기에 군말 없이 따라 나섰습니다. 그리고 정체를 알 수 없는 어느 인물로부터 자신의 계획에 동참하라는 권유를 받게 되었습니다. 말은 권유였으나 거절할 땐 그만 한 대가를 치러야 함을 암시하는 협박이었습니다. 실제로 우리보다 먼저 접선을 했던 비호단 중진 중 두 명은 거절을 이유로 비명횡사하기도 하였으니까요. 그리고 그날, 한서장군과 소인은 그 죽음의 연유를 알게 되었던 게지요. 선택의 여지가 없었습니다."

그들은 자신들과의 접선에 대해 어느 누구에게도 알리지 말 것을 요구하였다. 또한 애써 접선을 하여 손을 잡아놓고도 이후 눈에 띄는 어떤 활동도 하지 않았다. 그저 비호단 내의 사정을 정기적으로 살펴보는 게 전부일 뿐이었다.

"그 정체 모를 인물이 제1왕자 무령군이라는 사실을 알려준 것은 조창주였습니다. 당시엔 무령군의 오른팔을 자처하던 인물이라 왜 그런 기밀을 나와 같은 중급 단원에게 알려주는지 이해하지 못했지요. 그러나 얼마 지나지 않아 그 이유를 알 수 있었습니다. 실은 조창주 그자가 무령군에게 붙어 있던 간자였던 겁니다. 언제부터 무령군의 수족인 척 눈속임을 해왔는지는 알 수 없으나 실제로 조창주를 부리는 인물은 따로 있었던 거지요."

"인물이라면?"

구성주의 눈에 일순 불이 튀는 듯했다.

"예, 무령군과 방령군, 두 왕자를 교묘히 이용하여 왕권을 노려왔던 바로 그자입니다."

"바로 그자라. 그대는 지금껏 그자의 정체를 잘 모르는 모양이군."

갑자기 말문을 여는 의종의 눈매가 날카로웠다. 구성주가 고개를 끄덕이며 대답했다.

"그렇습니다. 소인이 아는 한 그자는 어느 누구에게도 자신의 진면목을 보이지 않으며 또한 어떤 상황에서도 꼬리가 잡힐 행동을 하지 않지요. 측근이라고 해봤자 이제 조창주가 잡혔으니 남은 건 이 늙은이 하나임에도 아직 이편에서는 그자와의 만남조차 먼저 주선할 수가 없습니다. 얼마 전까진 그자가 사사로이 이용하던 자택이 소격동에 있어 연락 정도는 용이하였으나 조창주가 알아내는 바람에 그마저 차단되고 말았지요."

그렇다면 아까 주막에서 '소격동'이라 칭했던 이가 바로 '그자'였던 것이다.

단영이 물었다.

"조창주가 보좌했다는 인물이 혹 중간치 되는 몸집에 얼굴에는 차면을 쓰는 자가 아닙니까? 그리고 음성은, 뭐랄까, 어딘가 거슬리는 목소리였던 것으로 기억합니다."

단영의 말에 이번에는 구성주가 고개를 끄덕였다.

"예, 말씀하신 것 모두 맞습니다. 늘 차면을 쓰고 갓을 내려쓰는 습성이 있어 생김새를 살피기 어렵지요. 음색도 평소에는 들어줄 만합니다만 조금이라도 감정이 상할라치면 마치 찢어진 북소리를 듣는 것

같이 거슬리곤 했습니다. 조창주는 그자를 이태충이라는 차명으로 불렀습니다만 실제 이태충이란 자는 도성 내에서 고리업으로 악명 높은 자입니다."

맞다, 바로 그자다. 단영은 칼바위 능선에서 마주친 '목소리'를 상기했다. 지금까지는 그자가 배후인지, 혹은 그저 수하에 불과한지 장담하지 못했는데 이제 구성주의 말을 들어보니 모든 것이 자신의 머리에서 나왔다고 뽐내던 그자의 말은 사실인 모양이었다.

"어째서 고리업을 하는 자의 이름을 차명으로 쓴 것일까?"

의종이 혼잣말처럼 중얼거리자 구성주가 설명했다.

"그자는 이 고리업자를 통해 자신의 자금을 관리해온 것으로 짐작이 됩니다. 허나 이태충과의 직접적인 관계는 알지 못합니다. 실은 소인도 조창주를 통해 얼마 전에야 알게 된 사실이기에 뒷조사를 할 여가가 없었지요."

이태충이라. 단영으로선 금시초문의 이름이었다. 지난날 자신의 오라범댁 둘을 공격했던 이들이 조창주의 간계에 넘어간 이태충의 수하들이었음을 아직 전해 듣지 못했기 때문이었다. 이기는 여전히 금부옥에 갇혀 있었으며 신씨 부인은 무슨 일인지 이 일을 굳게 함구하여 밖으로 새어 나가지 못하게 한 것이다. 구성주의 이야기는 계속 진행되었다.

원래 '목소리'는 조창주를 경기감영에서 빼낸 후 무령군의 곁으로 보냈었다. 그자의 일거수일투족을 살피라는 이유에서였다. 그리고 무령군이 전국의 비호단을 통합하여 자신의 사병으로 흡수할 계략을 꾸미자 자신도 조창주를 통해 비호단 내에서 부릴 인물 하나를 뽑아낸 것이다. 그게 바로 구성주였다.

구성주는 이후 조창주의 알선으로 '목소리'와도 안면을 트는 사이가 되었다. 그리고 조창주와는 다른 면에서 무령군과 '목소리'의 신용을 얻어갔다. 그들로서는 구성주의 학식과 견문 등이 꽤나 요긴했던 것이다. 구성주는 무령군을 도와 차곡차곡 '상장군'의 입지를 넓혀갔으며 자신의 위치도 쌓았다. 물론 '목소리'와의 내통을 지속하면서. 그리고 몇 년 후, 조창주를 수훈장군이라는 이름으로 비호단에 가담시킨 것이다.

"혹 비호단이 보유하고 운반했던 화약이 본래 누구에 의해 준비됐는지 알고 계십니까?"

구성주의 질문에 의종이 대답했다.

"그동안의 흔적으로 방령군이 아닐까 짐작하였으나 확신할 수 있는 증좌는 찾지 못하였네."

"그러셨군요. 예, 맞습니다. 무령군이 군사력을 도모했듯 방령군도 자신의 세력을 강화시킬 방책으로 화약을 선택하였지요. 그러나 두 사람 모두 다른 이의 간계에 속아 구축하였던 기반을 모두 빼앗기리라 어찌 짐작이나 하였겠습니까? 방령군과 손을 잡았던 권용구 대감도 실은 '소격동'에 의해 움직이는 자였으며 경신의 난이 일어나기 전 밀고 사건도 '소격동'의 머리에서 나온 것을요."

구성주는 계속해서 '목소리'가 어떤 방식으로 방령군과 무령군의 계획을 무력화시켰는지 설명하였으며 뒤이어 두 사람이 몰랐던 사실 또한 털어놓았다.

"자경전이 본래 방령군의 모반에도 개입을 했단 말입니까?"

단영의 질문에 구성주가 대답하였다.

"예, 그렇습니다. 그랬기에 '소격동' 그자가 그것을 약점으로 하여 자경전을 쥐락펴락할 수 있었던 것이지요. 즉 자경전 주인은 타의에 의해 이번 모반에 가담하게 된 겁니다."

잠시 무언가를 생각하던 의종이 구성주를 향해 입을 열었다.

"조금 전 그대는 비호단이 화약을 보유하고 운반까지 하였다고 말하였다. 그리고 우리는 운반의 중간 지점이 의주라는 것과 최종 목적지가 청의 어느 군기대신이라는 것까지는 알고 있지. 그대의 설명대로라면 방령군이 모아들인 화약은 '소격동'에 의해 의주로 간 것인데, 그 자가 청을 통해 얻고자 하는 게 무엇인가?"

"반기로 이뤄낸 왕좌에 대해 고명(誥命)[69]을 쉽게 받아내기 위함이 아닐는지요?"

그러나 구성주의 대답에 의종은 고개를 흔들었다.

"단지 승인만을 위해 그 많은 화약을 준비하진 않았을 것이다."

그러고는 잠시 생각에 잠겨 있다가 다시 중얼거렸다.

"어찌 되었든 이제 자경전을 통해 '소격동'을 알아낼 수 있을 테니 직접 물어보면 되겠군."

단영이 문득 생각나는 것이 있어 물었다.

"하여, 목적하였던 바는 이루었습니까?"

아들 구자승을 죽인 자가 '목소리', 즉 '소격동'임을 확인하였느냐는 뜻이었다.

"……방령군의 지시이거나 혹은 권용구 대감이 '소격동'의 지시만 받고 비밀리에 자행한 일이거나 둘 중 하나겠지요. 만일 그때 화약고 유황 증발 사건이 불거졌다면 방령군뿐 아니라 '소격동'의 계략까지 어그러질 위험이 있었으니 가능성은 양쪽 모두 있는 것 아니겠습니까."

담담한 어조임에도 말로 표현할 수 없는 분노와 한이 느껴졌다. 단영이 물었다.

"안채에서 여자아이 한 명을 보았습니다."

---

69) 왕위 승인 문서.

"아들 녀석이 남긴 유일한 혈육이지요. 제 아비의 부음을 듣고 석 달이나 빨리 나와 어찌어찌 살리긴 하였으나 곱사등이 되어버렸고, 며느리는 해산 당일 지아비를 따라갔습니다. 결국 소인의 내자도 충격을 이기지 못해 여태 병석에서 일어서질 못하고 있습니다만……."

단영은 알 수 있었다. 오늘 그가 조창주에게 묻고자 한 것이 무엇이었는지를. 그는 지난 을묘년, 구자승이 누구에게 독살을 당하였는지 알아내고자 했던 것이다. 결국 실패하였지만.

"어째서 '소격동'에게 직접 물어보질 않았습니까? 곧이곧대로 대답하지 않는다 해도 무언가 실마리를 얻었을지 모르는데."

구성주는 조용히 고개를 저었다.

"한낱 별좌의 죽음입니다. 혈육이 아닌 이상 기억하지 못할 만큼 가벼운 사건이지요. 만일 그 일을 입 밖으로 꺼내었다면 '소격동'은 필경 소인의 정체를 알아차렸을 겁니다."

그의 걱정은 오직 복수의 기회를 잃을까 하는 것이었으리라. 단영은 고개를 끄덕였다.

"혹시 주막에서 함께 있던 자, '자임'이란 이름을 가지고 있지 않습니까?"

"맞습니다. 구자임, 소인이 둘째 놈에게 지어준 이름이지요. 또한 지금껏 비호단 내에서 써오던 소인의 차명이기도 합니다."

역시. 단영은 의종을 쳐다보았다.

"분명 무령군은 어떠한 경우에도 스스로 움직이지는 않을 것이다. 누군가가 그를 대신하여 비호단을 조종해왔을 것이네."

영루관에서였다. 기녀 경진과 홍 내관 등이 영루관에 모였던 그때 의종은 이런 말을 했던 것이다. 무령군을 대신해 비호단을 관리해온 대리인, 그들은 비로소 비호단을 조종해온 실체를 대면할 수 있었다. 설사 '목소리'가 천상의 지혜를 지녔다 해도 그가 아니었다면 어찌 무령군과 비호단을 이토록 효율적으로 움직일 수 있었을까.

단영은 측은한 마음에 구성주를 바라보았다. 그가 겪은 고난보다도 한낱 '복수'라는 허망한 목표 하나에 모든 것을 걸고 위로받았어야 할 피폐한 영혼이 더 안쓰러웠다.

허나 그녀의 마음에 동정심이 인다고 한들 무슨 소용이겠는가. 나라에서 금하는 비적단에 적을 두었으며 더 나아가 반역의 무리들과 같은 길을 걸어온 자이다. 속사정이야 어떻든 그 죄만큼은 결코 가볍지 않은 것이다. 이는 구성주 또한 짐작하고 있었던 바, 그는 냉엄하게 굳어 있는 의종을 살핀 후 무릎을 꿇고 머리를 조아렸다.

"소인이 지은 죄 실로 그 크기를 잴 수 없으나 하해와 같은 은혜로 얼마간 말미를 허락하신다면 모든 것을 마무리 지은 연후에 스스로 나아가 죄를 청하겠나이다."

스스로 죄를 청하겠다는 말은 거짓이 아닐 것이다. 숨고자 했다면 그는 굳이 지금 이 자리에서 자신의 과거를 털어놓을 필요가 없었다. 그러나 스스로 자복하였다고 해서 대역 죄인을 방치한다는 것도 있을 수 없는 일이다. 저도 모르게 근심이 어리는 단영이었다.

이제 곧 해가 솟겠거니 했는데 웬걸, 한여름 모시이불같이 엷은 구름장은 어느새 두텁기 그지없는 이불솜 같은 먹장구름으로 바뀌어 있었다. 아직은 빗줄기가 거세지 않았으나 이 기세로만 간다면 곧 물동이로 퍼붓듯 쏟아질 것이 분명했다.

"방령군이 독살을 명하지는 않았을 것이다. 구자승에 의한 투소는 모두 네 차례에 걸쳐 행해졌고 구별좌의 급사는 그 이후에 일어났지. 계서(計書)에 의하면 권용구 대감과 방령군이 손을 맞잡은 시점 또한 그 직후라 기록되어 있다. 만일 방령군이 투서 따위를 염려하였다면 구별좌에게 네 차례씩이나 기회를 주는 어리석은 짓은 자행하지 않았을 것이야. 그보다는 방령군의 모략이 일찌감치 들통 날 것을 저어한 다른 인물이 먼저 권 대감을 이용하여 별좌를 해치운 후 방령군과 결탁하게 만들었다고 보는 게 더 정확하겠지."

마침내 의종이 대답하였을 때 구성주는 그 말을 곱씹은 후 다시 한 번 이마를 조아렸다. 의종은 분명 갈등했을 것이다. 허유한다면 구성주는 먼저 원한을 풀고자 할 것이니, 비록 역신이라고 해도 왕족의 일원인 자를 사사로이 내어준다는 것이 가당키나 한 일인가.

"그런데 그 경진이란 여인, 아직 도성에 있는 것입니까? 낙향한다 하였다던데."

문득 갑작스런 경진의 서신이 떠올라 물었다.

"태어난 곳은 있으나 마땅히 고향이라 할 곳은 없답니다."

의종의 설명에 의하면 경진은 낙향할 것을 권하는 홍 내관에게 이렇게 대답했다고 한다. 조용한 삶 대신 도성의 번잡한 생활을 택한 그녀는 그동안 모아놓았던 종잣돈을 특유의 기지로 불린 후 지인을 내세워 객점 하나를 차렸다. 영루관에 비한다면 규모도 작고 기생도 들어앉히지 않은 일반 객점이었으나 너울에 싸인 듯 신비스러운 미모의 여주인이 있다는 소문이 돌기 시작하자 장사에도 제법 물이 올랐다. 투박한 사내들이 소반을 나르고 잔심부름을 하는 경진의 객점은 오히려 듣는 귀가 적다 하여 정계에 선이 닿아 있는 인물들에게 새롭게 부각되는 장소가 되기도 하였으며, 그중 사방 벽이 막힌 널찍한 객실은 미리 예약을 해두는 일이 잦을 만큼 인기가 좋았던 것이다.

경진은 그곳에 작은 심술을 부려 방 사이사이에 비밀통로를 만들어 두었는데, 틈틈이 이 방에서 저 방으로 한가로이 거닐며 그네들의 비밀을 공유하다가 거동이 의심스러운 두 남정네를 마주친 것이다. 물론 의종이 이런 것까지 세세히 알지는 못하였으나 두 사람 모두 경진의 기질을 알고 있었기에 얼추 비슷한 상황까지 짐작해낼 수 있었다.

이야기 삼매경에 빠져 있을 즈음, 절반도 가지 않았는데 우려하던 일이 생겼다. 그야말로 하늘이 물동이째로 물을 들이붓는 상황이 온 것이다.

"그렇게 느긋이 걷다가는 물에 빠진 생쥐 꼴이 되실 것입니다."

유유자적, 의종의 양반걸음이 답답했는지 단영이 말하였다. 의종은 넌지시 그녀를 바라보다가 그럼 어째야 하느냐는 손짓을 해 보였다.

"뛰셔야지요. 물놀이 나온 것도 아닌데."

"뛰는 건 배워본 적이 없어서."

아, 또 이수환인가. 단영은 어이가 없어 그를 흘겨보았다. 배운 적이 없기는커녕 잘만 하면 날기도 하겠더라만 어쩌자고 이 판국에 '글에 미친 송 생원' 흉내인지.

단영은 답답하여 저 먼저 겅중겅중 뛰었다. 비가 와도 뛰지 않는 게 양반이라지만 얼굴에 발라놓은 풀이 녹아내리는 건 참기 어려웠다. 게다가…… 옷이 젖고 있지 않은가. 연신 얼굴을 훔쳐가며 걷고 뛰고를 번갈아 하자니 뒤처진 줄 알았던 의종이 갑자기 팔을 끌었다.

"아니, 잠시만……."

눈앞이 침침하여 잘 안 보인다는 것을 어찌 설명하나. 좀 천천히 가자고 만류를 하는 동안 몇 걸음 뛰지 않아 곧 어딘가에 세워졌다. 보아하니 처마 밑에서라도 쉬어 갈 요량인 듯했다. 단영은 시큰하고 따가운 눈두덩을 열심히 비볐다. 의종이 말했다.

"그렇게 문지르다간 눈이 상하고 말 텐데."

무어라 대답할 짬도 없이 눈에 와 닿는 시원한 감촉에 단영은 눈꺼풀을 깜박였다. 흐릿한 시선으로 보니 의종이 떨어지는 빗물을 손바닥에 받아 자신에게로 옮겨오고 있었다. 다시 시원하게 와 닿는 느낌. 의종은 말없이 그녀의 눈꺼풀과 속눈썹, 눈 가장자리 등을 씻어내더니 이번엔 흰 천을 이용해 얼굴 전체를 닦아주려 하였다. 안 그래도 손가락 감촉이 편치 않던 단영이었다. 상황이 점점 무안해지자 정색을 하며 그 손을 막았다.

"이제, 되었습니다."

반 평도 안 되는 공간 너머에서는 탄탄한 물의 장막이 우레 소리를 동반한 채 시야를 가렸고, 주책없이 몸에 달라붙는 몇 겹 안 되는 옷가지에선 쉬지 않고 물줄기가 흘러내린다. 그리고 이런 모든 어색한 상황 속에서 입마저 굳게 다문 의종이 단영은 부담스러웠다.

"길을 서둘러야겠습니다."

방금 전까지 젖은 옷이 살갗에 달라붙는 게 걱정이었던 단영인데 이제 어색한 상황이 지속되니 벗어나고픈 생각에 먼저 하던 근심을 잊고 말았다. 의종이 마음대로 하라는 듯 반걸음 뒤로 물러서준다. 왜일까, 그 물러섬이 마치 장벽과 같은 거대한 빗줄기를 한 움큼 앞으로 당겨버린 것같이 느껴지는 것은.

"아니 가십니까?"

"……."

"허면, 먼저 가도 되겠습니까?"

이처럼 미적거리는 것은 본래 단영의 성격이 아니다. 그저 전하이기에 망설이는 것이라고 스스로를 납득시킨 단영은 마지막으로 그의 안색을 살핀 후 빗속으로 한 걸음 내디뎠다. 무겁게 내려앉는 빗줄기의 하중은 마치 광교산에서 이기와 함께 누비던 폭포수 같았다. 씩씩하게 그 자리를 벗어났으나 골목 하나를 다 지나기도 전에 다시 멈추고 말았다.

'감히 전하를 두고 가려 하다니.'

어이가 없어 웃음까지 나온다. 무안하다, 어색하다, 부담스럽다 같은 감정의 흔들림 때문에 판단력이 엉망이 된 것이다. 게다가 지금쯤 단단히 화가 났을 의종을 다시 대면해야 하는 난감함이 겹치니 되돌아가기가 왠지 어렵다.

어두운 빗속, 그 속에 담긴 사각지대……, 짙게 어우러진 빗줄기 속으로 보이는 것이라곤 온통 삐뚤빼뚤, 제 정체를 고이 드러내는 것이 하나도 없다. 단영은 흐르는 빗물을 훔쳐내며 의종에게로 돌아갔다. 저기였던가, 아니, 저쪽이었나. 그녀가 좀 전까지 비를 피했던 처마를 가려내고자 애쓰는데 무언가가 급히 허리를 붙잡았다. 의종이었다.

"어긋날 뻔했군."

또다시 그의 손가락이 단영의 눈두덩 위로 흐르는 빗물을 닦아내었다. 잡혀 있는 허리가 신경이 쓰여 어깨를 틀어 보는데 그 움직임을 의종의 손이 가만히 제지하였다. 그러고는 단영의 머리를 감싸 쥐었다. 마치 무언가를 살피듯 유심히 바라보는 의종의 묵묵한 시선.

입술 안으로 달착지근한 홍시의 단물이 살짝 스며드는 듯했다. 단영은 멍하니 의종의 귀를 바라보다가 얼른 뒤로 물러섰다. 책망하듯 왼쪽 관자놀이를 톡 치는 의종의 손, 그러자 불현듯 떠오르는 기억, 만춘전(滿春殿)에서 눈을 감겨주던 손바닥의 느낌이 되살아났다.

저도 모르게 눈꺼풀을 깜박이고 만다. 의종의 입가에 살풋 미소가 잡히는가 싶었다. 물기를 머금은 듯 촉촉하고 부드러운 막이 다시금 입술에 와 닿자 긴장으로 굳어진 그녀의 눈꺼풀이 어색하게 감겼다. 후두둑, 알 수 없는 소리가 간간이 들려왔으나 단영은 듣지 못했다. 자신의 속눈썹이 간헐적으로 떨리는 것도 느끼지 못했다. 그저 그와 나란히 뛰는 심장의 고동만 커다랗게 울려올 뿐이었다.

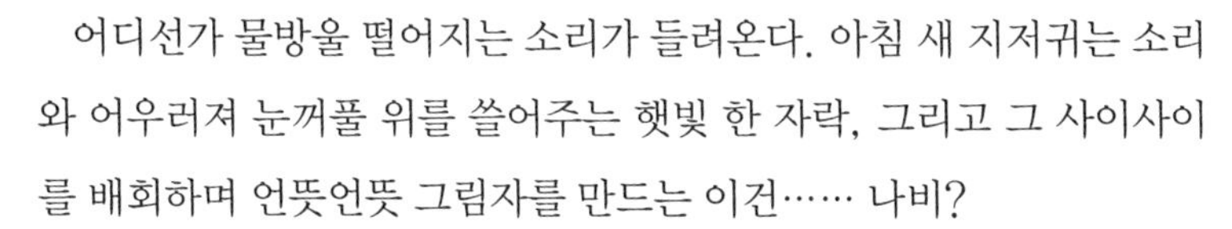

어디선가 물방울 떨어지는 소리가 들려온다. 아침 새 지저귀는 소리와 어우러져 눈꺼풀 위를 쓸어주는 햇빛 한 자락, 그리고 그 사이사이를 배회하며 언뜻언뜻 그림자를 만드는 이건…… 나비?

어쩌면 새 그림자일지도 모른다고 애써 납득을 하려는데 이번엔 그림자의 감촉이 관자놀이에 닿았다. 단영은 나른한 몸을 좀 더 미적거

리다 눈을 떠보았다. 가까운 곳에 잠들어 있는 사내의 얼굴이 보여 하마터면 소리를 지를 뻔했다. 의종이었다.

난감한 얼굴로 그를 바라보다가 살며시 일어나 앉았다. 익숙한 소록당 내부의 모습이 보이고 자개장 위로 대충 접어 올려놓은 옷가지들도 보인다. 대신 이불장 안에 구색 맞춰 들어 있던 양단 요가 바닥에 깔려 있었다. 임자 있는 물건도 아닌데 서리같이 하얀 기숫잇이 개운한 것을 보면 단영이 드나들기 시작한 이후로 최 상궁이 관리해온 것이 분명했다.

단영의 시선이 아래로 향했다. 박금(薄衾)으로 말려 있긴 하였으나 어깨며 팔, 종아리가 시원하다. 간밤의 기억이 한꺼번에 밀려들었다. 굳이 떠올리기 싫어 고개를 흔들어봤지만 숙취가 있는 것도 아니니 오히려 더 선명해지기만 한다.

그 빗속을 산책하듯 돌아다녔던 건 나쁘지 않았다. 묵묵히 단영의 손을 쥔 채 걸어가는 의종의 단호한 뒷모습도 마음에 들었던 것 같다. 몇 번씩 다가와 비를 피하시라 진언을 드리는 유무성이 신경 쓰이긴 했지만 번갯불이라도 맞은 듯 기함을 한 표정이 재미있기도 했었다.

그런데.

단영은 슬그머니 일어나 옷장으로 다가갔다. 의금부로 향하기 전 그 안에 잘 접어 넣어두었던 예복을 꺼내 입기 위해서다. 말려 있는 이불을 풀어내려는데 새로운 기억이 떠오른다. 비에 흠뻑 젖은 채 이 소록당까지 왔을 때 분명 의종은 잘 들어가라 말하고 등을 돌렸었다. 그런데 어쩌다가 여기까지 들어서게 되었을까.

젖은 겉옷을 벗어던지고 머리를 풀었었다. 물이 뚝뚝 듣는 머리채를 수긴으로 감아쥐고 툭툭 두드리고 있을 때 삐걱, 조심스런 문소리가 들려왔다. 최 상궁이겠거니 방심한 것이 실수였을까, 잠깐 사이 수긴을 빼앗겼고 갑자기 나타난 의종에게 넋을 놓은 동안 그는 이미 젖어 있는 그녀의 몸을 닦아주고 있었다. 그리고, 그렇게 한 겹 한 겹 벗겨지는 옷을 집어들 생각도 못한 채 그를 바라봤었지.

단영은 속적삼을 여미다 말고 의종을 돌아보았다. 언제나 단정히 상투를 틀어 동곳과 망건으로 빈틈없이 마무리를 지어놓은 모습과 달리 지금은 요 위로 흩어진 긴 검은 머리가 새로웠다. 단영이 풀어준 것이다.

그녀를 말끔히 닦아낸 후 옆에 있던 새 수긴을 건네주던 의종, 그의 얼굴은 이제 내 차례야, 하는 것 같았다. 그리고 단영은 별달리 저어하는 기색 없이 순순히 그 요구를 받아들였었다. 흑립을 벗겨내고 도포를 벗겨내고 저고리를 벗겨내고……, 늘 반복된 일상인 듯 덤덤히 움직이다가 그의 아랫배 왼쪽에 비스듬히 나 있는 흉터를 발견하고서야 비로소 정신을 차렸던 것이다.

조금만 늦었다면 그녀는 제 손으로 의종의 바지까지 벗겼을지 모를 일이었다. 사내의 맨다리 위로 흐르는 물기를 닦는 스스로의 모습을 상상하니 어쩐지 오한이 돋는다.

의복을 모두 갖추어 입고 조용히 밖으로 나왔다. 하늘에 구멍이 난 건 아닐까 싶게 들어붓던 비도 그치고 더욱 맑아진 공기 사이로 투명한 햇살이 결을 만들고 있었다. 훅 끼쳐오는 신선한 감촉에 단영은 저도 모르게 다리 힘이 풀려 넘어질 뻔하였다.

그리고 그제야 깨달았다. 자신이 많이 당황하고 있다는 것을.

단영은 괜히 발밑을 두어 번 걷어차는 것으로 울렁이는 마음을 다잡았다. 아주 잠깐 의종의 머리는 누가 정리해주나 염려가 되었으나 생각해보니 그건 걱정거리도 되지 않는다. 오히려 이 잠깐의 틈이 억지로 봉인시켜놓은 간밤의 기억을 다시 불러오는 부작용이 되었을 뿐.

언제 차가운 바닥 위로 금침이 깔렸는지 기억이 나지 않는다. 장대비가 지면에 꽂히는 격한 소리는 마치 두껍고 탄탄한 가로막에 의해 에워싸인 느낌을 주었고 그것은 곧 외부로부터 차단되었다는 착각을 불러일으켰다.

누구도 들어올 수 없는 깊고 내밀한 곳에 둘만 존재한다는 이질감, 숨조차 가려 쉬게 만드는 어색한 침묵 속에서 단영이 인지하는 현실과 비현실, 그 반복하여 오가곤 하던 낯섦.

그런 점이 단영으로 하여금 사내 앞에서 벗다시피 한 모습을 의식치 않도록 해주었는지도 모른다. 귓가로 나직이 들려오던 의종의 목소리, 거칠지만 조심스러웠던 말투 하나하나와 무심함 속의 세심한 배려.

"보기보다 부실하더군. 알고 있나?"

의종이 던져준 얇은 이불을 둘둘 감은 채 앉아 있다가 도무지 이 몽환적인 분위기가 편치 못해 이마를 무릎에 파묻었었다. 피부에 와 닿는 까끌한 촉감이 좋아 그대로 앉아 있자니 슬슬 한기가 느껴졌는데 이때, 어깨 위로 솟은 소름을 의종이 본 것인지도 모른다. 둔탁한 바람결이 느껴져 고개를 들어보니 이미 금침이 깔려 있었다.

단영은 부지런히 교태전을 향해 걸었다. 이번에도 최 상궁이 알아서 그녀의 외박을 가려주었겠지만 그래도 염려가 아니 될 수 없었다. 물론 지아비인 의종과 함께 소록당에 머문 것이니 문제될 건 없지만 지금의 단영으로선 지난밤의 일이 궁 안에 퍼지는 게 더 걱정이었다.

이렇듯 딴 생각에 빠진 단영의 흔들리는 걸음을 지켜보는 이들이 있었다. 바로 유무성과 홍 내관으로서 이미 유무성은 반쯤 벌린 입을 못 다문 채 단영과 소록당을 번갈아 보는 중이었다. 지난 새벽 안으로 들었던 윤 어사는 어디 가고 곤전마마께서 나오신단 말인가.

"내 뭐라 했는가. 윤단성이는 세상에 없는 존재라니까."

홍 내관이 딱하다는 듯 혀를 차자 그제야 유무성의 입도 다물어졌다. 하긴 그 폭우 속, 사내에게 입맞춤을 하시던 전하를 보았을 때의 충격에 견준다면 차라리 지금 안 사실이 백 배는 아름답고 건전했다.

"나리께선 언제 아셨던 겁니까?"

유무성이 물었으나 홍 내관은 눈만 껌벅일 뿐 대답하지 않았다. 명색이 상선이란 자가 나도 안 지 얼마 안 되네, 할 수가 없었던 것이다.

"어찌 되었든 전하께선 모든 것을 다 아시고도 가납하신 것이니 그리 알고 함구하게. 이 일이 새어나갔다가는 무슨 풍파가 일어날지 알 수 없는 일이야. 알겠는가?"

말은 이렇게 했지만 지금 홍 내관의 속도 유무성과 별반 다를 것이 없었다. 사색이 되어 달려왔던 유무성의 얼굴이 결코 잊히지 않을 것 같았다. 자신이 가은당에서 곤전마마의 숨겨진 정체를 알아차렸을 때도 저런 얼굴이었겠지 싶었기 때문이다.

그러나 눈앞의 놀라움에 가려 이들 또한 다른 이의 기척을 놓치고 말았으니.

"훗."

잠자코 단영을 지켜보던 자령군이 쓴웃음을 지으며 몸을 돌렸다.

궐을 벗어나자 그때껏 기다렸는지 사내 한 명이 곁에 붙어 선다. 제 주인과 마찬가지로 반듯한 옷매무새를 갖춘 자였다.

"어찌 되었나?"

자령군의 질문에 사내가 고개를 젓는다.

"백방으로 수소문 중이긴 하나 아직 그 종적이 묘연한 모양입니다. 헌데 나리, 방령군을 찾는 것으로 해결이 되겠습니까?"

"힘들겠지."

"……."

"그래도 애는 써봐야지."

자령군은 천천히 품을 뒤져 무언가를 꺼냈다. 옅은 색의 차면이었다. 손아귀에서 으스러지는 얇은 비단의 감촉이 부드럽지만은 않은 것은 그의 속내가 어지러운 데에서 기인할 것이다.

"구자임은 어찌 지내고 있나?"

"며칠째 소격동 일대를 분주히 돌아다니고 있다 합니다. 무언가를 찾기 위함인 듯하지만 그게 무엇인지는 아직 알아내지 못했습니다."

수효장군 구자임에 대해 의심을 품게 된 계기는 아주 단순한 조사 때문이었다. 지난 칼바위 능선에서의 거사를 망치는 데 일등 공신이었던 어사 정석영이라는 자, 오랜 기간 비호단에 잠입하여 간자 생활을 해왔다던 그자의 뒤를 캐던 중 구자임이 여러 차례 눈감아주었다는 정황이 포착되었던 것이다. 정확한 물증은 없으나 구자임이 정리해놓은 일지를 통해 그동안 정석영이란 자를 예의주시하고 있었음은 확인할 수 있었다. 즉, 그는 비호단을 위협하는 간자를 무슨 이유에서인지 긴 시간 지켜보기만 한 것이다.

소격동이라……. 자령군이 중얼거리듯 말했다.

"더 알아보지 않아도 그자가 찾고 있는 게 무엇인지 알겠구나."

담담한 안색은 언제 보아도 변함이 없다. 그러나 사내는 제가 모시는 주인의 심기가 불편함을 알 수 있었다. 또한 자신은 그런 주인을 편하게 해줄 아무런 능력도 없다는 것을.

"용서하십시오."

자령군이 온화한 낯빛으로 웃었다.

"네 탓이 아니야."

그는 문득 생각났다는 듯 하늘을 올려다보았다. 높고 청명하고 또 무더운 바람이 두 사람을 휩쓸며 지나갔다. 이제 곧 입추로군. 동공 위로 흐릿한 무언가가 겹쳤다.

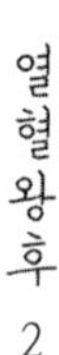

"지상 위의 어느 녹수(淥水)가 저 하늘과 같겠느냐."

자령군의 눈꺼풀이 천천히 감겼다.

"어떤 면경도 그리 깨끗이 비추지는 못할 거예요. 어찌나 환하고 빛이 나던지 제 모습에 넋을 잃을 지경이었습니다."

그대는 필경 오늘도 저 하늘가에 나와 제 모습을 비춰보고 있겠지. 이처럼 맑은 물빛을 모른 척할 그대가 아니지. 간혹 옛 기억에 사로잡혀 아래 세상을 넘겨다보기도 하겠지만 그대가 바라볼 정인은 내가 아니지……. 그렇겠지.

"풀어주어라."

동시에 눈을 가렸던 검은 보자기가 벗겨졌다. 희뿌옇게 일렁이던 사물이 곧 자리를 잡았고 앞에 조용히 앉아 있는 사람의 모습도 인식이 되었다. 의종이었다. 눈빛도, 음성도, 하다못해 입매조차도 예전의 가볍고 넉살 좋은 '이수환'의 그것과 달랐으나 이미 여러 차례 마주하다 보니 새삼 왕이란 이유로 위축이 되지는 않았다. 의종이 말했다.

"나를 만나고 싶어 했다지?"

이틀에 한 번꼴로 금부옥을 찾는 장씨에게 임금과 만나고 싶노라 부탁을 하긴 했었다. 그러나 실제로 독대를 허락할 것이라곤 기대치 않았기에 무슨 말부터 꺼내야 할지 떠오르질 않았다. 잠시 고민하던 이기는 품속에서 얼룩진 천 조각을 꺼내들었다. 홍 내관이 의종에게 전달하는 동안 그것이 무엇이며 누구에게서 받은 것인지를 간략히 설명하였다.

"이것을 조가가 주었단 말인가?"

의종이 혼잣말을 하며 천을 이리저리 뒤집어보았다. 조창주의 의도가 무엇인지는 알 수 있었으나 이것만으로 필체의 주인을 찾기가 용이한 것은 아니었다. 무엇보다 손가락으로 눌러 쓴 글자체가 붓을 이용했을 때만큼 섬세할 리 없었기에 '비슷한 필체'를 찾는 것부터가 불가능할 가능성이 더 컸다. 그러나 의종은 인내심을 가지고 천을 살펴보았다. 그 점을 조창주나 이기가 모르지는 않았을 거라 생각했기 때문이었다.

"何人不起故園情(하인불기고원정), 何人不起故園……."

입속으로 되뇌던 의종이 글자 하나에 시선을 고정시켰다. 이 글귀는 당나라의 시인 이태백의 춘야낙성문적(春夜洛城聞笛)이라는 시로서 가장 마지막 문단이었다. 그리고 의종은 그중 園이라는 자를 유심히 살펴보았다.

"이 글자가 무엇으로 보이는가?"

홍 내관은 갑작스런 질문에 실눈을 뜨며 그것을 살펴보았다. 피로 쓴 것이라 번진 부분이 많아 선명치 않았으나 언뜻 보기엔 동산 원(園)으로 보였다. 그가 잘못된 부분을 찾지 못해 고개를 갸웃거리자 의종이 이번엔 천을 거꾸로 하여 보여주었다.

"다시 보라."

그리고 좀 더 세밀히 살피던 홍 내관이 곧 입을 다물며 한 걸음 뒤로 물러섰다.

"……아뢰옵기 황공하오나 소인의 눈에는 이, 임금 황(皇) 자가 보였나이다."

의종이 고개를 끄덕였다. 본래 이 동산 원(園)이란 자는 입 구(口)와 성씨 원(袁)이 합하여 이뤄진 글자였다. 그런데 시를 베낀 이는 口 안에 들어 있던 袁 자를 빼내고 대신 皇 자를 거꾸로 넣어놓았다. 뒤집힌 모양새가 비슷해 그 이상한 조합을 알아보기 쉽지 않을 뿐이었다.

홍 내관은 난감한 얼굴로 의종을 살폈다. 임금 황(皇) 자를 뒤집어놓았으니 이는 왕을 거꾸러뜨린다는 뜻으로 풀이할 수 있었으며 口 안에 넣어놓았으니 즉 가둔다, 에워싼다고 풀이할 수도 있었다. 즉, 조창주는 글자의 모양뿐만 아니라 그 안에 담겨진 역심까지 따온 것이었다.

의종은 천에 가지런히 담긴 필체를 내려다보다가 다시 이기를 쳐다보았다.

"하여 이것을 들고 목숨을 구명코자 나를 찾은 것인가? 조가의 권유대로?"

이기가 담담히 대답하였다.

"필요하실 듯해 드렸을 뿐입니다."

이기 또한 잘못 적힌 글자가 있음을 발견하였다. 단순한 필사에 그쳤다면 애써 전달하지는 않았을 텐데 자신이 보기에도 이는 간과할 일이 아니라 여겨졌던 것이다.

의종은 지금껏 연적이라 여겼던 사내를 물끄러미 내려다보았다. 아니, 사내다움보다 아름다움이 먼저 눈에 뜨이는 것을 보면 소년이라고 해도 무방할 것이다. 그런데 왜일까, 쉬이 꺾일 것 같지 않은 단단함이 느껴지는 것은.

"그렇군."

의종은 탁자 위의 붓을 들어 무언가를 써내려갔다. 그러고는 냉랭한 목소리로 말하였다.

"내 일전에 말하길 그대의 한 가지 원을 들어주고 싶다 하였었다. 그러니 좀 전에 이 천 한 조각과 목숨을 맞바꿔달라 청하였대도 들어주었을 텐데……, 결국 묵살하고 마는군. 이제 오늘로서 세 번째 거절을 받은 셈인가."

이기는 이제 오래된 기억으로 사라져가는 그 약조를 떠올렸다. 세상에 불가한 일은 때에 따라 없을 수도 있다고 하였던가. 어느 상황에서 어느 누구를 만나느냐에 따라 충분히 바뀔 수도 있다 하였던가. 허나 시간을 거슬러 올라간대도 아무것도 바뀌는 일이 없을 것임을 이기는 알고 있었다. 설사 임금이 놓아준대도 단영이 제 곁에 머물지는 않을 것이기에.

혼자만의 생각에 빠져 있는 이기의 귀로 의종의 목소리가 다시 들려왔다.

"이제 한 번의 기회를 더 주어보도록 하지. 물론 그대의 성향에 비추어보아 그 기회는 결실 없이 묻혀버릴 가능성이 농후하겠지만 나 또한 거절이란 것에 그리 익숙지를 않아서 말이야."

이기가 불현듯 고개를 들어 의종의 얼굴을 똑바로 쳐다본다. 말은 없었으나 왜 그 같은 배려를 해주느냐 묻는 듯했다. 의종은 대답 없이 홍 내관을 불러 조금 전 작성한 문서를 내어주었다.

안에 적힌 내용을 확인한 홍 내관은 당혹한 얼굴로 먼저 이기를 방에서 내보냈다.

"전하, 저자를 어찌하여 그리 보살피시옵니까?"

옹주를 빼돌리려 한 자였다. 그것이 정석영의 주장대로 오해였다 하여도 아직은 아무것도 밝혀진 게 없으니 좀 더 신중히 죄의 유무를 판가름해야 할 인물이었다. 그런데 소원을 들어준다는 해괴한 말은 무엇이며 사절단의 일원으로 청에 보내겠다는 건 또 무슨 심산인가!

"도주의 우려도 있지 않사옵니까? 아무리 윤 어사와 관련이 있다고는 하나 진찬 독주 사건과의 무관함도 아직 밝혀지지 않았사온데 그런 자를 외국으로 내보내신다니 이는 도주를 허락하는 것과 다름이 없사옵니다."

그러나 홍 내관의 간곡한 진언도 의종의 결심을 바꾸지는 못했다. 이번 주청사(奏請使) 행렬을 호위할 인물로 이기만큼 적합한 자가 없었기 때문이다. 반역의 수괴가 조정과 깊은 관련이 있는 지금, 자신의 수족과 같은 이들을 보내기엔 한 사람의 손이 아쉬운 시점이었고 신뢰도가 떨어지는 이들을 보내자니 어디에서 어떻게 방해 공작이 이루어질지 알 수 없는 일이었다. 게다가 정석영은 이미 비호단 내에서 그 행적을 감추며 간자 역할을 해오던 이가 아닌가.

그를 표적으로 하여 무슨 일이 일어날지 알 수 없는 이때, 어려서부터 스승과 제자로 돈독한 관계를 맺어온 이기를 붙여주는 것은 더할 나위 없는 선택이었다.

마침내 홍 내관은 의종에 대한 설득을 포기하고 밖으로 나왔다. 그는 이기의 호리호리한 신체를 훑어보다가 나직이 말하였다.

"따라오시오. 일단 목욕부터 해야겠소."

"그게 무슨 말입니까?"

"전하께서 금일, 청을 방문할 사절단을 파견키로 결정하셨소. 이에 정석영 어사를 정사(正使)로 임명하시어 이번 행렬의 통솔을 맡기셨으며 그대에겐 주청사를 호위하는 무관으로서 종8품 종사(從事)의 직책을 내리셨소이다."

그러고는 뜸을 들이며 한 마디 더 덧붙이는 것이었다.

"그대에겐 거부할 권한도, 명목도 없소. 천운인 줄 알고 조용히 따르면 될 것이오."

물론 이번 사절단이 최소 인원으로 극비리에 조성되었다는 것 등은 나중에 정 어사가 알아서 설명해줄 것이니 생략키로 하였다. 덧붙여 의종의 진짜 속내는 이곳에 남아 역모죄에 더 휘말리기 전에 적당히 빼내주려는데 있다는 것 또한.

한편, 교태전의 단영은 의종이 이기에게 어떤 임무를 맡기는지 까맣게 모른 채 혼란한 머리를 가라앉히는 데 골몰하는 중이었다. 머릿속은 그야말로 전쟁터, 커다란 종이 한 장을 펼치고 가느다란 붓으로 이리저리 사건의 추이를 적어가며 구자임의 말을 정리하는데 웬걸, 평소엔 그처럼 맑디맑아 사심 한 자락 끼어들지 않던 머릿속으로 자꾸만 보고 싶지 않은 얼굴이 아른거리는 것이었다. 가뜩이나 피곤한데 방해꾼이 있으니 진도가 쑥쑥 나가지 않는 것은 당연지사.

단영은 금쪽같은 몇 시진을 허비하고 나서야 종이를 치우고 대신 서책을 펼쳤다. 그러나 집중이 안 되는 것은 마찬가지, 마침내 단영은 서책도 덮으며 창 밖으로 하늘을 올려다보았다.

"마마, 최 상궁입니다."

무슨 일인지 안으로 들어서는 최 상궁의 안색은 즐거움이 가득하였다. 단영은 그녀의 양손에 들린 작은 화병으로 시선을 옮겼다. 연보랏빛 꽃 몇 송이가 꽂혀 있었다. 후원의 가지런한 돌계단 틈으로 여기저기 고개를 내밀고 있는 비비추이다.

"전하께서 직접 꺾어주셨다고?"

단영은 가볍게 놀랐다. 최 상궁의 말에 의하면 의종은 이미 한참 전부터 아미산에 들어 꽃구경을 하고 있었다는 것이다. 다만 중전에겐 알리지 말라 하였다 하니 교태전 나인들, 어쩌면 좋을까 고민하던 참에 의종이 느닷없이 최 상궁을 찾아 비비추 몇 송이를 쥐여주며 곤전에게 전하라 명을 내려 이제야 아뢰게 되었다는 설명이었다.

묻지 않아도 알 수 있었다. 지금 윤 상궁을 비롯한 교태전 나인들은 임금이 꽃을 보내온 사실로 인해 저마다 즐겁다 기쁘다 떠들어대며 희희낙락일 것임을.

"아무래도 가봐야겠지."

마음속으로는 지난밤이 의식되어 나가볼지 말지 치열한 전쟁 상태였으나 겉으로는 담담한 단영이었다. 최 상궁은 의복이라도 새로이 갈아입으시라고 권하고 싶은 것을 겨우 참으며 자리에서 일어섰다. 대신 슬며시 좌경이며 빗접[70] 등을 꺼내 단영의 발치에 밀어놓았다.

의종은 역시 굴뚝 옆에 앉아 있었다. 단영은 급히 시선을 피하는 홍내관을 모른 척 지나친 후 의종의 곁으로 다가갔다. 하늘을 향해 비스듬히 들린 의종의 얼굴이 보였다. 감은 두 눈은 마치 잠이라도 든 듯 견고했으나 벌써부터 자신의 기척을 살피고 있으리라는 것쯤은 단영

---

70) 장신구함.

도 알고 있었다. 그녀는 곁에 자리를 잡고 앉으며 저도 모르게 머리를 매만졌다. 결국 최 상궁이 밀어놓은 빗접에서 칠보 뒤꽂이 하나를 꺼내 든 것이 내내 신경이 쓰였기 때문이다. 괜한 짓을 했어, 속으로 중얼거리는데 문득 의종의 시선이 느껴졌다.

"예서 무엇을 하고 계셨습니까?"

당황하다 보니 마치 따져 묻는 어투가 되었는데 의종의 대답은 의외로 선선하다.

"기다렸지."

"무엇을요?"

문득 흰나비 한 마리가 그녀의 시선을 사로잡았다. 저만치 무리지어 보이는 노랑나비와 달리 고고하게 홀로임을 즐기는 모습이었다.

"그대를 기다렸지."

그리고 단영은 차마 고개를 돌릴 수 없어 심상한 척 나비의 뒤만 눈으로 좇았다. 어조에서 묻어나는 애틋함이 그녀를 놀라게 한다. 그가 갑자기 달라져버렸다. 뭐랄까, 어딘가 모르게 부자연스럽던 느낌이 사라지고 대신 편안함이 자리 잡았다고 해야 하나.

"아주 오랫동안 기다렸어. 그 사실을…… 오늘에야 알았다."

참나리 위에 앉아 잠시 날개를 쉬는가 싶던 하얀 나비가 다시 허공을 향해 팔랑, 날아올랐다.

단영은 비로소 연경이 남겼던 서신 한 구절을 이해할 수 있었다. '이 넓고 깊은 구중궁궐 안에서도 가장 여리고 외로운 이, 마음 기댈 곳 없을' 의종을 향한 그녀의 염려를 조금이나마 헤아릴 수 있었던 것이다. 그만큼 의종의 어조는 지난날 쌓기만 하고 허물어트리지 못했던 짙은 고독의 그림자를 내뿜고 있었다.

의종의 시선을 언제까지나 무시할 수 없다는 것을 알고는 있었다. 그러나 마주 바라보자니 낯설고 무안했다. 하여 그녀는 아무 대화나 진행시키기로 결심을 한다.

“신첩을 그토록 오래 기다려오셨다는 뜻입니까?”

그리고 곧 후회를 해야 했다. 더 어색해질 법한 질문을 생각 없이 내뱉었기 때문이었다. 적당한 답을 찾기 위해 고심하는 의종이 느껴져 작게 한숨이 지어졌다.

“정확히 말하자면 그대를 기다렸다고 할 수는 없겠군. 나에겐 곁에 있어준 다른 이들이 존재했으니까. 그들의 삶이 다르게 진행되었다면 이 기다림의 대상은 그들 중 하나가 되었을지도 몰라.”

뼈 있는 질문은 아니었는데 대답을 듣고 보니 좀 묘해진 느낌이다. 곁에 있어준 다른 이들이라. 단영은 그가 자신의 정비와 두 명의 후궁에 대해 말한다는 것을 알아차렸다. 그렇다면 ‘나’를 특별히 지칭한 것은 아니니 괜한 부담을 가질 필요는 없는 것인가. 즉 누구라도 좋았다는 표현이라고 받아들인 단영은 왠지 모를 시원함을 느끼며 자리에서 일어섰다. 곧이어 특정할 수 없는 날카로운 감정이 알싸하게 잔향을 남겼지만 그런 것을 일일이 확인해보고 들여다보고 할 만큼 세심해지고 싶진 않아 그냥 무시해버리기로 결정을 내렸다.

그런 단영의 오른 손목을 의종이 가볍게 잡았다.

“단언하건대 그대로 인해 그들에게 부여된 의미가 퇴색하거나 줄어드는 일은 없을 거야. 다만 이제, 내 곁에 안착한 이가 그대라서 나는…… 기쁘다.”

어쩔 수 없군. 단영은 도망가는 것을 포기한 채 의종의 얼굴을 내려다보았다. 조금 전 자신의 행동을 ‘질투’라는 이름으로 오해하고 있음을 읽을 수 있었으나 아무렴 어떤가 싶기도 했다. 솔직히 말하자면 언짢은 기분이 아주 없었던 것도 아니니까.

“도대체 두 분 마마께서는 무슨 담소를 저리 다정히 나누시는 걸까요?”

혼자 좋아 어쩔 줄 모르던 윤 상궁이 급기야 높아지는 웃음소리를 억제하기 위해 제 입을 꾹꾹 막아내는 모습에 홍 내관은 픽 웃음을 지었다. 담소라, 참 어울리지 않는 말이다. 두 분 마마 사이에 만리장성이 제아무리 높이높이 세워진다 해도 담소 같은 것은 그다지 나누지 않으실 거라는 게 홍 내관의 견해였다. 국정에 관한 의견을 개진하는 것만으로도 시간이 모자랄 두 분이시지 않은가. 담소는커녕 다투시지만 않아도 다행이다.

실제로 홍 내관의 이런 짐작은 영 틀린 것은 아니어서 이제 아미산을 천천히 거니는 두 사람 사이에는 조금 전까지 부드럽게 이어지던 분위기가 남아 있지 않았다.

"그렇다면 앞으로 어찌 처리하실 의향이십니까?"

단영의 물음에 의종이 미간을 찌푸렸다. 모든 해결의 열쇠는 이제 자경전으로 모이고 있었다. 대비만 입을 열면 되는 것이다. 헌데 그 간단한 일이 실은 그리 간단치가 않다는 게 문제였다. 설사 대비의 입을 연다 해도 그녀를 증인으로 직접 추국장에 세우는 것이 받아들여질는지는 임금인 의종으로서도 단언할 수 없었기 때문이었다.

꼬리를 잇는 모반과 그에 따른 진압의 과정도 의종에게 편을 만들어 주진 못했다. 조승해 대감을 잡아들였을 때부터 시작된 옥당과 양사의 반발은 지금껏 그치지 않았으며 이 모든 것이 왕자들을 제거하려는 금상의 계략에서 비롯되었다는 소문도 더욱 무성해졌다. 후사도 없이 적대 관계가 될 수 있는 선대왕의 왕자들만 줄을 이었으니 이를 견제하려는 숙청 과정 아니겠느냐는 소문 말이다. 이런 때 대비전을 섣불리 건드리는 것은 위험을 자초하는 일이었다. '패륜'이라는 죄목이 덧씌워질 수도 있었다.

"설사 역모의 수괴를 잡아들인다 해도 지금의 반발을 잠재울 수 있을지는 미지수로군."

무령군이 자신의 죄를 토설하고 유배형을 받았을 때에도 의심과 반발은 줄어들지 않았었다. 그러니 앞으로 어떠한 증좌를 들이댄다 하여도 의종에 대한 혐의를 완전히 풀기는 어려울 것이었다. '목소리'의 모든 계획이 무너졌으나 민심을 흐트러트린다는 계략만큼은 어느 정도 성사시킨 셈이다. 묵묵히 땅을 내려다보던 단영이 말하였다.

"여전히 같은 과제가 남은 것이군요."

공적 효력을 발휘할 수 없다 해도 대비를 압박하여 배후를 토설케 해야 하는가. 아니면 자칫 덧나는 것을 방비하여 일단은 모른 척 넘어가주어야 하는가.

"아, 그렇군."

갑작스런 의종의 말에 쳐다보니 어느새 그가 품에서 무언가를 꺼내 손에 쥐여주었다. 지금은 아니지만 단영이 사용하던 쌍도 중 하나였다. 가만있자, 단영은 생각해보았다. 일전에 의종에게 넘겨주었던 단도는 이미 돌려받았다. 그렇다면 이건?

"자령군이 가지고 있었다. 그대가 영루관에서 잃어버린 것이지."

단영은 의종이 꺼내놓은 단도를 다시 내려다보았다. 먹감나무로 만들어진 손잡이 부분이 매끌매끌하게 닳아 있고 장식으로 붙은 백동도 색이 변질된 지 오래다. 손잡이 한 옆에 자리 잡은 '바를 단(端)'자도 보였다. 도자장에게서 받은 즉시 이기가 새겨준 글자였다.

"영루관에서 잃은 건 맞습니다만."

단영은 말끝을 흐리며 기억을 되돌려보았다. 조창주가 있었고 마전, 경진이 그 자리에 있었다. 얼굴과 이름을 모르던 몇몇 사내가 있었으며 이기도 그곳에 있었지만 자령군을 본 기억은 없다. 막내 왕자는 이것을 어떤 경로로 입수하게 된 것일까.

의종은 아무 말 없이 단영을 바라보았다.

"내가 그 사실을 어찌 알고 있는지는 왜 묻지 않는가?"

단영이 빙그레 웃으며 대답하였다.

"영루관 옆에는 소나무가 있고 살곶이다리 옆에는 상수리나무가 있지요. 전하께선 못 하시는 게 없으시되 특히 나무나 담을 잘 타지 않으십니까?"

그날 영루관까지 미행당했던 사실을 이미 알고 있다는 소리였다. 의종은 어이가 없어 실소를 하였다. 그러나 단영이 그 자리에서 의종의 존재를 알아챘던 것은 아니다. 의종이 지금 자신의 단도를 꺼내 보이며 어디서 잃은 것까지 맞히는 것을 보고 불현듯 깨달은 것이다. 하여 짐짓 다 아는 척 한 마디 찔러본 것인데 의종이 반응하였다. 음, 그랬었단 말이지. 그녀는 눈을 내리깔며 단도를 손가락에 걸어 뱅뱅 돌려 보았다. 손바닥에 착착 감겨왔다.

"그동안 염두에 두셨던 이가 있다더니 자령군이었습니까?"

단영의 말에 의종은 이마를 찌푸렸다. 맞는 말이긴 했다. 다들 무령군에게 혐의를 둘 때에도 그는 오히려 제7왕자 자령을 미심쩍게 여겼기 때문이었다. 그러나 심증은 있으되 이렇다 할 증좌가 없었다. 아니, 증좌뿐만 아니라 스스로 납득할 수 있는 개연성조차 없었다.

"그대가 그랬지. 무령군과 방령군은 달리 보면 희생자일 뿐이라고. 그들이 긴 시간 공을 들여온 꿈을 일거에 빼앗기고 이제 아무것도 남은 게 없는 이들이 되었다고."

그렇게 말한 건 사실이다. 거대한 밑그림 속에서 두 왕자는 그저 희생양에 지나지 않았다.

"예."

단영의 대답에 의종이 고개를 저었다.

"그렇다면 더욱 맞지 않는다."

"무엇이 말입니까?"

"구성주의 증언에 따르면 무령군이 비호단을 흡수하기로 마음을 먹은 때가 경신년(庚申年)이라 하였다. 즉 방령군의 거사 실패가 있던 해이지. 무령군이 비호단을 통해 군사력을 키워야겠다는 생각을 한 데에는 방령군의 거사 실패 또한 영향을 미쳤을 것이다. 마음속으로 늘 모반을 꿈꾸었다 해도 그것을 현실로 옮기는 건 또 다른 이야기이지. 그때 무령군의 나이 스물다섯이었어. 그리고 지금 반역 세력의 수장은 이런 무령군과 방령군을 손바닥에 쥘 정도로 용의주도한 인물이어야 앞뒤가 맞는다. 헌데 당시 십여 세에 불과했던 자령군이 그 모든 것을 계획했다는 게 가능한 일일까? 하물며 방령군이 화약을 빼돌렸던 때에 자령군은 나이 겨우 열 살 남짓의 어린아이였으니."

맞는 말이었다. 그처럼 어린 소년이 장차 십 년이 넘는 세월을 내다보고, 무령군과 방령군을 상대로 그들의 계획과 야심을 흡수할 계책을 꾸미며, 단계적으로 주도면밀하게 일을 벌여왔다? 가능성을 아예 배제할 수는 없겠으나 관록 넘치는 조정 대소신료들을 마음대로 움직이는 한편 아무런 흔적 없이 일처리를 해낸다는 것은 불가능에 가까웠다.

"자령군이 배후가 맞는다면 이 단도는 영루관에서 직접 거둔 것이겠지요. 허나 만일 그가 아니라면 도대체 어디서 손에 넣었을까요?"

"만일 그가 아무런 연관이 없는 상태에서 이것을 손에 넣으려면 가장 의심스러운 곳은 바로 자경전이 될 것이야. 허나 거꾸로 생각하여 그가 진정 연관이 없다 가정한다면 자경전에서 이런 물건을 손에 넣는 게 과연 가능하긴 했을까?"

듣고 보니 또 그렇다. 깐깐한 성격만큼이나 일처리를 허투루 할 대비가 아니었던 것이다.

"자경전을 배후로 본다면 자령군보다는 훨씬 구색이 맞는 위치이긴 하다. 수렴청정의 기간 동안 화약의 움직임을 주도하거나 내막 자체를 말소하는 일, 방령군과 무령군을 각각 손에 쥐고 움직이는 일 등 무엇 하나 불가능한 게 없지. 그러나 그리 되면 구성주의 증언과는 결렬이 되겠지."

혹은 그자의 거짓 증언이었거나. 그러나 단영이 느끼기에 구성주의 눈빛이, 그의 감출 수 없던 복수의 의지가 거짓으로 보이진 않았었다.

단영과 마찬가지로 생각에 잠겨 있던 의종이 종이 한 장을 또 끄집어내었다. 그런데 자세히 보니 종이가 아니라 어딘가에서 뜯어낸 천 조각이다. 그리고 그 위로는 먹물 아닌 무언가로 빼곡하게 글이 씌어 있었다. 의종은 자신이 알아낸 시문 속의 비밀을 일러준 후 더불어 조창주가 필사를 했다는 것과 이기에 의해 전달받았다는 것 등을 자세히 일러주었다.

"그 아이가 사절단 종사직을 맡아 청으로 떠났다고 하셨습니까?"

갑작스런 전개에 단영이 의아하여 의종을 올려다보았다. 이기를 해치지는 않을 것이라 짐작은 하였으나 타지로 빼돌릴 것이라고는 예상치 못했던 것이다. 의종이 대답하였다.

"그자가 추국이라도 당하는 날엔 분명 어사 윤단성이의 정체가 드러나게 될 터인데 그땐 어떻게 할 생각이었지? 설마 남장을 하고 추국장에 기꺼이 나설 작정은 아니었을 테고."

아, 그렇군. 단영은 미처 생각지 못했던 일에 고개를 끄덕였다. 물론 이기가 토설하는 일은 없을 테지만 그와 관련하여 다른 인물들의 증언이 뒤따를 수는 있는 법, 지금껏 그들과 마주쳤던 관원들 중 누구라도 이기의 무죄 방면을 위한답시고 윤 어사의 존재를 들먹이기라도 하는 날엔 일이 묘하게 꼬이는 것이다. 게다가 만일 그 윤 어사가 교태전 주인이라는 사실이 밝혀지기라도 하면 지금껏 모반 세력을 몰아내고자 애써온 의종의 노력은 모두 물거품이 될 것이니 이만저만한 위험이 아닐 수 없었다.

"허면 그 사절단 인원 중엔 필경……."

"윤가 단성이란 자가 서장관(書狀官)[71]으로 발탁되어 함께 가고 있는 중이지."

어이가 없었지만 참 적절한 안배였기에 수긍할 수밖에 없었다. 어찌 되었든 이기가 무사 방면되었다는 것에 안도한 단영은 곧 잊고 있던 사실을 떠올렸다.

"그런데 조가 창주, 그자는 어찌 되었습니까? 죽었습니까?"

"명이 지독히 긴 자이다. 의식은 없지만 아직은 숨이 붙어 있다 하더군. 허나 환부의 범위로 보아 깨어난다 해도 예전과 같은 생활은 불가능하겠지."

참으로 질긴 작자였다. 그러나 단영은 오히려 다행이라는 생각을 하였다. 이기를 위해서라도 그자는 지금 죽어선 아니 되었다.

"어찌 되었든 자경전 일은 잠시 미루는 게 나을 성싶습니다."

사색에 잠겼던 단영이 다시 본론으로 돌아왔다.

"지금 자경전을 압박하여 저들이 옴짝달싹할 수 없는 증험을 손에 쥔다면 모를까, 어설피 건드렸다간 오히려 꼬리를 감추는 기회가 될 테니 일단은 손을 떼는 편이 좋을 듯합니다."

"그리고 우리는 저들을 일망타진할 다른 길을 모색하자는 뜻인가?"

단영은 의종이 말한 '우리'라는 말에 가슴이 뛰는 것을 느꼈다. 그의 편에 설 수 있는 지금 이 순간이 얼마나 많은 위안을 주는가 하는 사실이 마음 깊이 와 닿는다. 이런 그녀의 속내를 알 길 없는 의종은 무언가를 궁리하는 데 열심인 눈치였다.

"그러자면 어쩔 수 없이 또 미행을 나가야 한다는 소리인데, 돌이켜 보면 잠행을 너무 많이 한 게 아닌가 싶거든. 이제 이수환이라는 가명

---

71) 정사와 함께 파견단을 인솔하던 삼사의 관원 중 하나.

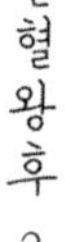

도 알 만한 이는 다들 알 것 같단 말이지."

그러고는 은근슬쩍 묻는 것이었다.

"그대가 새로이 하나 지어주는 것은 어떨까?"

어딘가 어색하다. 그깟 가명 하나가 뭐가 중요하여 그녀에게 부탁까지 하는 것일까. 또 다른 속내가 있을 것 같아 망설이자니 의종이 조금 언짢은 어투로 다시 말했다.

"보아하니 작명이 처음은 아닌 것 같은데 무엇이 어려워 망설이는 것이지?"

그리고 그 말에 비로소 떠오르는 기억 하나. 지난날 가은당에서 이기를 따라 떠나네 마네 언성을 높이던 의종이 불현듯 '이기'란 이름을 단영이 직접 지어주었는지 물어왔던 것이다.

단영은 가만히 의종의 안색을 살펴보았다. 근엄하고 냉정하고 오만하기까지 한 그가 어떨 때 보면 아직 철들지 않은 어린아이처럼 느껴질 때도 있었다. 바로 이런 때. 허나 그가 원하는 대로 고분고분 해주고 싶은 마음은 들지 않았다.

"가명이야 적당히 지어내면 그만일진대 뭐 그리 어렵겠습니까? 그보다는 근자에 일어난 사건들로 인해 감히 입에 올리기도 민연한 풍설이 나돌고 있다 하니 잦은 미행마저 구설에 올라 자칫하여 성덕에 흠이나 가지 않을는지, 신첩은 그것이 가장 걱정이옵니다."

또 왜 이러시나. 의종의 안색에 돌연 경계의 기색이 감돈다.

"그런들 무슨 뾰족한 방책이 있긴 하겠는가?"

"정공법은 아니겠으나 이럴 때 열악한 내명부를 다시 구축하여 후궁을 간택하고 연이은 왕자 탄생의 복을 누릴 수만 있다면 권좌를 더욱 튼튼히 할 수 있음은 물론이요, 저들에게 허점을 보일 시비지단(是非之端)도 사라지는 것이니 쓸 만한 방책이 되어주긴 하겠습니다만."

갑작스런 단영의 말이 의종을 당황케 했다. 물론 맞는 말이다. 지금

그를 둘러싸고 벌어지는 불경한 일들도 알고 보면 모두 뿌리가 얕은 왕좌에서 기인하기 때문이었다. 왕권은 임금 개인의 힘으로만 길러지는 것이 아님을 상기할 때 지금껏 대를 이을 원자 하나 없이 선왕의 왕자들에만 둘러싸여 있다는 것은 의종에겐 치명적인 약점이 될 수밖에 없었다. 결국, 현왕의 아들이 다음 대의 왕으로 등극할 것이라는 부담이 힘의 균형을 이루는 데 담보로 작용한다는 이론이었다.

"그래서?"

의종은 일단 그녀가 하는 말을 기다려보기로 했다. 무슨 의도인지 흥미가 일기도 하였다.

"안타깝게도 신첩은 부덕을 갖추지 못하여 소견이 좁고, 언행이 단정치 못하여 투기 또한 다스리지 못할 것임을 전하께서도 알고 계시니 왕실의 존명을 받드는 일이라 하더라도 직접 후궁 간택을 주도하지는 않을 터. 혹 후궁이 필요하다 여기십니까?"

이것 봐라. 의종은 단영의 하는 양이 어이없어 잠자코 지켜보기만 하다가 느닷없는 질문에 당황하고 말았다.

"……만일 그렇다고 대답한다면 어찌할 것인데?"

"신첩은 강경히 반대할 테니 결국은 내쳐지거나 교태전에 갇혀 이름뿐인 중전이 되겠지요."

의종은 단영의 눈을 바라보았다. 그녀의 언동 자체는 임금 앞에서 보일 수 있는 경계를 이미 넘어서고 있었다. 그런데 왜인지 별반 불쾌하거나 화가 나지 않았다. 오히려 무언가를 대놓고 요구까지 할 만큼 관계 형성이 되었는가 싶어 반갑기까지 한 것이다.

"그대를 폐서인시키는 일은 없을 것이라 이미 약조하였을 텐데."

그러나 단영은 무언가 결론을 내려주길 기다리고 있을 것이다. 그는 좀 더 생각을 해보았다. 만일 단영이 중전으로서 그에게 원자를 낳아주지 못한다면 그땐 어떻게 되는 것인가.

"또한 약조하지. 내 그대 이외에 다른 여인을 곁에 두는 일 따윈 만들지 않을 것임을. 이는……."

그가 단영을 향해 한 걸음 다가왔다.

"그대가 백사여의(百事如意)[72]하고 부귀다남(富貴多男)[73]할 것을 믿어 의심치 않기에 내릴 수 있는 결단이야."

어느새 의종의 얼굴에도 장난기가 어려 있었다. 그러자 당황이 되는 것은 이제 단영이었다. 그녀가 도맡아 왕자들을 생산해야만 하는 의무 쪽으로 결론이 지어진 것이다. 단영은 난해한 웃음을 지으며 뒤돌아섰다.

처음엔 가명 같은 것에 시기를 하는 의종을 곯려주고 싶어 시작한 말놀이에 불과했다. 그러다가 저도 모르게 내면에 숨겨놓았던 상처, 친정아버지 윤돈경에 의해 심어진 사내들에 대한 불신이 함께 뿜어 나온 것인데 의종은 그런 그녀를 불경하다 탓하지 않을 뿐만 아니라 지혜롭게 마무리를 지어주었던 것이다. 이제 겨우 상사해(相思海)의 중심을 향하기 시작한 그녀였지만 의종의 진심이 어떤 것인지 정도는 알 수 있을 것 같았다.

난해하기는 의종도 마찬가지였다. 그는 남은 평생 수절할 것을 담보로 가명을 사들인 것이 되는 셈이다. 단영에게 휘말려 왕실의 장래를 걸고 선뜻 약속이란 걸 해준 것이니 마냥 좋아할 일은 아닐 수도 있었다. 그런데 당사자인 단영이 아미산을 벗어나려 하고 있었다.

아직 무언가 미진한 의종이 저도 모르게 손을 내밀어 그녀의 치맛자락을 잡았다.

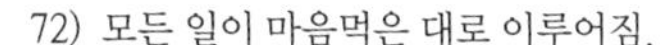

72) 모든 일이 마음먹은 대로 이루어짐.
73) 재산이 많고 지위가 높으며 아들이 많음.

"……."

멈추긴 하였으되 돌아보지 않는 단영. 오히려 의종이 말문이 막힌다.

"그처럼 큰 대가를 원하였으면 당장 결정을 짓지는 못할지라도 예가 되는 몇 가지 글자 정도는 내놓는 것이 도리 아닌가?"

본래 후궁 간택 같은 것에는 관심도 없던 의종이었으나 크게 당한 느낌은 있었다. 하지만 '큰 대가'니 어쩌니 하는 말을 꺼낼 생각은 아니었기에 어쩌다 튀어나온 말에 면도 서질 않고 구차하기가 이를 데 없었다. 다행한 것은 단영도 일단 이 자리를 벗어나고 싶은 생각에 쫓겨 그의 심경을 눈치 채지 못한다는 점이었다.

그녀는 우선 의종에게 잡혀 있는 치맛자락을 차분히 빼낸 후 손에 들린 단도를 이용해 땅 위에 글자 하나를 새겨 넣었다.

"……남은 글자는 전하께서 채워주십시오."

의종은 새겨놓은 글자를 한참 내려다보았다. 여러 번 소리 내어 읊어보기까지 하던 그는 뾰족한 돌멩이를 집어 남은 글자 하나를 마저 채웠다.

제6장. 자황(紫皇)의 결(缺)

멀리 서서 바라보는 이들에게도 이러한 두 사람의 모습은 흐뭇함을 주기 충분하였다. 윤 상궁의 함박웃음을 보며 홍 내관도 오랜만에 석연찮은 마음을 접었다. 중전마마가 어디서 어떤 모습으로 무엇을 하든 주상 전하만 잘 보필하신다면 무슨 상관이랴 싶은 생각까지 들었다. 무엇보다 지아비가 괜찮다는데 자기가 답답할 일이 무엇이겠는가. 그래서 아미산 초입에 두런두런 서 있는 이들은 모두 한 마음으로 미소를 주고받을 수 있었다. 오직 초영을 빼고 말이다.

초영은 자빈의 죽음 이후 교태전으로 돌아왔다. 말도 많고 탈도 많았던 그녀였지만 조 대감과 자빈의 연이은 사고를 아는 터라 교태전 궁인들은 측은함 속에 그녀를 받아들여주었고, 하여 지금까지 궁 생활 중 가장 편한 나날을 보내고는 있었다. 그러나…….

자령군으로 인하여 똑바로 직시하게 된 내면의 욕심이 문제였다. 며칠간의 고뇌는 이제 스스로에게 솔직할 수 있는 용기를 주는 동시에 그동안의 어리석음을 후회하는 한탄도 불러왔다. 먹고 싶은 떡이 있어도 제 욕심을 드러내게 될까 봐 선불리 집지 못하고 등을 돌렸다. 그래놓고는 손만 뒤로 뻗어 몰래 집어 먹으면 될 것이라고, 그러면 아무도 모를 것이라고 미련을 떨었던 것이다.

초영은 그제야 자신을 대우해주는 척하면서도 마음까지 주지는 않던 윤 대감 댁 종복들이며 궁인들의 어정쩡한 태도를 이해할 수 있었다. 예쁘고 고운 행동거지에서 묻어나던 그녀의 도를 넘은 욕심을 저 아닌 다른 이들은 다 알고 있었던 것이다.

초영은 눈을 똑바로 들어 단영과 의종을 바라보았다. 그들은 이미 자신의 그간 행적을 알고 있을 터였다. 어째서 죄를 추궁하지 않고 놔두는지 잘은 모르겠지만 존재부터가 의미 없음을 뜻하는 것 같기도 하여 초영은 마음이 아팠다. 바르지도 순진하지도 못할 것이면 강하든 독하든 해야 했다. 강하지도 독하지도 못할 것이면 차라리 악하기라도 해야 했다.

초영은 문득 어머니와 외숙을 떠올렸다. 둘 다 본받고 싶지 않은 인물들이었으나 이제 그녀는 비굴하고 욕심 많은 어머니도, 비열하고 잔인한 외숙도 저보다는 낫게 여겨졌다. 적어도 그들은 자신들의 내면에 솔직하게 반응할 줄 알았으니 말이다.

초영은 고개를 돌렸다. 당장만 해도 그녀는 단영을 향한 시기와 못마땅함으로 마음이 편치를 못했다. 그럼에도 지금껏 스스로에 대한 연민일 뿐 단영에겐 추호도 나쁜 감정이 없다고 제 자신을 속여왔으니 이런 속내를 간파했을 주변인들에게서 얼마나 비웃음을 샀을 것인가.

한참을 자신만의 생각에 빠져 헤어날 줄 모르던 초영의 시선이 문득 다른 곳으로 향하였다. 지금 막 아미산 초입에 모습을 드러낸 대전내관을 발견했기 때문이다. 급히 오느라 진땀깨나 흘렸던지 손수건으로 연신 목덜미를 닦아내던 그자는 웬일로 초영과 눈이 마주치자 뚫어지게 바라보았다. 마침내 초영이 그 눈빛에 밀려 주춤 뒤로 물러날 때까지 말이다.

"무슨 일인가?"

홍 내관의 목소리가 들리자 초영은 얼른 고개를 숙이며 놀란 마음을 진정시켰다. 착각도 유분수다. 대전내관이 자신에게 무슨 볼일이 있다고 여기까지 오겠는가.

“자경전마마께서…….”

다른 이들을 의식한 듯 내관의 목소리는 점차 잦아들었다.

“전하께는 내가 고할 테니 자넨 물러가 있게.”

마침내 두 사람의 대화가 끝나고 홍 내관이 이를 의종에게 아뢰기 위해 자리를 떴다. 이내 돌아가리라 여겼던 대전내관은 교태전에도 전달할 말이 있었던지 다시 윤 상궁에게 다가갔다. 그녀와 두어 마디 쑥덕이던 그가 우연인 양 초영을 돌아본 것은 아주 짧은 순간이었다. 다른 이들은 마침 이쪽을 바라보는 의종의 시선이 송구하여 저마다 고개를 숙인 참이었다.

“그것을 좀 주워주겠니?”

윤 상궁과의 대화를 마치고 이제는 정말 돌아갈 듯 초영 곁을 지나던 내관이 꺼낸 말이었다. 손수건을 발치에 떨어트린 것이다. 초영은 이상한 느낌을 접으며 그것을 집어 흙을 털어낸 후 공손히 건넸다. 그리고 그 내관이 다시 허둥지둥 자취를 감출 때까지 멍하니 땅만 내려다보며 서 있었다. 손수건을 건네던 찰나 손끝으로 전달되던 무언가가 아직 손바닥에 깊은 이물감을 전달하고 있었기 때문이었다. 이게 뭐지, 이게 뭘까.

한편, 홍 내관에게서 자경전 소식을 전달받은 의종은 미간을 찌푸린 채 단영을 바라보았다. 다름 아닌 대비의 상태가 이상하다고 판단한 내국(內局)에서의 보고였다. 느닷없는 병증으로 몸져누웠다던 대비가 급기야 이상 증세를 보인다는 것이다.

무엇보다 근심스러운 것은 대비의 느닷없는 섬어(譫語)라 하였다. 안 그래도 호흡 곤란에 맥이 일정치 않으며 불안 증세를 보여 지난 밤 어의는 심기허증(心氣虛證)이 아니겠느냐는 소견만을 간신히 피력한 바도 있었으나 이렇다 할 원인은 아직 찾지 못한 채였다.

“이상한 일이야.”

그만큼 암시를 주었으니 대비의 성정으로 미루어 직접 자신을 찾아와 모든 것을 털어놓으리라 예상했던 의종이었다. 물론 반대로 몸을 사리며 나직이 엎드릴 가능성도 없지 않았으나 그렇게는 오래 버티지 못할 것임을 알고 있기에 갑작스런 병환을 보고받았을 때에도 그러려니 했었는데 그 증상이 기이한 양상으로 심화된다고 하니 이해가 안 되는 것이다.

“지금 자경전의 동태는 스스로의 판단일까, 아니면 누군가의 강압이 개입되었을까?”

나직한 의종의 말에 단영이 쳐다보았다. 의종은 그가 얼마 전 자빈의 처소 앞에서 대비와 마주쳤던 당시에 어떤 대화를 나누었는지 간략히 들려주었다. 단영도 고개를 끄덕였다. 대비의 증세는 확실히 이상했다. 적어도 의종이 모든 행적을 덮어줄 의향을 넌지시 내비친 지금, 그녀의 병환이 진실이라면 무엇이 그렇게 몰고 가는 것일까 하는 의문이 따랐다. 또한 반대로 거짓 연기일 뿐이라면 그 정도로 몸을 사려야 할 필요가 무엇인가 하는 점도 남았다.

“신첩이 다녀와야겠습니다.”

단영의 말에 의종이 고개를 가볍게 끄덕였다. 눈빛에는 여전히 웃음기가 담겨 있었으나 저변에 깔린 불쾌함의 농도로 그의 심기가 얼마나 불편한지를 알 수 있었다. 단영은 교태전 앞까지 의종의 뒤를 따른 후 잠시 망설이다가 다시 입을 열었다.

“전하.”

의종이 돌아보았다.

“제가 고주(沽酒)[74]를 하면 응하시겠습니까?”

그녀가 무언가를 청한다는 것은 퍽이나 생소한 일이다. 게다가 이런 자리에서 고주 운운 하다니 더욱 그러했다. 흠, 뒷짐을 진 채 잠시 그 뜻을 가늠해보던 의종이 천천히 대답하였다.

“받기는 하겠는데, 공술은 아닐 것 같군.”

“어려서부터 제 것을 그저 내놓는 걸 싫어하는 성미이긴 하였습니다.”

눈썹을 따라 빗처럼 휘어지던 눈매가 꼬리로 가면서 고집스레 치켜뜨이는 것이 보기에 좋았다. 틀어 올린 머리 아래로 군더더기 없이 곧게 뻗은 목덜미의 보송함도 좋았다. 그러나 만져보고 싶다는 생각이 듦과 동시에 그는 시선을 돌렸다. 가슴이 묘하게 답답해져왔다.

“일시는 신첩이 다시 올리겠나이다.”

그가 몸을 돌려 가버리자 단영은 최 상궁을 불러 자경전으로의 수행을 명하였다.

초영은 멍하니 서 있다가 얼떨결에 그 대열에 끼어 교태전을 나섰다. 그러나 손에 들린 물건이 신경 쓰여 실은 어디로 가는지조차 잘 모를 정도였다. 옆의 나인을 피해 손바닥을 슬쩍 들여다보았다. 몇 개의 언문체가 언뜻 보였는데 그중엔 시간을 뜻하는 글자도 있어 자세히 보지 않아도 만남을 청하는 녹지(錄紙)임을 알 수 있었다.

초영은 조창주를 떠올리다가 고개를 저었다. 불가능한 일이었다. 분명 어미가 지난날 보내온 서신에는 외숙이 의금부로 잡혀 들어갔다고 적혀 있었던 것이다. 자신도 윤 대감이 지나는 말로 한 마디 한 것을 듣고 까무러칠 듯 놀랐다며 꼭 몸조심할 것을 당부하였었다.

74) 술을 사다.

'그렇다면 누가 이런 걸 보냈단 말인가.'

게다가 대전내관을 시켜서 말이다. 초영은 조심스레 자령군을 떠올려보았다. 물론 임금의 내관을 마음대로 부릴 권한까지는 없겠으나 아무리 생각해도 적당한 인물이 없었다.

이처럼 초영의 근심이 끝 간 데 없이 깊어지는 동안 중궁전 일행은 자경전 앞에 당도를 하였다. 초영은 단영의 당당한 뒷모습을 무심히 바라보다가 화들짝 놀라 고개를 숙였다. 조금 전 교태전에서 그녀에게 종이쪽을 몰래 건넸던 내관을 발견한 때문이었다. 저이는 대전내관일 텐데 왜 여기에……. 순간 그녀의 머릿속은 오만가지 의혹으로 가득 찼으나 다시 고개를 들어 그와 시선을 마주할 자신은 생기지 않았다.

자경전 안으로 들어간 단영은 자리보전을 하고 누운 대비를 향해 공손히 예를 갖춘 후 가까이 다가가 앉았다. 언뜻 보기에도 낯빛이 어둡고 생기가 없는 것이 병환이 있다는 것은 사실인 모양이었다. 마침 깨어 있었던지 기척에 눈을 반쯤 떠보던 대비가 단영을 향해 손을 내밀며 웃음을 지었다. 지금껏 본 적 없던 환대였다.

"숙빈 이 사람, 그간 발길이 어찌 이리 뜸하였나. 내 궁금하여 연통이라도 넣어볼까 하던 참이네만……."

숙빈(淑嬪)이라면 선대왕의 후궁 문씨를 말함이었다. 비록 희빈(禧嬪) 김씨와 안빈(安嬪) 이씨를 향한 연이은 총애에 가려 지아비에게서 이렇다 할 깊은 정을 받진 못하였으나, 제3왕자 복령군(福怜君)과 제5왕자 창령군(昌怜君), 효심 깊고 언행이 반듯한 두 왕자를 연달아 생산하는 복을 누렸으며 성품 또한 넉넉하여 궐내의 누구와도 척을 지지 않은 유순한 여인이었다. 지금은 장자인 복령군의 사저에서 조용한 생활을 영위하는 중이었다.

단영은 대비의 야릇한 안색을 주의 깊게 살피다가 눈가를 찌푸렸다. 일부러 병증을 꾸미는 것 같지는 않았다. 또한 내의원에서의 보고는 섬어라 하였으나 사람을 착각할 정도면 섬망(譫妄)이라 진단을 내려도 좋을 성싶었다. 단영은 허 상궁에게 시선을 돌렸다.

"언제부터 이리 되셨나?"

"금일 새벽에 여러 차례 가슴 통증을 말씀하신 이후로 급격히 악화가 되셨습니다."

단영이 알기로 대비의 가슴 통증은 습관과 같은 고질 증세였다. 허 상궁이 설명을 덧붙였다.

"최근 답답증이 더 심해지셨다고 힘들어하셨으나 동통을 호소하신 것은 처음이셔서."

"어의에게는 말을 하였고?"

허 상궁이 조심스럽게 고개를 끄덕이는 것을 보며 단영은 곧 새로운 질문을 던졌다.

"근자에 자경전을 찾아온 이가 있던가?"

자빈도 죽고 없는 지금, 대비를 찾아올 이들은 거의가 궁 밖의 사람들일 터였다. 허 상궁은 며칠 전 숙빈과 안빈이 나란히 문후를 여쭈러 온 적이 있긴 했으나 이는 대비가 앓아눕기 전이었다는 설명을 덧붙였다. 단영은 고개를 끄덕인 후 다시 대비를 바라보았다. 아무래도 이 상태로는 뭘 알아낸다는 게 어려울 듯 보였다.

"조금이라도 호전의 기미를 보이시거든 즉각 교태전으로 기별을 넣어주게."

그리 이르며 몸을 돌려 나가려던 단영이 문득 걸음을 멈추었다.

"양혜 옹주가 자경전을 찾지 않은 게 언제부터인가?"

느닷없는 질문에 허 상궁은 당황하며 대답하였다.

"가은당에서 문후를 거른 적은 없었나이다."

"허나 좀 전에는 달리 대답하지 않았나?"

단영의 질문에 허 상궁은 말문이 막혔다. 그야 궐인들의 일상적인 출입을 묻는 게 아니겠기에 드린 대답이지 않은가. 그녀는 단영의 단조로운 시선에 긴장하여 말하였다.

"소, 소인은 궁 밖에서 찾아온 이가 누구냐 하문하신 것으로 짐작하고 그만……."

"'궁 밖'이라. 궁 밖이란 말이지."

허 상궁은 허리를 숙인 채 중전의 다음 반응을 기다렸다. 그러나 그녀는 고개만 한 차례 갸웃할 뿐 별말 없이 방을 나선 후 자경전을 떠났다.

"무어라 하시던가?"

밖에서 대기 중이던 대전내관이 굳은 얼굴로 다가왔다. 초영에게 비밀리에 쪽지를 전달한 그자이다. 허 상궁은 당의 안으로 떨리는 손을 맞잡으며 고개를 저었다. 자경전에 관해 무조건 함구하라는 압박을 받다 보니 중전의 질문에 그냥 모르쇠로 일관하고 말았다. 그러나 자신이 잘하는 것인지 판단이 서질 않아 초조하고 불안하였다.

곁에 서서 그녀를 옥죄듯 바라보는 내관은 천이라는 성을 가진 자로 오며가며 고개인사만 해오던 사이였다. 그런데 무슨 이유에서인지 막내 왕자가 이자를 데리고 오더니 수시로 들러 자경전 동태를 살피는 것이었다. 때마침 대비까지 앓아누웠으니 오늘도 그 정황을 살핀다는 핑계로 대전을 빠져나온 게 분명했다. 지난날 대비가 꾸민 모종의 음모를 잘 모르는 허 상궁으로서는 답답하지 않을 수 없는 노릇이었다. 상전이 허락한 일이라 어쩔 수 없이 자령군의 명을 듣던 참인데 이제는 그 대비마저 이상해지지 않았는가.

'그래도 이자는 대전내관이 아닌가. 이자가 주상 전하의 승인도 없이 예서 이러고 있지는 못할 터, 적어도 우리 마마에게까지 탈이 생기

는 일은 없을 테지.'

미심쩍은 구석이 한두 가지가 아니었으나 허 상궁은 의종이 자경전의 속사정을 모두 알고 선처한 것이라 믿고 싶었다. 평소에 의종과 자령군의 사이가 돈독해 보였다는 점도 그러한 허 상궁의 바람을 더욱 공고히 해주었다. 그 와중에 자신의 실수를 단영이 눈여겨보았다는 것은 전혀 눈치 채지 못한 채 말이다.

교태전으로 돌아가던 단영이 중간쯤 일행을 멈춘 후 최 상궁과 윤 상궁만 곁으로 불렀다.

"전일에 자경전을 출입한 외친이 있다 들었던 것 같은데, 누구였었지?"

뜬금없는 질문에 윤 상궁이 기이하다는 표정을 지었다. 본인이 늘 궐내 사정을 미주알고주알 고해 바칠 때마다 시큰둥하게 반응하던 중전이 오늘따라 중요치 않은 일을 물어왔기 때문이다.

"전일이면 신시(申時) 즈음 하여 한산부부인(韓山府夫人) 이씨(대비의 어머니)가 그 자부 되는 정씨와 함께 입궐한 일이 있사옵고, 그보다 먼저 오시(午時)에는 여흥부원군(驪興府院君) 민씨(대비의 아버지)가 들었을 것이옵니다. 그러고 보니 한산부부인은 퇴궐 전에 인사차 교태전에 발길을 하였으나 마침 마마께서 소록당으로 납시어 계신 터라 어긋나기도 하였사옵니다만, 갑자기 그 일은 왜……?"

"한산부부인과 여흥부원군이 입궐을 하였음에도 자경전에는 들르지 않았다면 과연 이 궁 안 누구에게 볼일이 있었던 걸까?"

최 상궁이 조용히 반문하였다.

"여흥부원군이라면 몰라도 한산부부인이 자경전 외 어디에 볼일이 있겠사옵니까?"

"그렇지. 그건 누가 생각해도 아는 일이지. 그런데 왜 쉬이 들통 날 거짓을 꾸몄을까. 목적한 바가 있어서일까, 아니면 단지 경황이 없어서일까.”

분명 허 상궁은 어의에게 대비가 보였다던 새로운 가슴 통증의 증상을 말했다고 했었다. 그런데 홍 내관을 통해 들었던 어의의 진단에는 그런 내용이 없었다. 물론 고질적인 대비의 가슴병에 새로운 증세가 부가된 것으로 판단하여 어의 스스로가 가볍게 넘겼을 수도 있겠지만 그렇다 해도 기재를 빠트리는 실수를 하진 않았을 터였다. 게다가 대비는 당시에도 섬어의 증세를 보였노라 하지 않았던가. 그렇다면 오히려 새벽에 일으켰다던 가슴 통증에 주목했어야 자연스러운 것이다.

‘두 증세를 나란히 놓고 본다면 어마마마는 신체 내 질환보다 외부의 자극에 의해 발작을 일으키셨을 가능성이 더 크겠구나. 불시에 의식 장애를 일으키기엔 중독만 한 것이 없다. 만일 독극물에 의한 중독이라면 가슴 통증 또한 그에 따른 진심통(眞心痛)으로 볼 수 있을 터.’

유독 당황하던 허 상궁의 태도도 마음에 걸렸다. 자경전의 방문자를 제대로 고하지 않은 것뿐만 아니라 어의에 관한 질문에도 불분명한 대답을 한 것이다. 어쩌면 어의는 무언가 사정에 의해 대비의 증세를 제대로 살피지 못한 채 그간 진료 기록만 참고하여 진단을 내린 건 아닐까.

여기까지 생각이 미친 단영은 최 상궁만 따로 불렀다.

“중전마마께서 자네에게 가은당까지의 수행을 명하셨네. 어서 마마를 뫼옵게나.”

잠시 후 돌아온 최 상궁의 말에 윤 상궁은 미심쩍다는 표정으로 마주 바라보았다.

“소인이 가은당을 가야 한다고요? 그럼 마마님껜 무슨 명을 내리셨습니까?”

그러나 돌아온 대답은 엄한 눈짓뿐이었다. 윤 상궁은 얼른 단영의 뒤로 종종걸음을 하였다.

최 상궁은 궁인들의 행렬이 사라지는 것을 바라보며 잠시 그 자리에 서 있었다. 윤 상궁의 짐작대로 최 상궁은 단영에게서 따로 지시받은 일이 있었다. 그런데 잘 납득이 가지 않는 일이다. 첫째는 단영의 사가에 비자를 보내 은단에게 은밀히 무언가를 지시하는 일이었고 두 번째는 초영을 지켜보라는 것이었다.

'처음의 지시는 종종 있는 일이나 남은 하나는 무엇을 위함인지 도무지 알 수가 없구나.'

최 상궁은 몰랐던 것이다. 그날 낮 아미산에 들렀던 천씨 성의 내관이 돌아서는 척 느닷없이 떨어트린 손수건을 단영이 놓치지 않았음을. 내관이 초영 앞에 떨어트린 것은 그때까지 땀을 닦아내던 그 자신의 축축한 손수건이 아니었던 것이다.

천 내관이 초영에게 전달한 무언가를 정확히 목도한 것은 아니지만 단영은 분명 전달 사항이 있었을 거라 확신하였다. 그렇다면. 단영은 곰곰이 생각해보았다. 초영을 찾는 자가 과연 누구일까. 늘 초영을 이용해오던 조창주는 이제 더 이상 운신조차 불가능하다 하였고 윤 대감댁 별당 조씨는 이런 상황에서 태평하게 딸을 불러낼 만큼 대범하지 못했다.

"우리도 돌아가자."

단영을 위시한 행렬이 모퉁이를 돌아 사라진 것을 확인한 후 최 상궁은 몸을 세워 돌아섰다. 남은 궁인들 중 끄트머리에 서 있던 초영이 움찔하며 고개를 숙였다. 지금껏 중전의 뒷모습을 눈으로 좇다가 당황한 것임을 읽을 수 있을 만큼 둔한 동작이었다.

한편, 교태전을 나와 대전으로 돌아온 의종의 앞에 한 부의 계서(計書)가 올려졌다. 고리업자 이태충에 관한 것으로 비호단의 조사 결과를 정리한 것이다.

"을유년(乙酉年)에 한성에서 태어났으며 슬하에 자녀는 물론 혼인의 기록조차 없다. 흠, 그런데 아비 이름이 정가 익선이라. 이자가 정익선이란 자의 양자로 들어갔다는 뜻인가?"

"예, 그렇게 보고를 받았습니다."

의종의 시선이 다시 계서의 다음 장으로 돌아갔다.

"정익선. 신미년(辛未年), 한성 양덕방(陽德坊)에서 출생하였으며 장흥고(長興庫)[75]에서 주부(主簿)에 종사하다가 을미년(乙未年)에 양자를 들이고 갑인년(甲寅年)에 병사한 것으로 되어 있군. 이게 끝인가?"

이태충의 신상명세를 죽 읽어 내려가던 의종이 홍 내관을 한 번 쳐다보았다.

"한성부 내의 관할 기록을 모두 뒤졌으나 이태충과 그 아비에 관한 것은 찾기가 어려웠습니다. 유 부장의 보고에 의하면 특히 이태충이 고리업을 시작하기 전까지의 행적이 이상하리만치 깨끗한데다가 탐문으로 알아낼 수 있는 것 또한 미미하였다 하옵니다."

"마흔을 넘긴 사내가 아직 혼인도 하지 않은데다가 그 행적조차 미미하다. 재미있는 자로군. 그런데 어째서 정태충이 아닌 이태충으로 살아가는 것이지?"

"그 점이 명확치는 않으나 호조에 남아 있는 호적대장과 정익선이 살아생전 제출한 마지막 호적단자에도 그 이름이 남아 있다 하니 파양이 된 건 아닌 듯하옵니다. 하온데……."

홍 내관이 말을 꺼내기 전 의종이 먼저 고개를 들었다.

"정익선이 신해년(辛亥年)에 삭탈관직을 당하였나? 죄명이 감수자도

75) 궁중 물품을 공급 및 관리하는 관청.

(監守自盜)[76]임에도 자세한 기록은 없군. 무엇인가?"

"실은 소인도 그 점이 납득이 되질 않사오나, 금지 품목을 빼돌렸다는 기록만 형조에 남아 있을 뿐 장흥고를 관리하는 호조에서조차 자세한 내용은 찾을 수 없었나이다."

의종의 미간이 좁아졌다.

"기록이 남아 있지 않다니. 이처럼 미비한 사건이 어째서, 무슨 이유로 감춰진 것이지?"

잠시 궁리를 해보던 의종이 불현듯 고개를 들었다.

"밖에 임 내관이 있는가?"

처소에 있을 거라는 대답에 당장 찾아오라는 명이 떨어졌다. 얼마 지나지 않아 임 내관이 급한 걸음으로 대전에 들었다. 임금이 찾는다는 소리에 이 노내관, 이미 사색이 된 상태이다.

"신해년이면 내가 세자로 책봉이 되던 해이지. 맞는가?"

"예, 전하. 그러하옵니다."

영문도 모른 채 임 내관은 고개를 조아렸다. 의종이 빙그레 웃음을 지었다. 자신까지 모두 세 명의 왕을 모신 임 내관이었다. 만일 이 작은 사건이 무언가에 연루되어 삭제된 것이라면, 즉 감춰야 할 만큼 큰 사건이었다면 오히려 이 노내관은 기억할지 모를 일이다.

"그 해에 장흥고 주부 정익선이란 자가 감수자도의 죄명을 받고 삭탈관직되었다고 들었다. 아는 바가 있는가?"

임 내관은 눈을 껌벅이며 기억해내려 애썼다. 그러나 장흥고 주부가 파직된 정도의 일을 기억하기엔 그가 겪어온 세월이 너무나도 길었다. 도무지 생각나지 않아 민망한 낯으로 서 있자 의종이 질문의 내용

---

76) 관할 기관에서의 절도.

을 바꾼다.

"그 해를 전후하여 궁에서 금하는 물품을 빼돌리려 한 자가 있는지 기억해보라. 조정대신일 수도 있고 내시부나 내명부일 수도 있을 터."

간혹 내시부 수장인 상선(尙膳)이나 내명부 제조상궁(提調尙宮) 등이 문제를 일으킨 사례가 왕왕 있었던 것이다. 특히 내전의 모든 재산을 총괄하는 제조상궁은 그 권세가 자못 높아 조정대신들과 결탁하여 서로 뒤를 봐주는 일이 관습이 될 정도로 비일비재하였다. 금품에 관한 청탁도 예외는 아니었다.

임 내관은 실로 난처했다. 물론 지난 세월 동안 그런 비리를 저지른 자가 아주 없던 것은 아니다. 그러나 신해년을 전후해서는 딱히 떠오르는 인물이 없었다. 홍 내관이 아뢰었다.

"전하, 소신의 아둔한 생각으로는 누군가가 주부 정익선의 배후에 있어 그자를 사주한 것이라면 그와 같은 일이 이처럼 축소될 수는 없으리라 사료되옵니다. 본래부터 미비한 사건이었을 수도 있지 않을는지요?"

"미비한 일에 감수자도의 죄명을 내려 파직하는 것이 가한 일인가?"

의종의 말이 맞았다. 기록을 남기지 않을 만큼 작은 일이었다면 애초에 이런 죄명이 붙지도 않았을 것이며 삭탈관직이라는 과한 처분도 없었을 것이기 때문이다.

"다만 소신은 어찌 죄명만 보고 그 죄질을 속단할 수 있겠는가 생각하였습니다. 주부 정익선이 실족하여 국고에 손실을 입혔고 이를 절도에 상응하는 죄로 다스린 것이라면……."

"물론 죄명만으로 속단할 순 없는 법이지. 그러나 주부 하나가 외인의 도움 없이 개별적으로 끼칠 수 있는 국고의 손실이 파직으로 연결될 정도로 대단한 분량이었다고 여기기엔 무리가 따른다. 설사 그게 가능하다 하더라도 오히려 그 죄 줌에 있어 기록이 누락되는 일 따윈 일어나지 않았으리라 여겨지는데?"

그건 또 그렇군요, 하는 표정으로 홍 내관은 고개를 숙였다. 의종이 말했다.

"어찌 되었든 주부 정익선이 누군가의 사주로 금품을 빼돌린 것이 아닌가 하는 의문은 배제하는 게 좋겠네. 무엇보다 그런 일이 있었다면 임 내관이 이미 기억을 해냈을 테지. 그렇다면 또 어떤 경우를 생각해볼 수 있을까. 밖으로 빼돌린 것이 아니면 안으로 들인 것인가?"

의종의 농 섞인 말에 홍 내관이 빙긋 미소를 지었다. 그러나 그때까지도 송구한 얼굴로 서 있던 임 내관의 표정이 갑자기 일그러졌다. 무언가를 뒤늦게 깨달은 사람처럼.

의종이 눈치를 채고 얼굴을 굳히자 홍 내관도 곧 웃음을 거두었다. 임 내관은 눈썹을 한 일자로 모으며 무언가를 곰곰이 헤아리는 표정이더니 이윽고 고개를 들었다.

"그자의 성명이 어찌 되는지 기억은 나지 않습니다만, 선대왕마마께서 장흥고의 주부에게 삭탈관직을 명하신 일이 있었습니다. 전 도승지 허익이 받들 때 그 자리에 소신도 함께하였나이다."

의종의 표정이 의아해졌다. 조금 전까지 전혀 감도 못 잡던 임 내관이 '안으로 들인다'는 말에 불현듯 기억해낸 것이다. 대체 무슨 일이 있었기에.

"주부 정익선이 지은 죄가 정확히 무엇이냐?"

임 내관이 멈칫거렸다. 말을 꺼내기 어려운 모양이다. 그러나 홍 내관이 곁에서 재촉하자 한숨을 쉬며 입을 연다.

"나라에서 금하는 품목을…… 궐내로 반입을 하였다 들었습니다."

금지 품목을 궐로 들였다고? 의종과 홍 내관이 의아하여 서로 쳐다보았다. 얼른 이해가 가지 않았기 때문이었다.

"혹 그자가 반역을 꾀한 것이냐?"

선대왕의 시해 시도나 그와 상응하는 사건이 있었느냐는 뜻이다.

"그런 것은 아니옵고……."

"그저 금지 품목을 궐내로 들였을 뿐이다? 그렇다면 그 물품이 어디로 전달이 되었느냐?"

역시 임 내관이 머뭇거리며 대답했다.

"전하, 소신을 죽여주시옵소서. 나라의 안보를 위협하는 경우가 아닌 한 이 이상의 발설을 금한다는 선대왕마마의 명이 있었나이다."

의종의 눈썹이 슬쩍 찌푸려졌다. 금언령이 있을 정도였다면 결코 작은 사안이 아닐 터, 반역이 아니라면 과연 무엇이기에 이와 같이 수습을 하신 것일까. 마음이 답답해졌다.

"개인이 갑사(甲士)[77]의 눈을 피해 궐내로 반입할 수 있으려면 그 금지품이 작거나 혹은 소량의 무엇이어야 하겠지."

얼마나 지났을까, 갑작스런 의종의 혼잣말에 임 내관이 고개를 번쩍 들었다.

"또한 그만큼으로도 목적한 바를 이룰 수 있으니 도모를 한 것일 터, 적은 수량으로도 효과를 발휘할 수 있는 종류를 찾아야 한다는 건데……."

의종은 서궤 위에 놓인 종이뭉치를 정리하며 말하였다.

"내의원으로 가야겠다."

홍 내관이 당황하여 물었다.

"전하, 갑자기 내의원에는 무슨 연유로 가시려 하시나이까?"

"홍 내관, 그대는 지금 곧 내국으로 가 기유년(己酉年)부터의 내의원

77) 궁궐을 숙위하는 병사.

중기(重記)[78] 전부를 준비하여 대령토록 이르라. 특히 화제(和劑)[79]가 빠져서는 안 될 것이야."

기유년부터? 애초에 왜 내의원이 언급되는지 알 수 없는데다가, 정주부의 파직은 신해년의 일인데, 그보다 두 해 전인 기유년부터 최근까지 모든 장부를 언급하는 까닭도 이해가 가지 않는다. 그러나 지금의 의종은 한 치의 반문도 허용치 않을 표정으로 임 내관을 내려다보고 있었다. 하여 홍 내관은 빠르게 대전을 벗어나 내국을 향해 달렸다.

단영의 일행은 얼마 지나지 않아 가은당에 도착했다. 창을 모두 열어놓아 방 안이 훤히 들여다보인다. 갑작스런 중전의 방문에 놀란 나인들도 긴장 어린 표정으로 나열한 채였다. 단영은 방 한가운데에 멍하니 앉아 있는 옹주를 바라보다가 이내 서 상궁에게 물었다.

"옹주가 근래 들어 자경전 문후를 거른 적이 없다지?"

"예, 그렇사옵니다."

대비에게 어떤 꼬투리라도 잡힐까 싶은 염려에서 비롯된 것이긴 하나 어쨌든 문후를 거른 적은 없었다. 서 상궁의 대답에 단영은 고개를 끄덕였다.

"허면 자경전을 출입하던 중 무언가 이상함을 느낀 적은 없었는가?"

노리개를 쥐고 놀던 옹주가 이번에는 제 옷고름을 풀어 손가락에 감았다. 고름은 노리개와 마찬가지로 옹주가 아끼는 장난감 중 하나였

---

78) 병명과 진단, 진료 과정 등이 정리된 장부.
79) 약방문.

다. 간혹 보아오던 모습이라 심상하게 지켜보는 동안 질문의 요지를 이해하지 못한 서 상궁이 반문하였다.

"이상한 점이라 하오시면 어떤……?"

"평소와 다른 점이 없었는가 묻는 것일세. 무엇이든 좋아. 눈에 띈 것이 있다면 말해보게."

옷고름을 손가락에 둘둘 말아 그러쥔 옹주가 이번엔 그 손으로 제 가슴을 통통 두드렸다. 서 상궁이 박자를 맞추듯 대답하였다.

"이상한 점이라 하면, 음. 아무래도 대전내관인 자가 자경전에 상주하다시피 하는 것이 기이하다 느낀 적은 있사온데……."

단영의 눈빛이 일순 반짝인 듯했다.

"상주라……. 허면 자경전에 대전내관이 머문 것이 오늘 하루만이 아니란 소린가?"

자경전에서 천 내관과 다시 마주쳤을 때에도 단영은 단지 대비의 급작스런 병환으로 인해 임시로 파견된 상태라고만 생각했었다. 그런데 서 상궁의 보충설명은 조금 달랐다.

"천 내관이 어마마마의 병증이 보고되기도 전부터 이미 자경전에서 대기 중이더란 말이지?"

대내외적으론 아무 문제도 없던 자경전이었다. 괜스레 대전내관이 보내질 리 없었다. 설사 의종이 그녀의 동태를 살피고자 결심했다 해도 대놓고 감시인을 붙이지는 않았을 것이다.

"기이하기는 하였으되 연유가 있을 것으로 추정한 바, 딱히 이상타 여기진 못하였습니다."

"그랬겠지. 대전내관이 움직였으니 필경 전하의 분부가 있었으리라 여겼을 것이네."

단영은 시선을 다시 양혜에게로 돌렸다. 언제 가져갔는지 세필 한 자루를 손에 쥔 옹주는 그것으로 방바닥을 긋다가 단영을 되돌아보는 동작을 반복하고 있었다. 그림이라도 그리려는 모양이려니 싶어 준비를 해주라 이른 후 안석에 등을 깊이 묻었다.

또다시 같은 일의 반복이다. 누군가가 움직이고 그 행동은 곧 의심을 초래한다. 그런데 그 움직임을 주도한 자가 누구인지 정확히 입증할 수가 없다.

초영에게 손수건을 떨어트린 척 무언가를 건넸을 천 내관이란 자. 조창주, 구자임 등의 수하를 잃은 지금 그자를 사주한 이는 '목소리' 본인일 가능성이 컸다. 그리고 그 목소리는 의종과 단영이 예상하는 대로 자령군일 수도 있었다. 그러나 아무리 왕자의 신분이라 해도 대전내관을 부릴 수 있는 권한은 없었다. 즉 자령군은 그런 명을 내릴 입장이 아니라고 주장할 수 있다는 것으로서, 이번에도 자령군에 대한 심증만 있을 뿐 확증을 가질 수 없다는 뜻이었다. 천 내관이나 대비의 자백이 있기 전까진.

"허나 자백이나 증언을 확보한들 무슨 소용인가. 그 자체를 역심과 연결할 수 없다면……."

참으로 교묘한 일이다. 구성주의 말대로 목소리, 즉 소격동이라고도 불리는 이자는 '어느 누구에게도 자신의 진면목을 보이지 않으며 또한 어떤 상황에서도 꼬리가 잡힐 행동을 하지 않는 이'였다. 또한 의종의 말을 합하면 일은 더욱 묘해진다. '반역세력의 수장은 이런 무령군과 방령군을 손바닥에 쥘 정도로 용의주도한 인물이어야 앞뒤가 맞는다. 헌데 당시 십여 세에 불과했던 자령군이 그 모든 것을 계획했다는 게 가능한 일일까?'

허옇게 질린 서 상궁이 더듬거리며 말했다.

"마마, 여, 역심이라시면……."

그제야 자신의 실수를 깨달은 단영은 이마를 찌푸리며 고개를 저었다.

"아닐세. 그대가 근심할 만한 일이 아니야. 내가 괜한 소리를 한 것뿐."

단영이 이리 서 상궁을 달래고 있을 때였다. 갑자기 상황이 바뀌었다는 느낌을 받았는지 그녀들을 돌아보던 양혜가 자리에서 일어나 단영에게로 다가왔다. 그러고는 곁에 앉아 그녀의 한쪽 다리를 조심히 두드렸다.

"아이고, 옹주마마. 또 왜 이러시는지."

양혜가 이번엔 치마를 들어 올려서까지 다리를 두드리려 하자 당황한 서 상궁이 얼른 만류하였다. 그러나 단영은 오히려 그런 서 상궁을 제지하며 옹주의 행동을 지켜보았다. 치마를 올리고 단영의 다리를 만질 듯, 쓰다듬을 듯 두드린 양혜는 그제야 단영을 올려다보았다. 칼바위 능선에서 다친 그 부분이었다.

양혜가 다친 다리에 관심을 보인 것이 처음은 아니다. 그러나 '역심'이란 말을 들은 직후 '그날'을 떠올렸다는 것이 과연 우연일까? 깊이를 알 수 없는 양혜의 말간 눈을 들여다보던 단영은 문득 짚이는 바가 있어 입을 열었다.

"서 상궁."

시선은 여전히 양혜에게 고정된 채다. 서 상궁이 얼른 고개를 조아렸다.

"오늘도 역시 옹주는 자경전 어마마마께 문후를 드렸는가?"

뜬금없는 질문에 서 상궁은 어리둥절할 뿐이다. 그러나 단영 역시 대답을 기대한 것은 아니었다. 그녀는 옹주의 행동을 주시하고 있었다. 고름을 손가락에 돌돌 말아 주먹을 쥔 후 가슴을 천천히 두드리는 모습을.

"예, 그렇습니다."

서 상궁의 대답에 단영이 또다시 질문을 하였다.

"지금쯤 전하께선 어디에 계실 것 같은가?"

"……전하께서야 대전에 계시지 않겠는지요."

이번엔 가지고 놀던 붓을 찾아 드는 양혜. 옹주는 무언가를 그리기라도 할 것처럼 바닥을 향해 붓질을 하다가 단영을 돌아보았다. 마치 단영과 자빈, 옹주가 함께하는 모습을 지켜보며 이곳 서궤 앞에서 의종이 문서를 읽고 글씨를 써내려가던 모습처럼.

단영은 미간을 찌푸리며 옹주를 바라보았다. 어린 양혜는 스스로 말문을 막은 대신 몸으로 세상과의 소통을 이어온 모양이었다. 지금껏 아이의 장난 정도로 여겨오던 행동들이 무언가를 의미하고 있었다는 점에 단영은 놀랐다. 지금처럼 주변인의 특징을 흉내 내는 것만이 놀랍다는 게 아니다. 칼바위 능선에서 변장한 자신을 알아본 것은 그저 얼굴을 알고 그 몸짓을 흉내 내는 정도의 관심으로는 어려운 일이었다.

어쩌면 이 어린 옹주는 누구도 알지 못하는 방법으로 다른 이들을 구별하는 것은 아닐까. 혹 옹주는 자신이 표현하고 싶고 알리고 싶은 무언가를 자신만의 방법으로 설명하고 있는 것은 아닐까.

"서 상궁, 서 상궁은 자빈이 사고를 당하였던 날을 기억하는가?"

기억하고말고. 어찌 그날을 잊을 수 있겠는가 싶어 서 상궁은 저도 모르게 옹주를 쳐다보았다. 지금은 자빈의 노리개를 가지고 철걱철걱 놀고 있으나 하마터면 다시는 뵙지 못할 뻔했던 끔찍한 날이 아닌가 말이다. 단영의 목소리가 계속해서 들려왔다.

"그날, 나는 그곳에서 다리를 다쳤다네. 검에 베여 운신조차 힘든 지경이었지. 그래 바위에 기대앉아 쉬고 있는데 그런 나에게 말을 건 자가 있었네. 스스로 역심을 품었노라 자랑질을 하던 이였어. 무령군도 아니었고 방령군도 아니었던 그자, 과연 누구일 것 같은가?"

서 상궁으로서는 기겁을 할 내용이었다. 비록 일전에 의종의 명으로 단영의 원인 모를 상처를 살핀 적이 있다 하나, 중전인 그녀가 역당들에 의해 검에 베이고 위협을 당했다고 말하는 것은 엄청난 사건이었다. 게다가 유배를 가 병사한 방령군까지 언급하시다니, 어째서 마마께선 저런 괴이한 이야기를 꾸며내시는 걸까.

납득하지 못해 바라보자니 그때까지 노리개를 잡아당기던 양혜가 천천히 몸을 돌려 앉는 게 보였다. 그러고는 단영을 향해 한 손을 내미는 것이었다. 앙증맞은 다섯 손가락을 펼친 채로.

몇 해에 걸쳐 기록된 중기(重記)와 화제(和劑)의 양은 어마어마했다. 지금 의종은 도제조영감까지 모두를 내보낸 후 그 어마어마한 더미 속에서 무언가를 열심히 찾고 있었다. 한 장 한 장 유심히 읽고 살피는 의종을 보고 홍 내관은 절로 고개가 가로저어졌다. 저런 속도라면 오늘 하루가 지나도 끝내지 못하실 거란 생각에서였다. 도대체 왜 자신과 임 내관에게 함께 찾으라 명하지 않고 오롯이 세워두기만 하시는지 그 이유도 알 수가 없었다.

그런 홍 내관의 생각을 읽은 것일까, 의종이 모든 행동을 멈춘 채 홍 내관을 쳐다보며 야릇한 미소를 지었다. 지금껏 살피던 장부와 약방문 뭉치를 내려놓은 채 말이다.

"전하, 찾으셨나이까?"

홍 내관이 반색을 하며 물었으나 의종의 시선은 어느새 임 내관에게 향해 있었다.

"방풍(防風)[80], 동유(桐油)[81], 회안녹두주(淮安菉豆酒)[82]라. 비상에 의한

80) 약재 중 하나.
81) 오동나무 기름.
82) 녹두의 누룩으로 빚은 술.

중독이었나?"

정확한 기록은 없었다. 무슨 이유에선지 중기와 화제에는 처방만 있을 뿐 병명이나 진단, 경과 등의 기재가 빠져 있었던 것이다. 그러나 신해년(辛亥年)의 어느 날, 당시의 어의는 분명 방풍 달인 물과 동유를 이용하여 누군가의 위를 세척하려 하였고 꾸준히 회안녹두주와 녹두 달인 물, 오리의 피 등을 복용시켜 회복을 꾀하였다. 이는 비상과 관련된 처치였던 것이다.

곁에 서 있던 임 내관이 어쩔 수 없다는 듯 작게 한숨을 내쉬었다.

"그렇사옵니다."

홍 내관은 그제야 의종의 생각을 알아차릴 수 있었다. 정익선이 궐내로 쉽게 반입할 수 있었다는 점에 착안하여 약물 등 부피가 작은 것으로 추정, 또한 금지 품목인 것으로 미루어 인체에 반하는 약물일 가능성이 컸으니 그 약물이 목표한 대로 사용되었다고 가정한다면 분명 내의원엔 그에 따른 처방 기록이 남아 있을 것이라 의종은 유추한 것이다.

'기유년부터 지금까지의 모든 중기와 화제를 준비토록 시키신 것도 눈속임일 뿐이었구나. 전하께선 오직 신해년의 기록에만 관심이 있으셨어. 이는 필시 정 주부의 파직 사건에 관심을 주신다는 것을 감추고자 하신 것이리라.'

의종의 질문이 이어졌다.

"처단의 미비함으로 보아 정 주부에게서 비상을 건네받은 자가 꾀한 것은 자처(自處)[83]이겠군. 만에 하나 독시(毒弑)[84]였다면 이리 처리될 순

83) 자결.
84) 윗사람을 독극물로 해함.

없었을 테지."

대답은 없었으나 임 내관의 표정만으로도 의종의 추측이 맞다는 것을 알 수 있었다. 홍 내관이 얼른 거들었다.

"전하, 비록 자처로 결말이 났다 하나 본래 의도 또한 그러하였는지는 모르는 것이 아니옵니까? 신해년이면 전하께서 세자 책봉을 받으셨던 바로 그 해이옵니다. 마침 때를 같이하여 이런 망극한 시도가 있었다니, 비록 지난 일이라 하나 가벼이 넘길 사안이 아니옵니다."

임 내관의 이마와 목덜미에서 땀이 솟구쳤다. 홍 내관의 말은 적중했다. 선대왕이 이 일을 묻어두려 한 것도 바로 그러한 문제가 다시 대두될 것을 염려했기 때문인 것이다. 비록 자살 미수로 해결되었다고는 하나 홍 내관 말대로 누군가를 향한 독살을 계획했다가 여의치 않아 자결을 꾀한 것일 수도 있다는 의문이 남는 것 또한 사실이니 말이다.

"지금에 와서 그 의중이 본래 어떠하였는지를 따지는 것은 매우 어려운 일이다. 어찌 되었건 그자가 만일 자처에 성공하였다면 일을 이처럼 가벼이 은폐할 수는 없었을 테니 생존은 하였겠구나. 허나 부작용은 남았을 터, 성대가 얼마나 상했더냐?"

이때 의종의 목소리는 더욱 엄중하여서, 아무리 선왕의 명이 있다 하나 임 내관으로서도 모르쇠로만 버티기 쉽지 않았다. 정적이 흐르고 곧 임 내관이 털썩 무릎을 꿇으며 간하였다.

"전하, 불충한 소신을 죽여주시옵소서. 소신의 세치 혀로는 감히 선대왕마마의 명을 거역할 수가 없나이다."

의종의 안색이 싸늘히 굳었다. 그는 곧 홍 내관을 시켜 지필묵을 임 내관 앞에 대령하였다.

"아바마마께선 함구령만을 내리셨을 뿐 그 손가락의 움직임마저 금하지는 않으셨을 것이다. 그러니 적으라. 그자의 성대는 얼마나 상하였더냐?"

고개를 숙인 채 엎디어 있던 임 내관이 한숨을 푹 내쉬었다. 이 자리에서 의종이 '그자'를 짐작하고 있다는 것을 모르는 이는 없었다. 성대 논란도 짚이는 바가 있기에 계속되는 것이다. 임 내관은 떨리는 손으로 붓을 들었다. 주름 잡힌 손마디에 힘이 들어간다.

發聲不能症

발성불능증

그리고 홍 내관도 곧 떠올렸다. 이유를 알 수 없는 병증으로 '목소리'를 잃었다는 소문이 파다했던 그 인물을.

"음약자처(飮藥自處)를 시도한 연유는 밝혀졌는가?"

임 내관의 표정이 야릇하게 변하며 선뜻 글자를 적지 못했다. 의종이 이를 보고 다시 말했다.

"드러난 사유는 없었다. 그러나 선왕께선 그 사유를 짐작하고 계셨다. 맞는가?"

임 내관이 고개를 조아렸다. 의종이 말했다.

"그 해에 있었던 세자 책봉을 막겠다는 것, 그것이 그자가 극한 길을 택한 이유였을 것이다. 이 또한 맞는가?"

임 내관의 얼굴이 참담하게 일그러지는 것을 보며 홍 내관은 저도 모르게 탄식을 내뱉었다. 공공연히 야심을 드러내던 제1왕자 무령군이 어쩐 일인지 잠잠하여 별 탈 없이 지나갔다고 여겼더랬다. 그런데 모르는 사이에 뒤에선 이런 일이 자행되고 있었던 것이다.

"마지막으로 묻겠다. 선왕께선 이자의 성대가 거짓으로 망가진 것임을 알고 계셨는가?"

침울하던 임 내관의 얼굴 위로 어리둥절한 빛이 지나갔다. 성대의

거짓 고장이란 그 의미를 알 수 없었기 때문이다. 의종이 다시 말했다.

"이들의 지리한 역심이 끝도 없이 이어질 것임을 눈치 채셨는가 묻는 것이다."

그러나 이 마지막 말은 질문이라기보다는 독백에 가까웠다.

펼쳐진 양혜의 다섯 손가락.

단영은 자신의 가슴이 뛰는 것을 느꼈다. 비록 말은 하지 못해도 양혜는 이미 알고 있었던 것이다. 저와 의종이 그토록 알고 싶어 했던 '목소리'의 정체를.

"그자가 이 손가락 다섯 개와 연관이 있느냐?"

부드럽게 물었으나 양혜는 움직이지 않는다. 그저 자신의 손가락을 바라보고 있을 뿐. 묻는 말에까지 대답할 생각은 없다는 뜻인가. 단영은 다시 질문의 방향을 서 상궁에게로 바꿨다.

"자령군이 옹주를 보러 오기도 하는가?"

"그렇지는 않사옵고 간혹 궁중례가 있을 때 대면한 적이 있긴 하옵니다."

하긴 자령군이 어린 옹주의 처소까지 드나들 이유는 없을 것이다. 단영은 넌지시 양혜를 살폈다. 분명 자령이라는 군호를 들었을 텐데 별다른 반응이 없었다.

'그렇다면 칼바위 능선에서 마주친 자는 자령군이 아니라는 소리인데……, 허나 옹주가 아는 이들 중 그자와 근접한 자는 역시 자령군 정도이지 않은가.'

단영은 다시 생각을 해보았다. 양혜는 분명 손가락 다섯을 펼쳐 보였다. 그리고 그 동작은 누군가를, 혹은 무언가를 의미하는 것이다.

'1왕자가 무령군, 2왕자가 방령군, 3왕자가 복령군, 4왕자가 곽령군, 5왕자가 창령군, 6왕자는 바로 전하이셨고 마지막 7왕자가 자령군이지. 단순히 손가락 개수만으로 따진다면 5왕자 창령군이 되겠으나 이는 전혀 맞지 않는다.'

창령은 제3왕자 복령과 함께 숙빈 문씨의 소생이었다. 두 형제는 모두 어미를 닮아 욕심이 없고 조용한 성품을 지녔으며 지금껏 크고 작은 구설에 오른 적이 한 번도 없을 만큼 매사에 신중하였다. 그러나 혹시나 싶어 단영은 무령군부터 순서대로 왕자들의 군호를 읊어보았다. 자령군 때와 마찬가지로 양혜는 별 반응 없이 노리개만 만지작거릴 뿐이었다.

'단순한 수의 개념일까, 아니면 손 자체에 의미를 두어야 하나. 도무지 무엇을 뜻하는지 알 길이 없으니.'

단영은 자신의 손을 내려다보며 생각에 잠겼다. 손 자체에 뜻을 더하자니 양혜가 스스럼없이 손을 잡거나 살필 수 있는 대상이 거의 없다는 점이 걸렸다.

'역시 손가락 개수에 초점을 둬야 할까. 왕자들 외엔 딱히 순번을 매길 대상이 없는데…….'

손가락과 손등, 손바닥을 차례로 살피던 단영이 퍼뜩 고개를 들었다. 그러고는 손가락을 하나하나 꼽아가며 무언가를 입속으로 중얼거리는 것이었다. 서 상궁이 더욱 기괴한 표정이 되어 그녀를 살폈으나 지금 단영은 다시금 의종의 말을 떠올리기 바빴다.

"반역 세력의 수장은 이런 무령군과 방령군을 손바닥에 쥘 정도로 용의주도한 인물이어야 앞뒤가 맞는다. 헌데 당시 십여 세에 불과했던 자령군이 그 모든 것을 계획했다는 게 가능한 일일까? 게다가 방령군이 화약을 빼돌리던 때에 자령군은 나이 겨우 열 살 남짓의 어린아이였으니."

그랬었다. 지금은 꼭두각시였음이 밝혀졌으나 한때 의종과 단영은 대비가 이 모든 사건의 주범이 아닐까 의심했던 것이다. 그만큼 자령군의 나이는 큰 걸림돌이었다.

'그렇구나. 꼭 곧이곧대로 볼 필요는 없는 것을.'

정비였던 선정왕후(鮮正王后)를 위시하여 선왕은 모두 여섯의 비빈을 두었다. 그중 무령군과 곽령군을 낳은 희빈(禧嬪) 김씨, 방령군을 낳은 윤빈(贇嬪) 이씨는 선정왕후와 마찬가지로 이미 별세하였고 남은 이는 계비로 입궁한 인성대비, 복령군과 창령군의 생모 숙빈(淑嬪) 문씨, 자령군의 생모 안빈(安嬪) 이씨, 이렇게 세 사람이다.

단영은 조현례(朝見禮) 때 보았던 숙빈과 안빈을 떠올리기 위해 애썼다. 워낙 입궁이 뜸한 이들이라 잘 기억은 나지 않으나 두 사람 모두 얌전해 뵈는 인상을 가지고 있었다.

"숙빈은 요즘도 두문불출, 복령군의 사가에만 머무신다 하던가?"

또 이런 앞뒤 없는 질문을 던지는 단영 때문에 서 상궁은 난처해졌다. 옹주의 수발상궁인 자신이 어찌 다른 이의 안부를 챙길 수 있단 말인가.

"송구하오나 소인은 숙빈의 안위를 들은 바가 없사옵니다."

"그렇다면 안빈은 어떠한가. 자령군의 궐 출입이 잦은 것을 보면 안빈 또한 궐내에 마음을 쓰고 있는 것으로 보이는데?"

숙빈에 관한 대답을 간신히 마치자마자 이번엔 안빈에 대한 질문이다. 글쎄, 그걸 소인이 어찌 알겠습니까. 그러나 이번 질문은 대답도 하기 전에 제지가 되었다. 단영의 한 손이 그녀의 움직임을 막은 것이다. 주의 깊게 옹주를 살피던 단영이 다시 한 번 또박또박한 음성으로 말을 꺼냈다.

"얼마 전 화계사 근처에서 심각한 사투가 벌어졌을 때 나 또한 다리에 부상을 입었었지. 그때 나에게 다가와 말을 건넨 이가 있었는데 그자의 말로는 그 사건을 주도한 이가 바로 자신이라고 하였어. 그리고 그자가 바로……."

서 상궁도 영문 모른 채 긴장하여 옹주를 쳐다보았다. 옹주도 어느새 단영에게 시선을 고정한 채다. 그 모습을 지켜보며 단영은 말을 맺었다.

"그자가 바로 안빈(安嬪)이지."

양혜는, 양혜의 펼쳐진 다섯 손가락은 흔들림이 없었다. 뒤늦게 사태를 파악한 서 상궁이 양손으로 입을 막으며 다시 한 번 자리에 주저앉았다.

"실패하고 말았습니다."

어둡다. 인위적으로 빛을 차단한 공간은 사람이 적응할 수 있는 어둠의 속성을 이미 넘어선 후다. 한치 앞도 분간할 수 없는 속에서 사내의 음성이 울려왔을 때 웅크리고 있던 또 다른 이는 저도 모르게 호르르 어깨를 떨었다. 극비로 보내진 임금의 사절단을 막지 못한 것이다.

"결국 그들을 청으로 보내주고 말았단 뜻입니까?"

어깨를 떨던 이의 음성에는 질책이 묻어 있었다. 그러나 곧 비탄과 근심이 뒤를 이었다.

"이제 금상이 모든 것을 알아내는 것도 시간문제입니다."

사내가 의주에서 한양으로 돌아오는 사이에 사절단도 자신들의 목적지에 근접했을 터였다.

"허락해주신다면 다시 의주로 돌아가, 청에서 돌아오는 길목을 지켜 뒤를 치겠습니다."

사내가 지친 음성으로 또 다른 의견을 제시하였다. 그러나 이는 곧 묵살되고 말았다. 어차피 상대편도 대비를 할 것이기에 성공 가능성은 희박했던 것이다.

"아니, 그들이 돌아오기 전에 무언가 수를 내야 합니다. 그때가 되면 너무 늦어요. 그리고 지금 금상을 흔들 수 있는 건 단 한 가지밖에 없습니다."

"그게 무엇입니까?"

어둠 속으로 잠시 정적이 흘렀다.

"중전의 비리를 폭로해야 합니다. 만천하에 중전의 비행이 밝혀지면 언론삼사(言論三司)[85]가 먼저 들고 일어날 겁니다. 그들이 상소에 그치지 않고 합사복합(合司伏閤)[86]이라도 벌여준다면 더욱 좋겠고요."

침체된 분위기가 다소 나아졌다. 이제껏 추구해오던 무혈입성의 꿈에서 다소 멀어지겠지만 지금은 그런 것을 따질 계제가 아니었다. 사내가 석연치 않은 표정을 지었다.

"압니다. 현 임금을 보위에서 끌어내릴 명분이 되기엔 충분치 않지요. 허나 금상을 향한 민심이 추락일로를 걷고 있는 지금입니다. 뒤를 이어 두세 가지 추문을 더 첨가할 수 있다면 딱히 힘을 쓰지 않아도 멍석을 깔 수는 있을 겁니다."

지금껏 공들여 준비해온 대의명분과는 비교가 안 될 만큼 초라하였으나 이대로 주저앉느니보단 나았다. 그러나 일시적으로 주변을 밝히던 희망의 빛이 누그러지자 장탄식이 그 자리를 채웠다. 입을 꾹 다물고 있던 사내가 여전히 어깨를 떨고 있는 이를 위로하듯 말하였다.

"청과의 거래는 잠시 잊으셔야 할 것 같습니다. 지금은 보위를 뺏는 것이 더 중요치 않겠습니까. 거사만 마무리되면 봉책(封册)에 대하여는 어느 때고 다시 논의할 수 있을 겁니다."

잠자코 그 말을 듣고 있던 이가 한참 후 무겁게 입을 열었다.

"……허나 자경전 여우는 그 전에 숨을 다할 테니 좋은 구경을 놓치

85) 사헌부, 사간원, 홍문관.
86) 오늘날의 연좌데모.

겠지요."

아직 해가 한참을 남았는데도 저만치 반대편엔 성급한 달이 휑뎅그렁하다. 어깨를 떨던 이는 서둘러 사내를 보낸 후 한참 달구경에 빠져 있다가 누군가의 부름에 겨우 정신을 차렸다.

"무슨 근심이라도 있으십니까?"

갑자기 들려온 터라 멈칫하였으나 이내 반가운 이임을 알고 미소가 자리 잡힌다. 훤칠한 신장과 살집이 잡힌 동그스름한 어깨가 한데 맞물린 풍채, 역시나 살이 올라 동그스름한 얼굴은 비록 한창 총애를 받던 그 시절보단 못했으나 비단같이 보드라운 피부는 여전하였다.

"소자, 지금 막 귀가하였나이다."

아들을 바라보는 안빈(安嬪)의 눈빛이 자애롭다. 그녀는 얼른 손짓을 하며 안으로 들 것을 재촉하였다. 동시에 노복을 불러 다과상을 들이도록 눈짓하는 것도 잊지 않는다. 여느 어미와 다를 바 없는 모습이다.

"……."

그러나 그런 어머니를 바라보는 자령의 눈빛은 착잡하기 이를 데 없었다. 벌써 십여 년째 벙어리 시늉을 하는 어미가 안쓰러웠던 적도 있지만 이제는 그저 부담스러울 뿐이다. 자신이 바라보는 어머니와 세상에 드러나는 어머니의 격차가 혼란스러웠다.

안빈 이씨.

선왕의 마지막 후궁으로 들어와 희빈에게로 향하던 총애를 단번에 가로챘던 여인. 적통대군 없이 후궁 소생의 왕자들만 대립하던 그 시절, 기필코 왕자를 낳아 복위를 물려주고 자신은 중전의 자리에 앉겠노라 욕심을 내던 열여섯의 그 소녀가 지금의 안빈 이씨이다. 그러나 선정왕후가 먼저 원자를 생산하여 그 첫 꿈이 깨지고, 극심한 산고로 세상을 떠난 선정왕후 대신 헌정왕후 민씨, 지금의 대비가 교태전을 차지하자 그 두 번째 꿈도 깨어졌다.

“이리 올라서세요, 자령군.”

노복이 자리를 비우자 안빈의 나지막한 목소리가 기다렸다는 듯 흘러나왔다. 그 음성에서, 그 손마디에서 아들을 향한 자랑스러움이 물씬 묻어나왔다. 어찌 자랑스럽지 않겠는가.

본래 후궁은 자신의 소생에게서 ‘어미’로 불릴 수 없는 존재이다. 왕의 핏줄이기에 마음껏 품지도, 마음껏 정을 주지도 못하며 ‘어마마마’로 불릴 수 있는 이는 오로지 중전뿐이다. 그리고 왕의 자녀들은 그것이 당연하다 여기며 성장하였다.

그런데 자령은 달랐다. 철이 들 무렵부터 안빈을 챙겼으며 교태전 민씨를 ‘어마마마’라 칭하게 된 이후론 더 각별히 제 생모를 따랐다. 누구에게서나 사랑받고 누구에게서나 인정받던 막내 왕자, 그러나 어미에겐 더한 애정을 남몰래 부어주던 자령이었던 것이다.

이제 그녀의 보물이 이처럼 장성하였다. 그동안 수많은 난관을 극복하고 예까지 달려오는 동안 자령은 그녀에게 흔들리지 않는 버팀목이 되어주었다.

“별당에 들렀다 다시 오겠습니다.”

별당에서는 눈엣가시 같은 며느리가 생활하고 있다. 안 그래도 몸 상태가 좋지 못하다고 전해들은 터라 하는 수 없이 고개를 끄덕였으나 탐탁지는 않았다. 한미한 가문 출신답지 않게 고고한 성품을 지녀 안빈과도 척을 진 지 오래였던 것이다.

“참, 그런데……, 오늘 주상이 내국에 들러 기유년(己酉年)부터 작성된 모든 중기(重記)와 화제(和劑)를 살펴보았다면서요. 알고 계시겠지요?”

낮고 거북한 목소리가 돌아서던 자령을 잡는다.

“예. 전하께선 분명 자경전마마의 그간 병력을 보고자 하셨을 겁니다.”

어미는 임금을 낮추고 아들은 임금을 높인다. 기이한 장면이지만 그들에겐 습관과 같았다.

“그래요. 대비의 상태가 지금까지와 다름을 알고 내국의 기록과 맞춰보려는 것이겠지요.”

그러나 말은 이렇게 하면서도 안빈의 표정은 여러모로 꺼림칙하다. 의종이 고작 그런 일로 이목을 집중시킬 행동을 할 성격이던가.

대비의 중독은 오랜 시간 공들여 이루어졌다. 아무도 눈치 못 채게 죽음까지 이른다는 계획이었고 이제 그 시간이 얼마 남지 않았던 것이다. 그런데 안빈의 거사가 틀어지면서 대비의 죽음이 더욱 급하게 되었다. 임금을 옭아매기 위해서였다.

급사를 실행하기에 앞서 매일 투여하던 독의 양을 늘렸다. 현재의 이상 증세도 그 때문이었다. 물론 제일 먼저 중독을 의심받을 테지만 크게 상관은 없었다. 어떤 조사를 통해서도 대비의 중독 여부를 명확히 가려내지 못할 것이기에. 오히려 대비의 중독을 의종이 거론해준다면 그 편이 더 고마울 일이었다. 그의 행동은 이후 대비가 의문의 죽음을 맞이했을 때 의심을 불러일으키는 단초들이 되어줄 테니 말이다. 그런데 무엇이 꺼림칙한 걸까.

자령은 말을 잇지 못하는 어머니를 지켜보다가 묵묵히 별채로 향했다. 도무지 여인 같지 않은 어머니의 음성, 그 거북한 음성을 들을 때마다 늘 자신 때문이라는 죄책감이 커지곤 했다. 그도 어렴풋이 기억하고 있었다. 일곱 살, 무슨 일인지 안빈의 거처에 낯선 내관과 궁인들이 부쩍 늘어나더니 출입조차 부담스러워진 그때, 안빈이 얼마 지나지 않아 이름 모를 병으로 쓰러진 것이다. 걱정이 되어 감시를 뚫고 어렵게 어머니를 찾았던 자령은 지금까지와 다르게 냉정하기 이를 데 없던 선종을 보아야 했다. 고통으로 일그러진 밀랍인형 같던 어머니를 향해, 자령이 보위에 오르는 일은 결코 없으리라 단언하던 아버지의 모습을 말이다.

"네 어머니를…… 잘 보살펴야 한다. 넌 현명한 아이니까. 무슨 말인지 알겠니?"

자령에게 남겨진 마지막 유언이었다. 선종은 짐작했던 것이다. 안빈이 의종에게 어떤 존재가 될지.

자령군이 돌아가고 안빈은 다시 하늘에 떠 있는 참빗 같은 허연 달을 올려다보았다. 이상하게 그녀는 한낮에 창백하게 배회하는 달에 더 마음이 쓰였다. 맞지 않는 자리에서도 어떻게든 제 형태를 잃지 않으려 애쓰는 의연함이 좋았다. 낮에 나온 달이 그대와 닮았노라 속삭이던 정인의 음성이 들려오는 듯해 더 그런지도 모른다.

誰家玉笛暗飛聲
수가옥적암비성(누구인가 어둔 밤에 피리 부는 이)
散入春風滿洛城
산입춘풍만낙성(봄바람 속 그 소리가 온 성에 가득하네)
此夜曲中聞折柳
차야곡중문절류(깊은 밤 곡 가운데 이별 곡도 들려오니)
何人不起故園情
하인불기고원정(누구인들 떠나 온 고향집 생각 않으리)

자령군의 길례(吉禮) 직후 궐을 떠나면서부터 즐겨 읊조리던 시이다. 언젠가, 언젠가는 내 집으로 다시 돌아갈지니, 반드시 그리하리라. 다짐하고 다짐하던 마음이었다.

천천히 안방에 들었다. 묵은 광택이 은은한 의장을 열면서도 옛 생각은 그치질 않았다.

'이쯤에 넣어두었는데.'

본래는 고이 간직했던 정인의 연서를 꺼낼 참이었다. 비록 지금은 부서져버렸으나 오랫동안 가슴을 두근거리게 하던 그 단단한 약조의 내용은 연서 안에서 여전히 건재하였다.

"이제 와 지킬 의중이 없다 단언하지 마셔요. 받아낼 것입니다. 기필코 받아낼 것입니다."

그 그악스런 외침이 언제 적 것인지 이젠 기억조차 가물거린다. 그녀의 거처를 봉쇄하고 수족처럼 부리던 궁인들의 행동반경까지 제약을 놓던 비정한 정인의 선뜻한 옆얼굴도 이제 그때만큼 괴롭지는 않았다. 사가 시절부터 알고 지내던 정 주부를 통해 비상을 들인 후 밤새 죽다 살아난 그 지옥 같은 시간도 이제 잊고 지낸 지 오래다. 그렇다. 시간이 지나면 많은 것이 흐릿해지고 그 경계 또한 모호해지는 것이다. 그러나 약조는 그렇지 않았다.

"응?"

의장에서 꺼낸 작은 상자의 뚜껑을 열던 손이 설핏 멈추었다가 이내 가지런히 놓인 연서 몇 통을 성급히 뒤집는다. 없다. 있어야 할 무엇이 그 안에 없었다.

'자령군, 자령군이 가져간 것일까?'

그 단도가 현 중전의 것이라고 알려준 적은 없으나 어미가 깊이 감추어둔 물건을 섣불리 건드릴 성품은 아니었다. 그렇다면 누구인가. 안방 청소까지 손수 할 만큼 외인의 출입을 경계해온 안빈이었다. 부득이 외출을 할 땐 방 앞에 보초를 세워놓기까지 했던 것이다.

'혹 별당 새아기가.'

무엇 하나 보지도 듣지도 못하게 경계하였으나 그 긴 세월 무어라도 눈치 채지 말라는 법은 없었다. 하지만 아무리 정이 없기로 이런 짓을 할 배포를 가진 아이는 아닌데…….

도무지 감을 잡지 못하는 안빈의 놀란 얼굴 위로 짙은 어둠이 선뜻하게 내려앉았다.

가은당을 나서며 마지막으로 돌아보았을 때 양혜는 공허한 눈빛으로 단영을 바라보고 있었다. 그러나 이제 단영은 옹주가 그저 아프기만 한 아이가 아니라는 것을 알고 있었다. 저 속에 무엇이 또 담겨 있을까. 문득 그녀는 양혜에게 새로운 관심이 이는 것을 느꼈다.

교태전으로 돌아가던 중 단영은 윤 상궁을 곁으로 불렀다.

"내 자네에게 긴히 부탁할 일이 있는데."

늘 간단명료히 명을 내리던 중전이 느닷없이 긴하게 부르자 윤 상궁은 자못 긴장이 되었다.

잠시 후 윤 상궁은 소록당 앞을 막아선 채 단호한 표정으로 서 있었다. 단영이 명한 대로 세안할 물과 몇 장의 수긴, 그 외에 여러 물품들을 안으로 들여놓은 다음이었다. 여기까지는 그간 최 상궁이 간간이 해오던 일이라 별다른 의문이 생기지 않았다. 이거였나? 비정상적인 명임에도 윤 상궁은 왠지 즐거움을 다스릴 수 없었다. 이제야 웃전의 비밀을 공유할 수 있게 되었다는 뿌듯함이 그녀를 웃게 만드는 것이다.

기분 좋은 윤 상궁에게 할당된 다음 명은 대전의 홍 내관에게 말을 전하는 일이었다. 그녀는 두말 않고 대전으로 향했다. 그 사이 남장을 한 단영이 빠져나가리라 상상도 하지 못한 채.

"이번 사신단의 출발 일정이 금야(今夜)로 책정된 것이 맞느냐, 그리 물으라 하셨습니다."

역시나 홍 내관은 야릇한 표정으로 쳐다보았다. 그 같은 소문을 들어본 적이 없어 그런 것이겠거니, 윤 상궁은 이해한다는 표정으로 고개를 끄덕였다. 금일 밤에 출발을 한다는 사신 행렬은 단영이 꾸며낸 것이 분명했다. 그리고 윤 상궁은 그게 무엇을 뜻하는지 알 것 같았다.

"금야에 전하께서 우리 마마와 무언가 약조를 하신 게 틀림없습니다. 두 분이 이제 남들 눈을 피해 밀령까지 주고받으실 만큼 돈독해지신 게지요, 아, 정말이지 이런 순간을 얼마나 기다려왔는지……."

감격에 겨워 어쩔 줄 모르는 윤 상궁을 보며 홍 내관은 더욱 떨떠름한 표정을 지었다. 이미 정 어사를 중심으로 한 사절단은 비밀리에 출발을 한 후였다. 그러니 이 밀령은 윤 상궁의 추측대로 의종과 남몰래 주고받을 내용임에는 틀림없었다. 그러나…….

홍 내관은 한숨을 내쉬었다. 고작해야 두 분 마마가 사랑의 암호문 따위나 주고받을 거라 여기는 그녀의 천진난만함이 부러웠다. 아, 이러다 곤전마마의 정체가 들통 나면 우리 주상 전하는 누가 지켜드리나.

"금야(今夜)라. 분명 시간을 뜻하긴 할 텐데, 동음어인가?"

아닌 척해도 들뜨는 기분을 감출 수 없는 건 의종도 마찬가지인지 방 안을 서성이는 옷자락이 한없이 부산했다. 홍 내관의 남모를 근심도 모른 채 금세 동음어 추적에 몰입한다.

얼른 떠오르는 금의 동음어는 밝을 금(昑)이다. 게다가 그에 합당한 동의어로서 밝을 병(丙)을 쓰는 병시(丙時)와 깔끔하게 맞아떨어지기도 한다. 그러나 오전이면 이미 지나간 시간대이므로 정답이 아니었다. 그래도 괜찮은 접근인 듯해 의종은 이처럼 이십사시(二十四時)의 뜻에 부합하는 여러 개의 한자어를 떠올려보았다. 날짐승 금(禽)은 새 을(乙)을 쓰는 을시(乙時)와 맞긴 하되 새벽 시간이어서 금야라고 보기 어려운 면이 있었다. 비단 금(錦)은 어떨까. 펼 신(申) 자를 쓰는 신시(申時)와 그럴듯하게 어울릴 뿐만 아니라 시간대도 맞는다. 그러나 그렇게 되면 미시(未時)도 가능성이 있었다. 금할 금(禁)과 아닐 미(未)가 부합하기 때문이다.

"이런 식이면 애매하긴 매한가지인데."

잠시 자리에 앉아 숨을 고르던 의종이 고개를 반짝 들었다. 금야(今夜)라 하지 않았던가. 동음어를 반드시 '금'에만 국한시킬 필요는 없는 것이다. 그는 다시 밤 야(夜) 자의 동음어를 헤아려보기 시작했다.

"그렇군. 땅이름 야(倻)가 있었지."

땅 곤(坤) 자를 쓰는 곤시(坤時)와 맞을 뿐만 아니라 풀이름 금(芩)과도 잘 어울린다. 그뿐이랴, 곤(坤)에는 왕비의 의미도 담겨 있어 곤전(坤殿)이라고 쓰이기도 했던 것이다.

의종은 빙그레 웃음을 지었다. 단영이 말한 금야(今夜)는 곤시(坤時)[87]를 뜻하는 것이었다.

"왜 그러십니까, 전하? 어디 불편하신 곳이라도?"

홍 내관이 물었다. 자리에 앉던 의종의 얼굴이 불현듯 찌푸려졌기 때문이었다.

"아니, 괜찮다."

말은 그렇게 해도 안색이 편해진 것은 아니다. 의종은 의아하여 가슴께를 툭툭 쳐보았다. 단영 생각을 하는데 갑자기 답답함이 차올랐던 것이다. 그녀와의 관계가 마음먹은 대로 되지 않을 때에도 느껴보지 못한 감정이었다.

"잠행이 너무 잦으십니다. 게다가 벌써 여러 날 주강(晝講)[88]을 미루지 않으셨습니까?"

또다시 미행 차비를 하는 의종을 보며 홍 내관은 마음을 다해 만류

---

87) 오후 두 시 반에서 세 시 반 사이.
88) 낮에 관료들과 경서(經書)나 정사(政事)에 관해 토론하는 경연(經筵).

하였다. 그러나 풋사랑에 물든 어린 소년 같은 의종의 들뜬 마음은 이를 가납하지 않았다.

갑자기 들려온 인기척에 의종은 걸음을 멈췄다. 소리의 주인공은 단영으로서 그녀는 지금 막 의종이 지나쳐 온 배롱나무 위에서 그를 기다리던 중이었다. 단영이 뛰어내리자 마치 커다란 부채처럼 탐스럽게 엉킨 꽃가지들이 흔들리며 꽃잎 여러 장을 흩뿌려주었다.

묵묵히 바라보던 의종은 단영이 다가오자 그 머리에서 붉은 꽃잎 두어 장을 떼어주었다.

"제가 어디에 있을 줄 알고 무작정 궁을 나오셨습니까?"

"어디에 있든 그대가 찾아왔을 테지. 지금처럼."

그야, 뭐. 긍정하듯 고개를 끄덕이던 단영, 문득 의종의 시선이 신경 쓰인다. 안 그래도 키가 커서 이마가 그의 쇄골을 넘을까 말까 한데 가까이에 서게 되니 그 압도감이 너무 컸다.

"뭐 마음에 걸리는 일이라도 있으십니까?"

집중적인 그 시선이 신경 쓰였으나 의종은 대답이 없다. 그저 한동안 더 내려다보다가 머쓱하게 돌아섰을 뿐이다. 내심 불편했던 단영은 저도 모르게 후, 짧은 숨을 쉬었다.

"이제 어디로 가면 되지?"

의종의 질문에 단영이 되물었다.

"제가 고주(沽酒)를 하면 응하겠다 하셨지요?"

"그랬었지."

단영이 안내한 곳은 바로 경진의 객점이었다. 잔돌백이 주막거리 막바지 즈음에 제법 크게 자리하고 있어 찾기는 수월했다. 안으로 들어서니 점인 한 사람이 서둘러 나온다.

그를 따라 안채로 들어서자 죽 늘어선 내실을 지나 다시 밖으로 안내를 한다. 안뜰에 위치한 작은 정자였다. 소박하되 꽃나무 한 그루까지 신경 써서 배치한 것이 제법 운치가 있었다. 좁은 뜰 안으로 연못을 파는 대신 바깥 내를 한 줄 끌어들여 작은 냇가를 만들어놓은 것도 이채로웠다. 의종은 동편 담으로 흘러들어와 서편 담께로 사라지는 폭 좁은 물줄기를 바라보았다. 간간이 배꽃잎, 앵두꽃잎 등이 떠내려 왔다가 사라지곤 하였다.

잠시 후 어단이며 어포, 육포, 자반 등의 마른안주와 전, 편육, 생채와 나물, 전골 등이 배나무로 만들어진 상 위에 정갈하게 놓였다.

"이제 들어볼까. 이 몇 잔 술 대신 내가 내어주어야 할 게 무엇인지."

의종이 가볍게 농을 하듯 말하였다. 단영의 고주가 공짜는 아닐 것이라던 아침나절의 대화가 생각났기 때문이다. 단영이 처마 끝에 달린 솔발[89]을 흔들었다. 곧 안쪽에서 소반을 든 경진이 나타났다. 소반 위에는 벽향주와 술잔 몇 개가 다소곳이 놓여 있었다.

단영이 술병을 들어 의종의 손에 들린 잔을 가득 채웠다.

"첫 번째 잔입니다."

그가 가볍게 고개를 끄덕였다. 알았으니 대가가 무엇인지 말해보라는 뜻이었다.

"일전에 만난 구가가 이태충이란 고리대금업자 이름을 언급하였습니다. 기억하십니까?"

기억하다마다. 대전에서도 그자로 인해 한창 바쁜 시간을 보냈던 의종 아닌가.

"여기 경진이라면 이태충이란 자를 잘 알 것도 같아 사람을 보내 알

---

89) 놋쇠방울.

아보았는데 뜻밖에 재미있는 일을 전해 들었습니다. 미리 말씀드릴 수도 있었겠으나 직접 들으시는 것이 더 좋을 것 같아 이리로 모시었는데, 불편하십니까?"

그렇지 않다. 오히려 흥미가 배가 되었다. 이태충이란 자의 신변 조사는 이미 상당 부분 진행되었다. 그리고 그 점을 짐작하지 못할 단영이 아니었기에 그녀가 사사로이 무언가를 알고자 했다면 그것은 일반적인 조사로는 끄집어내기 어려운 성질의 내용일 것이다.

"자네가 내게 전달하였던 내용을 그대로 고하게."

본래 단영은 자경전을 나온 이후 최 상궁에게 두 가지 지시를 내렸는데, 그중 하나가 은단을 통해 경진에게 밀서를 전달하는 일이었다. 그런데 출궁을 위해 변장을 마친 단영이 윤 상궁을 홍 내관에게 보낸 사이에 최 상궁이 찾아와 경진의 서찰을 전해준 것이다. 이처럼 빠른 답변을 받으리라 예상치 못했던 만큼 그 내용도 무척 흥미로웠다.

경진이 말하였다.

"이태충 그자의 신상에 대하여는 두 분 나리께서 이미 알고 계실 테니 생략하겠습니다."

그러고는 품에서 종이 한 장을 꺼내 단영에게 내밀었다. 그녀는 의종 앞의 찬기들을 한 옆으로 밀어낸 후 그 종이를 펼쳐놓았다. 내려다보는 의종의 눈매가 날카로워졌다. 종이 위에는 유려한 글체로 시 한 수가 적혀 있었는데 바로 당나라 이태백의 춘야낙성문적(春夜洛城聞笛), 이기에 의해 의종에게 전해진 바로 그 시였기 때문이다. 조창주가 모사한 것과 필체는 물론 마지막 시문의 동산 원(園) 자가 틀리게 쓰인 것까지 같았다. 입 구(口) 자 안에 성씨 원(袁) 대신 임금 황(皇) 자가 거꾸로 들어 있었던 것이다.

"언제 어디서 난 것인가?"

"아직 영루관 기녀로 지낼 무렵 손에 넣은 것이니까 아마도 칠팔 삭

(朔) 전쯤이지 싶습니다. 당시에 이년을 즐겨 찾던 이들 중 마전이라 하는 마구상인을 기억하실 겁니다."

하루는 마전이 처음 보는 사람 둘을 데리고 그녀를 찾아왔다. 한 명은 시전상인 정 아무개라고 통성명까지 하였으나 다른 하나는 그냥 이 진사라고만 소개를 받았다. 경진은 그중 이 진사라 하던 자를 유심히 살폈는데 이유는 그에게서 풍기는 묘한 위화감 때문이었다.

"수염이 많은 자였습니다. 턱이고 코밑이고 간에 새카만 수염으로 뒤덮여 있었으니까요. 중간치 되는 키에 역시 몸집도 중간 정도 되었고 어깨도 둥그스름한 게 살집이 좀 있는 자였습니다. 그래서 그런지 덥수룩하게 기른 수염도 그 모양새가 퍽 잘 어울렸지요."

"그런데 무엇이 이상했다는 건가?"

"그 수염입니다."

수염? 단영과 의종이 서로를 바라보았다.

"예. 물론 매우 교묘하게 분장을 한 것이라 알아보기 쉽진 않았습니다만 분명 가짜였습니다. 처음엔 그자의 이마가 둥글고 눈매가 고와 불균형을 이룬 것이 위화감의 원인이라 여겼으나 나중에 구레나룻을 다시 보고서야 알 수 있었습니다. 숱이 많고 진했던 여타 다른 부분에 반해 귀밑은 목탄가루까지 뿌려 성긴 부분을 감추려 한 티가 나더군요. 목덜미의 매끈한 상태로 미루어보건대 그자는 분명 깨끗한 턱과 볼을 가지고 있을 것인데 말입니다. 진면목을 숨기고자 변장을 한 것임을 금세 알 수 있었지요. 짐작하셨겠지만 그이가 바로 이태충이란 자였습니다."

의종과 단영 두 사람은 점점 흥미로워지는 경진의 이야기에 귀를 기울였다.

술자리는 그 한 번으로 끝나지 않았다. 이 진사는 그 뒤로도 세 번을 더 영루관을 찾았는데 그때마다 기녀들을 멀리한 채 동석한 이들과의 대화에만 골몰하였다. 그러나 그 와중에 경진은 이 진사의 이름을 알아내는 데 성공하였고, 비록 본인의 업을 대놓고 소개하지는 않았어도 그자가 고리업을 하는 그 이태충이라는 것을 알아차릴 수 있었다. 영루관에도 그에게 빚을 내서까지 드나드는 한심한 축들이 있었기 때문이었다.

당시 마전은 아직 의종과 단영의 주목을 받기 전이었다. 하여 경진도 그들 마구상인과 시전상인, 고리업자가 한 자리에 모이는 것에 별다른 의구심을 가지진 않았다. 다만 이태충이 왜 자신의 진면목을 숨기려는지 호기심이 좀 생겼을 뿐이었는데 그것도 시간이 지나면서 옅어졌고 다시 많은 일들을 겪으면서 완전히 잊어버리고 말았던 것이다.

"이년이 마전의 집에 잠시 들어갔던 일을 기억하시겠지요?"

당시 마전의 집에서 경진은 송 아무개라는 가명으로 생활하던 조창주를 마주쳤더랬다. 시도 때도 없는 음탕한 추파 뒤로 음험한 느낌을 감지한 경진은 늘 거리를 두고 그를 대했는데 그로 인해 무언가를 알아낸다는 것이 생각처럼 쉽지가 않았었다. 그리고 어느 날, 마전의 부름에 술상을 차려 조창주가 머물고 있는 바깥사랑으로 나갔을 때였다. 종이 한 장을 들고 있는 조가를 보고 마전이 말했다.

"아니, 그대도 이 진사와 안면이 있으셨소?"

갑작스런 말에 조창주도, 경진도 의아하여 쳐다보았다. 그러자 마전이 그때까지 조창주의 손에 들려 있던 종이를 가리키며 말하였던 것이다.

"이것 말이외다. 이것이 이 진사가 가끔 읊어대던 춘야 뭐 어쩌고 하는 그 시 나부랭이 아니오. 내 비록 배움이 짧다고는 하나 영 까막눈은 아니올시다."

그러고는 경진을 향해 말했던 것이다. 왜 너도 만나보지 않았느냐?

이 진사, 이태충이 말이다. 고리업이나 하는 주제에 양반입네 하고 힘주고 다니는 그 치.

“기억하고말고요. 수염만 하나 가득이던 그분 아닙니까?”

경진의 대답은 그때까지 어리둥절한 표정을 짓던 조창주를 파안대소하게 만들었다. 그러고는 이렇게 중얼거렸다고 한다.

“이태충, 이태충이란 말이지.”

“그때 자칭 송가라 하던 자가 어찌나 유쾌하게 웃던지 아직도 귓가에서 맴을 돌 정도입니다.”

단영과 의종은 서로를 마주보았다. 조창주에 의하면 이 시문을 습관처럼 끼적이는 이는 ‘목소리’ 그자라고 하였다. 그리고 지금 경진은 또 말하는 것이다. 이 시문을 평소 읊던 이는 이태충이란 고리업자라고 말이다.

경진의 이야기는 계속되었다.

조창주가 워낙 심하게 웃어대니까 지켜보던 마전도 이상했던 모양이다.

“왜 그러시오? 이 진사를 정말 알고 웃는 거요?”

“어찌 모르겠습니까. 내 그자에게서 받아 쓴 것이 얼마인데. 맞습니다. 이 종이도 그자가 끼적이던 것을 몰래 챙겨들고 온 것입지요. 이태충이라, 바로 그자의 이름이었군요.”

얼마 전 구성주란 인물 또한 말했었다. 조창주의 말에 의하면 이태충이란 이름은 ‘목소리’의 차명이라 하더라고. 즉 경진의 이야기에는 두 사람이 동일 인물일 가능성이 내포되어 있었으며 조가도 이때 비로소 이태충과 목소리의 관계를 의심하게 되었을 것이다.

“그렇다면 이게 바로 조창주 그자가 몰래 가져왔다던 이태충의 친필 시문이란 말인가?”

경진이 대답하였다.

"그렇진 않습니다. 무슨 까닭인지 몰라도 송가는 이 진사의 시문을 오랜 시간 공들여 베껴 쓰곤 했는데 이것은 그중 한 장을 소인이 감춘 것에 불과하옵지요. 때마침 한 장을 흘려두고 출타하였기에 챙겨둔 것이옵니다. 그러나 크게 중요한 건 아니겠지 싶어 잊고 있었는데 지금 생각해보면 그때 송가에게 꼬리를 밟힌 게 이 시문 때문인지도 모르겠습니다."

경진도 느닷없는 단영의 밀서에 놀랐다고 했다. 그동안 잊고 지냈던 이태충의 이름이 언급된데다가 동봉된 흰 천에는 피로 적힌 낯익은 시한 줄이 보였기 때문이었다.

"이태충이 고리업을 하는 자라면 그 이름이 꽤나 알려졌을 터, 이 아이라면 그자에 대한 자잘한 뒷소문을 그러모으는 것이 용이할 듯해 청을 좀 하였습니다."

단영의 말에 의종이 흠, 경진을 향해 고개를 돌렸다.

"네 말대로라면 송가는 이미 이태충이란 고리업자와 관계를 맺고 있었다는 소리인데……."

"정확한 정황은 모르겠으나 후에 이어진 대화를 보면 송가가 이 진사의 고리대금을 많이 끌어 쓴 듯 보였습니다."

의종과 단영이 잠시 침묵한 채 술만 들이켰다. 그들이 침묵하는 이유를 알아차린 경진은 조용히 소반을 거두며 일어섰다.

"필요한 게 있으시면 다시 불러주십시오."

경진이 물러나자 단영이 먼저 말문을 열었다.

"정말로 '소격동'은 이태충과 동일인인 걸까요?"

의종이 재미있다는 듯 말하였다.

"그대는 이미 '소격동'과 이태충을 동일인이라 확신하는 모양이군. 허나 그렇다면 조창주가 왜 필체 모사본 따위를 내어놓은 걸까. 이태충의 이름 석 자를 전하는 게 더 빨랐을 텐데."

"이미 이태충에게 초점이 맞춰질 것을 예상했기에 또 다른 귀띔을 준 것은 아닐는지요."

그녀의 말에 의종이 의아하여 쳐다보았다. '이태충에게 초점이 맞춰질 것을 예상했다'니? 단영은 착잡한 마음이 되어 잠시 의종을 바라보다가 입을 열었다.

"조창주는 그 많은 고리채를 자신의 이름으로 빌리지 않았습니다."

"그야 그렇겠지."

"정확히 말하자면 조창주는 영평부원군 윤돈경의 청지기 자격을 사칭하였습니다."

의종의 이마가 찌푸려졌다.

"청지기 자격이라니? 그자는 이미 부원군과 인연을 끊은 줄 알고 있는데?"

단영은 은단을 통해 뒤늦게 알게 된 '이태충 사건'을 의종에게 설명하였다. 어떻게 조창주가 윤 대감을 사칭하여 고리채를 끌어 썼는지, 어떻게 두 오라범댁의 가마가 공격을 당하였는지, 장안에 지금 어떤 괴소문이 돌고 있는지 등을.

"만일 이태충이 '소격동'이기도 하다면 그자는 결코 자신의 이름이 주목받을 일 같은 건 만들지 않았을 겁니다. 즉 그 습격은 조가가 이태충을 가장하여 벌인 일이겠지요."

그제야 의종은 '이태충에게 초점이 맞춰질 것을 예상했을 것'이라는 단영의 말을 이해했다. 실제로 조창주는 자신을 제거하려 했던 '목소리'에게 반격을 가하기 위해 이태충이란 이름으로 사건을 꾸몄던 것이다. 물론 윤 대감에게 닥칠 타격과 일본으로 떠날 수 있는 자금을 확보하는 등 여러 가지 속셈도 포함된 계략이었다. 다만 예측하지 못한 게 있었으니 자신이 먼저 잡혀 의금부에 갇히는 일이었다.

"장안에 퍼진 소문의 진위가 무엇이건 영평부원군에겐 큰 타격이 되겠군."

윤돈경 개인의 위신만이 문제가 아니었다. 이태충이 '목소리'와 동일인임이 확실해진다면 반역 세력과 한패로 의심받을 가능성도 충분히 있었다.

"아무래도 이게 내게 청했던 고주의 값인 듯한데……. 그렇다면 그대 가문에 치명타가 될 수도 있는 이 일을 덮어주길 원하는 것인가?"

"아닙니다. 그저 제가 이 일을 처리할 수 있게 해주소서. 그것이 고주의 대가이옵니다."

"부원군에 대한 처분을 그대에게 맡겨달라는 뜻인가?"

"예, 그렇습니다."

단영의 생각을 짐작할 수 없는 의종.

"이 일은 교태전의 위신과도 관련된 사건이다. 어수룩하게 처리하였다간 도리어 화가 될 수도 있을 터."

단영도 알고 있었다. 더군다나 '목소리'가 조창주의 책략을 짐작하여 그의 윤돈경 명의 도용을 묵과한 것이라면 중전과 외척의 시련은 그에게 득이 되는 결과를 가져다 줄 것이었다.

"숨기고자 함이 아니라 드러내기 위함이옵니다. 털끝 하나 저들의 빌미가 되지 않을 것을 약조 드리오니 신첩을 믿어주시옵소서."

드러내기 위함이라. 의종은 딱딱하게 굳어 있는 단영의 얼굴을 바라보았다. 자신의 가문을 상대로 무엇을 꾸미는지 짐작이 되지 않는다. 그러나 그가 아는 단영은 섣부른 행동을 할 사람이 아니었다.

마침내 의종은 가볍게 고개를 끄덕여 허락을 표하였다.

잠시 정적이 흘렀다. 딴 생각에 빠진 듯했던 단영이 의종의 잔을 두번째로 채웠다.

"이번 청은 무엇인가?"

그러나 단영은 빙그레 웃는 것으로 대답을 대신한 채 다른 이야기로 슬쩍 넘어가버렸다.

"출궁을 하기 전 어마마마를 뵈었습니다."

단영은 자경전에서 겪었던 일과 그에 따른 의혹을 상세히 설명했다. 잠자코 듣기만 하던 의종의 낯빛이 점점 어두워졌다. 그 또한 대비의 증상을 중독에 맞추고 있었던 것이다.

"일이 이렇게까지 진행된 지금 어의가 그들과 한통속인가 하는 문제는 중요치 않겠지."

"그렇습니다. 설사 어의가 포섭되었다 해도 세세히 조사하는 것은 의미가 없을 겁니다."

의미가 없다라. 의종이 살피듯 단영을 바라보다가 빙긋 웃었다.

"아무래도 무언가 또 알아낸 게 있는 모양이군."

"그것은 전하께서도 마찬가지 아니신지요?"

"어째서 그렇게 단언하는가?"

그러나 듣지 않아도 짐작할 수 있었다. 의종이 내의원을 들러 장부 일체를 훑었다는 소문을 들은 것이리라.

두 사람은 탐색하듯 서로의 얼굴을 살폈다.

"내 보기에 우리는 같은 패를 가지고 있는 듯한데."

의종이 먼저 젓가락에 술을 찍어 이태백의 시문이 적힌 종이 한쪽에 집 면(宀) 자를 적었다. 그러자 단영이 여자 여(女) 자를 적어 글자를 채웠다. 편안할 안(安). 다시 정적이 방 안을 채운다. 그 침묵은 젖은 글자가 다 말라 흔적조차 남지 않을 때까지 계속되었다.

그들이 경진의 객점을 나선 것은 그로부터 반 시진쯤 지난 뒤였다. 의종과 단영은 각자의 생각에 빠져 걷다가 마침내 저만치 흥인지문(興仁之門)이 보이자 걸음을 멈추었다. 어디선가 홍 내관이 나타나 그들 뒤에 섰다. 이곳에서 하염없이 기다린 모양이었다.

"그럼 신은 이만……."

이쯤에서 헤어져야겠다 싶어 하직 인사를 하던 단영이 의아하게 홍 내관을 쳐다보았다. 무언가 할 말이 많은 표정으로 자신을 힐끔거렸기 때문이다. 의종이 대신 물었다.

"무슨 일이지?"

홍 내관이 곤란한 표정으로 말을 꺼냈다.

"실은 좀 전에 제조상궁이 찾아와 교태전마마를 뵈어야 하는데 자리에 안 계실 뿐만 아니라 담당 상궁들도 모조리 모르쇠로 일관을 하여 난감하더라고 하소연을 하고 돌아갔습니다."

의종이 짐짓 모른 척 되물었다.

"그래, 중전이 어디에 있는지는 찾았고?"

홍 내관이 건성으로 대답했다.

"그럴 리가 있겠습……, 아니, 그게 아니오라, 제조상궁이 돌아간 지 얼마 되지 않았으니 아무래도 시간이 촉박하지 않았겠는가, 신은 이리 생각이 되어……."

"그래, 무슨 일로 찾는다 하던가요?"

갑자기 단영이 나서자 홍 내관은 그저 눈만 끔벅이다가 의종을 향해 애매하게 대답하였다.

"소신의 짐작으로는 이제 곧 선대왕마마의 탄신일이 다가오는데 자경전마마께선 저리 편찮으시니 아마도 교태전마마께 그와 관련한 일체를 여쭙기 위함이 아닐는지요."

"그렇군. 그러고 보니 이맘때였지."

하필 이렇게 번잡할 때 궁중 행사가 돌아오다니. 시간이 아쉬워 이마를 찌푸리던 의종이 문득 스치는 생각에 고개를 들었다. 동시에 단영도 눈을 반짝이며 그를 쳐다본다. 필경 같은 생각을 한 것이리라. 마주보던 두 사람의 얼굴 위로 뜻을 알 수 없는 웃음이 지어졌다.

"만춘전(滿春殿)으로 갈까 하는데 그대도 함께 가는 건 어떨까?"

본래 만춘전은 쌀쌀한 봄날 정무를 보기 위해 만들어진 난방 가능한 건물이었지만 의종은 유독 그곳을 좋아하여 계절에 구애받지 않고 서재처럼 애용하고 있었다. 아마도 좀 더 상의할 무언가가 남은 모양이었으나 홍 내관이 먼저 난색을 표하였다.

"아니 되옵니다. 만춘전이라니요, 양 상궁 눈에 띄기라도 하면 어쩌려고 그러시옵니까?"

"왜, 양 상궁이 보아선 안 될 까닭이라도 있는가?"

의종의 물음에 홍 내관이 차마 대답을 못하고 손으로 얼굴을 두드리며 단영을 힐끔거렸다. 지금껏 중전과 윤 어사가 동일인임을 눈치 채지 못한 척 애써온 건 헛수고가 되겠지만 맨 얼굴의 단영을 앞세우고 궁을 활보하게 놔둘 수는 없었다.

단영이 말했다.

"하오면 신첩은 소록당에 들러 의복을 정히 한 후 전하의 뒤를 따르겠나이다."

그러고는 멍하니 서 있는 홍 내관을 뒤로한 채 두 사람은 각각 다른 길로 헤어졌다.

의종은 답답한 가슴을 손바닥으로 문질렀다. 마치 기침을 해도 좀처럼 시원해지지 않을 때처럼 미진한 답답함이었다. 물론 살면서 답답함을 느껴본 적은 많았으나 이 갑갑증은 조금 다르다. 묵지근한 듯 파르르한 것이 가려움증 비슷하다가도 어떤 때에는 가슴 한복판에 커다란 물주머니를 쑤셔 박은 것처럼 숨이 달리고 맥이 빨라지는 것이었다.

지금도 마찬가지다. 무심코 어의를 부르려던 의종은 이내 입을 다물었다. 사실 어의가 온다 해도 이렇다 할 병명 없이 소문만 무성할 것이 뻔했다. 그래, 신경을 너무 많이 써서 그런지도 모른다. 이제 모든 것이 정리되면 금방 나아지겠지.

외방에서 올라온 장계를 훑어 몇 개를 품처토록 임 내관에게 내어준 후 만춘전(滿春殿)으로 자리를 옮겼다. 오늘만 두 번째 걸음이다. 둔탁한 윤기가 도는 탁자에 기대 내부를 둘러보았다. 빼곡히 들어찬 서책 냄새가 좋았으나 마음이 산란해 책 읽을 마음은 나질 않았다.

궁으로 되돌아온 후 의종이 가장 먼저 한 일 또한 만춘전을 찾은 것이었다. 물론 약속대로 단영을 만나기 위함이었다. 그러나 그녀는 오지 않았고 뒤늦게 홍 내관에 전달된 최 상궁의 보고에는 몸이 좋지 않다는 이유가 들어 있었다. 그리고 의종은, 또한 홍 내관은 그 이유가 사실이 아님을 알고 있었다.

지금쯤 단영을 찾아냈을까. 행방을 좇으라는 명이 내려진 지 한 시진이 넘었으나 홍 내관 또한 소식이 없다. 어쩌면 다시 궐 밖으로 나간 것인지도 모른다. 무언가 이유가 있겠지만 의종으로서도 그녀의 행동 반경을 짐작하긴 어려웠다. 언제부터인가 조금씩 어려워졌다.

천천히 고개를 저었다. 생각이 많아지면 남는 건 두통뿐이다. 환기할 무언가가 필요했다. 시작(始作)이나 할까 싶어 옆에 놓인 서궤 서랍을 열다 말고 한동안 안을 들여다보았다.

"네가 여기 있는 걸 잊고 있었구나."

천천히 손을 내밀었다. 그러나 그 움직임은 곧 멎었다. 등 뒤로 이상한 기미를 느꼈기 때문이었다. 태연히 먹 한 정을 꺼낸 후 재빨리 뒤로 던졌다. 탁, 가볍게 부딪는 소리와 함께 먹은 바닥에 떨어져 두 동강이 나고 말았다. 상대가 재빨리 쳐낸 것이다. 외인의 신경이 방어에 쏠린 틈을 타 책장 옆으로 빠르게 접근한 의종은 그자의 발목을 잡아 밑으로 끌어내렸다. 상대는 단도를 휘둘러 상체를 보호하며 반 자 떨어진 곳에 착지하였다. 단영이었다.

"이번엔 머리를 풀지 않았군."

의종의 시선이 재미있는 듯, 아쉬운 듯 그녀의 단단한 상투를 살폈다. 단영은 대답 대신 쌍도를 허리춤에 집어넣으며 주위를 둘러보았다. 언제 와도 한결같은 곳이다.

"그런데 왜 처음부터 기척을 내지 않았지?"

"무언가 심고(深考)를 하시는 듯하여……."

그녀는 바닥에서 부러진 먹 조각을 집어 서궤로 향했다. 열려 있는 서랍 안에 챙겨 넣으려는데 한 옆으로 잘 접힌 주홍 비단 조각과 그 위에 놓인 용잠 하나가 보였다.

"그대가 이곳에 있는 것을 홍 내관이 아는지 모르겠군."

그녀가 자신과의 약속을 어기고 이제야 나타난 이유와, 그 때문에 홍 내관이 지금 무엇을 하고 있는지를 동시에 알려주기 위한 중얼거림이었다. 서랍 안을 필요 이상으로 길게 들여다보던 단영이 천천히 대답했다.

"처리해야 할 일이 남아서 그랬습니다."

처리해야 할 일이라. 그렇다면 역시 출궁을 했었다는 뜻인가. 부원군의 일을 맡겨달라고 하였으니 그 일과 관련된 무엇일 수도 있었다. 그러나 자세히 말해줄 의사는 없는 듯했다. 하긴 전권을 주겠다고 했으니 무엇을 하든 그녀의 마음이긴 하다. 그러나 자신을 기다리게 해 놓고 해명을 하지 않는 자세는 마뜩치 않았다.

본래 단영은 의관을 정제한 후 바로 만춘전으로 올 생각이었다. 그런데 소록당에서는 최 상궁이 기다리고 있었다. 초영의 출궁 허가를 고하기 위해서였다. 마침 급여가 지급되는 시기였기에 이를 이유로 사가에 다녀오겠노라 청을 했다는 것이다. 당시 나인들 중에는 자신의 봉급으로 가족의 생계를 책임지는 이들이 많아 급여를 받자마자 출궁을 하는 일이 다반사였다. 그러나 궁핍한 식솔이 없는 초영으로서는 납득이 되지 않는 사유였다. 평소라면 절대 윤 상궁의 허락을 받지 못했을 사안이었으나 이번에는 최 상궁이 나서서 수월하게 처리를 해 주었다. 근자에 일어난 여러 사건들로 심신이 지쳤을 테니 배려를 해 주자는 이유에서였다.

"출(出) 패를 받아 간 게 반 시진 전이었으니 지금쯤이면 담당 내관에게 들러 출입 장부 기재까지 마쳤을 것이옵니다."

지금 급히 따라간다 해도 궐문을 나서는 초영을 따라잡지 못할 공산이 더 컸다. 최 상궁이 괜히 애가 타는데 단영은 태연자약하게 고개를 끄덕였다.

"짐작보다 움직임이 빠르구나."

그러고는 그길로 출궁을 하였던 것이다. 의종에게 알리는 게 순서이긴 했으나 일단은 초영이 '누구'에게 이용당하고 있는지 알아내는 것이 중요할 듯싶었다. 그러니 후에 중전을 찾아 홍 내관이 교태전에 들었을 때 그녀는 이미 출궁을 감행한 다음이었다.

단영은 우선 북촌의 사가로 방향을 잡았다. 급여를 핑계로 출궁했으니 그곳에 짐을 부리려 할 것이란 짐작에서였다. 역시 얼마 기다리지 않아 수레를 앞세운 초영이 당도하였다.

사랑채와 안채에 인사를 마치고 마지막으로 별채에 잠시 들었는가 싶던 초영이 금세 나와 외출을 서둘렀다. 뒷문으로 몰래 빠져나오리란 단영의 짐작과는 달리 가마를 대문까지 대령시킨데다가 나인들이 외출 시 으레 그러하듯 분을 발라 치장을 하고, 조짐머리에 비녀도 흑각이 아닌 은비녀를 꽂아 한껏 모양을 냈다. 이는 누가 봐도 궁에서 나왔음을 알아봄직한 모습인 것이다. 저러고 어디를 가는가. 단영은 초립을 깊이 눌러쓴 후 뒤를 따르기 시작했다.

가마가 찾아간 곳은 동작나루 일대의 장터였다. 일전에 조창주와 자주 만나던 그 근방이다. 초영은 일단 깨끗한 객점 한 곳에 들러 가마를 맡긴 후 종복 한 명만 데리고 길을 나섰다. 물건들을 구경하며 이리저리 거닐다가 신을 파는 곳이 나오자 걸음을 멈춘다.

먼발치에서 단영은 흥정을 하는 초영의 옆모습을 주시하였다. 주인과 몇 마디 나누더니 잠시 후 건네는 주문서. 신이나 맞추자고 출궁을 한 건 아닐 텐데, 그러나 이런 단영의 의아함도 모른 채 다음으로 초영이 찾은 곳은 포목점이었다. 이번에도 몇 마디 나누는가 싶더니 주문서를 작성하는 것으로 볼일을 마쳤다. 그러고는 부지런히 걸어 가마를 맡긴 객점으로 돌아가는 것이다. 중간중간 노리개며 분 따위를 몇 개 집어 들긴 하였으나 누군가와 접선을 시도하는 등의 수상한 낌새는 전혀 없었다.

"이곳에서 무엇을 하십니까?"

갑자기 옆으로 따라붙는 누군가로 인해 단영은 깜짝 놀랐다. 홍 내관이었다. 만춘전에 오지 않는 중전을 찾아 이곳까지 오게 된 것이다.

단영은 마침 잘되었다 싶어 물었다.

"어디서부터 뒤를 따르셨소?"

"한 반 시진 전부터……."

홍 내관이 애써 시선을 피하며 대답을 얼버무렸다.

"그렇다면 저 아이가 어디어디에 들렀는지 보았을 테니 잘 되었소. 나는 계속해 뒤를 쫓아볼 것이니 상선께선 그 상점에 모두 들러 저 아이가 주문한 것이 무엇인지 알아다 주시오."

"예? 하오나 전하께서 지금 마마를 찾고 계신 터에……."

"전하께는 직접 해명할 것인즉슨 그리 해주시오."

그리고 다시 초영을 뒤쫓다가 이제야 만춘전에 든 것이다.

의종은 묵묵히 단영을 바라보았다. 평소의 그였다면 그녀가 늦은 연유와 먼저 고하지 않은 까닭을 물었겠으나 지금은 단지 관찰하듯 지켜보기만 하였다.

"차림으로 보아 제조상궁을 만난 것 같진 않군."

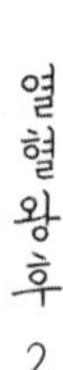

"예. 아직."

물론 대비가 선왕의 탄신일을 맞아 매년 다례를 올려왔다는 것과 올해는 선왕의 주갑(周甲)이기도 해 진작부터 그 기대가 대단했다는 것은 단영도 들어 알고 있었다. 대비의 기대가 작헌례(酌獻禮)[90]와 더불어 어가 행렬의 성대함에 있다는 것도.

"지금까지 저들이 벌인 일로 미루어 볼 때 이와 같이 의미 있는 날을 조용히 보낼 성싶진 않으니……, 여러 가지로 바쁜 하루가 되겠군."

"전하의 안위를 위하여 그날은 예년과 같이 선원전 다례로 마무리를 하심이 어떠할는지요? 어마마마의 병환을 이유로 든다면 신료들도 감안을 할 것이옵니다."

예상 밖의 소극적인 대처 방안을 제시하는 단영이 의종에겐 뜻밖이다.

"그건 그대의 생각인가?"

"아닙니다. 이리 말씀 올려달라 청한 이가 있어 먼저 아뢴 것이옵니다."

듣지 않아도 누구의 청인지 알 수 있다. 홍 내관이었다. 의종은 가볍게 고개를 저었다.

"안위보다도 저들을 잡을 구실을 놓칠까 그게 더 걱정이야. 청에 사절단을 보냈다 해도 그들이 무엇을 건져 올지 아무도 모르는 일, 기회가 있을 때 덫이라도 놓아야겠는데."

"무언가 짐작하시는 일이라도 있으십니까?"

의종이 문득 단영에게로 돌아섰다. 두 사람 사이가 좀 더 가까워졌다.

90) 왕이 친행하는 제사.

"나라면 말이야, 이처럼 기이한 중전을 가만히 두고 보지만은 않을 것 같거든. 가면이란 건 늘 벗겨보고 싶은 충동을 느끼게 하니까."

수궁이 가는 말이라 가만히 고개를 끄덕이던 단영이 문득 이마를 찌푸렸다. 그와의 거리가 너무 가깝다 느낀 것이다. 하지만 이상한 일이다. 이보다 더 근접했던 적도 많았을 텐데.

단영은 서책을 살피는 척 옆으로 한 걸음 옮기며 대답하였다.

"그 말씀은 신첩의 정체를 대소신료 앞에서 폭로하리란 뜻이옵니까?"

"그대의 비밀 정도면 건드려볼 만한 약점이지."

의종이 움직이는가 싶더니 도로 가까워져 있었다. 단영도 모른 척 물러서려 했으나 이번엔 책장에 가로막힌다. 이러다간 의종에 의해 갇혀버릴 것 같다. 피하려는 기미가 보이니 장난이 치고 싶어진 듯한데 단영으로서는 받아줄 마음이 들지 않았다.

"신첩에게 새로이 하명하실 일이 있으십니까?"

담담히 묻고는 있지만 음색은 다른 때보다 가라앉은 듯했다. 의종은 왠지 무안해져 끝내 옆으로 돌아섰다. 어딘가 모르게 어색해진 분위기도 감돌았으나 본래 희로애락의 표현이 적은 단영이었으니 특별히 짚이는 건 없었다. 다만 눈빛이 냉랭해 보인다는 것 외엔.

"……글쎄."

자신이 먼저 만춘전으로 오라고는 하였으나 선왕의 탄신일과 관련한 행사 이외에 딱히 이유가 있었던 것도 아니고 그걸 모를 단영도 아니다. 그러니 이만 가도 되겠냐는 뜻과 다름없는 그녀의 물음에 대답할 말이 떠오르질 않았다.

"교태전을 너무 오래 비워 근심입니다. 먼저 물러나도 되겠는지요."

허락을 구하는 것치곤 어투와 행동이 너무 단호했다. 의종은 말없이 고개만 끄덕여주었다. 그리고 곧 재빠른 몸놀림으로 빠져나가는 그녀의 뒷모습을 보며 착잡한 표정을 지었다. 결국 오늘 일에 대해선 일언반구 설명도 듣지 못했다. 그런데 그런 단영의 행동에 불쾌함이 아닌 불안함이 뒤따르는 건 왜일까.

의종은 왠지 한기가 도는 주변을 둘러보다가 서궤로 향했다. 서랍을 여니 아까 보았던 용잠이 얌전히 모습을 드러낸다. 연경의 것이었다.

"……봤나? 나에 대한 어려움이 전혀 없어. 그대와는 많이 다르지."

네가 정(靜)이라면 그녀는 동(動)이니까.

용잠을 찬찬히 바라보며 혼잣말을 하던 의종이 문득 미간을 찌푸리며 단영이 나간 문을 뒤돌아보았다. 그녀가 왜 기분을 망쳤는지 알 것 같았기 때문이다.

단영은 한참 눈앞의 종이를 내려다보았다. 초영의 주문 내용이라며 홍 내관이 전해온 것이지만 특별한 건 없었다. 옥색주삼회장저고리와 남주장치마, 흑단족두리와 전모, 그리고 초록주당의가 가지런히 적힌 밑으로 급하게 첨가한 듯한 흑혜(黑鞋)라는 낱말이 전부였으니까. 다만 이를 찬찬히 살피는 단영의 얼굴은 가볍지 못했다.

"자네가 보기에 이게 무엇 같은가?"

단영이 종이를 최 상궁에게 내밀었다. 최 상궁이 곰곰이 보더니 쉬이 대답을 내놓는다.

"내의원여의(內醫院女醫)의 복색이 아니옵니까?"

단영이 고개를 끄덕였다. 삼회장을 단 옥색 저고리와 남주치마, 흑단족두리는 내의녀들의 평상복이었다. 초록주당의는 의녀뿐 아니라 나인들까지 폭넓게 의례복으로 착용하였고 전모는 여인들의 외출용 쓰개 중 하나이다.

"그들의 바깥출입이 비교적 자유로운 편인가?"

단영의 물음에 최 상궁이 고개를 갸웃하였다.

"소인이 관여하는 곳이 아니어서 정확히는 알지 못하나 어느 궁인이 궐 출입을 그리 수월히 할 수 있겠나이까. 사사로운 출입이야 여느 나인들처럼 엄한 규제가 있을 것이고, 다만 의술이라는 재주를 일신에 지니고 있으니 나라에 우환이 생기면 그에 따른 차출이 있는 줄 아옵니다. 근자에는 지난 경신년(庚申年)에 역병이 창궐하여 과반수의 여의들이 해남 지역으로 파견된 일이 있었사옵니다."

"듣자하니 조옥에 여의가 파견되는 경우도 있다 하던데?"

"그렇사옵니다. 금부옥이나 전옥서에 정기적으로 월령의(月令醫)가 파견되며 죄인 중에도 여인들이 속해 있는 까닭에 여의도 함께 동행한다 들었습니다. 다만 담당처가 혜민서인 터라 내의원에서의 직접적인 파견은 없는 줄로 아옵니다."

그렇군. 단영이 고개를 끄덕이며 종이를 다시 내려다보았다. 초영은 무슨 까닭에 이런 물품들을 구입한 것일까. 한 가지 짚이는 것이 있긴 했으나 가능성은 별로 없었다. 단영은 좀 더 생각을 해보다가 붓을 들어 몇 가지 문장을 적어 내렸다. 그러고는 이를 잘 접어 최 상궁에게 내밀며 홍 내관에게 전달할 것을 부탁하였다.

"마마, 소인입니다."

밖에서 대기 중이던 윤 상궁이 지금 막 방을 나선 최 상궁과 교대하듯 단영을 찾는다.

"영평부원군(永平府院君)과 거창부부인(居昌府夫人)이 들어 있사옵니다."

전날, 북촌 본가에 비자를 띄워 두 분이 함께 중궁전으로 드십사는 전갈을 넣었었다. 이제 그 시간이 된 것이다.

"마마, 그간 별고 없으셨습니까?"

나이가 들어서도 여전히 꼬장꼬장한 윤돈경, 윤 대감을 바라보며 단영은 착잡한 마음을 금할 길이 없었다. 본래 살집이 적은 풍채이긴 했으나 부쩍 수척한 모습으로 얼굴빛까지 어둡게 가라앉아 있었다. 울화가 많아 그럴 것이라 단영은 짐작하였다. 그녀가 중궁전에 오른 그날부터 지금까지 얼마 되지 않는 시간 동안 조승해 대감과 조창주 등으로 인해 가문에 변고가 있을까 하여 애도 족히 태웠을 것이기 때문이다.

그에 반해 한 옆에 초연히 앉아 있는 신씨는 단영의 열 살 적과 별반 차이가 없었다. 마음을 잘 다스리니 외관도 시간을 덜 타는 모양이었다. 요즘은 잔걱정으로 폭 늙어버린 별당 조씨보다 오히려 마님이 더 고와 보이신다던 은실의 말이 떠올라 단영은 빙그레 웃음을 지었다.

"마마, 무슨 일로 그리 급히 들라 하신 것이옵니까?"

사사로이 말하는 듯했으나 윤돈경의 눈빛은 이미 근심으로 가득했다. 그래, 윤돈경이 누구던가. 그의 정치 생활을 보건대 '이태충' 석자와 관련된 일을 여태 모르진 않을 터였다. 이미 정치적 끄나풀에 의해 이러저러한 일을 보고 받았을 테지.

단영은 담담한 눈길로 윤돈경을 바라보았다. 오늘 이 자리가 친정을 어떻게든 보호하겠다는 딸자식의 의지에서 마련된 것이리라 간절히 믿고 있을 아비의 모습이 서글펐다.

"무어라 말씀하셨습니까?"

잠시 후 윤돈경의 기함하는 소리가 장지문을 꿰뚫었다. 최 상궁은 얼른 나인들을 멀찌감치 떨어트려 그들의 호기심 어린 귀를 차단했다. 윤 상궁이 무슨 일이냐는 눈짓을 해왔으나 그녀로서도 아는 바는 없었다. 단지 단영의 심기가 근래 급속히 가라앉았다는 것만 짐작할 뿐.

"마마께서 무슨 말씀을 하시는지 이해할 길이 없습니다. 이 무슨……."

그러나 떨리는 목소리로 호소하는 윤돈경을 단영은 냉담히 바라보았다.

“아버님께서 전후 사정을 모두 알고 계시다는 전제 하에 간략히 말씀드리겠습니다. 이제 곧 이태충이란 자가 잡혀 들어갈 겁니다. 죄가 확실한 만큼 문초도 엄중할 것은 자명할 터, 심문이 거듭될수록 그자와 관련된 아버님과 가문에 대한 낭설은 더욱 구체화되겠지요. 그러면 이 이상 가문을 둘러싼 추문이 그저 저잣거리 뜬소문으로만 남을 수는 없게 됩니다. 그에 따르는 결과는 언급하지 않아도 잘 아실 테고요.”

“그렇다고 하여도 가산을 정리하여 모조리 환원하라니, 더욱이 모든 관직을 내놓으라니 그런 얼토당토않은 일을 이르심은 어인 연고이십니까? 이 모든 것이 조가 놈의 터무니없는 악행임을 누구보다도 마마께서 가장 잘 아시지 않습니까?”

혼란으로 경직된 윤돈경에 비해 신씨 부인은 지극히 평온한 낯을 유지하고 있었다.

“누가 무엇을 알고 있는가는 이제 중요치 않습니다. 설사 아버님의 결백을 전하께서 믿어주신다 해도 그것으로 묵과될 가벼운 사안이 아니라는 겁니다. 그러기엔 이태충 그자와 연관된 소문의 뿌리가 너무 깊어요. 게다가 그 소문의 근원이 어디서부터입니까? 결국 아버님과 두 오라버님이 불러들인 화입니다.”

단영은 당혹함과 자책, 수치와 분노가 차례로 지나가는 아비의 얼굴을 바라보았다. 젊어서부터 여인에 대한 탐욕이 남달랐던 아버지, 그런 아버지를 닮아 약관이 넘어서기 무섭게 축첩을 시작한 두 오라버니, 단영이 보아온 모습이 그러했고 세상이 보아온 모습도 크게 다르지 않았다. 그러니 윤 대감 댁 남정네들이 여색에 취해 재산을 탕진하고 이제 고리 빚에 빠져 몰락해간다는 소문도 영 뜬금없게 여겨지지 않는 것이다.

"가산을 모두 정리하여 진휼(賑恤)에 힘쓴다면 세상 사람들은 먼저 그 재물의 방대함에 놀랄 것이요, 그 방대한 재물을 쾌척하는 마음 씀에 다시 놀랄 겁니다. 즉 영평부원군 댁이 가산을 모두 탕진하고 고리빚까지 질 만큼 가세가 기울었다는 소문이 어불성설임을 증명함과 동시에 추락한 아버님의 위신도 단번에 세워질 수 있으니 이만 한 묘책이 없습니다."

"허면!"

윤돈경이 바짝바짝 타오르는 속을 달래며 간신히 입을 열었다.

"관직을 내어놓으라 하심은 또 무슨 연유입니까? 그만 일로 하야(下野)를 논하시다니 도무지 납득이 되질 않습니다."

단영이 탄식하듯 대답했다.

"아버님께선 이태충 그자가 조가의 궤계에 놀아난 한낱 고리업자에 불과하다 여기시겠으나 실은 그자 또한 조가가 몸담고 있던 역당들과 연관이 있음을 아셔야 합니다. 이는 전하께 직접 확인한 것이니 의심의 여지가 없겠지요. 때가 때인 만큼 아버님의 정적들이 이 기회를 그냥 보고만 있지는 않을 터, 일이 그쯤 진행되면 이제 얼토당토않은 구설 따윈 비할 바가 못 됩니다. 얼마나 큰 화가 가문에 미칠는지 짐작이 되십니까?"

윤돈경의 안색이 점점 흙빛으로 변해갔다. 자신이 들은 말이 무엇인지 한참을 되뇌고서야 이해하는 눈치였다. 초연하던 신씨 부인의 미간도 살풋 찌푸려졌다.

"허나 그리 되면, 그리 되면 우리 가문은 어찌 되는 것입니까? 관직에서마저 물러나 대체 무엇으로 가문을 지킨단 말입니까?"

이는 질문이기보다 한탄에 가까웠다. 단영은 윤돈경이 마음을 추스르길 기다려 대답하였다.

"가솔들을 이끌고 나주 오라버님에게 내려가세요. 이곳에 있는 두 분 오라버니도 함께 데려가시되 그곳에서 어찌 근신하고 어찌 처신해야 할지 단단히 주의를 주셔야 합니다. 가문의 앞날은 나주 오라버님에게 맡기십시오. 그만 한 학식과 인품이라면 장차 전하께서 귀히 쓰실 재목이 될 수 있을 터, 아무것도 염려하실 필요가 없으십니다."

윤돈경은 망부석이 되어 바닥만 내려다보았다. 갑자기 닥친 시련이 믿기질 않는 모양이었다. 그렇게 탄식하고 또 탄식하기만을 반복하더니 마침내 기운 없이 입을 열었다.

"마마께서 당부하신 대로 하겠습니다. 처분할 것은 처분하고 풀어줄 이는 풀어주고 모든 것을 깨끗이 비우도록 하지요. 다만 한 가지, 이 못난 애비가 청이 하나 있습니다."

그의 말이 끝나기 무섭게 단영이 먼저 물었다.

"초영의 출궁 여부를 묻고자 하십니까?"

그러고는 서궤 서랍을 열어 작은 서책 같은 것을 그에게 내민다. 받아들고 보니 꽤 두툼한 종이뭉치들이다. 안에는 초영의 지난 행실이 단영의 정갈한 필체로 빼곡히 기록되어 있었다.

대략적인 내용을 훑어 내리던 윤돈경의 얼굴이 점점 일그러졌다. 지금까지의 정황이며 여러 사건을 보았을 때 단순한 모략은 아니었다. 초영까지 이런 일에 휩쓸릴 줄은 꿈에도 몰랐던 그는 기가 막혀 단영의 얼굴만 멀끔히 바라다보았다.

"아버님이 굳이 초영의 손을 잡고자 하신다면 말리지는 않겠습니다. 허나 주상 전하께서도 이미 그 아이가 무슨 일에 관련이 있는지, 어떠한 죄를 저질렀는지 알고 계신 마당에 제가 나서서 아버님을 구명해드리는 것도 한계가 있다는 것을 각오하셔야 할 겁니다."

"그 아이가, 그 아이가 세상에 대해 뭘 안다고 간자 노릇을 하겠습니까? 그저 그 간사한 조가 놈이 시키는 대로 하였을 뿐……."

"전하께서도 그리 생각하실까요?"

딸아이의 담백한 눈빛을 마주보다가 윤돈경은 저도 모르게 헛웃음을 지었다. 혈육 중 이처럼 영리한 아이는 없었다. 간혹 단영의 예사롭지 않음에 생각이 미칠 때마다 남아라면 좋았을 것을, 혀를 끌끌 찬 적도 있었다.

그러나 그는 이제야 자신의 우둔함을 깨닫는다. 단영은 그저 영리하기만 한 아이가 아니었다. 그가 만일 초영이 아닌 단영을 총애하였다면, 그랬더라면 단영은 지금처럼 허울뿐인 보호에만 그치지 않았을 터였다.

이제야 그는 알았던 것이다. 이 모든 결과는 지난날 자신의 무심함과 방종함에 대한 단영의 처단이라는 것을.

갑자기 몰려든 어지럼증 때문에 윤돈경은 잠시 조용한 곳으로 자리를 옮겨야 했다. 단영은 그를 물리고 신씨 부인만 자리에 남겼다. 왠지 사방이 지나치게 조용해진 느낌이다. 단영이 먼저 말문을 열었다.

"이리 될 것을 이미 짐작하셨겠지요?"

비어 있는 찻잔에 죽로차(竹露茶)를 다시 따르던 신씨 부인이 고개를 들었다. 뜬금없는 물음에도 의문을 표하지 않는다. 이미 질문의 뜻을 알고 있는 것이다.

8년 전 신씨 부인이 거두었다던 조창주의 장부와 위조 호패에 대한 것을 단영은 얼마 전 이기를 통해 처음 들었다. 그리고 곧 알 수 있었다. 이태충을 통한 조창주의 명의 도용은 이미 8년 전부터 준비되어왔다는 것을, 또한 그것을 신씨 부인이 모를 리 없다는 것도. 그런데도 그녀는 그저 침묵하고 있었다. 마치 윤돈경에 대한 소문이 곪을 대로 곪기를 기다리듯 말이다.

"그 긴 시간을 어찌 기다리셨습니까?"

신씨 부인은 아무런 대답 없이 그저 빙그레 웃기만 하였다.

단영은 새삼 어머니의 얼굴을 유심히 바라보았다. 조창주의 탈옥 소식을 들었을 때 그녀는 먼저 그자의 됨됨이를 따져보았을 것이고, 이후 윤 대감의 명의로 그가 저지를 일을 점쳐보았을 것이다. 그리고 기다린 것이다. 오늘과 같은 시련이 가문에 닥쳐올 순간을.

"얼마 전 있었던 사고가 아니었으면 어머님께서 무슨 계획을 품고 계신지 전혀 몰랐을 겁니다. 아버님에 관한 한 늘 초연하게 대처하던 분이셔서 실은 많이 놀랐습니다."

윤돈경과 같이 요직에 종사하는 이가 이 정도의 추문을 불러온다면 그 죄의 유무는 더 이상 중요치 않게 된다. 그런 불온한 일에 휩싸인 것만으로도 충분히 죄가 되는 위치인 것이다. 조정에서는 그에 상응하는 책임과 근신을 요구할 수밖에 없었을 테고 이는 윤씨 가문에 크나큰 허물이 되었을 터였다.

신씨 부인이 조용히 입을 열었다.

"세상물정 모르는 아녀자가 무슨 수로 앞날을 예견하고 일을 도모하겠습니까? 설사 그럴 수 있다 하여도 이후 가문에 끼치게 될 재액은 또 어찌 감당하고요. 지금의 화를 피할 방도를 일러주신 것도 마마이십니다."

그러나 단영은 속으로 고개를 가로저었다.

'아니요, 어머니. 제가 아니더라도 어머니는 분명 아버님으로 하여금 지금과 같은 결단을 내리도록 이끄셨을 겁니다. 하여 가문의 썩은 부분을 도려내고 회복시키셨겠지요.'

"오라버니들 때문이셨습니까?"

신씨 부인의 얼굴 위로 다시 미소가 떠올랐다. 여전한 묵묵부답. 그러나 단영은 어머니의 미소에서 일전에 배웠던 가르침을 어렴풋이 떠올렸다.

"자식이 그릇된 길로 가고자 할 때 일신의 화평만을 따져 평생을 묵과하는 것은 참사랑이 아니요, 전정(前程)에 누가 되더라도 우회토록 이끄는 것이

부모 된 자의 도리이고 책임이며…….”

아비의 잘못을 가풍처럼 그대로 답습하게 될 두 아들을 그때부터 이미 예견했던 것이리라.

단영은 고개를 끄덕였다. 어릴 때 그녀는 어머니의 조용하고 느긋한 성품이 답답했었다. 모든 것을 감내하는 것 외에 아무 노력도 하지 않는 태도가 불만이었다. 그런데 실제로는 그렇지 않았던 모양이다. 그녀는 윤돈경을 향한 분노를 밖으로 드러내봤자 불화 외에 건질 게 없음을 알고 있었다. 하여 자신의 강점인 오래 참음과 기다림으로 마침내 완전한 변화를 얻어낸 것이다.

물론 단영의 입장에서 신씨 부인의 그러한 면을 모두 이해할 수 있는 것은 아니다. 본인은 인내하고 기다리는 것이 아니라 파헤치고 두드려 그릇된 것을 바로바로 고쳐나가야 직성이 풀리는 성격이니 말이다. 이는 아버지 윤돈경의 급한 성미를 닮았기 때문으로, 자신이 가지지 못한 어머니의 성품에 경탄하는 한편 납득하진 못하는 어려움이 있었다.

부원군 내외가 돌아간 후 윤 상궁이 들어와 조금 전 제조상궁이 다녀갔노라 고하였다. 단영은 고개를 끄덕이며 피곤한 몸을 안석에 기댔다. 듣지 않아도 무슨 일인지 짐작할 수 있었다. 선왕의 탄신일과 관련하여 중전의 의중을 묻고 싶은 것이다. 탄신다례는 내명부 수장인 중전의 몫, 지금까지 대비가 해오던 것을 올해에는 단영이 책임져야 하는 것이다.

“지금까지의 선례가 어떠했는지를 미리 살펴보는 게 좋겠군.”

단영의 말에 최 상궁이 알았노라 대답을 하며 자리에서 일어섰다. 단영은 모두가 나가고 사방이 고요해지자 다리를 쭉 펴고 앉았다. 기지개를 켜는데 문득 만춘전에서 보았던 용잠이 떠올랐다. 실은 하루종일 머릿속을 맴돌아 성이 가시던 참이다. 그러나 왜 그 물건을 계속 생각해야 하는지는 알 수가 없다. 그저 귀찮고 불쾌할 뿐이었다.

다른 일에 골몰해볼까 싶어 서궤 위에 놓인 낡은 장부를 뒤적여보았다. 익숙한 필체이긴 하나 이것은 바로 윤돈경을 흉내 낸 조창주의 것이었다. 신씨 부인이 직접 가져온 것이다.

"마마께선 두릅의 친부가 조가 그자라 알고 계십니까?"

"매당 할멈이 그리 말한 것을 들었습니다."

신씨 부인은 잠시 망설이다가 말했던 것이다.

"마마께서 보셔야 할 것 같아 가지고 왔습니다."

한 장 한 장 세밀히 넘겨보았다. 그리고 마침내 두릅의 이름이 언급된 쪽을 발견하였다.

묘시(卯時)를 전후하여 포도대장(捕盜大將) 함주완을 위시한 포도군사들이 고리업자 이태충의 자택으로 들이닥쳤다. 지난날 영평부원군의 자부 둘을 공격하고 살상을 저지르도록 사주하였다는 죄명에서였다. 부원군과의 금전 관계뿐만 아니라 숨은 여죄를 가려야 한다는 빌미로 그동안의 모든 거래를 기록한 장부가 회수되고 이태충의 수하들도 모조리 잡혀 들어갔다. 장부에 기록된 인물에게는 따로 군관이 파견되는 등 이태충의 부정 축재에 관한 탐문수사도 벌어졌다.

부원군 댁과 이태충과의 금전 거래도 세간의 관심을 받게 되었다. 동시에 뒤에서만 나돌던 그들 부자의 구설 또한 수면 위로 떠올랐다. 사람들은 큰 충격 속에 마치 부원군 가문의 몰락을 목도하기라도 한 양 떠들었다. 외척 세력의 쇠퇴를 둘러싼 정치적 변동을 점쳐보려는 성급한 이들도 있었다.

윤돈경은 단영의 지시대로 먼저 자신의 부덕함을 깊이 통탄하며 간소(諫疏)[91]를 한 후에 가산을 정리하여 구제기금의 명목으로 쾌척하였고, 큰아들 주성과 함께 관직에서도 물러날 뜻을 밝혔다.

단영의 예상대로 어마어마한 재산 규모를 직접 확인한 사람들은 '이태충과의 관계는 누군가의 중상모략'이라는 윤돈경의 말을 믿을 수밖에 없었다. 또한 자진하여 사임을 표한 그들을 놓고 근신이니 자중이니 하는 말들을 하는 이도 점차 사라졌으며, 얕은 수로 성총(聖聰)을 흐리려는 것이 아닌가 우려를 표하던 소수의 여론도 윤돈경이 차남 학성이 현감으로 있는 나주로 하야할 것을 천명하자 잠잠하여졌다.

물론 그런다고 허물이 모두 벗겨지는 것은 아니었다. 그러나 전례에 없던 그들의 행보에 직접적으로 영향을 받은 민중의 마음이 점차 기울어 어느 정도 면죄부를 만들어주었고, 이는 자연스럽게 중궁전에 대한 새로운 인식과 신뢰로 옮겨 갔으며 더불어 현 임금에 대한 인식 변화에도 일조를 하였다.

윤돈경은 권속을 이끌고 한양을 떠나기 직전, 하직 인사를 위해 교태전을 찾았다. 세 부자가 질세라 들어앉혔던 첩들도 모두 정리하는 한편으로 작은 집과 땅을 나눠주어 살 길을 도모해주는 것도 잊지 않았으나, 다만 별당 조씨는 오랜 세월 함께한 정이 있어 나주로 데리고 가려 하였으나 딸만 놔두고 떠날 수 없다 고집하여 두고 가기로 하였다는 속사정은 은단을 통해 들은 터였다.

이제 이 세대에서는 축첩이란 말조차 거론되는 일이 없겠군. 단영은 흡족한 마음에 그들을 둘러보았다. 그중 재성은 아끼던 계집도 셋이나 뺏기고 벼슬길에 오를 길도 막혀버려 불만과 원성이 가장 대단했으나 단영의 위엄 앞에서는 고개를 숙일 수밖에 없었다.

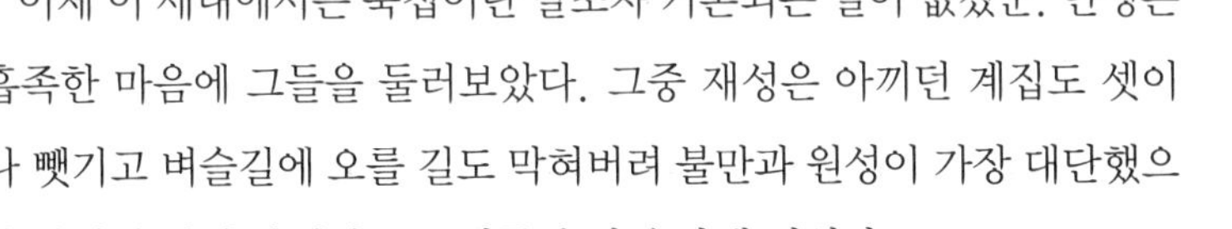

91) 임금에게 상소함.

잠시 후 의종도 소식을 듣고 교태전까지 걸음을 하였다. 의종은 그들과 점심을 함께 들며 너그러운 안색으로 처가에 닥친 불운을 위로하는 한편 나주에서의 새 삶을 독려하는 등 누가 봐도 아내를 깊이 위하는 지아비로서의 관심을 감추지 않았다. 이에 단영의 처가속은 놀라움과 안도를, 단영을 모시는 교태전 궁인들은 뿌듯함과 기쁨을 느꼈음은 물론이다.

점심상을 물린 후 윤돈경과 가솔들은 아미산을 구경하며 한가로운 시간을 보내었다.

"결국 이태충은 찾지 못하였다 하더군."

한 옆에서 그들을 지켜보며 의종이 말하였다. 단영이 웃음으로 답했다.

포도군사들이 이태충의 집을 점거한 후 지금껏 이태충의 존재는 어디서도 발견되지 않았다. 따로 은신처가 있다거나 혹은 타국으로 이미 도망을 쳤다는 말까지 나돌았으나 수족이라 불리는 자들도 이태충의 현재 행방은 알지 못했다.

이상한 일이었다. '고리업자 이태충'은 안빈이 만들어낸 허상이라 해도 주부 정익선의 양자 이태충은 어딘가에 실존해야 마땅했다. 대체 안빈은 진짜 이태충을 어떻게 처리한 것일까.

의종과 단영을 놀라게 한 것은 또 있었다. 그동안 이태충이 축적한 어마어마한 부가 그러했다. 나라에서 엄격히 금하는 갑리(甲利)를 놓는 일은 공공연히 있어왔다. 그러나 이태충은 단순히 대부업만을 고수한 게 아니라 조선 내 상권과 국외 무역에까지 부적절한 관여를 해왔던 것이다. 또한 그렇게 모은 재물의 상당수가 어떻게 쓰이는지도 모르게 처리되고 있었다. 매년 헤아릴 수 없는 양의 금전이 축이 나는데도 이태충의 장부에는 '결손'이라는 표기만으로 정리되어 있는 것을 보면 말이다.

"이태충이란 이름이 안빈의 재정을 관리하기 위한 방편일 거라던 구성주의 말은 사실이었다. 마구상인 마전과 마찬가지로 그 이름 또한 자금의 원활한 유통에 꼭 필요한 역할을 했겠지. 단순히 신분을 감추는 데 사용한 차명이 아니었던 거야. 그런데……."

의종이 잠시 뜸을 들이자 단영이 그의 얼굴을 올려다보았다.

"그의 장부에 실명으로 기입이 된 이는 영평부원군을 포함하여 열 명이 채 안 된다고 하더군. 남은 이들은 모두 가명이나 별호로 구분을 했다는 건데, 실명으로 기입이 된 이들을 보면 확연한 공통점이 있어. 그대도 짐작할 수 있을 테지."

"안빈의 계획에 차질을 빚을 수도 있는 인물들이겠군요."

의종이 고개를 끄덕이며 말을 이었다.

"사실 영평부원군은 얼마 전까지 그들과 이렇다 할 공통점이 없었어. 안빈과는 공사를 막론하고 어떤 이해관계도 없는 입장이니까. 오히려 조승해 대감을 통한 우호적 타협의 가능성이 더 많다고 여겼을지도 모르지. 그런데 상황이 뒤바뀐 거야. 듣자하니 지금 심문을 받고 있는 이태충의 수족 중 몇몇은 거둬들인 장부의 일부가 얼마 전 이태충에 의해 다시 작성된 견본이라고 주장한다더군. 또한 그렇게 바뀐 견본을 포도청에 제출하여 부원군을 고발할 참이었다는 말도 있어."

"본래는 아버님의 함자도 가명으로 표기를 해왔으나 신첩이 교태전에 들게 되자 이용가치가 달라져 장부를 새로 작성한 것이로군요. 처음엔 그 장부를 아버님을 교섭하는 데 이용하려 했겠지만 신첩에 대해 파악한 후엔 제거하는 쪽으로 결론을 내렸을 것이옵니다."

일리가 있었다. 안빈의 입장에서도 이태충의 장부를 공개하는 건 많은 위험 부담이 따랐다. 그러니 설사 그 여식이 현 중전이라 하더라도 가능한 한 윤돈경을 구슬리거나 위협하는 선에서 사용할 목적이었을 것이다. 거사의 성공이 곧 중전의 폐서인으로 직결된다 해도 윤돈경의 입장에서는 가문의 몰락보다 나을 테니 세 아들의 장래를 보장해주는 정도에서 타협할 수 있으리라 여겼을 터였다. 그러던 것이 자신의 계략이 어그러지고 달리 돌파구를 찾을 방도가 없자 윤돈경을 버림과 동시에 중궁전에 타격을 가하는 쪽으로 마음이 기운 것이다.

의종이 말했다.

"그렇다는 건 이번 일이 아니었어도 저 장부는 내 손에 들어올 수밖에 없었다는 뜻이로군. 다만 무언가 그럴듯한 구실을 만들고 있는 참에 조창주의 잔꾀가 한발 앞선 셈이니 안빈에게 이 일은 기회일까, 위기일까."

장부를 공개한다 하더라도 안빈으로선 최대한 피해가 적은 쪽으로 일을 도모하려 했을 터, 간발의 차로 조창주에 의해 선불리 파헤쳐진 지금 이 일이 어찌 작용할지 모를 일이다.

"어찌 되었든 아버님의 전적을 망가트리겠다는 계획은 차질을 빚었으니 지금쯤은 다른 공격 방안을 강구하고 있을 것입니다. 전하께서 예측하신 대로 신첩의…… 약점을 드러내는 쪽으로 초점을 맞출 가능성이 크겠지요. 이태충의 일이 안빈에게 어떤 변수로 작용할는지는 좀 더 지켜봐야 하겠지만."

"주위를 압박해오는 힘이 점점 거세지면 사람은 누구나 당황할 수밖에 없게 되지. 이 상황에서 빠져나가고자 무리수를 두게 될 거야. 허점도 보일 테고."

의종이 확신에 찬 미소를 짓는다. 단영은 문득 그 웃음에 시선이 가는 걸 느꼈다. 고압적인 느낌이지만 의외로 부드러운 면도 가지고 있는 사람이다. 무슨 일에든 자기주장만 강할 것 같은데 막상 닥치고 보면 상대의 뜻에 맡겨주는 것만 봐도 그렇다. 간혹 방향을 잡아주거나 넌지시 실마리를 던져주는 것 외엔 무관심으로 일관하며 지켜보기만 하는 것이다.

단영은 갑자기 우울해졌다. 원덕왕후의 용잠을 지금까지 간직하고 있는 건 그녀를 향한 정을 잊지 못해서일 것이다. 그런 의종의 면모가 싫지 않았다. 아버지와 달리 사람에게 정 주는 법을 아는 그가 마음에 들었다. 그런데 왜 기분이 상할까.

한편 갑자기 얼굴을 굳힌 채 입을 다무는 단영을 보며 의종의 미간도 슬쩍 찌푸려졌다. 뭐랄까, 사무가 모두 끝나고 난 뒤의 개인적인 냉랭함 같은 것.

"그 용잠은……."

단영의 기분이 저조한 이유를 어렴풋이 알 것도 같았다. 그런데 그 일을 설명할 생각을 하니 또다시 가슴 한복판이 답답하게 차올랐다. 해명할 마음이 없는 게 아니라 뭘 해명해야 할지 알 수가 없는 것이다.

"전하, 괜찮으시옵니까?"

홍 내관이 근심 어린 낯으로 물었다. 이미 자리를 뜬 단영은 못 들었지만 근처에 있던 서 상궁에겐 들린 모양이다. 그녀도 같은 표정으로 의종을 올려다보았다.

"그만 대전으로 가야겠다."

돌아볼 새도 없이 가버리는 의종의 뒷모습을 보며 홍 내관은 난감한 표정을 지었다. 평소보다 가라앉았으되 꼭 나쁘지만은 않다. 그렇다고 좋은 것도 아니다. 그것이 요즘 곁에서 지켜본 의종의 감정 상태였다.

"이것을 마마께 전해주시오."

홍 내관은 최 상궁에게 서찰 한 통을 급히 전한 후 임금을 따랐다. 단영이 최 상궁을 통해 부탁한 것이 있는데 일이 많아 시간이 좀 지체된 것이다. 의종이 슬쩍 뒤를 돌아보았으나 못 본 척 다시 걷는다. 자세한 내용을 고하려 할 땐 필요 없다고 거절하면서도 은연중에 관심을 드러내는 것은 곤전마마에게서 직접 듣길 원하시는 것이겠지만…….

중간에서 왠지 괴로운 홍 내관이었다.

"마마, 전하께서 심기가 불편해 보이십니다."

의종의 분위기가 심상치 않음을 느낀 이는 홍 내관만이 아니었다. 단영은 최 상궁의 말에 의종을 슬쩍 쳐다보며 고개를 끄덕였다. 그러고는 홍 내관이 전달한 서찰로 다시 눈을 돌렸다.

자신을 기다리는 사내 둘을 발견하고 자령군은 걸음을 멈췄다. 앞선 이는 차면으로 얼굴을 가린 어머니 안빈 이씨이고 뒤에 있는 자는 안빈이 수족처럼 부리는 백씨라는 자였다. 찜통더위 속에서 미색의 도포를 단정하게 차려입은 안빈은 누가 봐도 여인의 흔적을 찾을 수 없다. 웬만한 사내들만큼 큰 키에 둥글게 살집이 붙은 어깨를 지녀서만은 아니다. 음독으로 인해 성별을 가늠할 수 없을 만큼 상해버린 목소리 때문만도 아니다.

"그날은 아바마마의 탄신일이 아닙니까?"

습관처럼 그들의 계획을 듣다가 불현듯 말하였다. 설명할 수 없는 반감이 차오른다. 언젠가부터 어머니와 대화를 하다 보면 생기곤 하는 감정이었다.

안빈이 조금은 상기된 안색으로 말하였다.

"주상이 이태충의 존재를 알아차렸습니다. 이대로 간다면 다시 그들에 의해 전세가 역전될 수도 있어요. 게다가 금상이 파견한 사절단도 지금쯤 청에서 돌아오는 중일 겁니다. 허니 발목을 잡히기 전에 먼저 주상을 흔들어야지요. 금년만큼 나라에 우환이 많았던 적도 드물지 않습니까. 왕자들의 반란이 이어졌고 금상은 민심을 납득시키지 못하는 현황입니다. 그 참에 국상이 나고 왕실의 허물이 공개되면 분란의 원인은 주상에게로 향할 겁니다. 우리가 하지 않아도 세상이 먼저 지목할 테지요. 그날만 한 적기가 또 언제이겠습니까."

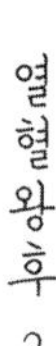

하오나……. 자령군은 답답한 마음에 입술을 깨물었다. 국상이라면 대비의 독살을 말하는 것이고 왕실의 허물이라면 중전의 비리를 뜻한다. 그의 어머니는 지금 그 참담한 일이 하필 아비를 기리는 날 행해진다 말하는 것이다. 오직 임금에게 패륜의 죄를 뒤집어씌우기 위해.

안빈이 그를 달래듯 차근차근 말을 이어나갔다.

"물론 세상을 얻는다는 게 그리 간단한 일은 아닙니다. 그동안의 노력이 모두 수포로 돌아가 얼마나 상심이 큰지도 알고 있어요. 그러나 아직 기회는 남아 있지 않습니까. 약간의 수고로움만 감당한다면 우리가 원하던 바를 손에 쥘 수 있을 겁니다."

곁에 있던 백씨가 물었다.

"대비전은 어찌 되어가고 있습니까?"

"그쪽은 차질 없이 진행 중에 있습니다. 지난 달포간 대비는 대여섯 번의 이상 증세를 보였습니다. 처음엔 늘 앓아오던 가슴병이 심화된 정도로 치부되었지요. 허나 그 증세가 점차 격해져 결국 사망에 이른다면 분명 이의를 제기하는 자가 나타날 것입니다. 아니, 지금도 누군가는 대비의 병에 의문을 품고 눈여겨보지 않겠습니까."

그리고 그런 의문의 끝은 대비와 앙숙 관계를 유지해오던 임금에게로 향한다, 이것이 안빈의 계략이었다. 대비마저 독살의 징후가 보인다면 지금까지 의문을 남겼던 조승해 대감의 독살론이며 무령군, 방령군에 대한 음모론을 사실로 둔갑시키기 수월해지는 것이다. 옹호론자들의 세력도 만만치 않겠지만 중전의 비리마저 드러난다면 더 이상 의종을 감싸고 돌 명분도, 의지도 없어질 터였다.

"저들이 먼저 선수를 칠 가능성은 없겠습니까?"

백씨의 물음에 안빈이 코웃음을 쳤다.

"글쎄요, 대비의 상태를 눈치 채는 건 어렵지 않겠지만 자신들에게 드리워질 의심을 걷어내기가 그리 쉽겠습니까? 영민한 자들이니 언제까지 나란 존재를 모르진 않을 터, 잠시 잠깐 기쁠 수는 있으되 그것으로는 무엇도 해결되지 않지요. 이 조선이란 나라에서, 고작 선왕의 후궁에 불과했던 벙어리 계집이 모든 걸 꾸몄다고 누가 믿어준답니까?"

안빈의 차면 위로 드리워지는 깊은 음영을 바라보며 자령군은 쓴웃음을 지었다.

"미안합니다, 자령군. 무력으로 왕위를 찬탈하는 것만큼은 피하게 해주겠노라 그토록 다짐하였는데."

안빈의 음성이 애틋하여지는 만큼 자령군의 얼굴은 어두워진다.

"네 어머니를…… 잘 보살펴야 한다. 넌 현명한 아이니까……. 무슨 말인지 알겠니?"

그날은 아바마마의 탄신일입니다. 차마 입을 떼지 못하는 자령의 귀로 선종의 마지막 유언이 맴돌고 있었다.

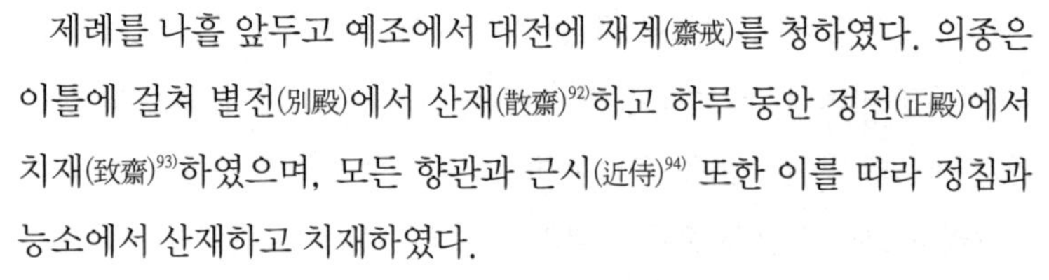

제례를 나흘 앞두고 예조에서 대전에 재계(齋戒)를 청하였다. 의종은 이틀에 걸쳐 별전(別殿)에서 산재(散齋)[92]하고 하루 동안 정전(正殿)에서 치재(致齋)[93]하였으며, 모든 향관과 근시(近侍)[94] 또한 이를 따라 정침과 능소에서 산재하고 치재하였다.

전교서(典校署)[95]의 관원이 소나무로 만든 축판(祝版)에 축식(祝式)을 적어 전하자 근시가 이를 받들어 의종의 서명을 받았다. 다시 근시가 이 축판과 향을 받들어 유사(有司)에게 건네니 날이 지나 계월(桂月)[96] 초사흗날, 바로 선종대왕의 탄신일이었다. 이날의 어가 행렬을 위해 단

---

92) 목욕재계.
93) 몸을 깨끗이 하고 삼감.
94) 가까운 신하.
95) 활자의 주조를 담당한 관청.
96) 8월.

영은 하루 전날 빨간 비단으로 만든 작은 휘견치마를 두른 채 제수와 제기 등을 일일이 점검하는 감선(監膳) 작업을 하는 한편 식에 참석하는 상궁나인에게 신을 하사하기도 하였는데 정5품부터 종6품까지와 그 아래 품계를 구분지어 가죽과 생김이 다르게 지급되었다.

이른 아침, 선종의 능으로 행차해야 할 법가 행렬이 일사불란하게 꾸려졌다. 선상군병으로 부령(部令)이 앞장서고, 한성부판윤(漢城府判尹) 민달제, 대사헌(大司憲) 김응, 병조판서(兵曹判書) 서헌 등이 시위군과 도성위(都城衛) 등을 각각 이끌며 호위를 맡았다.

독기, 교룡기 등의 화려한 깃발과 창검을 든 의장병이 그 뒤를 따랐으며 내취(악대) 및 해가리개, 부채 등을 소지한 행렬을 앞뒤로 세운 어가가 기행나인과 보행나인에 둘러싸인 채 나아갔다. 또 포도대장(捕盜大將) 함주완과 수하병졸이 그 뒤를 받쳤고 종친과 고위 관리, 문무백관도 왕을 수행하는 대열을 이루어 뒤를 이었는데, 종3품 이상의 관리는 붉은 관복을, 그 이하는 청색 관복을 각각 차려입었다. 그 밖에 상궁, 의녀, 내시부도 각기 지정된 의례복을 입고 행렬을 채웠으며 첫줄과 마찬가지로 무장한 수백 명의 호위 군사들과 궁수들이 마무리를 지었다.

중간에 한 차례 주정소(晝停所)에 들러 휴식을 취했을 뿐 행차는 빠르게 진행되어 예정보다 일찍 도착할 수 있었다. 의종이 대차(大次)에 들어 제복을 갈아입는데, 흉배를 달지 않은 무양흑원령포(無揚黑圓領袍)에 청정소옥대(靑鞓素玉帶)를 두르고 익선관(翼蟬冠)을 쓰니 관료들도 이에 따라 흉배를 달지 않은 무양흑단령(無揚黑團領)과 흑각대(黑角帶) 차림에 오사모(烏紗帽)를 착용하였다.

집례와 찬자[97]가 먼저 들어가 사배를 하는 것으로 의식은 시작되었다. 의종이 위(位)에 올라 세수하고 판위(板位)[98]로 나아가 북쪽을 향해 서자, 찬례[99]가 "국궁 사배 흥 평신!"을 외쳤다. 의종이 사배를 마치자 좌우통례가 의종을 위시하여 능상(陵上)에 올라 봉분과 그 주변을 보살폈다. 이를 마친 후 비로소 찬례가 행례하기를 계청하였다.

"국궁 사배 흥 평신!"

찬례자의 목소리가 다시 울려 퍼졌다. 의종이 몸을 굽혀 네 번 절하자 배종백관(陪從百官)이 이를 따라 모두 사배를 한다. 안빈은 어깨를 구부린 채 고개만 슬쩍 들어 앞을 살폈다. 홍살문 밖에 머무는 터라 인파에 가려 잘 보이진 않지만 저기 어디쯤 자령군이 있을 터였다.

안빈은 목덜미를 타고 흐르는 땀방울을 손등으로 훑었다. 일의 추이가 궁금했다. 예정대로라면 대비전에서의 참변은 예식이 거행되는 중간에 생겨야 했다. 자령이 결코 그것만은 안 되겠노라 고집을 세워 할 수 없이 시간대를 늦추겠다 약속을 했지만 그것은 어디까지나 거짓, 이제 조만간 파발이 도착하면 웅성거림과 곡성이 뒤를 이을 것이었다.

"아시겠습니까? 기미가 보인다 싶으면 바로 시작하여야 합니다. 주상을 쏘는 시늉만 하는 것이니 정확히 겨냥할 필요도 없어요. 그저 동요만 일으키면 됩니다."

중전은 이번 능행에 참여치 않는다 하였다. 병환 중인 대비의 곁을 지키기 위함이라 하였으나 이는 자신이 좀 더 자유롭게 움직이기 위한 방편일 것이다. 지금쯤 어딘가에서 이 의식을 지켜보고 있을 중전, 숨

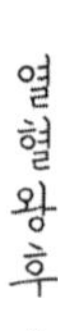

97) 식순을 맡아보던 임시 직무.
98) 신주를 모셔두지 않은 빈 신위(神位).
99) 사무관 또는 전사.

어 있는 그녀의 모습을 드러내게 하기 위해선 무언가 덫이 필요했다. 안빈은 얼굴을 가린 텁텁한 수염을 손바닥으로 쓰다듬으며 옅게 웃음을 지었다.

천 내관을 통해 초영에게 녹지(錄紙)를 전달한 이는 다름 아닌 안빈이었다. 따로 이름을 밝히지는 않았으나 초영이 막연하나마 조창주의 지시로 받아들일 것임을 안빈은 알고 있었다. 물론 금부옥에 갇힌 것을 모르진 않을 것이나 이런 경우 사람들은 약간의 가능성에도 큰 무게를 두기 마련이다.

안빈의 기대대로 초영은 착실히 지시 사항을 수행하였고 역시 단영은 이를 놓치지 않았다. 영특한 중전이니 초록당의에 전모까지 곁들인 의녀 복장이 뜻하는 바를 모르진 않았을 터였다. 월령의(月令醫)를 따라 조옥을 드나들 수 있고 어가 행렬이라도 있을 시엔 내의들과 함께 대기해야 하는 인물, 전모로 얼굴을 가린 채 행렬에 참여할 수 있어 진면목을 쉽게 감출 수 있으며 기회가 있을 땐 쉽게 빠져나갈 수도 있는 인물이 '의녀'라는 것과, 바로 이 의녀로 분하여 도망을 계획하는 이가 있다면 그는 조창주가 가장 유력하다는 사실을 말이다.

오늘 새벽, 교태전에 심어놓은 궁인을 통해 중전이 일찍부터 그 행방이 묘연하다는 보고를 받았다. 변장을 하고 의녀 무리를 감시할 수 있는 어딘가에 숨어들었으리라 믿어도 좋을 듯했다. 어째서 이런 상황에서까지 조창주에게 연연하는지 그 숨은 사정에는 관심 없었다. 중요한 것은 중전이 이 자리에 있다는 사실이다. 그리고 이제 곧 보게 될 것이다. 본인이 고작 피라미 한 마리로 인해 얼마나 엄청난 화를 자초했는지를.

'그러나 대비전 여우의 부음이 너무 더디다.'

어느덧 식은 막바지에 이르렀다. 임금이 자리를 뜨게 해선 안 되는데……. 또다시 흘러내리는 땀방울. 안빈은 손수건을 찾다 말고 문득

왼편 하늘을 올려다보았다. 희고 커다란 새 한 마리가 유연하게 반원을 그리고 있었다. 저것이 학인가, 황새인가. 그도 아니면 백로인가.

"머리채가 검으니 학인 듯도 하고, 목이 아담하니 황새인 듯도 하고, 눈같이 희니 백로인 듯도 하고."

이젠 자신의 생에 그런 날이 있었는지도 모르겠다 싶은 어리고 고왔던 시절, 선왕께선 훤칠한 그녀의 키를 새에 빗대어 놀리곤 했던 것이다. 왜 저 새는 지금 이곳에 나타나 정신을 흐트러트리는가. 그러나 마음은 옛날 그리운 한때로 이미 달음박질치고 있었다.

'위령대군을 보호코자 오신 거라면 늦으셨습니다. 전하께서 이년의 소생을 돌아보지 않으셨듯이 이년도 그리 할 테니 말입니다.'

저도 모르게 씁쓸히 웃음을 짓던 안빈이 불현듯 뒤를 돌아보았다. 필요 이상으로 접근한 누군가의 기척을 느꼈기 때문이다. 그러나 대비전 동태를 살피러 간 백씨가 온 걸까 반가운 마음도 한순간, 누군가의 속삭임이 귓전을 울렸다.

"이제 그대의 삶도 곧 지옥이 되겠지. 그렇게, 그렇게 사는 거야."

동시에 하늘을 가를 듯 날카롭게 울리는 파공음.

'그것'은 정확히 의종을 향해 날아갔다. 마침 의종은 모든 의식을 마치고 아래로 내려선 후였다. 만일 의종이 무예를 전혀 모르는 왕이었다면 그의 재위 기간은 오늘로 끝났을지도 모를 일이다. 그러나 다행히 '그것'은 의종이 휘두른 소매에 크게 방향을 틀었고 근처 깃발을 찢은 후 홍문 기둥에 깊이 박혀버렸다. 모두들 경악과 안도를 오가는 사이에 어가 행렬을 호위하던 군사들이 일제히 흉기가 발사된 지점을 둥글게 에워쌌다.

"어째서……?"

안빈은 이해 불능의 표정으로 주위를 둘러보았다. 조금 전 '그것'은 백씨의 짓인가? 허나 나는 그저 중전을 도발하라 했을 뿐인데, 게다가 아직 대비전에서의 소식도 없는 이 판국에.

안빈은 서둘러 몸을 숙이며 동태를 살폈다. 호위 병사들이 에워싸고 있는 이들은 자신을 포함하여 스무 명 남짓의 하급 관원들이었다. 모두가 경황없이 우왕좌왕하는 동안 안빈은 사람 하나하나를 눈여겨 살펴보았다. 그리고 마침내 한 명을 골라내 그의 소맷부리를 붙잡았다. 그자의 발엔 관리들이 주로 신는 흑피혜 대신 여인들의 온혜가 신겨져 있었다.

"이자입니다!"

갑작스런 외침에 짧은 정적이 흘렀다. 그러나 곧 호위병 몇이 다가와 붉은 장창을 겨누며 날카롭게 물었다.

"이자가 투척하는 것을 보았소?"

안빈은 말없이 그자의 관복을 잡아 뜯었다. 비단 찢기는 소리와 함께 훌렁 모습을 드러낸 것은 여인들의 의복인 저고리 자락이었다. 깃과 고름, 곁막이와 소매 끝동에 자주비단을 댄 옥색 삼회장저고리, 바로 의녀의 복식이다. 지켜보던 이들이 당황하여 어쩔 줄 모르는 사이 근처까지 달려온 홍 내관이 소리쳤다.

"그자의 수염을 살펴보아라!"

그때까지 웅크린 채 제 모습 가리기에 급급하던 사내의 상체가 젖혀졌다. 누군가의 손이 수염을 잡아 뜯자 빙그레 웃는 붉은 입술 사이로 가지런한 치아가 돋보인다.

"저, 저놈은!"

홍 내관이 놀라움을 금치 못하는 동안 안빈도 어이가 없어 사내를 위아래로 훑어내렸다. 비실비실 웃어대는 기괴한 차림의 사내는 바로 조창주였기 때문이다. 비단 다 죽어간다던 이가 살아나 놀라운 것은 아니다. 오히려 그런 허망한 죽음에 의구심을 품던 안빈이었다. 그러나 금부옥에 갇힌 이자가 자신의 계책을 어찌 알고 이처럼 방해를 한

단 말인가!

“아아, 고년! 그 조그만 년한테 또 당하고야 말다니, 그 조그만 살쾡이 같은 년한테.”

분한 듯 중얼거리고는 있으나 안빈을 놀리듯 능글맞게 쳐다보는 안색은 어쩐지 즐거워 보이기까지 했다. 그의 혼잣말에 안빈은 쇠망치를 맞은 듯했다. 그년이라면 설마……, 중전?

마음 같아서는 어찌 된 일이냐고 따져 묻고 싶었으나 그보단 이 자리를 피하는 게 급했다. 모든 관심이 조가에게 집중된 동안 안빈은 허리를 수그린 채 조용히 뒷걸음질을 쳤다.

“멈추시오!”

홍 내관이 길을 가로막았다. 안빈은 아차, 싶었으나 태연한 얼굴로 그를 마주 바라보았다.

“귀공은 관함(官銜)을 고하시오.”

그러나 안빈에겐 고할 직책도, 성명도 없었다. 그녀는 한참을 망설이다가 이윽고 머리를 꼿꼿이 세우며 의종이 선 곳을 바라보았다. 곧 무엄하다는 호통이 들려왔으나 개의치 않았다. 그녀는 턱 부분에 무성히 붙어 있는 수염을 떼어낸 후 옷자락으로 얼굴을 말끔히 닦아냈다.

“……안빈?”

“안빈이 아닙니까?”

놀란 홍 내관과 종친들의 수군거림이 귀를 울렸다. 뒤를 돌아보니 조창주가 자신을 바라보며 “안비인?” 놀라움 반 비웃음 반의 중얼거림을 내뱉고 있었다. 다시 앞을 바라보니 의종이 큰 걸음으로 다가오는 중이다. 그 뒤를 따르는 무리 속에는 자령군도 포함되어 있을 것이었다. 안빈은 입술을 깨물었다. 이렇게 무너질 수는 없었다.

“안빈께서 이곳에는 어인 일입니까? 게다가 이런 차림으로.”

누군가가 커다란 목소리로 물었으나 응대할 겨를이 없었다. 의종은 거리낌 없이 다가왔고 이윽고 그녀를 내려다보며 멈추어 섰다. 훅, 숨이 들이쉬어졌다.

"안빈으로 인해 여러 번 놀라는군요. 이제 보니…… 말을 못하는 게 아니었습니다."

차가운 의종의 말에 수군거리던 좌중이 침묵하였다. 안빈이 곱게 미소 지으며 대답했다.

"선대왕마마의 탄신일을 지나칠 수 없었던 아녀자의 경거망동을 용서하여주시옵소서."

안빈의 쇳소리 섞인 껄끄럽고 낮은 목소리는 종친들을 또 한 번 놀라게 하기에 충분했다. 느닷없는 병환으로 벙어리가 되었다던 사람이 말을 꺼낸 것이다.

"지금껏 말문을 닫고 지내야 했던 까닭이 있었습니까?"

"선대왕마마께 이런 망측한 음성을 평생 들려드리느니 차라리 소리를 잃은 것으로 여기심이 낫다 여겼사옵니다. 지금도 이런 급변이 아니었다면 감히 드러내 말하지 못하였을 것이나 이제 와 무슨 이유를 가져다 댄들 국부(國父)를 기망한 죄를 덮을 수 있겠나이까."

안빈의 말인즉슨, 자신의 허물은 가능한 한 감추는 한편, 지금 이 자리에서 임금을 해하려던 자를 잡아낸 공로를 한껏 부각시키겠다는 속셈이었다. 곁을 둘러싼 인물 중 몇몇은 그녀의 말이 꽤 그럴듯하다며 고개를 주억거렸다.

"그것 하나뿐입니까?"

갑작스런 의종의 질문에 다들 그를 주시하였다.

"국부를 기망한 죄가 그것 하나뿐인지를 물었으니 안빈은 대답하세요."

서늘한 임금의 안색이 걸리지 않는 것은 아니나 설사 자신의 정체를 눈치 챘다 하여도 제대로 된 증좌 없이 무엇을 할 수 있겠는가 싶었다. 무엇보다 오늘 같은 날 현 임금이 선왕의 후궁을 궁지로 내모는 일 따위를 종친부에서 간과할 리 없었던 것이다.

"전하께서 무엇을 이르시는지 몰라 받잡지 못하겠나이다."

고개를 끄덕이는 의종이 보였다. 그러나 그것으로 끝이 아니었다. 그의 한 손이 들리는가 싶더니 저 뒤에서 누군가가 커다란 철반을 들고 달려와 안빈의 앞에 내려놓았다.

"이게 무엇인지 알아보겠습니까?"

너무 놀라면 고통도 수반되는 법인가. 안빈은 가슴에 퍼지는 얼얼한 통증을 손바닥으로 누르며 고개를 저었다.

"이, 이것이 무엇입니까?"

"저 조가란 자가 나를 노리고 투척한 단도입니다. 모르는 물건입니까?"

안빈은 단호히 고개를 저었다. 나는 알지 못하는 물건입니다. 중전의 손아귀에서 한시도 떨어지지 않던 흉측한 이것, 이것으로 중전의 비리를 폭로할 수 있었다면 더없이 좋은 일이겠으나 지금은 이것을 모릅니다.

그러나 필사적으로 고개를 젓는 안빈의 머릿속으로 풀 수 없는 의문이 자리 잡는다. 이 단도가 어째서 저 조가 놈에게 들어간 것일까. 중전이 남은 하나를 빼앗긴 것인가. 그렇다면 안방 깊숙이 숨겨두었던 또 다른 하나는 어디로 종적을 감추었더란 말인가.

의종의 목소리가 들렸다.

"다시 한 번 묻습니다. 지금껏 어디서도 이것을 본 적이 없었습니까?"

머릿속에서 경종이 울리고 있었다. 왜 임금은 이다지도 이 물건의 알고 모름에 집착하는가. 아는 것이 유익인가. 그렇다면 나는 안다고 대답해야 하는가.

격하게 차오르는 심장박동 속에서 안빈은 차분하고자 애썼다. 이것을 안다고 하는 건 현장에서 붙잡힌 조가 놈과 연관이 있음을 실토하는 것과 다름이 없다. 이 영특한 왕은 그쪽으로 몰아붙이기 위해 유도심문을 하는 게 틀림없었다. 물론 국문이 시작되기 무섭게 조가 놈이 자신에 대한 모든 것을 털어놓겠지만 저놈이 무슨 수로 그 말을 입증한단 말인가.

"모르옵니다. 이런 사특하고 요망한 것을 어찌 알 수 있겠나이까? 단 한 번도 본 적도, 건드린 적도 없는 물건이옵니다."

얼마간 정적이 흘렀다. 이것으로 끝난 것일까. 아니다. 이 정도로 물러날 임금은 아니었다. 허나 자신과 자령군을 옭아맬 방도 또한 딱히 없겠지. 우선은 그것으로 되었다. 안빈은 자신을 안심시키기 위해 끊임없이 생각하고 또 생각했다. 그리고 그 속을 비집는 의종의 말이 귓가를 울렸다.

"자령군은 앞으로 나오라."

모호한 미소를 머금은 채 자령군이 걸어 나온다. 안빈의 가슴이 타는 듯이 아파왔다. 언제나처럼 부드럽고 따스한 얼굴, 그러나 그 위로 흐르는 짙은 공허함과 무력감이 슬프다.

나의 아가, 안빈은 저도 모르게 한쪽 발을 내밀었다. 의종이 홍 내관을 향해 고갯짓을 하는 것이 보였으나 안빈에겐 오로지 자령군만 보일 뿐이다. 어깨를 펴세요, 자령군. 이 정도의 고난은 아무것도 아닙니다. 우리가 손에 얻을 그 찬란한 영광을 생각하셔야지요. 이 모든 일들은 그대를 더 밝게 비춰주기 위한 장치에 불과합니다.

안빈은 문득 사람들의 웅성거림이 커졌음을 깨달았다. 왜, 무엇 때문에? 주위를 둘러보던 그녀의 눈에 홍 내관이 들고 있는 무언가가 잡혔다. 발밑이 움푹 꺼져 들어가는 충격에 주춤 뒤로 물러났다. 조금 전까지 철반 위에 놓여 있던 그 물건, 바로 중전의 단도가 거기 있었다. 아니다, 그게 아니다. 철반 위에 있던 단도는 그대로인데 어쩐 일인지 홍 내관이 똑같은 것을 또 하나 들고 있다는 것이 정확한 표현이다.

홍 내관이 설명을 시작했다.

"이 두 대의 단도를 살펴본 바, 한 도자장의 손에서 만들어진 것임이 분명합니다."

그러고는 주위에 있던 종친 및 고관대작들에게 그 모양을 일일이 확인시켰다. 많은 눈들이 두 단도가 먹감나무로 된 손잡이로 이루어져 있으며 색 바랜 백동 장식이 달렸다는 것을 목격하였다. 홍 내관이 침통한 어조로 말을 이어나갔다.

"또한 이 두 대 모두 손잡이 귀퉁이에 '바를 단(端)'자를 동일한 크기로 새긴 것으로 미루어 그 주인 되는 이가 동일인이거나 같은 뜻을 품은 집단의 표식임을 짐작할 수 있습니다."

역시나 이를 확인하기 위해 몰려드는 시선들. 안빈으로선 느닷없이 얽혀들어가는 상황이 납득되지 않는다. 어째서 이게 한꺼번에? 어째서……. 그러나 아무것도 생각나는 게 없었다.

의종이 자령군을 바라보았다. 어려서부터 흉허물 없이 지내던 동갑내기 아우를 바라보는 그의 눈빛이 지나치게 잔잔하여 홍 내관은 오히려 마음이 저렸다.

"이제 해명해보겠나."

의종의 말에 자령군 또한 담담하게 대답하였다.

"일전에 소제가 전하께 청하여 투검술(投劍術)을 겨룬 일이 있었사온데, 마침 소제의 차례가 되었을 때 준비되어 있던 투검이 그 수가 다하는 바람에 소지하고 있던 단도를 대신 사용하였습니다. 그때 그 단도가 바로……."

자령군의 시선이 잠시 안빈에게 머물렀다. 지친 듯, 체념한 듯 모호한 눈빛이었다.

"이것입니다."

그의 손이 홍 내관이 들고 있는 단도를 향하였다. 그러자 좀 전과 다른 어마어마한 무게의 정적이 주위를 잠식해갔다. 지금 막 시해의 현장에서 거둬들인 단도와 쌍을 이루는 물건이 자령군의 것이라니, 모두가 이 황망한 결론 앞에서 무슨 말을 해야 할지 모르는 눈치였다.

이들 중 가장 침착한 이는 자령군이었다. 그는 핏기가 가신 얼굴로 유령처럼 서 있는 안빈을 다시 한 번 쳐다본 후 의종 앞에 무릎을 꿇었다.

"아닙니다!"

자령군이 무언가 말을 하려는 찰나, 안빈이 포효하듯 소리를 질렀다.

"이건 함정입니다. 자령군을 모함하기 위한 덫이란 말입니다. 다들 아시지 않습니까? 우리 자령군이 어떤 성품을 지녔는지, 어떤 어린 시절을 보냈는지 모두가 지켜보지 않았습니까? 누구를 해하려는 마음 같은 건 털끝만큼도 가지지 못하는 이가 자령군입니다!"

안빈은 사력을 다해 아들을 비호하였다. 모르겠다. 왜 자령이 숨겨둔 중전의 단도를 직접 들고 나가 의종에게 건넨 것인지 아무리 생각해도 알 수가 없었으나 이대로 역적의 오명을 쓴 채 역사에서 사라지게 놔둘 수는 없었다. 그러자고 이 먼 길을 달려온 것이 아니다.

"어머니."

늘 평정심을 잃지 않던, 강인하기 그지없던 어미가 흔들린다. 이런 서글픈 모습을 봐야 하는 게 벌써 두 번째이다. 자령은 흠칫, 움직임을 멈추는 안빈을 위로하듯 말하였다.

"이제 되었습니다, 어머니. 이제 그만 이 불초한 소자를 용서하시고…… 편안해지십시오.”

안빈의 몸이 기우뚱, 흔들리는가 싶더니 천천히 주저앉았다. 바라는 바를 이루기 전까진 절대 울지 않겠노라고, 선왕의 죽음 앞에서도 끝내 거짓울음으로 넘어갔던 안빈이건만 지금 그녀의 독기 서린 눈망울엔 뜨거운 눈물이 고여 이내 볼을 타고 흘러넘쳤다.

“……왜요. 왜 그랬습니까, 자령군.”

모깃소리만큼이나 가냘픈 어미의 탄식소리였다.

잡혀 들어간 것은 자령군 혼자였다. 안빈 이씨는 아직 그녀와 관련된 정확한 죄상을 입증할 수 없어 훈방되었다. 자령군의 주도 하에 역모에 가담했으리라는 정황이 인정되긴 하나 선왕의 후궁을 함부로 다룰 수 없어 정확한 죄상이 드러날 때까지 사택에 구금키로 한 것이다.

누구인가 어둔 밤에 피리 부는 이
봄바람 속 그 소리가 온 성에 가득하네.
깊은 밤 곡 가운데 이별 곡도 들려오니
누구인들 떠나 온 고향집 생각 않으리.

“누구인들 떠나 온 고향집 생각 않으리…….”

안빈은 멍하니 하늘을 올려다보았다. 자령군이 잡혀가는데 아무것도 할 수가 없었다. 이러자고 긴 시간 인내한 게 아닌데, 도무지 믿기지 않아 하염없이 달무리만 올려다보았다.

대비는 어떤 중독 증세도 보이지 않은 듯했다. 즉 누군가가 그녀의 중독 과정을 알아차리고 중간에서 차단하였다는 뜻이 된다. 누구인지 묻지 않아도 알 수 있을 듯했다. 안빈은 손바닥을 들여다보았다. 다섯 개의 희고 긴 손가락이 다른 이의 것처럼 낯설어 보였다.

"이 몸이 다섯 번째로 입궁하였으니 서열로 따지면 내가 옹주의 다섯 번째 할미요, 마마가 여섯 번째이십니다. 아니 그렇습니까, 마마?"

언제였던가. 그녀가 대비전을 방문하였을 때 마침 양혜 옹주가 찾아온 적이 있다. 그리고 안빈은 옹주를 이용하여 인성대비를 놀렸었다. 이미 자신의 손아귀에 떨어진 대비이고 보니 무슨 짓을 하든 거리낌이 없었고, 옹주 또한 아프다 보니 말이 샐 염려가 없었던 것이다.

의종의 생모 선정왕후가 죽고 나서 안빈은 은연중에 그 자리가 자신의 것이라 여겼었다. 그러나 하나뿐인 적통대군 앞에 걸림돌을 만들 수 없던 선종은 계비를 간택했고 안빈의 믿음은 깨졌다. 그때부터다. 안빈이 자신의 것을 앗아간 대비에게 분노를 키우기 시작한 것은.

아아, 그러나 이제 그런 분노들은 모두 부질없어지고 말았다. 그들이 가장 중요한 것을 빼앗아 간 것이다.

청에서 사절단이 돌아오면 자신이 역모의 수괴임을 증명해줄 것이다. 그러면 자령군을 구할 수 있을지도 모른다……. 허나 과연 그럴까. 안빈은 후들거리는 다리를 끌며 대청으로 올랐다. 무슨 증좌를 들이대든 자령군을 중심부에서 끌어낼 수는 없겠지. 그러면 이제 나는 그 아이를 위해 무엇을 해줄 수 있을까.

낯선 그림자의 존재를 알아차린 것은 방을 중간쯤 가로질렀을 때였다. 안빈은 천천히 몸을 돌려 그림자를 확인했다. 어둑한 속에서 구자임의 얼굴이 조금씩 선명해졌다.

"오랜만입니다, 수효장군."

안빈이 꺼질 듯 말했다. 그가 수상하다는 보고는 이미 받았으나 여유가 없어 아직 신변을 조사하진 못한 상태였다. 하긴 그가 누구이든 상관없었다. 모든 것을 다 잃은 자신에게서 얻을 수 있는 것도 이젠 없을 테니 경계 같은 건 필요 없었다.

"아니."

그녀가 힘겹게 안석에 기대앉자 그때까지 조용히 지켜보기만 하던 구자임이 입을 열었다.

"나는 수효장군 구자임이 아닙니다. 나는 그저 경북 영양현에서 글방 선생이나 하던 구성주라는 사람입니다."

저이가 무슨 말을 하려는 것일까. 그녀는 눈을 감은 채 두통이 일 것 같은 머리를 두 손으로 받쳤다. 구성주라고 본명을 밝힌 수효장군은 계속해서 말을 이었다.

"을묘년(乙卯年)입니다. 횡령으로 짐작되는 유황에 관해 투소했던 군기시 화약고 제약청(製藥廳) 별좌 하나가 급사(急死), 아니, 정확히 말해 암암리에 독살을 당하는 사건이 일어나지요. 그 별좌의 이름은 평해 구(丘) 가에 번성할 자(滋), 오를 승(昇), 구자승이라 합니다."

왜 그런 쓸데없는 얘기를 하는 겁니까. 짜증이 나서 쏘아붙이려던 안빈의 얼굴이 갑자기 굳었다. 그녀가 의혹이 서린 눈으로 쳐다보자 구성주가 고개를 끄덕였다.

"맞습니다. 그 별좌가 내 아들입니다. 당신의 그 말도 안 되는 욕심, 도둑질을 도둑질이 아닌 듯 미화시키려는 그 우매한 치장에 희생된 아이가 내 아들이지요."

안빈이 다시 눈을 감았다. 그토록 경계를 철저히 했는데도 이렇게 감쪽같이 숨어 있었다니 놀라운 일이다. 자신과 자령군의 신분이 결코 드러나지 않게끔 늘 신경을 써왔기에 개인적인 원한을 품은 자가 주변에 있으리라 짐작도 못했었다.

"그래서 더 늦기 전에 날 해치러 온 겁니까? 금군들이 들이닥치면 기회를 잃을 테니 적기에 찾아오긴 하였습니다."

"아니, 내가 이리 바삐 온 것은 그대를 처리할 기회를 잃을까 하는 두려움 때문이 아니오. 그대가 간과하고 있을 무언가를 일깨워주기 위함이지."

구성주가 냉랭히 고개를 저었다. 어느덧 말투도 변해 있었다. 그는 안빈에게로 다가가 망연히 올려다보는 생기 잃은 눈동자를 내려다보았다.

"생의 목적이 어그러졌으니 상심이 크겠지. 세상 돌아가는 이치가 도무지 이해가 안 되고 그저 억울하고 답답해서 뭘 해야 좋을지 모를 것이야. 왜 그런지 아시오?"

안빈의 고개가 저도 모르게 가로저어졌다.

"지금 어그러진 이 모반이 누구도 아닌 바로 그대의 것이기 때문이지. 그대의 아들, 그대가 모든 것을 희생하여 최고의 것을 쥐여주겠노라 다짐했던 그 아들은 사실 이 욕심을 정당화하기 위한 도구일 뿐이야. 겉으로는 아들을 위해 살아온 삶이라 우기겠지만 그 얄팍한 인피를 들춰내면 정확히 보일 것이오. 그대가 꿈꾸던 왕좌, 그 위에 버티고 앉아 있는 그대의 그림자가 진정한 욕심이고 원이었다는 것을."

이자가 무슨 말을 하고 있나. 풀려 있던 안빈의 눈동자에 조금씩 긴장이 어렸다. 뭐라도 생각을 좀 해보고 싶으나 쉽게 집중이 되질 않았다. 그런 그녀를 향해 구성주가 중얼거렸다.

"이제 곧 그대의 아들이 죽임을 당할 테지. 질병도, 사고도 아닌 타의로 인해 죽어나가는 모습을 그대도 곧 겪게 되겠지. 그대가 끔찍하게 아끼던 아들의 신체가 누군가의 폭력으로 망가지고 그대가 감히 그르칠까, 거스를까 항상 염려하던 그 마음이, 그 정신이 누군가의 핍박과 두려움으로 부서지겠지, 그대의 아들과 전혀 관련이 없는 낯선 자들로 인해.

그런데 이보다 더한 공포가 무엇인지 알고 있나? 그 모든 과정 중 그대가 대신 해줄 수 있는 게 아무것도 없다는 점이야. 자식이 견뎌야 할 고통과 두려움, 말로 표현할 수 없는 그 어마어마한 타격을 조금도 덜어줄 수가 없지. 그대가 낳았는데, 그대가 만들었는데, 그대의 허락

없이 아이의 모든 것을 찢어발기는 자들, 그대는 그자들을 그저 지켜봐야만 해."

구성주의 얼굴이 점점 일그러진다. 안빈은 자색으로 변해가는 그 얼굴을 덜덜 떨며 바라보았다. 귀로 들어오는 말들이 너무 아득해 아직 의미를 되새기기 힘든데도, 구성주에게서 느껴지는 절망이, 아픔이 안빈을 두렵게 했다.

"그대는 아직 죽지 않아. 죽어선 안 되지. 그대는……."

그러고는 아직 격앙된 감정이 가라앉지도 않았을 텐데, 미진한 무언가를 잘라내듯 갑자기 돌아섰다. 저자는 무엇 때문에 이곳까지 온 것일까. 안빈은 망연히 구성주의 뒷모습을 바라보며 생각했다. 아들이 죽었다고? 그게 나 때문이라는 건가. 그렇다면 왜 그냥 가려는 거지. 복수를 위해 찾아온 것이 아니었나…….

"그렇게 사는 거야. 매순간 살려달라고 울부짖는 아이를 가슴에 끌어안고."

"이제 그대의 삶도 곧 지옥이 되겠지. 그렇게, 그렇게 사는 거야."

순간 등을 타고 흐르는 충격에 안빈이 정신을 차렸다. 자신과 자령군을 나락으로 이끌었던 그 음성, 의종에게 중전의 단도를 투척하며 속삭이던 그 음성이 조창주가 아님을 깨달았기 때문이다. 그제야 조가에게는 단도는커녕 돌멩이로 참새 한 마리 잡을 재주마저도 없다는 데 생각이 미쳤다.

"당신 짓인가? 당신이 우리를?"

안빈이 마지막 힘을 짜내 물었다. 괴괴하고 꺼림칙한 음성에 구성주가 싸늘히 돌아보았다.

"아니, 나는 아니야. 단지 시키는 대로만 하면 그대를 잡을 수 있노라는 확언을 믿었을 뿐. 정확히는 그대의 아들을 말이지."

누구지, 그런 짓을 시켰다는 이가……. 그러나 마음과 달리 안빈은 소리를 뱉어내지 못했다. 조용히 문을 열고 나가버리는 구성주의 뒷모습을 바라보던 그녀는 아, 하는 작은 외침과 함께 앞으로 쓰러졌다. 서궤에 이마가 부딪혔으나 아픈 줄도 모르겠다.

타의에 의해 내 아이가 상한다, 다친다, 죽어버린다……, 조금 전 구성주의 말을 떠올려보고 싶은데 마치 무언가가 가로막는 느낌이다. 머릿속 생각임에도 마치 육체와 같아서 움직여지지 않는 다리를 끌고 자리이동을 해야 할 때처럼 힘에 부쳤다.

다리. '잘 움직이지 않는 다리'라 하니 갑자기 승은상궁 최씨가 연상된다. 임신 말기엔 부종이 심해 잘 걷지도 못했다고 들었다. 결국 양혜를 낳고 산고로 죽었다고 했지. 그런데 그 아이는 어떻게 살아난 걸까.

아아, 그러나 그 병신아이가 나를 알아볼 땐 정말 깜짝 놀랐지. 안빈은 자신에게 다섯 손가락을 활짝 펴 보이던 양혜의 모습을 떠올리며 발작하듯 웃었다. 정말이지, 뱃속에서 죽지 않은 게 신기한 아이였다. 대비를 부추겨 유산을 일으키는 약재를 복용시켰지. 그땐 상궁 최씨가 혹시 의종에게 왕자라도 낳아줄까 얼마나 노심초사하였던가. 의심 많은 의종에게 걸릴 뻔했지만 다행히 미련하기 짝이 없는 자빈이 그 죄까지 모두 덮어써줬어. 그런데 지금은, 지금은 또 누구에게 덮어씌우면 되지?

문득 이마를 만져보았다. 어디를 잘못 부딪혔는지 살갗이 길게 터져 피가 넘치고 있었다. 간혹 이럴 때가 있다. 다칠 만한 상황이 아닌데 몸에는 큰 상처가 남는 때.

안빈은 느닷없이 눈물을 쏟기 시작했다. 이 집 안에 자령이 없다는 것이 견딜 수 없이 허전했다. 버팀목이 되어주던 아들의 존재가 느껴지지 않으니 무엇을 해야 할지도 알 수가 없었다. 스무 해가 넘도록 자신을 지켜주던 자령이 없어진다. 그 사실이 믿기지 않아 안빈은 절망했다. 곁에 없는 아들은 이미 죽은 것과 마찬가지이기에.

"결국 실제 이태충은 허수아비에 불과했던 것이로군."

단영은 경진이 보내 온 서찰을 다시 접으며 저도 모르게 혀를 찼다. 이태충은 안빈의 친인척 중 한 명이었다. 어린 나이에 정익선의 양자로 입적(入籍)되어 한평생을 안빈의 그림자로 살아온 인물, 실제 이태충인 그자는 현재 충북 괴산의 감물(甘勿)이란 곳에 생존하고 있었다. 생존만 하고 있다고 해야 옳았다.

"좌반신불수(左半身不隧)라……."

정익선의 선택만으로 양자를 들인 거라면 굳이 아픈 아이를 택할 이유가 없었다. 그때부터 이미 안빈은 이태충의 명의를 이용할 구체적인 계획을 가지고 있었음이 분명했다.

저만치 양혜가 뒤뚱뒤뚱 걸어오고 있었다. 요 근래 단영은 오전 시간을 양혜와 보내곤 하였다. 다른 이유가 있는 건 아니다. 그저 아직은 지켜보는 중이었다. 자신이 지금까지 놓치고 보지 못한 아이의 특별함을 발견하기 위해.

아이가 가까이 다가와 치맛자락을 잡았다. 단영은 대견한 눈빛으로 양혜를 내려다보았다. 영특한 아이다. 조용하되 옹주는 사물을 정확히 담아낼 줄 아는 시선과 판단력을 지녔다.

양혜의 다섯 손가락으로 안빈을 알아낸 후 단영은 곰곰 생각해보았었다. 과연 이 아이가 보여주는 행동이 그저 흉내 내기에 불과한 것일까. 아무 의미 없는 흉내일 뿐일까…….

"맞습니다, 마마. 중독의 경로는 자경전마마의 옷고름이었다고 합니다."

서 상궁이 구를 듯 넘어질 듯 달려와 알린 내용과 같이 대비는 만성중독에 이른 상태였는데 그 원인은 옷고름에 묻어 있던 비소(砒素)였다고 한다. 양혜가 옷고름을 손에 말아 쥔 채 가슴을 두드리던 행동은 대비가 중독된 방식부터 시작하여 가슴 통증이 생겨난 과정까지를 잘 설명해주었던 것이다. 대비의 의복을 담당하는 침방상궁과 세답방상궁이 잡혀 들어갔고, 몇 시진 지나지 않아 공모에 대한 자백 일체를 받아냈다. 옹주가 대비를 살린 것이다.

"마마, 이만 돌아가셔야 합니다."

서 상궁이 양혜의 손을 이끄는 것을 바라보며 단영은 생각하였다. 이제는 옹주의 훈육법을 바꿔야겠노라고. 그녀가 세상에 보이고 싶어 하는 말은 이보다 훨씬 더 많을 것이다.

"마마, 아뢰올 말씀이 있사옵니다."

최 상궁이 조용히 다가와 귀엣말을 했다.

"사신단이 돌아왔단 말이지?"

"예, 마마. 지금 막 내관 홍씨의 전갈을 받았나이다."

그렇다면 너도 돌아왔겠구나. 단영은 이기를 떠올리며 작게 한숨 쉬었다. 그들이 가지고 왔을 정보가 궁금하였으나 그보다 이기에게 알려줘야 할 일이 있어 마음이 급했다.

"지금쯤 그들이 전하를 알현하였겠구나. 그렇다면 나도 나갈 채비를 차려야겠다."

최 상궁이 이상하여 물었다.

"전하께 가시렵니까?"

"아니, 나를 기다리는 자에게 갈 것이야."

그러고는 여전히 어리둥절해 있는 최 상궁을 뒤로한 채 안으로 들어서는 것이었다.

타닥타닥, 관솔이 타들어가는 소리가 성가셔 조창주는 짜증이 났다. 어떻게든 살아보겠다고 병신 짓까지 마다하지 않았으나 이제 작은 희망마저 셈해볼 수 없는 처지가 되고 나니 모든 게 마냥 귀찮았다.

아, 그래도 신씨 년과 그 딸년만큼은 매운맛을 보여주고 싶었는데. 단영의 꼭 짜인 얼굴생김이 떠올라 조창주는 입맛을 쭉 다셨다. 단영이 열 살 무렵이던가, 오호라, 요년은 나이가 찰수록 가관이겠구나 했던 기억이 떠오른다.

"저 꼴을 하고 있는데 준다 한들 읽을 수나 있겠어?"

"읽으나마나 우리야 전달만 해주면 되는 것을."

어느 날, 멍하니 벽을 향해 침을 줄줄 흘리는 조창주를 바라보며 나장들이 속달거렸다. 평생 사람 구실 하며 살긴 틀렸다는 진단이 내려진 이후 아무에게서도 관심을 받지 않던 상황이라 내심 긴장이 되었다. 그러나 그들은 조창주를 살펴볼 생각 같은 건 없는 듯 자기들끼리 떠들더니 보따리 하나를 구석에 던져놓고 가버렸다. 밤이 되길 기다려 풀어보니 갈아입을 새 옷가지 사이로 서찰 하나가 보였다. 발신인은 초영이었다.

혼자 이 말 저 말 푸념하듯 써놓은 초영의 서신은 퍽 재미있었다. 천내관을 통해 밀지를 받은 일이며, 그 밀지가 그녀로선 필요도 없는 물품들을 구입하라는 생뚱맞은 지시로 빼곡했던 점, 혹시 이런 지시를 내린 이가 외숙인지 알고 싶었다는 초영의 염려 등이 절절이 들어 있었기 때문이었다. 그러나 정말 흥미로운 대목은 이후에 다시 배달된 서찰에 담겨 있었다. 초영이 주문해놓은 물건을 찾기 위해 포목점에 다시 들렀더니, 주인이 붙잡고 말하길 누군가가 항아님의 뒤를 캐는 모양이다, 무엇을 주문했으며 어떤 요구사항이 있었는지까지 상세히 물어보더라, 했더라는 것이다. 이는 화혜장(靴鞋匠)[100]을 찾아갔을 때도 마찬가지였으며, 초영은 이런 상황에서 자신이 어떻게 행동해야 할지

100) 신을 만드는 사람.

두려워하고 있었다.

초영이 보낸 두 통의 서신을 다 읽은 후 조창주는 곰곰이 생각에 잠겼다. 밀지를 전달한 이가 뒤를 쫓은 것이라면 굳이 상인들에게 존재를 드러낼 필요가 없었다. 그저 그녀가 지시 사항을 잘 준행하는지 정도만 지켜보면 될 것이기 때문이다. 그런데 무엇을 어떤 식으로 구입하려는지 소상히 알아보았다는 건 애초에 초영이 뭘 할지 모른 채 뒤를 쫓았단 말이 된다. 즉, 초영이 무언가 지시를 받았다는 것만 눈치를 챈 누군가가 뒤를 캐고 있다는 소리였다.

천 내관을 통했다는 걸 보면 밀지를 보낸 이는 '목소리' 그자이거나 측근일 것이었다. 그렇다면 이를 캐내려는 인물은 바로 중전이겠구나, 조창주는 쾌재를 불렀었다. 잘만 하면 두 마리 토끼를 모두 잡을 수 있을 거란 생각에.

'그 한 번을 못 참아서 일을 그르쳤으니, 쯧쯧.'

어디선가 수군대는 소리가 들려왔다. 나장들끼리 속닥이는 것이려니 별 생각 없이 넘기던 조창주는 갑자기 머리맡에서 느껴지는 인기척에 고개를 들었다. 익숙한 남장 차림에 비단 보따리를 든 단영의 모습이 거꾸로 보였다.

"일전에도 이런 일이 있었더랬지."

조창주가 느물느물 일어나 앉으며 말했다. 그러나 그때처럼 호통을 칠 생각은 들지 않았다.

"세 살 버릇 여든까지 간다더니, 자네가 그 짝이로군."

단영의 음성에도 몇 년 전과 같이 어설픈 승리감 따윈 섞여 있지 않았다. 조창주가 다리를 박박 긁으며 물었다.

"초영인 언제 구워삶았느냐?"

맹세컨대 누구에게도 제정신임을 들킨 적이 없었다. 그러니 단영에게 이를 고자질한 사람은 초영밖에 없다는 결론이 나온다. 그러나 단

영은 다른 말을 꺼냈다.

"어째서 그렇게까지 살고 싶어 하지?"

뜬금없는 질문에 조창주가 실소를 터트렸다.

"그럼 가만히 앉아 개죽음 당하고 싶은 놈도 있다던가? 원, 별."

"이태충으로부터 차용한 금전은 모두 어디에 썼느냐?"

투덜거리던 조창주의 말문이 일순 막혔다. 단영은 그런 그를 살피며 말을 이었다.

"색주가에 갖다 바친 것도 아니요, 투전을 한 것도 아니며, 향락에 빠져 지낸 것도 아니라면 그 많은 재물이 과연 어디로 간 것일까?"

조창주가 구석에서 다 찌그러진 부들부채를 집어 탈탈 털며 말하였다.

"마치 나에 대해 모든 걸 알고 있다는 듯 허세라도 부려보고 싶은 게냐? 첫."

심기가 몹시 상하였으나 단영은 개의치 않고 가져온 보따리를 던졌다. 이건 또 무슨 꿍꿍이인가 싶어 헤쳐보니 누런 삼베로 된 수의 한 벌이 담겼는데 그 사이로 책자도 함께 들어 있었다. 언뜻 보아선 무엇인지 알기 어려웠다.

"자네 누이 조씨도 이제 분가를 하여 저 살 궁리 한다고 자네를 돌보아줄 여력이 없을 것이네. 곧 먼 길을 떠나야 할 텐데 입고 갈 옷 한 벌이 없다면 얼마나 한이 되겠나. 내 특별히 지시하여 사들인 것이니 아무것도 염려치 말고 편히 가게나."

8년 전 그날의 영특한 꼬마 계집을 보는 듯해 조창주는 하하, 웃음을 터트렸다. 안에 든 책자의 첫 장을 넘겨보니 윤돈경이 경기관찰사로 수원에 머물 당시 그곳에서 자신이 베꼈던 잡다한 장부이다. 잊고 있었는데 갑자기 단영이 들고 오니 의아해졌다.

"그래, 이걸 누가 가지고 있더냐? 누이 손에 있었다면 구하기 쉽지 않았을 텐데.”

그러나 단영은 말없이 바라보기만 한다. 조창주는 잠시 뒤적이다가 자신이 적어놓은 짧지 않은 글귀 하나를 찾아냈다. ‘두릅’이란 글자와 ‘오월’이란 이름을 가만히 내려다보았다.

“……그 녀석에게 아직 해줄 말이 남았군.”

그 말을 끝으로 입을 다무는 조창주. 단영은 이토록 진중한 조가의 모습을 처음 보았다. 무어라 언급이 더 있을까 싶어 조용히 지켜보지만 조창주는 이내 부들부채를 휘휘 두르며 가라는 시늉을 했다. 그러고는 벌렁 드러누워 한쪽 관자놀이를 벅벅 긁는다.

“해줄 말이 무엇입니까?”

느닷없는 음성에 조창주의 행동이 멈췄다. 혀를 끌끌 차더니 천천히 일어나 단영을 쳐다본다. 저 녀석이 올 것을 알고 있었구나, 하는 표정에 단영은 가볍게 고개를 끄덕였다. 곧 저만치 어둠 속에서 이기가 모습을 드러내었다.

“하십시오. 듣겠습니다.”

안 보는 동안 이기는 훌쩍 성장해 있었다. 키도 더 커졌고 눈매도 더 깊어졌다. 그리고 짙은 고독의 음영도 더 깊어진 듯하다. 단영은 왠지 안타까웠다.

조창주는 쩝, 입맛만 다시며 부들부채를 흔들었다. 아직 결심이 안 서는지 난감한 표정이다.

“어머니에 관한 것입니까?”

이기의 질문이 이어졌다. 조창주는 이제 위협적으로 보이는 그를 보다가 고개를 끄덕였다.

“그렇기도 하고 아니기도 하지.”

조창주의 입에서 작게 한숨이 새어나오더니 곧 손에 들린 서책을 던졌다.

"받아라."

"무엇입니까?"

"보아라. 그 안에 네 어미에 관한 것도, 네 애비에 관한 것도 나와 있을 테니."

이기의 한쪽 눈썹이 일그러졌다. 조창주가 부들부채를 마구 흔들며 중얼거렸다.

"어차피 죽을 터, 마지막까지 거짓을 담고 가봤자 무엇 하겠나. 너에게는 참으로 몹쓸 짓을 하였다만 눈곱만큼도 후회는 없으니 그리 알아라. 이제라도 알려주는 걸 고마워해야 할 거야. 계획대로만 되었다면 넌 앞으로 어디서도 날 볼 수 없었을 테니 평생 누구의 씨인지도 모르고 살았을 테지, 흥."

조가의 뻔뻔함이야 어제 오늘 보는 게 아니다. 어떤 말도 신뢰할 수 없음을 알기에 이기는 묵묵히 알고 싶은 것만 물었다.

"어머니는 살아 계십니까?"

"글쎄, 살아 있다고 해야 할지, 아니라고 해야 할지."

무언가를 알려줄 것 같으면서도 오리무중으로 구는 것은 여전하다. 이기는 책자를 훌훌 넘겨보았다. 언뜻 봐선 평범한 장부 같아 보인다. 조창주의 음성이 들려왔다.

"네 녀석이 못 찾아도 신씨 년이면 찾아줄 게야. 나는 네가 누구의 핏줄인지 그런 건 알지 못하고 관심도 없다. 그러나 그년이라면 알고 있지. 애초에 그년에게 물어봤으면 좋았을 것을. 그랬다면 이용 따윈 안 당하였을 텐데."

킬킬거리는 조창주를 내려다보며 이기는 이마를 찌푸렸다. 사실일까. 그럴 수도 있고 아닐 수도 있다. 어쩌면 머리를 다친 이후 아무 말이나 주워섬기는 후유증이 생겼을 수도 있다. 하긴 사실이라면 또 어떤가. 솔직히 이젠 친부가 조가이든, 혹은 모르는 다른 이이든 상관없었다.

다만 친모를 찾을 수 있다는 말은 그냥 넘길 수 없었다.

"네가 내 핏줄이었다면 이보단 좋았을까. 지금과는 다른 결과가 나왔을까, 응? 넌 어찌 생각하느냐……?"

이기는 점점 멀어지는 조창주의 음성을 뒤로한 채 금부옥을 빠져나왔다. 단영은 어디에도 보이지 않는다. 이미 돌아갔거니 싶었는데 뭘 하다 나왔는지 단영이 그제야 담을 넘어온다.

"가니?"

음성을 듣는 것만으로도 마음이 아프다. 청을 다녀오며 이기는 많은 생각을 했다. 그녀는 자신의 삶에 중요한 존재였으나 곁에 붙잡아둘 수 있는 존재는 아니었다. 그걸 몰랐던 것도 아닌데 실은 그 욕심을 한 번도 내려놓은 적이 없음을 깨닫고 이기는 놀랐었다. 본래부터 포기했던 원이라 여겼는데 그게 아니다. 가능하다 여긴 적이 없기에 포기도 없던 것이다.

단영을 바라본다. 까맣고 동그란 눈매는 또한 고집스럽게 그 꼬리를 세우고 있다. 총기가 반짝이는 그녀의 눈을 들여다보다가 이기는 끝내 시선을 돌리고 말았다.

"이것 봐. 역시 안 되잖아."

단영이 뜻 모를 말을 한다. 그러고는 갑자기 그에게 손을 내밀었다. 어쩌라는 건지 알 수가 없어 이기는 가만히 내려다보기만 하였다. 그 손에 무언가 담겨 있기라도 하듯.

"내가 널 사내로 보길 원했니?"

"……."

갑작스런 말에 이기는 당황하였다. 사내라니, 그녀를 바라보며 떠올리지도 못했던 언어이다.

"내가 널 선택했다면 넌 나를 여인으로 대할 수 있었을까. 내 마음을 너에게 주었다면 너는 받아줄 수 있었을까?"

단영의 목소리가 똑똑, 떨어지는 물방울처럼 이기의 귀를 두드렸다. 사내, 여인, 마음…….

"처음엔 곁에 있는 것만으로 만족했을 거야. 그리고 점점 버거워졌겠지. 넌 나를 늘 바로 볼 수 없었을 테고 나 또한 널 온전히 바라보지 못했을 테니. 너에게 난 언제나 단영 아가씨이고 나에게 넌 언제나 두릅인 거야. 다른 건 될 수 없지."

언제나 고개를 숙인 너를 내가 지켜볼 수 있었을까. 언제나 아가씨인 나에게 네가 먼저 다가올 순 있었을까. 아니, 아니야. 너와 나의 사이엔 너무 많은 벽이 존재하지. 세상이 만든 것만이 아니야. 우리가 만든 벽도 견고하긴 마찬가지란다.

단영은 어린 시절 두릅에게 그러했듯 그의 어깨를 가볍게 두드렸다. 이제 이만큼 커버린 네가 주위의 모든 이들로 인해 계속 아파야 한다는 게 난 슬프구나. 그중 하나가 나 때문임도 나는 안타깝다.

이기는 저도 모르게 미소 지었다. 언제고 단영이 알아차릴 것임을 그도 알고 있었다. 그리고 그 후에 찾아올 막연한 거리를 예상했다. 그런데 단영은 그러한 거리를 허용치 않을 참인가 보다. 어미고양이가 새끼고양이를 핥듯 그녀는 자신을 부드럽게 달래는 중이었다. 그리고 이기는 어쩔 수 없다고 생각했다. 그녀의 말대로 자신은 결코 단영을 향한 벽을 깨트리지 못했을 것이다. 설사 가능하다 해도 아주 많은 고통의 시간을 견뎌야 할는지도 몰랐다. 그리고 그것은 단영에게도 상처를 입힐 것임이 자명했다.

"……어머니를 찾을 수 있을 것 같습니다."

"그래? 잘됐구나. 조가가 알고 있을 거라 여겼었다."

그가 제 친부가 아니라고 합니다. 이 또한 짐작하셨습니까? 그러나 일부러 묻지는 않았다.

"이제 그만 들어가셔야지요."

이기의 말에 단영이 고개를 끄덕였다. 지금쯤 의종이 자신을 기다리고 있을 터였다. 청에서 들어온 새로운 소식을 가지고.

"너는 어디로 가니?"

당분간, 아니, 어쩌면 오랜 시간 이기를 못 볼 수도 있겠다는 느낌에 단영은 물어보았다.

"모르겠습니다. 우선 마님께 가보려 합니다."

그래, 그렇겠지. 그렇게 넌 더 멀어지는구나. 나로부터.

단영은 쓸쓸한 마음을 다잡으며 빙긋 웃음을 지었다.

의종이 비밀리에 청나라 재상 장성량에게 파견했던 사절단은 짐작과는 다른 정보를 물고 왔다. 여전히 너털웃음을 터트릴 것 같은 털보 정석영과 있는 듯 없는 듯 그림자 같은 이기, 그 외에 그들을 보필했던 이들은 비교적 놀라운 사실을 들고 의종을 알현하였다 한다.

"안빈이 화약을 빌미로 왕비로 추숭(追崇)되어 대비의 자리에 앉길 원했다는 말이십니까?"

"청으로부터 봉책(封冊)을 받고자 하였단 뜻이지."

대답을 할 수 없었다. 그만큼 안빈의 욕심은 입에 올리기 어려울 만큼 허황된 것이었다.

봉책이란 왕후(王后)에 봉함을 인정한다는 내용의 조서(詔書)를 뜻했다. 안빈이 청나라 군기대신 수언춘에게 많은 양의 화약을 넘기며 얻고자 했던 것은 그저 개인의 영화만이 아니었다. 자신이 대비가 됨에 앞서 현재 자경전을 지키고 있는 인성대비를 폐비시킬 계획도 가지고 있었다는 뜻이다. 방령군과 역모를 도모했던 일을 빌미로 인성대비를 폐서인시키고 대신 자신이 선종의 계비로 오를 생각이었던 것이다. 이는 오랜 숙원이었음과 동시에 더 나아가 보위를 이어받는 자령에게 후궁의 소생 따위가 아닌 적통 왕자라는 정통성을 부여해주려는 속셈이기도 하였다. 그러기 위해선 청의 인정이 꼭 필요했으리라.

"계획대로만 되었다면 누구도 흠 잡을 수 없이 완벽히 정리가 되었을 테지. 자령은 극악무도한 형제들을 처단한 후 나의 원한을 대신 갚아준 인물로 역사에 남을 것이고 자신 또한 합법적인 왕후 자리에 오른 운 좋은 왕실 여인이 되었겠지."

의종은 미간을 찌푸렸다. 이것만으로는 안빈의 죄를 증명하기 어려웠기 때문이다. 이 또한 신료들은 자령이 자신의 어미를 모후로 만들기 위해 계획한 것이라 주장할 것이다. 어느 누구도 여인의 손에 의해 이러한 일이 진행되어왔음을 인정하지 않을 터였다.

단영은 알고 있었다. 그가 고심하는 것은 오로지 하나 자령을 살리고 싶은 마음 때문이란 것을. 그러나 아무리 의종이라도 쉽지 않은 일이었다.

"마마, 임 내관 입시이옵니다."

최 상궁의 목소리에 의종이 먼저 고개를 들었다.

"무슨 일이냐."

"그것이 저……."

임 내관의 망설임이 답답했던지 의종이 일어나 직접 밖으로 나갔다. 이어서 웅얼거리는 임 내관의 목소리, 의종의 짧은 몇 마디, 곧 이어 멀어져가는 발소리…….

"마마."

의종 일행이 사라짐과 동시에 최 상궁과 윤 상궁이 나란히 안으로 들었다.

"무슨 일인데 저리 급히 가시는 것인가?"

"안빈이, 안빈이 자결을 하였다 하옵니다."

"무엇이, 안빈이?"

목을 매었더라고 한다. 중전이 되어야 입을 수 있는 화려한 대례복을 입고 어여머리를 띠고 그렇게 죽어 있더라고 최 상궁은 전했다.

"유서는 없었던 것으로 아옵니다."

단영은 씁쓸한 표정으로 최 상궁을 바라보았다. 이제야 한 단락 지어졌다 생각하면 안빈은 늘 다른 모습으로 대치하던 최고의 정적이었다. 그리고 지금 그런 그녀가 죽었다고 한다. 음산한 목소리로 단영을 위협하던 그녀가 마지막 염원인 왕비 책봉을 받기라도 하듯 그렇게 꼿꼿하게 죽어 있었다고 했다.

"이것으로 스스로의 죄를 만천하에 고한 셈이 되는가."

삶의 목적이 사라져서인지, 아니면 아들인 자령을 살리기 위함인지 알 수 없는 일이다. 그저 죽음을 선택하기까지 얼마나 많은 괴로움을 품었을지……, 단영은 짐작조차 할 수 없었다.

안빈의 해괴한 죽음은 조정에 잦아들기 힘든 파장을 불러왔다. 지금까지와는 차원이 다른 역모였기에 그들은 당황하였다. 스스로 왕후에 오르고자 했던 여인에 대해 어떤 처벌을 내려야 하는지조차 의견이 분분했으며 남은 자령군의 처분에 대해서는 더욱 혼란스러워하였다. 물론 역모의 수괴로서 형을 집행해야 한다는 것엔 누구도 이의가 없었다. 문제는 의종이었다. 왕 스스로 자령의 변호를 시작한 것이다.

이곳은 의금부. 곧 저만치에서 다가오는 누군가의 발소리가 작게 들려왔다. 황색 도포를 입은 사내였다. 늦지도, 빠르지도 않은 걸음으로 다가온 그는 잠시 주위를 살피다가 자령군의 옥사 앞에 멈췄다. 일렁이는 불빛 사이로 보이는 이는 바로 의종이었다.

"자경전 어마마마께선 좀 어떠십니까?"

자령군이 먼저 말문을 연다. 안빈에 의해 독살될 예정이던 대비의 현 상태가 신경 쓰이는 것이리라. 그러나 걱정할 만한 상황은 아니었다.

"이런 곳에서 보다니……, 유감이군."

의종의 말에 자령군이 대답 없이 고개를 숙였다. 그런 자령을 내려다보는 의종의 시선엔 많은 생각이 담겨 있었다. 언제부턴가 모든 정황이 자령에게 맞춰질 때에도 의종은 끝내 그가 아닐 가능성을 배제하지 못했다. 이는 비단 그의 어렸던 나이 탓만은 아니다. 자령의 성품 자체가 이런 식의 비정함과는 맞지 않았기 때문이다. 그런데 이제는 이해가 되었다.

자령은 의종이 무슨 말을 기다리는지 알고 있었다. 그러나 해줄 말이 없다는 것도 알고 있었다. 그에게 무엇을 설명할 수 있겠는가.

"제 뜻이 아니었습니다. 제가 의도한 게 없습니다. 스스로의 선택도 아니었습니다."

자신의 행동이 자빈을 해친 것 같노라며, 그러나 스스로의 뜻은 아니었다고 항변하던 초영의 목소리가 들려온다. 그래, 지금 이 순간은 그날과 너무나 흡사하여 마치 그가 옥 밖에, 초영이 옥 안에 앉아 있는 듯 생생했다. 그날, 그는 뭐라고 하였던가.

"이용당했다고 생각하는 겁니까? 다른 이에게 책임을 전가하는 것만큼 나를 편하게 해주는 것은 없지요. 내가 원하지 않은 것, 내가 뜻하지 않은 것을 저이가 하게 만들었다 여기면 그것으로 족하게 되니까요. 허나 윤 나인, 윤 나인은 정말로 아무것도 뜻한 바가 없었습니까?"

그날의 비난은 비단 초영에게만 국한된 것은 아니었다. 그는 알고 있었던 것이다. 자신 내면의 갈등과 모순들을.

아니라고 말하면, 못한다고 말하면 어미가 어떻게 변할지 예측할 수 없어 두려운 시간들이었다. 일곱의 어린 나이에 보아야 했던 극약을 삼킨 어미의 모습, 스스로 원했건 아니건 어느새 자신의 탓이 되어버린 어미의 상해는 그 자체로 충격이고 공포였다. 매일 밤 꿈을 꾸었다. 입은 안 된다고 소리치는데도 어느새 팔은 어미를 활활 타오르는 불구덩이 속으로 밀어 넣고 있었다. 스스로 품어보지 못한 욕심이 어머니를 밀어붙인다는 사실에 절망하면서도 그것이 숙명이라 교육받았기에 거부할 생각도 하지 못했다. 그렇게 자령은 성장했다.

아비는 어떠했던가. 그토록 총애하던 여인이었음에도 자신의 뜻과 반하는 행위를 하자 단호하게 등을 돌려버리던 그 철저한 단절. 그것은 자령이 받아들이기엔 벅찬 아픔이었다. 상처 입은 어미를 헤아리지도, 살피지도, 하다못해 타이르지도 않던 아비의 비정함.

자령은 자조적인 웃음을 지었다. 이 모든 일들이 그에게 변명거리가 되어주지는 않을 것이다. 그것을 자령은 누구보다도 잘 알고 있었다. 모든 게 스스로 자초한 일이다. 겁에 질려 있던 어린 아이가 십여 세의 소년으로 자라나면서 점차 욕심이라는 것에 눈을 떴다. 그 욕심은 워낙 작아서 존재한다는 것조차 깨닫지 못할 만큼 가냘팠으나 이 가냘픔은 자령으로 하여금 내면의 질시, 원망, 망상 등을 직시토록 이끄는 영악함을 내재하고 있었다. 그리고 그것이 밑바닥에 자리한 분노와 결합하자 엄청난 파급 효과를 내며 그를 몰아대었다. 의종만 아니었다면, 3개월 먼저 태어난 그의 존재가 아니었다면……!

"전하."

자령이 묵묵히 서 있는 의종을 부른다.

"형님 전하께선 다르셨을 거라 여기십니까?"

나라면 달랐을까. 의종은 자령군의 말을 속으로 되뇌어보았다. 만일 무령군이, 혹은 방령군이 좀 더 단단한 왕권의 필요성에 의해 나 어린 자신을 제치고 보위를 물려받았더라면 의종 본인은 원자로서, 적장자로서의 권리를 포기할 수 있었을 것인가.

단언하기 어려운 문제였다. 자신 또한 대비의 수렴청정에서 벗어나고픈 욕심에 자빈의 입궁을 용인했던 것이다. 이는 원덕왕후인 연경의 마음을 아프게 했겠지만 당시 의종은 감내해야 할 출혈이라고 생각했었다.

자령군이 말을 이었다.

"소제도 마찬가지입니다. 전하께서 아시는 대로 그 수괴가 바로 소제입니다. 그러니 살리겠다 애쓰지 않으셨으면 합니다."

옛정에 눌린 의종이 망설이지 않길 자령은 바랐다. 그를 살리는 것은 현 정권의 정통성에 도전하는 이들을 용인한다는 뜻이요, 그것은 곧 왕권의 약화를 초래할 것이기 때문이었다.

자령군을 향한 의종의 눈빛이 묵직했다. 잠시 그렇게 자령을 지켜보던 의종은 올 때와 마찬가지로 조용히 자리를 떴다. 그리고 그의 모습이 멀어지자 그제야 숨어 있던 단영이 한구석 어둠을 떨치고 나타났다. 마지막으로 자령을 만나보기 위해 나선 걸음이었다. 그러나 예상치 못하게 의종을 맞닥뜨렸고 곧 그들 형제의 저릿한 만남을 목격했으며 또한 그것으로 되었다고 여기게 되었다. 이제…… 더 이상 자령을 볼 이유가 단영에겐 없었다.

단영이 의금부를 나서기 위해 막 담을 타넘는 참이었다. 착지할 자리에 누군가가 서 있는 것을 뒤늦게 발견했다. 어, 낮게 소리쳤으나 이미 늦었다. 허리를 최대한 틀어보지만 중심이 흐트러져 다리가 그 사람을 걷어차겠구나 싶을 즈음, 그의 팔이 자신의 허리를 감아 지면 위로 가볍게 내려놓았다.

"조심성은 늘 부족하군."

의종이었다. 완벽히 숨었다고 생각했는데 여기서 기다린 걸 보면 이미 눈치를 챘던 모양이다. 단영은 무안함을 숨기려 괜히 옷을 터는 척하다가 새삼스레 의종을 올려다보았다. 오만한 표정은 여전했으나 눈동자에 맴돌 법했던 짓궂음은 보이지 않았다. 다른 때라면 몇 마디 더 꺼냈을 입술도 굳게 다문 채다. 기분이 좋지 않다는 뜻이었다. 자령군 때문이겠지.

단영은 주위를 둘러보았다. 두 사람 모두 말을 많이 하는 성격은 아니지만 지금은 좀 다르다. 상대가 힘들어하는 것은 충분히 느끼겠는데 뭘 어떻게 해줘야 할지 몰라 난감한 상황이랄까. 위로 같은 건 해본 적도 없는데 그렇다고 마냥 서 있을 수만은 없으니 어딘가 쫓아와 있을 홍 내관을 찾기로 한 것이다.

"왜 그러지? 누굴 찾고 있나?"

그런 단영이 신경 쓰였는지 같이 주위를 둘러보던 의종이 곧 안색을 굳혔다. 단영이 새삼 상궁이라도 달고 나왔을 리 없으니 찾고자 하는 이는 분명 자신의 수족일 것이기 때문이다.

"나와 둘만 있는 게 그리 불편한가?"

괜한 시비임을 양쪽 모두 알고 있었다. 그러나 영 틀린 말이 아닌 것도 알고 있었다. 사적으로 마냥 편한 사이는 아직 아닌 것이다.

갑자기 의종이 걷기 시작했다. 손을 잡은 채였기 때문에 단영도 멋모르고 따라야 했다. 인적이 드문 밤 시간이었으나 누군가의 눈에 띌 수도 있었다. 조용히 손을 빼려는데 의종이 더욱 힘을 주어 그녀 손을 잡아당겼다.

의종이 걸음을 멈춘 것은 그로부터 한참 뒤이다. 커다란 상수리나무를 발견하고 난 직후였다. 설마, 단영이 흘낏 그의 눈치를 살폈으나 예측은 들어맞았다. 의종은 먼저 나뭇가지 사이로 뛰어오른 후 단영에게로 손을 내밀었다. 단영은 짧은 한숨을 내쉰 후 의종의 내민 손에 의지해 좀 더 높은 가지 위로 가볍게 뛰어올랐다.

나무에 걸터앉고도 의종의 침묵은 계속되었다. 잔뜩 지쳐 보이는 옆모습, 무령군을 유배 보냈을 때와는 또 다른 분위기여서 단영은 지켜보기로 했다. 비단 자령군과 더 가까웠기 때문만은 아닐 것이다. 허전하고 무력한 분위기가 의종을 감싸고 있었다.

단영은 허리춤에 매달아 놓은 붓통에서 세필 한 자루와 둥글게 말아 놓은 얇은 한지 몇 장을 빼냈다. 나주에 내려간 어머니에게 편지라도 쓰면서 시간을 보낼 참이었다.

그런데 종이를 앞에 두고도 첫 문장이 잘 잡혀주질 않는다. 하긴 지문으로 이기에 대해 묻는 것도 어색한 노릇이었다. 그냥 안부 정도의 간단한 내용만 적어볼까, 고민하는 단영의 시선 속으로 의종의 비스듬한 옆모습이 들어왔다. 참으로 딱딱하고 차갑고 단호한 얼굴선이다…….

"아까부터 뭘 하고 있지?"

얼마나 시간이 흘렀을까. 갑자기 고개를 돌리는 의종 때문에 단영은 들고 있던 종이뭉치를 무릎 위로 내려놓았다. 집어 갈 듯 손을 뻗는 의종, 그러나 그의 손은 종이가 아닌 단영의 손을 잡는다.

"여기가 간혹 답답해. 어떨 땐 숨이 쉬어지지 않을 만큼."

끌려간 손은 의종의 가슴 위에 놓였다. 답답하다니 왜? 다음 말을 기다렸으나 의종은 또 입을 다물었다. 주위가 다시 조용해지자 손바닥으로 전해지는 그의 심장 박동이 느껴졌다. 빠른 듯 급한 듯 주인의 성격을 닮았다.

단영은 자신의 손을 덮고 있는 의종의 손을, 손등과 손가락을 바라보다가 물었다.

"어디가 미령하신 것이옵니까?"

"아니."

너무 단호하게 부정하여 단영은 다음 말을 잇지 못했다. 대신 의종이 말하였다.

"이것 때문에 매 시간 그 질문을 받아. 모두가 크게 염려하고, 어의를 대령시키고, 과한 반응들을 보이지만 나아지는 건 없어. 병 따위가 아니기 때문이지."

병이 아니면 뭐란 말인가. 단영이 골똘해지는데 갑자기 의종의 시선이 그녀에게로 향했다.

"세자로 책봉이 되던 그날, 아바마마께서 내게 비법을 하나 알려주셨는데……."

"비법이라 하시면?"

의종이 미소를 지었다. 다른 날과 달리 자애로운 그 표정에 단영은 조금 놀랐다. 뭐랄까, 좀 더 나이 어린 소년이 지을 법한 풋풋한 웃음 같다고 느껴졌기 때문이었다.

"모르는 것은 아는 것처럼, 아는 것은 더욱 아는 것처럼."

"……무슨 뜻이옵니까?"

"아는 것은 모르는 것처럼, 모르는 것은 더욱 모르는 것처럼."

도무지 의미하는 바를 알 수 없어 바라보고만 있자니 의종이 계속 말을 이었다.

"왕 노릇을 제대로 해내기 위한 비법이라더군. 어떤 경우에도 모르고 있다는 것을, 혹은 알고 있다는 것을 들키면 안 된다는 뜻이지. 대소신료들과의 힘의 균형을 제대로 이룰 때에만 비로소 그들을 내 사람으로 묶어둘 수 있다 하셨어. 또한 아버님은 이렇게도 말씀하셨는데, 그 비법을 제대로 소화하려면 실제로 내가 무엇을 아는지, 무엇을 모르는지 분명히 구별해야 한다, 그래야 어느 때 아는 척을 하고 어느 때 모르는 척을 할지 판단할 수 있다고 말이야. 헌데 나는 그 말씀이 어찌나 어렵던지 그저 막막하기만 한 거야. 게다가 '아는 것과 모르는 것을 구별 못하면 옳고 그름과 곧고 굽음도 모호해지니 스스로 알고 있다고 여기는 것이 참인지 거짓인지 늘 살피고 경계해야 한다'고도 하셨으니 도무지 그 복잡한 뜻을 어렸던 내가 어찌 이해할 수 있었겠나."

그러고는 잠시 후 덧붙였다.

"하긴 그대라면 이해할 수 있었을 것 같군."

단영이 물었다.

"그럼 전하께선 지금껏……."

왠지 단영의 눈초리가 자신을 흘겨보는 듯 느껴져 의종은 다시 훗웃음을 지었다. 여태 아는 척을 얼마나 한 것이냐고 묻는 것처럼 느껴졌기 때문이다.

"글쎄, 내가 그대에게 아는 척을 했던가, 모르는 척을 했던가. 기억이 나질 않는데."

어딘가 모르게 다정하고 어딘가 모르게 따뜻해 뵈는 어색한 의종의 모습. 단영이 짐짓 하늘을 올려다보는데 무언가 부스럭거리는 소리와 함께 무릎 위가 허전해졌다. 이미 의종은 단영보다 더 골똘한 표정이 되어 그녀의 종이 몇 장을 들여다보고 있었다.

"이게 나라는 건가?"

글귀가 잘 풀리지 않아 마침 가까이에서 살필 수 있던 의종의 옆얼굴 몇 장을 그렸었다. 그러나 당사자에게 보일 마음은 없었기에 단영은 왠지 당혹스러웠다.

"네."

그렇다는 대답을 듣고도 의종의 표정은 풀리지를 않는다. 다시 한 번 첫 장부터 마지막 장까지 살펴보던 의종은 고개를 저으며 말했다.

"결단코 나일 리가 없을뿐더러, 무엇보다 이처럼 같은 그림을 몇 장이나 그려놓고도 조금도 발전이 없는 것을 보면 그대의 손은 그림보다는 단검에 더 제격인 모양이야."

"같은 그림이 아닙니다."

"같지 않다면 이건 뭐란 말이지?"

의종이 한결같이 꾹 다문 입술을 한 그림들을 펼쳐 보이며 묻자 단영은 그 안에서 한 장씩 뽑아 들며 슬플 때, 기쁠 때, 아플 때, 화났을 때 등등의 설명을 곁들여주었다. 의종의 얼굴이 어이없다는 듯 일그러졌다.

“어느 경우이건 무표정으로 일관하는 건 내가 아닌 그대임을 모르는 모양이군. 그럴 줄 알았으면 이런 것 대신 질 좋은 면경이라도 구해보는 건데.”

그러고는 품속을 뒤져 작은 염낭 하나를 꺼내 단영에게 건네주는 것이었다. 그때까지도 무엇이 똑같다는 건지 알 수 없다는 표정으로 그림을 내려다보던 단영이 분홍 비단 주머니의 단단한 매듭을 풀기 시작했다. 석류잠(石榴簪) 하나가 쏘옥 빠져나온다. 알알이 붉은 석류 꽃송이가 탐스러운 은비녀였다.

짐짓 모르는 척 무엇이냐 물을 수도 있을 것이다. 그러나 벌써부터 미간을 잔뜩 찌푸리는 의종을 보니 여인의 장신구를 직접 구입하는 일이 그에게 얼마나 고된 노력이었는지 알 것 같았다. 사실 스스로도 무엇 때문에 화가 났는지 묻는다면 딱히 대답할 말이 없기도 했다.

의종은 하늘을 올려다보았다. 지금 이 모습을 본다면 연경은 많이 섭섭해할 것이다. 그렇지만 어쩔 수 없는 일이다. 그들은 너무 어릴 때 만났고 또 너무 일찍 헤어져 동기간 같은 정에서 연인으로 발전할 계기가 없었기 때문이다.

“연경은……, 그렇게 떠나보낸 게 애달프고, 애틋하고, 지금도 가끔은 어릴 때로 돌아가 지켜주고 싶은 내 누이 같은 사람이지. 그 용잠도 당시의 기억일 뿐, 정표 같은 건 아니야.”

물론 여인에게 아무런 관심도 없었던 건 아니다. 연경보다는 늦었지만 당시 의종도 이성에 막 눈을 뜨기 시작하는 시점이었다. 그리고 그때 새롭게 만난 자빈의 화려한 미모는 의종의 시선을 끌기에 충분했었다. 앳되기만 하던 연경에 비해 성숙한 여인의 면모를 유감없이 발휘하던 자빈, 이런 그녀를 향해 소년에서 청년으로의 성장이 시작되던 의종의 신경이 완전히 차단되긴 어려웠던 것이다.

그러나 자경전과 맞서려는 의종의 오기가 두 사람의 만남을 처음부터 엇갈리게 했고, 이후 연경의 죽음이 도래하자 그 사이를 죄책감과 후회란 깊은 골이 자리하게 되어 더욱 소원한 관계가 된 것이다. 잔혹한 성품과 행동거지로 인해 자빈이란 존재 자체가 철저히 무시받게 된 것은 좀 더 후의 일이었다.

"자빈이 입궐 때부터 부당한 대우를 받긴 하였군요."

단영의 말에 의종이 씁쓸히 고개를 저었다. 부당한 대우를 받은 것은 그녀뿐만이 아니었다. 실은 자신을 바라보는 연경의 시선을 느꼈던 것이다. 동무처럼, 남매처럼 지내는 것으로 족했던 그에게 그녀의 시선은 부담이었다. 그래서 모른 척했다. 언제까지 그들의 관계는 오누이의 다정함 그 이상도, 이하도 아닌 듯 행동하여 연경을 상처 입혔다.

"최씨는……, 그녀는."

의종은 무슨 말로 최 귀인을 설명해야 할지 몰라 잠시 말을 멈추었다. 어떻게든 혼자일 수밖에 없으리라 여기던 때, 진심으로 자신을 위하는 이는 아무도 없다는 걸 곱씹으며 살던 시간, 최씨는 그런 의종을 편하게 해주었다. 그녀와 관한 한 어떤 부분에서도 마음을 졸이거나 상처를 입거나 남겨지는 일 같은 건 일어나지 않을 것 같았다. 곰처럼 우직하게, 그렇게 자신을 쉬게 해줄 것 같았다. 그가 받아들인 이후 1년도 지나지 않아 세상을 하직하리라고는 결코 예상치 못했었다.

아무도 가까이 하면 안 된다고 생각했다. 실은 자신이 그들 모두를 죽인 것이라고, 새로이 아끼는 이를 만든다는 건 그 자체로 그를 상하게 하는 길이 될 것이라고 은연중에 확신하게 되었다. 신생아 때부터 다른 아기들과 확연히 차이가 나는 양혜를 보며, 그녀가 말을 배우지 못하는 것을 보며 오히려 다행일 수 있다고 생각했다. 그렇게라도 곁에 있어준다면 고맙겠다고, 최대한 딸아이를 향한 감정을 억누르며 그렇게 생각했었다.

"그러면 신첩에겐 어떻게 마음을 여신 것입니까?"

단영이 의아하여 물었다. 아무리 좋게 평가하려고 해도 자신은 정비인 연경이나 자빈, 하다못해 초영에 비해서도 많이 떨어지는 외모를 지녔기 때문이다. 게다가 마음 씀에 있어서도 연경은커녕 귀인 최씨를 따라가기도 버거웠다. 의종이 빙그레 미소를 지었다.

"글쎄. 아마도 처음 시작은 의심이었던 것 같군."

집 안에서 어쩌다 보니 쌓게 되는 생활내공으로 보기엔 동작 하나하나의 빠르기와 정확성이 남달랐던 중전. 새로운 중전에 대해 의문을 품기 시작한 것은 자경전에 모여 장국을 나눠 먹던 그날부터였다. 그리고 첫날밤 들었던 그 목소리며 어투가 결코 낯설지 않았다는 것을 기억해냈다. 윤돈경의 사택에서 마주친 여인이 초영이란 서녀가 아니라 단영이었다면 이 이야기의 흐름은 어떻게 될까. 만일 중전이 맞는다면 자신이 뒤쫓던 그 묘한 느낌의 사내아이와 중전의 관계는 어떻게 되는 것일까. 윤돈경의 수족일까, 아니면 중전 본인의 수족일까.

"그 다음은 호기심이겠고."

두 사람이 실은 한 사람이라는 것을 알아내는 것은 어렵지 않았다. 그러나 두 눈으로 똑똑히 보았음에도 의종은 단영이란 존재 자체를 믿기가 어려웠다. 하여 정체가 발각된 그녀를 눈앞에선 너그럽게 봐주면서도 막상 혼자 있게 되면 머릿속이 많이 복잡했다. 반가의 여식이 그런 흉측한(?) 재주를 익혔다는 것이 당혹스러웠고, 그럼에도 끊임없이 흥미를 불러일으키는 단영이란 존재가 새로웠다. 하여 일단은 지켜보는 쪽으로 마음을 굳혔던 것이다. 그것이 시작이리라고는 꿈에도 모른 채.

"그리고……."

"그리고?"

"경이로웠지."

강하고 자유로운 정신이 놀라웠다. 왕인 자신도 깨트리거나 흠집 낼 수 없는 그 고아함과 단단함이 좋았고, 사랑스럽지도 부드럽지도 않은 기이한 성품에 매료되었다.

그러나 결정적으로 의종을 사로잡은 것은 무엇으로도 붙들 수 없을 것 같은 초연함이었다. 삶과 죽음의 경계에서조차 여유로울 수 있는, 그래서 결국 그물처럼 옥죄어오는 파멸을 뛰어넘어버리는, 설사 그것이 하늘에서 정해버린 운명이라 하여도 가볍게 무시해버릴 것 같은 그런 당당함, 그것이 의종을 움직인 것이다.

그대와 함께라면 강해질 수 있겠지, 그대와 함께라면 초연할 수 있겠지, 그대와 함께라면 자유로울 수 있겠지…….

그러나 의종은 그런 마음을 털어놓기가 쉽지 않다. 무엇이든 단영에게 의미를 던져줄 만한 말을 꺼낼 수 있을 것 같은데 그건 그저 욕심일 뿐 그 이상은 어려웠다. 호기로운 척은 할 수 있어도 진실을 표현하는 것은 억지로 되는 일이 아닌 것이다. 고작해야 비녀 따위나 던져주는 유치함이라니.

의종은 다시 답답하게 차오르는 가슴을 단영 몰래 툭툭 치며 시선을 다른 곳으로 돌렸다. 그리고 혼잣말을 하듯 물었다.

"그대는 조르지 않는군."

"무엇을 말입니까?"

"그대가 나에게 무엇이 되는지, 내가 그대에게 부여한 의미가 무엇인지."

단영은 잠시 생각해보았다. 두 사람은 이미 서로에 대한 감정을 확인하지 않았던가.

"신첩은 전하의 마음에 의문을 품은 적이 없습니다."

"알고 있다. 그래서…… 답답하다."

또다시 답답하다 하는 의종. 단영은 그 말 속에 담겨 있는 절실함에 놀랐으나 뜻까지 짐작하기는 어려웠다. 의종이 다시 말했다.

"나를 거쳐 간 다른 여인들, 이미 말했듯 그들이 가진 의미는 결코 퇴색하지 않을 것이다. 그대가 이의를 표명한다 해도 그 점은 변하지 않아. 물론 그들에게 부여한 의미와 그대에게 부여한 의미가 다르기에 나는 그들을 기억함에 있어 그대에게 미안하거나 죄스러울 필요는 없다고 생각한다. 그런데."

그의 시선이 단영에게 닿았다.

"그럼에도 불구하고 나는 침묵하는 그대가 못내 아쉽다. 이 무슨 모순이냐고 묻는다면 할 말은 없지만……."

차마 연경의 용잠 하나에 신경 쓰던 단영이 반가웠노라고는, 그런 그녀를 달래주려 아무도 몰래 비녀나 사들고 돌아다닌 게 흐뭇했다고는 결코 말로 꺼낼 수 없었다.

단영은 생각했다. 그가 좋다. 남들은 다들 어려워하는 모양이지만 그녀 입장에선 어색하긴 해도 어렵진 않았다. 예전엔 얼굴도 모르는 이와의 혼인이라는 것에 냉소적이었는데 지금은 그가 자신의 부군이 된 것이 퍽 다행이라 생각했다. 이는 왕이어서도 아니고 아름다운 외모 때문도 아니다.

어릴 적 아비의 잘못으로 형성된 사내에 대한 선입관을 깨트려주는 그가 새로웠다. 자신이 가진 상처가 어느샌가 모르게 덮이고 치유되는 것도 신기했다. 무엇보다 언제까지든 자신을 이끌어줄 듯, 지켜줄 듯 단단한 그 심성이 오랜 시간 고단했던 그녀를 비로소 편하게 해주었다. 그렇지만 이런 마음을 무슨 말로 표현할 수 있을까.

"신첩은 전하를 먼저 알았던 다른 여인들이 원망스럽거나 밉다고 여긴 적이 없습니다. 오히려 전하를 남겨두고 먼저 저세상으로 가야 하는 그 심정이 안타깝고 또 아까웠습니다. 그들은 분명 전하와 같은 분이 지아비라는 것에 깊은 감사와 자랑스러움을 느꼈을 것이기 때문입니다. 신첩이 그러하듯 말입니다. 물론…….”

간혹 시기를 할 때도 있겠지만 말입니다. 이렇게 덧붙이는 단영의 음성은 부드럽고 작았다. 그러나 의종은 그녀의 담담한 기운이 자신을 휘어잡음을 느꼈다. 꼼짝할 수 없는 마력.

잠시 그들의 시선이 맞부딪쳤다. 골똘함에서 어색함으로, 어색함이 다시 쑥스러움으로 바뀌어갈 무렵 의종이 단영을 살며시 당겨 안았다. 입가에 닿는 모드라운 감촉을 느끼며 단영은 저도 모르게 눈을 감았다.

별들의 오랜 반짝임이 끝나고 동녘으로 희뿌연 빛이 새어나올 무렵 두 사람은 환궁하였다.

“소록당에서 말입니까?”

아직 할 일이 남았다는 의종을 보며 단영이 의아하여 물었다.

“하지만 시각이……. 게다가 이제 곧 우리를 찾아낼 텐데요.”

“그렇겠지. 그래도 당장은 아니야.”

단영은 영문을 모른 채 그를 따라 들어갔다. 이곳, 이 작은 방에서 얼마나 많은 일이, 많은 말들이 오갔던가.

“지난번 말했던 소원을 바꿔야겠어.”

소원? 단영이 의아해하는데 잠시 시야에서 사라졌던 의종의 그림자가 나타났다. 손에 무언가를 들고 있는 듯 보였다.

“그대는 교태전에서 계속 살 필요도, 마지막이 꼭 그곳일 필요도 없어.”

아, 그거. 단영은 또 무슨 말을 하려나 싶어 가만히 침묵했다.

“어느 곳에 살든, 어느 곳을 보금자리로 삼든 탓하지 않겠다. 나 또한 그곳에 있으면 되니.”

순간 간질거리는 느낌에 단영은 저도 모르게 웃을 뻔했다. 그녀는 짐짓 정색을 하며 고개를 저었다.

"이미 전하께 한 번 드린 약조를 어찌 어기겠습니까? 신첩은 감히 그럴 수 없습니다."

"괜찮아. 왕은 나니까, 내가 괜찮다고 하면 된 거야."

그가 씩 웃으며 손에 들고 있던 무언가를 바닥에 내려놓았다.

"어디에도 그대를 가둬둘 수 없다는 걸 깨달았지. 억지로 가두려 한다면 그대는 빛을 잃고 말 거야. 이는 내가 바라는 바가 아니다."

의종은 단영의 어깨를 가볍게 짚어 자리에 앉혔다. 발치에 걸리는 게 있어 보니 금침이 깔린 채다. 누가 이렇게 해놓았을까, 단영이 몸을 돌리는데 이번엔 딱딱한 무언가에 퉁 부딪치고 말았다. 가만히 들여다보니 커다란 대야이다. 잔잔한 빛이 파동이 되어 흔들렸다.

"싫습니다."

의종의 손이 발끝에 닿자 단영은 외쳤다. 그러나 그만둘 의종이 아니었다. 어느새 발목을 쥔 채 버선목을 끌어내리는 손끝.

"왜 이러십니까? 싫습니다."

의종이 장난 어린 목소리로 대답했다.

"그대만이 유일할 거야. 내가 무엇을 하든 그대만이 유일하게 그것을 누릴 것이다."

곧 단영의 발이 의종의 손에 잡혔다. 그는 작은 발을 물에 담그며 무명천을 집어 들었다. 그리고 당황하여 굳어버린 단영을 본체만체 발목부터 부드럽게 문질렀다. 어둠 속으로 퐁당이는 물소리가 가만히 퍼져나갔다.

어디선가 벌레 우는 소리가 들려왔다. 새벽빛이 좀 더 환해졌을 무렵, 의종은 마른 천을 들어 단영의 발을 닦은 후 가만히 안아들었다.

"이곳은 또 언제 들르신 것입니까?"

의종은 그저 빙그레 웃었다. 서툴게 준비를 마치며 혼자 멋쩍게 웃

은 게 몇 번이던가.

"머리를 풀고 싶은데."

단영을 금침 위에 앉힌 의종이 돌아앉으며 말했다. 저도 모르게 손을 올려 동곳을 빼냈다.

의종이 그런 그녀의 두 손을 당겨 가슴에 겹친 후 자신의 손으로 덮었다. 어쩔 수 없이 의종의 넓은 등에 기대게 된 단영, 황망해하는데 의종의 목소리가 들렸다.

"오랜 시간…… 혼자인 게 두려웠었지. 내가 지키지 못할 많은 이들이 두려웠어. 나는 어쩌면 아바마마께서 돌아가신 이후 전혀 자라지 않았을지도 몰라. 그대에겐 실망스러운 지아비일 테지만."

단영은 고개를 저었다. 그리고 그의 등에 가만히 한쪽 볼을 대었다.

"자령을 살릴 것이다."

"전하께서 더욱 힘들어지시겠군요."

그가 단영의 손을 푼 후 돌아앉았다. 창을 넘어 들어온 부연 빛이 단영의 눈가에 맺혔다.

"아니, 그대가 지켜줄 테니 나는 괜찮아."

내가 쓰러지지 않도록, 내가 절망하지 않도록 그대가 지켜줄 테니.

의종은 단영의 단단한 상투를 풀었다. 구불구불한 긴 머리가 어깨를 덮는다. 의종의 손이 이번엔 그녀의 저고리를 벗겼다. 작고 마르고 단단한 어깨가 드러났다. 가슴을 단단히 비끄러맨 무명천의 끝도 풀렸다.

맨 어깨에 닿는 금침의 차가운 감촉이 좋다. 길게 늘어진 의종의 머리끝이 이마를 간질였다. 단영은 눈을 감았다. 처음 마주쳤던 의종의 모습이 생각났다. 그날, 이수환이라 자신을 소개하던 의종은 어딘가 모자라 보일만큼 허술했었다.

"날이 궂어서 그렇다고 보기엔 하늘이 꽤 청명하지 않습니까?"

"그런데 아픈 곳이 정말 다리 한 군데뿐입니까? 듣기엔 목도 많이 상하신 듯한데 고뿔에 걸린 것이 아닌가 우려되는군요."

그러나 그 허술한 자가 담을 넘자마자 어찌 변하였던가.

"나는 지금껏 어느 누구에게서도 권한을 받아 질문을 해본 일이 없다. 또한 원한다면 내가 어떻게 그리 할 수 있었는지를 네게 보여줄 수도 있다. 네가 순순히 대답을 한다면 쉽게 보내줄 수도 있을 터, 어찌하겠느냐?"

단영은 때로 강하고 때로 나약한, 사랑하는 이의 목을 부드럽게 안았다. 내가 그대를 지키는 만큼 그대도 나를 지켜주소서. 내가 믿는 만큼 나를 믿어주소서…….

깊은 밤, 어둡게 자리한 산길이 구불구불 위태롭게 이어진 가운데 세 필의 말이 바람을 가르며 달렸다. 산등성을 비추는 달빛이 점점 깊어질 무렵, 쉬지 않고 달리던 이들이 이윽고 고삐를 당겨 흥분한 말들을 달랬다.

"워, 워."

앞서 달리던 자가 말에서 내려 뒤의 흑마에게 다가갔다.

"이제 조금만 더 가시면 내이포(乃而浦)입니다."

홍 내관의 말에 의종은 고개를 끄덕였다.

제포첨사(薺浦僉使)[101] 유익현이 왜인들에 의해 살해당했다는 상소를 접한 지 만 하루가 지나고 있었다. 그곳에 거주하는 왜인들의 면세 혜택을 철회하고 더 이상의 이주를 불허한다는 공문을 내리자 이에 반발한 왜인들이 내란을 일으킨 것이다.

왜관(倭館)이 설치되어 있는 부산포와 염포의 실정 또한 비슷했다.

---

101) 내이포를 '제포'라고도 한다.

이들은 대마도인과 결탁하여 폭동을 일으키는 한편, 민가를 불태우고 많은 조선 백성을 죽이거나 포로로 끌고 갔다.

"아직 오지 않은 모양입니다."

내이포 진입 전에 만나기로 한 이가 있었다. 유무성이 주위를 살피러 간 사이 홍 내관은 말을 한쪽으로 이끌어 고삐를 묶었다. 그로서는 의종이 왜 내이포까지 가려 하는지 그 이유를 알 수 없었다. 비단 위험하기 때문만은 아니었다. 직접 처리할 일이 많지 않았던 것이다.

"기다리자."

의종은 흑마를 끌며 산자락으로 걸어갔다. 고요 사이로 사악사악 바람이 이끄는 날카로운 선이 느껴졌다. 눈이 올 것 같은 날씨였다. 아치섬에도 눈이 올까. 문득 의종은 궁금해졌다. 아치섬은 자령군이 유배를 간 곳으로 조도(朝島)라고도 불리는 곳이다.

"이번엔 그 양상이 좀 다릅니다. 정책의 강화로 인한 왜인들의 반목을 내세우고 있습니다만 예년과 비교하여 요구하는 바가 모호하며 대마도주가 사전에 공모했다고 보기에도 어긋나는 일들이 많습니다."

의종이 파견한 어사 서종택의 보고였다. 근래에 일어난 일련의 사건과 견주어볼 때 뒤에 감추어진 모종의 세력이 예견된다는 영의정 황인혁의 보고와도 일맥상통한 부분이 있었다. 의종은 산자락 아래로 띄엄띄엄 보이는 희미한 빛줄기를 헤아려보았다.

세찬 바람이 한 차례 지나갔다. 그 안에 담긴 잔향에 의종은 뒤를 돌아보았다. 홍 내관과 유무성 외에도 검은 그림자 둘이 더 보였다. 단영과 그 호위무사였다.

"굳이 이곳까지 납시지 않으셔도 될 것을 그러셨습니다."

단영의 말에 의종도 고개를 끄덕였다.

"그래, 직접 와보니 어떠한가? 그대의 판단도 서종택과 동일한가?"

"대체로 그렇습니다만 대마도주에 관한 건은 판단을 보류해야 할 것 같습니다."

"어째서?"

단영이 좀 더 가까이 다가왔다. 파리하게 언 피부 위로 그녀의 따뜻한 입김이 부딪쳐 온다.

"다수의 처자가 대마도로 피랍되고 있다는 정황이 포착되었습니다. 다만 이 일이 왜와 직접관련이 있는지, 혹은 국내와 연관이 있는지, 그도 아니면 대마도주의 독단적 폐행인지는 좀 더 조사를 해보아야 할 듯합니다."

피랍이라.

"인신매매가 근절되지 않았음은 나 또한 알고 있다. 허나 국내와의 연관이라면?"

"서 어사가 보고하길 지금까지 있어온 삼포의 반란과 그 양상이 다르다 하지 않았습니까?"

의종이 고개를 끄덕였다.

"왜인을 선동하여 난을 꾸미고 뒤로는 다른 일을 벌이는 조직이 존재할 수 있단 말인가?"

"그렇습니다."

의종이 만족스러운 미소를 지었다. 그가 직접 이곳까지 온 것은 바로 단영의 판단 때문이었다. 도무지 납득할 수 없는 부분이 있다며 직접 조사할 권한을 줄 것을 청해온 것이다.

"그래서 이제 어떻게 해야 한다고 보는가?"

"나흘의 말미를 주십시오. 그 안에 배후를 밝혀보겠습니다."

의종이 물끄러미 단영을 들여다보다가 입을 떼었다.

"……설마 대마도로 직접 숨어들기라도 할 요량은 아니겠지?"

단영이 빙그레 미소를 지었다. 마치 왜 아니겠습니까, 라고 묻듯.

"내가 허락해주리라 여기는가?"

"그리 해주실 것을 압니다."

"……."

의종은 뒤에 서 있는 호위무사에게 손짓하여 잠시 물러나 있도록 하였다. 그가 움직이자 홍 내관과 유무성도 눈치 빠르게 사라졌다.

의종은 단영을 한동안 바라보았다. 무엇이 이 여인의 지칠 줄 모르는 원동력이 되어주는가. 그는 단영을 끌어당겨 품에 안았다.

"말려도 듣지 않겠지."

그는 알고 있었다. 이미 자유롭게 살 수 있게 해주마 약속했던 것이다.

"걱정되시옵니까?"

의종은 대답 대신 단영의 어깨를 가볍게 두드렸다. 알고 있었다. 놔두는 것이 지키는 것임을.

"또 따라오시렵니까?"

이번엔 단영이 물었다.

"내가 어찌 행동할지 나도 모르겠군."

단영은 그의 허리에 팔을 둘러 깍지를 꼈다.

"옥체를 보존하셔야지요."

그러나 단영도 알고 있었다. 어찌 되었든 그는 따라올 것이다. 그리고 그녀를 지켜볼 것이다. 지금까지처럼.

"다녀오겠습니다."

날다람쥐처럼 쏙 빠져나가는 단영.

의종은 자신의 품에 남아 있는 그리운 이의 감촉을 못내 아쉬워하며 등을 돌렸다. 바람은 좀 전보다 잦아들었는데 그에겐 더 날카롭게 느껴졌다. 옷자락 부딪치는 소리만이 이런 그의 마음을 달래줄 뿐이다.

얼마나 지났을까. 또 다른 발소리가 반대편에서 들려왔다. 이번엔 세 명의 그림자였다. 그중 둘이 의종에게 가까이 다가왔다.

"신 등이 늦었습니다."

그들의 말에 의종이 가볍게 고개를 끄덕였다.

"저자가 윤 어사의 배편을 구해주었다 들었습니다."

뒤에 서 있던 홍 내관이 멀찌감치 서 있는 사내를 가리켜 보였다. 보통 체구에 다리 한쪽을 저는 자였다. 문득 처음 마주쳤던 단영의 모습이 떠올라 저도 모르게 실소가 나왔다.

"대마도로 가신다굽쇼? 이 난리에 왜들 그러시나 모르겠네."

"구할 수는 있겠소?"

"물론 구할 수 있으니 여기까지 온 것 아니겠습니까. 그저 뱃삯이……."

씩 웃는 그자를 향해 홍 내관이 대신 말했다.

"삯은 원하는 만큼 쳐줄 것이니 그건 걱정하지 말고 언제 가능한지나 말해보시오."

사내가 다리를 절름거리며 좀 더 가까이 다가왔다.

"뉘신지 성함이나 좀 물읍시다요. 까딱하면 개죽음인데 누구로 인해 그리 되는지 정도는 알고 가야 한이 없지 않겠습니까요?"

유들유들 말을 받는 사내로 인해 홍 내관이 눈살을 찌푸렸으나 의종은 재미있는 모양이다.

"자네는 늘 그리 묻는 모양이군. 그럼 나 이전에 배를 빌리고자 했던 이는 누구라 하던가?"

"윤 모라 하였습니다만 그건 어찌 물으십니까?"

의종이 빙그레 웃으며 무언가를 던졌다.

"이것이 내 이름이네."

발치에 떨어진 것을 주워보니 조그만 나무패였다. 아무런 꾸밈도 없는 단단한 동백나무 한 면에는 이대호(李對好)라는 글자가 새겨져 있었다. 마주하니 좋다, 마주 대하니 아름답다, 맞이하여 사랑하다…….

어디서부터 시작되었는지 모를 바람이 다시 세차게 불어왔다. 의종이 예견한 대로 눈송이가 희끗희끗 날리기 시작했다. 이제 곧 계시(癸時)가 될 것이다.

애(愛)오라기[102] 하나

머리 위로 보이는 구름이 끝이 없다. 굽이굽이 끊어질 듯 이어지는 구렁들이 저만치 농부들이 김을 매고 있는 밭이랑인 듯 굴곡져 있었다. 아직 어두워진 것은 아니지만 이대로 가면 곧 비가 내릴 터였다. 매당 할멈은 기대고 있던 지팡이를 들어 땅바닥을 탁탁 내리쳤다. 한옆에 우두커니 앉아 있는 방령군의 뒷모습이 보였다. 이곳에 온 지 이태가 지났는데도 방령군의 상태는 언제나 같았다. 가끔 보이는 격한 분노도 처음처럼 잦지는 않았다. 그저 허공을 바라보고 바라보고 또 바라보는 것이 그의 일과일 뿐.

"나에 관해선 주상도 모른다 이 말이렷다?"

곁에서 허리를 굽히고 있던 임 내관이 고개를 주억거렸다.

"예, 말씀하지 말라 하셔서……."

만일 의종이 조금이라도 의혹을 품었더라면 숨길 수 없었을 것이다. 그러나 다행하게도 임금은 매당 할멈에 대해 어떤 질문도 하지 않았다. 임 내관이 그녀를 이미 알고 있었다는 것조차 짐작하지 못할 터였다. 아마도, 구중궁궐 누구도 매당 할멈을 모를 것이다. 임 내관 외엔.

---

102) 실이나 새끼 따위의 길고 가느다란 조각.

"너도 그리 자주 올 것 없다. 언제부터 내가 챙김 받고 살았다고. 감시라도 하자는 꿍꿍이겠지. 흥."

마치 녹을 주듯 꼬박꼬박 매당 할멈을 챙기는 의종의 마음이 성가셨다. 단영으로 인해 선심을 베푸는 것이겠지만 그런 것 저런 것 다 귀찮은 할멈이었다.

임 내관은 주름이 자글자글한 매당 할멈의 옆얼굴을 바라보았다. 얼마나 곱던 분이셨나. 저도 모르게 마음이 아파 한숨을 푹 내쉬었다. 비록 당파싸움에 밀려 정치적 희생양이 되고야 말았지만 원종은 그녀를 내칠지언정 지극한 마음까지 끊지는 못했었다.

"정복아, 네 보기에 이것이 어떠하냐? 쥐어볼 성싶으냐? 지녀볼 성싶으냐?"

느닷없이 미행을 나서는 것은 지금의 의종과 다름없던 원종. 그가 모셔본 세 분의 임금 중 가장 다정하고 가장 조용했던 원종은 끝내 지키지 못한 자신의 계비를 죽을 때까지 잊지 못했다. 그리고…….

여느 때처럼 그날도 임 내관을 끌고 저잣거리를 헤매던 원종이 느닷없이 지팡이 하나를 꺼내 보이며 이리 물었던 것이다. 시중에서 구할 수 있는 지팡이들에 비해 두께며 크기가 남달라 임 내관은 의아하게 바라보기만 했었다. 특히 머리 부분에 달팽이처럼 둥글게 자리 잡은 모형이 워낙 어색하고 흉측했다.

그 흉측한 물건이 실은 원종이 매당 할멈을 위해 손수 깎은 것임을 그는 나중에서야 알았다. 간혹 미행을 구실로 매당 할멈을 찾던 원종이 그녀에게 선뜻 지팡이를 내미는 모습을 곁에서 지켜봤기 때문이다. 본래 무뚝뚝한 임금이었기에 별다른 말은 없었지만 곁에서 지켜주지 못하는 미안함을 그 지팡이에 고스란히 담은 것 같아 임 내관은 마음이 아팠었다.

'결국 그 지팡이로 하여금 마마를 다시 알아볼 수 있었습니다. 이리

될 것을 전하께선 미리 알고 계셨습니까?'

"이제 너 하나 알겠구나. 내가 여전히 살아 있다는 걸 너만 알고 있겠어."

원종이 그녀를 위해 해준 유일한 일은 '자유'를 준 것이었다. 폐서인 서씨의 묘를 만들어 장례를 치르는 대신 그녀는 매당 할멈이라는 별칭으로 다시 태어난 것이다.

"미안하오. 그대를 살려내지 못한 나를 원망하시오."

두 번째 계비를 들이기로 결정이 나던 해, 원종은 침울하게 말했었다. 평생 갇혀 지내는 것만은 막아주겠노라고. 그 덕에 매당 할멈은 조선 팔도 어디 한 군데 가보지 않은 곳이 없을 정도로 자유로운 삶을 살았던 것이다. 원종이 죽고, 그녀의 새로운 계비가 죽고, 또 친아들처럼 아끼던 선종이 죽을 때까지도. 살아서 원종이 마련해준 새 삶을 후회 없이 채웠다.

"단영인 잘 지내느냐?"

"여부가 있겠습니까? 원자 아기씨 탄생 이후 궁에 웃음꽃이 떠날 날이 없사옵니다."

"대비는 어찌 지내고?"

"편찮으신 거야 여전하지만 그래도 기력이 많이 좋아지셨다 들었나이다."

그럼 되었군. 매당은 얼굴을 찡그리며 고개를 휘휘 저었다. 궁 쪽으로는 돌아서지도 않겠노라 다짐한 것이 엊그제 같은데 무슨 악연인지 단영을, 의종을 다시 만났더랬다.

"작은 욕심이라도 부려보자면……, 그대가 나를 잊지는 않았으면 좋겠소. 언제고 꼭 한 번 다시 볼 수 있는 날이 왔으면 좋겠소."

당신이 날 불렀습니까. 매당은 축축이 젖어오는 눈가를 손등으로 문지르며 중얼거렸다. 이 아이들을 돌보아달라고 부른 것이 당신입니까.

이제 어리고 곱기만 하던 중전마마는 죽고 없었다. 그러나 그녀가 떨리는 마음으로 맞아들였던 지아비, 훤칠한 키에 다감한 미소를 보이던 높고 높았던 그는 여전히 그 자리에 있었다. 끝내 잊을 수 없어 담고 다녀야 했던 매당의 가슴에 변함없이 살아 있었다.

매당은 다시 한 번 방령의 쓸쓸한 등을 바라본 후 몸을 돌려 집 안으로 들어갔다. 언제고 당신을 다시 만난다면 그래도 나는 할 말은 있을 것이니, 내 할 도리를 못하였다 책망은 받지 않을 터이니…….

고맙소, 고맙소, 중전.

어디선가 원종의 목소리가 들려오는 듯했다.

애(愛)오라기 둘

"왜 이러니? 대체 무슨 일인데 그래?"

누이의 잔소리가 또 시작되었다. 창주는 먹다 만 밥상을 밀치고 자리에서 일어섰다.

"오늘도 안 돌아가니? 서당엔 안 다닐 거야?"

별당 조씨가 재차 물었으나 역시 창주는 대답하지 않았다. 그는 누이를 피해 바깥채로 나왔다. 다들 일을 나갔는지 그 많던 종복들이 하나도 보이지 않았다. 창주는 버들강아지를 신경질적으로 뜯으며 주위를 서성였다.

"서출 주제에 과거를 보고 싶다니, 미친놈이 아니고서야!"

이제 열다섯의 어린 조창주는 동문수학하던 친구들의 비웃음을 듣고서야 겨우 글공부를 그만둘 용기를 얻었다. 차마 어미 앞에서 포기하겠노란 말을 할 수가 없어 차일피일 미루던 결심이었다. 하지만 잘은 모르겠다. 그동안 모른 척 서당을 다닌 것이 어미의 미련 때문인지, 자신의 미련 때문인지.

강아지 한 마리가 꼬리를 발발 흔들며 다가왔다. 뒤꼍에 묶여 있을 제 어미를 잃고 이곳까지 온 모양이었다. 창주는 무심히 내려다보다가 발끝으로 살살 건드려보았다. 아직 어린 녀석이었지만 제법 강단이 있는 듯 엄하게 짖기 시작했다. 이번엔 손을 뻗어 꼬리를 잡아당겨

보았다. 화가 많이 나는지 몸을 꼿꼿이 세우며 짖어댄다.

"개새끼 주제에."

처음엔 귀엽다 싶었는데 지켜보는 동안 이런 미물도 나를 무시하나 싶어 부아가 치밀었다. 창주는 손가락을 동글게 말아 강아지의 이마에 가져다댔다. 알밤을 한 대 놔줄 참이었다.

"여기서 뭐 하니?"

갑자기 들려온 말에 놀라서 손을 거두었다. 뭐라더라, 이름이 가물가물한 계집종이었다. 안채를 들락거리는 걸 몇 차례 본 적이 있었다. 하지만 말을 걸어온 적은 없었는데.

"칫."

창주가 불퉁거리며 다시 강아지를 잡으려는데 그때였다. 계집종이 다가와 강아지를 채가듯 안았다. 그러고는 창주의 이마에 알밤을 놓는 것이었다. 멍하니 있다 당한 일이어서 아프기보다 경황없고 창피하였다.

"무슨 짓이냐!"

그러나 계집종은 금세 안채로 숨어버리고 말았다.

그 계집종을 다시 만난 것은 이튿날 해가 질 무렵이었다. 무료하던 차에 깨적이 나무를 하러 간다 하여 따라나섰던 참이었다. 걸음이 빠른 깨적을 놓치고 돌아가야 할지, 뒤따라 가봐야 할지 황망해하는데 어디선가 작은 노랫가락이 들려왔다.

어제의 그 계집이 냇가에 앉아 나물을 씻고 있었다. 오호라, 저년이 요기 있구나. 창주는 잠시 주위를 살피다가 단단한 차돌 몇 개를 집어 들었다. 이제 조용히 다가가서…….

"그거 던진다고 너에게 득 되는 게 뭐 있니?"

깜짝이야. 숨죽인 채 기회를 엿보던 창주는 되레 머쓱해지고 말았다. 계집애가 뒤통수에도 눈이 달렸나. 투덜거리며 다가가니 저는 재미있는지 싱긋 웃음을 짓는다. 노을에 얼굴이 새하얗게 빛났다.

"예서 뭐 하는 게냐?"

"보면 모르니? 나물 씻잖아."

창주가 다시 혀를 차며 말했다.

"주제넘구나. 감히……."

"왜? 존대를 안 해서?"

계집종은 소쿠리에 나물을 받쳐 탁탁 물기를 털며 다시 싱긋 웃었다.

"올해로 몇 살이 되니?"

"열다섯."

저도 모르게 대답을 하고 보니 슬쩍 약이 오른다. 그가 곁눈으로 흘겨보는데 난 열일곱이야, 작은 음성이 들려왔다.

"오월이라고, 우리 아가씨가 지어주신 이름이지. 일전에 가지고 있던 이름은 명희였어. 밝을 명(明)에 기쁠 희(喜)."

일전에 가지고 있던 이름은 또 무엇인가. 창주는 실없는 소리를 하는 오월이란 계집종을 바라보다가 소쿠리에 담긴 나물로 시선을 옮겼다.

"두릅. 두릅나물이야. 된장이랑 먹으면 맛난단다."

"그런데 넌 왜 나한테 반말지거리냐?"

네가 뭔데? 라고 덧붙이려다가 말았다. 오월은 그 말에는 대꾸도 없이 자리에서 일어섰다.

"대답을 않을 것이야? 내 묻지 않느냐?"

가려던 오월은 잠시 서서 창주를 딱하다는 듯 바라보았다. 얼굴빛이 비할 데 없이 맑아 창주는 저도 모르게 시선을 돌렸다.

"반쪽짜리라 속이 많이 상하니?"

뭣이? 순간 터지는 분통에 창주는 얼굴을 험하게 일그러트렸다.

"조그만 계집이 못하는 말이 없구나! 반쪽짜리라니!"

"며칠 전 마님 심부름으로 별채에 나갔다가 들었다. 어찌나 고함을 치던지 안 듣고 싶어도 들리더구나. 네 입으로 직접 그러지 않았어? 너는 반쪽짜리라고."

"그걸, 그걸 네년이……."

분은 나는데 할 말이 없었다. 낯빛만 흑색이 되어 씩씩거리자니 오월이 다시 말했다.

"그래도 네가 나보다는 나은 팔자 아니니. 그러니 쓸데없이 욕심 부리지 말고 살아."

그래놓고 총총 가버리던 길쭉한 뒷모습.

오월이 원래는 양반의 핏줄이라는 것도, 원종의 계비인 서씨가 폐서인 될 때 그 풍파에 휘말려 집안이 몰락하였다는 것도 나중에 누이를 통해서야 알 수 있었다. 흥, 양반이었어, 꼴에 또? 입으로는 빈정거렸으나 마음까지 그리 되지는 않았다. 네가 나보다는 나은 팔자 아니니. 무심한 그 목소리가 며칠을 귓가에서 맴돌았다. 너보다는 내가 나을까? 정녕 너보다는 반쪽짜리 양반이라도 내가 나은 걸까.

그 뒤로 창주는 윤 대감 댁에 갈 때마다 오월을 찾았다. 워낙 안채를 싫어하는 누이 탓에 눈치껏 행동해야 했지만.

"넌 뭘 먹는데 그리 희어빠졌니? 남이 보면 네 주인이 아무것도 안 시키고 방구석에 가둬두는 줄 알겠다."

괜한 시비도 걸어본다.

"계집애가 하늘 높은 줄 모르고 키만 커서 뭐에 쓸까."

괜히 불퉁거려도 본다. 그런데도 오월은 늘 한결같았다. 한결같이 웃기만 하였다.

"누이, 나 장가나 들어볼까?"

편히 기대어 유과를 집어 먹던 조씨가 사레가 들려 캑캑거렸다.

"그게 무슨 말이야? 너 어디 봐둔 계집이라도 있는 것이냐?"

"계집은 무슨."

"그런데 뜬금없이 왜 그런 말을 꺼내?"

조씨가 눈이 동그래져서 창주를 채근하였다. 괜히 꺼냈지 싶어 그는 자리에서 일어섰다.

"그냥 답답해서 해본 말이오, 답답해서."

먼지라도 털어내듯 어깨를 툭툭 치는 창주를 바라보며 조씨가 눈을 가늘게 떴다. 저 녀석이 심중에 없는 말을 꺼낸 것 같진 않은데…….

"경실아, 경실아!"

예닐곱은 되었음직한 어린 여자아이가 구를 듯, 넘어질 듯 조씨 앞에 나타났다.

"예, 부르셨어요?"

"가서 행주댁 좀 불러 오너라. 바깥채에 있을 테니."

예, 경실은 곧 까르륵 웃을 것 같은 얼굴로 열심히 뛰어간다. 바깥채에 있다고 일러주었는데도 미련맞게 안채로 향하는 경실을 보며 혀를 차던 조씨가 부른 배를 안고 뒤로 기대앉았다.

"……아드님을 낳아야 하는데."

하긴 안방 신씨가 이미 아들을 셋이나 두고도 한 해 전 고명딸까지 갖추었으니 정작 자신은 아들이든 딸이든 상관없는 신세가 되고 말았다. 그래도 아들에 대한 욕심은 은근히 남아 있었다. 그 욕심 안에는 신씨 년이라면 꼴 보기 싫다 하면서도 꼬박꼬박 아이를 넷이나 만들어낸 윤 대감에 대한 짜증도 담겨 있었다. 도무지 흠 잡을 곳이 없는 것이다. 투기라도 한 번 해주면 꼬투리가 생길 텐데, 도무지 안채에 버티고 있는 신씨를 이겨낼 재간이 없다.

"장터 한 번 나가볼 테냐?"

오늘도 창주는 오월의 주위를 서성거리며 기회를 찾고 있었다. 그런데 어렵게 꺼낸 말을 오월은 묵묵히 지나쳐버리려 했다.

"꽤 볼거리가 많을 게야. 나 아니면 네년이 언제 이런 기회를 잡겠느냐? 내 마침 할 일도 없고 적적하여 나가볼까 하는 것이니 냉큼 따라 나서거라."

"왜, 따라 나서면 뒤꽂이라도 하나 사주려는 것이야?"

이런 잔망스러운 계집을 보았나. 창주는 저도 모르게 헤벌쭉 벌어지려는 입가를 수습하며 헛기침을 하였다.

"그거야 너 하는 거 봐서 결정할 일이지. 그런데 시집도 안 간 년이 뒤꽂이는 뭐에 쓰려고 그러느냐?"

그러나 오월은 그 말엔 대꾸도 없이 들고 있던 소쿠리를 탁탁 털었다.

"좋아. 그럼 마님께 얼른 고하고 올 테니 예서 기다리렴."

창주가 당황하여 고개를 저었다. 그랬다간 이 소문이 별채에까지 퍼질 게 뻔했다. 나중에 누나의 채근을 감당할 것도 그렇지만 무엇보다 쑥스러워할 자신이 싫었다.

"그러지 말고 그냥 가자. 시간도 얼마 없는데 해지기 전에 들어와야 할 것 아니냐. 그래, 지난번처럼 나물이라도 씻으러 갔다 둘러대면 되겠다. 내 장에 가면 한 소쿠리 챙겨줄 테니."

오월은 잠시 생각하는 표정이더니 그러마고 순순히 고개를 끄덕였다. 그럼 그렇지. 창주는 다시 헤 벌어지려는 입가를 억지로 참으며 뒷짐을 짓고 먼저 뒤채로 향했다. 아무도 모르게 빠져나가려면 아무래도 북문이 제일 만만하였다.

오월은 좀 이상한 계집이었다. 다른 종년들처럼 몸을 사리는 것도 아니면서 그렇다고 만만하지도 않다. 사근사근한 면이 없어 말뚝도 저런 말뚝이 없다 싶은데 또 어떨 땐 묘하게 상대를 초조하게 만들기도 하였다. 바로 지금처럼.

"왜, 손이라도 잡아보고 싶은 거야?"

다른 곳을 보는 척하던 창주가 화들짝 놀라며 손을 뒤로 감췄다. 장신구들을 구경하느라 정신이 없는 줄 알았는데 그게 아니었던 모양이다.

"잡긴 누가 잡는단 말이냐? 건드려볼 마음도 없었느니!"

하지만 소복하게 파이는 볼우물을 보아하니 믿지 않는 모양이었다. 앞에 선 장사치도 함께 웃는다. 창주는 괜히 심통이 나서 다른 곳으로 가자고 오월을 채근하였다.

"뒤꽂이는 사주기로 하지 않았니?"

창주는 저도 모르게 오월의 옆모습을 바라보았다. 뭐랄까, 생기 없고, 기운도 없고, 아무런 생각도 없는 사람처럼 중얼거리는 그녀가 낯설었기 때문이었다.

"……사주지, 그럼. 내 두 개라도 사주마."

오월은 나무로 만든 평범한 뒤꽂이 하나를 골랐다. 두 개도 싫다, 옥도 은도 싫다 하며 집어든 것이었다. 창주는 내심 마음에 차지 않아 곱디고운 댕기도 하나 집어 들었다. 철쭉꽃처럼 짙은 분홍의 댕기는 하이얀 오월의 피부 위에서 더욱 도드라졌다.

"곱구나."

저도 모르게 중얼거리던 창주는 얼굴이 화악 달아오르는 걸 느끼며 급히 몸을 돌렸다. 왜 이러지, 내가. 얼마 전 동무들끼리 치기 어린 마음으로 기생집을 들렀을 때도, 그네들의 분 향기에 취해 어쩔 줄 모르던 때에도 이만큼 당혹스럽지는 않았었다.

그날 조창주는 오월의 초상화를 손에 쥐었다. 슬슬 돌아가자 싶어 장 초입으로 발길을 돌리던 참이었다. 하루 종일 손님이 없어 울상을 짓고 있는 그림쟁이 한 명을 발견한 것이다. 본래 산수화만 다루지 초상화는 그리지 않는다는 그를 어르고 달래어 오월을 앞에 앉혔다. 그리고 갖은 참견을 다해가며 오월을 그리게끔 한 것이다. 아무리 정성을 들여 설명을 해도 그녀의 새하얀 피부를 제대로 표현하지 못하는 그림쟁이를 간간이 탓해가며.

장에 다녀온 후 본가인 조 대감 댁으로 돌아와서도 창주는 오월의 초상화를 손에서 놓지 않았다. 다른 놈들처럼 장가라도 일찍 들자. 그러면 대감마님이 포목점이라도 하나 내주실 것이다. 그러면 평생 배곯을 걱정은 없을 테니 오월이 년도 싫다 하지는 않겠지. 평생을 양반님네 안방마님처럼 호사시켜주면 제년도 서방님이 제일이라고 하지 않겠는가.

혼자만의 공상에 빠져 창주는 매일이 초조하고도 즐거웠다. 언제쯤 어머니께 말을 넣어볼까. 그래도 오월에겐 먼저 귀띔을 주어야겠지. 또 샐쭉하게 싫으니 어쩌니 하면 안 되니까 좀 그럴듯하게 모양을 내서 청해보는 것도 괜찮겠지…….

"뭐라고? 누이 지금 뭐라고 했소?"

그렇게 며칠을 보낸 후 다시 윤 대감 댁을 찾은 창주는 청천벽력과 같은 소리를 들었다. 오월이, 그때까지 아무 일 없던 오월이 시집을 간다는 것이었다. 안방의 신씨 부인이 무슨 영문인지 돌쇠와 짝을 짓기로 갑자기 결정을 내렸다는 소식이었다. 창주는 얼굴이 노랗게 질려 제 누이를 바라보았다. 그런 마음을 아는지 모르는지 별당 조씨는 시큰둥하니 말을 이었다.

"말이 시집이지 그냥 치워버린다는 게 맞는 말이야. 안 그래, 어멈?"

곁에 앉았던 행주댁이 고개를 끄덕이며 대꾸하였다.

"그렇습지요. 하긴 우리네 종년들에게 뭐 그리 새로운 일이겠습니까마는 그래도 어린년이 안 되긴 하였습지요."

창주가 잠시 본가로 돌아간 사이 일어난 일이라 하였다. 윤 대감 댁에 나는 새도 떨어트린다는 세도가 하나가 묵은 일이 있는데 그때 오월을 보고 탐을 내었더라는 것이다. 하여 억지로 하룻밤 수청을 들게 된 오월은 지금 안채 어딘가에 갇혀 있고 아무것도 모르는 돌쇠가 그런 오월을 떠안게 되었더라는 이야기였다.

"그런 법이 어디 있어? 아무리 종년이라도 그렇게 대한다는 게 말이 돼?"

"왜 말이 안 되니?"

과하게 흥분하는 창주가 별일이라는 듯 조씨가 눈을 동그랗게 떴다.

"언제는 종년이 사람이라니? 어머니도 평생을 그리 사셨는데 알 만한 녀석이 그러는구나."

그러고는 심상한 듯 분첩을 꺼내들며 덧붙이는 것이었다.

"그게 그렇게 말이 안 되는 일이걸랑 안방 신씨 년을 찾아가보든가. 그 세도가에게 오월이를 싸서 갖다 바친 것도 신씨 년이요, 돌쇠 놈에게 주기로 결정한 것도 신씨 년이니까. 아예 포도청이라도 가서 읍소를 하지 그러니? 누구 하나 귀담아 들어줄는지는 모르겠지만."

그럴 리가 없다. 오월은 다름 아닌 신씨 부인이 직접 친정에서 데리고 온 몸종 아니던가. 그런 아이를 그런 식으로 처리할 턱이 없다.

창주의 표정을 읽은 듯 조씨가 심드렁하게 덧붙였다.

"그럼 어쩌니. 영감마님이 꼭 오월이를 내놓으라 하는데 신씨 년이라고 어디 배기겠어?"

그러고는 눈을 가늘게 뜨며 창주를 흘기는 것이다.

"넌 대체 그 종년한테 왜 그리 관심이 많은 거야? 내가 말했지? 다른 건 몰라도 네 짝은 내가 찾는다고. 어디서 돼먹지 않은 종년한테 빠져서는……. 적어도 양민은 되어야 사람 구실 하고 산다는 거 몰라서 그래?"

그러나 누이의 말은 들은 체 만 체 세차게 일어나 별당을 빠져나가는 창주였다. 그런 뒷모습을 보며 조씨가 행주댁을 은근히 불렀다.

"절대로, 오월이 년 그렇게 된 게 나 때문이란 거 입도 뻥긋하면 안 돼. 알겠지? 허튼 소리 들려오면 아주 경을 칠 테니."

그러고는 흡족한 미소를 짓는 것이었다. 그럼, 어딜 감히 종년 주제에. 그것도 역모로 몰락한 가문이라니 가당치도 않지.

햇살이 쨍하니 내려쬐는 늦은 봄. 이른 더위에 벌써부터 새하얀 모시적삼을 입은 중년 부인 한 명이 감정 없는 표정으로 대청 그늘에 앉아 마당을 내려다보고 있었다. 저만치에서 젊은 여인이 종종걸음으로 다가와 부인 앞에 식혜 그릇을 내려놓으며 마주 앉았다. 은단이다.

"많이 덥죠? 여기 식혜라도 시원히 자셔요."

그래도 부인은 말이 없다.

"두릅이 기다려요? 다녀간 지 며칠이나 됐다고 또 오겠어요. 보름은 지나야 올 것인데."

신씨 부인의 명으로 오월의 시중을 들게 된 지도 벌써 두 해가 넘었다. 정신을 놓은 지 오래되어 아무도 못 알아본다지만 은단에겐 어려서부터 친근히 따르던 오월 언니 그대로이다.

"참 세상 오래 살 일이지 뭐예요. 조가 그 사람 같지도 않던 놈이 언니에게 연정을 다 품고 있었다니……."

돌쇠에게 시집보낸 이후에도 조창주의 윤 대감 댁 발걸음은 끊이지 않았더랬다. 하여 별당 조씨가 아예 오월을 없애자 싶어 택한 방법이 외간남자와 눈이 맞아 도망을 쳤다는 누명이었다. 그래놓고는 뒤로 그녀를 저 멀리 변방으로 팔아버린 것이다. 당시만 해도 조창주는 물론 다른 이들 모두 조씨의 꿍꿍이를 눈치 채지 못했었다.

그러나 세상에 영원한 비밀이 어디 있겠는가. 변방살이로 반죽음이 된 오월을 구해낸 것도 조창주라 하였고 그녀가 이처럼 번듯한 기와집에서 노비까지 부리며 살 수 있게 해준 것도 조창주라 하였다. 달포에 한 번은 나타나서 꼭 오월의 안부를 확인하고 갔다던 그는 그러나 한 번도 직접 얼굴을 대면하지는 않았다고 했다. 어디서 어떻게 벌어들이는지도 모를 수천 냥, 수만 냥을 내놓고 가면서도 언제나 안방 문에 비친 오월의 그림자만을 바라볼 뿐 안으로 들려 하지는 않았다고 했다. 이 집을 관리해온 상돌 아범의 말이다.

"별당 조씨가 꾸민 짓인 줄도 모르고 언니를 이 지경으로 만든 이가 울 안방마님이라고 여겼다니 그것도 참 어불성설이요. 마님께서 언니를 얼매나 아꼈는데. 안 그래요? 하긴 조씨가 그리 하지 않았더라도 마님이 언니를 조가 그놈과 맺어주진 않았을 테지만요."

그래도 오월은 아무런 대답이 없었다. 그저 눈부시게 반사되는 햇살을 따라 눈동자를 돌릴 뿐이다. 때론 철쭉을, 때론 개나리를, 때론 암탉 뒤를 졸졸 따르는 병아리들을 향해서.

"죽은 이를 두고 이러쿵저러쿵 해봐야 무슨 소용이겠어요. 언니를 평생 아껴온 걸 보면 아주 돼먹지 않은 인물은 아니었던 모양이니 그건 딱한 일이지만서도."

팔랑팔랑, 노란 꿀벌 한 마리가 앵앵거리며 꽃 무더기 위로 날아들었다. 이를 보고 있는 오월의 눈매가 언뜻 떨리는가 싶었으나 저 혼자 푸념을 늘어놓던 은단에겐 보이지 않는 작은 움직임이었다.

이듬해, 의종은 계유환국(癸酉換局)을 다시 정리하고 당파싸움에 의해 억울하게 폐서인 되었던 계비 서씨를 왕후로 복위시킨다. 서씨의 초라했던 묘는 원종의 능 근처로 이장되었으며 시호(諡號)는 흠명정숙

경의장순(欽明貞淑敬懿莊純), 휘호(徽號)는 성열효목(聖烈孝穆)으로 존호(尊號)되었고 의성왕후(懿聖王后)로 추존(推尊)되었다.

이에 계유환국에 관계하여 붕괴하였던 대부분의 사대부가가 복귀되었고 그중에는 홍문관(弘文館)과 예문관(藝文館)의 대제학(大提學)을 겸임하던 엄홍렬(嚴弘冽)도 포함되었는데, 이는 오월이 출생한 가문으로서 그녀는 영월(寧越) 엄(嚴)씨 가문의 16대손이며 이름은 명희(明喜)라 하였다.

애(愛)오라기 셋

달빛은 아름답다. 달빛은 포근하다. 따뜻하고 잔잔하며 달달하고 시원한데 간혹 섬돌 위에 쌓인 달빛은 단지에 담을 수 있을 만큼 소복하고 사랑스럽다.

양혜는 신발 코에 내려앉은 빛 무더기를 내려다보다가 허리춤에 달린 주머니 하나를 풀어내었다. 달그락거리는 감촉이 좋았다. 입구를 열어 들여다보니 고만고만한 흰 돌멩이들이 반짝거린다. 지금 막 잠이라도 깬 듯 뒹굴거리는 모습이 귀여웠다.

어마마마가 주신 것이다. 듣기로는 장씨 할아범이 선물로 준 거라 하던데 나중에 확인해보니 장씨 할아범은 아니라고 도리질을 했었다.

"이건 소인이 아니라 다른 이가 곤전마마께 드린 것이옵니다."

어마마마는 이걸 준 이가 왜 장씨 할아범이라고 생각하고 있는 걸까. 이 자잘한 돌멩이들을 골라 어마마마께 전한 이는 과연 누구일까. 어떤 마음이었을까.

"옹주마마, 바람이 찬데 이제 들어가셔야지요. 각별히 주의를 하셔야 할 때입니다."

얼굴에 자잘한 주름이 잡힌 서 상궁이 허리를 숙이며 말하였다. 양혜를 가장 잘 이해하는 이들 중 한 사람이다. 며칠 전 중궁전에서 양혜를 중전 슬하로 입적하겠다는 결정이 내려졌었다. 하여 새로이 호(號)

가 하사될 것이고 신분 또한 공주로 승격할 것이었다. 서 상궁의 '각별히'란 말은 이런 의미였다.

"그래요. 들어가요."

양혜는 온혜(溫鞋)를 벗다 말고 다시 달빛으로 고개를 돌렸다. 이상하게 달빛을 보면 생각나는 사람이 있었다. 언제 보았는지, 어디서 보았는지, 자신이 몇 살이었는지, 혹은 상대가 누구인지 등은 하나도 기억나지 않는다. 그저 희미하게 떠오르는 얼굴 하나, 긴 머리에 하이얀 얼굴을 하고 있던, 어딘가 슬픈 듯 허전한 듯 보이던 그 얼굴은 양혜를 늘 아프게 만드는 힘을 가지고 있었다.

잘은 모르겠으나 자신을 업고 달렸던 것도 같다. 그런데 왜 얼굴이 떠오르는 걸까. 그 사람에게 안겼던 적도 있었나.

"그러고 보니 올해는 아직 안 보이네."

양혜의 혼잣말에 서 상궁이 무엇이 말입니까, 하고 물어왔다.

"아니요."

양혜는 고개를 저으며 저 멀리 북악산 숙정문(肅靖門) 근처로 시선을 옮겼다. 지금은 어두워 분간할 수 없지만 그곳에 있는 '촛대바위'라는 곳에는 비밀이 하나 있었다. 아마 양혜 외엔 누구도 알아채지 못한 비밀 하나가.

그러니까 양혜가 여섯 살 되던 해일 것이다. 한창 어마마마의 생신 연회로 바빴던지라 서 상궁도 그에 따라 이런저런 준비를 하느라 양혜에게 신경을 덜 쓸 무렵이었다. 홀로 후원을 거닐고 있는데 그때 깨달았다. 북악산 정상 부근에서 무언가 반짝거림이 계속된다는 것을.

"저곳이 어디쯤이지요?"

나중에 서 상궁에게 확인한 바 촛대바위라는 것을 알 수 있었다. 궁이 훤히 내려다보이는 곳이라고도 했다. 양혜는 일전에도 이런 반짝임으로 소중한 사람을 잃은 기억이 있었다. 자신만 조심했더라면 아직도 살아 있을 그 사람을 생각하며 그녀는 그 빛무리를 조심스레 관찰하였다. 그리고 매년 같은 시기에 같은 시간만큼 그 빛이 찾아온다는 것을 파악하였다.

처음엔 어마마마에게 알릴까도 생각했었다. 그러나 누군지는 몰라도 궁에 해를 끼치려는 것 같지는 않아 그냥 지켜보기로 마음먹은 것이 아홉 살 되던 해이다. 그리고 또 일 년이 지난 지금, 그 빛이 돌아올 시간이 된 것이다.

"나인을 새로 뽑는다고요?"

다음날 양혜는 어딘가 모르게 부산한 나인들을 통해 궁녀 선발이 있다는 말을 전해 들었다. 주기적으로 선출하는 것 외에 간혹 지밀이나 침방 등에서 필요에 따라 인원 보강을 하는 경우가 있었는데, 이번 양혜 옹주의 공주 승격에 관련하여 전각을 옮기게 되면서 더 많은 궁녀가 필요하게 된 것이다. 양혜는 옆에 앉은 둘째 왕자 성현대군(成賢大君)을 바라보다가 자리에서 일어섰다.

"마마께서 직접 보시겠단 말씀이십니까?"

정 나인이 놀라 허둥대며 물었다. 하필 서 상궁이 바쁠 이때, 옹주가 이상한 제의를 한 것이다. 자신이 쓸 궁녀이니 직접 봐야겠단다. 그러니 평상복을 준비하라는 말에 정 나인은 입을 떠억 벌렸다.

"그러지 마셔요. 마마. 그러시다가 소인이 경을 치게 되면 그땐 어쩌시렵니까? 지난번처럼 중궁전으로 직접 끌려가게 되면 마마께서 막아주실 수도 없고……, 소인은 죽습니다요."

할 수 없이 마음이 약한 양혜를 어르고 달래기로 하였다. 다행히 고개를 숙인 채 조금 생각하는 눈치더니 곧 알았노라 고개를 끄덕인다. 십 년 감수했네, 정 나인은 또 무슨 변덕을 부릴지 모르는 옹주를 피해 얼른 물러났다. 그녀가 알기로 양혜 옹주는 한번 마음먹은 것은 결국 행해야 하는 사람이었던 것이다.

정 나인의 판단은 옳았다. 그러나 자신이 아닌 다른 나인을 구워삶으리라는 짐작은 반만 맞았다. 양혜는 자신을 도울 사람으로 다름 아닌 생각시를 선택한 것이었다. 여덟 살의 철없는, 갓 뽑혀 들어와 아무런 분별력도 없는 아기나인을 말이다.

"알았지요? 여기 앉아서 그림 구경을 하고 있으면 잠시 후 돌아올 것입니다. 밖으로 나가지만 않으면 이상히 여길 이는 없을 것이니 잠시만 기다리세요. 구경만 하고 오겠습니다."

양혜는 생각시를 자신의 자리에 앉힌 뒤 몰래 방을 빠져나왔다. 이미 옷을 갈아입은 터라 고개를 숙인 채 걸으니 다들 대수롭지 않게 그녀를 지나쳤다. 양혜는 나인을 뽑는다는 전각으로 가 줄지어 서 있는 여아들을 살펴보았다. 그리고 재미있는 구경거리를 발견하였다.

"저 앵무새 피가 그리 영험합니까?"

양혜의 질문에 그중 나이가 제일 많아 보이는 아이가 아는 척을 하며 대답하였다.

"그렇다니까. 손목에서 흘러내리면 안 되는 거야. 그렇게 되면 바로 퇴궐인 게지. 쯧쯧."

그러나 아는 척과는 달리 정확한 사유는 모르는 모양이었다. 양혜는 새롭게 생긴 흥미를 어떻게 충족시킬까 궁리하다가 다시 그 아이에게 제안을 하였다.

"보아하니 이 옷은 비단옷도 아니고 그저 깨끗이 세탁한 것에 불과하니 나랑 옷을 바꿔 입는 것이 어떻겠습니까? 어차피 생각시로 뽑히는 것에는 관심이 없으니 나야 무엇을 입든 개의치 않습니다."

아이의 눈이 둥그레졌다가 곧 반달처럼 휘었다. 지금까지 이런 비단 치마저고리를 구경이나 할 수 있었던가. 마다할 이유가 없었다. 그들은 곧 커다란 나무 둥치로 자리를 옮겨 서로의 옷을 바꿔 입었다. 그러고는 상궁나인들의 눈을 피해 다시 줄로 되돌아왔다.

"너는……."

몇 번 본 적이 있는 상궁 하나가 그들에게 다가왔다. 박 상궁이라 했었다. 들킨 건가 싶어 양혜는 고개를 다른 곳으로 돌렸다.

"그러고 온 것이냐? 누구 옷을 빌려 입었기에. 쯧쯧."

다행히 양혜와 옷을 바꿔 입은 아이에게 몇 마디 하고는 곧 가버리는 박 상궁. 여덟 살배기 아이 체형에 맞는 옷이라 양혜에게도 작았던 옷이니 지금 아이는 더 작을 수밖에 없었는데 그것이 눈에 많이 띈 모양이었다. 그래도 아이는 처음 입어본 비단옷을 벗고 싶은 마음이 없는 듯했다. 연신 짧은 소맷부리를 끌어내리며 헤 벌어진 입을 다물지 못했다.

잠시 후 양혜 차례가 되었다.

"손목을 바로 하고 가만히 서 있거라."

양혜의 손목 위로 붓끝이 다가왔다. 상궁의 손이 살짝 떨리는가 싶었다. 황모필(黃毛筆)을 따라 앵무새 피가 한 방울 떨어졌다. 모든 이들의 시선이 양혜의 손목으로 집중되었다.

"……불가."

양혜는 자신의 손목을 따라 둥글게 흐른 핏자국을 가만히 응시하였다. 왜 피가 흐르면 안 되는 걸까. 언젠가 들은 적이 있는 것 같은데 지금은 기억이 나질 않았다. 곁에 섰던 나인이 우두커니 서 있는 양혜의 어깨를 붙잡아 다른 곳으로 이끌었다. 그래도 양혜의 시선은 핏자국에서 떠나질 않았는데 나인은 이를 충격 때문인 것으로 해석한 것 같았다.

"아, 그렇지. 처녀성 감별이라고 했어. 맞지요?"

양혜가 고개를 퍼뜩 들었다. 그러나 이미 궐 밖으로 끌려나온 다음이어서 주변엔 아무도 보이지 않았다. 저만치 수문장만이 굳은 얼굴로 정면을 응시한 채 서 있을 뿐이다. 양혜는 어리둥절하게 주위를 둘러보았다.

"나 나온 건가?"

평소에는 그렇게 나오고 싶어도 절대 열어주지 않았던 궐문이 눈앞에 있었다. 어느 쪽 문으로 나온 걸까. 하지만 그런 건 상관없었다. 중요한 건 그녀가 밖에 있다는 사실이다. 그것도 그 누구의 호위도 받지 않은 채 말이다. 비로소 양혜의 얼굴 위로 흐릿하게 미소가 잡혔다.

가보고 싶은 곳이 많이 있었다. 외할머니 신씨 부인과 함께 지냈던 나주로도 가고 싶고, 언젠가 어마마마를 따라 남장을 하고 둘러보았던 장터에도 나가보고 싶었다. 그렇지만 그곳들은 너무 멀리 있었고 가는 길 또한 정확히 몰랐다.

양혜는 잠시 생각에 잠겼다가 뒤로 장엄하게 펼쳐져 있는 북악산으로 시선을 돌렸다. 이제 곧 어마마마의 생신 연회가 열릴 것이다. 그러니 촛대바위의 그 빛무리도 나타날 것이었다. 그 빛무리의 정체가 무엇인지, 누가 그런 일을 하는지, 왜 그래야 하는지 알고 싶었다. 게다가 촛대바위까지는 그리 멀지도 않다.

양혜는 방향을 가늠하여 길을 나섰다. 이쪽으로 가다 보면 산 밑자락에 다다르겠지. 위로 곧장 올라가면 될 테니 문제될 것은 없다. 그녀는 짧은 보폭으로 야무지게 걸으며 주위 구경도 놓치지 않았다. 저이는 갓을 보아하니 중인이 틀림없고, 저이는 행색으로 보아 장사치인 듯하고, 또 저이는…….

문득 양혜의 걸음이 멈췄다. 커다란 나무 밑동 옆에서 놀고 있는 거지패 아이들을 발견한 것이다. 세 명 모두 남아였는데 형제간인지 제각각 나이차가 있어 보였다. 그런데 그들의 하는 놀이가 재미있어 보인다. 잘 다듬은 나뭇가지로 다른 나뭇가지를 내려치며 소리를 지르는 놀이였다. 당연하게도 가장 큰 아이가 가장 잘하는지 나뭇가지를 잡는 시간이 길었다.

"넌 뭐냐? 갑자기 나타나서는."

구경을 하느라 한참을 곁에 서 있는 양혜가 성가셨던 모양이다. 나이가 중간치 되는 아이가 볼멘소리로 양혜를 타박하였다.

"얼레? 귀머거리인가?"

그래도 비킬 생각을 안 하니 이제는 되레 세 아이가 빙 둘러서서 양혜를 구경하였다. 그들에게도 그녀는 어딘가 신기한 구석이 있어 뵈는 모양이었다.

"그것은 무슨 놀이인가요?"

그러나 질문에는 관심 없는지 아이들은 머리를 긁적이며 서로의 눈치를 살폈다. 그러고는 가장 큰 아이가 물어온다.

"넌 어디서 왔느냐?"

양혜의 손가락이 궐 담을 가리켰다. 그러자 아이들은 더욱 오리무중이라는 표정이 된다. 설마 궐에서 나왔다고는 생각지도 못한 채 어딘가 모자란 건 아닐까 궁리하는 것이다.

"너 뭐 지닌 건 없니? 좋은 거 있으면 내놓아보아라. 이거 다 줄 테니."

다시 가장 큰 아이가 흥정을 걸어왔다. 양혜는 자신의 몸 이곳저곳을 툭툭 털어보았다. 그러나 옷을 두 번이나 바꿔 입고 나왔으니 뭐가 있을 턱이 없었다.

"입은 옷이 전부입니다."

"뭐? 옷을 내놓겠단 뜻이냐?"

아이들은 멍하니 양혜를 바라보다가 자신들의 차림으로 시선을 돌렸다. 비록 무명천이었으나 그녀의 치마저고리는 깨끗하고 단정했다. 어려서부터 구걸로 얻어 입은 옷들이 전부인 그들의 눈엔 좀처럼 얻기 힘든 귀한 의복이었다. 이거 한 벌이면 주막집에서 국밥 두 그릇은 얻

어먹을 수 있을 텐데.

"……그래도 계집아이를 발가벗겨 보낼 수는 없는 거 아닌가?"

키가 중간치 되는 아이가 곤란하다는 얼굴로 제 형을 향해 말했다. 그러자 형이 대답하길,

"너랑 바꿔 입어라. 덩치는 얼추 맞을 것 같으니."

뜻밖의 말에 중간 아이의 얼굴이 하얗게 질렸다. 양혜의 옷이 탐나는 건 사실이지만 그렇다고 치마를 두르고 싶은 마음은 없었던 것이다. 아이가 도리질을 하며 뒷걸음질을 치자 형이 제법 엄한 표정으로 불러 세웠다.

"자, 뒤돌아 서 있을 테니 어서 갈아입어라."

결국 옷을 빼앗긴 중간 아이를 중심으로 세 아이가 등을 돌린 채 울타리를 쳐주었다. 양혜가 옷을 갈아입을 동안 가려줄 심산이었다. 양혜는 옷인지 뭔지 모를 누더기를 바라보다가 치마와 저고리를 벗어던졌다. 남자아이 옷이라면 어마마마를 따라 미행을 다닐 때 충분히 입어보았다. 그러나 이런 옷은 없었는데. 제법 흥미가 생긴다.

"이게 뭐야, 이게 뭐냐고!"

그리고 반 강제로 치마저고리를 입은 중간 아이가 소리를 치는 동안 양혜는 자신의 모습을 빙 둘러보았다. 냄새가 풀풀 올라왔지만 크게 신경 쓰이진 않았다. 누덕누덕 각색의 천으로 기워진 옷은 오히려 양혜의 마음에 꼭 든다. 치마와 저고리도 이렇게 여러 모양, 여러 색으로 만들면 더 곱지 않을까. 물론 색동저고리가 있긴 했지만 그건 모양이 일정하니 불규칙적으로 이어붙인 이것보단 문양이 못하게 여겨졌다.

"이 옷이면 산도 쉬이 오르겠습니다. 고맙습니다."

꼬박꼬박 웃어 보이는 양혜가 부담스러웠는지 아이들은 대답을 하는 둥 마는 둥 가버리고 말았다. 실은 양혜가 마음을 바꿔 옷을 도로

내달라고 할까 염려스러웠던 것이다. 이를 모르는 양혜는 퍽 상냥한 아이들이라고 생각하며 목을 긁적였다. 어쩐지 몸 여기저기가 가려웠다.

"무엇이라? 옹주가 없어졌다니, 그게 무슨 말이냐?"

한편, 궐 안에선 한바탕 난리가 시작된 참이었다. 바쁜 가운데 양혜를 위해 간식거리를 챙겨 왔던 서 상궁이 낯모르는 생각시 혼자 덩그러니 빈방을 지키고 있는 것을 발견한 때문이었다. 곧 단영이 들었고 관련된 이들의 문초가 시작되었다. 그러나 어디서도 양혜의 행적은 발견되지 않았다. 생각시들의 처소가 발칵 뒤집혔고 궐 안팎도 샅샅이 뒤졌으나 누구도 옹주를 보았다는 이가 나타나지 않았다.

"궐 밖으로 나가려면 출입패가 있어야 할 터인데."

단영은 양혜의 이동 경로를 여러모로 짐작해보았다. 이미 각 수문장들을 탐문한 결과 생각시가 출입패를 들고 나타난 일은 없음을 알아내었다. 어린 옹주가 아무도 모르게, 혹은 누구도 의심을 품지 못하게 궐 밖으로 나갈 수 있는 방법은 없었다. 그렇다면 그녀는 궁 어딘가에 숨어 있다는 결론이 나온다.

단영은 우선 양혜가 좋아했던 궐 안의 곳곳으로 궁인들을 보낸 후 생각시들을 모두 모아 오도록 명을 내렸다. 이미 한참을 시달렸는지 대부분의 생각시들은 눈물콧물 범벅을 한 채였다. 서 상궁이 당황하여 다시 채비할 것을 재촉하였으나 단영은 그런 사소한 부분에 신경 쓸 여력이 없다며 이를 제지하였다.

"네가 옹주와 의복을 바꿔 입었다던 그 아이더냐?"

하늘 같은 중전마마를 앞에 두고 어찌나 몸을 떠는지 아이는 대답조차 제대로 하지 못했다. 단영은 다른 생각시들의 의복을 자세히 살펴보았다. 아무런 무늬가 없는 남빛 치마에 흰 저고리, 그리고 두 갈래로 말아 올려 자주댕기를 맨 사양머리.

"이 아이들이 전부이냐?"

단영의 질문에 옹주전 박 상궁이 대답하였다.

"당일 입궐한 아이들이 있긴 하오나 이들은……."

그녀의 말이 채 끝나기도 전에 단영이 서 상궁을 향해 시선을 돌렸다. 그 시선의 의미를 알아차린 서 상궁이 조용히 다가와 단영에게 귀엣말을 하였다. 단영은 고개를 끄덕인 후 잠시 생각에 잠겼다.

"그 아이들을 모두 데리고 오너라."

곧 물색 모르는 어린 여아들도 생각시 앞에 나란히 줄 세워졌다. 입궐 당일부터 중전에게 불려 온다는 것이 얼마나 큰 의미인지 모르는 그네들은 그저 영문 모를 표정으로 서로를 힐끔거릴 뿐이었다. 단영은 그들을 차례로 살피다가 그중 한 명을 앞으로 불러내었다.

"이 아이의 의복이 어떠한가?"

단영의 말에 서 상궁이 난감하다는 표정으로 박 상궁을 쳐다보았다. 오늘 입궐하였다는 아이는 이상하게도 뒤에 나란히 서 있는 생각시들의 의복과 같은 차림을 하고 있었는데 다만 그 길이가 눈에 띄게 짧아 본인의 옷이라는 생각이 들지 않았다. 박 상궁이 아직 이해가 잘 안 된다는 표정으로 서 상궁을 마주 바라보았다.

"……오늘 몇 명이나 낙오하여 되돌아갔는가?"

단영의 음성이 낮게 잠겨 있었다. 등줄기가 서늘해지며 박 상궁이 대답하였다.

"모두 셋이옵니다."

"그중 사양머리를 한 아이가 있었을 터, 기억이 나는가?"

"그렇사옵니다. 하온데 어찌 그런 것을 다 아시옵니까?"

서 상궁이 눈을 질끈 감았다. 이제 옹주마마의 경로가 대충 짐작이 된 때문이었다.

"이보시게, 박 상궁. 그 여아의 차림이 어떠했는지도 기억이 나는가?"

"……그것까지는 잘 모르겠습니다, 서 상궁."

얼버무리는 박 상궁을 바라보며 단영이 대신 말하였다.

"필경 신체보다 큰 의복을 착용하였을 테지."

그러고는 곧 서 상궁을 향해 서늘히 명하는 것이었다.

"저 아이를 데리고 가 상세히 물어보게. 옹주와 바꿔 입은 의복의 색이 어떠하였는지, 어떤 문양으로, 어떤 감으로 지어졌는지."

그래도 영문을 모르겠다는 표정을 짓던 박 상궁, 곧 무언가를 깨달았는지 얼굴이 흙빛으로 변하였다. 뒤늦게 상황을 알아차린 것이다. 감히 옹주마마를 상대로 퇴궐 명령을 내린 이가 다름 아닌 자신이란 뜻이었다.

곧 수색대가 꾸려졌다. 그들은 일반인의 복장을 한 채 위에서 내려온 서식에 그려진 여아를 찾아 나섰다. 물론 그 인물이 누구인지까지는 알려진 바가 없었지만.

수색은 자정이 넘어서까지 계속되었다. 그러나 아무리 탐문을 해도 고작 여자아이 하나이건만 찾아지질 않았다. 그도 그럴 것이 양혜는 이미 북악산에 있었던 것이다.

촛대바위는 쉬이 찾아지지 않았다. 아래에서 보던 것과 달리 산자락은 너무 넓고도 깊었으며 방향 감각은 시간이 갈수록 무뎌졌다. 갈 바를 몰라 이리저리 헤매던 중 해는 벌써 져버렸고 사방은 한치 앞도 분간할 수 없을 만큼 캄캄해져버렸다. 이제 그만 내려가야 하는 걸까. 그러나 양혜는 이미 돌아가는 길도 잃은 지 오래였다.

목이 말랐다. 양혜는 먼저 물길을 찾기로 했다.

"산에 갇혔을 때에는 당황하지 말고 먼저 위로 오를 것인지, 아래로 내려갈 것인지를 생각해야 한다. 위로 가야 할 때에는 능선을 따라야 할 것이요, 아래로 향할 때에는 계곡을 따라야 할 것인데 이때 안부(鞍部)103)를 따라 내려가면 그곳이 계곡이니 필경 물을 만날 수 있을 것이다."

단영의 가르침 중 하나였다. 양혜는 길을 가늠하여 안부를 구분한 후 그곳을 따라 아래로 내려갔다. 얼마나 지났을까, 과연 가까운 곳에서 콸콸 물 쏟아지는 소리가 들려왔다.

"오늘 밤은 예서 지내고 내일 하산해야겠구나."

섣불리 밤길을 걷는 것이 더 위험할 테니 우선은 고단한 몸을 쉬기로 했다.

양혜는 먼저 손을 씻고 또 얼굴을 씻어낸 다음 손바닥으로 물을 길어 목을 축였다. 밤이라 그런지 물은 얼음장같이 차가웠다. 버선을 벗고 발을 담갔는데 처음엔 복사뼈가 오그라들 것처럼 시리더니 시간이 지나자 점차 나아졌다. 양혜는 무릎을 움직여 찰박찰박 물장구질을 해보았다.

"음?"

뒤에서 들려온 바스락 소리에 고개를 돌렸다. 온통 캄캄하기만 하니 보이는 게 있을 리 만무하다. 그녀는 잠시 귀를 기울이다가 다시 물로 시선을 돌렸다. 달빛 아래 수면 위는 새하얗게 빛나는 중이었다. 간간이 바람이 불어왔고 그 사이사이로 반딧불이가 날았다. 그리고 다시 들려오는 풀잎 일그러지는 소리…….

양혜는 몸을 사리며 뒤돌아섰다. 틀림없이 짐승의 으르렁거리는 소리를 들은 것이다. 바스락거림은 그 짐승의 발소리일 터였다. 양혜는 긴장된 마음으로 귀를 기울였다. 작은 들짐승이라면 문제될 게 없다.

---

103) 능선에서 봉우리와 봉우리 사이의 움푹 들어간 곳.

조금 큰 놈이라고 해도 어마마마께 배운 대로 대처하면 될 것 같았다. 그러나 만일 호랑이라도 나타난 것이라면?

바위에 바짝 붙은 채 놈의 기척을 살폈다. 파삭거리는 소리에 무게감이 있는 것이 작은 들짐승은 아니었다. 양혜는 미간을 찌푸리며 바닥을 더듬었다. 나뭇가지가 몇 개 잡히긴 했으나 모두 가늘고 약한 것들이었다. 할 수 없구나. 양혜는 그중 제일 실한 놈으로 골라 왼손에 꼬옥 쥐었다. 만일 공격을 당하면 눈을 찌를 참이었다. 어디든 물리긴 하겠지만 계획대로만 되면 팔다리가 상하는 것으로 끝낼 수도 있을 것 같았다. 양혜는 더욱 몸을 낮추며 근처까지 다가온 기척에 온 신경을 모았다. 하나, 둘, 셋…….

분명 기척이 난 곳과 반대로 몸을 날리기만 하였다. 그런데 뒤따라 들려온 소리가 어딘지 이상하다. 맹호의 공격이라고 보기엔 그 착지 소리가 너무나도 둔탁하였던 것이다. 마치 달려들다 넘어지기라도 한 것처럼 말이다. 양혜는 소리가 난 쪽으로 몸을 사리며 다시 어둠을 주시하였다. 그르렁거리는 소리가 간간이 들려왔다. 그 깊은 울림이 양혜의 몸을 떨리게 만드는 것을 보면 큰 놈이 분명하였다. 그런데 어째서 다시 공격하지 않는 것일까.

가만히 상황을 주시하던 양혜는 문득 짐승의 움직임이 느껴지지 않는다는 것을 깨달았다. 그러고 보니 그르렁거리던 소리도 언제부턴가 멈춘 참이다. 무슨 일이지? 눈동자를 데구루 굴리는데 그때 뒤에서 가벼운 발자국 소리가 들려왔다.

"괜찮으냐?"

아바마마? 순간 의종을 떠올렸으나 아니다. 목소리가 훨씬 가볍고 부드러웠다. 양혜는 자리에서 일어나 어둠을 살펴보았다. 달빛 아래로 성큼 다가서는 인영이 보였다. 양혜는 뒤로 한 걸음 물러서며 왼손에 들린 나뭇가지를 더 단단히 쥐었다. 다시 목소리가 들려왔다.

"다친 곳은 없느냐?"

호리호리한 몸집의 사내였다. 생김은 가늠이 안 되었으나 자신을 해칠 사람은 아니라는 생각에 양혜는 긴장을 조금 풀었다. 사내가 더 가까이 다가왔다. 수면을 때리고 반사되는 빛줄기에 그의 모습이 좀 더 드러났다. 풀어헤친 긴 머리가 보인다.

"이 시간에 예서 뭘 하고 있었지?"

사내는 양혜가 어둠을 무서워하리라 여겼는지 관솔을 찾아 불을 붙였다. 순간 사방으로 강렬한 빛이 퍼져나갔다. 양혜는 먼저 쓰러져 있는 호랑이를 확인하였다. 이마 중앙에 박힌 철심이 보인다. 사내의 것일 게다. 어둠 속에서 빗나감 없이 철심을 날리다니 대단한 재주였다. 양혜는 비로소 사내의 얼굴을 바라보았다.

"……아."

저도 모르게 탄성이 나왔다. 이 사람, 이 사내를 나는 알고 있다. 양혜는 생각하였다. 언제인지 기억은 잘 나지 않지만 나는 이자에게 업히기도 하였고 안기기도 하였다. 그래, 나는 이자에게서 보살핌을 받은 적이 있다.

사내는 아무런 대답도 없는 양혜를 묵묵히 살폈다. 놀라서 말문을 잊은 것쯤으로 여기는 듯했다. 다친 곳이 없음을 확인한 그는 양혜의 어깨를 가볍게 두드린 후 자리에서 일어섰다.

"……이름이 무엇입니까?"

그리고 느닷없는 양혜의 질문에 의외라는 듯 내려다보았다.

"미안하지만 남에게 가르쳐줄 만한 이름을 가져보지 못했구나."

그는 바로 이기였다. 한때 두릅이라 불렸으며 지금은 이름 없이 전국을 유랑하는.

바람이 분다. 바람이 부는 건 누군가가 나를 생각하기 때문이라고

하였다. 그의 염려가 바람이 되어 나를 찾는 것이라 하였다.

양혜는 기대가 실린 마음으로 한 손을 내밀었다. 서늘한 감촉이 손가락 사이사이를 가르며 지나간다. 터무니없는 욕심, 궁녀들 사이의 실없는 말장난임에도 양혜는 그 말이 믿고 싶었다. 지금 나를 스치는 이 바람은 나를 향한 그의 마음이리라고.

산길을 오르는 중이었다. 다시 그를 만날 수 있는 기회를 잡고자 궁을 빠져나온 참이었다. 반기지 않겠지만 그러나 만나야 했다.

"공주마마, 이러시다 또 꾸지람을 들으실 터인데 어찌 감당하시려고……."

절대로 혼자 보내지는 않겠노라 뒤를 따라 나온 서 상궁이 가쁜 숨을 몰아쉬며 말하였다.

그래, 나는 공주였지. 양혜는 또 생각한다. 나는 이제 예전에 그가 알던 작은 아이에서 더 멀어져버렸다고. 자신은 이제 더 이상 그가 알던 양혜가 아니라고. 그와 지내던 6년의 시간을 뒤로하고 입궐을 하던 해 공주로 승격이 되며 온명(穩銘)이라는 호를 새로 하사받은 것이다. 온명공주(穩銘公主).

마지막을 보지 못하였다. 그가 눈을 감고 잠을 청하는 것까진 보았는데 아침에 일어나보니 이미 사라지고 없었던 것이다. 대신 나를 모시러 왔다던 동부승지가 밖에 서 있었더랬지.

일부러 그런 것이리라. 양혜의 정체를 알아차린 그가 일부러 그녀 몰래 궐에 알린 것이었다. 그렇게 인사도 없이 갈 거면서, 아무런 언질도 주지 않을 거면서.

"열 살이었습니다. 그분을 만난 것이……."

뜬금없는 말에 서 상궁이 땀을 닦다 말고 올려다본다.

"네 나이가 몇이나 되느냐?"

처음 이기를 따라 광교산 집에 갔을 때 그가 물었었다.

"열 살입니다."

그리고 너무나도 당연하게 나이를 묻는 양혜를 보며 이기는 처음으로 가볍게 웃었다.

"나는…… 경술년(庚戌年) 생이다."

마치 이런 질문이 없었다면 나이 따윈 평생 헤아려보지 않았을 것 같은 어투였다. 양혜는 하나하나 손가락을 꼽아보았더랬다. 지금이 임신년(壬申年)이니 이분은 스물셋이 되었구나, 하고. 그리고 이제 기묘년(己卯年)인 지금 양혜는 열일곱, 이기는 서른이 되었을 것이다.

요즘도 양혜는 생각한다. 만약 그날 우연히 거지패 아이와 옷을 바꿔 입어 남장을 하지 않았더라도 스승이 자신을 데리고 갔을까. 아니었으리라 확신한다. 그는 양혜가 여자이리라고는 꿈에도 생각지 못했던 것이다. 그날이 되기 전까진.

"공주마마, 이제 곧 촛대바위입니다. 정녕 가시겠사옵니까?"

그러나 이렇게 묻는 서 상궁도 양혜의 걸음을 멈출 수 없으리란 것을 잘 알고 있었다. 그녀가 알고 있는 양혜는 정신부터가 곧은 이라서 생각한 대로 말하고 움직이는 단순 명료한 사람이었다. 사물을 맑고 투명하게 바라볼 줄 아는 시선을 가졌기에 해야 한다고 마음먹은 일은 반드시 이뤄야 했고 포기도 없었다. 그녀에겐 직분이며 상하 구분, 대의명분 따위도 관심 없는 분야여서, 왕가에서 태어났기에 망정이지 만일 관비로라도 태어났으면 생이 크고 작은 곤욕들로 얼룩졌을 것이 뻔하다. 그만큼 양혜는 사물에 대한 관점이나 삶의 목적 체계, 시비선악(是非善惡)에 대한 윤리 의식 등이 다른 왕가나 사대부가 자제들과 판이하게 달랐다.

"한 번은요, 이런 일이 있었습니다."

앞서 걷던 양혜가 서 상궁의 근심을 아는지, 모르는지 옛이야기를 시작했다.

그러니까 그녀가 열여섯이 되었을 봄 무렵이다. 워낙 생명체를 좋아해서 늘 산 속 여기저기에서 아기 새들이며 동물들의 보금자리를 살피길 즐겨 하였는데 그날도 마찬가지였다. 커다란 나무를 타고 오른 것이다.

사각사각. 애벌레의 몸통이 잎사귀 사이로 사라질수록 갉아대는 소리는 점점 커진다. 양혜는 벌레의 알록달록한 피부가 아름다워 저도 모르게 손을 가져다댔다. 내심 손 위로 올라와주길 기대했는데 애벌레는 그런 양혜의 마음을 모르겠는지 다른 잎사귀로 냉큼 가버린다.

"어디 있느냐?"

갑자기 들려온 스승의 목소리에 양혜는 고개를 들었다. 푸르른 가지 사이로 스승의 무명 옷자락이 하늘거렸다.

"저 여기 있습……, 아!"

순간 중심을 잃고 아래로 떨어져버렸다. 두툼한 나뭇가지에 한쪽 다리가 걸리는가 싶더니 아프다 생각할 틈도 없이 급하게 멈추는 것으로 끝이 났다.

양혜는 어지러운 머리를 흔들며 주위를 둘러보았다. 저만치 있다 여겼던 스승이 어느새 자신의 몸을 안고 있었다. 급히 몸을 일으키는데 다리를 뻗는 순간 극심한 통증이 허벅지에서 느껴졌다. 떨어질 때 나뭇가지에 걸린 부분인 듯했다.

"또 이리 덤벙대는구나."

양혜가 스승이라 부르는 이가 바로 이기이다. 그들은 6년 전 다시 만난 이후 지금까지 함께 살아오는 터였다. 당시 사는 곳이 어디냐 묻는 이기에게 양혜는 고개를 저었었다. 꿈에서 보던 이를 모처럼 직접 대면했는데 그렇게 빨리 헤어지고 싶진 않았던 것이다. 그런데 아직은 돌아가지 않겠노라는 고갯짓을 이기는 집을 모른다는 의미로 받아

들였다.

스승은 양혜를 가까운 바위 위에 내려놓은 후 바지를 걷었다. 근육이 뒤틀린 듯했다. 그는 기본적인 처치를 한 후 다시 안아 올렸다. 집으로 돌아가기 위함이었다. 허리께에 닿은 스승의 손이 그녀를 간질인다. 아니, 사실 간지러운 정도는 아니었다. 그저 예민하게 받아들이고 있을 뿐. 다름 아닌 자신에게 일어나는 이 차 성징 때문이었다.

그녀가 여자임을 아는 이는 매당 할멈밖에 없었다. 언제던가, 할멈이 사는 석성골에 함께 방문했을 때 단번에 들켜버리고 만 것이다.

"지금이야 아직 어리니 감출 수도 있겠지. 하지만 좀 더 자라면 그땐 어찌 할 테냐. 제 몸 커져가는 걸 어찌 막겠누."

할멈의 말처럼 양혜는 요즘 들어 부쩍 걱정이 늘었다. 달거리가 시작된 것이다. 가슴도 봉긋이 올라오기 시작했고 허리선도 잘록해지는 반면 엉덩이는 둥그스름해졌다. 이불 천을 잘라 가슴은 어찌어찌 가렸으나 언제까지 속일 수 있을지 장담하기 어려웠다. 노여워하시려나? 한 번도 화내는 모습을 본 적이 없기에 양혜는 상상만으로도 시무룩해졌다.

그러고 보니 그동안 궐에 있을 식솔들 생각을 너무 안 하긴 하였다. 원자 검(檢)은 이제 열두 살이겠구나. 세자 책봉은 받았을까? 성현대군(成賢大君)과 정현대군(定賢大君)은 각각 아홉 살과 일곱 살이 되었을 텐데……. 그러고 보니 정현대군과는 백일도 채 안 되어 헤어졌지.

"왜 그러느냐?"

다른 생각에 빠져 멍해진 양혜를 보며 문득 이기가 물었다. 요즘 들어 사념이 많아져 그런지 같은 질문을 많이 받는다. 그녀는 고개를 젓는 것으로 대답을 대신하였다. 그러고는 스승이 잘 벼려둔 검으로 시선을 돌렸다. 자신에게 주는 것이라 하였다. 지금껏 목검을 사용해오다가 진검을 지니게 되니 어찌나 신이 나던지.

그러나 이 검으로 벨 수 있는 상대는 없을 터였다. 스승은 짐승은 물론 식물까지도 웬만해서는 건드리지 못하게 하니 말이다. 하긴 양혜 스스로도 다른 이를 다치게 하는 일을 원치 않았기에 그녀의 연습 상대는 주로 지푸라기로 만든 허수아비나 나무에 매달아놓은 나뭇가지들이었다.

치료를 다 마친 후 이기는 늘 그렇듯 말없이 나가버리고 양혜 혼자 남았다. 몸이 곤하고 여기저기 쑤셨다. 누운 채 이불을 들척이다가 다리를 받쳐놓은 베개에 시선을 고정하였다. 이기의 것이다. 편하라고 해놓은 것이겠지만 스승의 베개에 발목을 올려놓고 있자니 아무래도 신경이 쓰였다. 양혜는 이불을 둘둘 말아 대신 받친 다음 베개는 끌어내 곁에 두었다.

눈을 감았다. 열어둔 창 너머로 바람이 간헐적으로 불어왔다. 풀 냄새, 꽃 냄새, 물 냄새……, 그녀를 편하게 해주는 산의 향기가 넘실넘실 어깨며 팔을 덮어왔다. 양혜는 꼭 감았던 눈을 살며시 떠보았다. 익숙한 냄새가 느껴졌기 때문이었다. 이기의 베개에서였다.

"늘 보는 것인데……."

양혜는 베개를 끌어 얼굴 옆으로 당겼다. 스승의 다감한 냄새가 더 가까워졌다. 다정히 쓰다듬다가 조심스레 끌어안았다. 그저 목받침일 뿐인데 왠지 스승께 안겨 있는 것 같아 양혜는 고개를 갸웃거렸다. 이 이상한 느낌은 뭐지? 마치 어딘가가 가려운 듯도 하고.

이때 가까이 다가오는 누군가의 기척이 들려 양혜는 얼른 베개를 밀어버렸다. 아뿔싸, 힘껏 밀다 보니 베개가 문 앞까지 데굴데굴 굴러가 버렸다. 그러나 이미 방문이 열리고 있어 양혜는 그저 두 눈을 꼭 감고 잠든 척할 수밖에 없었다.

안으로 들어오려던 이기가 멈칫 하는 게 느껴졌다. 필경 생뚱맞게 놓인 베개를 보고 그런 것일 테지. 양혜는 저도 모르게 미간에 힘을 주며 더욱 눈을 꼭 감았다.

"안 자느냐?"

속을 스승이 아니었다. 그는 방으로 들어와 무언가를 주섬주섬 챙긴 후 다시 일어섰다.

"장에 다녀올 터이니 움직이지 말고 좀 더 쉬어라."

다시 닫힌 문. 양혜는 슬며시 일어나 앉으며 한숨을 내쉬었다.

잊고 계시는구나. 이번에는 필히 함께 데리고 가겠노라 하셨는데……. 하긴, 이런 꼴로 어찌 가겠느냐만.

양혜는 발목을 슬슬 돌려보았다. 종아리 아픔은 여전했지만 발목까지 무리가 가진 않는다. 걸을 수 있을까 싶어 일어서보았다. 역시 종아리 외엔 관절의 이상은 느껴지지 않았다. 그렇다면……. 이기가 나간 방문을 바라다보는데 저도 모르게 웃음이 번져 나왔다.

고삐를 잡아당기니 말 세 마리가 동시에 급한 숨을 몰아쉰다. 길옆으로 멍하니 앉아 있던 아이들 중 가장 어린 녀석이 투루루, 말을 따라 입술을 털었다. 아기가 투레질을 하면 비가 온다 했던가.

"소낙비가 내릴 것입니다. 적란운(積亂雲)이 몰리고 있습니다."

좌평(左評)의 말에 우사(右射)가 고개를 끄덕였다. 이들을 양옆에 거느리고 있는 이는 불과 열네댓 살쯤 먹었을까 싶은 소년이었다. 좌평이니 우사니 하는 이름도 실은 이 소년이 장난 삼아 붙여준 별명이었다.

"시간이 얼마 없다는 뜻이로구나."

소년은 평화로워 보이는 주위를 힐끗 살피며 말하였다.

좀 전의 공격이 무위로 끝났으니 상대는 다른 경로를 찾으려 할 것이었다. 지금까지 그들이 보여온 전술 상 전면전은 피할 것으로 예상되었다. 그렇다면 수로를 차단하는 쪽으로 수비의 가닥을 잡아나가는 게 어떨까.

소년이 막 좌우 평사를 향해 입을 열려는 참이었다. 갑자기 달려온 누군가가 소년의 말에 부딪히는 사고가 일어났다. 덕분에 놀란 말은 하늘을 향해 힘껏 투레질을 쳤고 소년도 땅바닥으로 고꾸라졌다.

"웬 놈이냐!"

좌우 평사가 소년을 일으킨 후 나동그라져 있는 자의 목을 검집으로 눌렀다. 몸집에 비해 어려 보이는 얼굴을 하고 있었는데 복색이 매우 남루한 것이 여염집 아이로는 보이지 않았다.

"그 녀석을 잡으셨습니까?"

그리고 갑자기 들려온 고성의 목소리. 좀 전의 아이보다는 비교적 얌전한 복색을 하고 있는 사내아이 하나가 그들 사이로 파고들었다. 좌우 평사는 난감한 얼굴로 서로를 마주보았다. 상대편의 교란 작전일까?

"바로 잡으셨습니다. 제 낭중에 손을 댄 녀석이 바로 이 녀석입니다."

뒤늦게 달려온 사내아이가 빙긋 미소를 지으며 넘어져 있는 남루한 아이를 일으켜 세웠다. 그러고는 양손을 펼쳐보는데 땟물로 얼룩진 그 손바닥은 비어 있었다. 하얀 미소가 설핏 굳음과 동시에 땟국이 덕지덕지 흐르는 또 다른 아이의 얼굴은 슬며시 비웃음을 띤다.

"그래서 뭐란 말이냐? 내가 언제 네 녀석에게 손끝 하나 댔다고 이 난리를 치는 것이냐?"

하얀 얼굴의 사내아이는 아리송한 얼굴로 남루한 아이의 얼굴과 손을 번갈아보았다. 그리고 그때까지 사태를 지켜보고 있는 주위 사람들에게 시선을 돌렸다.

"어떻게 된 일인지 아시겠습니까?"

그러니 어이가 없는 것은 이제 말을 몰던 소년과 좌우 평사이다. 우사가 노기를 띠며 말하였다.

"이런 해괴한 녀석을 보았나? 어디서 툭 튀어 들어와서는 난동을 부린단 말이냐?"

그러고는 하얀 얼굴의 사내아이 뒷덜미를 덥석 잡으니 남루한 아이가 그 틈을 타 사람들 사이를 비집고 들려 하였다. 그러나 그냥 보내줄 좌평이 아니었다. 곧이어 남루한 소년도 같은 꼴이 되었다.

"이 두 녀석을 어찌할까요?"

우사가 말을 몰던 소년에게 허리를 숙이며 말하였다. 소년은 땅에 떨어진 이후 여태 굳은 얼굴로 서 있었는데 짐짓 엄숙한 척을 하고 있어도 사실 나이는 이들 중 가장 어려 보였다. 남루한 소년이 흥, 코웃음을 치다가 좌평에게 눈 부라림을 당했다.

해말간 얼굴로 우사에게 잡혀 있는 소년은 기실 양혜 옹주였다. 그녀는 이기를 뒤쫓아 연천장까지 왔다가 난생 처음 겪어보는 날치기를 당했던 것이다. 수중의 것을 강탈당한 것까진 알아차렸으나 세상물정에 어둡다 보니 이미 한패에게 자신의 낭중이 넘어간 뒤라는 것까진 몰랐던 그녀는 끈기 있게 남루한 아이를 뒤쫓다 예까지 이르게 된 것이었다.

양혜는 다른 이들이 자신을 놓고 무슨 논의를 하든 상관없이, 남루한 아이에게 말하였다.

"이름이 무엇입니까?"

"왜, 이리 만난 것도 인연인데 이름이 없다 하면 하나 지어줄 테냐? 이름을 물으면 겁낼 줄 알고? 타리라고 한다. 이제 어쩔 테냐?"

그리고 남루한 아이의 비웃음에 다시 해맑게 웃으며 덧붙였다.

"나는 양혜라고 합니다."

그 이름에 말을 몰던 소년이 먼저 반응을 보였다. 그는 양혜를 바라본 후 다시 타리라 하는 남루한 아이에게로 시선을 옮겼다. 그러나 별다른 말을 꺼내진 않았다. 그저 좌우 평사에게 명하여 두 소년을 각각 말에 태우게 할 뿐이었다.

“소인은 놓아주십시오! 이 미친 자만 잡아 가면 되시지 않습니까? 소인은 억울합니다!”

타리가 소리를 지르니 얼굴보다 더 앳된 목소리가 흘러나왔다. 키에 비해 너무나 어린 목소리여서 나이를 가늠하긴 어려울 성싶었다. 양혜는 고개를 갸웃하였다. 아까부터 느낀 것이지만 목소리가 너무 곱다. 혹 저 아이도 본래 여아이면서 남장을 한 게 아닐까?

“조금만 더 가면 우물이 나옵니다. 그곳에서 먼저 목을 축이신 이후 향후 계획을 잡아보시는 게 어떠실는지요?”

좌평의 말에 방향이 잡혔다.

양혜는 우사의 앞에 맥없이 앉아 있는 타리를 살펴보았다. 이를 앙다문 채 간간이 양혜를 노려보는 품이 화가 이만저만 난 눈치가 아니다. 하지만 잘못은 제가 먼저 저지르고선……. 양혜는 저도 모르게 실소를 하였다.

“따르는 자가 있습니다.”

얼마쯤 갔을까. 우사가 맨 앞의 소년에게 바짝 따라붙으며 나직하게 속삭였다.

“몇 명이나 되겠는가?”

“둘, 아니, 그 이상입니다.”

소년이 고개를 끄덕인 후 다시 말고삐를 당겨 걸음을 재촉하였다. 얼마 안 가 우려했던 소낙비가 쏟아졌다. 그들은 지나는 농부에게 물어 근처에 있는 빈 방앗간 안으로 들어갔다. 여기저기 허물어지고는 있어도 비를 막기는 괜찮은 장소였다.

“상대도 비가 그치기 전까진 섣불리 움직이지 못할 것입니다. 허니 이곳에서 잠시 쉬셨다가 이후를 결정함이 옳을 듯하옵니다.”

말을 몰던 소년은 고개를 끄덕이며 자리에 앉았다. 그러고는 양혜에게 시선을 돌렸다.

"네 이름이 양혜라고 하느냐?"

갑작스런 물음에 양혜는 깜짝 놀랐다. 지금까지는 타리라는 아이에 대한 호기심에 다른 것은 신경도 쓰지 않았던 것이다. 그녀는 그렇노라 대답하며 역으로 소년을 살폈다. 소년의 표정은 뭐랄까, 처음 보는 얼굴이지만 어디선가 본 것 같은 느낌이 들기도 하였다. 특히 저 거북할 정도의 오만방자한 표정과 냉기는 익히 겪던 것인데…….

"검(檢)!"

양혜의 외침이 터져 나옴과 동시에 번개가 하늘을 갈랐다. 그리고 허물어져가는 방앗간 나무문도 거칠게 열렸다.

"웬 놈이냐!"

좌우 평사가 소년을 가운데 두고 각각 검을 겨누었다. 그런데 안으로 들어선 침입자는 그들에겐 관심이 없는 듯 구석에 앉아 있던 양혜의 허리를 부여잡았다.

"스승님!"

이기였다. 그는 엄한 눈초리로 양혜를 한 번 내려다본 후 자신의 등을 찔러오는 우사의 검을 막아내었다. 그러고는 옆으로 달려드는 좌평을 비스듬히 제치며 방앗간을 벗어났다. 순전히 양혜를 구하기 위한 목적이었기에 안에 오래 머물 필요가 없었던 것이다.

그들은 밖으로 나오자마자 근처에 서 있는 말 한 마리를 훔쳐 타고 내달렸다.

"스승님, 제자가 이곳에 있는 건 어찌 아셨습니까?"

양혜의 질문에 이기가 미간을 찌푸리며 되물었다.

"그보다 너는 저들과 무얼 하고 있었던 것이냐? 뒤쫓는 자들을 보아하니 예사 인물들은 아닌 듯한데."

그 말에 양혜는 뒤를 돌아보았다. 예사 인물……, 그렇다. 그들은 예사 인물이 아니었다. 그 조그만 풍채로도 좌우를 압도할 수 있는 위엄을 지닌 자, 그는 바로 원자(元子) 검(檢)이었던 것이다. 아버지와 어머니의 성향을 적절히 배합해놓은 이 소년은 당시 모후인 단영이 짜놓은 진법을 상대로 실전과 같은 훈련을 받는 중이었다.

"그 아이가 그만큼 늠름하게 자라 있으리라 누가 생각이나 하였겠습니까?"

다들 검을 원자마마라 높여 부를 때에도 양혜는 늘 이름을 부르곤 하였고 그것이 그녀의 성향인 탓에 궐내 누구도 뭐라 하는 이가 없었다.

서 상궁이 말했다.

"그때 세자마마께서도 공주마마를 알아보았노라 말씀하셨습니다. 궐로 못 모셔 온 것이 두고두고 한이 된다 하셨었지요. 헌데 어떻게 하여……."

"어떻게 하여 다시 돌아오게 되었느냐는 말이지요?"

양혜는 그날을 떠올리며 고개를 들었다. 저만치 여인의 눈썹을 닮은 초승달이 새치름하게 떠 있었다. 그날도 저런 초승달이었더랬지. 스승님께서 느닷없이 얼레빗 하나, 참빗 하나 품고 돌아와 그녀 앞에 내놓으셨던 날, 그 등 뒤로도 초승달이 푸르게 빛나고 있었다.

"스승님, 보십시오. 두릅나물을 이만큼이나 모았습니다."

양혜가 즐거운 목소리로 이기를 불렀으나 그는 듣지 못한 듯했다. 요 며칠 말도 별로 없고 늘 수심이 가득해 보여 안 그래도 걱정이 되던 참이었다. 그녀는 두릅나물을 꺼내 이기 앞으로 불쑥 내밀었다. 저 멀리 다른 곳을 보던 이기가 그제야 시선을 돌린다.

"그냥 씹어 먹어도 고소하다 하지 않으셨습니까?"

그러고는 저부터 한 입 베어 무는 양혜.

이기는 잔잔한 시선으로 그녀를 바라보다가 바람에 날리는 귀밑머리를 정리해주었다. 어리던 제자가 이제 많이 자란 것이다. 그런데 이제는 그 뿌듯함이 전과 같지 않았다. 그는 미간을 찌푸리며 고개를 저었다.

"……아니겠지."

"예? 무슨 말씀이신지요?"

하지만 이기는 별다른 대답 없이 자리에서 일어서버린다. 양혜는 두릅나물 한쪽을 입에 넣은 후 바구니를 들고 털레털레 이기를 따랐다. 스승님은 참 조용한 걸음걸이를 가지셨어, 스승님은 참 차분한 모양새로 걸음을 걸으셔, 스승님은……, 혼자 생각에 빠져 있는데 문득 이기가 멈춰 선 것이 보였다. 무얼 보시나 싶어 건너다보니 그녀가 간혹 멱을 감으러 오는 작은 폭포수에 시선이 멈춰 있다. 더우신가?

"네 이름을 지어주신 분이 누구시냐?"

음, 양혜는 잠시 생각을 하다 아버님이십니다, 하고 대답하였다.

"볕 양(陽)에 슬기로울 혜(慧)라 하였더냐?"

양혜의 본 이름은 사실 덕원(德源)이었다. 그러나 실제로 그렇게 불려본 적이 거의 없던 양혜는 이기에게 익숙한 호를 알려주었고 그 과정에서 뜻만 살짝 바꿔버렸던 것이다. 본래 의종이 하사한 호(號)의 한자는 어질 양(良)에 은혜 혜(惠)이다.

"예. 그리 대답하였습니다."

양혜는 어리둥절하여 이기를 쳐다보았다. 새삼 이름을 확인하는 게 이상했기 때문이다.

이기의 침묵은 며칠이 지나도 계속되었다. 어느 밤, 저녁상을 물린 후 대청에 앉아 솟는 달을 보고 있는데 저만치 마당을 서성이는 스승의 모습이 보였다. 스승님은 참 반듯한 자세를 가지셨다, 스승님은 또 한 반듯한 생김을 지니셨다. 반듯한 성정, 반듯한 잣대…….

저도 모르게 이기의 머리끝부터 발끝까지 살피던 양혜는 문득 양볼을 붉히며 시선을 돌렸다. 요즘 들어 이런 일이 잦았다. 멍하니 앉아 있다가도 그 생각의 끝은 늘 이기에게 닿아 있었고, 무언가 볼일을 보다가도 저도 모르게 시선이 이기를 좇곤 하였던 것이다. 그래서 스승과 시선이 마주치기라도 하면 어쩔 줄 모르고 방망이질을 치는 가슴.

양혜는 산란한 마음을 진정시키며 조용히 자리에서 일어섰다. 이처럼 더운 밤은 수영이라도 한 차례 다녀와야 잠이 오곤 했던 것이다. 그녀는 사색에 잠긴 스승에게 방해가 될까 살며시 물러나 집을 빠져나왔다. 어느새 달이 높이도 떠 있었다.

찰랑이는 물은 참 묘한 매력을 가졌다. 구슬처럼 손에 쥐어지다가 곧 바스러지는 모양새가 그러했고 머물 듯 살갗에 달렸다가 금세 미끄러져 가버리는 새침함이 또 그러했다. 양혜는 물에 몸을 완전히 담근 후 가슴을 묶은 천을 풀어내었다. 이리 단단히 감고 있으니 늘 숨 쉬기가 수월치 않지만 익숙해졌기에 참을 만은 하였다.

그녀는 천천히 물살을 가르다가 이내 몸을 곧추세우며 수면 아래로 곧장 내려갔다. 부력에 의해 몸이 튕겨질 때까지……. 가능한 만큼 부력에 저항을 하다가 도무지 안 될 때 온몸에서 힘을 풀어버리면 그녀의 육체는 마치 하늘이라도 날 것 같은 기세로 수면을 박차고 떠오른다. 물론 금세 떨어져버리고 말지만 양혜는 그 짧은 비행의 순간을 몹시도 좋아하였다.

바스락.

다시 한 번 잠수를 하기 위해 숨을 몰아쉬는 양혜의 귀로 이지러지는 풀잎 소리가 들려왔다. 미세하긴 했으나 어딘가 어색한 소리이다. 양혜는 눈을 가늘게 뜨며 호수 주변을 둘러보았다. 어디에도 움직이는 그림자 같은 건 찾아지지 않았다. 소리의 무게감으로 보아 커다란 짐승은 아닌데…….

양혜는 다시 한 번 주위를 살핀 후 곧 밑바닥으로 헤엄쳐 들어갔다. 부력이 점점 강해질수록 가슴도 벅차게 뛰어오른다.

아마도 그때 그 소리는 스승이 낸 것이리라, 요즘의 양혜는 그리 짐작해보곤 하였다. 확실하진 않았다. 그가 그리 말한 적도 없었고 그런 티를 낸 적도 없었기 때문이다. 그러나 그날의 물놀이가 끝난 이후, 이기는 눈에 띄게 그녀를 멀리하였고 며칠 뒤 사라져버린 것이다. 양혜에게 주는 선물이라며 참빗과 얼레빗을 사들고 돌아왔던 그날 이후로 말이다.

어쩔 수 없는 일이었겠지. 양혜는 중얼거렸다. 자신의 몸은 점점 자라고 있었고 스승도 바보는 아니었다. 그날이 아니었어도 언젠가는 밝혀질 수밖에 없는 일이었던 것이다.

양혜가 옹주라는 것을 어찌 눈치 채었는지 그 이유도 지금은 알 수 있었다. 그는 필경 그녀가 보관 중이던 주머니 속 돌멩이들을 발견하였을 것이다. 자신이 주워 단영에게 주었던 그 돌들, 그 돌들을 담아두었던 단영의 빛바랜 비단 주머니, 그 한쪽에 새겨져 있던 바를 단(端) 자. 그로 인해 시작된 의문과 의혹이 마침내 사실로 확인될 때 스승은 그녀를 떠난 것이다. 아무런 언질도 없이.

'하오나 어찌하면 좋겠습니까? 이제 제가 스승님을 꼭 찾아야겠는 것을요.'

이기가 자신을 향해 무슨 말을 할지, 어떤 감정을 돌출시킬지 양혜는 짐작조차 할 수 없었다. 다만 그녀는 말하고 싶었던 것이다. 그가 알아주었으면 하는 것이다. 그렇게 자신의 마음이 결정되었음을, 이미 오래전부터 그를 향한 마음이 시작되었음을 선포하고 싶었던 것이다.

양혜는 마침내 촛대바위로 올라섰다. 아직은 어두운 밤, 두어 시각은 지나야 동이 틀 테고 그때부터 긴 기다림이 시작될 터였다. 그녀는 품 안에 손을 넣어 주머니를 꼭 쥐었다. 내 사람으로 만들고자 하는 욕심 같은 건 없었다. 그가 어딘가에, 누군가에게 귀속된다는 것을 생각해본 적도 없었다. 그저 자신의 간절함을 전하고 싶을 뿐이었다.

발치 아래, 반짝이는 경복궁의 야경이 한눈에 들어왔다. 아름답구나. 양혜는 한숨을 쉬듯 중얼거렸다. 그녀의 스승, 그녀의 정인이 몇 해를 두고 찾아와 내려다보았을 경복궁의 야경은 정말이지 말로 형용할 수 없는 고고한 자태를 뽐내고 있었다.

"저곳에 어마마마가, 또한 소녀가 살고 있음을 함께 기억하게 하여 주소서."

누군지 모를 이에게 마음속 바람이 흘러나온다.

내가 있음을, 당신과 함께 오랜 시간 정을 두고 지내온 나란 이가 있었음을, 그 시간이 모두 허망한 뜬구름은 아니었음을 기억해주소서. 돌아봐주소서.

기사년(己巳年)에 중전으로 복위된 비운의 왕후 서씨로 인해 계유환국을 맞아 몰락하였던 많은 사대부가가 차례로 본래 신분을 탈환하였다. 이에 홍문관과 예문관의 대제학을 겸임하였던 엄홍렬의 16대손인 엄명희도 복귀되었는데, 이후 기묘년(己卯年)에 그녀에겐 아들이 한 명 있었으며 아비는 현 영의정(領議政) 심수헌 대감임을 영평부원군(永平府院君) 윤돈경이 증언하였다.

연표

癸卯 계묘

甲辰 갑진 자빈 출생

乙巳 을사 의종 출생

丙午 병오

丁未 정미 연경 출생

戊申 무신

己酉 기유 단영 출생, 환 5세

庚戌 경술 두릅 출생, 단영 2세

辛亥 신해 초영 출생, 단영 3세, 환 7세, 연경 5세

환과 연경 가례를 올리다

환, 세자로 책봉되다

壬子 임자

癸丑 계축 단영 5세, 의종 9세

환, 보좌 등극

甲寅 갑인

乙卯 을묘 단영 7세, 의종 11세

방령군에 의해 군기시 화약고 유황이 빼돌려지기 시작

군기시(軍器寺) 화약고(火藥庫) 제약청(製藥廳) 별좌 구자승 급사(急死)

丙辰 병진 단영 8세, 의종 12세

비호단(飛虎團) 형성. 세력을 모으며 성장 시작

丁巳 정사 단영 9세, 두릅 8세, 의종 13세

두릅의 아비 돌쇠 사망

戊午 무오 단영 10세, 의종 14세

살해용의자로 옥에 갇혔던 조창주 도주(자령군의 모 안빈 이씨 사주)

신씨 부인과 단영, 광교산 기슭으로 피접을 나오다

매당 할멈과의 인연 시작

己未 기미 단영 11세, 의종 15세

강화절도사 이봉림의 장계—비호단에 의한 화약고 약탈

庚申 경신 단영 12세, 의종 16세, 두릅 11세

무령군에게서 청옥패를 받는 두릅

열일곱의 자빈, 후궁으로 책봉되어 입궁

원덕왕후(연경) 사망

이석의 난(李奭—亂) 혹은 경신의 난(庚申—亂)이 일어남

무령군, 비호단을 흡수키 위한 물밑 작업 시작

안빈 이씨, 비호단의 구자임과 결탁

辛酉 신유 단영 13세, 의종 17세

안빈 이씨, 방령군을 병사로 가장하여 빼돌리다

壬戌 임술 단영 14세, 의종 18세

스물셋의 최씨, 승은을 받다

무령군, 비호단의 세력을 흡수하다

수효장군 구자임, 무령군의 수하로 들어가다

癸亥 계해 단영 15세, 의종 19세

양혜 옹주 출생

스물넷의 최씨, 산고로 사망

甲子 갑자 단영 16세, 의종 20세

안빈 이씨, 조창주를 내세워 비호단에 침투,

상장군으로 분하여 무령군과 교란된 소문을 이끌어내다

乙丑 을축 단영 17세, 의종 21세, 두릅 16세

환과 두릅, 비호단 살곶이다리 회합에서 첫 만남

환과 단영, 비호단 양재도 회합에서 첫 만남

환과 두릅, 화계사에서 재회

남장소녀 타리 출생

丙寅 병인 단영 18세, 의종 22세, 이기(두릅) 17세, 양혜 4세

단영과 의종 가례

단영, 두릅의 이름을 새로 지어주다

단영과 이기, 장씨와 재회

비호단 와해

자빈 사망

자령군 검거

안빈 이씨 자결

자령군 유배

조창주 참형

丁卯 정묘 단영 19세, 의종 23세, 이기 18세, 양혜 5세

원자 검(檢) 출생

戊辰 무진 단영 20세, 의종 24세, 이기 19세, 양혜 6세, 검 2세

己巳 기사 단영 21세, 의종 25세, 이기 20세, 양혜 7세, 검 3세

매당 할멈, 폐비 서씨에서 중전으로 복위. 의성왕후(懿聖王后)로 추존(推尊)

계유환국(癸酉換局)에 연계되었던 사대부가들의 신분 복귀

전 홍문관(弘文館)및 예문관(藝文館) 대제학(大提學)인 엄홍렬(嚴弘洌)의 복귀

영월(寧越) 엄(嚴)씨 가문의 16대손 엄명희(嚴明喜) 복귀

庚午 경오 단영 22세, 의종 26세, 이기 21세, 양혜 8세, 검 4세

둘째 왕자 성현대군(成賢大君) 출생

辛未 신미 단영 23세, 의종 27세, 이기 22세, 양혜 9세, 검 5세, 성현 2세

壬申 임신 단영 24세, 의종 28세, 이기 23세, 양혜 10세, 검 6세, 성현 3세

셋째 왕자 정현대군(定賢大君) 출생

양혜와 이기, 북악산 촛대바위에서 재회–사제의 연을 맺다

癸酉 계유

甲戌 갑술

乙亥 을해

丙子 병자

丁丑 정축

戊寅 무인 단영 30세, 의종 34세, 이기 29세, 양혜 16세, 검 12세, 타리 14세

양혜와 원자 검, 양천장에서 재회

검과 남장소녀 타리, 첫 만남

신분을 눈치 챈 이기에 의해 양혜 입궐

양혜, 온명공주(穩銘公主)로 승격

己卯 기묘 단영 31세, 의종 35세, 이기 30세, 양혜 17세

양혜와 이기, 촛대바위에서 재회

이기, 영평부원군(永平府院君) 윤돈경의 증언에 의해 신분 상승

庚辰 경진

辛巳 신사

壬午 임오 단영 34세, 의종 38세, 이기 33세, 양혜 20세, 검 16세, 타리 18세

검과 타리, 북촌에서 재회

작가 후기

종이책을 내본 게 얼마만인지 모르겠습니다. 처음의 그 떨림이 여전한 걸 보면 정말 오랜만인 모양이에요.

'열혈왕후'는 강한 '여자들'에 관한 이야기입니다. 연재 때 남자등장인물의 비중이 적은 느낌이라는 감상을 많이 받았는데요, 맞습니다. '열혈왕후'는 순전히 여자 중심으로, 그것도 강인한 여자들 중심으로 진행되고 꾸며집니다. 여주인공 한 명에 국한되지 않은, 전반적인 강함이라고 해야 할 것 같아요. 그래서 실은 이 글을 처음 구상할 때–벌써 십 몇 년 전 일이군요–제목을 '여인천하'라고 할까, 생각했었어요. 이미 동명의 드라마가 있었기에 안착한 제목이 '열혈왕후'이구요.

전 강한 여인들을 좋아합니다. '거센' 것과 구분되는 강함 말입니다.

남자들로부터의 여자에 대한 배려가 있어야 한다는 것도 동의합니 다만 우리 여자들이 스스로를 좀 더 강인하게 발전시켜나가야 하는 건 아닐까 하는 생각을 문득 해보았습니다. 제 내면의 어쩔 수 없는 연약함을 발견하고 나서의 일입니다.

저는 이 글을 읽는 분들이 삶을 살아감에 있어 움츠리지 않고 좀 더 적극적으로, 좀 더 주인의식을 가지고 한발 한발 나아가시길 바랍니다. 삶은 어렵고 때로 공허할 수도 있지만 온전히 '내 것'이기에 아름다울 수 있다는 것을, 간혹 드라마틱한 반전도 '내 것'이기에 더 소중하고 찬란할 수 있다는 것을 잊지 마시고요. 물론 저도 그렇게 살도록 노력하겠습니다.

여름입니다.

이 글이 읽으시는 모든 분들에게 신선한 청량감을 드렸으면 하는 바람은 제 욕심일까요.

모두들 건강하시고 행복하시길 바랍니다.

Have a magic dream.

2014년 여름,

박정희(불유체)